COLLECTION FOLIO

Elena Ferrante

Celle qui fuit et celle qui reste

L'amie prodigieuse III

Époque intermédiaire

Traduit de l'italien
par Elsa Damien

Gallimard

Titre original :

STORIA DI CHI FUGGE E DI CHI RESTA
(L'AMICA GENIALE. VOLUME TERZO)

© Edizioni e/o, 2013.
© Éditions Gallimard, 2017, pour la traduction française.

INDEX DES PERSONNAGES
ET RAPPEL DES ÉVÉNEMENTS
DES TOMES PRÉCÉDENTS

LA FAMILLE CERULLO
(LA FAMILLE DU CORDONNIER) :

Fernando Cerullo, cordonnier, père de Lila. Il a refusé que
sa fille poursuive ses études après l'école primaire.

Nunzia Cerullo, mère de Lila. Proche de sa fille, elle n'a pas
assez d'autorité pour la soutenir face à son père.

Raffaella Cerullo, dite Lina ou Lila. Elle est née en
août 1944. Elle a soixante-six ans quand elle disparaît de
Naples sans laisser de trace. Écolière brillante, elle écrit à
dix ans un récit intitulé « La Fée bleue ». Elle abandonne
l'école après son examen de fin de primaire et apprend
le métier de cordonnière. Très jeune, elle épouse Stefano
Carracci et gère avec succès d'abord l'épicerie du nouveau
quartier, ensuite le magasin de chaussures de la Piazza dei
Martiri. Lors de vacances à Ischia, elle s'éprend de Nino
Sarratore, pour qui elle quitte son mari. Après l'échec de
sa vie commune avec Nino et la naissance de son fils Gennaro, Lila abandonne définitivement Stefano lorsqu'elle
découvre qu'Ada Cappuccio attend un enfant de lui. Elle
déménage à San Giovanni a Teduccio avec Enzo Scanno
et trouve un travail dans l'usine de salaisons de Bruno
Soccavo.

Rino Cerullo, frère aîné de Lila, cordonnier lui aussi. Grâce à
Lila et à l'argent de Stefano Carracci, il monte la fabrique
de chaussures Cerullo avec son père, Fernando. Il se
marie avec la sœur de Stefano, Pinuccia Carracci, avec

9

qui il a un fils, Ferdinando, dit Dino. Gennaro, le premier enfant de Lila, est surnommé Rino, comme lui.

Autres enfants.

LA FAMILLE GRECO
(LA FAMILLE DU PORTIER DE MAIRIE) :

Elena Greco, dite Lenuccia ou Lenù. Née en août 1944, elle est l'auteure de la longue histoire que nous lisons. Elena commence à la rédiger lorsqu'elle apprend que son amie d'enfance, Lina Cerullo, qu'elle est seule à appeler Lila, a disparu. Après l'école primaire, Elena poursuit ses études avec un succès croissant. Au lycée, elle sort indemne d'une dispute avec le professeur de religion sur le rôle de l'Esprit saint, grâce à ses capacités intellectuelles mais aussi parce qu'elle bénéficie de la protection de son enseignante Mme Galiani. Sur l'invitation de Nino Sarratore, dont elle est secrètement amoureuse depuis la prime enfance, et avec l'aide précieuse de Lila, elle évoque cette controverse dans un article, qui finalement ne sera pas publié dans la revue à laquelle collabore Nino. Les brillantes études d'Elena à l'École normale supérieure de Pise sont couronnées de succès. À l'université, elle rencontre Pietro Airota, avec qui elle se fiance. Elle publie un roman inspiré de la vie de son quartier et de ses expériences d'adolescente à Ischia.

Peppe, *Gianni* et *Elisa*, frères et sœur cadets d'Elena.

Le père, portier à la mairie.

La mère, femme au foyer. Sa démarche claudicante obsède Elena.

LA FAMILLE CARRACCI
(LA FAMILLE DE DON ACHILLE) :

Don Achille Carracci, l'ogre des contes, s'est enrichi grâce au marché noir et à l'usure. Il a été assassiné.

Maria Carracci, femme de Don Achille, mère de Stefano, Pinuccia et Alfonso. Elle travaille dans l'épicerie familiale.

Stefano Carracci, fils de feu Don Achille, mari de Lila. Il gère les biens accumulés par son père et, au fil du temps, développe les activités commerciales de la famille grâce à deux épiceries très rentables et au magasin de chaussures de la Piazza dei Martiri, qu'il ouvre avec les frères Solara. Insatisfait de son mariage tumultueux avec Lila, il a une liaison avec Ada Cappuccio. Lorsque celle-ci tombe enceinte et que Lila déménage à San Giovanni a Teduccio, il se met en ménage avec Ada.

Pinuccia, fille de Don Achille. Elle travaille d'abord dans l'épicerie familiale, puis dans la boutique de chaussures. Elle épouse Rino, le frère de Lila, avec qui elle a un fils, Ferdinando, surnommé Dino.

Alfonso, fils de Don Achille. En cours, il s'assoit à côté d'Elena. C'est le fiancé de Marisa Sarratore et il devient responsable du magasin de chaussures de la Piazza dei Martiri.

LA FAMILLE PELUSO
(LA FAMILLE DU MENUISIER) :

Alfredo Peluso, menuisier. Communiste. Accusé d'avoir tué Don Achille, il a été condamné et envoyé en prison, où il meurt.

Giuseppina Peluso, femme d'Alfredo. Ouvrière à la manufacture de tabac, elle se consacre entièrement à ses enfants et à son mari détenu. À la mort de celui-ci, elle se suicide.

Pasquale Peluso, fils aîné d'Alfredo et Giuseppina, maçon et militant communiste. Il a été le premier à prendre conscience de la beauté de Lila et à lui déclarer son amour. Il hait les Solara. Il a été le petit ami d'Ada Cappuccio.

Carmela Peluso, se fait aussi appeler *Carmen*. Sœur de Pasquale, elle est d'abord vendeuse dans une mercerie avant d'être rapidement embauchée par Lila dans la nouvelle épicerie de Stefano. Elle a longtemps été la petite amie d'Enzo Scanno, avant que celui-ci ne la quitte, sans explication, à la fin de son service militaire. Par la suite, elle se fiance avec le pompiste du boulevard.

Autres enfants.

11

LA FAMILLE CAPPUCCIO
(LA FAMILLE DE LA VEUVE FOLLE) :

Melina, parente de Nunzia Cerullo, veuve. Elle lave les esca-
    liers dans les immeubles du vieux quartier. Elle a été
    la maîtresse de Donato Sarratore, le père de Nino. Les
    Sarratore ont quitté le quartier précisément à cause de
    cette relation, et Melina a presque perdu la raison.
Le mari de Melina déchargeait des cageots au marché aux
    fruits et légumes et il est mort dans des circonstances
    obscures.
Ada Cappuccio, fille de Melina. Petite, elle aidait sa mère à
    nettoyer les cages d'escalier. Grâce à Lila, elle est embau-
    chée comme vendeuse dans l'épicerie du vieux quartier.
    Après avoir été longtemps la petite amie de Pasquale
    Peluso, elle devient la maîtresse de Stefano Carracci et,
    lorsqu'elle tombe enceinte, va vivre avec lui. De leur rela-
    tion naît une petite fille, Maria.
Antonio Cappuccio, son frère, mécanicien. Il a été le petit
    ami d'Elena, et a éprouvé une forte jalousie envers Nino
    Sarratore. La perspective de partir sous les drapeaux
    l'angoisse terriblement, mais lorsque Elena s'adresse
    aux frères Solara pour tenter de lui épargner ce départ,
    il se sent tellement humilié qu'il décide de mettre fin à
    sa relation avec elle. Il rentre prématurément du service
    militaire à cause d'une sévère dépression nerveuse. De
    retour dans le quartier, la misère le pousse à se mettre
    au service de Michele Solara qui, à un moment donné,
    l'envoie effectuer une longue et mystérieuse mission en
    Allemagne.
Autres enfants.

LA FAMILLE SARRATORE
(LA FAMILLE DU CHEMINOT-POÈTE) :

Donato Sarratore, cheminot, poète et journaliste. Grand
    séducteur, il a été l'amant de Melina Cappuccio. Quand
    Elena passe des vacances à Ischia, elle est logée dans la
    maison où séjournent les Sarratore, mais est obligée de
    quitter l'île précipitamment pour échapper aux avances
    de Donato. Pourtant, l'été suivant, Elena s'offre à lui sur

12

la plage, poussée par la douleur que lui cause la liaison entre Nino et Lila. Elena exorcise cette expérience dégradante en l'évoquant dans un roman, qui sera publié.

Lidia Sarratore, femme de Donato.

Nino Sarratore, aîné des cinq enfants de Donato et Lidia. Il hait son père. C'est un excellent étudiant. Il a une longue liaison clandestine avec Lila, qui débouche sur une brève vie commune lorsqu'elle tombe enceinte.

Marisa Sarratore, sœur de Nino. C'est la fiancée d'Alfonso Carracci.

Pino, *Clelia* et *Ciro Sarratore*, les plus jeunes enfants de Donato et Lidia.

LA FAMILLE SCANNO
(LA FAMILLE DU MARCHAND DE FRUITS ET LÉGUMES) :

Nicola Scanno, marchand de fruits et légumes.

Assunta Scanno, femme de Nicola, morte des suites d'un cancer.

Enzo Scanno, fils de Nicola et Assunta, marchand de fruits et légumes lui aussi. Depuis l'enfance, Lila éprouve de la sympathie pour lui. Longtemps fiancé avec Carmen Peluso, il la quitte pourtant, sans explication, à son retour du service militaire. Il a repris ses études sous les drapeaux et a fini par obtenir en candidat libre un diplôme de technicien industriel. Quand Lila décide de quitter définitivement Stefano, Enzo offre de les aider, son fils Gennaro et elle, et il les emmène vivre à San Giovanni a Teduccio.

Autres enfants.

LA FAMILLE SOLARA (LA FAMILLE DU PROPRIÉTAIRE DU BAR-PÂTISSERIE HOMONYME) :

Silvio Solara, patron du bar-pâtisserie, monarchiste et fasciste, camorriste lié aux trafics illégaux du quartier. Il a entravé la naissance de la fabrique de chaussures Cerullo.

Manuela Solara, femme de Silvio, usurière. Dans le quartier, on craint beaucoup son petit carnet rouge.

Marcello et *Michele Solara*, fils de Silvio et Manuela. Vantards et arrogants, ils plaisent pourtant aux filles du quartier, sauf bien sûr à Lila. Marcello tombe amoureux de Lila mais elle le repousse. Michele, un peu plus jeune que Marcello, est plus froid, intelligent et violent. C'est le fiancé de Gigliola, la fille du pâtissier, mais au fil des ans il développe une obsession maladive pour Lila.

LA FAMILLE SPAGNUOLO
(LA FAMILLE DU PÂTISSIER) :
M. Spagnuolo, pâtissier au bar-pâtisserie Solara.
Rosa Spagnuolo, femme du pâtissier.
Gigliola Spagnuolo, fille du pâtissier, fiancée de Michele Solara.
Autres enfants.

LA FAMILLE AIROTA :
Guido Airota, professeur de littérature grecque.
Adele Airota, sa femme. Elle collabore avec la maison d'édition milanaise qui publie le roman d'Elena.
Mariarosa Airota, leur fille aînée, enseigne l'histoire de l'art à Milan.
Pietro Airota, étudiant à Pise avec Elena, se fiance avec elle. Il se destine à une brillante carrière universitaire.

LES ENSEIGNANTS :
M. Ferraro, instituteur et bibliothécaire. Lorsqu'elles étaient petites, il a récompensé Lila et Elena pour leur assiduité de lectrices.
Mme Oliviero, institutrice. Elle a été la première à remarquer les capacités de Lila et Elena. À dix ans, Lila a écrit un récit intitulé « La Fée bleue ». Cette histoire a beaucoup plu à Elena qui l'a donnée à lire à Mme Oliviero. Mais l'institutrice, en colère parce que les parents de Lila avaient décidé de ne pas envoyer leur fille au collège, n'a jamais dit ce qu'elle pensait de ce récit. Elle a même cessé de s'occuper de Lila et s'est uniquement consacrée à la réussite d'Elena. Elle meurt d'une longue maladie, peu après la fin des études universitaires d'Elena.

M. Gerace, enseignant au collège.

Mme Galiani, enseignante au lycée. C'est une professeure très cultivée et communiste. Elle est tout de suite frappée par l'intelligence d'Elena. Elle lui prête des livres, la protège lors de sa dispute avec le professeur de religion et l'invite chez elle, à une fête organisée par ses enfants. Leur relation se refroidit lorsque Nino, entraîné par sa passion pour Lila, quitte sa fille Nadia.

AUTRES PERSONNAGES :

Gino, le fils du pharmacien. Il a été le premier petit ami d'Elena.

Nella Incardo, la cousine de Mme Oliviero. Elle habite Barano, à Ischia, et loue l'été quelques pièces de sa maison à la famille Sarratore. Elle a accueilli Elena, lui permettant de passer des vacances à la mer.

Armando, étudiant en médecine, fils de Mme Galiani.

Nadia, étudiante, fille de Mme Galiani. C'est la petite amie de Nino, jusqu'à ce qu'il lui envoie une lettre de rupture d'Ischia, lorsqu'il s'éprend de Lila.

Bruno Soccavo, ami de Nino Sarratore et fils d'un riche industriel de San Giovanni a Teduccio. Il donne du travail à Lila dans l'usine de salaisons familiale.

Franco Mari, étudiant et fiancé d'Elena pendant ses premières années à l'université.

ÉPOQUE INTERMÉDIAIRE

1

La dernière fois que j'ai vu Lila, c'était il y a cinq ans, pendant l'hiver 2005. Nous nous promenions de bon matin le long du boulevard et, comme cela se produisait depuis des années déjà, nous n'arrivions pas à nous sentir véritablement à l'aise. Je me souviens que j'étais seule à parler. Elle ne faisait que chantonner, saluant des gens qui ne répondaient même pas. Les rares fois où elle m'interrompait, c'était pour lancer quelques exclamations sans rapport évident avec ce que je disais. Au fil des ans, il nous était arrivé trop de choses pénibles, parfois même atroces, et pour retrouver le chemin des confidences, il aurait fallu que nous nous disions trop de pensées secrètes. Or moi, je n'avais pas la force de trouver les mots, et elle, qui avait peut-être la force de le faire, elle n'en avait pas l'envie, ou bien n'en voyait pas l'utilité.

Mais je l'aimais toujours autant et, lors de mes passages à Naples, j'essayais toujours de la voir – bien que, je dois l'avouer, elle me fît un peu peur.

Elle avait beaucoup changé. Désormais, la vieillesse avait pris le dessus – pour elle comme pour moi –, mais alors que je me battais éternellement contre une tendance à l'embonpoint, elle, elle n'avait plus que la peau sur les os. Elle avait des cheveux courts qu'elle coupait seule, très blancs, non pas par choix mais par négligence. Son visage, très marqué, rappelait de plus en plus celui de son père. Elle riait nerveusement, on aurait dit une espèce de grincement, et parlait trop fort. Elle gesticulait en permanence, avec des mouvements si déterminés et féroces qu'elle avait l'air de vouloir couper en deux les immeubles, la rue, les passants et moi.

Nous nous trouvions à la hauteur de l'école primaire lorsqu'un jeune homme que je ne connaissais pas nous dépassa, hors d'haleine, et lui cria qu'on avait trouvé dans un parterre de fleurs près de l'église le cadavre d'une femme. Nous accélérâmes le pas pour atteindre le jardin public. Lila m'entraîna vers un attroupement de curieux et se fraya vigoureusement un chemin parmi eux. La femme gisait sur le côté, incroyablement grosse, vêtue d'un imperméable vert foncé passé de mode. Lila la reconnut aussitôt, pas moi : c'était notre amie d'enfance Gigliola Spagnuolo, l'ancienne épouse de Michele Solara.

Je ne l'avais pas vue depuis plusieurs dizaines d'années. Son beau visage était devenu difforme, ses chevilles énormes. Ses cheveux étalés, aussi longs que dans sa jeunesse mais beaucoup moins épais, n'étaient plus bruns comme autrefois mais rouge vif. Elle n'avait qu'un pied chaussé d'un soulier à petit talon, très usé. L'autre pied était enserré dans une chaussette en laine grise, trouée au gros orteil, et sa chaussure se trouvait un mètre plus loin, comme si elle l'avait perdue en voulant chasser d'un coup de pied une douleur ou une frayeur. J'éclatai en sanglots et Lila me regarda, agacée.

Assises sur un banc à quelques pas de là, nous attendîmes en silence que Gigliola fût emportée. Ce qui lui était arrivé et comment elle était morte, pour le moment on n'en savait rien. Ensuite nous rentrâmes chez Lila, dans le vieil appartement exigu de ses parents, où elle vivait maintenant avec son fils Rino. Nous parlâmes de notre amie et elle m'en dit beaucoup de mal, me rappelant sa vie, ses prétentions et ses perfidies. Mais maintenant, c'était moi qui n'arrivais plus à écouter : je revoyais ce visage de profil sur le sol, ces cheveux longs mais rares et ces taches blanchâtres sur le crâne. Tant de femmes qui avaient été enfants en même temps que nous étaient déjà mortes ! Elles avaient disparu de la surface de la terre, emportées par des maladies, ou parce que leurs nerfs n'avaient pas supporté des tourments abrasifs comme du papier de verre, ou parce que quelqu'un avait répandu leur sang. Nous restâmes un moment dans la cuisine, privées d'énergie, aucune de nous deux ne se décidant à débarrasser la table, et puis nous sortîmes à nouveau.

Le soleil de cette belle journée hivernale donnait un aspect serein à toute chose. Contrairement à nous, notre vieux quartier était resté le même. Les petits immeubles gris, la cour de nos jeux, le boulevard, les bouches sombres du tunnel et la violence : tout cela résistait. En revanche, le paysage environnant avait changé. L'étendue verdâtre des étangs n'existait plus et la vieille usine de conserves avait disparu. À leur place se dressaient des gratte-ciel étincelants, autrefois signes annonciateurs d'un futur radieux auquel personne n'avait jamais cru. J'avais remarqué tous ces changements au fil du temps, parfois avec curiosité, le plus souvent d'un œil distrait. Petite, j'avais imaginé qu'en dehors de notre quartier Naples offrait toutes sortes de merveilles. Par exemple, des années auparavant, j'avais été très frappée par la lente construction, étage après étage, du gratte-ciel de la place de la gare centrale : c'était un squelette d'immeuble qui nous paraissait alors incroyablement élevé, juste à côté de l'audacieuse gare. Je ne cessais de m'étonner, chaque fois que je passais par la Piazza Garibaldi : regarde comme c'est haut ! disais-je à Lila, à Carmen, Pasquale, Ada ou Antonio, à tous mes camarades de l'époque, lorsque nous nous aventurions au bord de la mer, jusqu'aux frontières des quartiers riches. Ce sont sûrement des anges qui habitent cette tour, me disais-je, et ils doivent avoir une vue sur toute la ville ! J'aurais tellement aimé monter là-haut, grimper jusqu'au sommet ! Bien qu'il ne se trouvât pas dans notre quartier, nous le considérions comme *notre* gratte-ciel, et nous le regardions grandir jour après jour. Mais les travaux avaient été interrompus. Quand je rentrais de Pise, le gratte-ciel de la gare, loin de symboliser le renouveau d'une communauté, ne me semblait plus qu'une preuve supplémentaire de son inefficacité.

À cette époque, je commençai à me dire qu'il n'y avait pas grande différence entre notre quartier et Naples : le malaise passait sans transition de l'un à l'autre. À chaque fois que je rentrais, je retrouvais une ville faite d'un feuilleté de plus en plus friable, qui ne supportait pas les changements de saison, le chaud, le froid ni, surtout, les orages. Une fois, c'était la gare de la Piazza Garibaldi qui avait été inondée, une autre fois la Galleria en face du Musée archéologique s'était effondrée, et un autre jour encore, il y avait eu un glissement de terrain et le courant n'était toujours pas rétabli. J'avais en mémoire des rues sombres et pleines de danger, une circulation de plus en plus désordonnée, des chaussées défoncées et de grosses flaques. Les égouts trop pleins débordaient et l'eau giclait de toute part. Des coulées de pluie, d'eaux usées, de déchets et de bactéries dévalaient des collines hérissées de constructions neuves de piètre qualité et se déversaient dans la mer, ou bien creusaient le sol vers le monde souterrain. Les gens mouraient de l'incurie, de la corruption et des abus. Et pourtant, à chaque élection, ils soutenaient avec enthousiasme les hommes politiques qui rendaient leur vie insupportable. Dès que je descendais du train, je me déplaçais avec mille précautions dans les lieux de mon enfance, veillant à ne parler qu'en dialecte, comme pour bien faire savoir : *je suis des vôtres, ne me faites pas de mal !*

Une fois mes études universitaires achevées, et après avoir écrit d'un trait un récit qui, à ma plus grande surprise, était devenu en quelques mois un livre, j'eus l'impression que le monde d'où je venais ne faisait que se détériorer davantage. Alors qu'à Pise ou à Milan je me sentais bien, parfois même heureuse, à chaque fois que je retournais dans ma ville, je craignais qu'un événement imprévu ne m'empêche de la fuir, et que tout ce que j'avais conquis ne me soit ôté. J'imaginais que je ne pourrais plus rejoindre Pietro que je devais bientôt épouser ; j'allais être exclue de l'espace immaculé de la maison d'édition ; je ne pourrais plus fréquenter Adele, ma future belle-mère si raffinée, une mère comme je n'en avais jamais eu. Déjà, par le passé, je trouvais que ma ville était pleine à craquer : c'était une cohue permanente de la Piazza Garibaldi à Forcella, à la Duchesca, au Lavinaio ou au Rettifilo. À la fin des années soixante, j'eus l'impression que cette foule avait encore augmenté, qu'elle devenait plus agressive et insupportable, et débordait de partout, incontrôlable. Un matin, je m'étais aventurée jusqu'à la Via Mezzocannone, là où, quelques années plus tôt, j'avais travaillé comme vendeuse dans une librairie. J'y étais allée par curiosité, pour revoir l'endroit où j'avais trimé, et surtout pour jeter un œil à l'université, où je n'étais jamais entrée. Je voulais la comparer avec celle de Pise, avec l'École normale supérieure, et j'espérais peut-être y croiser les enfants de Mme Galiani, Armando et Nadia, afin de me vanter de ce que j'avais été capable d'accomplir. Or, cette expérience m'avait remplie d'angoisse. La rue et les bâtiments universitaires étaient pleins de jeunes gens originaires de Naples, de la région et de tout le Sud : certains étaient bien habillés, bruyants, et débordaient de confiance en eux, d'autres avaient un comportement à la fois fruste et soumis. Ils se pressaient dans les couloirs, les salles, et devant les secrétariats où se formaient de longues files d'attente souvent belliqueuses. Un groupe de trois ou quatre étudiants s'étaient battus à quelques mètres de moi, sans crier gare, comme si le simple fait de se voir avait suffi à déclencher une explosion d'insultes et de coups – une fureur masculine qui hurlait son désir de sang dans un dialecte que j'avais moi-même du mal à comprendre. Je m'étais hâtée de m'éloigner, comme si quelque chose de menaçant m'avait effleurée dans un lieu que j'avais imaginé sûr et uniquement peuplé de personnes bien intentionnées.

Bref, année après année, la situation me semblait empirer. Lors de cette période pluvieuse, la ville s'était fissurée et un immeuble entier s'était affaissé sur le côté – comme si quelqu'un s'était appuyé sur le bras vermoulu d'un vieux fauteuil et que ce bras avait cédé. Des morts, des blessés. Et puis des cris, des coups et de petites bombes artisanales. On aurait dit que la ville couvait en son sein une furie qui n'arrivait pas à sortir et qui du coup la rongeait, sauf lorsqu'elle surgissait comme une éruption de pustules gonflées de venin qui s'en prenaient à tout le monde : enfants, adultes, vieillards, gens des autres villes, Américains de l'OTAN, touristes de toutes nationalités et Napolitains eux-mêmes. Comment résister, dans ces lieux de désordre et de danger, dans les périphéries, dans le centre, sur les collines ou au pied du Vésuve ? Quelle mauvaise impression m'avait faite San Giovanni a Teduccio, sans parler du trajet pour y arriver ! Quelle mauvaise impression m'avait faite l'usine où travaillait Lila, mais aussi Lila elle-même, Lila et son jeune enfant, Lila qui vivait dans un immeuble misérable avec Enzo, alors qu'ils ne dormaient pas ensemble… Lila m'avait expliqué qu'Enzo voulait étudier le fonctionnement des ordinateurs et qu'elle essayait de l'aider. J'avais en mémoire sa voix qui cherchait à faire oublier San Giovanni, les salaisons, l'odeur de l'usine et les conditions de travail, en évoquant avec une fausse compétence des institutions telles que le Centre de cybernétique de l'université de Milan, ou le Centre soviétique pour l'application de l'informatique aux sciences sociales. Elle voulait me faire croire qu'un centre de ce genre allait bientôt voir le jour à Naples aussi. Je m'étais dit : à Milan peut-être, en Union soviétique certainement, mais ici, non ! Ça, ce sont les élucubrations de ta tête folle, dans lesquelles tu entraînes maintenant ce pauvre Enzo, qui t'est tellement dévoué. Ce qu'il fallait faire, au contraire, c'était s'en aller. Partir définitivement, loin de la vie que nous avions connue depuis notre naissance. S'installer dans un lieu bien organisé où tout était vraiment possible. Et en effet, j'avais décampé. Mais seulement pour découvrir, dans les décennies suivantes, que je m'étais trompée, et qu'en réalité nous étions prises dans une chaîne dont les anneaux étaient de plus en plus grands : le quartier renvoyait à la ville, la ville à l'Italie, l'Italie à l'Europe, et l'Europe à toute la planète. Et aujourd'hui, c'est ainsi que je vois les choses : ce n'est pas notre quartier qui est malade, ce n'est pas Naples, c'est le globe terrestre tout entier, c'est l'Univers, ce sont les univers ! Le seul talent consiste à cacher et à se cacher le véritable état des choses.

Cet après-midi-là, à l'hiver 2005, c'était de cela que j'entretenais Lila, avec grandiloquence et comme pour faire amende honorable : mon intention était de reconnaître qu'elle avait tout compris depuis sa prime enfance, sans jamais quitter Naples. Mais j'eus aussitôt honte d'entendre dans mes paroles le pessimisme grincheux de quelqu'un qui vieillit – un ton qu'elle détestait, je le savais. En effet, elle montra ses dents abîmées dans un sourire qui était plutôt une grimace nerveuse, et elle me lança :

« Alors, madame je-sais-tout, tu nous fais

26

profiter de ta science ? Qu'est-ce que tu as derrière la tête ? Tu as l'intention d'écrire sur nous ? Sur moi ?

— Non.

— Ne mens pas !

— Ce serait trop compliqué.

— Tu y as pensé, pourtant, et tu y penses encore !

— Un peu, oui.

— Fiche-moi la paix, Lenù, fiche-nous la paix, à nous tous ! On doit disparaître, on ne mérite rien, ni Gigliola ni moi ni personne d'autre.

— Ce n'est pas vrai. »

Elle prit un air mécontent et désagréable, et se mit à me scruter de ses pupilles à peine visibles, les lèvres entrouvertes.

« D'accord, dit-elle. Si tu y tiens vraiment, écris donc, écris sur Gigliola et sur qui tu veux. Mais pas sur moi, ça non, tu n'as pas intérêt ! Promets-le-moi.

— Je n'écrirai sur personne, même pas sur toi.

— Fais gaffe, je te tiens à l'œil !

— Ah bon ?

— Je fouillerai dans ton ordinateur, je lirai tes fichiers et je les effacerai !

— Oui oui, c'est ça…

— Tu crois que j'en suis pas capable ?

— Si, je sais que tu en es capable. Mais je me protégerai.

— De moi, non ! »

2

Je n'ai plus jamais oublié ces trois mots, la dernière chose qu'elle m'ait dite : *de moi, non*. Voilà plusieurs semaines maintenant que j'écris avec ardeur, sans prendre le temps de me relire. Si Lila est encore vivante – je prends mon café, rêvassant et regardant le Pô heurter les piles du pont Principessa-Isabella –, elle ne pourra résister et viendra mettre son nez dans mon ordinateur. Elle lira mon texte et, en vieille atrabilaire qu'elle est, elle piquera une colère en constatant ma désobéissance : alors elle cherchera à mettre son grain de sel, commencera à corriger mon livre et à ajouter des choses, et elle en oubliera sa manie de disparaître. Puis je rince ma tasse, regagne mon bureau et me remets à écrire, reprenant à partir de cette froide soirée de printemps à Milan, il y a plus de quarante ans, lorsque l'homme aux lunettes épaisses parla de moi et de mon livre de façon sarcastique devant tout le public réuni dans la librairie et que je lui répondis, tremblante et brouillonne. Jusqu'à ce que, brusquement, Nino Sarratore se lève : presque méconnaissable avec sa barbe broussailleuse et très noire, il commença à attaquer durement celui qui m'avait attaquée. À partir de cet instant, je n'arrêtai plus d'appeler son nom en mon for intérieur (depuis combien de temps ne l'avais-je pas vu ? quatre, cinq ans ?). J'avais beau me sentir glacée sous le coup de la tension, mes joues s'empourprèrent.

Dès que Nino eut fini de parler, l'homme demanda à répondre, d'un geste contrôlé. À l'évidence, il avait mal pris l'intervention de Nino, mais

28

j'étais en proie à trop d'émotions violentes pour comprendre exactement pourquoi. Évidemment, j'avais réalisé que Nino avait déplacé le discours de la littérature vers la politique, et ce d'une manière agressive, presque irrespectueuse. Toutefois, sur le moment, je ne prêtai guère attention à la question : je n'arrivais pas à me pardonner d'avoir été incapable de résister à la critique et de n'avoir su tenir que des propos confus devant ce public très cultivé. Et pourtant, j'étais douée ! Au lycée, partant d'une situation d'infériorité, j'avais su réagir en m'efforçant de devenir comme Mme Galiani, dont je m'étais approprié les intonations et le langage. À Pise, ce modèle de femme ne m'avait plus suffi, car là j'avais dû affronter des personnes très aguerries. Franco, Pietro, les brillants étudiants et, naturellement, les prestigieux enseignants de l'École normale supérieure, tous s'exprimaient de manière complexe, connaissaient l'art et les subtilités de l'écriture et savaient manier les catégories avec une adresse et une rigueur logique que Mme Galiani ne possédait pas. Mais j'avais tout fait pour leur ressembler. J'y étais largement parvenue, et j'avais eu l'impression de réussir à dominer les mots au point d'éliminer pour toujours les incohérences de l'existence, le tourment des émotions et les conversations à perdre haleine. Bref, je maîtrisais désormais des manières de parler et d'écrire qui – à travers un lexique très précis, un rythme ample et contrôlé, un enchaînement impitoyable des arguments et une pureté formelle sans faille – visaient à anéantir mon interlocuteur au point de lui ôter toute envie d'objecter. Or, ce soir-là, les choses n'avaient pas du tout tourné comme elles auraient dû. J'avais été intimidée d'abord par Adele et ses amis, que je prenais tous pour de fins lettrés, et ensuite par l'homme aux lunettes épaisses. J'étais redevenue la brave fille du quartier, si volontaire, la fille du portier avec l'accent du Sud, surprise elle-même de se retrouver là en train de jouer le rôle de la jeune romancière cultivée. Ainsi avais-je perdu confiance et m'étais-je exprimée sans conviction et de manière embrouillée. Sans parler de Nino. Son apparition m'avait ôté tous mes moyens, et la qualité même de son intervention en ma faveur m'avait confirmé que j'avais brusquement perdu mes capacités. Nous venions tous deux de milieux assez semblables et avions travaillé dur pour acquérir ce langage. Or, il avait été le seul à l'utiliser avec aisance, s'adressant à son interlocuteur de façon naturelle, tout en se permettant parfois, quand cela lui avait paru nécessaire, de bousculer habilement cet italien soutenu, sa désinvolture et son effronterie faisant vite apparaître désuets voire un peu ridicules les tons professoraux de l'homme aux lunettes épaisses. Par conséquent, lorsque je vis que ce dernier voulait reprendre la parole, je songeai : maintenant il est vraiment en colère, et s'il a déjà dit du mal de mon livre, là il va se déchaîner, car il voudra humilier Nino qui l'a défendu.

Or, l'homme parut s'intéresser à tout autre chose : il ne revint pas sur mon roman et ne fit plus aucune allusion à ma personne. En revanche, il se concentra sur certaines formules que Nino avait utilisées de façon anecdotique mais, en effet, récurrente, telles que *l'arrogance des barons*, ou *la littérature antiautoritaire*. Alors seulement, je compris que son énervement était précisément dû à la tournure politique qu'avait prise la discussion. C'étaient ces expressions-là qui lui avaient déplu, et il les mit en relief d'un ton sarcastique en prenant soudain une voix de fausset (*ainsi, être fiers de la culture, aujourd'hui, c'est être arrogants ? ainsi, c'est au tour de la littérature d'être antiautoritaire ?*) qui contrastait fortement avec sa voix grave. Puis il se mit à jouer adroitement avec le mot *autorité* : grâce à Dieu, s'exclama-t-il, l'autorité est une digue contre les jeunes gens peu cultivés qui donnent leur opinion à tort et à travers, en se référant à des âneries entendues dans n'importe quel pseudo-cours universitaire. Il s'exprima longuement sur ce thème en s'adressant au public, jamais directement à Nino ni à moi. Mais pour conclure, il concentra ses feux d'abord sur le critique littéraire âgé assis à mon côté, et ensuite sur Adele qui, en fait, était peut-être la véritable cible de sa diatribe depuis le départ. Moi je n'ai rien contre les jeunes, dit-il en résumé, mais j'en veux aux adultes érudits qui, par intérêt, sont toujours prêts à s'embarquer dans la dernière idiotie à la mode. Là il se tut enfin et commença à se diriger vers la sortie à coups d'« excusez-moi, pardon, merci » chuchotés mais énergiques.

Ses voisins se levèrent pour le laisser passer, visiblement déférents bien qu'hostiles. À ce moment-là, je fus certaine qu'il s'agissait de quelqu'un de vraiment prestigieux, tellement prestigieux qu'Adele répondit à son geste d'adieu glacial par un cordial « au revoir et merci ». C'est sans doute pour cela que Nino surprit un peu tout le monde lorsque, à la fois impérieux et narquois, indiquant qu'il savait parfaitement à qui il avait à faire, il l'interpella en employant son titre universitaire (*professeur, où allez-vous ? ne fuyez pas !*), et vint lui barrer la route grâce à l'agilité de ses longues jambes. Il se planta devant lui et se lança dans un discours dans sa nouvelle langue. D'où j'étais, j'entendais mal, et ne pus tout comprendre, mais visiblement ses mots étaient comme des pics d'acier sous un soleil brûlant. L'autre écouta, immobile et sans s'impatienter, puis il fit un geste de la main qui signifiait « pousse-toi » et gagna la sortie.

3

Je me levai abasourdie, j'avais du mal à réaliser que Nino était vraiment là, à Milan, dans cette petite salle. Et pourtant si, il avançait déjà vers moi en souriant, d'un pas contrôlé, sans précipitation. Nous nous serrâmes la main – la sienne était très chaude, la mienne glacée – en nous disant combien nous étions heureux de nous revoir après tout ce temps. Savoir que le pire moment de la soirée était passé et que Nino se trouvait vraiment devant moi atténua ma mauvaise humeur, mais pas ma fébrilité. Je le présentai au professeur qui avait généreusement fait l'éloge de mon livre, précisant que c'était un ami de Naples et que nous avions été au lycée ensemble. Ce critique, malgré les quelques railleries que Nino lui avait lancées, fut aimable avec lui. Il le félicita pour la manière dont il avait répondu à cet homme, évoqua Naples avec bienveillance, et s'adressa à lui comme à un étudiant doué, méritant d'être encouragé. Nino expliqua qu'il vivait à Milan depuis plusieurs années, s'intéressait à la géographie économique et appartenait, ajouta-t-il souriant, à la catégorie qui se trouvait tout en bas de la pyramide universitaire, celle des misérables chercheurs. Il s'exprima de façon captivante, sans ce ton un peu bougon qui était le sien quand il était plus jeune. Je le voyais porter une armure plus légère que celle qui m'avait fascinée au lycée, comme s'il s'était libéré de poids excessifs afin de pouvoir participer aux joutes avec plus de vélocité et d'élégance. Avec soulagement, je remarquai qu'il ne portait pas d'alliance.

Entre-temps, quelques amies d'Adele s'étaient approchées pour me demander de dédicacer mon livre, ce qui m'émut beaucoup : c'était la première fois que cela m'arrivait. J'hésitai, ne voulant pas perdre Nino de vue ne serait-ce qu'un instant, toutefois je désirais aussi rectifier un peu l'image de jeune fille gauche et mal dégrossie que j'avais dû donner à Adele. Je laissai donc Nino avec le professeur âgé – qui s'appelait M. Tarratano – et accueillis aimablement mes lectrices. Je comptais me débarrasser d'elles vite fait, mais les volumes qu'elles tenaient en main étaient tout neufs et sentaient bon l'imprimerie, ils n'avaient rien à voir avec les vieux ouvrages malodorants que Lila et moi empruntions à la bibliothèque de notre quartier, et je n'eus pas le cœur de les abîmer avec un message bâclé. Je déployai ainsi ma plus belle écriture de l'époque de Mme Oliviero et inventai des dédicaces recherchées, provoquant quelques mouvements d'impatience parmi les dames qui attendaient. Je le fis le cœur battant, en surveillant Nino du coin de l'œil. Je tremblais à l'idée qu'il s'en aille.

Mais il ne partit pas. Maintenant, Adele s'était approchée de Tarratano et lui, et Nino s'adressait à elle à la fois avec déférence et désinvolture. Je me souvins du temps où il discutait dans les couloirs du lycée avec Mme Galiani, et il me fut aisé de faire un lien, dans mon esprit, entre le lycéen brillant d'autrefois et le jeune homme d'aujourd'hui. J'écartai brusquement, comme une parenthèse inutile qui n'avait fait qu'apporter souffrance à tous, le garçon d'Ischia, l'amant de mon amie mariée et l'étudiant égaré qui se cachait dans les toilettes du magasin de la Piazza dei Martiri, et le père de Gennaro, un enfant qu'il n'avait jamais vu. Bien sûr, l'irruption de Lila dans sa vie l'avait fourvoyé mais – et ce jour-là, cela me parut évident – il ne s'était agi que d'un intermède. Malgré l'intensité de cette expérience, et malgré les traces profondes qu'elle avait dû lui laisser, cet épisode était bel et bien clos. Nino était redevenu lui-même, et j'en fus heureuse. Je pensai aussitôt : il faut que je dise à Lila que je l'ai rencontré et qu'il va bien. Et puis je changeai d'avis : non, je ne lui dirai rien.

Quand je terminai mes dédicaces, la petite salle était vide. Adele me prit la main avec délicatesse, loua la manière dont j'avais parlé de mon livre et les réponses que j'avais fournies à l'exécrable intervention – c'est ainsi qu'elle la qualifia – de l'homme aux lunettes épaisses. Vu que je niais avoir été à la hauteur (et je savais bien que j'avais raison), elle demanda à Nino et à Tarratano de donner leur avis et, naturellement, tous deux me complimentèrent à qui mieux mieux. Nino en vint à déclarer, me fixant avec sérieux : *vous n'imaginez pas comment cette jeune fille était déjà au lycée ! si intelligente, si cultivée, si courageuse, si belle !* Et alors que je sentais mon visage s'empourprer, il se mit à raconter de manière piquante et élégante mon conflit, des années auparavant, avec le professeur de religion. En l'écoutant, Adele rit à de nombreuses reprises. Dans ma famille, ajouta-t-elle, nous avons tout de suite pris la mesure des qualités d'Elena. Puis elle annonça qu'elle avait réservé une table pour dîner, dans un restaurant à quelques pas de là. Cette perspective m'inquiéta, je murmurai gênée que j'étais fatiguée et n'avais pas faim, et laissai entendre que, n'ayant pas vu Nino depuis très longtemps, j'aurais aimé faire quelques pas avec lui avant d'aller me coucher. Je me rendais compte que c'était impoli, que ce dîner était organisé en mon honneur et que c'était une manière de remercier Tarratano de son engagement en faveur de mon roman, mais je ne pus m'en empêcher. Adele me dévisagea un instant avec ironie avant de répliquer qu'évidemment mon ami était invité aussi. Puis elle ajouta d'un air mystérieux et comme pour me dédommager du sacrifice auquel je consentais : j'ai une belle surprise pour toi en réserve. Anxieuse, je regardai Nino : allait-il accepter l'invitation ? Il dit qu'il ne voulait pas déranger, regarda sa montre et enfin accepta.

4

Nous quittâmes la librairie. Discrète, Adele partit devant avec Tarratano, et Nino et moi les suivîmes. Je compris aussitôt que je ne savais que lui dire, et à chaque mot je craignais de tomber à côté. Mais c'est lui qui se chargea d'éviter les silences. Il fit à nouveau l'éloge de mon livre, avant de se lancer dans un discours où il exprima toute son estime pour les Airota (il les appela « la famille la plus raffinée de toutes celles qui comptent en Italie »). Il m'apprit qu'il était en contact avec Mariarosa (« elle est toujours en première ligne ! il y a quinze jours, tous les deux on s'est sacrément disputés »), puis me félicita, Adele venant de lui apprendre que j'étais fiancée avec Pietro, avant de me révéler, à ma plus grande surprise, qu'il connaissait le livre de Pietro sur les rites bachiques, mais surtout il me parla avec un profond respect du chef de famille, le professeur Guido Airota, « un homme véritablement exceptionnel ». Je trouvai un peu vexant qu'il fût déjà au courant de mes fiançailles et commençai à me sentir mal à l'aise, m'apercevant que ses louanges sur mon livre n'avaient servi que de prélude à des louanges beaucoup plus appuyées sur toute la famille de Pietro, y compris sur le livre de ce dernier. Je finis par l'interrompre et lui demandai de me parler de lui, mais il demeura vague, se contentant de quelques allusions à un petit volume qui allait sortir et qu'il qualifia d'ennuyeux, présentant cette publication comme un passage obligé. J'insistai et l'interrogeai pour savoir s'il avait eu du mal à s'habituer à la vie milanaise. Il me répondit avec quelques généralités sur les problèmes des gens du Sud qui arrivent dans le Nord sans un sou en poche. Puis, de but en blanc, il me demanda :

« Tu es rentrée vivre à Naples ?

— Oui, pour le moment.

— Dans notre quartier ?

— Oui.

— Moi, j'ai définitivement coupé les ponts

avec mon père, et je ne vois plus personne de ma famille.

— C'est dommage.

— C'est mieux comme ça. Je regrette seulement de n'avoir aucune nouvelle de Lina. »

Un instant, je crus m'être trompée : Lila n'était jamais sortie de sa vie et il n'était pas venu dans cette librairie pour moi, mais uniquement pour que je lui parle d'elle. Puis je pensai : s'il avait vraiment voulu des nouvelles de Lila, il aurait trouvé le moyen d'en obtenir, depuis tout ce temps ! Je réagis brutalement, avec le ton tranchant de quelqu'un qui souhaite conclure rapidement une conversation :

« Elle a quitté son mari et elle vit avec un autre.

— Elle a eu un garçon ou une fille ?

— Un garçon. »

Il eut une moue de mécontentement et commenta :

« Lila est très courageuse, même trop. Elle ne sait pas se plier à la réalité, elle est incapable d'accepter les autres et de s'accepter elle-même. L'aimer a été une expérience difficile.

— Dans quel sens ?

— Elle ne sait pas ce que c'est que le dévouement.

— Peut-être que tu exagères…

— Non, rien ne va chez elle : ni la tête ni rien, pas même le sexe. »

Ces derniers mots – *pas même le sexe* – me frappèrent encore plus que le reste. Ainsi, Nino se permettait d'exprimer un jugement négatif sur ses relations avec Lila. Ainsi, il venait de me dire, me laissant complètement déconcertée, que ce jugement touchait aussi le domaine du sexe.

Je fixai quelques instants les silhouettes sombres d'Adele et de son ami qui marchaient devant nous. Mon trouble se transforma en anxiété, car j'eus l'intuition que ce *pas même le sexe* n'était qu'un préambule et que Nino avait l'intention de devenir beaucoup plus explicite. Des années auparavant, Stefano s'était confié à moi, après son mariage, et m'avait raconté ses problèmes avec Lila, mais sans jamais faire allusion au sexe – aucun homme de notre quartier ne l'aurait fait à propos de la femme aimée. Par exemple, il était inimaginable que Pasquale me parle de la sexualité d'Ada ou, pire encore, qu'Antonio évoque ma sexualité avec Carmen ou Gigliola. Les hommes en discutaient entre eux, et sur un mode vulgaire, à propos de filles auxquelles ils ne tenaient pas ou plus, mais entre hommes et femmes, ça, jamais. Or, j'eus le sentiment que Nino, le nouveau Nino, considérait que deviser des rapports sexuels qu'il avait eus avec mon amie était quelque chose de normal. Gênée, j'esquivai le sujet. De ça non plus, me dis-je, il ne faudra jamais que je parle à Lila. Et tout en me faisant ces réflexions, je répondais avec une feinte désinvolture : de l'eau est passée sous les ponts, ne nous laissons pas abattre par ces tristes souvenirs ! discutons plutôt de toi : sur quoi travailles-tu, quelles sont tes perspectives à l'université, où habites-tu, est-ce que tu vis seul ? Toutefois, je dus mettre trop de fougue dans mes propos, et il sentit certainement que j'essayais d'éviter le sujet. Il sourit d'un air ironique et s'apprêta à me répondre. Mais nous étions arrivés devant le restaurant et nous entrâmes.

5

Adele nous plaça : je me retrouvai à côté de Nino et en face de Tarratano, elle près de Tarratano et face à Nino. Tandis que nous passions commande, la conversation se déplaçait déjà vers l'homme aux lunettes épaisses, un professeur de littérature italienne – c'est ce que je compris – qui collaborait régulièrement au *Corriere della Sera*, un démocrate-chrétien. Cette fois, ni Adele ni son ami ne se retinrent. Sortis du contexte de la librairie et de ses rites, ils dirent de lui tout le mal possible, et félicitèrent Nino pour la manière dont il l'avait affronté et mis en déroute. Ils s'amusèrent surtout en évoquant les paroles que Nino lui avait lancées juste avant qu'il ne quitte la salle, des propos qu'eux avaient entendus mais pas moi. Quand ils lui demandèrent de répéter précisément ses formules, Nino se déroba et prétendit ne pas se rappeler. Néanmoins les mots finirent par ressurgir, peut-être un peu inventés pour l'occasion, des choses du genre : *vous, pour assurer l'Autorité sous toutes ses formes, vous seriez prêt à suspendre la démocratie* ! Et à partir de là, ils ne parlèrent plus que tous les trois, avec une animation croissante. Ils mentionnèrent les services secrets, la Grèce, les tortures dans les prisons grecques, le Vietnam, l'apparition inespérée des mouvements étudiants non seulement en Italie mais aussi en Europe et dans le monde, et aussi un article du *Ponte* signé par le professeur Airota – Nino s'était exclamé qu'il partageait son avis, mot pour mot – sur les conditions d'enseignement et de recherche dans les universités.

« Je dirai à ma fille que ce texte vous a plu, dit Adele. Mariarosa n'a pas du tout été emballée.

— Mariarosa se passionne seulement pour ce que le monde ne peut pas donner.

— Très juste, c'est exactement ça ! »

Moi je ne savais rien de l'article de mon futur beau-père. Cela me mit mal à l'aise et je les écoutai en silence. Les examens d'abord, mon mémoire de fin d'études ensuite, et enfin le roman et sa publication précipitée avaient absorbé presque tout mon temps. Je n'étais informée des événements du monde que de manière superficielle et n'avais pratiquement pas entendu parler des manifestations étudiantes, des affrontements, des blessés, des arrestations et du sang versé. Comme je n'étais désormais plus à l'université, tout ce que je savais de ces désordres, c'était par les ronchonnements de Pietro, qui se plaignait de ce qu'il appelait, je cite, le « bêtisier pisan ». Du coup, tout cela n'était pour moi qu'une toile de fond très floue. En revanche, mes compagnons de table semblaient capables de déchiffrer la situation avec une grande précision, Nino plus encore que les autres. Assise près de lui je l'écoutais, mon bras effleurant le sien – et même à travers les étoffes, ce contact m'émouvait. Il avait gardé son goût pour les chiffres et égrenait toutes sortes de statistiques : le nombre d'étudiants inscrits à l'université – une véritable marée humaine –, les capacités réelles des locaux, les heures pendant lesquelles les barons de la fac travaillaient véritablement, la proportion de mandarins qui, au lieu d'enseigner et faire de la recherche, étaient assis au Parlement ou dans des conseils d'administration, ou bien consacraient leur temps à des activités de consultant grassement rémunérées ou à des emplois dans le privé. Adele hochait la tête, son ami aussi, et ils intervenaient parfois en nommant des personnes dont je n'avais jamais entendu parler. Je me sentis complètement mise à l'écart. La petite fête pour mon roman n'était plus leur première préoccupation, et ma future belle-mère semblait avoir également oublié la surprise qu'elle m'avait annoncée. Je murmurai que je devais quitter la table un instant : Adele répondit par un geste distrait et Nino poursuivit son discours passionné. Tarratano dut croire que je m'ennuyais et, plein de sollicitude, me dit presque dans un chuchotement :

« Revenez vite, je tiens beaucoup à votre opinion !

— Oh, moi je n'ai pas d'opinion », répondis-je avec un demi-sourire.

Il sourit à son tour :

« Une romancière peut toujours en inventer une.

— Peut-être ne suis-je pas vraiment une romancière…

— Bien sûr que si ! »

Je partis aux toilettes. Nino avait toujours eu le don, à peine ouvrait-il la bouche, de me faire prendre conscience de mon ignorance. Il faut que je me mette au travail, me dis-je. Comment ai-je pu me laisser aller ainsi ? bien sûr, quand je le veux vraiment, je suis capable de jouer avec les mots afin de simuler un minimum de compétence et de passion. Mais je ne peux continuer ainsi, j'ai appris trop de choses sans intérêt, et pas assez qui comptent vraiment. Après la fin de ma liaison avec Franco, j'ai perdu le peu de curiosité pour le monde qu'il m'avait transmise. Et les fiançailles avec Pietro n'ont rien arrangé : tout ce qui ne l'intéressait pas a cessé de m'intéresser également. Pietro est tellement différent de son père, sa sœur et sa mère! et, surtout, il est tellement différent de Nino! si cela n'avait tenu qu'à Pietro, je n'aurais même pas écrit mon roman. Il l'a accueilli presque avec agacement, comme une infraction aux bonnes manières universitaires. Mais j'exagère peut-être, sans doute est-ce ma faute. Je suis quelqu'un d'un peu limité, je n'arrive pas à me concentrer sur plus d'une chose à la fois, et je me ferme à tout le reste. Mais maintenant, je vais changer. Aussitôt après ce repas ennuyeux, j'entraînerai Nino avec moi, l'obligerai à déambuler toute la nuit et lui demanderai quels livres lire, quels films voir et quelles musiques écouter. Je glisserai mon bras sous le sien et lui dirai : j'ai un peu froid… Intentions confuses, propositions incomplètes. Je me cachai ma propre anxiété et me dis simplement : c'est peut-être notre seule occasion, demain je partirai et ne le reverrai plus.

Pendant ce temps, je m'observais dans le miroir avec irritation. J'avais un visage fatigué, de petits boutons sur le menton et des cernes violets annonçaient mes règles. Je suis petite, moche, et j'ai trop de poitrine. Je devrais avoir compris depuis longtemps que je ne lui ai jamais plu, ce n'est pas pour rien qu'il m'a préféré Lila! Mais pour quel résultat? *Rien ne va chez elle, pas même le sexe*, a-t-il affirmé. J'ai eu tort d'esquiver. J'aurais dû manifester de la curiosité et l'inciter à poursuivre. S'il en parle à nouveau, je me montrerai plus libérée et lui dirai : ça veut dire quoi, qu'une fille s'y prend mal en matière de sexe? je te le demande, ajouterai-je en riant, afin de me corriger moi aussi, le cas échéant – si ça se corrige, évidemment, qui sait ? Je me souvins avec dégoût de ce qui s'était passé avec son père sur la plage des Maronti. Puis je songeai à l'amour avec Franco sur le petit lit de sa chambre d'étudiant, à Pise. En ces occasions, avais-je fait quelque chose de travers qu'on avait remarqué mais qu'on m'avait tu par tact ? Et si ce soir même, disons, je couchais avec Nino, ferais-je encore quelque chose d'incorrect, au point qu'il se dirait : ah, elle s'y prend mal aussi, c'est comme Lila ! et puis il en discuterait dans mon dos avec ses amies de l'université de Milan, peut-être même avec Mariarosa ?

Je me rendis compte combien ses paroles avaient été désagréables : j'aurais dû les lui reprocher. De ces rapports sexuels défaillants, aurais-je dû lui lancer, de cette expérience sur laquelle tu portes aujourd'hui un jugement négatif, est né un fils, le petit Gennaro, qui est très intelligent ! tu ne devrais pas parler comme ça, la question ne peut se réduire à savoir qui est bien fait en matière de sexe ou ne l'est pas. Lila s'est détruite pour toi. Alors ma décision fut prise : dès que nous serons débarrassés d'Adele et de son ami, Nino me raccompagnera à l'hôtel, et j'en profiterai pour revenir sur la conversation de tout à l'heure et lui dire ce que j'en pense.

Je sortis des toilettes. Je regagnai la salle à manger et découvris que, pendant mon absence, il y avait eu du changement. Dès que ma belle-mère m'aperçut, elle agita la main et s'exclama joyeusement, les joues rouges : ta surprise est enfin arrivée ! La surprise, c'était Pietro. Il était assis à côté d'elle.

6

Mon fiancé se leva d'un bond et m'embrassa.
Je ne lui avais jamais parlé de Nino. J'avais fait
allusion à Antonio, juste quelques mots, et avais
évoqué succinctement ma liaison avec Franco
qui du reste, à Pise, était connue de tout le petit
monde étudiant. En revanche, je n'avais jamais
prononcé le nom de Nino. C'était une histoire
qui me faisait mal, et j'avais honte de certains
épisodes pénibles. Parler de Nino aurait signifié
avouer que, depuis toujours, j'aimais un homme
comme je ne pourrais jamais aimer Pietro. En
outre, mettre de l'ordre dans cette histoire et lui
donner un sens supposait aussi parler de Lila,
d'Ischia, voire avouer que l'épisode des relations
sexuelles avec un homme mûr qui figurait dans
mon livre était inspiré d'une expérience réelle aux
Maronti. À présent, après tout ce temps, ce choix
de jeune fille désespérée me semblait totalement
répugnant. Bref, tout cela c'étaient mes affaires,
et j'avais gardé mes secrets pour moi. Si Pietro
avait entendu parler de Nino, il aurait facilement
compris la raison de la froideur avec laquelle je
l'accueillais.

Il se rassit en bout de table, entre sa mère et
Nino. Tout en dévorant son bifteck et en buvant
du vin, il me regardait, inquiet, sensible à ma mauvaise humeur. Il se sentait certainement coupable
d'être arrivé en retard, ratant ainsi un événement
important pour moi, et cette négligence aurait
pu être interprétée comme un signe qu'il ne m'aimait pas, puisqu'il m'avait laissée entre les mains
d'étrangers, sans me soutenir de son affection. Il

était difficile de lui dire que mon visage sombre et mon mutisme s'expliquaient *justement* par le fait qu'il ne soit pas resté absent jusqu'au bout, et qu'il se soit interposé entre Nino et moi.

De surcroît, Nino ajoutait encore à mon malheur. Il était assis près de moi mais ne m'adressait jamais la parole. Il avait l'air content de l'arrivée de Pietro. Il lui versait du vin, lui offrait ses cigarettes, lui en allumait une. Ensuite ils laissaient tous deux la fumée s'échapper d'entre leurs lèvres serrées, avant d'évoquer le long trajet en voiture de Pise à Milan ainsi que le plaisir de conduire. Leur différence me frappa : Nino sec et dégingandé, avec sa voix forte et chaleureuse, et Pietro trapu, avec sa grosse touffe de cheveux bizarrement emmêlés sur son front énorme, ses joues rondes écorchées par le rasoir, et son ton de voix toujours grave. Ils avaient l'air heureux de se rencontrer, ce qui était assez inhabituel pour Pietro, normalement peu sociable. Nino pressait Pietro et montrait un vif intérêt pour ses travaux (*j'ai lu quelque part un article où tu opposes le lait et le miel au vin et à toute forme d'ivresse*), il le poussait à en parler, et mon fiancé, qui en règle générale ne discutait jamais de ces sujets, finissait par céder. Il rectifiait les propos de Nino d'un air débonnaire et s'ouvrait. Or, c'est justement au moment où Pietro commençait à prendre confiance en lui qu'Adele intervint :

« Allez, finis les bavardages ! lança-t-elle à son fils. Et la surprise pour Elena ? »

Je la regardai, déconcertée. Il y avait d'autres surprises ? Cela ne suffisait pas que Pietro ait conduit pendant des heures sans faire la moindre pause, afin d'arriver à temps au moins pour le dîner en mon honneur ? Je fixai mon fiancé avec curiosité, il avait pris l'air bougon que je lui connaissais bien, celui qu'il prenait à chaque fois que les circonstances l'obligeaient à dire du bien de lui-même en public. Alors il m'apprit, presque du bout des lèvres, qu'il avait obtenu un poste de professeur à l'université de Florence, et ce malgré son jeune âge. Comme ça, par magie, comme toujours avec lui. Il ne se vantait jamais de ses réussites, je ne savais pratiquement rien de l'estime dans laquelle ses collègues tenaient ses travaux, et il me taisait les épreuves très dures auxquelles il se soumettait. Et maintenant, voilà qu'il annonçait cette nouvelle avec un certain détachement, comme si sa mère l'y obligeait et comme si cela ne signifiait pas grand-chose pour lui. Or, cela signifiait au contraire un prestige considérable, qui plus est pour quelqu'un d'aussi jeune, et cela signifiait aussi avoir la sécurité financière, quitter Pise et échapper à un climat politique et culturel qui depuis des mois, je ne sais pourquoi, l'exaspérait. Cela signifiait surtout qu'à l'automne, ou au plus tard au début de l'année suivante, nous pourrions nous marier, et que je quitterais Naples. Personne ne fit allusion à cette dernière conséquence, en revanche tout le monde nous félicita, Pietro et moi. Nino eut aussi quelques propos un peu aigres sur les carrières universitaires, et aussitôt après il regarda sa montre, s'exclamant qu'il était désolé mais devait y aller.

Tout le monde se leva. Je ne savais que faire, je cherchai en vain le regard de Nino et une grande douleur emplit ma poitrine. Fin de la soirée, occasion perdue, désirs avortés. Une fois dans la rue, j'espérai qu'il me donnerait un numéro de téléphone, une adresse. Il se contenta de me serrer la main en me souhaitant tout le bonheur possible. À partir de là, j'eus l'impression que chacun de ses mouvements visait à me couper de lui. En guise d'au revoir, je lui fis un petit sourire tout en agitant une main en l'air comme si je tenais un stylo. C'était une supplication qui voulait dire : tu sais où j'habite, écris-moi, s'il te plaît ! Mais il m'avait déjà tourné le dos.

7

Je remerciai Adele et son ami de toute la peine qu'ils s'étaient donnée pour moi et mon livre. Tous deux se lancèrent dans un long et sincère panégyrique de Nino, m'en parlant comme si c'était aussi grâce à moi qu'il était si sympathique et intelligent. Pietro ne dit rien, il eut juste un geste agacé quand sa mère lui recommanda de ne pas rentrer trop tard, tous deux logeant chez Mariarosa. Je proposai aussitôt à mon fiancé : tu n'as pas besoin de me raccompagner, rentre directement avec ta mère. Il ne vint à l'idée de personne que je parlais sérieusement, que j'étais malheureuse et préférais rester seule.

Sur le chemin, je fus insupportable. Je m'écriai que Florence ne me plaisait pas, ce qui n'était pas vrai. Je m'écriai que je ne voulais plus écrire mais enseigner, ce qui n'était pas vrai. Je m'écriai que j'étais fatiguée et tombais de sommeil, ce qui n'était pas vrai. Et cela ne s'arrêta pas là. Quand, sans préambule, Pietro m'annonça qu'il voulait rencontrer mes parents, je m'exclamai : mais tu es fou ! laisse ma famille tranquille, tu n'es pas fait pour eux et ils ne sont pas faits pour toi ! Sur ce il me demanda, effrayé :

« Tu ne veux plus m'épouser ? »

Je fus sur le point de répondre : *c'est ça, je ne veux plus !* mais me retins à temps, car je savais bien que ce n'était pas vrai non plus. Je dis faiblement : excuse-moi, je suis déprimée, bien sûr que je veux t'épouser… Je lui pris la main et entrelaçai mes doigts avec les siens. C'était un homme intelligent, extraordinairement cultivé et bienveillant. Je l'aimais et ne voulais pas le faire souffrir. Et pourtant, au moment même où je lui tenais la main et lui confirmais que je voulais l'épouser, je réalisai clairement que, s'il n'était pas apparu ce soir-là au restaurant, j'aurais tenté de conquérir Nino.

J'eus du mal à me l'avouer. Évidemment, cela aurait été une vilaine action que Pietro ne méritait pas, et pourtant je l'aurais commise volontiers, peut-être même sans remords. M'appuyant sur mes années d'expérience avec Nino, de l'école primaire au lycée, jusqu'à l'époque d'Ischia et de la Piazza dei Martiri, j'aurais trouvé le moyen de l'attirer à moi. Je l'aurais pris, malgré ses propos sur Lila qui m'avaient déplu et m'angoissaient. Je l'aurais pris, sans jamais l'avouer à Pietro. Je l'aurais peut-être dit un jour à Lila, mais Dieu sait quand, sans doute dans nos vieux jours, lorsque cela n'aurait plus eu d'importance ni pour elle ni pour moi. Comme en toute chose, le facteur temps était décisif. Avec Nino, cela n'aurait duré qu'une nuit, et il m'aurait quittée au matin. Quand bien même je le connaissais depuis toujours, pour moi il n'était qu'un fantasme, et le garder pour la vie aurait été impossible. Il venait de l'enfance, était fait de mes désirs de gamine, n'avait rien de concret et n'était pas tourné vers un futur. Alors que Pietro, lui, était ancré dans le présent, de manière aussi concrète qu'une borne frontière. Il délimitait une terre, pour moi entièrement nouvelle, une terre pleine de raisonnements justes, gouvernée par des règles qui lui venaient de sa famille et donnaient un sens à chaque chose. Ce qui comptait pour eux, c'étaient les grands idéaux, les questions de principe et le culte de la bonne renommée. Dans le monde des Airota, rien ne se faisait comme ça, par hasard. Par exemple, le mariage faisait partie intégrante de leur bataille laïque. Les parents de Pietro n'étaient mariés que civilement et Pietro, malgré sa vaste culture religieuse (en tout cas, pour autant que j'étais en mesure de juger de ses connaissances), à moins que ce ne soit justement à cause d'elle, ne se marierait jamais à l'église : il aurait préféré renoncer à moi. Idem pour le baptême. Pietro n'était pas baptisé, Mariarosa non plus, par conséquent nos éventuels enfants ne seraient pas baptisés non plus. Chez lui, tout fonctionnait ainsi. Il semblait guidé par un ordre supérieur qui, malgré son origine familiale et non divine, lui donnait l'absolue certitude d'être du côté de la vérité et de la justice. Quant au sexe, je n'en savais rien, il était très discret à ce sujet. Il connaissait assez mon histoire avec Franco Mari pour en déduire que je n'étais pas vierge, cependant il n'avait jamais fait la moindre allusion à cette question – pas le début d'une récrimination, pas un commentaire vulgaire ni un rire gras. Il était improbable qu'il ait déjà eu des petites amies, il était difficile de l'imaginer avec une prostituée, et j'excluais qu'il ait consacré ne serait-ce qu'une minute de sa vie à parler filles avec d'autres garçons. Il détestait les plaisanteries salaces. Il détestait les bavardages, les conversations exaltées, les fêtes et toute forme de gaspillage. Bien qu'il vînt d'une famille très aisée, il avait tendance à une espèce d'ascétisme dans l'abondance, qui était une manière de polémiquer avec ses parents et sa sœur. Et il avait un sens aigu du devoir : il ne manquerait jamais à ses responsabilités envers moi et ne me trahirait jamais.

Bref, je ne voulais pas le perdre. Tant pis si ma nature, encore fruste malgré mes longues études, était bien loin de sa rigueur, et si je ne savais sincèrement pas combien de temps je pourrais supporter tant d'esprit géométrique. Il m'offrait la certitude d'échapper à la malléabilité et à l'opportunisme de mon père, ainsi qu'à la grossièreté de ma mère. Voilà pourquoi, m'efforçant de refouler l'image de Nino, je pris Pietro par le bras et murmurai : oui, marions-nous au plus vite ! je veux partir de chez moi, je veux passer le permis de conduire, voyager, avoir le téléphone et la télévision – je n'ai jamais rien eu ! Alors il devint joyeux, rit et dit oui à tout ce que je réclamais confusément. À quelques pas de mon hôtel, il s'arrêta et chuchota d'une voix rauque : je peux dormir avec toi ? Ça, ce fut la dernière surprise de la soirée. Je le regardai, perplexe : de nombreuses fois, j'avais été encline à faire l'amour, et il s'était toujours esquivé. Mais l'accueillir dans le lit de cet hôtel milanais, après cette présentation traumatisante à la librairie et après Nino, cela ne me disait vraiment rien. Je répondis : nous avons tellement attendu, nous pouvons bien attendre encore ! Je l'embrassai dans un coin sombre, puis le regardai s'éloigner depuis le seuil de l'hôtel. Il descendait le Corso Garibaldi en se retournant de temps en temps, agitant timidement la main. Son allure gauche, ses pieds plats et le fouillis de ses cheveux m'attendrirent.

8

À partir de là, je me sentis constamment harcelée par les obligations quotidiennes, les mois s'enchaînaient les uns aux autres à toute allure et pas un jour ne s'écoulait sans quelque événement, agréable ou désagréable. Je rentrai à Naples obsédée par le souvenir de Nino et de notre rencontre sans lendemain, et j'étais parfois dominée par l'envie de courir chez Lila, d'attendre son retour du travail et lui raconter ce qui était racontable sans que ce soit pour elle une souffrance. Mais ensuite je me dis que la simple mention de Nino lui aurait fait mal et je renonçai. Lila suivait son chemin, Nino le sien, et moi j'avais des affaires urgentes à régler. Par exemple, le soir même où je rentrai de Milan, j'annonçai à mes parents que Pietro viendrait bientôt faire leur connaissance, que nous nous marierions sans doute avant la fin de l'année et que j'irais vivre à Florence.

Ils ne manifestèrent ni joie ni même une quelconque satisfaction. Je pensai qu'ils devaient être finalement habitués à mes allées et venues : je n'en faisais qu'à ma tête, j'étais de plus en plus étrangère à ma famille et indifférente à ses problèmes de survie. Seul mon père laissa paraître une certaine fébrilité, ce qui ne me surprit pas : il était toujours nerveux quand il se retrouvait dans une situation à laquelle il ne se sentait pas préparé.

« Il est vraiment obligé de venir chez nous, le professeur d'université ? demanda-t-il irrité.

— Ben, tu veux qu'il aille où ? rétorqua ma mère. Comment tu veux qu'il te demande la main de Lenuccia, s'il vient pas chez nous ? »

Comme toujours, les réactions de ma mère me parurent plus pertinentes que celles de mon père, carrées et déterminées au point de frôler l'insensibilité. Mais quand elle fut parvenue à le faire taire, qu'il fut parti se coucher et qu'Elisa, Peppe et Gianni eurent préparé leurs lits dans la salle à manger, je dus changer d'avis. Elle se mit à m'agresser d'une voix étouffée et sifflante, comme si elle criait, les yeux tout rouges : pour toi on est que dalle, tu nous dis toujours tout au dernier moment ! mademoiselle se croit Dieu sait qui parce qu'elle a étudié, parce qu'elle écrit des livres, parce qu'elle se marie avec un professeur ! mais ma chère, t'es sortie de ce ventre-là et t'es faite de cette chair-là ! alors fais pas ta supérieure, et oublie jamais que si t'es intelligente, moi qui t'ai portée là-dedans, je suis aussi intelligente que toi, sinon plus ! et si j'en avais eu la possibilité, j'aurais fait les mêmes trucs que toi, t'as compris ? Et là, sur la lancée de cette première crise de fureur, elle continua à m'accabler de reproches, disant que j'étais partie en ne pensant qu'à moi et que, par ma faute, mes frères et sœur ne marchaient pas bien du tout à l'école. Puis elle me demanda, ou plutôt exigea, de l'argent, prétextant en avoir besoin pour acheter une robe décente à Elisa et pour arranger

52

un peu la maison, puisque maintenant je l'obligeais à recevoir mon fiancé.

Je passai sur les difficultés scolaires de mes frères et sœur. En revanche, je lui remis immédiatement la somme réclamée, même s'il était faux que cela lui servirait pour la maison : elle m'en demandait sans arrêt, et tous les prétextes étaient bons. Elle n'arrivait pas à accepter, bien qu'elle ne me l'ait jamais dit explicitement, que je mette mon argent à la poste, sans le lui confier comme je l'avais toujours fait auparavant, quand j'accompagnais les filles de la papetière à la mer ou que je travaillais dans la librairie de la Via Mezzocannone. En se comportant comme si mon argent lui appartenait, elle veut peut-être me faire comprendre que je lui appartiens et que, même mariée, je lui appartiendrai toujours ?

Je conservai mon calme et lui annonçai qu'en guise d'indemnité de départ j'allais faire installer le téléphone et acheter un téléviseur à crédit. Elle me regarda hésitante, avec une soudaine admiration qui tranchait avec ce qu'elle m'avait crié toute la soirée.

« La télévision et le téléphone ? Ici, à la maison ?
— Bien sûr.
— Et c'est toi qui payes ?
— Oui.
— Pour toujours, même quand tu seras mariée ?
— Oui.
— Le professeur, il sait qu'on a pas un centime pour la dot, et même pas pour la fête ?
— Il le sait, mais de toute façon on ne fera pas de fête. »

Son humeur changea une fois de plus et ses yeux recommencèrent à jeter des flammes :

« Comment ça, pas d'fête ? Il a qu'à payer, lui !

— Non, on s'en passera. »

Ma mère s'énerva à nouveau et se mit à me provoquer de toutes les façons possibles. Elle attendait mes réponses pour trouver une raison de s'emporter encore plus.

« Tu te souviens du mariage de Lina ? Tu te souviens de la fête qu'elle avait organisée ?

— Oui.

— Et toi, qui es beaucoup mieux qu'elle, tu veux rien faire ?

— Non. »

Nous continuâmes ainsi jusqu'au moment où je décidai que, au lieu de subir ses colères une à une, mieux valait déclencher toutes ses fureurs d'un coup :

« M'man, déclarai-je, non seulement on ne fera pas de fête, mais on ne se mariera même pas à l'église. Je me marierai à la mairie. »

À cet instant, on aurait dit qu'une violente rafale de vent avait brusquement ouvert portes et fenêtres. Bien qu'elle fût fort peu croyante, ma mère perdit toute retenue et, le visage empourpré, se mit à brailler toutes sortes d'insultes terribles, le corps penché en avant. Elle cria qu'un mariage ne valait rien si le curé ne disait pas qu'il était valable. Elle cria que si je ne me mariais pas devant Dieu, je ne serais jamais une épouse mais rien qu'une putain. Malgré sa jambe vexée, elle partit en courant réveiller mon père et mes frères et sœur, et les informa que sa crainte de toujours avait fini par se réaliser, à savoir que mes longues études m'avaient abîmé le cerveau : j'avais eu toutes les chances possibles, et pourtant je me laissais traiter comme une grue et elle, elle ne pourrait plus sortir de l'appartement tellement elle aurait honte d'avoir une fille sans Dieu.

Mon père abasourdi, en caleçon, et mes frères et sœur s'efforcèrent de comprendre quelle nouvelle affaire allait encore leur tomber dessus à cause de moi, tout en essayant en vain de la calmer. Elle hurlait qu'elle voulait me chasser de la maison immédiatement, avant d'en être réduite à la honte d'avoir elle aussi, oui, *elle aussi*, une fille concubine, comme Lila et Ada. Pendant ce temps, et même si elle n'essayait pas de me gifler réellement, elle ne cessait de frapper l'air : on aurait dit que je n'étais qu'une ombre et qu'elle avait empoigné mon vrai moi, à qui elle flanquait des coups féroces. Il lui fallut du temps pour retrouver son calme, ce qui finit par se produire grâce à Elisa. Ma sœur demanda prudemment :

« Mais c'est toi qui veux te marier à la mairie ou c'est ton fiancé ? »

Je lui expliquai, éclaircissant ainsi ma position au bénéfice de tous, que pour moi l'Église ne comptait plus depuis bien longtemps, et que je ne voyais pas de différence entre me marier à la mairie ou devant l'autel. Mais pour mon fiancé, il était très important de faire uniquement un mariage civil. Il savait tout sur les questions religieuses et estimait que la religion, qui était une chose très digne, se dégradait précisément lorsqu'elle se mêlait d'affaires qui ne regardaient que l'État. Bref, conclus-je, soit nous nous marions à la mairie soit il ne m'épouse pas.

À ce moment-là, mon père, qui au début s'était rangé du côté de ma mère, cessa brusquement de lui faire écho dans ses insultes et ses lamentations, et répéta :

« Il ne t'épouse pas ?

— Non.

— Et alors qu'est-ce qu'il fait ? Il t'abandonne ?

— On va vivre ensemble à Florence sans être mariés. »

Pour ma mère, cette annonce fut la plus insupportable de toutes. Elle perdit totalement les pédales, jura que dans ce cas elle sortirait un couteau et m'égorgerait. Mon père, au contraire, se gratta nerveusement la tête et lui lança :

« Tais-toi donc, arrête de m'emmerder et voyons un peu ! On sait très bien que, quand on se marie devant le curé et qu'on fait une grande fête, ça peut finir très mal quand même. »

Clairement, lui aussi faisait allusion à Lila, qui était toujours le grand scandale du quartier, et ma mère finit par comprendre : le curé n'était pas une garantie, rien n'était une garantie dans le monde cruel où nous vivions. Du coup, elle cessa de hurler et laissa à mon père la tâche d'examiner la situation, et au besoin de m'accorder la victoire. Pourtant, elle n'arrêta pas de faire les cent pas, boitant, secouant la tête et grommelant des insultes contre mon futur mari. Mais c'était quoi, ce professeur ? Un communiste ? On peut être communiste et professeur ? Professeur de mes deux, tiens ! s'écria-t-elle. C'est quoi un professeur qui pense des trucs pareils ? Y faut être un sacré connard pour penser des trucs comme ça ! Non, répondit mon père, ce gars c'est pas un connard, il a étudié et il sait mieux que tout le monde les trucs dégueulasses que font les curés, et c'est pour ça qu'il veut aller dire « oui » à la mairie. C'est vrai, t'as raison, beaucoup de communistes font ça. Et c'est vrai, comme ça on dirait que notre fille n'est pas mariée. Mais moi, ce professeur d'université, j'ai envie de lui faire confiance : il aime Lenuccia et j'arrive pas à croire qu'il la traite comme une putain. Et de toute façon, même si on veut pas lui faire confiance – mais moi oui, j'ai confiance, même si je le connais pas encore : c'est une personne importante, et toutes les filles rêvent d'un parti comme ça –, alors faisons au moins confiance à la mairie. Moi j'y travaille, à la mairie, et les mariages là-dedans, je peux t'assurer qu'ils valent autant que ceux à l'église, peut-être même plus !

Et cela continua ainsi pendant des heures. Au bout d'un certain temps, mes frères et sœur, qui n'en pouvaient plus, allèrent se coucher. Je restai pour apaiser mes parents et les convaincre d'accepter cette décision qui pour moi, à ce moment-là, était un signe fort de mon entrée dans le monde de Pietro. En outre, par ce geste, je me sentais pour une fois beaucoup plus audacieuse que Lila. Et surtout, si j'avais à nouveau rencontré Nino, j'aurais pu lui dire, d'un ton allusif : tu vois où elle m'a menée, cette dispute avec le prof de religion ! le moindre choix a son histoire, et beaucoup d'événements de notre existence restent tapis dans un coin en attendant le moment de surgir, et ce moment finit par arriver. Mais j'exagérais avec toutes ces considérations, et en réalité tout était plus simple. Depuis dix ans au moins, le Dieu de mon enfance, qui n'avait jamais été très puissant, s'était isolé dans un coin comme une vieille personne malade, et je n'éprouvais nul besoin de la sanctification de mon mariage. L'essentiel, c'était de quitter Naples.

9

Bien sûr, l'horreur que ma famille éprouvait à l'idée d'une union uniquement civile ne s'éteignit pas en une nuit, néanmoins elle s'atténua. Le lendemain, ma mère me traita comme si tout ce qu'elle touchait – cafetière, tasse avec le lait, sucrier ou miche de pain frais – n'était pour elle qu'autant de tentations, et qu'elle rêvait de me les envoyer à la figure. Néanmoins, elle ne se remit pas à crier. Quant à moi, je l'ignorai et sortis de bon matin pour m'occuper de l'installation du téléphone. Cette démarche accomplie, je me rendis du côté de Port'Alba et fis un tour dans les librairies. J'étais déterminée à tout faire pour être capable, en un rien de temps, de m'exprimer sans timidité chaque fois que se présenteraient des situations comme celle de Milan. Je choisis des revues et des livres un peu au hasard, dépensant pas mal d'argent. Après de longues hésitations, toujours sous le coup de cette phrase de Nino qui ne cessait de me revenir à l'esprit, je finis par prendre les *Trois essais sur la théorie sexuelle* – je ne savais pratiquement rien sur Freud, et le peu que je savais m'agaçait – ainsi que deux petits ouvrages sur la sexualité. Je comptais faire comme j'avais toujours fait, par le passé, avec les matières scolaires, les examens, le mémoire de fin d'études, les journaux que Mme Galiani me fournissait, ou les textes marxistes que Franco me passait, il y a quelques années de cela. Je voulais *étudier* le monde contemporain. Il est difficile de dire ce que je savais à cette époque. Il y avait eu les discussions avec Pasquale et aussi avec Nino. J'avais éprouvé un certain intérêt pour Cuba et l'Amérique latine. J'avais en tête l'incurable misère du quartier et la bataille perdue de Lila. J'avais conscience que l'école avait rejeté mes frères et sœur simplement parce qu'ils avaient été moins obstinés que moi et moins disposés aux sacrifices. Je me rappelais les longues conversations avec Franco et, en quelques occasions, avec Mariarosa, désormais mêlées dans un unique souvenir brumeux (*le monde est profondément injuste et il faut le changer, mais la coexistence pacifique de l'impérialisme américain et des bureaucraties staliniennes aussi bien que les politiques réformistes des partis ouvriers européens et en particulier italiens visent à maintenir le prolétariat dans une position d'attentisme et d'infériorité qui ne fait que jeter de l'eau sur le feu de la révolution : par conséquent, si c'est la social-démocratie qui l'emporte, ce sera l'impasse, le capital triomphera pour les siècles à venir et la classe ouvrière succombera à la consommation compulsive*). Tous ces moments avaient eu leur influence, ils agissaient en profondeur sur moi, c'était certain, et ces questions parvenaient parfois à me toucher. Toutefois, je crois que ce qui motiva réellement ma décision de m'informer sur les choses du monde à marche forcée, ce fut, au moins dans un premier temps, mon éternel désir de bien faire. J'étais convaincue depuis longtemps que tout pouvait s'apprendre, y compris la passion politique.

Au moment de payer, j'aperçus mon roman sur un rayonnage et détournai aussitôt les yeux. À chaque fois que je voyais le livre dans une vitrine, parmi d'autres ouvrages qui venaient de sortir, j'éprouvais un mélange de fierté et de peur, un pincement de plaisir qui se transformait en angoisse. Bien sûr, ce récit était né par hasard et en vingt jours, sans efforts particuliers, comme un remède contre la dépression. Qui plus est, je savais bien ce qu'était la grande littérature, j'avais beaucoup étudié les classiques, et il ne m'était jamais venu à l'esprit, en écrivant, que je produisais quelque chose de valeur. Mais j'avais été absorbée par la recherche d'une forme. Et cette application était devenue *ce* livre-ci, cet objet qui me contenait. Maintenant, c'était *moi* qui étais *exposée* là, ce qui m'oppressait violemment. Je sentais que dans mon livre, mais aussi dans les romans en général, il y avait quelque chose qui me remuait vraiment, un cœur palpitant mis à nu, le même qui avait failli faire exploser ma poitrine à l'instant, désormais si lointain, où Lila m'avait proposé d'écrire une histoire avec elle. Finalement, c'était moi qui l'avais écrite pour de vrai. Mais était-ce ce que je voulais ? Écrire, écrire mais pas par hasard, et écrire mieux que je ne l'avais encore fait ? Étudier les récits du passé et du présent pour comprendre comment ils fonctionnaient et puis apprendre, apprendre tout du monde, avec pour seul objectif d'inventer des cœurs incroyablement vivants, que personne n'aurait su créer mieux que moi, pas même Lila si elle en avait eu la possibilité ?

Je sortis de la librairie et m'arrêtai sur la Piazza Cavour. La journée était belle, la Via Foria semblait étrangement propre et en bon état malgré les échafaudages qui recouvraient la galerie. Je m'imposai ma discipline de toujours. Je sortis un carnet que j'avais acheté récemment, car je voulais commencer à faire comme les vrais écrivains : fixer des idées, des observations et des informations utiles. Je lus de fond en comble *L'Unità* et pris des notes sur ce que j'ignorais. Je trouvai dans le *Ponte* l'article du père de Pietro que je parcourus avec curiosité, sans qu'il me paraisse aussi fondamental que Nino l'avait affirmé. En outre, il me surprit désagréablement, et ce pour deux raisons au moins : d'abord, Guido Airota employait la même langue professorale que l'homme aux lunettes épaisses, de manière encore plus rigide que lui ; ensuite, dans un passage où il parlait des étudiantes (« ce public nouveau ne vient pas de familles aisées, écrivait-il, ce sont des demoiselles à la mise modeste et de modeste éducation qui, à juste titre, attendent de l'immense effort des études un avenir qui ne soit pas uniquement constitué de rites domestiques »), j'eus l'impression qu'il faisait allusion à moi, que ce soit de manière délibérée ou inconsciente. J'inscrivis aussi cela dans mon carnet (*que suis-je, pour les Airota ? une fleur à leur boutonnière ? la preuve de leur largesse d'esprit ?*), et ce n'est pas de bonne humeur – c'est même franchement irritée – que je commençai à feuilleter le *Corriere della Sera*.

Je me souviens que l'air était tiède, et il m'est aussi resté de cet instant un souvenir olfactif – réel ou imaginaire –, mélange de papier imprimé et de *pizza fritta*. Je lisais les titres, page après page, quand tout à coup j'eus le souffle coupé. Il y avait une photo de moi, encadrée par quatre colonnes de caractères serrés. Derrière moi, on apercevait un peu le quartier et le tunnel. Le titre annonçait : « *Souvenirs piquants d'une jeune fille ambitieuse. Le premier roman d'Elena Greco* ». L'article était signé par l'homme aux lunettes épaisses.

10

En lisant, j'eus des sueurs froides et l'impression d'être sur le point de m'évanouir. Pour le professeur, mon livre était l'occasion de confirmer que depuis dix ans, dans tous les secteurs de la vie économique, sociale et culturelle, des usines aux bureaux en passant par l'université, l'édition ou le cinéma, un monde entier s'écroulait sous la pression d'une jeunesse gâtée et privée de valeurs. Ici et là, quelques-unes de mes phrases étaient rapportées entre guillemets pour démontrer que j'étais une parfaite représentante de ma génération mal élevée. Pour conclure, je fus définie comme « une gamine occupée à cacher son absence de talent derrière de petites pages débordantes de trivialité et de médiocrité ».

J'éclatai en sanglots. C'était le commentaire le plus dur que j'avais lu depuis que le livre était sorti, et il n'était pas publié dans quelque quotidien à faible tirage mais bien dans le journal le plus diffusé d'Italie. Le plus insupportable de tout, c'était l'image de mon visage souriant au milieu de ce texte tellement agressif. Je rentrai chez moi à pied, non sans me débarrasser du *Corriere* avant d'arriver à la maison. Je craignais que ma mère ne lise la critique et ne l'utilise contre moi. J'imaginai qu'elle voudrait mettre cet article aussi dans son album, afin de me l'envoyer à la figure chaque fois que je la contrarierais.

Je trouvai le couvert mis uniquement pour moi. Mon père était au travail, ma mère était allée demander je ne sais quoi à une voisine, et mes frères et sœur avaient déjà mangé. J'avalai les pâtes aux pommes de terre en relisant quelques lignes de mon livre. Je me disais, désespérée : peut-être est-ce vrai qu'il ne vaut rien ? peut-être n'a-t-il été publié que pour faire une faveur à Adele ? comment ai-je pu concevoir des phrases aussi pauvres et des considérations aussi banales ? en outre, il est bâclé et truffé de virgules inutiles… je n'écrirai plus ! Je ruminais ainsi, déprimée, entre dégoût pour la nourriture et dégoût de mon livre, lorsque Elisa survint, un morceau de papier à la main. Elle le tenait de Mme Spagnuolo, celle-ci ayant eu la gentillesse de m'autoriser à donner son numéro de téléphone à quelques personnes, en cas d'urgence. La feuille indiquait que j'avais reçu rien de moins que trois appels : un de Gina Medotti, qui s'occupait du service de presse chez mon éditeur, un d'Adele et un de Pietro.

Ces trois noms, tracés de l'écriture malhabile de Mme Spagnuolo, eurent pour effet de concrétiser une idée qui, jusqu'à cet instant, était restée enfouie en moi : les affreuses paroles de l'homme aux lunettes épaisses se répandaient rapidement et, dans le courant de la journée, elles seraient partout. Elles avaient déjà été lues par Pietro, sa famille et les dirigeants de la maison d'édition. Peut-être étaient-elles arrivées jusqu'à Nino. Peut-être étaient-elles sous les yeux de mes professeurs de Pise. Elles avaient certainement attiré l'attention de Mme Galiani et de ses enfants. Si cela se trouvait, même Lila les lirait. J'éclatai à nouveau en sanglots, effrayant Elisa.

« Qu'est-ce que t'as, Lenù ?

— Je ne me sens pas bien.

— Tu veux une camomille ?

— Oui. »

Mais nous n'en eûmes pas le temps. On frappa à la porte, c'était Rosa Spagnuolo. Joyeuse, un peu essoufflée d'avoir monté l'escalier en courant, elle dit que mon fiancé me cherchait à nouveau et qu'il était au téléphone – quelle belle voix, quel bel accent du Nord ! Je courus répondre en m'excusant encore et encore de l'avoir dérangée. Pietro tenta de me consoler et me dit que sa mère me recommandait de ne pas m'attrister, car l'essentiel était que l'on parle du livre. Or, surprenant Mme Spagnuolo qui me connaissait comme une jeune fille douce, je me mis presque à crier : qu'est-ce que ça peut me faire qu'on en parle, si c'est pour en parler aussi mal ! Il me conjura encore de me calmer et ajouta : demain, un article va sortir dans *L'Unità*. Je terminai froidement la communication en m'exclamant : j'aimerais mieux que personne ne s'occupe plus de moi !

Je ne pus fermer l'œil de la nuit. Le lendemain matin, je fus incapable de me retenir et courus acheter *L'Unità*. Je le feuilletai frénétiquement, encore devant le kiosque, à un pas de mon école primaire. Je me retrouvai à nouveau devant ma photo, la même que dans le *Corriere*, cette fois placée non pas au milieu de l'article mais en haut, près du titre : «*Jeunes rebelles et vieux réactionnaires. À propos du livre d'Elena Greco*». Je n'avais jamais entendu le nom de celui qui signait l'article, mais à l'évidence il écrivait bien, et ses paroles me mirent du baume au cœur. Il faisait l'éloge de mon roman sans demi-mesure, et il accablait le prestigieux professeur aux lunettes épaisses. Je rentrai chez moi ragaillardie, presque de bonne humeur. Je feuilletai mon livre et, cette fois, l'intrigue me sembla bien menée et le style enlevé. Ma mère me lança, mauvaise : ben quoi, t'as gagné au loto ? Je laissai le journal sur la table de la cuisine, sans mot dire.

Tard dans l'après-midi, Mme Spagnuolo réapparut : on me demandait encore au téléphone. Devant mon embarras et mes excuses, elle s'exclama qu'elle était ravie de pouvoir être utile à une fille comme moi, et elle me couvrit de compliments. Gigliola n'avait pas eu de chance, soupira-t-elle dans l'escalier, son père l'a prise avec lui pour travailler dans la pâtisserie des Solara alors qu'elle n'avait que treize ans, et heureusement qu'elle est fiancée avec Michele, autrement elle aurait trimé toute sa vie. Elle ouvrit la porte de chez elle et me précéda dans le couloir, jusqu'au téléphone fixé au mur. Je remarquai qu'elle avait installé une chaise exprès pour moi, pour me permettre de téléphoner à mon aise. On respectait beaucoup les personnes qui avaient étudié : les études étaient considérées comme un truc d'enfants astucieux pour éviter de se fatiguer. Comment pourrais-je expliquer à cette femme, me dis-je, que depuis mes six ans, je suis esclave des lettres et des nombres, que mon humeur dépend de la bonne combinaison avec lesquels ils sortent, et que la joie de réussir est rare, fragile et ne dure qu'une heure, un après-midi ou une nuit ?

« Tu as lu ? me demanda Adele.

— Oui.

— Tu es contente ?

— Oui.

— Alors je te communique une autre bonne nouvelle : le livre commence à se vendre, et si ça continue on va le réimprimer.

— Qu'est-ce que ça veut dire ?

— Ça veut dire que notre ami du *Corriere* a cru nous anéantir, alors qu'au contraire il a travaillé pour nous ! *Ciao*, Elena, et profite de ton succès ! »

11

Et en effet, le livre se vendait bien, ce dont je me rendis compte dès les jours suivants. Le signe le plus évident était la multiplication des appels de Gina, qui m'indiquait une mention de mon roman dans un journal, ou bien m'annonçait quelque invitation dans une librairie ou un cercle culturel, sans jamais oublier de me saluer avec une expression affectueuse : le livre fait son chemin, mademoiselle Greco, félicitations ! Merci, disais-je. Pourtant, je n'étais pas satisfaite. Les commentaires des journaux me semblaient superficiels, ils se contentaient de reprendre tantôt le schéma enthousiaste de *L'Unità*, tantôt celui, destructeur, du *Corriere*. Et bien que Gina me répétât chaque fois que même les opinions négatives aidaient le livre à faire son chemin, ces critiques me faisaient mal et, anxieuse, j'attendais une nouvelle fournée de propos approbateurs pour contrebalancer ceux qui attaquaient le livre, et pour me sentir mieux. Quoi qu'il en soit, je cessai de cacher à ma mère les articles médisants et les lui remis tous, les bons comme les mauvais. Elle essayait de les lire, ânonnant d'un air sévère, mais ne parvenait jamais à dépasser les quatre ou cinq premières lignes. Là, soit elle trouvait immédiatement quelque prétexte pour se disputer avec moi soit, par ennui, elle se réfugiait dans sa manie de la collection. Elle avait l'intention de remplir son album en entier et se plaignait quand je n'avais rien à lui donner, craignant de rester avec des pages vides.

À cette période, la critique qui me fit le plus mal parut dans le *Roma*. Elle reproduisait paragraphe par paragraphe l'article du *Corriere*, mais dans un style plus fleuri, et culminait avec des variations autour d'un seul et même thème, obsessionnel : les femmes dépassent les bornes, et pour s'en convaincre il suffit de lire le roman obscène d'Elena Greco, une espèce de sous-*Bonjour tristesse*, qui était pourtant déjà bien vulgaire. Toutefois, ce qui me blessa le plus, ce ne fut pas le contenu de l'article mais la signature. Il avait été écrit par le père de Nino, Donato Sarratore. Je me souvins combien j'avais été frappée, plus jeune, par le fait que cet homme soit l'auteur d'un recueil de poèmes ; je pensai au halo glorieux dont je l'avais entouré quand j'avais découvert qu'il écrivait dans des journaux. Pourquoi cette critique ? Avait-il voulu se venger parce qu'il s'était reconnu dans l'immonde père de famille qui cherchait à piéger la protagoniste ? Je fus tentée de lui téléphoner et de lui crier d'ignobles insultes en dialecte. Je renonçai uniquement parce que Nino me vint à l'esprit, et je crus alors faire une découverte importante : son expérience et la mienne se ressemblaient. Tous deux, nous avions refusé de prendre modèle sur nos familles : depuis toujours, je m'appliquais à me différencier de ma mère, et lui avait définitivement rompu les ponts avec son père. Cette affinité me consola, et ma colère, peu à peu, s'atténua.

Mais je n'avais pas réalisé que, dans mon quartier, le *Roma* était plus lu que n'importe quel autre journal. Je m'en aperçus le soir même. Gino, le fils du pharmacien, devenu un jeune homme tout en muscles à force de soulever des haltères, apparut sur le seuil de la boutique paternelle juste au moment où je passais devant. Il portait une blouse blanche bien qu'il n'eût pas encore fini ses études. Il m'appela en agitant le journal et, d'un ton pourtant sérieux parce qu'il avait récemment fait une petite carrière dans la section locale du Movimento Sociale Italiano, il me lança : tu as vu ce qu'on écrit sur toi ? Pour lui ôter toute satisfaction, je répondis : oh, tu sais, on écrit tellement de choses ! Et je passai mon chemin avec un salut de la main. Cela le troubla, il maugréa quelque chose avant de lâcher, avec une malice ostentatoire : il faut que je le lise, ton bouquin, il paraît qu'il est *très* intéressant !

Et ce n'était que le début. Le lendemain, je fus accostée dans la rue par Michele Solara, qui insista pour m'offrir un café. Nous allâmes dans son bar et, pendant que Gigliola nous servait sans mot dire, visiblement irritée par ma présence et peut-être aussi par celle de son fiancé, il attaqua ainsi : dis donc, Lenù, Gino m'a fait lire un article où on raconte que tu as écrit un livre interdit aux moins de dix-huit ans ! qui aurait imaginé un truc pareil ? c'est *ça*, que tu as étudié à Pise ? c'est ça, qu'on t'a appris à la fac ? j'arrive pas à y croire ! d'après moi, Lina et toi vous avez passé un accord secret : elle, elle fait les trucs moches, et toi, tu les écris. C'est bien ça ? Je piquai un fard et, sans attendre le café, dis au revoir à Gigliola et quittai les lieux. Amusé, il cria dans mon dos : qu'est-ce que t'as ? t'es vexée ? reviens, c'était pour rigoler !

Peu après, ce fut la rencontre avec Carmen Peluso. Ma mère m'avait obligée à me rendre dans la nouvelle épicerie des Carracci, parce que l'huile y était moins chère. C'était l'après-midi et il n'y avait aucun client. Carmen m'adressa de nombreux compliments. Tu as l'air en grande forme, murmura-t-elle, c'est un honneur d'être ton amie, c'est la seule chance que j'ai eue dans ma vie ! Puis elle me raconta qu'elle avait lu l'article de Sarratore, mais uniquement parce qu'un fournisseur avait oublié le *Roma* dans le magasin. Elle affirma que cet article était une honte, et son indignation me parut sincère. Pasquale lui avait passé l'article de *L'Unità* : ah oui, celui-là il était très très bon, et en plus avec une jolie photo ! comme tu es belle, s'exclama-t-elle, dans tout ce que tu fais ! Elle avait su par ma mère que j'allais bientôt me marier avec un professeur d'université et que j'irais vivre à Florence, dans une maison bourgeoise. Elle aussi allait se marier, avec le pompiste du boulevard, mais qui sait quand cela se ferait, car ils n'avaient pas le sou. Sans transition, elle se mit alors à se plaindre d'Ada. Depuis que celle-ci avait pris la place de Lila aux côtés de Stefano, tout allait de mal en pis. Elle jouait à la patronne dans les épiceries aussi, et elle avait une dent contre Carmen : elle l'accusait de voler, la menait à la baguette et la surveillait en permanence. Bref, Carmen n'en pouvait plus, elle voulait démissionner et partir travailler dans la station-service de son futur mari.

Je l'écoutai avec attention, me rappelant l'époque où Antonio et moi voulions nous marier et nous installer aussi comme pompistes. Je lui racontai cette histoire pour l'amuser mais elle bougonna, rembrunie : mais oui, c'est ça, on t'imagine, toi avec une pompe à essence… tu as tellement de chance d'avoir quitté cette misère ! Puis elle se lança à voix basse dans un discours confus : c'est trop la dèche, Lenù, c'est pas possible, ça peut vraiment plus durer, on en peut plus… Sans cesser de parler, elle sortit mon livre d'un tiroir. La couverture était gondolée et sale. C'était la première fois que je voyais mon roman dans les mains de quelqu'un de mon quartier. Je fus frappée de constater que les premières pages étaient boursouflées et noircies, et les suivantes compactes et blanches. Je lis un peu le soir, m'expliqua-t-elle, ou quand il n'y a pas de clients. Mais j'en suis seulement à la page 32, j'ai pas beaucoup de temps, c'est moi qui fais tout ici, les Carracci me tiennent coincée là-dedans de 6 heures du matin à 9 heures du soir. Et soudain elle me demanda, malicieuse : c'est encore loin, les pages olé olé ? il faut encore que je lise beaucoup ?

Les pages olé olé.

Quelque temps plus tard, je tombai sur Ada qui portait Maria, la fille qu'elle avait eue avec Stefano, dans ses bras. J'eus du mal à être aimable avec elle après ce que m'avait raconté Carmen. Je complimentai l'enfant, lui dis qu'elle avait une jolie petite robe et de charmantes boucles d'oreilles. Mais Ada fut distante. Elle me parla d'Antonio, me dit qu'ils s'écrivaient, affirma qu'il était faux qu'il était marié avec des enfants, avant de m'accuser de lui avoir bousillé le cerveau et d'avoir détruit sa capacité à aimer. Puis elle passa à mon roman. Elle ne l'avait pas lu, clarifia-t-elle, mais avait entendu dire que ce n'était pas un livre qu'on pouvait garder chez soi. Alors elle piqua presque une colère : et quand la gosse sera plus grande, si jamais elle met la main dessus, qu'est-ce que je dirai ? je suis désolée, mais je l'achèterai pas. Je suis quand même contente, ajouta-t-elle, que tu gagnes de l'argent : bonne chance.

12

Ces épisodes, les uns après les autres, me firent venir des doutes : si le livre se vendait, c'était parce que les journaux hostiles comme ceux favorables avaient signalé la présence de pages osées. Je finis même par penser que Nino avait fait allusion à la sexualité de Lila parce qu'il avait supposé qu'avec une fille qui écrivait des trucs pareils on pouvait avoir une conversation de ce genre sans problème. Cette réflexion me donna envie de revoir mon amie. Qui sait, me dis-je, si Lila s'est procuré le livre, comme l'a fait Carmen ? Je l'imaginai le soir, après l'usine – Enzo isolé dans une pièce, l'enfant et elle assis côte à côte dans l'autre –, épuisée, et pourtant occupée à me lire, la bouche entrouverte, le front plissé comme toujours quand elle se concentrait. Qu'en penserait-elle ? Réduirait-elle le roman, elle aussi, aux *pages olé olé* ? Mais peut-être ne le lisait-elle pas du tout. Je doutais qu'elle eût assez d'argent pour en acheter un exemplaire, j'aurais dû lui en apporter un en cadeau. Pendant un moment, cela me parut une bonne idée, mais ensuite je laissai tomber. Je tenais toujours à Lila plus qu'à qui que ce soit, mais je n'arrivai pas à me décider à aller la voir. Je n'avais pas le temps, il y avait trop de choses à étudier et apprendre de toute urgence. En outre, la conclusion de notre dernière rencontre – elle avec ce tablier par-dessus son manteau, dans la cour d'usine, devant le feu où brûlaient les feuilles de « La Fée bleue » – avait constitué un adieu définitif à notre enfance et une manière d'entériner le fait que nos parcours, à présent, divergeaient. Ainsi, elle m'aurait peut-être lancé : j'ai pas le temps de te lire, tu vois le genre de vie que je mène ? Je décidai alors de poursuivre mon chemin.

Pendant ce temps, et quel qu'en fût le motif, le livre marchait en effet de mieux en mieux. Un jour, Adele me téléphona et, avec son mélange habituel d'ironie et d'affection, me dit : si ça continue comme ça, tu vas faire fortune, et tu ne sauras plus quoi faire du pauvre Pietro ! Puis elle me passa rien de moins que son mari. Guido veut te parler, m'annonça-t-elle. Je m'agitai : mes échanges avec le professeur Airota n'avaient pas été nombreux et m'avaient toujours mise mal à l'aise. Cependant, le père de Pietro fut très aimable, il me félicita pour mon succès, ironisa sur la pudeur de mes détracteurs, évoqua le très long Moyen Âge de l'Italie, me loua pour ma contribution à la modernisation du pays – et autres formules de ce genre. Il ne dit rien de spécifique sur le roman, il ne l'avait certainement pas lu : c'était un homme très occupé. Mais j'appréciai qu'il ait désiré me communiquer son assentiment et son estime.

Mariarosa également se montra pleine d'affection et me couvrit de louanges. Au début, elle parut sur le point de me parler abondamment du livre, mais ensuite elle changea de sujet et, fébrile,

m'expliqua qu'elle voulait m'inviter dans son université : il lui semblait important que je participe à
ce qu'elle appela *le flot intarissable des événements*.
Pars dès demain, insista-t-elle, tu as vu ce qui se
passe en France ? Cette fois, je savais tout : je
vivais l'oreille collée à un vieux poste de radio bleu
graisseux que ma mère gardait dans la cuisine. Je
dis oui, c'est magnifique, Nanterre, les barricades
du Quartier latin ! Mais elle me parut beaucoup
plus informée que moi, et beaucoup plus impliquée. Elle projetait de gagner Paris avec d'autres
camarades, et m'invita à partir avec elle en voiture.
Je fus tentée. Je dis d'accord, j'y réfléchis. Monter à
Milan, passer en France, rejoindre Paris en révolte,
faire face aux brutalités policières, me jeter, avec
toute mon histoire personnelle, dans le magma le
plus incandescent de ces mois-là, et donner une
suite à ce voyage hors de l'Italie que j'avais fait
avec Franco, il y a des années de cela. Ce serait
tellement beau, de partir avec Mariarosa ! C'était la
seule fille de ma connaissance qui soit aussi libérée et moderne, en adéquation totale avec les événements du monde, et qui maîtrisait le discours
politique presque aussi bien que les hommes :
je l'admirais. À cette époque où on chamboulait
tout, aucune fille ne tenait le haut de l'affiche. Les
héros de la jeunesse, ceux qui faisaient face aux
violences de la réaction à leurs risques et périls,
s'appelaient Rudi Dutschke ou Daniel Cohn-Bendit
et, comme dans les films de guerre où il n'y a que
des hommes, il était difficile de s'identifier à eux
et on ne pouvait que les aimer, essayer de comprendre leurs façons de penser et avoir de la peine
pour eux. Il me vint à l'esprit que Nino serait peut-
être parmi les camarades de Mariarosa. C'était

possible, ils se connaissaient. Ah, le retrouver, être emportée par cette aventure et m'exposer à tous les dangers avec lui ! La journée s'écoula ainsi. À présent la cuisine était silencieuse, mes parents dormaient, mes frères vagabondaient encore dans les rues et Elisa se lavait, enfermée dans la salle de bain. Oui, partir, dès le lendemain matin !

13

Je partis en effet, mais pas pour Paris. Après les élections de cette année turbulente, Gina m'envoya en tournée pour promouvoir le livre. Je commençai par Florence. J'avais été invitée à l'université par une professeure amie d'un ami des Airota, et me retrouvai dans un de ces cours parallèles qui se multipliaient dans les facultés en effervescence, en train de parler à une trentaine d'étudiantes et étudiants. Je remarquai aussitôt qu'une grande partie des filles étaient pires que celles décrites par mon futur beau-père dans le *Ponte* : mal habillées, mal maquillées, elles s'exprimaient de manière désordonnée et trop émotive, et elles étaient remontées contre les examens et les enseignants. Sollicitée par la professeure, je m'exprimai avec un enthousiasme marqué sur les manifestations étudiantes, surtout celles qui avaient lieu en France. J'étalai mes connaissances toutes fraîches et fus satisfaite de moi. Je sentis que je m'exprimais avec conviction et clarté, et que les filles, surtout, admiraient ma façon de parler, les choses que je savais et ma manière d'évoquer habilement les problèmes compliqués du monde en les plaçant dans un schéma cohérent. Mais je m'aperçus bientôt que j'avais tendance à éviter toute allusion au livre. En parler me mettait mal à l'aise, je craignais des réactions comme celles de mon quartier, et je préférais résumer avec mes mots des idées puisées dans les *Quaderni piacentini* ou dans la *Monthly Review*. Pourtant, j'avais été invitée pour mon roman, et quelques membres du public demandaient déjà la parole. Les premières questions portèrent toutes sur les efforts du personnage féminin pour sortir de son milieu d'origine. C'est seulement vers la fin de la rencontre qu'une jeune fille que je revois encore, maigre et très grande, et qui ponctuait ses propos de petits rires nerveux, me demanda d'expliquer pourquoi il m'avait paru indispensable d'insérer dans une histoire d'aussi bonne tenue un *passage osé*.

Gênée, je dus rougir, avant de convoquer en vrac une série de motifs sociologiques. Ce n'est qu'en conclusion que je parlai de la nécessité de raconter franchement toutes les expériences humaines, même, soulignai-je, ce qui nous semble indicible et ce que nous taisons à nous-mêmes. Cette dernière justification plut et me permit de rétablir la situation. La professeure qui m'avait invitée l'apprécia beaucoup, ajoutant qu'elle y réfléchirait et m'écrirait.

Son approbation fixa dans ma mémoire ces quelques concepts qui devinrent pour moi comme un refrain. Je les utilisai souvent en public, de manière tantôt amusée tantôt dramatique ; parfois je les synthétisais, d'autres fois je les développais en faisant de grandes circonvolutions. Je me sentis particulièrement à mon aise un soir, dans une librairie de Turin, devant un public assez fourni auquel je fis face avec une aisance croissante. Je commençais à trouver naturel que l'on m'interroge, que ce soit avec sympathie ou dans une intention provocatrice, sur l'épisode de sexe sur la plage, d'autant plus que ma réponse, déjà prête et tournée de manière toujours plus efficace, rencontrait invariablement un certain succès.

À l'initiative de la maison d'édition, j'étais accompagnée à Turin par Tarratano, le vieil ami d'Adele. Il exprima sa fierté d'avoir été l'un des premiers à saisir le potentiel de mon roman, et me présenta au public avec les mêmes formules enthousiastes que celles qu'il avait employées, il y avait un moment déjà, à Milan. À la fin de la soirée, il me félicita pour les grands progrès que j'avais accomplis en si peu de temps. Puis, sans se départir de son air débonnaire, il me demanda : pourquoi acceptez-vous aussi volontiers que vos pages érotiques soient qualifiées d'«osées», et pourquoi les définissez-vous ainsi vous-même en public ? Il soutint que c'était une erreur. Avant tout, mon roman ne saurait être réduit à l'épisode de la plage, il contenait des passages bien supérieurs et bien plus intéressants ; en outre, si on pouvait parfois le juger audacieux, c'était surtout parce qu'il était écrit par une jeune femme. L'obscénité, conclut-il, n'est nullement étrangère à la bonne littérature, et l'art véritable du récit, même lorsqu'il dépasse les limites de la décence, ne mérite pas d'être qualifié d'«osé».

Cela me troubla. Cet homme de grande culture était en train de m'expliquer, avec tact, que les péchés dans mon livre étaient véniels, et que je ne devais pas en parler à chaque fois comme s'ils étaient mortels. Bref, que j'exagérais, victime de la myopie et de la superficialité du public. Alors je me dis : ça suffit, il ne faut plus que je me sente inférieure, je dois apprendre à contredire mes lecteurs et à éviter de descendre à leur niveau. Je décidai qu'à la première occasion je serais beaucoup plus ferme si quelqu'un faisait encore allusion à ces pages.

Pendant le dîner, dans le restaurant de l'hôtel que le service de presse nous avait réservé, j'écoutai Tarratano, entre gêne et amusement. Afin de me prouver qu'au fond j'étais une écrivaine bien chaste, il citait Henry Miller ou m'expliquait, en m'appelant « chère enfant », que de nombreuses romancières des années vingt et trente avaient des connaissances sur le sexe et écrivaient à ce sujet d'une façon que je ne pouvais même pas imaginer. Je notai leurs noms dans mon carnet, en me disant : malgré ses compliments, cet homme ne trouve pas que j'aie beaucoup de talent, je ne suis à ses yeux qu'une gamine qui rencontre un succès immérité, et même les pages qui attirent le plus mes lecteurs, il les considère comme quelconques, susceptibles de scandaliser ceux qui ne savent rien ou pas grand-chose, mais sûrement pas les gens comme lui.

Ensuite je dis que j'étais un peu fatiguée et aidai mon compagnon de table à se lever, car il avait trop bu. C'était un homme de petite taille mais avec le ventre rebondi des bons vivants. Il avait des touffes de cheveux blancs ébouriffées au-dessus de ses grandes oreilles, un visage tout rouge interrompu par une bouche fine, un long nez, des yeux très vifs et les doigts jaunes d'un grand fumeur. Dans l'ascenseur, il tenta de me prendre dans ses bras et de m'embrasser. J'eus beau me débattre, le repousser fut ardu, il insistait. Je me souviens encore du contact de son ventre et de son haleine vineuse. À l'époque, il ne me serait jamais venu à l'esprit qu'un homme d'âge vénérable, aussi cultivé et bien comme il faut, qui plus est grand ami de ma future belle-mère, pût se comporter de manière inconvenante. Dans le couloir, il se hâta de me demander pardon et blâma le vin, avant de s'enfermer aussitôt dans sa chambre.

14

Le lendemain, pendant le petit déjeuner et tout le trajet en voiture jusqu'à Milan, Tarratano parla avec chaleur de ce qu'il considérait comme les années les plus exaltantes de sa vie, la période entre 1945 et 1948. Je perçus dans sa voix une mélancolie sincère, qui s'évanouit cependant lorsqu'il se mit à discourir, avec un enthousiasme tout aussi sincère, sur l'actuel climat révolutionnaire et sur toute cette énergie qui, dit-il, gagnait les jeunes comme les vieux. Je passai mon temps à acquiescer, frappée qu'il tînt à me convaincre que mon présent était, en réalité, le retour d'une période de son passé qu'il avait tant aimée. Cela me fit un peu de peine pour lui. À un moment donné, une allusion biographique accidentelle me poussa à un petit calcul rapide : la personne qui était à mon côté avait cinquante-huit ans.

Arrivés à Milan, je demandai à mon accompagnateur de me déposer à quelques pas de la maison d'édition et le saluai. J'avais un peu le tournis et j'avais mal dormi. Dans la rue, je tentai de me débarrasser définitivement du souvenir désagréable de ce contact physique avec Tarratano, mais je continuai à en éprouver la souillure, et je le rapprochai confusément de la vulgarité de mon quartier. À la maison d'édition, on me fit grande fête. Ce n'était plus la politesse de quelques mois plus tôt, mais une espèce de satisfaction générale qui signifiait : comme nous avons eu du flair, nous avons compris tout de suite que tu étais douée ! La standardiste – la seule qui, dans ce milieu, m'avait traitée avec suffisance – alla même jusqu'à sortir de son petit local pour me prendre dans ses bras. Et l'éditeur qui m'avait relue de manière si pointilleuse m'invita à déjeuner pour la première fois.

Nous nous attablâmes dans un petit restaurant à moitié vide, à quelques mètres de leurs bureaux, et il se remit aussitôt à évoquer mon écriture et son fascinant secret. Entre un plat et un autre, il suggéra aussi que, sans me presser mais sans trop me reposer sur mes lauriers non plus, je ferais bien de réfléchir à un nouveau roman. Après quoi, il me rappela que j'avais rendez-vous à l'université à 15 heures. Cela n'avait rien à voir avec Mariarosa, c'était la maison d'édition qui, par ses propres réseaux, avait organisé une rencontre avec un groupe d'étudiants. Et sur place, lui demandai-je, à qui dois-je m'adresser ? Mon compagnon de table, cette figure d'autorité, me répondit avec orgueil : mon fils vous attendra à l'entrée.

Je récupérai ma valise à la maison d'édition et passai à l'hôtel. Je n'y restai que quelques minutes avant de sortir à nouveau pour me rendre à mon rendez-vous. À l'université, il faisait une chaleur insupportable, et je me retrouvai cernée d'affiches couvertes de slogans, de drapeaux rouges et d'images de peuples en lutte, d'écriteaux annonçant toutes sortes d'initiatives, et surtout plongée dans le brouhaha, les rires et un état d'alerte diffus mais palpable. Je me souviens d'un garçon brun qui, dans sa course, me bouscula rudement : il perdit l'équilibre, se rétablit et puis s'enfuit dans la rue comme s'il était poursuivi, alors qu'il n'avait personne à ses trousses. Je me rappelle la note solitaire d'une trompette, très pure, qui transperçait l'air étouffant. Je revois une petite blonde qui traînait bruyamment une chaîne dont l'extrémité était munie d'un gros cadenas et qui criait à je ne sais qui, débordante de bonne volonté : j'arrive ! Je m'en souviens parce que, obligée d'attendre que quelqu'un me reconnaisse et s'approche de moi, j'avais sorti mon carnet pour me donner une contenance et notai ceci ou cela. Mais une demi-heure s'écoula et nul n'arriva. Alors j'examinai affiches et écriteaux plus attentivement, espérant trouver quelque part mon nom ou le titre du roman. En vain. Un peu nerveuse, je renonçai à aborder un étudiant, honteuse de citer mon nom comme objet de discussion dans une atmosphère où toutes les annonces tapissant les murs traitaient de thèmes bien plus importants. Je me sentais désagréablement tiraillée entre deux sentiments contraires : d'un côté, une forte sympathie pour tous ces garçons et ces filles qui se permettaient, en ces lieux, des gestes et des paroles d'une indiscipline totale, et de l'autre, la peur que le désordre que je fuyais depuis mon enfance puisse, ici même, me rattraper et me pousser au beau milieu de ce chaos ; alors un représentant du

80

Pouvoir absolu – un Surveillant, un Professeur, le Recteur, la Police – interviendrait, me prendrait en faute – oui, moi qui avais toujours eu un comportement exemplaire! – et me punirait.

Je songeai à m'éclipser : que pouvait bien m'importer une poignée d'étudiants à peine plus jeunes que moi, à qui j'aurais raconté les bêtises habituelles? Je voulais rentrer à l'hôtel, et profiter de ma condition d'écrivain rencontrant un certain succès, qui voyageait beaucoup, mangeait au restaurant et dormait à l'hôtel. Mais un groupe de cinq ou six filles passa alors, elles avaient l'air affairées et portaient toutes sortes de sacs, et presque sans le vouloir je les suivis : je suivis leurs voix, leurs cris, et aussi le son d'une trompette. Ainsi, après un long cheminement, je finis devant la porte d'une salle bondée, juste au moment où une clameur chargée de colère s'élevait. Comme les étudiantes qui me précédaient entrèrent, je franchis moi aussi le seuil, avec précaution.

Un conflit très dur était en cours entre différentes factions, à la fois dans la salle pleine à craquer et parmi la petite foule qui assiégeait la chaire. Je restai près de la porte, prête à décamper, rebutée par une brume brûlante de fumée et de respiration mêlées, et par une puissante odeur d'excitation.

J'essayai de comprendre ce qui se passait. On discutait, je crois, de questions de procédure, mais dans une ambiance où personne ne semblait imaginer un quelconque accord possible – ça hurlait, ça se taisait, on raillait, on riait, certains couraient ici et là comme autant de messagers sur un champ de bataille, d'autres ne prêtaient attention à rien, quelques-uns encore étudiaient. J'espérai apercevoir Mariarosa quelque part. En attendant, je m'habituai au vacarme et aux odeurs. Il y avait tellement de monde ! C'étaient surtout des garçons, beaux, laids, élégants, négligés, violents, apeurés ou amusés. J'observai les filles avec curiosité et j'eus l'impression d'être la seule à ne pas être accompagnée. Certaines – par exemple celles que j'avais suivies jusqu'ici – restaient en groupes compacts, même lorsqu'elles distribuaient des prospectus dans la salle bondée : elles criaient ensemble, riaient ensemble, et quand elles se séparaient de quelques mètres, elles continuaient à se surveiller du coin de l'œil, pour être sûres de ne pas se perdre de vue. Amies de longue date ou connaissances occasionnelles, elles avaient l'air de tirer du groupe la permission même d'être en ce lieu de chaos. Séduites par ce climat de désordre, elles s'ouvraient à cette expérience à la seule condition de ne pas être séparées, comme si elles avaient décidé à l'avance, dans des espaces plus sûrs, que si une seule s'en allait, elles partaient toutes. D'autres au contraire, arrivées seules ou à deux, avaient rejoint des bandes de garçons : elles affichaient une intimité provocatrice et l'élimination joyeuse des distances bienséantes. Elles me paraissaient les plus heureuses, les plus agressives et les plus fières de toutes.

J'eus l'impression d'être différente, et ma présence me parut illégitime. Je ne me sentais pas le droit de crier de concert, ni de rester dans cette chaleur et ces odeurs qui, à présent, me rappelaient les odeurs et la chaleur émanant du corps d'Antonio et de son souffle, lorsque nous nous étreignions aux étangs. J'avais été trop misérable et trop écrasée par la nécessité d'exceller dans les études. J'étais très peu allée au cinéma. Je n'avais jamais acheté de disques, comme j'aurais aimé le faire. Je n'étais pas devenue fan de chanteurs et n'avais jamais couru à des concerts. Je n'avais pas collectionné d'autographes, n'avais jamais été ivre, et le peu de fois où j'avais fait l'amour, cela avait été à l'aide de mille subterfuges, mal à l'aise et apeurée. Ces filles au contraire, à un degré ou un autre, devaient avoir grandi dans une certaine aisance, et elles étaient parvenues à leur mue actuelle bien mieux préparées que moi. Elles devaient ressentir leur présence en ces lieux, dans cette ambiance, non pas comme un déraillement mais comme un choix juste et nécessaire. Maintenant que j'ai un peu d'argent, me dis-je, et que j'en gagnerai peut-être beaucoup plus, je peux essayer de rattraper le temps perdu. À moins que ce ne soit impossible – qui sait si je ne suis pas désormais trop cultivée, trop ignorante, trop contrôlée, trop habituée à maîtriser la vie en emmagasinant idées et données, trop près du mariage et de l'installation définitive, bref trop satisfaite et obtuse, prisonnière d'un ordre qui paraissait pourtant ici à son crépuscule. Cette dernière pensée m'effraya. Il faut tout de suite que je parte, pensai-je, ici le moindre geste et la moindre parole sont autant de claques en réponse à tous mes efforts ! Or, j'avançai au contraire à l'intérieur de la salle pleine à craquer.

Je remarquai immédiatement une jeune fille très belle, aux traits délicats, avec de longs cheveux noirs sur les épaules, certainement plus jeune que moi. À partir de l'instant où je l'aperçus, je ne la quittai plus des yeux. Elle était debout au milieu de jeunes très combatifs, et derrière elle se tenait, tel un garde du corps, un homme brun d'une trentaine d'années qui fumait le cigare. À part sa beauté, ce qui la distinguait, dans cette ambiance, c'était qu'elle avait dans les bras un bébé de quelques mois, qu'elle allaitait en suivant attentivement le débat en cours, criant parfois quelque chose à son tour. Quand l'enfant, une petite chose bleue avec des jambes et des pieds nus tout rouges, détachait la bouche de son mamelon, elle ne remettait pas le sein dans son soutien-gorge mais restait ainsi, exposée, corsage blanc déboutonné, poitrine turgescente, sourcils froncés et bouche entrouverte, jusqu'à ce qu'elle se rende compte que son bébé ne tétait plus, après quoi elle tentait machinalement de le remettre au sein.

Cette fille me troubla. Dans cette salle bruyante et enfumée, elle apparaissait comme une sorte d'icône de la maternité, tout à fait déplacée. Elle était plus jeune que moi, avait l'air d'une personne très délicate et avait déjà la responsabilité d'un enfant. Mais elle me semblait surtout occupée à contredire l'image de la jeune femme placide entièrement absorbée par les soins de son bébé. Elle criait, gesticulait, prenait la parole, riait de colère ou désignait quelqu'un avec mépris. Et pourtant, son enfant était une partie d'elle-même, il cherchait son sein et le perdait. Ensemble, ils formaient une image tremblante et fragile, prête à se briser, comme si elle était peinte sur du verre : le bébé allait lui tomber des bras, ou bien quelque chose – un coude, un geste incontrôlé – allait lui cogner la tête. Je fus contente lorsque, tout à coup, Maria-rosa fit son apparition à son côté. Enfin, la voilà ! comme elle est vive et chaleureuse, et comme elle explose de couleurs ! Elle manifesta une grande familiarité avec la jeune mère. J'agitai la main mais elle ne me vit pas. Elle parla un moment à l'oreille de la fille, puis disparut pour ressurgir parmi ceux qui se disputaient autour de la chaire. Pendant ce temps, arrivant par une porte latérale, un petit groupe fit irruption dans la salle, et sa seule entrée suffit à calmer un peu les esprits. Mariarosa fit un signe, attendit qu'on lui en adresse un autre en retour, après quoi elle saisit le mégaphone et prononça quelques mots qui apaisèrent définitivement l'assistance survoltée. À ce moment-là, et pendant quelques secondes, j'eus l'impression que le mélange de Milan, des tensions de cette période et de ma propre excitation, était tellement puissant qu'il allait me permettre d'expulser les ombres qui m'encombraient la tête. Combien de fois avais-je songé, ces derniers jours, à ma première éducation politique ? Mariarosa passa le mégaphone à un jeune homme qui s'était approché d'elle et que je reconnus immédiatement. C'était Franco Mari, le fiancé de mes premières années à Pise.

15

Il était resté le même : je reconnus le ton chaleureux et persuasif de sa voix, ainsi que sa capacité à organiser son discours en partant de propos généraux qui, de fil en aiguille, débouchaient imparablement et aux yeux de tous sur des expériences quotidiennes dont il révélait tout le sens. En écrivant aujourd'hui, je m'aperçois que j'ai très peu de souvenirs de son physique, à part son visage pâle et glabre et ses cheveux courts. Et pourtant, à l'époque, son corps était le seul que j'avais enlacé comme si nous étions mariés.

Après sa harangue, je m'approchai de Franco. Ses yeux brillèrent de surprise et il me serra dans ses bras. Mais nous eûmes du mal à nous parler : quelqu'un attira son attention, et un autre jeune se mettait déjà à discourir âprement, tout en le désignant du doigt avec insistance, comme s'il devait répondre de fautes horribles. Je restai avec le groupe près de la chaire, mal à l'aise, et dans la cohue je perdis de vue Mariarosa. Mais cette fois, c'est elle qui me repéra et me tira par le bras.

« Qu'est-ce que tu fais ici ? » demanda-t-elle, joyeuse.

J'évitai de lui expliquer que j'avais raté un rendez-vous et étais arrivée là par hasard. Je répondis en indiquant Franco :

« Je le connais, lui !

— Mari ?

— Oui ! »

Elle me parla de Franco avec enthousiasme, puis me chuchota à l'oreille : ils vont me le faire payer, c'est moi qui l'ai invité, regarde ce panier de crabes... Et comme il était prévu qu'il dormirait chez elle avant de repartir pour Turin le lendemain, elle insista aussitôt pour que je vienne dans son appartement moi aussi. J'acceptai – et tant pis pour l'hôtel.

L'assemblée traîna en longueur, tout le monde était en alerte permanente et il y eut des moments de grande tension. Nous quittâmes l'université à la tombée du jour. En plus de Franco, vinrent aussi avec Mariarosa la jeune mère, qui s'appelait Silvia, et l'homme d'une trentaine d'années que j'avais déjà remarqué dans la salle en train de fumer le cigare, un peintre vénézuélien qui s'appelait Juan. Nous allâmes tous dîner dans une auberge que connaissait ma belle-sœur. Je discutai suffisamment avec Franco pour réaliser que je m'étais trompée et qu'il n'était plus le même. On aurait dit qu'on lui avait collé un masque sur le visage – à moins qu'il ne se le fût collé lui-même – qui, certes, épousait parfaitement ses traits d'autrefois, mais qui avait effacé toute sa générosité. À présent, il était plein de retenue, crispé, et soupesait chacun de ses mots. Au cours d'un bref échange plutôt intime, il ne fit aucune allusion à notre ancienne relation, et lorsque je l'évoquai, me plaignant qu'il eût cessé de m'écrire, il coupa court en murmurant : cela devait se passer comme ça. Sur ses études aussi il fut vague, et je compris qu'il n'avait pas de diplôme.

« Il y a autre chose à faire ! fit-il.

— Quoi, par exemple ? »

Alors il s'adressa à Mariarosa, presque agacé de la tournure trop privée qu'avait pris notre échange :

« Elena demande ce qu'il faut faire ! »

Mariarosa répondit, allègre :

« La révolution ! »

Alors je pris un ton ironique et lançai :

« Et pendant le temps libre ? »

Juan intervint, sérieux, secouant doucement le poing fermé du bébé de Silvia, assise près de lui :

« Pendant le temps libre, on la prépare. »

Après dîner, nous nous serrâmes tous dans la voiture de Mariarosa, qui habitait à Sant'Ambrogio, dans un vieil appartement très spacieux. Je découvris que le Vénézuélien y avait une espèce d'atelier, une pièce fort désordonnée que Maria-rosa nous fit visiter, à Franco et moi, afin de nous montrer ses œuvres : de grandes toiles avec des scènes urbaines pleines de personnages, accomplies avec un réalisme presque photographique, que cependant il avait gâchées en clouant par-dessus des tubes de peinture, des brosses, des palettes, des gobelets pour la térébenthine et des chiffons. Mariarosa le couvrit d'éloges, mais en s'adressant principalement à Franco, à l'opinion duquel elle semblait tenir beaucoup.

Je les observai sans réussir à comprendre. À l'évidence, Juan vivait ici et Silvia également, puisque je la voyais évoluer, désinvolte, dans l'appartement avec Mirko, le bébé. Mais si, dans un premier temps, j'avais cru que le peintre et la très jeune mère formaient un couple et sous-louaient une partie de ce logement, je changeai bientôt d'avis. En effet, pendant toute la soirée, le Vénézuélien ne fit preuve envers Silvia que d'une politesse distraite, alors qu'il posa souvent un bras autour des épaules de Mariarosa et l'embrassa même une fois dans le cou.

Au début, on discuta beaucoup des œuvres de Juan. Franco avait depuis toujours une compétence enviable en matière d'arts plastiques et un sens critique très sûr. Nous l'écoutâmes tous volontiers, à part Silvia, dont l'enfant, très sage jusqu'alors, se mit soudain à pleurer sans qu'on puisse le calmer. J'espérai un moment que Franco parlerait aussi de mon livre, certaine qu'il en dirait des choses aussi intelligentes que celles qu'il était en train de dire sur les tableaux de Juan, mal-gré quelques commentaires un peu aigres. Or, mon roman, nul ne l'évoqua, et après un geste d'agacement du Vénézuélien qui n'avait pas apprécié une réflexion de Franco sur le thème des liens entre art et société, on commença à discuter du retard culturel italien, du panorama politique à l'issue des élections, des échecs à la chaîne de la social-démocratie, des mouvements étudiants, de la répression policière et de ce qu'ils appelèrent *la leçon française*. L'échange entre les deux hommes devint vite polémique. Silvia, qui n'arrivait pas à comprendre ce que voulait Mirko, ne faisait que sortir de la pièce et y rentrer, grondant vertement l'enfant comme s'il était déjà grand, et elle intervenait régulièrement avec quelque vague phrase de désaccord, tout en promenant son petit le long du couloir ou en le changeant dans la chambre d'à côté. Mariarosa, après avoir mentionné les crèches organisées à la Sorbonne pour les enfants des étudiants en grève, évoqua Paris au début du mois de juin, pluvieux et froid, encore bloqué par la grève générale : ce n'était pas un récit de première main (elle regretta de ne pas avoir réussi à partir), mais une de ses amies lui avait décrit la ville dans une lettre. Franco et Juan écoutèrent tous deux d'une oreille distraite, sans jamais perdre le fil de leur dispute, et ils reprirent leur confrontation avec une animosité croissante.

De fait nous nous retrouvâmes, nous les trois femmes, semblables à des génisses somnolentes attendant que les deux taureaux aient fini de mesurer leurs puissances respectives. Cela finit par m'irriter. J'espérais que Mariarosa s'insérerait à nouveau dans la conversation et je comptais intervenir moi aussi. Mais Franco et Juan ne nous en laissèrent aucune possibilité. Pendant ce temps, l'enfant pleurait et Silvia le traitait de manière toujours plus agressive. Je me dis que Lila était bien plus jeune encore lorsqu'elle avait eu Gennaro. Et je m'aperçus que quelque chose m'avait conduite, pendant l'assemblée déjà, à établir un lien entre elles. Peut-être était-ce la solitude de la mère qu'avait connue Lila après s'être séparée de Nino et avoir rompu avec Stefano. Ou sa beauté : si elle s'était trouvée dans cette réunion avec Gennaro, elle aurait été une mère plus séduisante et plus déterminée encore que Silvia. Mais Lila était désormais coupée de tout cela. L'onde de choc que j'avais ressentie dans cette salle arriverait jusqu'à San Giovanni a Teduccio mais elle ne s'en apercevrait même pas, dans cet endroit où elle avait atterri et où elle s'abîmait. Quel dommage ! Je me sentis coupable. J'aurais dû l'emmener loin, l'enlever et la faire voyager avec moi. Ou du moins, renforcer sa présence en moi et mêler sa voix à la mienne. Comme en ce moment. Je l'entendis s'écrier : se taire et laisser ces deux-là parler tout seuls, c'est se comporter comme une plante verte ! donne au moins un coup de main à cette fille, pense un peu à ce que ça signifie, avoir un enfant en bas âge ! Confusion des lieux et des époques, mélange d'humeurs différentes. Je bondis et, avec sollicitude et délicatesse, enlevai l'enfant des bras de Silvia, qui me le laissa volontiers.

16

Quel beau bébé ! Ce fut un moment mémorable. Mirko me conquit aussitôt, avec sa peau rose plissée aux poignets et aux jambes. Comme il était mignon ! Il avait des yeux bien dessinés, des cheveux épais, de longs pieds délicats, et il sentait bon. Je lui murmurai tendrement ces compliments, tout en le portant dans mes bras à travers l'appartement. Les voix des hommes s'éloignèrent, avec les idées qu'ils défendaient et leur animosité, et il m'arriva quelque chose de nouveau : j'éprouvai du plaisir. Ce fut une flambée incontrôlable. Je ressentis la chaleur de l'enfant et sa motilité, et j'eus l'impression que tous mes sens devenaient plus affûtés, comme si tenir ce parfait fragment de vie entre mes bras multipliait mes perceptions à l'extrême. Je croyais comprendre toute la douceur et toute la responsabilité qu'il y avait à s'occuper de ce bébé, et me sentais prête à le protéger contre les ombres menaçantes tapies dans les coins sombres de cette demeure. Mirko dut le sentir car il s'apaisa. Cela me fit grand plaisir, je fus fière d'avoir pu lui apporter la sérénité.

Quand je regagnai le salon, Silvia, assise sur les genoux de Mariarosa, écoutait la discussion entre les deux hommes, et intervenait par quelques exclamations nerveuses. Elle se retourna pour me regarder et dut voir sur mon visage la jouissance avec laquelle je serrais le bébé dans mes bras. Elle se leva brusquement, me le prit avec un « merci » sec et alla le coucher. Je sentis la chaleur de Mirko me quitter et retournai m'asseoir de mauvaise humeur, les idées embrouillées. Je voulais encore ce bébé, j'espérais qu'il se remettrait à pleurer et que Silvia me demanderait de l'aide. Mais que m'arrive-t-il ? je veux des enfants ? je veux pouponner, allaiter et chanter des berceuses ? mariage et grossesse ? et si ma mère jaillissait de mon ventre au moment même où je croyais être enfin en sécurité?

17

J'eus du mal à me concentrer sur «la leçon qui nous venait de la France» et sur la dispute tendue entre les deux hommes. Cependant, je n'avais pas envie de me taire. Je voulais intervenir avec des choses que j'avais lues ou que je pensais sur les événements parisiens, mais mon discours s'emmêlait dans ma tête en des phrases qui restaient toujours inachevées. J'étais stupéfiée que Mariarosa, si douée et si libre, continue à se taire, se contentant d'approuver systématiquement et exclusivement ce que disait Franco, à grand renfort de sourires, ce qui rendait Juan nerveux et parfois hésitant. Si elle ne parle pas, me dis-je, alors c'est moi qui parlerai! Autrement, pourquoi accepter de venir ici au lieu de descendre à l'hôtel? J'avais une réponse à ces questions: je souhaitais montrer ce que j'étais devenue à ceux que j'avais connus par le passé. Je voulais que Franco comprenne qu'il ne pouvait me traiter comme la gamine d'autrefois, je voulais qu'il sache que j'étais devenue quelqu'un de totalement différent, et je voulais l'entendre déclarer en présence de Mariarosa que *ce nouveau quelqu'un* avait toute son estime. C'est pourquoi – Silvia ayant disparu avec le bébé endormi et tous deux n'ayant donc plus besoin de moi – après une courte attente, je trouvai enfin le moyen de contredire mon ancien fiancé. Il s'agissait d'un désaccord improvisé : je n'étais pas motivée par de solides convictions, mon objectif était de m'exprimer *contre Franco* et c'est ce que je fis, j'avais en tête des formules que j'entremêlai avec une feinte assurance. En gros, j'affirmai être perplexe quant au degré de maturation de la lutte des classes en France, et pour l'instant je trouvais assez théorique l'union entre étudiants et travailleurs. Je parlai avec détermination, craignant qu'un des deux hommes ne m'interrompe pour dire quelque chose qui raviverait la discussion entre eux. Or, tout le monde m'écouta attentivement, y compris Silvia qui était revenue presque sur la pointe des pieds, sans son enfant. Ni Franco ni Juan ne donnèrent de signe d'impatience pendant que je parlais, et le Vénézuélien acquiesça même lorsque je prononçai, à deux ou trois reprises, le mot *peuple*. Ce qui énerva Mari. Tu dis que la situation *n'est pas objectivement* révolutionnaire ! s'exclama-t-il avec ironie – et je connaissais ce ton, qui indiquait qu'il se moquait de moi. À partir de là, nous nous mîmes à parler tous les deux en même temps, mes propos chevauchant les siens et vice versa : je ne sais pas ce que ça veut dire, *objectivement* ; cela veut dire que l'action est inévitable ; alors, quand ce n'est pas inévitable, on se roule les pouces ; non, le révolutionnaire a le devoir de toujours faire son possible ; en France, les étudiants ont fait l'impossible, le système éducatif est brisé et ne sera jamais plus rétabli ; avoue que les choses ont changé et continueront à changer ; oui, mais personne ne te demande, ni à toi ni à qui que ce soit, un certificat sur papier timbré, pour avoir la garantie que la situation est *objectivement* révolutionnaire, les étudiants sont passés à l'action un point c'est tout ; ce n'est pas vrai ; si, c'est vrai ! Et ainsi de suite. Soudain, nous nous tûmes tous deux en même temps.

Cela avait été un échange inhabituel, non quant à son contenu mais quant à sa tonalité, virulente et oublieuse de la bienséance. Je remarquai dans les yeux de Mariarosa une lueur d'amusement : elle avait compris que si Franco et moi nous parlions ainsi, c'était parce que entre nous il y avait eu quelque chose d'autre qu'une simple fréquentation de camarades d'université. Venez donc m'aider ! lança-t-elle à Silvia et Juan. Elle avait besoin d'une échelle pour prendre du linge pour Franco et moi. Ils la suivirent tous deux et Juan lui glissa quelque chose à l'oreille.

Franco fixa un moment le sol, pinça les lèvres comme pour réprimer un sourire et dit d'un ton affectueux :

« Tu es toujours la même petite-bourgeoise ! »

C'était l'étiquette qu'il m'avait souvent collée pour se moquer de moi, il y a des années de cela, quand j'avais peur d'être surprise dans sa chambre. Les autres n'étant pas là pour nous surveiller, je lançai brusquement :

« C'est toi, le petit-bourgeois ! Par ton origine, ta culture et ton comportement.

— Je ne voulais pas te vexer.

— Je ne suis pas vexée.

— Tu as changé, tu es devenue agressive.

— Je suis toujours la même.

— Tout va bien, chez toi ?

— Oui.

— Et cette amie, à qui tu tenais tant ? »

Cette question semblait issue d'une association d'idées qui me déboussola. Lui avais-je donc parlé de Lila, par le passé ? En quels termes ? Et pourquoi lui venait-elle à l'esprit maintenant ? Quel lien avait-il vu quelque part, qui m'avait échappé ?

« Elle va bien, dis-je.

— Qu'est-ce qu'elle fait ?

— Elle travaille dans une usine de salaisons, dans les environs de Naples.

— Elle n'était pas mariée avec un boutiquier ?

— Leur mariage n'a pas marché.

— Quand je viendrai à Naples, il faudra que tu me la présentes.

— Bien sûr.

— Donne-moi son numéro, son adresse !

— D'accord. »

Il me regarda, à la recherche des mots susceptibles de me faire le moins de mal possible, et demanda :

« Elle l'a lu, ton livre ?

— Je ne sais pas. Et toi, tu l'as lu ?

— Bien sûr.

— Qu'est-ce que tu en as pensé ?

— Il est bon.

— Dans quel sens ?

— Il y a de bonnes pages.

— Lesquelles ?

— Celles où tu donnes à la protagoniste la capacité de relier entre eux, à sa manière, les fragments de son monde.

— C'est tout ?

— Ce n'est pas assez ?

— Non. Ça ne t'a pas plu, c'est clair.

— Je t'ai dit qu'il était bon. »

Je le connaissais : il essayait de ne pas m'humilier. Cela m'exaspéra et je fis remarquer :

« C'est un livre dont on parle beaucoup et qui se vend bien.

— Alors tout va bien, non ?

— Oui, mais pas pour toi. Qu'est-ce qui ne fonctionne pas ? »

Il pinça encore davantage ses lèvres, et puis se décida :

« Il n'y a pas grand-chose dedans, Elena. Sous des histoires d'amourettes et de désirs d'ascension sociale, tu caches précisément ce qui vaudrait la peine d'être raconté.

— C'est-à-dire ?

— Laisse tomber, il est tard, on ferait mieux de se reposer. »

Il tenta de reprendre un air d'ironie bienveillante. Mais en réalité, il ne se départit pas de son nouveau ton, celui de qui a une mission importante et ne se consacre à tout le reste qu'au compte-gouttes : « Tu as fait ton possible, non ? Mais, objectivement, les temps ne sont pas à l'écriture de romans. »

18

Mariarosa rentra dans la pièce à cet instant même avec Juan et Silvia, nous apportant des serviettes et le nécessaire pour la nuit. Mariarosa entendit certainement cette dernière phrase et comprit forcément que nous parlions de mon livre, mais elle ne souffla mot. Elle aurait pu s'exclamer qu'elle avait aimé le livre et qu'on pouvait écrire des romans à tout moment, mais elle ne dit rien. J'en déduisis que, par-delà les déclarations de sympathie et d'affection, dans ces milieux cultivés et absorbés par la passion politique, mon ouvrage était considéré comme une petite chose insignifiante, et que les pages qui aidaient à sa diffusion étaient perçues soit comme une version édulcorée de textes bien plus explosifs – que, soit dit en passant, je n'avais même pas lus –, soit méritaient cette étiquette péjorative de Franco : *une histoire d'amourettes*.

Ma belle-sœur m'indiqua la salle de bain et ma chambre avec une politesse hâtive. Je dis au revoir à Franco qui partait le lendemain de bonne heure. Je lui serrai simplement la main, et d'ailleurs il ne fit pas mine de vouloir m'embrasser. Je le vis disparaître dans une pièce avec Mariarosa, à l'expression sombre de Juan et au regard triste de Silvia, je compris que l'hôte et la maîtresse de maison dormiraient ensemble.

Je me retirai dans la chambre qui m'avait été attribuée. J'y trouvai une forte odeur de tabac froid, un petit lit défait, pas de table de chevet, pas de lampe à part un faible plafonnier, des journaux entassés par terre, quelques numéros de *Menabò*, *Nuovo impegno* ou *Marcatré*, et de coûteux livres d'art, certains très abîmés et d'autres qui, à l'évidence, n'avaient jamais été feuilletés. Je découvris sous le lit un cendrier débordant de mégots, ouvris la fenêtre et laissai le cendrier sur le rebord. Je me déshabillai. La chemise de nuit que m'avait donnée Mariarosa était trop longue et trop étroite. Je me rendis pieds nus dans la salle de bain, en suivant le couloir plongé dans la pénombre. L'absence de brosse à dents ne me pesa pas : personne ne m'avait appris à me laver les dents, c'était une habitude qui ne datait que de mon séjour à Pise.

Couchée, je m'efforçai d'effacer le Franco rencontré ce soir en ravivant le souvenir du Franco d'autrefois, ce garçon riche et généreux qui m'avait aimée et aidée, qui m'avait acheté un peu de tout, avait fait mon éducation et m'avait emmenée à Paris dans le cadre de ses activités politiques ou en vacances en Versilia, dans sa maison de famille. Mais je n'y parvins pas. Le présent – avec ses turbulences, les cris dans la salle de cours bondée et le jargon politique qui résonnait dans ma tête et se déversait sur mon livre, en le vidant de son contenu – prit le dessus. Me berçais-je d'illusions sur mon avenir littéraire ? Franco avait-il raison, n'y avait-il pas bien d'autres choses à faire qu'écrire des romans ? Quelle impression lui avais-je faite ? Quels souvenirs gardait-il de notre amour, si toutefois il en avait ? Se plaignait-il de moi auprès de Mariarosa comme Nino s'était plaint de Lila avec moi ? J'avais de la peine et avais perdu toute confiance en moi. Cette soirée, que j'avais imaginée douce et peut-être un peu mélancolique, se révélait bien triste. J'étais impatiente que la nuit se termine, j'avais hâte de rentrer à Naples. Je dus me lever pour éteindre la lumière. Je me recouchai dans le noir.

J'eus du mal à m'endormir. Je me tournai et retournai dans les draps, le lit et la chambre étaient empreints de l'odeur d'autres corps, d'une intimité semblable à celle de chez moi mais faite de traces d'inconnus, peut-être répugnantes. Je m'assoupis finalement avant de me réveiller d'un coup : il y avait quelqu'un dans ma chambre. Je chuchotai : qui est là ? C'est Juan qui répondit en

me lançant, sans préambule et d'une voix sup-
pliante, comme s'il me demandait un grand service, un secours de première urgence :

« Je peux dormir avec toi ? »

Cette requête me sembla tellement absurde
que, pour finir de me réveiller et être sûre de comprendre, je répétai :

« Dormir ?

— Oui ! Je m'allonge près de toi, sans t'importuner. Je ne veux pas être seul, c'est tout.

— Sûrement pas !

— Pourquoi ? »

Je ne sus que répondre et chuchotai enfin :

« Je suis fiancée.

— Et alors ? On dort, un point c'est tout.

— Va-t'en, s'il te plaît ! Je ne te connais même
pas !

— Je m'appelle Juan et je t'ai montré mes
œuvres. Qu'est-ce que tu veux de plus ? »

Je sentis qu'il s'asseyait sur le lit, vis sa silhouette sombre et perçus son souffle qui sentait
le cigare.

« Je t'en prie, murmurai-je, j'ai sommeil !

— Tu es romancière et tu écris sur l'amour.
Tout ce qui nous arrive nourrit notre imagination
et nous aide à créer. Laisse-moi venir près de toi,
c'est quelque chose que tu pourras raconter ! »

Du bout des doigts, il me frôla le pied. Cela me
fut insupportable, je bondis vers l'interrupteur et
allumai la lumière. Il était encore assis sur le lit,
en slip et maillot de corps.

« Dehors ! » sifflai-je d'un ton absolument
catégorique. Il était tellement visible qu'à tout
moment j'allais me mettre à hurler, et tellement
évident que j'étais prête à me jeter sur lui et à

me battre bec et ongles, qu'il se leva lentement et lâcha, dégoûté :

« Qu'est-ce que t'es coincée ! »

Il sortit. Je fermai la porte derrière lui mais il n'y avait pas de clef.

J'étais stupéfaite, furieuse, effrayée, et un dialecte sanguinaire tourbillonnait dans ma tête. J'attendis un peu avant de me recoucher, sans éteindre la lumière. Quelle image donnais-je de moi, pour qui me prenait-on, qu'est-ce qui justifiait la requête de Juan ? Cela venait-il de la réputation de femme libre que me procurait mon livre ? Était-ce à cause du discours politique que j'avais tenu, qui à l'évidence n'était pas qu'une joute dialectique ou un jeu pour montrer que j'étais aussi habile que les hommes, mais définissait ma personnalité tout entière, disponibilité sexuelle comprise ? Était-ce l'idée d'une appartenance à un même groupe qui avait incité cet homme à se faufiler tranquillement dans ma chambre – de la même façon que Mariarosa avait invité Franco dans la sienne, sans une hésitation ? Ou bien avais-je été contaminée moi aussi par cette excitation érotique diffuse que j'avais perçue à l'université, à tel point qu'elle se dégageait de moi sans que j'en sois consciente ? À Milan, je m'étais également sentie prête à faire l'amour avec Nino, quitte à tromper Pietro. Mais il s'agissait là d'une passion de longue date, qui justifiait le désir sexuel et l'infidélité, alors que le sexe en soi, cette demande directe d'orgasme, non, cela ne me concernait pas, je n'y étais pas préparée et ça me dégoûtait. Pourquoi aurais-je dû me laisser toucher par l'ami d'Adele à Turin, ou par Juan dans cet appartement ? Que devais-je démontrer et qu'est-ce qu'*eux* voulaient démontrer ?

Soudain, ma mésaventure avec Donato Sarratore me revint à l'esprit. Pas tant la soirée sur la plage d'Ischia, celle que j'avais transformée en épisode romanesque, que ce jour où il était apparu dans la cuisine de Nella. Je venais de me coucher et il m'avait touchée, provoquant en moi un accès de plaisir contre ma propre volonté. Entre la gamine d'alors, stupéfaite et apeurée, la femme agressée dans l'ascenseur et celle qui, ce soir, venait de subir cette intrusion, y avait-il un lien ? Tarratano, l'ami d'Adele si cultivé, et Juan l'artiste vénézuélien étaient-ils taillés dans la même étoffe que le père de Nino, contrôleur de train, rimailleur et écrivaillon ?

19

Je ne pus trouver le sommeil. À mes nerfs à vif et à mes pensées contradictoires vint s'ajouter Mirko, qui se remit à pleurer. Je me souvins de la puissante émotion que j'avais éprouvée en tenant ce bébé dans mes bras et, comme il ne se calmait pas, je ne pus me retenir. Je me levai, suivis le fil sonore de ses pleurs et parvins à une porte sous laquelle filtrait la lumière. Je frappai. Silvia répondit, d'une voix âpre. Sa chambre était plus accueillante que la mienne, meublée d'une vieille armoire, d'une commode et d'un grand lit sur lequel la jeune femme était assise en nuisette rose, jambes croisées et une expression mauvaise sur le visage. Bras abandonnés et dos des mains sur les draps, elle avait posé Mirko sur ses cuisses nues telle une offrande – nu, violacé, trou noir béant de la bouche, il plissait ses petits yeux et agitait bras et jambes. D'abord elle m'accueillit avec hostilité, avant de s'adoucir. Elle me dit qu'elle était une mère lamentable, elle n'y arrivait pas, c'était désespérant. Elle en vint à murmurer : il est tout le temps comme ça, à part quand il tète, peut-être qu'il est malade et qu'il va mourir là, sur ce lit ! Je la regardais tandis qu'elle me parlait et elle me sembla si différente de Lila : cette fille était disgracieuse, enlaidie par les grimaces nerveuses de sa bouche et par ses yeux trop écarquillés. Elle finit par éclater en sanglots.

Les pleurs de la mère et du fils m'attendrirent, j'aurais voulu les prendre tous deux dans mes bras, les serrer et les bercer. Je chuchotai : je peux le tenir un peu ? Entre deux sanglots, elle me fit oui de la tête. Je pris alors le bébé allongé sur ses jambes et le pressai contre ma poitrine : je retrouvai ce flux d'odeurs et de sons et cette douceur, comme si toute son énergie vitale se hâtait joyeusement de revenir vers moi, après un moment de séparation. Je marchai dans la chambre de long en large en lui murmurant une espèce de litanie sans grammaire que j'inventai sur le coup, une longue et insensée déclaration d'amour. Miraculeusement, Mirko se calma et s'endormit. Je le déposai doucement auprès de sa mère, mais sans aucune envie de me séparer de lui. Je craignais de regagner ma chambre, une partie de moi était certaine d'y retrouver Juan et voulait rester ici.

Silvia me remercia sans gratitude, un merci auquel elle ajouta sur un ton glacial une liste de mes qualités : tu es intelligente, tu sais tout, tu sais te faire respecter, tu es une vraie mère, tes futurs enfants auront bien de la chance! Je me dérobai et dis que j'allais me coucher. Mais elle eut un mouvement d'anxiété, me saisit la main et me pria de rester : il t'entend, s'exclama-t-elle, fais-le pour lui, comme ça il dormira tranquillement! J'acceptai aussitôt. Nous nous couchâmes de part et d'autre du bébé et éteignîmes la lumière. Mais sans nous endormir, car nous commençâmes à parler de nous.

À la faveur de l'obscurité, Silvia se fit moins hostile. Elle me parla de l'horreur qui l'avait saisie lorsqu'elle avait découvert qu'elle était enceinte. Elle avait caché sa grossesse à l'homme qu'elle aimait mais aussi à elle-même, se persuadant que cela passerait comme une maladie qui doit simplement suivre son cours. Pourtant son corps réagissait, se déformait, et Silvia avait été obligée d'en parler à ses parents très aisés, qui exerçaient des professions libérales à Monza. Cela avait provoqué une scène terrible et elle était partie de chez elle. Mais au lieu de s'avouer qu'elle avait laissé filer les mois dans l'attente d'un miracle, et au lieu d'admettre qu'elle n'avait jamais pensé à avorter parce qu'elle avait trop peur des conséquences physiques d'un tel acte, elle s'était mise à croire qu'elle voulait cet enfant par amour pour l'homme qui l'avait mise enceinte. Et ce dernier avait déclaré : si tu le veux, par amour pour toi, je le veux moi aussi. Amour d'un côté comme de l'autre : à ce moment-là, ils parlaient tous deux sincèrement. Mais au bout de quelques mois, alors que la grossesse n'était même pas arrivée à terme, l'amour les avait quittés, l'un comme l'autre, un fait que Silvia souligna à plusieurs reprises, avec douleur. Entre eux, il n'était rien resté, à part la rancœur.

Ainsi s'était-elle retrouvée seule, et si jusqu'à présent elle s'en sortait, c'était grâce à Mariarosa. Elle m'en fit grand éloge et m'en parla avec émotion : c'était une enseignante excellente et véritablement du côté des étudiants, une camarade hors pair.

Je dis que toute la famille Airota était remarquable, que j'étais fiancée avec Pietro et que nous allions nous marier à l'automne. Elle réagit, spontanée : le mariage me dégoûte, la famille aussi, tout ça c'est dépassé ! Mais elle passa soudain à un ton mélancolique :

« Le père de Mirko aussi travaille à l'université.

— Ah bon ?

— Oui, tout a commencé quand j'ai suivi son cours. Il avait une grande confiance en lui, il préparait à fond ses leçons, était très intelligent et très beau. Il avait toutes les qualités. Les luttes n'avaient pas encore commencé mais il nous disait déjà : rééduquez vos profs, ne vous laissez pas traiter comme des animaux !

— Et le bébé, il s'en occupe un peu ? »

Dans l'obscurité, elle eut un rire, puis murmura âprement :

« Un garçon, à part les moments fous où tu l'aimes et où il te pénètre, ça reste toujours en dehors de tout. Et ensuite, quand tu ne l'aimes plus, rien que te rappeler qu'avant tu le voulais, ça t'exaspère. Je lui ai plu, il m'a plu, un point c'est tout. Cela m'arrive plusieurs fois par jour, que quelqu'un me plaise. Pas toi ? Ça dure un moment et puis ça passe. Il n'y a que l'enfant qui reste, ça c'est une partie de toi. Par contre, le père est un étranger et il le reste. Même son nom ne résonne plus comme autrefois. Nino, Nino, disais-je, et dès que je me réveillais, je répétais ce nom, c'était magique. Alors que maintenant, c'est un son qui me rend triste. »

Pendant un instant, je ne dis rien. Je finis par murmurer :

« Le père de Mirko s'appelle Nino ?

— Oui, à la fac c'est une célébrité, tout le monde le connaît.

— Nino comment ?

— Nino Sarratore. »

20

Je m'en allai de bon matin, laissant Silvia qui dormait, bébé au sein. Je ne trouvai pas trace du peintre. Je ne pus dire au revoir qu'à Maria-rosa, qui s'était levée très tôt pour accompagner Franco à la gare et venait de rentrer. Elle avait l'air ensommeillée et me parut mal à l'aise. Elle me demanda :

« Tu as bien dormi ?

— J'ai beaucoup bavardé avec Silvia.

— Elle t'a parlé de Sarratore ?

— Oui.

— Je sais que vous êtes amis.

— C'est lui qui te l'a dit ?

— Oui. Nous avons fait des potins sur toi.

— C'est vrai que Mirko est son fils ?

— Oui. »

Elle réprima un bâillement puis sourit :

« Nino est fascinant, les filles se le disputent, elles le veulent toutes ! Et malgré tout on vit des temps heureux, où on peut s'offrir qui on veut. Et puis, il émane de lui une force qui communique la joie de vivre et l'envie d'agir... »

Elle affirma que le mouvement avait grand besoin de personnes comme lui. Toutefois, elle ajouta qu'il fallait s'occuper de lui, l'aider à mûrir et à s'orienter. Les gens trop doués, il faut les guider, expliqua-t-elle, car en eux le bourgeois démocrate, le chef d'entreprise et le modernisateur sont toujours aux aguets. Nous regrettâmes toutes deux d'avoir passé si peu de temps ensemble et nous jurâmes de rattraper cela à la première occasion. J'allai chercher mon bagage à l'hôtel et partis.

Ce n'est que dans le train, au cours de mon long voyage vers Naples, que j'assimilai vraiment la nouvelle de cette deuxième paternité de Nino. Une grisaille sordide s'étendit de Silvia à Lila et de Mirko à Gennaro. J'eus l'impression que la passion d'Ischia, la nuit d'amour à Forio, la liaison secrète de la Piazza dei Martiri et la grossesse de Lila perdaient leurs couleurs et se réduisaient à un mécanisme que Nino, après avoir quitté Naples, avait mis en œuvre avec Silvia, et qui sait avec combien d'autres encore. Cela m'offensa, un peu comme si Lila était tapie dans un coin de ma tête et que j'éprouve ses sentiments. Je ressentis l'amertume qu'elle aurait ressentie si elle avait découvert ce qui s'était passé, et fus saisie de colère comme si j'avais subi le même tort qu'elle. Nino avait trahi à la fois Lila et moi. Nous étions, elle et moi, dans la même humiliation, et nous avions aimé Nino sans jamais avoir vraiment été aimées en retour. En dépit de ses qualités, c'était donc un homme frivole et superficiel, un organisme animal qui répandait sueurs et fluides et qui laissait derrière lui, comme les restes d'un moment de plaisir distrait, de la matière vivante conçue, nourrie et formée dans des ventres de femmes. Je me souvins du jour où il était venu me chercher dans notre quartier, il y avait des années de cela. Nous avions discuté un moment dans la cour, Melina l'avait aperçu depuis sa fenêtre et l'avait pris pour son père. L'ancienne maîtresse de Donato avait saisi des ressemblances qui m'avaient semblé inexistantes. Mais maintenant, il était clair qu'elle avait raison et que j'avais tort. Nino ne fuyait nullement son père parce qu'il craignait de devenir comme lui. Nino *était déjà* son père et il ne voulait pas l'admettre.

Pourtant, je ne parvins pas à le détester. Dans le train étouffant de chaleur, non seulement je revis le moment où je l'avais retrouvé dans la librairie, mais je l'insérai aussi dans une série d'événements, de mots et de phrases qui m'avaient marquée au cours de ces derniers jours. Le sexe m'avait poursuivie et rattrapée, répugnant et attirant, présent de manière obsessionnelle dans les gestes, les discours et les livres. Les cloisons s'écroulaient, les chaînes de la bienséance se brisaient. Et Nino vivait intensément cette saison. Il ne faisait qu'un avec cette assemblée universitaire survoltée et ses odeurs intenses, et il était à l'unisson avec le désordre de l'appartement de Mariarosa – Mariarosa dont il avait certainement été l'amant. Grâce à son intelligence, ses désirs et sa capacité à séduire, il vivait cette époque avec assurance et curiosité. Peut-être avais-je eu tort de le ramener aux pulsions répugnantes de son père. Ses comportements appartenaient à une autre culture. Silvia et Mariarosa l'avaient souligné : les filles le voulaient et il les prenait, il n'y avait pas d'abus, pas de faute, rien que les lois du désir.

Lorsque Nino avait affirmé que rien n'allait chez Lila, pas même le sexe, peut-être avait-il voulu me dire que le temps des présomptions était révolu, et que charger le plaisir du poids de la responsabilité était une erreur. Quand bien même avait-il la nature de son père, sa passion pour les femmes racontait certainement une tout autre histoire.

Lorsque j'arrivai à Naples, une partie de moi – pensant combien Nino était aimé et combien il aimait – avait cédé et finissait par admettre, m'étonnant et me décevant moi-même : qu'estce qu'il y a de mal ? il profite de la vie avec ceux qui savent en profiter ! Et tandis que je regagnais mon quartier, je m'aperçus que, précisément parce que toutes les filles le voulaient et parce qu'il les prenait toutes, moi qui l'avais voulu depuis toujours, je le voulais encore davantage. Par conséquent je décidai d'éviter à tout prix de le revoir. Quant à Lila, je ne savais comment me comporter. Me taire ? Tout lui raconter ? J'improviserais au moment où je la rencontrerais.

21

Rentrée chez moi, je n'eus pas – ou ne voulus pas avoir – le temps de réfléchir à la question. Pietro téléphona pour annoncer qu'il viendrait rencontrer mes parents la semaine suivante. J'accueillis cette nouvelle comme un mal nécessaire et me hâtai de trouver un hôtel pour mon fiancé, de nettoyer l'appartement et d'atténuer l'anxiété de ma famille. Ce dernier effort fut tout à fait vain, car la situation n'avait fait qu'empirer. Dans le quartier, les bavardages malveillants s'étaient multipliés sur mon livre, sur moi et sur mon habitude de voyager seule. Ma mère s'était défendue en se vantant de mon mariage imminent, mais pour éviter que mes choix contre Dieu ne compliquent encore la situation, elle avait raconté que je me mariais non pas à Naples mais à Gênes. Du coup, les commérages s'étaient encore intensifiés, ce qui l'avait exaspérée.

Un soir, elle m'attaqua avec une dureté extrême, s'exclamant que les gens lisaient mon livre, le trouvaient scandaleux et parlaient derrière son dos. Elle cria que mes frères avaient dû tabasser les fils du boucher parce que ceux-ci m'avaient traitée de putain. Et ce n'était pas tout : ils avaient aussi cassé la figure à un camarade d'école d'Elisa qui avait demandé à celle-ci de faire les saletés que faisait sa grande sœur.

« Mais qu'est-ce que t'as écrit ? hurla-t-elle.

— Rien, m'man.

— T'as écrit les cochonneries qu'on raconte ?

— Quelles cochonneries ? Tu n'as qu'à le lire.

— J'ai pas d'temps à perdre avec tes conneries !

— Alors fiche-moi la paix !

— Si ton père entend les trucs qu'on dit sur toi, il te chassera de la maison !

— C'est pas la peine, je m'en vais ! »

C'était le soir et j'allai faire quelques pas pour ne pas lui lancer à la figure des choses que je regretterais ensuite. Dans la rue, dans le jardin public et le long du boulevard, j'eus l'impression que les gens me regardaient avec insistance, comme autant d'ombres en colère appartenant à un monde que je n'habitais plus. À un moment donné, je tombai sur Gigliola qui rentrait du travail. Comme nous habitions le même immeuble, nous fîmes la route ensemble, même si je craignais que tôt ou tard elle ne trouve le moyen de me dire quelque chose de désagréable. Or, à ma plus grande surprise, elle s'adressa à moi avec timidité, elle qui était toujours agressive quand elle n'était pas perfide :

« J'ai lu ton livre, il m'a plu ! Tu en as du courage, d'écrire des trucs pareils ! »

Je me raidis.

« Quels trucs ?

— Les trucs que tu fais sur la plage.

— Ce n'est pas moi qui les fais, c'est le personnage.

— Oui, mais c'est très bien écrit, Lenù, ça se passe exactement comme ça, avec la même saleté. C'est des secrets qu'on sait seulement si on est une femme ! »

Alors elle me tira par le bras, m'obligea à m'arrêter et murmura :

« Si tu vois Lina, dis-lui qu'elle avait raison, je le reconnais ! Elle a bien fait de se foutre de son mari, de sa mère, de son père, de son frère, de Marcello, de Michele et de toute cette merde ! J'aurais dû m'enfuir d'ici moi aussi et prendre exemple sur vous deux, qui êtes si intelligentes. Mais j'ai toujours été stupide, y a rien à faire… »

Nous ne nous dîmes rien d'autre de particulier, je m'arrêtai à mon étage et elle rentra chez elle. Mais ces propos restèrent ancrés dans ma mémoire. Ce qui me frappa, c'est qu'elle avait d'emblée associé la chute de Lila à mon ascension, comme si, par rapport à sa situation à elle, ces deux mouvements étaient aussi positifs l'un que

110

l'autre. Mais ce qui resta surtout gravé dans mon esprit, c'est qu'elle avait reconnu dans la *saleté* de mon récit sa propre expérience de la *saleté*. C'était quelque chose de nouveau, que je ne sus comment évaluer. D'autant plus que Pietro arriva et que j'oubliai cette scène pour un temps.

22

J'allai le chercher à la gare et l'accompagnai Via Firenze, où se trouvait un hôtel conseillé par mon père, et que j'avais fini par choisir. Pietro me parut encore plus anxieux que ma famille. Il descendit du train dans une tenue aussi négligée que d'ordinaire, son visage fatigué empourpré par la chaleur, et traînant une grosse valise. Il voulut acheter un bouquet de fleurs pour ma mère et, contrairement à ses habitudes, ne fut satisfait que lorsqu'il en trouva un qu'il jugea assez gros et assez coûteux. Une fois à l'hôtel, il me laissa dans le hall avec les fleurs, jura qu'il revenait sans tarder et réapparut une demi-heure plus tard en costume bleu marine avec chemise blanche, cravate bleue et souliers bien lustrés. J'éclatai de rire et il me demanda : ça ne me va pas ? Je le rassurai : si, ça lui allait très bien. Mais dans la rue, je sentis sur moi le regard des hommes et j'entendis leurs rires moqueurs, comme si j'étais seule, ou bien pire encore, puisqu'ils semblaient signifier que mon cavalier n'était pas digne de respect. Pietro, avec ce grand bouquet de fleurs qu'il ne me laissait pas porter, tellement propre sur lui dans les moindres détails, n'était pas adapté à ma ville. Bien qu'il eût passé son bras libre autour de mes épaules, j'eus l'impression que c'était à moi de le protéger.

C'est Elisa qui nous ouvrit, puis arrivèrent mon père et mes frères, tous endimanchés et aimables à l'excès. Enfin ma mère se montra, le bruit de son pas claudiquant nous provint juste après celui de la chasse d'eau. Elle s'était fait faire une mise en plis et s'était appliqué un peu de couleur sur les lèvres et les joues, et je me dis qu'autrefois elle avait dû être une jolie fille. Elle reçut les fleurs avec condescendance et nous nous installâmes dans la salle à manger qui, pour l'occasion, avait été débarrassée de toute trace des lits que nous faisions le soir et défaisions le matin. Tout était propre et la table avait été dressée avec soin. Ma mère et Elisa avaient cuisiné pendant des jours, ce qui rendit le dîner interminable. Pietro me stupéfia en devenant très expansif. Il interrogea mon père sur son travail à la mairie et l'écouta avec une telle attention que ce dernier laissa tomber son italien laborieux pour se mettre à raconter en dialecte des anecdotes piquantes sur les employés municipaux, histoires pour lesquelles mon fiancé manifesta beaucoup d'intérêt, même s'il n'y comprenait pas grand-chose. Surtout, il mangea comme je ne l'avais jamais vu faire, et non seulement il félicita ma mère et ma sœur à chaque plat mais, lui qui était incapable de faire cuire un œuf, il s'informa sur les ingrédients de chaque recette comme s'il comptait se mettre sans tarder aux fourneaux. À un moment donné, il montra un tel goût pour le *gattò di patate* que ma mère finit par lui en servir une deuxième portion très copieuse, tout en lui promettant, sans perdre son ton distant, d'en

refaire avant son départ. Peppe et Gianni renoncèrent même à s'éclipser pour aller rejoindre leurs
copains.

Après le repas, on en vint au vif du sujet. Pietro
devint solennel et demanda ma main à mon père.
Il employa précisément cette formule, d'une voix
émue, ce qui fit venir les larmes aux yeux de ma
sœur et amusa mes frères. Mon père en fut gêné,
il bredouilla des phrases d'amitié à ce professeur
tellement doué et sérieux qui l'honorait par cette
demande. Et la soirée semblait enfin aboutir à une
conclusion lorsque ma mère intervint. Elle dit d'un
ton noir :

« Nous, on n'est pas d'accord pour qu'il n'y ait
pas de mariage à l'église : un mariage sans un
curé, ce n'est pas un mariage. »

Silence. Mes parents avaient dû passer un
accord secret que ma mère s'était chargée de
rendre public. Mais mon père ne put résister et
glissa aussitôt à Pietro un demi-sourire pour lui
indiquer que, bien que compris dans ce *nous* évoqué par sa femme, il était disposé à se montrer
plus raisonnable qu'elle. Pietro lui sourit en retour
mais, ne le considérant plus comme un interlocuteur valable, il répondit en s'adressant cette fois
uniquement à ma mère. Je lui avais parlé de l'hostilité de ma famille et il était préparé. Il se lança
dans un discours simple, chaleureux et, comme
toujours avec lui, très clair. Il commença par dire
qu'il comprenait, mais qu'il souhaitait être compris à son tour. Il expliqua qu'il avait une grande
estime pour tous les gens qui se confiaient sincèrement à un dieu, mais que lui-même n'était pas
en mesure de le faire. Il souligna que ne pas être
croyant ne signifiait pas ne croire en rien : lui avait

ses convictions, et il avait une foi absolue dans son amour pour moi. Il affirma que c'était cet amour qui donnerait de la force à notre mariage et non un autel, un curé ou un employé de mairie. Il ajouta que le refus du rite religieux était pour lui une question de principe, et que je cesserais certainement de l'aimer, ou en tout cas l'aimerais sûrement moins, s'il se révélait un homme sans principes. Enfin, il conclut que ma mère elle-même refuserait sans nul doute de confier sa fille à quelqu'un qui serait prêt à abattre ne serait-ce qu'un des piliers sur lesquels son existence était fondée.

À ces mots, mon père fit de grands gestes d'acquiescement, mes frères restèrent bouche bée et Elisa s'émut à nouveau. Mais ma mère demeura impassible. Elle tritura un instant son alliance, puis elle regarda Pietro droit dans les yeux et, au lieu de revenir sur le sujet pour dire qu'elle était convaincue, ou bien pour recommencer à discuter, elle se mit à chanter mes louanges avec une détermination glacée. Depuis la prime enfance, j'avais toujours été un être hors du commun. J'avais été capable de faire des choses qu'aucune fille du quartier n'avait jamais réussi à faire. J'avais été et j'étais sa fierté, et la fierté de toute la famille. Je ne l'avais jamais déçue. J'avais conquis le droit d'être heureuse, et si quelqu'un m'avait fait souffrir, elle l'aurait fait souffrir mille fois plus.

Je l'écoutai, gênée. Pendant toute la durée de son discours, je tentai de comprendre si elle parlait sérieusement ou si, selon son habitude, elle visait à expliquer à Pietro qu'elle se foutait complètement de son statut de professeur et de tous ses bavardages, et que ce n'était pas lui qui faisait une faveur aux Greco, mais les Greco qui lui faisaient une faveur. Je ne pus trancher. En revanche, mon fiancé la crut de la manière la plus absolue et ne fit qu'acquiescer. Quand elle se tut enfin, il répondit qu'il était parfaitement conscient que j'étais exceptionnelle, et qu'il lui était reconnaissant de la façon dont elle m'avait élevée. Puis il porta la main à la poche de sa veste et en sortit un étui bleu foncé, qu'il me tendit d'un geste timide. Qu'est-ce que c'est ? me demandai-je. Il m'a déjà offert une bague, il m'en donne une autre ? En même temps, j'ouvris l'étui. C'était bien une bague, mais vraiment magnifique, en or rouge, sertie d'une améthyste ceinte de brillants. Pietro murmura : c'était à ma grand-mère, la mère de ma mère, et toute ma famille est heureuse de te l'offrir.

Ce présent signala la fin du rituel. On recommença à boire, mon père se remit à raconter des histoires amusantes sur sa vie privée et professionnelle, et Gianni demanda à Pietro quelle était son équipe de football préférée. Peppe défia Pietro au bras de fer. Pendant ce temps, j'aidai ma sœur à débarrasser. Dans la cuisine, je commis l'erreur de demander à ma mère :

« Comment tu le trouves ?

— Le bijou ?

— Pietro.

— Il est moche et il a les pieds tordus.

— Papa n'est pas mieux.

— T'as quelque chose à dire contre ton père ?

— Non.

— Alors tais-toi ! Y a qu'avec nous que tu sais faire le chef.

— Ce n'est pas vrai.

— Ah bon ? Et alors, pourquoi tu te laisses

commander ? S'il a des principes, toi t'en as pas ?
Fais-toi respecter ! »

Elisa intervint :

« M'man, Pietro est un gentleman, et toi tu ne
sais pas ce que c'est, un vrai gentleman !

— Et toi tu le sais, peut-être ? Fais gaffe, t'es
petite et si tu restes pas à ta place, je t'en colle
une ! T'as vu les cheveux qu'il a ? Ça a des cheveux
comme ça, un gentleman ?

— Un gentleman, c'est pas une beauté classique,
m'man, un gentleman ça se remarque, ça a un
genre spécial ! »

Ma mère fit mine de vouloir la frapper, ma sœur
s'enfuit de la cuisine en riant et lança joyeusement :

« T'as bien de la chance, Lenù ! Qu'est-ce qu'il
est raffiné, Pietro, et qu'est-ce qu'il t'aime ! Il t'a
même donné la vieille bague de sa grand-mère ! Tu
me la montres ? »

Nous regagnâmes la salle à manger. À présent,
tous les hommes de la maison faisaient des bras
de fer avec mon fiancé : ils tenaient à se montrer supérieurs au professeur au moins dans une
épreuve de force. Pietro ne se défila pas. Il ôta
sa veste, retroussa ses manches et prit place. Il
perdit contre Peppe, il perdit contre Gianni, et
il perdit aussi contre mon père. Néanmoins, je
fus frappée par tout le cœur qu'il mit dans cette
compétition. Il devint écarlate, une veine de son
front gonfla, et il demanda pourquoi ses adver-
saires violaient sans pudeur les règles du jeu.
Surtout, il résista avec entêtement contre Peppe
et Gianni, qui avaient l'habitude de soulever des
haltères, et contre mon père, capable de dévisser
des boulons à la seule force des doigts. Je craignis

constamment que, histoire de ne pas céder, il finisse avec un bras cassé.

23

Pietro resta trois jours. Mon père et mes frères se prirent rapidement d'affection pour lui. Mes frères surtout étaient ravis parce qu'il ne prenait pas d'airs supérieurs et s'intéressait à eux, alors même que l'école les jugeait incapables. Ma mère, en revanche, continua à le traiter avec froideur, et ce n'est que la veille de son départ qu'elle s'adoucit. C'était dimanche et mon père annonça qu'il voulait montrer à son gendre les beautés de Naples. Pietro fut d'accord et nous proposa de manger en ville.

« Au restaurant ? demanda ma mère, se rembrunissant.

— Oui madame, il faut fêter ça !

— Il vaut mieux que je cuisine, on avait dit que je devais te refaire le *gattò di patate*.

— Non merci, vous en avez déjà beaucoup trop fait ! »

Tandis que nous nous préparions, ma mère m'entraîna dans un coin pour me demander :

« C'est lui qui paye ?

— Oui.

— Tu es sûre ?

— Oui, m'man : c'est lui qui nous a invités. »

Nous nous rendîmes dans le centre de la ville de bon matin, tout endimanchés. Et là il se produisit quelque chose dont je fus la première étonnée.

Mon père s'était chargé de la mission de nous servir de guide. Il montra à notre hôte le Maschio Angioino, le Palazzo reale, les statues des rois, le Castel dell'Ovo, la Via Caracciolo et la mer. Pietro l'écouta avec grande attention. Mais à un moment donné, et alors que mon fiancé visitait notre ville pour la première fois, c'est lui qui se mit à nous la raconter et à nous la faire découvrir. Ce fut splendide. Je n'avais jamais eu d'intérêt particulier pour le cadre de mon enfance et de mon adolescence, et fus stupéfiée que Pietro sût en parler avec tant de compétence et d'admiration. Nous découvrîmes qu'il connaissait l'histoire de Naples, sa littérature, ses contes et ses légendes, de nombreuses anecdotes, et ses monuments visibles comme ceux que l'incurie avait rendus invisibles. Naturellement, mon père se sentit bientôt détrôné et mes frères s'ennuyèrent. Je m'en rendis compte et fis signe à Pietro d'arrêter. Il rougit et se tut aussitôt. Mais ma mère, dans l'un de ses revirements imprévisibles, se pendit à son bras et s'exclama :

« Continue, ça me plaît, je n'ai jamais entendu toutes ces choses-là ! »

Nous allâmes manger dans un restaurant de Santa Lucia, qui d'après mon père était excellent (il n'y était jamais allé mais on lui en avait parlé).

« Je peux commander ce que je veux ? me glissa Elisa à l'oreille.

— Oui. »

Le temps fila agréablement. Ma mère but trop et laissa échapper quelques grossièretés, mon père et mes frères recommencèrent à plaisanter entre eux et avec Pietro. Je ne quittai pas des yeux mon futur mari et eus la certitude que je l'aimais. C'était un homme conscient de sa valeur mais, quand il le fallait, il savait s'oublier avec naturel. Je remarquai pour la première fois sa grande capacité d'écoute et son ton de voix plein de compréhension, comme une espèce de confesseur laïc, et cela me plut. Peut-être devrais-je le convaincre de rester un jour de plus et l'emmener voir Lila, ainsi dirais-je à mon amie : voilà l'homme que j'épouse, je vais quitter Naples avec lui, qu'en dis-tu, est-ce que j'ai raison ? Je réfléchissais à cette possibilité lorsque, à une table à quelques pas de la nôtre, cinq ou six étudiants qui fêtaient quelque chose en mangeant une pizza se mirent à regarder avec insistance dans notre direction, en riant. Je compris immédiatement qu'ils trouvaient Pietro comique avec ses sourcils très épais et sa grosse touffe de cheveux au-dessus du front. Au bout de quelques minutes, mes frères se levèrent comme un seul homme, s'approchèrent de la table des étudiants et leur cherchèrent querelle, avec la violence de toujours. Un tumulte s'ensuivit, des cris, quelques coups. Ma mère brailla des insultes pour soutenir ses fils, mon père et Pietro se précipitèrent pour faire reculer mes frères. Pietro était presque amusé, il semblait n'avoir rien saisi du motif de la bagarre. Une fois dehors il lança, ironique : c'est une coutume locale ? à un moment donné vous vous levez pour aller tabasser les gens de la table d'à côté ? Mes frères et lui devinrent encore plus joyeux et sympathisèrent plus que jamais. Mais dès qu'il en eut l'occasion, mon père prit Peppe et Gianni à l'écart et leur reprocha d'être passés pour des malotrus aux yeux du professeur. J'entendis que Peppe se justifiait, chuchotant presque : p'pa, ils se foutaient de la gueule de Pietro, tu voulais qu'on fasse quoi ? Je fus contente qu'il l'appelle

Pietro et non le professeur : cela prouvait qu'il le considérait comme un membre de la famille, il faisait partie de la maison, c'était un ami plein de qualités et, malgré son allure un peu bizarre, personne ne devait se moquer de lui devant mon frère. Toutefois, cet incident me convainquit qu'il valait mieux de pas amener Pietro chez Lila : je la connaissais, elle était méchante, elle l'aurait trouvé ridicule et se serait payé sa tête comme les jeunes du restaurant.

Le soir, épuisés par cette journée passée dehors, nous mangeâmes un morceau à la maison avant de tous ressortir pour raccompagner mon fiancé à l'hôtel. En guise d'au revoir, ma mère, pleine d'entrain, fit soudain claquer deux baisers sonores sur les joues de Pietro. Mais sur le chemin du retour, alors que nous disions grand bien de lui, elle se tint à l'écart et ne souffla mot. Ce n'est qu'au moment d'aller se coucher qu'elle me lança, mauvaise :

« Tu as vraiment trop de chance ! Tu ne le mérites pas, ce pauvre garçon ! »

24

Le livre se vendit bien pendant tout l'été et je continuai à en parler ici et là en Italie. À présent, j'étais attentive à le défendre d'un ton détaché, quitte à refroidir l'ardeur des publics les plus exubérants. Les paroles de Gigliola me revenaient parfois à l'esprit et je les mêlais aux miennes, tentant de leur trouver une place.

Quant à Pietro, il s'installa début septembre à Florence, dans un hôtel modeste près de la gare, et se mit à chercher un appartement à louer. Il en trouva un petit près de Santa Maria del Carmine, que je vins aussitôt visiter. Le logement était composé de deux pièces sombres en piteux état. La cuisine était minuscule et il n'y avait pas de fenêtre dans la salle de bain. Autrefois, lorsque j'allais étudier dans l'appartement flambant neuf de Lila, elle me laissait souvent m'allonger dans sa baignoire superbe, remplie à ras bord d'eau moussante bien chaude. La baignoire de l'appartement florentin était ébréchée et jaunâtre, et on n'y tenait qu'assis. J'étouffai mon mécontentement et prétendis que cela me convenait : les cours de Pietro commençaient, il avait beaucoup de travail et pas de temps à perdre. Quoi qu'il en soit, c'était un palais par rapport à chez mes parents.

Toutefois, au moment même où Pietro s'apprêtait à signer le contrat de location, voilà qu'Adele vint faire un saut à Florence, et elle n'eut aucune de mes timidités. Elle jugea que l'appartement était un taudis, totalement inadapté à deux personnes qui devaient passer beaucoup de temps chez elles pour travailler. Par conséquent, elle fit ce que son fils aurait pu faire, mais n'avait pas fait. Elle prit le téléphone et, sans se soucier de l'hostilité de Pietro, mobilisa quelques connaissances florentines, autant de personnes disposant d'un certain pouvoir. Elle ne tarda pas à trouver à San Niccolò, pour un prix d'ami dérisoire, cinq pièces lumineuses, avec une grande cuisine et une salle de bain digne de ce nom. Mais elle ne s'en contenta pas : elle fit faire des travaux à ses frais et m'aida à meubler l'appartement. Cependant, je fus forcée de constater que, bien souvent, elle ne se fiait pas à ma docilité, ni à mon goût. Quand je disais oui, elle faisait tout pour s'assurer que j'étais vraiment d'accord, et quand je disais non, elle me pressait jusqu'à ce que je change d'avis. En règle générale, nous faisions toujours ce qu'elle voulait. D'ailleurs je la contredisais rarement, la suivais volontiers et m'efforçai même d'apprendre d'elle. J'étais subjuguée par le rythme de ses phrases, par ses gestes, ses coiffures, ses vêtements, ses chaussures, ses broches, ses bijoux et ses boucles d'oreilles toujours splendides. Mon attitude d'élève attentive lui plaisait. Elle me convainquit de me faire couper les cheveux très court, me poussa à acheter des habits à son goût dans une boutique extrêmement chic qui lui octroyait de grands rabais, elle m'offrit une paire de chaussures qu'elle aimait et aurait voulu porter, mais qu'elle n'estimait plus de son âge, et m'emmena même chez un dentiste de ses amis.

Pendant ce temps, à cause de l'appartement qui, selon Adele, avait toujours besoin de nouvelles transformations, et à cause de Pietro qui était submergé de travail, notre mariage glissa de l'automne au printemps, ce qui permit à ma mère de prolonger sa guerre pour me soutirer de l'argent. Je tentai d'éviter des conflits trop âpres en lui prouvant que je n'oubliais pas ma famille d'origine. Je profitai de l'installation du téléphone pour faire repeindre le couloir et la cuisine, fis poser un nouveau papier peint couleur lie-de-vin, à fleurs, dans la salle à manger, achetai un manteau pour Elisa et fis l'acquisition d'un téléviseur à crédit. À un moment donné, je décidai aussi de m'offrir quelque chose : je m'inscrivis à l'auto-école, réussis facilement l'examen et obtins mon permis de conduire. Mais cela indigna ma mère :

« Tu aimes jeter l'argent par la fenêtre ? À quoi ça va te servir, le permis, si t'as pas de voiture ?

— On verra plus tard.

— Tu veux t'acheter une voiture, c'est ça ? Combien t'as de côté, en réalité ?

— Ça te regarde pas. »

Pietro avait une auto, et c'était celle-là que je comptais utiliser une fois mariée. Quand il revint à Naples, justement en voiture, amenant ses parents qui devaient rencontrer les miens, il me laissa conduire un peu, dans le vieux quartier et le nouveau. Assise derrière son volant, je parcourus le boulevard, passai devant mon école primaire et la bibliothèque, montai dans la zone où Lila avait habité lorsqu'elle s'était mariée, puis je fis demi-tour et longeai le jardin public. Cette expérience de conduite est la seule chose amusante dont je me souvienne : à part cela, ce fut un après-midi affreux suivi d'un dîner interminable. Pietro et moi eûmes d'énormes difficultés à vaincre la gêne des deux familles, ils venaient de mondes tellement distants qu'il y eut des silences terriblement longs. Quand les Airota s'en allèrent, chargés d'une énorme quantité de restes que ma mère leur avait imposés, j'eus tout à coup l'impression de me tromper sur toute la ligne. Je venais de cette famille et Pietro de l'autre, et nous portions tous deux nos ancêtres dans nos corps. Comment se passerait notre mariage ? Qu'est-ce qui m'attendait ? Les affinités seraient-elles plus fortes que les différences ? Serais-je capable d'écrire un autre livre ? Quand, et sur quoi ? Pietro me soutiendrait-il ? Et Adele ? Et Mariarosa ?

Un soir où je tournais des pensées de ce genre dans ma tête, on m'appela depuis la rue. Je courus à la fenêtre : j'avais immédiatement reconnu la voix de Pasquale Peluso. Je découvris qu'il n'était pas seul mais avec Enzo. Cela m'inquiéta. À cette heure-ci, Enzo ne devait-il pas être chez lui à San Giovanni a Teduccio, avec Lila et Gennaro ?

« Tu peux descendre ? me cria Pasquale.

— Qu'est-ce qui se passe ?

— Lina ne va pas bien et elle veut te voir. »

J'arrive ! m'exclamai-je, me précipitant dans l'escalier malgré ma mère qui criait dans mon dos : mais tu vas où, à cette heure ? reviens !

25

Je n'avais pas vu Pasquale ni Enzo depuis bien longtemps, pourtant il n'y eut aucun préambule : ils étaient venus pour Lila et me parlèrent d'elle immédiatement. Pasquale s'était fait pousser la barbe comme Che Guevara et je me dis que ça lui allait bien. Ses yeux semblaient plus grands et plus intenses, sa moustache épaisse couvrait ses dents abîmées même lorsqu'il riait. En revanche, Enzo n'avait pas changé, il était toujours aussi silencieux et concentré. Ce n'est qu'une fois dans la vieille voiture de Pasquale que je réalisai qu'il était étonnant de les voir ensemble. J'étais persuadée que, dans notre quartier, plus personne n'avait de relations avec Lila et Enzo. Or il n'en était rien : Pasquale les fréquentait, et ce jour-là il avait accompagné Enzo chez moi, Lila les ayant envoyés me chercher tous les deux ensemble.

Enzo me raconta ce qui s'était produit, comme toujours de façon simple et méthodique. Pasquale, après sa journée dans un chantier près de San Giovanni a Teduccio, devait venir dîner chez eux. Mais Lila, qui d'ordinaire rentrait de l'usine à 4 h 30, n'était pas encore là à 7 heures, lorsque Enzo et Pasquale étaient arrivés. L'appartement était vide et Gennaro se trouvait chez la voisine. Les deux hommes avaient préparé le repas et Enzo avait fait manger l'enfant. Lila n'était apparue que vers 9 heures, extrêmement pâle et nerveuse. Elle n'avait pas répondu aux questions d'Enzo et de Pasquale. La seule chose qu'elle avait dite et répétée, d'un ton effrayé, c'était : je perds mes ongles. Ce qui n'était pas vrai. Enzo lui avait pris les mains et avait vérifié, ses ongles étaient normaux. Alors elle s'était mise en colère et était allée s'enfermer dans la chambre avec Gennaro. Peu après, elle leur avait crié d'aller voir si j'étais dans notre quartier, car elle voulait me parler de toute urgence.

Je demandai à Enzo :

« Vous vous êtes disputés ?

— Non.

— Elle est malade, elle s'est blessée au travail ?

— Je ne pense pas, non. »

Pasquale me dit :

« Ne nous angoissons pas pour le moment. On parie que Lina se calmera dès qu'elle te voit ? Je suis tellement content qu'on t'ait trouvée ! Tu es quelqu'un d'important, maintenant, tu es sûrement très occupée. »

Comme je m'en défendis, il mentionna pour

appuyer son discours l'ancien article dans *L'Unità*. Enzo acquiesça, il l'avait également lu.

« Lila aussi l'a vu, ajouta-t-il.

— Et qu'est-ce qu'elle a dit ?

— Que la photo était très bien.

— Mais quand même, râla Pasquale, ils laissaient entendre que tu es encore étudiante, tu devrais écrire une lettre au journal et expliquer que tu es diplômée. »

Il se plaignit alors de toute la place que même *L'Unità* accordait aux étudiants, et Enzo lui donna raison. Leurs propos différaient peu de ceux que j'avais entendus à Milan, même si le vocabulaire était moins châtié. À l'évidence, Pasquale surtout avait envie de s'entretenir avec moi de sujets dignes d'une personne qui, tout en étant leur amie, apparaissait dans *L'Unità* avec sa photo en grand. Mais peut-être discutaient-ils aussi pour oublier un peu leur anxiété et la mienne.

En les écoutant, je compris vite que c'était justement la passion politique qui les avait rapprochés. Ils se voyaient souvent après le travail, dans des réunions de parti ou de je ne sais quel comité. Attentive à la conversation, j'y participai par politesse, et ils ne cessèrent de renchérir. Néanmoins, je ne pus m'ôter de la tête l'image de Lila dévorée par Dieu sait quelle angoisse, elle toujours si résistante. Quand nous arrivâmes à San Giovanni, ils eurent l'air fiers de moi. Pasquale surtout avait bu mes paroles et m'avait souvent regardée dans le rétroviseur. Malgré son habituel ton de monsieur je-sais-tout – il était secrétaire de la section du PC de notre quartier –, en réalité il conférait à mon approbation le pouvoir de confirmer que ses choix politiques étaient bons. Et cela au point que, une fois certain de mon soutien sans réserve, il commença à m'expliquer tous les efforts qu'il avait déployés avec Enzo et d'autres lors de disputes très dures *à l'intérieur* du PC, car le parti – dit-il en colère, frappant le volant des mains – préférait attendre qu'Aldo Moro les siffle, comme on le fait avec un bon chien, au lieu d'en finir avec les atermoiements et d'aller à l'affrontement.

« Qu'est-ce que tu en penses ? demanda-t-il.

— Tu as raison, fis-je.

— Tu es géniale ! me félicita-t-il alors d'un ton solennel, tandis que nous montions l'escalier crasseux. Et tu l'as toujours été. Pas vrai, Enzo ? »

Enzo fit signe que oui, mais je compris que son inquiétude pour Lila croissait à chaque marche, comme elle augmentait en moi aussi, et qu'il se sentait coupable de s'être laissé distraire par ces bavardages. Il ouvrit la porte, lança à haute voix « on est là », et m'indiqua une porte avec une petite vitre en verre dépoli d'où provenait la lueur d'une faible lampe. Je frappai doucement et entrai.

26

Lila était allongée sur un lit de camp, tout habillée. Gennaro dormait près d'elle. Entre, me dit-elle, je savais que tu viendrais, viens m'embrasser ! Je lui fis un baiser sur chaque joue, puis m'assis sur un petit lit vide qui devait être celui de son fils. Combien de temps s'était-il écoulé depuis notre dernière rencontre ? Je la découvris encore plus maigre et pâle qu'alors, yeux rougis, narines gercées, et ses longues mains entaillées. Elle se mit à parler presque sans jamais s'arrêter, à voix basse pour ne pas réveiller l'enfant : je t'ai vue dans les journaux, comme tu as l'air en forme, qu'est-ce que tu as de beaux cheveux, je sais tout sur toi, je sais que tu vas te marier et qu'il est professeur, bravo, tu vas déménager à Florence, excuse-moi de t'avoir fait venir à une heure pareille, ma tête ne m'aide pas, on dirait qu'elle se décolle comme du papier peint, heureusement tu es là !

« Qu'est-ce qui se passe ? » lui demandai-je, et je voulus lui caresser la main.

Mais cette question et ce geste semblèrent lui causer un choc : elle écarquilla les yeux, fut prise de mouvements convulsifs et retira brusquement sa main.

« Je ne vais pas bien, dit-elle, mais attends, n'aie pas peur, ça va passer ! »

Elle se calma. Puis elle dit lentement et presque en détachant les mots :

« Lenù, je t'ai dérangée parce qu'il faut que tu me fasses une promesse, je ne peux me fier qu'à toi ! S'il m'arrive quelque chose, si je disparais, il faut que tu viennes chercher Gennaro, ce sera à toi de t'en occuper et de l'élever près de toi. Enzo est gentil et il est doué, j'ai confiance en lui, mais il ne peut pas donner au petit les choses que toi, tu peux lui donner.

— Mais pourquoi tu parles comme ça ? Qu'est-ce que tu as ? Explique-moi, sinon je ne peux pas comprendre !

— D'abord, il faut que tu promettes.

— D'accord. »

Elle fut à nouveau prise de convulsions, ce qui m'effraya.

« Non non, tu ne dois pas me dire d'accord !
Tu dois me dire, ici et maintenant, que c'est toi
qui t'occuperas de mon gosse. Et si tu as besoin
d'argent, va voir Nino et dis-lui de t'aider. Mais
d'abord, jure-moi : j'élèverai ton enfant. »

Je la regardai, hésitante, et promis. Je promis et
restai auprès d'elle toute la nuit, à l'écouter.

27

C'est peut-être la dernière fois que je parle de
Lila avec une telle richesse de détails. Par la suite,
elle est devenue toujours plus fuyante, et le matériau à ma disposition s'est appauvri. La faute aux
divergences de nos vies, la faute à notre éloigne-
ment. Et pourtant, même lorsque je vivais dans
d'autres villes et que nous ne nous voyions presque
jamais, même lorsqu'elle ne me donnait pas de nouvelles selon son habitude, et que je m'efforçais de
ne pas lui en demander, son ombre me stimulait,
me déprimait, me gonflait d'orgueil ou m'abattait,
sans jamais me permettre de trouver l'apaisement.

Cet aiguillon, aujourd'hui que j'écris, m'est
plus nécessaire que jamais. Je voudrais que Lila
soit là, et c'est pour ça que j'écris. Je veux qu'elle
retranche, ajoute et collabore à notre histoire en y
incluant, selon son humeur, les choses qu'elle sait
et celles qu'elle a dites ou pensées – par exemple
le jour où elle s'est retrouvée devant Gino, le fasciste, ou celui où elle a rencontré Nadia, la fille
de Mme Galiani, ou lorsqu'elle est revenue dans
l'appartement du Corso Vittorio Emanuele, là où

longtemps auparavant elle s'était sentie déplacée, ou bien le moment où elle a analysé de manière si crue son expérience de la sexualité. Je parlerai plus tard de la gêne que j'éprouvais tandis que je l'écoutais, de ma douleur, et du peu de choses que j'ai dites au cours de son long récit.

28

Dès que « La Fée bleue » ne fut plus que cendre voltigeant dans le feu de la cour, Lila regagna son poste de travail. J'ignore l'influence qu'eut notre rencontre sur elle, ce qui est certain c'est qu'elle se sentit malheureuse pendant des jours, mais elle parvint à ne pas se demander pourquoi. Elle avait appris que chercher des explications lui faisait mal, et elle attendit que son malheur devînt d'abord une vague mauvaise humeur, puis de la mélancolie, avant de se fondre dans les peines du quotidien : s'occuper de Gennaro, refaire les lits, faire le ménage, laver et repasser ses vêtements, ceux de l'enfant et d'Enzo, préparer le déjeuner pour tous les trois, confier son fils à la voisine avec mille recommandations, courir à l'usine et en supporter les fatigues et les vexations, rentrer s'occuper du petit et aussi un peu des enfants avec lesquels Gennaro jouait, préparer le dîner, manger tous les trois, coucher le gamin pendant qu'Enzo débarrassait et faisait la vaisselle, et regagner la cuisine pour aider Enzo à étudier, ce à quoi il tenait beaucoup et que Lila, malgré son épuisement, ne voulait lui refuser.

Que voyait-elle en lui ? En fin de compte, je crois que c'était comme ce qu'elle avait voulu voir en Stefano et en Nino : une manière de tout remettre enfin à sa place, de façon juste. Mais tandis que Stefano, une fois tombé le paravent de l'argent, s'était révélé un homme sans consistance et dangereux, et tandis que Nino, privé du paravent de l'intelligence, n'avait plus été que vent et douleur, Enzo, pour l'instant, lui semblait incapable de lui apporter de mauvaises surprises. C'était le garçon qu'à l'école primaire, pour des motifs obscurs, elle avait toujours respecté, et à présent c'était un homme tellement solide et concentré quoi qu'il fasse, tellement déterminé dans ses rapports au monde et tellement doux avec elle, qu'elle excluait qu'il puisse d'un coup se déformer.

Bien sûr, ils ne dormaient pas ensemble, ça Lila n'y arrivait pas. Ils s'enfermaient chacun dans leur chambre et elle l'écoutait bouger de l'autre côté du mur jusqu'à ce que tout mouvement cesse et qu'on n'entende plus que les bruits de l'appartement, de l'immeuble et de la rue. Elle avait du mal à trouver le sommeil, malgré la fatigue. Dans le noir, toutes les raisons de son malheur que, par prudence, elle évitait de nommer, se mêlaient, et son angoisse se concentrait sur Gennaro. Elle se demandait : que va devenir cet enfant ? Et puis : il ne faut pas que je l'appelle Rinuccio, ça va le faire régresser vers le dialecte. Elle se disait : il faut aussi que j'aide les enfants avec qui il joue, si je ne veux pas qu'à force de rester avec eux il se gâte. Elle pensait : je n'ai pas le temps, moi-même je ne suis plus celle d'autrefois, je n'ai plus jamais un stylo à la main et je ne lis plus !

Parfois, elle avait la sensation d'un poids sur

la poitrine. Elle s'inquiétait, allumait la lumière au beau milieu de la nuit et regardait son fils endormi. Elle ne reconnaissait guère Nino en lui, Gennaro lui rappelait plutôt son frère. Quand il était plus petit, l'enfant était toujours accroché à elle, en revanche à présent il s'ennuyait, braillait, voulait toujours courir jouer et lui parlait mal. Je l'aime, réfléchissait Lila, mais est-ce que je l'aime vraiment tel qu'il est ? Quelle vilaine question ! Plus elle observait son fils, plus elle sentait que, même si la voisine le trouvait très intelligent, il ne grandissait pas comme elle l'aurait voulu. Elle avait l'impression que les années qu'elle lui avait consacrées n'avaient servi à rien, et reniait à présent la théorie selon laquelle les qualités d'un être humain dépendent de sa prime enfance. Il fallait de la constance, or Gennaro n'en avait pas, comme elle d'ailleurs. Ma tête m'échappe sans arrêt, se disait-elle, je suis mal faite et il est mal fait aussi. Puis elle avait honte de ses pensées et murmurait au gamin endormi : tu es doué, tu sais déjà lire et écrire, tu maîtrises les additions et les soustractions, c'est ta mère qui est bête, elle n'est jamais contente… Elle embrassait le petit sur le front et éteignait la lumière.

Mais le sommeil tardait encore à venir, surtout lorsque Enzo rentrait tard et allait se coucher sans l'inviter d'abord à étudier. Ces soirs-là, Lila imaginait qu'il était allé voir une prostituée ou qu'il avait une maîtresse, peut-être une ouvrière de l'usine où il travaillait ou une militante de la cellule communiste où il s'était très vite inscrit. Les hommes sont ainsi, se disait-elle, en tout cas ceux que je connais : ils doivent toujours baiser, autrement ils sont malheureux. Je ne pense pas qu'Enzo soit différent, pourquoi le serait-il ? Du reste, c'est moi qui l'ai refusé, je l'ai laissé seul dans son lit, alors je ne peux rien exiger. Elle craignait seulement qu'il devienne amoureux et finisse par la chasser. Elle n'était pas inquiète à l'idée de se retrouver sans un toit : elle avait un travail à l'usine de salaisons et se sentait forte, étonnamment beaucoup plus forte que lorsqu'elle avait épousé Stefano et s'était retrouvée pleine d'argent mais assujettie à son mari. Ce qui l'effrayait, c'était de perdre la gentillesse d'Enzo, l'attention qu'il prêtait à sa moindre anxiété, la force paisible qu'il dégageait et grâce à laquelle il l'avait sauvée d'abord de l'absence de Nino, ensuite de la présence de Stefano. Qui plus est, dans ses conditions de vie actuelles, Enzo était le seul à lui montrer de l'appréciation, et il continuait à lui attribuer des qualités extraordinaires :

« Tu sais ce que ça veut dire, ça ?

— Non.

— Regarde bien !

— C'est de l'allemand, Enzo, je ne connais pas l'allemand.

— Mais si tu t'y mets, tu le parleras vite ! » répondait-il, ne plaisantant qu'à moitié.

Enzo, qui avait obtenu son diplôme de technicien industriel au prix de gros efforts, considérait Lila d'une intelligence beaucoup plus vive que la sienne, bien qu'elle n'ait fait que l'école primaire, et il lui attribuait le don miraculeux de maîtriser n'importe quelle matière en un temps record. Par conséquent, quand sur la base de quelques informations rudimentaires il s'était persuadé que l'avenir du genre humain reposait sur les langages de programmation des ordinateurs, et s'était dit que l'élite capable de s'emparer de ce savoir avant les autres tiendrait un rôle prodigieux dans l'histoire, il s'était immédiatement adressé à elle :

« Aide-moi !

— Je suis fatiguée.

— On mène une vie dégueulasse, Lina, il faut que ça change.

— Moi, ça me va.

— Le gosse passe sa journée avec des étrangers !

— Il est grand, il peut pas vivre sous cloche.

— Regarde dans quel état sont tes mains !

— C'est mes mains, j'en fais ce que je veux.

— Je veux gagner plus, pour toi et pour Gennaro.

— Occupe-toi de tes affaires et je m'occupe des miennes ! »

Une réaction brutale, comme toujours. Enzo s'était inscrit à un cours par correspondance – pour eux cela représentait beaucoup d'argent, et il fallait envoyer régulièrement des devoirs à un centre international d'élaboration des données dont le siège était à Zurich, qui les retournait corrigés –, et peu à peu il avait impliqué Lila dans ce travail, laquelle s'était efforcée de le suivre. Mais elle avait eu un comportement très différent de celui qu'elle avait eu avec Nino – lui, elle l'avait harcelé, obsédée par le besoin de lui prouver qu'elle était capable de l'aider en toute chose. Lorsqu'elle étudiait avec Enzo, elle était sereine et ne cherchait pas à être meilleure que lui. Ces soirées consacrées au cours par correspondance étaient un effort pour lui et un sédatif pour elle. C'était peut-être pour cela que, les rares fois où il rentrait tard et semblait pouvoir se passer d'elle, Lila, anxieuse, demeurait éveillée à écouter l'eau couler dans la salle de bain, imaginant Enzo en train de se laver pour ôter de son corps toute trace de contact avec ses maîtresses.

29

Lila avait tout de suite compris qu'à l'usine la fatigue poussait les ouvriers à vouloir baiser non pas avec leur femme ou leur mari à la maison, où ils rentraient exténués et sans désir, mais là, sur leur lieu de travail, le matin ou l'après-midi. Les hommes avaient sans arrêt la main baladeuse et faisaient des propositions dès qu'ils frôlaient une fille ; quant aux femmes, surtout les moins jeunes, elles riaient, passaient la main sur leur poitrine généreuse et s'amourachaient, l'amour jouant un rôle de diversion qui atténuait l'épuisement et l'ennui, et donnait l'impression d'avoir une vraie vie.

Dès ses premiers jours de travail, les hommes tentèrent de l'approcher, comme pour la flairer. Lila les repoussait et ils riaient ou s'éloignaient en fredonnant des chansons truffées d'allusions obscènes. Un matin, afin de dissiper tout malentendu, elle manqua d'arracher l'oreille d'un gars qui, en passant près d'elle, lui avait lancé une grossièreté et avait fait claquer un baiser dans son cou. C'était Edo, un type d'une quarantaine d'années pas mal de sa personne, qui faisait des sous-entendus à toutes les femmes et avait un talent certain pour les histoires salaces. D'une main, Lila lui saisit le pavillon d'une oreille qu'elle tordit en tirant dessus de toutes ses forces, les ongles plantés dans la chair, sans lâcher prise malgré les hurlements du type qui tentait également de parer les coups de pied dont elle le bourrait. Après quoi, furieuse, elle alla se plaindre auprès de Bruno Soccavo.

Depuis que Bruno l'avait embauchée, Lila ne l'avait aperçu qu'à quelques reprises et ne lui avait prêté nulle attention. En cette occasion, au contraire, elle eut la possibilité de bien l'observer. Il se tenait debout derrière son bureau, il s'était levé exprès, comme le font les hommes du monde lorsqu'une femme entre dans une pièce. Lila fut très surprise : Soccavo avait le visage bouffi, le regard voilé par les excès, le buste épais, et surtout un teint rouge comme du magma en fusion, qui contrastait avec ses cheveux très noirs et ses dents de loup. Lila se demanda : quel est le rapport entre ce type et l'ami de Nino qui étudiait le droit ? Elle sentit qu'il n'existait aucune continuité entre l'époque d'Ischia et l'usine de salaisons : entre les deux, il n'y avait que le vide et, en sautant d'un espace à l'autre, Bruno s'était gâché – peut-être parce que son père était malade depuis peu et que le poids de l'entreprise (y compris les dettes, disait-on) était brusquement retombé sur lui.

Lila lui expliqua le motif de sa visite et Bruno se mit à rire.

« Lila, prévint-il, je t'ai fait une fleur, ce n'est pas pour que tu me mettes le bazar ! Ici on bosse beaucoup, mais on ne peut pas être tout le temps sérieux : de temps en temps, les gens ont besoin de se détendre, sinon ils finissent par me causer des ennuis.

— Détendez-vous entre vous, alors ! »

Il posa sur elle un regard amusé :

« Je savais bien que tu aimais la plaisanterie !

— C'est moi qui décide quand j'ai envie de plaisanter. »

Le ton mauvais de Lila incita Bruno à changer de registre. Il se fit sérieux et lui dit, sans la regarder : tu es toujours la même, qu'est-ce que tu étais belle, à Ischia ! Et ensuite il lui indiqua la porte : allez, va donc travailler !

Mais à partir de là, chaque fois qu'il la croisait dans l'usine, il ne manquait jamais de lui adresser la parole devant tout le monde, et toujours avec quelque compliment affable. Cette familiarité finit par ancrer la position de Lila dans l'usine : elle était dans les grâces du jeune Soccavo et il fallait la laisser tranquille. Et cela sembla se confirmer lorsqu'un après-midi, aussitôt après la pause déjeuner, une grosse femme qui s'appelait Teresa arrêta Lila et lui lança, moqueuse : tu es demandée au séchage ! Lila se rendit dans un vaste local où on faisait sécher les salaisons, une pièce rectangulaire remplie de charcuterie sous boyaux qui pendait du plafond sous une lumière jaunâtre. Elle y trouva Bruno qui, sous prétexte d'effectuer des contrôles, en fait voulait bavarder un peu.

Circulant dans la pièce en tâtant et humant les produits d'un air expert, il lui demanda des nouvelles de sa belle-sœur Pinuccia. Puis il ajouta, sans la regarder et sans cesser d'examiner une *soppressata*, ce qui irrita Lila : elle n'a jamais été heureuse avec ton frère, cet été-là elle est tombée amoureuse de moi, comme toi de Nino. Puis il passa devant elle et, lui tournant le dos, lâcha : c'est grâce à elle que j'ai découvert que les femmes enceintes adorent faire l'amour ! Alors, sans lui donner le temps de commenter, ironiser ou se mettre en colère, il s'arrêta au milieu de la pièce et se mit à lui raconter que si, dans son ensemble, cette usine lui donnait la nausée, là dans le séchoir il s'était toujours senti bien. Cet endroit lui donnait une sensation de satisfaction, de plénitude : le produit presque fini s'affinait et répandait son odeur, bientôt prêt pour le marché. Regarde, touche ! lui dit-il, c'est compact et bien dur, et ça sent bon ! on dirait l'odeur d'un homme et d'une femme qui s'enlacent et se touchent, tu ne trouves pas ? si tu savais combien de filles j'ai amenées là, depuis que je suis gosse ! Alors il la saisit par la taille et fit glisser les lèvres le long de son cou, et un instant après il lui serrait déjà les fesses – on aurait dit qu'il avait cent mains. Il se mit à tripoter son tablier et passa en dessous, rapide, frénétique et haletant – c'était une exploration sans plaisir, une manie de l'intrusion pure et simple.

Tout, y compris l'odeur de saucisson, fit revenir en mémoire à Lila les violences de Stefano et, pendant quelques secondes, elle se sentit anéantie et crut qu'il allait la tuer. Puis la fureur la saisit, elle frappa Bruno au visage et entre les jambes et hurla : t'es qu'une merde, t'as rien là-dessous, approche donc et sors-la que j'te la coupe, connard !

Bruno la lâcha et recula. Il toucha sa lèvre qui saignait, eut un rire gêné et bougonna : pardon, mais je m'attendais au moins à un peu de gratitude... Lila cria : ça veut dire qu'il te faut un payement en nature, sinon tu me vires, c'est ça ? Il rit à nouveau en secouant la tête : non, si tu veux pas tu veux pas, c'est tout, je t'ai demandé pardon, qu'est-ce que je peux faire d'autre ? Mais Lila était hors d'elle, elle ne sentait vraiment que maintenant l'empreinte des mains de cet homme sur elle, et savait qu'elle ne s'en débarrasserait pas, ce n'était pas quelque chose qui s'enlevait avec du savon. Elle recula vers la porte et lança : cette fois t'as eu de la chance, mais que tu me vires ou pas, j'te jure que j'te ferai maudire le jour où tu as posé les mains sur moi ! Elle sortit tandis qu'il murmurait : mais qu'est-ce que j't'ai fait ? j't'ai rien fait ! là, c'est toi qui inventes des problèmes, faisons la paix !

Elle regagna son poste. Ces jours-là, elle travaillait dans les vapeurs des cuves de cuisson, où elle servait plus ou moins de femme de ménage, chargée entre autres de sécher le carrelage, une tâche sans fin. Edo, le type à qui elle avait failli arracher une oreille, l'observa avec curiosité. Ouvrières et ouvriers, tout le monde la fixa lorsqu'elle revint furieuse du séchoir. Lila ne croisa le regard de personne. Elle saisit une serpillière, la jeta par terre et commença à laver le sol, un véritable bourbier, tout en clamant d'une voix forte et menaçante : voyons voir si un autre enfant de putain veut tenter sa chance ! Ses compagnons se concentrèrent sur leurs tâches.

Pendant des jours, elle attendit un licenciement qui ne vint pas. Quand il lui arrivait de croiser Bruno, il lui adressait un sourire poli auquel elle répondait par un geste froid. Aucune conséquence, donc, à part du dégoût au souvenir de ces mains courtaudes, ainsi que des bouffées de haine. Cependant, Lila continuant à se foutre de tout un chacun avec son arrogance de toujours, les petits chefs recommencèrent soudain à la harceler : ils la changeaient sans arrêt de poste, la faisaient trimer jusqu'à l'épuisement et lui balançaient des obscénités. Signe qu'ils avaient eu la permission de le faire.

Lila ne dit rien à Enzo de l'oreille quasi

arrachée, de l'agression de Bruno, des vexations qu'elle subissait ni de la fatigue de tous les jours. S'il lui demandait comment ça allait aux salaisons, elle répliquait, sarcastique : pourquoi tu me racontes pas comment ça va, là où tu travailles ? Comme il se taisait, Lila se moquait un peu de lui, et puis ils se consacraient aux exercices du cours par correspondance. Ils se réfugiaient là-dedans pour plusieurs motifs, le plus important étant d'éviter de s'interroger sur leur avenir : qui étaient-ils l'un pour l'autre, pourquoi s'occupait-il de Gennaro et d'elle, pourquoi acceptait-elle qu'il le fasse, et pourquoi, alors qu'ils vivaient dans le même appartement depuis fort longtemps, Enzo attendait-il toujours en vain, chaque nuit, qu'elle le rejoigne ? Il se tournait et se retournait dans son lit, allait à la cuisine sous prétexte de boire un peu d'eau et lançait un regard vers la porte avec la petite vitre dépolie pour vérifier si elle avait déjà éteint la lumière et pour épier son ombre. Des tensions muettes (je frappe ? je le laisse entrer ?), des doutes d'un côté comme de l'autre. Pour finir, ils préféraient s'étourdir en se défiant à coups de diagramme de définition de bloc, comme s'il s'agissait d'agrès de gymnastique.

« On fait le modèle de la porte qui s'ouvre », disait Lila.

« On fait le modèle du nœud de cravate », proposait Enzo.

« On fait le modèle de quand je noue les lacets de Gennaro », lançait Lila.

« On fait le modèle de quand on prépare le café avec la cafetière napolitaine », suggérait Enzo.

Des actions les plus simples aux actions les plus compliquées, ils se creusaient la cervelle pour traduire le quotidien en modèles, bien que cela ne fasse pas partie des exercices de Zurich. Ce n'était pas une idée d'Enzo. Comme à son habitude, après avoir commencé en sourdine, soir après soir Lila s'était prise de passion pour le sujet et à présent, malgré le froid glacial de l'appartement, elle était envahie par la frénésie de réduire l'ensemble du monde misérable où ils vivaient à la vérité du 0 et du 1. Elle semblait tendre à une linéarité abstraite – l'abstraction mère de toutes les abstractions – comme si elle espérait y trouver une forme de pureté apaisante.

« Et si on faisait le modèle de l'usine ? proposa-t-elle un soir à Enzo.

— Tout ce qu'on y fait ? demanda-t-il, perplexe.

— Oui. »

Il la regarda et lança :

« D'accord, on commence par la tienne. »

Elle eut une moue irritée, murmura « bonne nuit » et se retira dans sa chambre.

30

Cet équilibre, déjà assez précaire, fut bouleversé par la réapparition de Pasquale. Il travaillait sur un chantier dans ce secteur et était venu à San Giovanni a Teduccio pour participer à une réunion de la section locale du parti communiste. Enzo et lui se croisèrent par hasard dans la rue, et ils renouèrent aussitôt avec leur ancienne amitié. Ils finirent par parler politique et s'aperçurent qu'ils partageaient le même mécontentement. Au début

Enzo s'exprima avec précaution mais, à sa grande surprise, Pasquale ne manifesta au contraire nulle prudence, et ce malgré le rôle important qu'il tenait dans notre quartier – secrétaire de section – : il se mit à attaquer le parti, qui était révisionniste, et le syndicat, qui fermait trop souvent les yeux. Tous deux fraternisèrent à tel point que Lila se retrouva avec Pasquale chez eux à l'heure du dîner, et il lui fallut trouver quelque chose à manger pour lui aussi.

La soirée commença mal. Elle se sentit observée et dut faire un effort pour ne pas piquer une colère. Mais que voulait-il donc, Pasquale ? L'espionner ? Raconter au quartier comment elle vivait ? Quel droit avait-il de la juger ? Il ne lui adressait pas la moindre parole d'amitié, ne lui disait rien sur sa famille, sur Nunzia, son frère Rino ou Fernando. En revanche, il lui lançait des regards d'homme, la détaillant, comme à l'usine, et lorsque leurs yeux se croisaient, il détournait les siens. Il la trouvait certainement enlaidie et devait se dire : comment j'ai fait, quand j'étais plus jeune, pour tomber amoureux de cette fille ? j'étais vraiment bête ! Et il la jugeait sans doute bien mauvaise mère, puisque au lieu d'élever son fils dans l'aisance des épiceries Carracci, elle l'avait entraîné dans cette misère. À un moment donné, elle poussa un soupir et lança à Enzo : c'est toi qui débarrasses, je vais me coucher ! Mais Pasquale, soudainement, prit son ton des grandes occasions et, avec une certaine émotion, lui déclara : Lina, avant que tu ailles dormir, il faut que je te dise une chose. Des femmes comme toi, il n'y en a pas. Tu te jettes dans la vie avec une force extraordinaire, et si nous avions tous une force comme ça, le monde aurait changé depuis longtemps! Ainsi la glace fut-elle rompue, et Pasquale se mit à lui parler de Fernando qui avait recommencé à ressemeler les chaussures, de Rino qui était devenu un fardeau pour Stefano, à qui il n'arrêtait pas de quémander de l'argent, et de Nunzia que l'on voyait peu, car elle ne sortait plus de la maison. Mais tu as eu bien raison, répéta-t-il. Dans le quartier, personne n'a donné autant de coups de pied au cul des Carracci et des Solara que toi. Moi, je suis de ton côté!

Après ce soir-là il revint souvent, ce qui finit par avoir de sérieuses conséquences sur le cours par correspondance. Il arrivait à l'heure du dîner avec quatre pizzas chaudes, jouait comme toujours à celui qui sait tout sur le fonctionnement des mondes capitaliste et anticapitaliste, et leur ancienne amitié se renforça. À l'évidence, il n'avait guère d'attaches, sa sœur Carmen était fiancée et avait peu de temps à lui consacrer. Mais il réagissait contre la solitude par un activisme rageur qui plaisait à Lila et qui l'intriguait. Malgré son travail éreintant sur les chantiers, il s'occupait du syndicat, allait projeter de la peinture rouge sang contre le consulat américain, était toujours partant pour faire le coup de poing contre les fascistes, ou participait à un comité ouvriers-étudiants, où il se disputait continuellement avec ces derniers. Et ne parlons pas du PC : il s'attendait d'un instant à l'autre à perdre son poste de secrétaire de section à cause de ses positions très critiques envers le parti. Avec Enzo et Lila il s'exprimait en toute liberté, mêlant ressentiments personnels et motifs politiques. Ils me disent que je suis un ennemi du parti, *moi*! se plaignait-il. Ils me disent que je fous trop le bordel, *moi*, et qu'il faut que je me calme! mais c'est *eux* qui fichent en l'air le parti, en en faisant un simple rouage du système, et c'est *eux* qui ont réduit l'antifascisme à tenir un rôle de gardien de la démocratie! au fait, vous savez qui le Movimento Sociale a mis à la tête de sa section, dans notre quartier? Gino, le fils du pharmacien, ce crétin, un larbin de Michele Solara! et je devrais supporter que les fascistes relèvent la tête chez moi? mon père – poursuivait-il, ému – a tout donné pour le parti! et pour quoi? pour cet antifascisme à l'eau de rose? pour cette merde qu'on a aujourd'hui? quand ce pauvre homme a fini en taule innocent, oui, absolument innocent – et là il s'énervait –, car ce n'est pas lui qui a tué Don Achille, eh bien le parti l'a laissé tomber! Pourtant il avait été un camarade exemplaire, il avait fait les Quatre Journées de Naples, combattu au Ponte della Sanità, et après la guerre il avait toujours été en première ligne dans notre quartier! Et sa mère Giuseppina, quelqu'un l'avait soutenue, peut-être? Dès qu'il faisait allusion à sa mère, Pasquale prenait Gennaro sur ses genoux et lui disait : regarde comme elle est belle, ta maman! tu l'aimes?

Lila l'écoutait. Parfois, elle se surprenait à penser qu'elle aurait dû dire oui à ce garçon, le premier qui l'avait remarquée, sans cibler Stefano et son argent et sans se mettre dans le pétrin pour Nino : rester à sa place, ne pas pécher par orgueil et calmer sa tête folle. Mais d'autres jours, à force d'entendre les invectives de Pasquale, elle se sentait à nouveau happée par son enfance, par la férocité de notre quartier et par Don Achille et son assassinat – quand elle était petite, elle nous avait raconté cet épisode tant de fois, et avec tant de détails inventés, qu'elle avait l'impression d'y avoir assisté. L'arrestation du père de Pasquale lui revenait aussi en mémoire, avec les cris du menuisier, de sa femme et de Carmen. Tout cela était déplaisant, les vrais souvenirs se mêlaient aux faux, elle ne voyait plus que sang et violence. Alors elle se secouait, mal à l'aise, et s'efforçait d'échapper au flot des rancœurs de Pasquale. Pour se calmer, elle incitait son ami à évoquer, par exemple, Noël et Pâques en famille, ou les bons petits plats de sa mère Giuseppina. Pasquale s'en rendit bientôt compte, et il dut imaginer que Lila, comme lui, avait la nostalgie de la famille. Quoi qu'il en soit, il débarqua un jour sans prévenir et lança, tout joyeux : regarde qui je t'ai amené ! Il était venu avec Nunzia.

Mère et fille s'embrassèrent, Nunzia pleura longuement et offrit un Pinocchio de chiffon à Gennaro. Mais dès qu'elle fit mine de critiquer les choix de sa fille, Lila, qui au début avait été contente de la voir, lui dit : m'man, on fait comme si rien ne s'était passé, autrement il vaut mieux que tu t'en ailles. Nunzia se vexa et se mit à jouer avec l'enfant, répétant plusieurs fois, faisant mine de parler vraiment au gosse : si ta maman est obligée de trimer, qui s'occupe de toi, mon pauvre petit ? Pasquale finit par comprendre qu'il s'était fourvoyé, alors il annonça qu'il se faisait tard et qu'il fallait rentrer. Nunzia se releva et s'adressa à sa fille, sur un ton mi-menaçant mi-suppliant : d'abord tu nous as fait mener la vie de château, se lamenta-t-elle, et après tu nous as ruinés. Ton frère s'est senti abandonné et il ne veut plus te revoir, et ton père t'a reniée. Lina, je t'en prie, je te demande pas de faire la paix avec ton mari, ça c'est impossible, mais va t'expliquer avec les Solara ! à cause de toi, ils ont tout pris ! ton père, Rino, nous les Cerullo, maintenant on n'est plus personne…

Lila l'écouta avant de la mettre pratiquement dehors. Elle lui lança : m'man, y vaut mieux que tu reviennes pas ! Et elle cria la même chose à Pasquale.

31

Trop de problèmes en même temps : son sentiment de culpabilité envers Gennaro et Enzo, la dureté des tâches à l'usine, les heures supplémentaires et les cochonneries de Bruno, sa famille d'origine qui menaçait de redevenir un poids pour elle, et cette omniprésence de Pasquale, avec qui il ne servait à rien de prendre ses distances. Pasquale ne lui en voulait jamais et revenait à la charge, toujours aussi joyeux. Il entraînait Lila, Gennaro et Enzo à la pizzeria, ou bien les emmenait en voiture à Agerola pour que le petit prenne l'air. Mais surtout, il tenta d'impliquer Lila dans ses activités. Il l'incita à s'inscrire au syndicat, bien qu'elle n'en eût pas envie, et elle finit par le faire uniquement pour donner une claque à Soccavo, se doutant qu'il ne verrait pas la chose d'un bon œil. Il lui apporta des brochures en tout genre, simples et claires, sur des thèmes comme la fiche de paye, les négociations collectives ou les grilles de salaire – lui-même ne les avait pas feuilletées, mais il savait que Lila, tôt ou tard, les lirait. Il l'entraîna sur la Riviera di Chiaia, en compagnie d'Enzo et de l'enfant, dans une manifestation pour la paix au Vietnam qui se transforma en un sauve-qui-peut généralisé : pierres qui volaient, fascistes qui provoquaient, policiers qui chargeaient, Pasquale qui faisait le coup de poing, Lila qui hurlait des insultes, et Enzo qui maudissait l'instant où ils avaient décidé d'emmener Gennaro dans ce bazar.

Mais, au cours de cette période, deux épisodes surtout comptèrent pour Lila. Un jour, Pasquale insista vivement pour qu'elle vienne écouter une célèbre camarade. Cela excita sa curiosité et elle accepta l'invitation. Mais elle n'entendit pratiquement rien de l'intervention – dont le thème était, en gros, parti et classe ouvrière – parce que la célèbre camarade arriva en retard et, quand la réunion commença enfin, Gennaro ne tenait plus en place et Lila fut obligée de s'occuper de lui, passant son temps à sortir dans la rue pour le faire jouer, puis à rentrer, pour sortir à nouveau. Toutefois, le peu qu'elle entendit lui suffit pour apprécier la distinction de cette femme qui, se dit-elle, différait en tout point du public ouvrier et petit-bourgeois qu'elle avait devant elle. C'est pourquoi, lorsqu'elle s'aperçut que Pasquale, Enzo et quelques autres n'étaient pas contents de son discours, Lila estima qu'ils étaient bien injustes et auraient dû être reconnaissants à cette personne cultivée d'être venue perdre son temps avec eux. Lorsque Pasquale se lança dans une intervention tellement polémique que la camarade députée perdit patience et s'exclama, d'une voix irritée et cassée, en se levant : ça suffit, maintenant je m'en vais ! Cette réaction plut à Lila, qui se sentit de son côté. Mais en même temps elle était traversée, comme toujours, par des sentiments contradictoires. Pour soutenir Pasquale, Enzo se mit à crier : camarade, *sans nous*, tu n'existes même pas ! alors tu restes là tant que *nous* le voulons, et tu t'en vas seulement quand *nous* te le disons ! Alors Lila changea brusquement d'avis, elle se sentit en adéquation avec la force de ce *nous* et se dit que cette femme méritait un tel traitement. Elle rentra chez elle en colère contre son fils qui lui avait gâché la soirée.

Une réunion du comité auquel Pasquale participait – avec sa frénésie d'engagement habituelle – fut encore bien plus mouvementée. Lila s'y rendit non seulement parce que son ami y tenait, mais aussi parce qu'elle trouvait que cette agitation qui le poussait à chercher et à comprendre était une bonne chose. Le comité se réunissait à Naples, dans un vieil immeuble de la Via dei Tribunali. Ils arrivèrent un soir avec la voiture de Pasquale et montèrent un escalier délabré mais monumental. Dans la salle, beaucoup de places et peu de participants. Lila remarqua combien il était facile de distinguer les visages des étudiants de ceux des travailleurs, l'aisance des meneurs du bredouillement des suiveurs. Et quelque chose ne tarda pas à l'agacer. Les étudiants tinrent des discours qu'elle jugea hypocrites, et leur comportement modeste jurait avec leurs propos pédants. De plus, ils entonnaient toujours le même refrain : nous sommes ici pour apprendre de vous, oui de vous, les ouvriers. Mais en réalité, ils ne faisaient qu'étaler leurs idées bien arrêtées sur le capital, l'exploitation, la trahison des social-démocraties et les modalités de la lutte des classes. De surcroît, elle découvrit que les quelques filles, en général taciturnes, étaient enclines à minauder auprès d'Enzo et de Pasquale. Ce dernier surtout, le plus sociable, était accueilli avec chaleur. On le considérait comme un ouvrier qui, malgré la carte du PC qu'il avait en poche, et malgré sa position à la tête d'une section, avait choisi d'apporter son expérience de prolétaire à un groupe révolutionnaire. Lorsque Enzo et lui prirent la parole, les étudiants, qui entre eux ne faisaient que se contredire, s'avérèrent d'accord sur tout. Comme de coutume, Enzo se contenta de quelques phrases très denses. Pasquale en revanche, avec son intarissable baratin habituel, moitié en italien moitié en dialecte, évoqua les progrès que faisait le travail politique sur les chantiers de la région et lança quelques flèches polémiques contre les étudiants, pas assez actifs. Pour finir, et sans l'avoir prévenue, il impliqua Lila dans son discours : il la présenta en donnant son prénom et son nom, la définit comme une camarade ouvrière travaillant dans une petite usine alimentaire et la couvrit de louanges.

Lila plissa le front et ferma les yeux à demi, n'appréciant guère d'être observée comme une bête curieuse. Et quand, après Pasquale, une jeune femme intervint – la première des filles à prendre la parole –, Lila s'énerva encore davantage, d'abord parce que cette personne parlait comme un livre, ensuite parce qu'elle la nomma à plusieurs reprises en l'appelant « camarade Cerullo », et enfin parce qu'elle la connaissait déjà : il s'agissait de Nadia, la fille de Mme Galiani, l'ancienne petite amie de Nino, à qui elle envoyait des lettres d'amour à Ischia.

Pendant un moment, elle craignit que Nadia ne l'identifie à son tour. Mais cette fille, bien que s'adressant presque exclusivement à elle, ne donna aucun signe de reconnaissance. Du reste, pourquoi l'aurait-elle reconnue ? Qui sait à combien de fêtes de riches Nadia avait participé, et la foule de fantômes qu'elle avait en tête ! En revanche, Lila n'avait eu cette possibilité qu'une fois, il y avait des années de cela, et cette soirée était restée ancrée dans sa mémoire. Elle se rappelait précisément l'appartement du Corso Vittorio Emanuele, Nino et tous ces jeunes de bonne famille, les livres et les tableaux, la mauvaise expérience que cela avait été et le malaise qu'elle avait éprouvé. Elle ne put le supporter, se leva alors que Nadia parlait encore et alla faire faire un tour à Gennaro. Elle couvait une énergie mauvaise qui, ne trouvant pas à se libérer, lui tordait l'estomac.

Toutefois, peu après elle remonta, décidée à ne pas rester à l'écart et à mettre son grain de sel. À présent, un jeune homme frisé parlait avec grande compétence de l'Italsider et du travail à la pièce. Lila attendit la fin de son intervention et, ignorant le regard perplexe d'Enzo, elle prit la parole. Elle s'exprima longuement, en italien, tandis que Gennaro gigotait dans ses bras. Elle commença à voix basse avant de poursuivre dans le silence général, en parlant peut-être un peu fort. Railleuse, elle affirma que sur la classe ouvrière, elle ne savait rien. Tout ce qu'elle connaissait, c'étaient les ouvrières et les ouvriers de l'usine où elle travaillait. Or d'eux, il n'y avait absolument rien à apprendre, si ce n'est la misère. Est-ce que vous imaginez ce que c'est, demanda-t-elle, de passer huit heures par jour immergé jusqu'à la ceinture dans l'eau de cuisson des mortadelles ? vous imaginez ce que c'est, d'avoir les doigts pleins de coupures à force de désosser la viande ? vous imaginez ce que c'est, d'aller et venir dans les chambres froides, à vingt degrés au-dessous de zéro, pour une indemnité de froid de dix lires – oui, dix lires – de l'heure ? et si vous l'imaginez, alors qu'est-ce que vous croyez pouvoir apprendre de gens forcés de vivre ainsi ? les ouvrières sont obligées de se laisser tripoter les fesses par les petits chefs et les collègues, sans moufter. Si le jeune patron a quelque besoin à assouvir, une fille doit le suivre dans la salle de séchage, ce qu'exigeaient déjà son père et peut-être son grand-père. Là, avant de lui sauter dessus, le jeune patron lui tient un petit discours bien rodé sur l'odeur des saucisses et combien ça l'excite. Hommes et femmes subissent des fouilles corporelles, parce qu'à la sortie il y a une machine qui s'appelle le « partiel » et, si le voyant rouge s'allume au lieu du vert, cela veut dire que l'on essaie d'emporter des saucissons ou des mortadelles. Le « partiel », c'est le gardien qui l'actionne, lui c'est un mouchard en cheville avec le patron, et il fait passer le voyant au rouge non seulement pour les voleurs potentiels mais aussi et surtout pour les jolies filles réfractaires et pour les casse-couilles. Voilà, c'est comme ça, dans l'usine où je bosse. Le syndicat n'y a jamais mis les pieds, et les ouvriers ne sont rien d'autre que de pauvres gens soumis au chantage et à la loi du patron : je te paye, alors je te possède et je possède ta vie, ta famille et tout ce qui te concerne. Et si tu ne fais pas ce que je te dis, je te détruis.

Il y eut un moment de silence. Ensuite d'autres personnes intervinrent, et elles citèrent toutes Lila avec vénération. Pour finir, Nadia alla la serrer dans ses bras. Elle chanta ses louanges : comme tu es belle, comme tu es douée, comme tu parles bien ! Elle la remercia et déclara, sérieuse : tu nous as fait comprendre que nous avons encore beaucoup de travail à faire. Mais malgré son ton plein de dignité, presque solennel, elle parut à Lila encore plus enfantine que dans ses souvenirs quand, lors de cette soirée lointaine, elle l'avait vue avec Nino. Que faisaient-ils alors, le fils Sarratore et elle ? est-ce qu'ils dansaient, bavardaient, s'embrassaient, se frottaient l'un contre l'autre ? Lila ne savait plus. Certes, cette jeune fille avait une grâce qui ne s'oublie pas. Et maintenant qu'elles se tenaient face à face, Nadia, encore plus que par le passé, lui sembla d'une beauté simple et naturelle : simple, fragile et véritablement sensible aux souffrances d'autrui, au point qu'elle avait l'air d'éprouver leurs tourments jusque dans son corps, douloureusement.

« Tu reviendras ?

— J'ai un gosse.

— Il faut que tu reviennes, on a besoin de toi ! »

Mais Lila secoua la tête, mal à l'aise, et répéta à Nadia « j'ai un gosse ». Elle indiqua Gennaro d'un geste de la main, lançant à celui-ci : dis bonjour à la dame, dis-lui que tu sais lire et écrire, montre-lui comme tu parles bien ! Gennaro cacha son visage dans le cou de sa mère et Nadia esquissa un sourire sans prêter grande attention à l'enfant, alors Lila répéta : j'ai un gosse et je bosse huit heures par jour, sans compter les heures sup ! les gens qui mènent ce genre de vie, le soir ils veulent juste dormir. Puis elle s'en alla, étourdie, craignant de s'être trop exposée devant des personnes qui, certes, avaient du cœur, mais qui envisageaient tout sur un plan théorique et, en pratique, ne pouvaient pas la comprendre. *Moi je sais* – pensait-elle sans pouvoir le dire à haute voix –, *moi je sais ce que c'est, la vie aisée pleine de bonnes intentions, mais toi tu n'imagines même pas ce que c'est, la vraie misère !*

Dans la rue, son malaise s'accentua encore. Tandis qu'ils se dirigeaient vers la voiture, elle sentit que Pasquale et Enzo faisaient la tête, et elle devina que son intervention les avait blessés. Pasquale la prit délicatement par le bras, comblant une distance qu'il n'avait jamais tenté de combler auparavant, et il demanda :

« Tu travailles vraiment dans ces conditions ? »

Agacée par ce contact, elle retira son bras et attaqua :

« Et toi, comment tu travailles ? Vous deux, comment vous travaillez ? »

Ils ne répondirent pas. Ils travaillaient dur, c'était évident. Et Enzo, lui, avait certainement sous les yeux, à l'usine, des ouvrières qui n'étaient pas moins assommées par la fatigue, les humiliations et les obligations domestiques que Lila. Néanmoins, à présent, tous deux se rembrunissaient à cause des conditions dans lesquelles *elle* travaillait : ils ne pouvaient le supporter. Les hommes, il fallait donc tout leur cacher ! Ils préféraient ne pas savoir et choisissaient de croire que, par miracle, ce qui se pratiquait chez leur patron n'arrivait pas à la femme à laquelle ils tenaient et qu'ils avaient le devoir de protéger – car tel était le principe avec lequel ils avaient grandi –, y compris au risque de se faire tuer. Ce silence irrita Lila encore plus :

« Allez vous faire foutre, s'exclama-t-elle, vous et la classe ouvrière ! »

Ils montèrent en voiture et n'échangèrent que des banalités le long du trajet jusqu'à San Giovanni a Teduccio. Mais lorsque Pasquale les déposa devant chez eux, il lui dit, sérieux : y a rien à faire, tu es toujours la meilleure ! Puis il rentra au quartier. Enzo en revanche, le bambin endormi dans les bras, grommela, sombre :

« Pourquoi tu m'as rien dit ? Quelqu'un a posé la main sur toi, à l'usine ? »

Ils étaient fatigués, Lila choisit de le tranquilliser et répondit :

« Avec moi, ils n'osent pas. »

32

Quelques jours plus tard, les problèmes commencèrent. Lila arriva au travail de bon matin, tourmentée par ses mille tâches quotidiennes et totalement impréparée à ce qui allait se produire. Il faisait très froid, depuis quelques jours elle toussait un peu et se sentait grippée. Devant l'entrée, elle tomba sur deux jeunes qui avaient l'air d'avoir séché l'école. L'un d'eux lui dit bonjour avec une certaine familiarité et lui tendit non pas un tract, comme cela arrivait parfois, mais un document polycopié de plusieurs pages. Elle lui rendit son salut avec un regard perplexe : elle avait vu ce garçon au comité de la Via dei Tribunali. Elle glissa le polycopié dans la poche de son manteau et passa devant Filippo, le gardien, sans daigner lui accorder un regard, du coup celui-ci lui lança : et surtout dis pas bonjour, hein !

Elle travailla avec son acharnement habituel – à cette époque elle était au désossage – et oublia le garçon. À l'heure de la pause déjeuner, elle sortit dans la cour avec sa gamelle pour chercher un coin au soleil où manger, mais dès qu'il l'aperçut, Filippo quitta sa loge pour la rejoindre. C'était un petit homme épais d'une cinquantaine d'années, enclin à proférer les pires obscénités mais aussi porté au sentimentalisme le plus mièvre. Il venait d'avoir son sixième enfant et avait l'émotion facile ; il ne cessait de sortir son portefeuille pour imposer à tout un chacun la photo du bébé. Lila crut qu'il avait décidé de la lui montrer à son tour, mais il n'en fut rien. L'homme sortit de la poche de sa veste le polycopié et lui asséna d'un ton très agressif :

« Cerù, écoute bien c'que j'vais t'dire : si les trucs écrits là-d'dans, c'est toi qui les as racontés à ces connards, alors t'es bien dans la merde ! »

Lila rétorqua, glaciale :

« Putain, j'sais pas d'quoi tu parles, laisse-moi bouffer tranquille ! »

Filippo, rageur, lui jeta les feuillets au visage et éclata :

« Ah bon, tu sais pas ? Eh ben t'as qu'à lire ! Ici on s'est toujours bien entendus, y a qu'une salope comme toi qu'a pu aller raconter des trucs pareils ! Alors comme ça j'allume le voyant du "partiel" quand ça m'chante ? Et je tripote les filles ? Moi, un père de famille ? Écoute, ma chérie : si c'est pas Don Bruno qui te le fait payer, alors, aussi vrai que Dieu existe, c'est directement moi qui te casserai la figure ! »

Il tourna les talons et regagna la loge.

Lila finit tranquillement de manger, avant de ramasser le polycopié. Il portait un titre prétentieux : «*Enquête sur la condition ouvrière à Naples et dans sa région*». Elle parcourut les pages et en trouva une entièrement consacrée à l'usine de salaisons Soccavo. Elle y trouva mot pour mot tout ce qui était sorti de sa bouche lors de la réunion de la Via dei Tribunali.

Elle fit mine de rien. Elle laissa le document tomber à terre, rentra sans jeter un regard vers la loge et reprit son travail. Mais elle était furieuse contre ceux qui l'avaient fichue dans ce bordel sans même la prévenir, surtout contre Nadia, la petite sainte-nitouche. C'était sûrement elle qui avait écrit ces machins bien ordonnés, pleins de chichis et de pathos. Tandis qu'elle travaillait la viande froide avec son couteau, dans cette odeur nauséeuse et avec la colère qui croissait en elle, elle sentit autour d'elle l'hostilité de ses compagnons de travail, hommes et femmes. Tous se connaissaient depuis longtemps, savaient qu'ils étaient des victimes consentantes et n'avaient pas le moindre doute sur qui avait balancé : cela ne pouvait être qu'elle, la seule qui se fût immédiatement comportée comme si la nécessité de trimer ne coïncidait pas avec l'obligation de se faire humilier.

L'après-midi, Bruno apparut, et peu après il l'envoya chercher. Son visage était encore plus rouge qu'à l'ordinaire et il tenait le polycopié en main.

« C'est toi qui as fait ça ?

— Non.

— Dis-moi la vérité, Lina : là-dehors, il y a déjà

un tas de gens qui mettent le bazar, t'as décidé de te joindre à eux ?

— Non, je t'ai dit.

— Ah non ? Pourtant ici, personne n'a les capacités ni le culot d'inventer tous ces mensonges.

— C'est peut-être l'un des employés ?

— Les employés, encore moins !

— Mais qu'est-ce que tu m'veux ? Les p'tits oiseaux chantent, t'as qu'à leur demander ! »

Il poussa un gros soupir, l'air véritablement éprouvé. Il finit par dire :

« Je t'ai donné un boulot. J'ai rien dit quand tu t'es inscrite à la Confederazione Generale Italiana del Lavoro, alors que mon père t'aurait chassée à grands coups de pied au cul. D'accord, j'ai fait une bêtise, ce jour-là au séchage, mais je t'ai demandé pardon, tu peux pas dire que je t'ai harcelée. Et toi, qu'est-ce que tu fais ? Tu te venges en donnant une mauvaise image de mon entreprise, et en écrivant noir sur blanc que j'emmène les filles dans le séchoir ? Moi avec les ouvrières, mais tu es folle ? Tu me fais regretter toutes les bonnes choses que je t'ai apportées.

— Quelles bonnes choses ? Je travaille d'arrache-pied et tu me payes trois clopinettes ! C'est moi qui t'apporte beaucoup, pas le contraire !

— Tu vois ? Tu parles comme tous ces cons. Aie au moins le courage d'avouer que c'est toi qui as écrit ces trucs !

— Moi, je n'ai rien écrit. »

Bruno fit la grimace et regarda les feuilles qu'il avait sous les yeux. Lila comprit qu'il hésitait et n'arrivait pas à se décider : passer à un ton plus dur, la menacer, la virer, ou bien reculer et essayer de comprendre s'il y avait d'autres initiatives de ce genre en préparation ? Alors c'est elle qui prit les devants et émit à voix basse quelques paroles conciliantes, qu'elle accompagna involontairement d'une petite moue séductrice qui jurait avec son souvenir de la violence de Bruno, encore vivace dans son corps :

« Fais-moi confiance, j'ai un enfant en bas âge, j'ai rien à voir avec ce truc… »

Il acquiesça mais bougonna néanmoins, mécontent :

« Tu sais ce que tu m'obliges à faire, maintenant ?

— Non, et je veux pas le savoir.

— Eh bien, je vais te le dire quand même. Si ces mecs-là c'est tes copains, préviens-les : la prochaine fois qu'ils reviendront faire le bordel, ils se feront tellement tabasser que ça leur fera passer l'envie. Et toi, fais gaffe : si tu tires encore sur la corde, tu verras qu'elle va se casser. »

Mais la journée n'était pas encore finie. À la sortie, quand Lila passa au « partiel », le voyant rouge s'alluma. C'était le rituel normal : tous les jours, le gardien choisissait allègrement trois ou quatre victimes. Les filles timides se laissaient palper, yeux baissés, et les femmes plus dégourdies riaient en disant : Filì, s'il faut vraiment que tu tripotes vas-y, mais au moins dépêche-toi, faut que j'aille faire à manger ! Cette fois, Filippo n'arrêta que Lila. Il faisait froid, un vent fort soufflait. Le gardien sortit de la loge. Lila frissonna et lança :

« Si tu poses un doigt sur moi, aussi vrai que Dieu existe, je te tue ou je te fais tuer ! »

Filippo, sinistre, lui indiqua une petite table de café qui se trouvait depuis toujours près de sa loge.

«Vide toutes tes poches et mets tes affaires là-
dessus.»

Lila trouva dans son manteau une saucisse
fraîche : elle sentit avec dégoût la viande molle
serrée dans le boyau. Elle la sortit, éclata de rire
et dit :

«Vous êtes vraiment tous des merdes!»

33

Menaces de dénonciation pour vol. Déduction
du salaire, amende. Insultes de Filippo, insultes de
Lila. Bruno ne se montra pas, pourtant il était certainement encore à l'usine, sa voiture étant garée
dans la cour. Lila comprit qu'à partir de là, pour
elle, les choses allaient encore empirer.

Elle rentra chez elle plus fatiguée qu'à l'accoutumée, s'énerva contre Gennaro qui voulait rester
chez la voisine et prépara le dîner. Elle dit à Enzo
qu'il devait étudier seul et se coucha de bonne
heure. N'arrivant pas à se réchauffer sous les
couvertures, elle se leva et enfila un pull en laine
par-dessus sa chemise de nuit. Elle s'apprêtait à
se recoucher quand tout à coup, sans raison apparente, elle se sentit complètement oppressée, son
cœur se mit à battre à tout rompre, tellement fort
qu'il lui sembla être celui d'un autre.

Elle connaissait déjà ces symptômes, ils accom-
pagnaient ce phénomène que plus tard (en 1980,
onze ans après) elle baptisa la «délimitation».
Mais cela ne lui était jamais arrivé de manière
aussi violente et, surtout, c'était la première fois

que cela se produisait alors qu'elle était seule, sans que qui que ce soit autour d'elle, pour une raison ou une autre, déclenche ce trouble. Puis elle se rendit compte, avec un mouvement d'horreur, qu'elle n'était nullement seule. Les silhouettes et les voix de la journée sortaient de sa tête décollée et flottaient dans la pièce : les deux garçons du comité, ses compagnons de travail, Bruno dans la grande salle de séchage, Nadia. Tout bougeait en accéléré comme dans un film muet, y compris les flashes rouges du « partiel » clignotant à intervalles très courts, y compris Filippo qui lui arrachait la saucisse des mains et braillait des menaces. Elle savait bien que ce n'était qu'une ruse de son cerveau et que dans la pièce, à part Gennaro dans le petit lit près d'elle, avec sa respiration régulière, il n'y avait ni véritables personnes ni véritables bruits. Mais loin de la calmer, cette idée décupla son effroi. Les battements de son cœur étaient maintenant tellement puissants qu'ils semblaient en mesure de faire éclater tout ce qui assurait la cohésion du monde. L'étau qui maintenait debout les murs de la chambre se desserrait. Les terribles pulsations de sa poitrine secouaient le lit, fissuraient le plâtre et dissolvaient sa calotte crânienne ; peut-être allaient-elles aussi détruire son enfant – oui, elles allaient le détruire comme une poupée en celluloïd, déchirant sa poitrine, son ventre et sa tête pour en révéler l'intérieur. Je dois l'éloigner, se dit-elle, plus je le tiens près de moi, plus il risque d'être détruit. Mais elle se souvint alors d'un autre enfant qu'elle avait éloigné, cet enfant qui n'avait jamais réussi à se former dans son ventre, le fils de Stefano. C'est moi qui l'ai laissé sortir, en tout cas c'est ce que disaient Pinuccia et Gigliola derrière

160

mon dos. Est-ce vrai, ai-je fait exprès de l'éliminer ? pourquoi, jusqu'à présent, n'ai-je pas fait
quoi que ce soit de bien ? et pourquoi devrais-je
garder tout ce qui n'a pas marché ? Ses battements
de cœur ne semblaient pas se calmer, et les personnages fantomatiques la harcelaient avec le bour-
donnement de leurs voix. Elle se leva à nouveau et
s'assit sur le bord du lit. Elle était trempée d'une
sueur poisseuse, on aurait dit une huile glacée.
Elle posa ses pieds nus contre le lit de Gennaro
et le poussa doucement, l'éloignant un peu, mais
pas trop : elle craignait de détruire l'enfant en le
gardant près d'elle, mais avait peur de le perdre s'il
était trop loin. Elle se rendit à la cuisine, faisant de
petits pas et s'agrippant aux meubles et aux murs,
mais aussi jetant constamment des regards derrière son épaule, redoutant que le sol ne s'enfonce
derrière elle en engloutissant Gennaro. Elle but au
robinet, se rafraîchit le visage, et alors son cœur
s'arrêta net, elle fut projetée en avant comme par
un coup de frein trop brutal.

C'était fini. Les choses recommencèrent à
adhérer les unes aux autres, son corps retrouva
progressivement un certain apaisement, et la
transpiration cessa. À présent Lila tremblait, elle
était tellement fatiguée qu'elle avait l'impression
que les murs tournaient, et elle craignit de s'évanouir. Je dois aller voir Enzo, se dit-elle, et me
réchauffer auprès de lui : entrer dans son lit, me
serrer contre son dos pendant qu'il dort, et trouver le sommeil à mon tour. Mais elle renonça. Elle
sentit à nouveau sur son visage la petite moue
gracieuse qu'elle avait faite lorsqu'elle avait dit :
*Fais-moi confiance, j'ai un enfant en bas âge, j'ai
rien à voir avec ce truc-là...* Captiver et séduire

étaient devenus un tic, son corps de femme avait agi machinalement malgré son dégoût. Elle en éprouva de la honte : comment avait-elle pu se comporter ainsi, sachant ce que Soccavo lui avait fait dans le séchoir ? Et pourtant ! Ah, ce pouvoir de pousser les hommes, de les diriger comme des bêtes obéissantes vers des finalités qui n'étaient pas les leurs... Non, non, ça suffit ! Par le passé elle l'avait fait pour d'autres raisons, presque sans en avoir conscience, avec Stefano, Nino, les Solara, peut-être même avec Enzo. Mais maintenant elle ne voulait plus, et elle se débrouillerait seule : avec le gardien, avec ses compagnons de travail, avec les étudiants, avec Soccavo, et aussi avec sa tête pleine d'ambitions qu'elle ne parvenait pas à faire taire, cette tête qui, épuisée par les confrontations avec les personnes et les choses, était en train de céder.

34

Au réveil, elle s'aperçut qu'elle avait de la fièvre. Elle prit un comprimé d'aspirine et alla au travail quand même. Dans le ciel encore obscur, une faible lueur bleutée effleurait les petites bâtisses, les mauvaises herbes, la boue et la ferraille. Dès le début du chemin de terre menant à l'usine, alors qu'elle était occupée à éviter les flaques, elle découvrit que ce jour-là les jeunes gens étaient au nombre de quatre : les deux de la veille, un troisième du même âge et un autre d'une vingtaine d'années, franchement obèse. Ils venaient de coller sur le mur d'enceinte des affiches incitant à la lutte, et commençaient à distribuer un tract de la même teneur. Mais si la veille, par curiosité et politesse, ouvrières et ouvriers avaient pris le polycopié, maintenant la plupart d'entre eux passaient tête baissée, quand ils ne prenaient pas le papier pour en faire aussitôt une boule et la jeter.

Dès qu'elle vit que les garçons étaient là, ponctuels comme si ce qu'ils appelaient leur travail politique avait des horaires encore plus contraignants que le sien, Lila se sentit agacée. Et cet agacement devint hostilité lorsque le jeune homme de la veille la reconnut et courut à sa rencontre, enthousiaste, un gros paquet de tracts à la main.

« Tout va bien, camarade ? »

Lila ne lui accorda nulle attention, elle avait la gorge en feu et ses tempes cognaient. Le garçon la suivit au pas de course et lui dit, hésitant :

« Je suis Dario ! Peut-être que tu ne te rappelles pas, on s'est vus Via dei Tribunali !

— Putain, je sais bien qui t'es ! explosa-t-elle alors. Mais je veux rien avoir à faire avec toi, ni avec tes copains ! »

Dario en resta bouche bée, il ralentit et murmura, comme pour lui-même :

« Alors tu veux pas le tract ? »

Lila ne répondit pas, pour éviter de lui crier des choses trop désagréables. Mais elle garda en mémoire l'air désorienté du garçon : il avait l'expression du gars persuadé d'être dans le vrai, et qui ne peut concevoir que tout le monde ne soit pas de son avis. Elle se dit qu'elle aurait dû lui expliquer clairement pourquoi, au comité, elle avait dit ce qu'elle avait dit, et pourquoi il lui avait été insupportable de retrouver ses propos

imprimés dans leur polycopié. Elle aurait aussi
dû lui dire pour quel motif elle trouvait inutile
et stupide que ces quatre jeunes, au lieu d'être
encore dans leur lit ou de se préparer à aller en
cours, soient là dans le froid en train de distribuer
ce tract copieux à des gens qui avaient du mal à
lire et qui, de surcroît, n'avaient aucune raison
de se soumettre à cet effort : en effet, toutes ces
choses ils les connaissaient déjà, ils les vivaient au
jour le jour, et ils pouvaient en citer de bien pires
encore – des mots indicibles que nul ne prononce-
rait, n'écrirait ou ne lirait jamais, et qui pourtant
contenaient en puissance les véritables raisons de
leur existence d'inférieurs. Mais Lila, fiévreuse et
lasse de tout, estima une telle discussion beaucoup
trop épuisante. De toute façon elle était arrivée au
portail, où la situation se corsait.

Le gardien s'égosillait contre le garçon plus âgé,
celui qui était obèse. Il lui hurlait en dialecte : allez,
franchis la ligne, connard, essaie un peu pour voir !
comme ça t'entres sans autorisation dans une propriété privée et j'te tire dessus ! L'étudiant, gagné par
la fébrilité, répliquait en ponctuant son discours
d'insultes et de rires sonores, agressifs. Il traitait
le gardien de larbin et lui criait en italien : eh ben
vas-y, tire ! montre-moi comment tu fais ! c'est pas
une propriété privée ici, tout ce qu'y a là-dedans,
ça appartient au peuple ! Lila passa près des deux
hommes – combien de fois avait-elle assisté à des
fanfaronnades comme celle-ci ? Rino, Antonio,
Pasquale et même Enzo étaient des maîtres en la
matière – et, sérieuse, elle dit à Filippo : fais ce qu'il
te d'mande, perds pas ton temps en bavardages ! un
mec qui vient casser les couilles alors qu'il pourrait
être en train de dormir ou d'étudier, il mérite bien

qu'on le flingue ! Le gardien la vit, l'entendit et en resta coi, cherchant à comprendre si elle l'encourageait vraiment à faire une folie ou si elle se moquait de lui. En revanche, l'étudiant n'eut aucun doute. Il la fixa avec colère et s'écria : entre donc, toi, et va baiser le cul du patron ! Il recula de quelques pas en secouant la tête, avant de reprendre la distribution des tracts à quelques mètres du portail.

Lila traversa la cour. Il était 7 heures du matin, elle était déjà fatiguée, ses yeux brûlaient, et huit heures de travail lui paraissaient une éternité. Mais ce fut alors qu'elle entendit derrière son dos de violents crissements de frein et des cris d'hommes : elle se retourna. Deux voitures venaient d'arriver, une grise et une bleue. Quelques individus étaient déjà descendus de la première et avaient commencé à arracher les affiches fraîchement collées sur le mur d'enceinte. Ça tourne mal, pensa Lila, et instinctivement elle revint sur ses pas, même si elle savait qu'elle aurait dû faire comme les autres travailleurs – se dépêcher, entrer et se mettre au boulot.

Elle ne fit que quelques mètres, juste assez pour distinguer nettement le jeune homme au volant de la voiture grise : c'était Gino. Elle le vit ouvrir la portière et, grand et musclé comme il était devenu, sortir de l'auto en brandissant un bâton. Les autres types, ceux qui enlevaient les affiches et ceux qui, plus paresseux, sortaient encore des voitures, étaient sept ou huit en tout, armés de chaînes et de barres de fer. Des fascistes, presque tous de notre quartier – Lila en connaissait certains. Fascistes comme l'avait été Don Achille, le père de Stefano, fascistes comme Stefano n'avait pas tardé à se révéler, fascistes comme l'étaient les

Solara, grand-père, père et petits-fils, bien qu'ils se prétendent parfois monarchistes et parfois démocrates-chrétiens, à leur convenance. Lila les haïssait depuis que, petite fille, elle avait imaginé en détail toutes leurs ignominies, et depuis qu'elle avait cru découvrir qu'il n'y avait pas moyen de s'en débarrasser et de faire table rase. Le lien entre passé et présent ne s'était jamais vraiment dénoué et, dans notre quartier, la plupart des gens aimaient, chouchoutaient les fascistes ; et dès qu'il y avait une occasion de se battre, ces derniers débarquaient armés de toute leur noirceur.

Dario, le garçon de la Via dei Tribunali, fut le premier à réagir, et il courut protester pour les affiches arrachées. Il avait en main son paquet de tracts et Lila pensa : jette-les, imbécile ! Mais il n'en fit rien. Elle l'entendit dire en italien des choses inutiles du genre « arrêtez, vous n'avez pas le droit », et vit qu'il se tournait vers ses cama-rades pour chercher de l'aide. Il n'a pas idée de ce que c'est, la bagarre : il ne faut jamais quitter l'adversaire des yeux. D'ailleurs, au quartier, on ne perdait pas notre temps en bavardages, tout au plus poussait-on quelques hurlements, yeux exorbités, pour intimider l'adversaire, mais sur-tout on frappait en premier et pour faire le plus de mal possible, sans marquer d'arrêt, c'était aux autres de nous stopper s'ils en étaient capables. C'est précisément ce que fit l'un des arracheurs d'affiches : sans préambule, il asséna un coup de poing à Dario en plein visage, l'envoyant à terre, parmi les tracts qui lui étaient tombés des mains, puis il se jeta sur lui et continua à le frapper, les feuilles de papier tourbillonnant autour d'eux comme si les objets eux-mêmes étaient animés d'une excitation féroce. À ce moment-là, le type obèse aperçut son compagnon sur le sol et courut l'aider, les mains vides, mais il fut arrêté à mi-chemin par un homme armé d'une chaîne qui le frappa au bras. L'étudiant saisit alors la chaîne, furieux, commença à tirer dessus pour l'arracher à son agresseur, et tous deux se la disputèrent quelques secondes en échangeant des insultes. Quand, soudain, Gino surgit derrière le gros militant et l'abattit d'un puissant coup de bâton.

Lila oublia la fièvre et la fatigue et courut au portail, sans objectif précis. Elle ne savait pas trop si elle voulait mieux voir, si elle souhaitait aider les étudiants, ou si elle était simplement mue par son instinct de toujours, en vertu duquel les coups, loin de l'effrayer, accentuaient au contraire sa fureur. Mais elle n'eut pas le temps de ressortir et dut s'écarter pour ne pas être renversée par un petit groupe de travailleurs qui franchissaient le portail en courant. Quelques ouvriers – parmi lesquels certainement Edo – avaient tenté d'arrêter les agresseurs, mais ils n'y étaient pas parvenus et avaient été contraints à la fuite. Hommes et femmes fuyaient donc, poursuivis par deux jeunes armés de barres de fer. Isa, une employée, cria à l'intention de Filippo, sans cesser de courir : mais interviens, toi, fais quelque chose, appelle les flics ! Edo, dont une main saignait, dit à haute voix, se parlant à lui-même : j'vais chercher ma hache, et on va voir c'qu'on va voir ! Du coup, lorsque Lila parvint sur le chemin de terre, la voiture bleue était déjà partie, et Gino remontait dans l'auto grise. Mais le jeune homme la reconnut, alors il interrompit son mouvement, stupéfait, et s'exclama : Lina, c'est là-d'dans que t'as fini ? Ensuite, tiré à l'intérieur du véhicule par ses compères, il mit le contact et démarra, lançant encore par la vitre : tu f'sais la bourgeoise, connasse, et regarde c'que t'es dev'nue !

35

La journée de travail s'écoula dans une angoisse que Lila, comme d'habitude, masqua derrière une attitude tour à tour méprisante et menaçante. Tous lui firent comprendre que la responsabilité de ce climat de tension, apparu brutalement dans un établissement toujours calme, lui revenait. Mais bientôt, deux partis se formèrent. L'un, composé seulement de quelques ouvriers, voulait se réunir quelque part pendant la pause déjeuner et profiter de la situation pour pousser Lila à se rendre auprès du patron avec quelques prudentes revendications salariales. L'autre, majoritaire, n'adressait même pas la parole à Lila et s'opposait à toute initiative qui compliquerait encore une vie au travail déjà assez compliquée. Il n'y eut pas moyen d'aboutir à un accord entre les deux groupes. Edo, qui faisait partie du premier et était plutôt hargneux à cause de sa douleur à la main, en arriva même à dire à un type qui appartenait au second : si ma main s'infecte et si on doit m'la couper, j'débarque chez toi avec un bidon d'essence et j'vous fais tous flamber, toi et ta famille ! Lila ignora les deux factions. Elle se renferma sur elle-même et travailla, tête baissée, avec son efficacité habituelle, faisant fi des bavardages, des insultes et de ses maux. Mais elle réfléchit beaucoup à ce qui l'attendait, et toutes sortes de pensées tourbillonnèrent dans sa tête fiévreuse. Qu'était-il advenu des étudiants tabassés et où avaient-ils fui ? Dans quel pétrin ils l'avaient fourrée ! Gino allait jaser dans le quartier et raconter à Michele Solara ce qu'il avait découvert. Quelle humiliation que de devoir demander une faveur à Bruno ! Et pourtant elle n'avait pas d'autre possibilité, elle craignait d'être licenciée et de perdre un salaire qui, bien que misérable, lui permettait d'aimer Enzo sans dépendre totalement de lui pour sa survie et pour celle de Gennaro.

Puis sa pénible nuit lui revint à l'esprit. Que lui était-il arrivé, devait-elle consulter un médecin ? Et si le docteur lui trouvait quelque chose, comment ferait-elle avec son travail et avec l'enfant ? Attention, il ne fallait pas qu'elle s'énerve, elle avait besoin de remettre les choses en ordre. Finalement, pendant la pause déjeuner, poussée par l'inquiétude, elle se résigna à aller voir Bruno. Elle voulait lui parler de la mauvaise plaisanterie de la saucisse et des fascistes de Gino, et réitérer qu'elle n'était pour rien dans ces histoires. Mais avant cela, se méprisant elle-même, elle s'enferma dans les toilettes pour arranger ses cheveux et se mettre un peu de rouge à lèvres. Toutefois, la secrétaire hostile lui répondit que Bruno n'était pas là et ne viendrait certainement pas de la semaine. Lila fut à nouveau saisie d'angoisse. De plus en plus nerveuse, elle se dit qu'elle pourrait demander à Pasquale d'empêcher les étudiants de revenir devant le portail : sans les jeunes du comité, les fascistes disparaîtraient et l'usine s'apaiserait, retournant à sa vieille routine. Mais comment mettre la main sur Pasquale ? Elle ne savait pas sur quel chantier il travaillait et n'avait pas envie de le chercher dans leur quartier, car elle craignait de tomber sur sa mère, son père et surtout son frère, avec qui elle ne voulait pas s'accrocher. C'est ainsi que, exténuée, elle fit le bilan de tous ses motifs de mécontentement et décida de s'adresser directement à Nadia. À la fin de son service, elle rentra chez elle au pas de course, laissa un message à Enzo lui disant de préparer le dîner, couvrit soigneusement Gennaro avec manteau et bonnet, et tous deux prirent autobus après autobus jusqu'au Corso Vittorio Emanuele.

Le ciel semblait peint de tons pastel et il n'y avait pas l'ombre d'un nuage, mais la lumière de fin d'après-midi commençait à faiblir et un vent fort soufflait dans l'air violet. Lila se rappelait avec précision l'immeuble, la porte cochère et tous les détails de cette soirée lointaine, et le souvenir de l'humiliation subie alors accentua sa rancœur. Comme le passé se désagrégeait ! et il ne cessait de s'effondrer sur elle. De cet appartement où nous étions montées elle et moi ensemble, à l'occasion d'une fête qui l'avait fait souffrir, voilà que surgissait Nadia, l'ancienne petite amie de Nino, pour la faire souffrir encore plus. Mais Lila n'était pas du genre à rester tranquille, et elle gravit le Corso en traînant Gennaro. Elle voulait dire à cette gamine : tes copains et toi, vous me mettez dans le pétrin, mon fils et moi. Pour toi, tout ça n'est qu'un amusement, et il ne t'arrivera jamais rien de grave. Mais pour lui et moi, c'est un truc sérieux. Alors soit tu fais quelque chose pour tout arranger, soit je te casse la figure ! Voilà exactement ce qu'elle avait l'intention de lui dire. Elle toussait, sa colère croissait, et elle était impatiente de pouvoir se défouler.

La porte cochère était ouverte. Elle monta l'escalier, se souvint de nous deux et de Stefano qui nous avait accompagnées à la fête, de nos robes et de nos chaussures, et de tout ce que nous nous étions dit à l'aller et au retour. Elle sonna et Mme Galiani en personne vint ouvrir. Elle était exactement comme dans ses souvenirs, aimable et impeccable, à l'image de son logis. Par contraste, Lila se sentit très sale, entre l'odeur de viande crue qu'elle portait sur elle, le rhume qui encombrait sa poitrine, la fièvre qui bousculait ses sentiments et son gosse agaçant qui ne cessait de geindre en dialecte. Elle demanda brusquement :

« Nadia est là ?

— Non, elle est sortie.

— Quand est-ce qu'elle rentre ?

— Je suis désolée, je ne sais pas. Dans dix minutes ou dans une heure, elle n'en fait qu'à sa tête.

— Pouvez-vous lui dire que Lina veut lui parler ?

— C'est urgent ?

— Oui.

— Voulez-vous me dire de quoi il s'agit ? »

Lui dire quoi ? Lila se déconcentra, jeta un œil derrière Mme Galiani et entrevit les meubles et les lustres d'ancienne noblesse, la bibliothèque débordante de livres qui l'avait enchantée et les tableaux précieux sur les murs. Elle se dit : voilà le monde auquel aspirait Nino avant de s'enliser avec moi. Et puis : que sais-je de cette autre Naples ? rien ! je n'y vivrai jamais, Gennaro non plus. Qu'elle soit détruite, alors, que viennent le feu et la cendre, et que la lave monte jusqu'en haut des collines! Elle finit enfin par répondre : non merci, il faut que je parle à Nadia. Elle s'apprêtait à rebrousser chemin après ce déplacement inutile mais, comme elle avait apprécié les inflexions hostiles de l'enseignante à l'égard de sa fille, elle s'exclama, d'un ton soudain léger :

« Vous savez, il y a quelques années, je suis venue dans cet appartement, pour une fête. Je m'attendais à Dieu sait quoi, et pourtant qu'est-ce que je me suis ennuyée! J'avais hâte de m'en aller. »

36

Quelque chose chez Lila dut plaire aussi à Mme Galiani – peut-être sa franchise à la limite de l'impolitesse. Lorsque Lila fit ensuite allusion à son amitié avec moi, la professeure eut l'air contente et s'exclama : ah oui, Greco, ça fait longtemps qu'on ne l'a pas vue, le succès lui est monté à la tête! Alors elle invita mère et fils à s'installer dans le salon, où son petit-fils était en train de jouer, un petit blondinet auquel elle lança, presque comme un ordre : Marco, dis bonjour à notre nouvel ami! À son tour, Lila poussa son fils en avant en disant : allez, Gennaro, va jouer avec Marco! Puis elle prit place dans un vieux fauteuil confortable en continuant à parler de cette fête, qui remontait à des années. L'enseignante regretta de n'en conserver aucun souvenir, alors que Lila se souvenait de tout. Celle-ci affirma que cela avait été une des pires soirées de sa vie. Elle raconta qu'elle s'était sentie complètement déplacée et ironisa lourdement sur les conversations qu'elle avait entendues sans rien y comprendre. J'étais très ignorante, s'écria-t-elle d'une voix trop enjouée, et aujourd'hui je le suis plus encore !

Mme Galiani l'écouta et fut frappée par son ton sincère et déconcertant, sa langue italienne très intense et son ironie habilement maniée. J'imagine qu'elle dut percevoir en Lila ce quelque chose d'insaisissable qui séduisait et inquiétait en même temps, comme l'enchantement d'une sirène : tout le monde y était sensible et elle y fut sensible à son tour. Ainsi leur conversation s'interrompit seulement quand Gennaro flanqua une claque à Marco, lui cria une insulte en dialecte et lui arracha des mains une voiture miniature verte. Lila se leva d'un bond, saisit son fils par le bras et donna plusieurs tapes vigoureuses sur la main qui avait frappé l'autre enfant. Bien que Mme Galiani ait dit faiblement « laissez, ce sont des gosses », Lila réprimanda durement son petit garçon et le força à rendre le jouet. Marco pleurait. Gennaro ne versa pas une larme et jeta l'objet contre l'autre gamin, avec mépris. Lila le frappa à nouveau, très fort, sur la tête.

« On y va ! dit-elle ensuite, nerveuse.

— Mais non, restez encore un peu ! »

Lila se rassit.

« Il n'est pas toujours comme ça.

— C'est un très beau garçon. N'est-ce pas, Gennaro, que tu es beau et sage ?

— Oh non, ça, il n'est pas sage, pas sage du tout ! Mais il est doué. Malgré son jeune âge, il sait déjà lire, et il sait aussi écrire toutes les lettres, en majuscules et en minuscules. Gennà, tu montres à madame la professeure comme tu lis bien ? »

Elle prit une revue sur une belle table basse en verre et indiqua au hasard un mot sur la couverture en disant : vas-y, lis ! Gennaro refusa, Lila lui donna un petit coup sur l'épaule et répéta, menaçante : lis, Gennà ! Le bambin déchiffra du bout des lèvres : *d-e-s-t* avant de s'interrompre, fixant avec colère la petite voiture de Marco. Celui-ci serra le jouet très fort contre sa poitrine, fit un demi-sourire, puis lut avec aisance : *destinazione*.

Vexée, Lila s'assombrit et regarda avec agacement le petit-fils de Mme Galiani.

« Il lit bien.

— C'est parce que je lui consacre beaucoup de temps. Ses parents sont toujours en vadrouille.

— Il a quel âge ?

— Trois ans et demi.

— Il fait plus grand.

— Oui, il est costaud. Et votre fils, il a quel âge ?

— Bientôt cinq ans », lâcha Lila à contrecœur.

L'enseignante caressa les cheveux de Gennaro et dit :

« Ta maman t'a demandé de lire un mot difficile, mais tu es doué, et on voit très bien que tu sais lire. »

À ce moment-là, on entendit tout un remue-ménage, la porte palière s'ouvrit et se referma, il y eut des piétinements dans l'appartement et des voix d'hommes et de femmes. Voilà mes enfants, fit Mme Galiani, et elle appela : Nadia ! Mais au lieu de Nadia, c'est une autre jeune femme qui fit bruyamment irruption dans la pièce : délicate, très pâle, très blonde, avec des yeux d'un bleu si clair qu'ils semblaient faux. La nouvelle venue ouvrit grand les bras et cria à Marco : qui vient donner un bisou à sa maman ? Le gamin courut à sa rencontre, elle le prit dans ses bras et le couvrit de baisers, tandis qu'entrait Armando, le fils aîné de Mme Galiani. Lila se souvint immédiatement de lui aussi, et elle l'observa pendant qu'il arrachait pratiquement Marco des bras de sa mère en s'exclamant : donne tout de suite des bisous à papa aussi, au moins trente ! Marco commença à embrasser son père sur une joue en comptant : un, deux, trois, quatre…

« Nadia ! appela à nouveau Mme Galiani, d'une voix soudain irritée. Mais tu es sourde ? Viens, tu as de la visite ! »

Nadia se présenta enfin dans la pièce. Et voilà que, derrière elle, apparut Pasquale.

37

La rancœur de Lila explosa à nouveau : ainsi, après son travail, Pasquale courait chez ces gens, parmi ces mères, ces pères, ces grands-mères, ces tantes et ces enfants, tous heureux et affectueux, tous très instruits et tellement ouverts d'esprit qu'ils l'accueillaient comme l'un des leurs, bien qu'il soit maçon et encore crasseux après sa journée de labeur !

Nadia vint embrasser Lila, tout émue, comme d'habitude. Je suis contente que tu sois venue, lui dit-elle. Laisse l'enfant à ma mère, il faut qu'on parle ! Agressive, Lila répliqua qu'en effet il fallait qu'elles se parlent tout de suite, elle était venue exprès pour ça. Et comme elle précisa qu'elle était très pressée, Pasquale proposa de la raccompagner ensuite chez elle en voiture. Ils quittèrent le salon, où ils laissèrent les gamins avec la grand-mère, et se retrouvèrent tous – y compris Armando et la blonde qui s'appelait Isabella – dans la chambre de Nadia, une grande pièce avec un lit, un bureau, des étagères pleines de livres et des affiches évoquant films, chanteurs ou luttes révolutionnaires dont Lila ne savait rien ou presque. Trois autres jeunes se trouvaient là : deux qu'elle n'avait jamais vus et Dario, plutôt mal en point après les coups reçus, vautré sur le lit de Nadia, ses chaussures sur le couvre-lit rose. La pièce était envahie par la fumée de leurs cigarettes. Lila ne perdit pas un instant et ne répondit même pas au salut de Dario. Elle s'exclama qu'ils l'avaient fourrée dans le pétrin, que leur irresponsabilité risquait de lui faire perdre son travail, que leur polycopié avait mis le bazar, qu'ils ne devaient jamais plus revenir devant le portail, qu'à cause d'eux les fascistes avaient débarqué, et que maintenant tous les ouvriers en voulaient aux rouges comme aux noirs. Elle lâcha à l'intention de Dario : quant à toi, si tu sais pas te bagarrer, reste donc à la maison ! tu sais qu'ils auraient pu te tuer ? Pasquale tenta à deux ou trois reprises de l'interrompre, mais elle le moucha avec mépris, comme si sa seule présence dans cet appartement était une trahison. En revanche, les autres l'écoutèrent en silence. Seulement quand elle eut fini, Armando prit la parole. Il avait les traits délicats de sa mère et des sourcils noirs très épais, la trace violette de sa barbe bien rasée remontait jusqu'aux pommettes et il parlait d'une voix intense et chaleureuse. Il se présenta, dit qu'il était heureux de la rencontrer et qu'il regrettait de ne pas avoir été là lorsqu'elle était intervenue au comité. Néanmoins, ils avaient beaucoup discuté entre eux de ce qu'elle avait exposé ce jour-là et, ayant considéré qu'il s'agissait d'une contribution importante, ils avaient finalement décidé de la transcrire mot pour mot dans leur publication. Mais ne t'en fais pas, conclut-il d'un ton paisible, nous vous soutiendrons, tes camarades et toi, de toutes les manières possibles.

Lila toussa, la fumée de la pièce accentuait encore son mal de gorge.

« Il fallait me prévenir.

— Tu as raison, mais on n'a pas eu le temps.

— Quand on veut vraiment, on le trouve, le temps !

— On n'est pas nombreux et il y a de plus en plus d'actions.

— Qu'est-ce que tu fais, comme travail ?

— Dans quel sens ?

— Quel métier tu fais pour vivre ?

— Médecin.

— Comme ton père ?

— Oui.

— Et en ce moment, tu risques de perdre ton boulot ? Tu peux te retrouver à la rue d'un instant à l'autre avec ton gosse ? »

Armando secoua la tête, contrarié, et dit :

« Rivaliser pour savoir qui risque le plus, c'est une erreur, Lina. »

Pasquale intervint :

« Lui il a été arrêté deux fois, et moi j'ai huit plaintes sur le dos. Ici, il n'y a personne qui risque plus ou moins que les autres.

— Ah non ?

— Non, dit Nadia, on est tous en première ligne, et on est tous prêts à prendre nos responsabilités. »

Alors Lila, oubliant qu'elle n'était pas chez elle, se mit à crier :

« Et si je perds mon travail, je viens vivre chez toi ? Vous me donnez à manger et vous prenez ma vie en charge ? »

Nadia, impassible, répondit :

« Oui, si tu veux. »

Quatre petits mots : Lila comprit que ce n'était pas une plaisanterie et que Nadia parlait sérieusement. Même si Bruno Soccavo licenciait tout son personnel, sa voix sucrée donnerait la même réponse insensée. Elle prétendait être au service des ouvriers et pourtant, depuis sa chambre et son appartement plein de livres avec vue sur la mer, elle voulait te commander, te dire ce que tu devais faire avec ton travail, décider à ta place, et elle avait même une solution toute prête si tu te retrouvais à la rue. Lila fut sur le point de s'écrier : moi, si j'veux, j'casse tout beaucoup mieux qu'toi, madame la sainte-nitouche ! j'ai pas besoin que tu m'dises, avec ta petite voix niaise, c'que j'dois penser ou faire ! Mais elle se retint et dit brusquement à Pasquale :

« Faut que j'me sauve, alors qu'est-ce que tu fais, tu me raccompagnes ou tu restes là ? »

Silence. Pasquale jeta un regard à Nadia et marmonna : je t'accompagne. Lila s'apprêtait à quitter la chambre sans dire au revoir, mais l'autre jeune femme se précipita pour lui montrer le chemin, en profitant pour lui dire combien il était inacceptable de travailler dans les conditions que Lila avait si bien décrites, combien il était urgent d'allumer la mèche de la lutte, et d'autres choses de ce genre. Ne te défile pas ! l'exhorta-t-elle enfin avant de rentrer dans le salon. Mais elle n'obtint nulle réponse.

Installée dans un fauteuil, Mme Galiani lisait, maussade. Quand elle releva la tête, elle s'adressa à Lila, ignorant sa fille ainsi que Pasquale qui venait d'entrer, gêné.

« Vous partez ?

— Oui, il est tard. Dépêche-toi, Gennaro, laisse la voiture à Marco et mets ton manteau ! »

Mme Galiani sourit à son petit-fils, qui boudait :

« Marco la lui a offerte. »

Lila plissa les yeux, les réduisant à deux fissures :

« Décidément, vous êtes tous généreux, dans cette famille ! Merci. »

L'enseignante l'observa tandis qu'elle luttait avec son fils pour lui enfiler son manteau.

« Je peux vous demander quelque chose ?

— Dites-moi.

— Qu'est-ce que vous avez fait, comme études ? »

La question eut l'air d'agacer Nadia, qui intervint :

« Maman, Lina doit s'en aller ! »

Pour la première fois, Lila perçut de la nervosité dans sa voix de fillette, ce qui la réjouit.

« Tu me laisses parler deux secondes ? éclata Mme Galiani, aussi tendue que sa fille, avant de répéter gentiment à Lila : qu'est-ce que vous avez fait, comme études ?

— Rien.

— On ne le dirait pas, à vous entendre parler – et vous énerver. »

— C'est pourtant vrai, j'ai arrêté à la fin du primaire.

— Pourquoi ?

— Je n'avais pas les capacités.

— Comment le savez-vous ?

— Greco avait les capacités, pas moi. »

Mme Galiani secoua la tête en signe de désaccord et dit :

« Si vous aviez étudié, vous auriez aussi bien réussi que Greco.

— Qu'est-ce que vous en savez ?

— C'est mon métier.

— Vous les profs, vous insistez sur les études parce que c'est votre gagne-pain. Mais étudier ne sert à rien, et ça ne permet même pas de devenir meilleur : au contraire, ça rend encore plus mauvais.

— Elena est devenue plus mauvaise ?

— Non, pas elle.

— Et pourquoi ? »

Lila enfonça le bonnet de laine sur la tête de son fils :

« On a fait un pacte, quand nous étions petites : la méchante, c'est moi. »

38

En voiture, Lila s'en prit à Pasquale (*tu es devenu le larbin de ces gens-là ?*) et il la laissa se défouler. Lorsqu'il eut l'impression qu'elle en avait fini avec ses récriminations, il passa à ses rengaines politiques : la condition ouvrière dans le Sud, l'esclavage dans lequel on se trouvait, le chantage permanent au travail, la faiblesse sinon l'absence des syndicats, la nécessité de forcer les choses et d'en arriver à la lutte. Lina, dit-il dans un dialecte chargé d'émotion, tu as peur de perdre les quelques lires qu'ils te donnent – et tu as raison, tu as Gennaro à élever. Mais moi, je sais que tu es une vraie camarade, et je sais que tu comprends : nous les travailleurs, ici, on ne suit même pas l'échelle des salaires, on est en dehors de toutes les règles, on est en dessous de zéro ! Alors, c'est une hérésie de dire : laissez-moi tranquille, j'ai mes problèmes, je m'occupe que de mes affaires ! Chacun d'entre nous, là où il se trouve, doit faire ce qu'il peut.

Lina était épuisée. Heureusement, Gennaro dormait sur la banquette arrière, la voiture miniature serrée dans son poing gauche. Elle entendit le petit discours de Pasquale par vagues. De temps à autre, le bel appartement du Corso Vittorio Emanuele lui revenait à l'esprit ainsi que ma professeure, Armando, Isabella, et Nino qui s'était enfui pour trouver, quelque part ailleurs, une femme de l'espèce de Nadia, sans oublier Marco, trois ans, qui savait beaucoup mieux lire que son fils. Que d'efforts inutiles pour éduquer Gennaro ! Le gosse se perdait déjà, il était tiré vers le bas et elle n'arrivait pas à le retenir. Quand ils arrivèrent à destination, elle se sentit obligée d'inviter Pasquale à monter. Elle ajouta : je ne sais pas ce qu'Enzo a préparé, il cuisine très mal, peut-être que ce n'est pas une bonne idée – espérant que Pasquale ne viendrait pas. Mais celui-ci répondit : j'entre dix minutes, puis je m'en vais ! Alors elle lui effleura le bras du bout des doigts et murmura :

« Ne dis rien à ton copain.

— Rien sur quoi ?

— Les fascistes. S'il l'apprend, dès ce soir il ira casser la gueule à Gino.

— Tu l'aimes ?

— Je ne veux pas lui faire de mal.

— Ah bon.

— C'est comme ça.

— Mais Enzo sait mieux que toi et moi ce qu'il faut faire !

— Sûrement, mais ne lui dis rien quand même. »

Pasquale accepta, l'air renfrogné. Il prit dans ses bras Gennaro, qui ne voulait pas se réveiller, et le porta dans l'escalier, suivi de Lila qui maugréait, mécontente : mais quelle journée pourrie, je suis claquée, vous m'avez mise dans un sacré pétrin, tes copains et toi ! Ils racontèrent à Enzo qu'ils étaient allés chez Nadia pour une réunion, et Pasquale ne laissa pas à son ami le temps de poser des questions, bavardant sans s'arrêter jusqu'à minuit. Il affirma que Naples, comme le monde entier, bouillonnait d'une vie nouvelle, et loua abondamment Armando, excellent médecin qui, au lieu de penser à sa carrière, soignait gratuitement ceux qui n'avaient pas d'argent, s'occupait des enfants des Quartieri Spagnoli et, avec Nadia et Isabella, était impliqué dans mille projets au service du peuple, comme par exemple une crèche ou un dispensaire. Il déclara que plus personne n'était seul, que les camarades aidaient les camarades, et que la ville vivait des moments magnifiques. Ne restez pas enfermés chez vous ! s'exclama-t-il. Il faut que vous sortiez et que nous passions plus de temps ensemble ! Enfin, il annonça que, pour lui, c'en était fini avec le PC : trop de sales affaires, trop de compromissions aux niveaux national et international, il n'en pouvait plus de cette grisaille. Enzo fut très troublé par cette décision, le ton monta d'un cran et tous deux discutèrent encore longtemps : le parti c'est le parti, non, si, non ! y en a marre des politiques de stabilisation, il faut attaquer le système dans ses structures ! Lila ne tarda pas à s'ennuyer. Elle alla coucher Gennaro, qui entre-temps avait dîné en ronchonnant, tout somnolant, et elle ne revint pas.

Mais elle resta éveillée, même lorsque Pasquale partit et que tout signe de la présence d'Enzo dans l'appartement disparut. Elle prit sa température, elle avait trente-huit de fièvre. Elle repensa au moment où Gennaro avait peiné pour lire. Mais quel mot avait-elle choisi de lui mettre sous les yeux ! *Destinazione* ! Gennaro ne l'avait certainement jamais entendu. Il ne suffit pas de connaître l'alphabet, se dit-elle, il y a bien d'autres difficultés. Si Nino avait fait ce gosse avec Nadia, il aurait eu un tout autre destin. Elle sentit qu'elle n'était pas la mère qu'il lui fallait. Et pourtant je l'ai voulu, pensa-t-elle, c'était de Stefano que je ne voulais pas d'enfant, mais de Nino, oui. Nino, elle l'avait vraiment aimé. Elle l'avait beaucoup désiré, elle avait voulu lui plaire et, pour lui plaire, elle avait fait de bonne grâce tout ce que, pour son mari, elle n'avait fini par accepter que pour ne pas être tuée, surmontant son dégoût. Mais ce qu'une femme était censée éprouver en étant pénétrée, ça elle ne l'avait jamais éprouvé, elle en était sûre, et pas uniquement avec Stefano, mais aussi avec Nino. Les hommes tenaient tellement à leur queue! Ils en étaient terriblement fiers, et ils étaient persuadés que les femmes y tenaient encore plus qu'eux. Gennaro aussi ne faisait que jouer avec son petit machin; c'en était même embarrassant, lorsqu'il le tripotait pendant des heures et tirait dessus, et Lila craignait qu'il ne se fasse mal. Au début, même pour le laver ou pour aider son fils à faire pipi, elle avait dû se forcer, s'y habituer. Enzo, lui, était très discret, il ne se promenait jamais en slip dans l'appartement et ne disait jamais de grossièretés. C'est pourquoi elle éprouvait une profonde affection pour lui, et elle lui était reconnaissante de son attente dévouée dans la pièce voisine, sans jamais le moindre geste déplacé. Le contrôle qu'il avait sur les choses et sur lui-même lui semblait être son seul réconfort. Mais à cette pensée, un sentiment de culpabilité l'envahit : à l'évidence, ce qui la consolait le faisait souffrir, lui. Et l'idée qu'Enzo souffre à cause d'elle vint s'ajouter à toutes les mochetés de la journée. Pendant longtemps, événements et discours tournèrent en tous sens dans sa tête. Des échos de voix, des mots isolés. Quel comportement adopter, le lendemain à l'usine? Toute cette ébullition, à Naples et dans le monde, existait-elle vraiment? Ou bien Pasquale, Nadia et Armando l'imaginaient-ils afin de calmer leur propre anxiété, par ennui ou pour se donner du courage? Devait-elle leur faire confiance, au risque de finir prisonnière de mirages? Ou bien aurait-elle intérêt à s'adresser de nouveau à Bruno pour se tirer d'affaire? Mais pouvait-il revenir à de meilleurs sentiments sans pour autant lui sauter dessus encore une fois? Fallait-il se plier aux abus de Filippo et des petits chefs? Elle n'arriva à rien.

Pour finir, dans un demi-sommeil, elle en revint à un vieux principe que nous avions toutes deux assimilé dès notre enfance. Elle se dit que, pour se sauver et pour sauver Gennaro, elle devait intimider ceux qui voulaient l'intimider, et effrayer ceux qui voulaient l'effrayer. Elle s'endormit avec l'intention de faire du mal : à Nadia en lui prouvant qu'elle n'était qu'une gamine de bonne famille toute en bavardages sirupeux, à Soccavo en lui faisant passer le plaisir de renifler les saucisses et les filles dans le séchoir.

39

Elle se réveilla à 5 heures du matin couverte de sueur, elle n'avait plus de fièvre. Devant le portail de l'usine, elle ne trouva plus les étudiants mais les fascistes. C'étaient les mêmes voitures et les mêmes visages que la veille ; ils criaient des slogans et distribuaient des tracts. Sentant que d'autres violences allaient éclater, Lila avança tête baissée, mains dans les poches, en espérant entrer dans l'établissement avant la bagarre. Mais Gino se planta devant elle.

« Tu sais encore lire ? » lui demanda-t-il en dialecte, et il lui tendit un tract. Elle laissa ses mains enfoncées dans les poches de son manteau et répliqua :

« Moi oui, mais toi, t'as appris quand ? »

Puis elle tenta de passer, en vain. Gino l'en empêcha et lui fourra un tract dans la poche, d'un geste tellement violent que son ongle griffa la main de Lila. Celle-ci fit calmement une boule de sa feuille de papier :

« C'est même pas bon comme papier-cul, dit-elle en la jetant.

— Ramasse ! ordonna le fils du pharmacien en la saisissant par le bras. Ramasse tout d'suite et fais gaffe : hier après-midi, j'ai d'mandé à ton cocu de mari la permission de t'casser la gueule, et y m'l'a donnée ! »

Lila le regarda droit dans les yeux :

« Alors toi, pour me casser la gueule, t'as besoin de la permission de mon mari ? Maintenant lâche-moi le bras, connard ! »

À ce moment-là surgit Edo qui, au lieu de faire semblant de rien, comme elle s'y serait attendue, s'arrêta :

« Il t'embête, Cerù ? »

La suite ne dura qu'un instant. Gino asséna un coup de poing à Edo en plein visage, et l'ouvrier s'effondra. Le cœur de Lila se mit à battre à en éclater et elle eut l'impression que tout s'accélé-rait. Elle ramassa une pierre et, la serrant avec force, frappa le fils du pharmacien à la poitrine. Il y eut comme un flottement. Alors que Gino la repoussait, l'envoyant contre un réverbère, et alors qu'Edo tentait de se relever, une autre voi-ture déboula dans le chemin de terre, soulevant la poussière. Lila la reconnut, c'était l'auto déglin-guée de Pasquale. Et voilà, se dit-elle : Armando m'a écoutée et Nadia peut-être aussi, car ce sont des gens bien élevés, mais Pasquale, lui, n'a pas su résister et il vient guerroyer. En effet, les por-tières s'ouvrirent et cinq hommes jaillirent, dont Pasquale. C'étaient des types des chantiers, armés de massues noueuses, et ils commencèrent à frapper les fascistes avec une férocité froide et méthodique : un seul coup, mais précis et visant à abattre. Lila remarqua immédiatement Pasquale qui se dirigeait vers Gino. Celui-ci se trouvant encore à quelques pas d'elle, elle le saisit par le bras avec ses deux mains et lui dit en riant : y vaut peut-être mieux que t'y ailles, autrement ces mecs vont te tuer ! Mais il ne partit pas. Au contraire, il la repoussa et se jeta sur Pasquale. Alors Lila aida Edo à se relever et tenta de le tirer dans la cour, ce qui était très difficile : il était lourd, se tordait de douleur, hurlait des injures et saignait. Il se calma seulement un peu lorsqu'il vit Pasquale frapper Gino avec son bâton et l'envoyer rouler à terre. À présent, la confusion régnait : en guise de projectiles, toutes sortes de débris ramassés au bord du chemin volaient, accompagnés de crachats et d'insultes. Gino avait perdu connaissance. Pasquale et un autre homme, vêtu d'un simple maillot de corps au-dessus d'un large pantalon bleu maculé de chaux, s'étaient précipités dans la cour, et à présent ils flanquaient des coups de bâton sur la loge de Filippo qui, terrorisé, s'était enfermé à l'intérieur. Ils fracassaient les vitres et éructaient des obscénités. On entendait les sirènes de police approcher. Lila éprouva encore une fois le plaisir anxieux de la violence. Oui, pensa-t-elle, tu dois faire peur à ceux qui veulent te faire peur, il n'y a pas d'autre moyen, c'est coup pour coup, ce que tu me voles je te le reprends, et ce que tu me fais, je te le fais à mon tour. Mais alors que Pasquale et ses compagnons remontaient en voiture, alors que les fascistes faisaient de même en portant Gino inerte, et alors que les sirènes se rapprochaient de plus en plus, elle sentit, effrayée, que son cœur devenait comme le ressort trop comprimé d'un jouet, et elle comprit qu'elle devait au plus vite trouver un endroit où s'asseoir. Une fois à l'intérieur de l'usine, elle s'affaissa dans le hall, dos contre le mur, et tenta de retrouver le calme. Teresa, une grosse femme d'une quarantaine d'années qui travaillait au désossage, s'occupa d'Edo et nettoya le sang de son visage, tout en se moquant de Lila :

« Alors d'abord tu lui arraches l'oreille, à celui-là, et après tu viens à son secours ? T'avais qu'à le laisser dehors !

— Il m'a aidée, je l'ai aidé. »

Teresa s'adressa à Edo, incrédule :

« *Toi*, tu l'as aidée ? »

Il bougonna :

« J'avais pas envie qu'un étranger lui casse la gueule, c'est à moi d'le faire ! »

La femme lança :

« Vous avez vu Filippo ? Il faisait dans son froc !

— Bien fait pour lui, maugréa Edo. Dommage qu'ils aient seulement bousillé sa loge. »

Teresa se tourna vers Lila et lui demanda, d'un air un peu malicieux :

« C'est toi qui les as appelés, les communistes ? Allez, dis la vérité ! »

Est-ce qu'elle plaisante ? se demanda Lila. Ou bien est-ce une moucharde, et va-t-elle courir chez le patron aussitôt après ?

« Non, répondit-elle. Par contre, je sais qui a appelé les fascistes.

— Qui ça ?

— Soccavo. »

40

Pasquale apparut dans la soirée, après dîner, le visage sombre, et il invita Enzo à une réunion dans la section de San Giovanni a Teduccio. Lila resta quelques minutes seule avec lui et lui dit :

« C'était une belle connerie, ce matin !

— J'ai fait ce que j'avais à faire.

— Tes petits copains étaient d'accord ?

— Qui c'est, mes petits copains ?

— Nadia et son frère.

— Bien sûr, qu'ils étaient d'accord !

— Mais ils sont restés à la maison. »

Pasquale bougonna :

« Et qui te dit qu'ils sont restés à la maison ? »

Il était de mauvaise humeur, on aurait même dit qu'il avait perdu son énergie, comme si exercer la violence avait évacué de lui toute envie d'agir. En outre, il ne s'était adressé qu'à Enzo, sans demander à Lila de venir à la réunion, ce qu'il ne faisait jamais, même lorsqu'il était tard le soir, qu'il faisait froid et qu'il était improbable qu'elle puisse sortir avec Gennaro. Peut-être avaient-ils d'autres guerres d'hommes à mener. Peut-être était-il en colère parce que la réticence de Lila à tout projet de lutte lui faisait faire piètre figure devant Nadia et Armando. Il était certainement agacé par son ton critique lorsqu'elle avait évoqué l'expédition du matin. Lila se dit : il croit que je n'ai pas compris pourquoi il a tabassé Gino comme ça, et pourquoi il voulait casser la figure au gardien. Qu'ils soient bons ou mauvais, les hommes pensent tous qu'à chacune de leurs entreprises les femmes devraient les placer sur un autel comme s'ils étaient saint

Georges terrassant le dragon. Il estime que je suis ingrate : il l'a fait pour me venger et voudrait que je lui dise au moins merci.

Quand les deux hommes sortirent, elle se coucha et lut jusqu'à tard dans la nuit les brochures sur le travail et le syndicat que Pasquale lui avait données, il y avait déjà longtemps de cela. Elles l'aidèrent à rester ancrée dans la grisaille du quotidien. Elle redoutait son logis, le sommeil, les battements incontrôlables de son cœur et les formes qui menaçaient à tout moment de se défaire. Malgré la fatigue, elle lut beaucoup et, comme toujours, se passionna pour le sujet, apprenant quantité de choses en un temps record. Pour se rassurer, elle s'efforça d'attendre le retour d'Enzo. Mais il ne rentra pas, la respiration régulière de Gennaro devint hypnotique et elle finit par s'endormir.

Le lendemain matin, Edo et Teresa, la femme du désossage, commencèrent à lui tourner autour avec des mots et des gestes timidement amicaux. Non seulement Lila ne les repoussa pas, mais elle se mit aussi à traiter gentiment ses autres collègues. Elle se montra attentive à ceux qui soupiraient, compréhensive envers ceux qui s'emportaient, et solidaire avec ceux qui pestaient contre les abus de pouvoir. Elle fit converger le malaise des uns vers le malaise des autres, les unissant avec des paroles bien choisies. Surtout, les jours suivants, elle laissa le champ libre à Edo, Teresa et leur minuscule parti, qui firent de la pause déjeuner un moment de conciliabule. En effet, quand elle le voulait, elle savait donner l'impression que ce n'était pas elle qui proposait et disposait mais les autres, et c'est ainsi qu'elle se retrouva bientôt entourée d'un groupe de travailleurs toujours plus fourni, satisfaits de s'entendre dire que leurs griefs quotidiens étaient légitimes et devaient être considérés de toute urgence. Elle additionna les revendications du désossage à celles des frigos et des cuves et découvrit ainsi, à sa propre surprise, que les soucis d'un secteur étaient liés aux soucis des autres secteurs et que, tous ensemble, ils formaient les anneaux de la même chaîne d'exploitation. Elle fit une liste détaillée des problèmes de santé qui avaient leur origine dans les conditions de travail : les dégâts aux mains, au squelette et aux bronches. Elle recueillit suffisamment d'informations pour démontrer que l'usine entière était dans un état lamentable, les conditions d'hygiène déplorables, et que l'on travaillait des matières parfois altérées, parfois de provenance incertaine. Quand elle put parler en tête à tête avec Pasquale, elle lui expliqua ce qu'elle avait mis sur pied en très peu de temps et lui, de ronchon qu'il était, en resta bouche bée d'émerveillement. Puis il s'exclama, radieux : je savais que tu le ferais ! Et il lui organisa un rendez-vous avec un certain Capone, secrétaire de la Camera del Lavoro.

Lila recopia de sa belle écriture tout ce qu'elle avait mis noir sur blanc, et elle apporta le nouveau document à Capone. Le secrétaire examina ses feuillets et s'enthousiasma à son tour. Il lui dit des choses du genre : mais d'où tu sors, camarade ? tu as fait un travail magnifique, bravo ! Et puis : on n'a jamais réussi à entrer chez Soccavo, là-dedans c'est tous des fascistes, mais maintenant que tu y es, ça va changer !

« Alors, qu'est-ce qu'on fait ? demanda-t-elle.

— Organisez une commission.

— Nous avons déjà une commission.

— Très bien. Alors, commencez par mettre de l'ordre dans ces trucs.

— Dans quel sens, *mettre de l'ordre* ? »

Capone regarda Pasquale, qui resta silencieux.

« Vous demandez trop de choses à la fois, y compris des choses qu'on n'a jamais demandées nulle part. Il faut établir des priorités.

— Là-dedans, tout est priorité.

— Je sais, mais c'est une question de tactique : si vous demandez tout, tout de suite, vous risquez l'échec. »

Lila plissa les yeux en deux fentes et eut une petite prise de bec avec le secrétaire. En particulier, elle découvrit que la commission ne pouvait pas traiter directement avec le patron, et que la médiation du syndicat était indispensable.

« Et moi, je ne suis pas le syndicat, peut-être ? s'emporta-t-elle.

— Bien sûr, mais il faut choisir l'heure et la manière. »

Ils se disputèrent à nouveau. Capone finit par dire : voyez un peu ce que vous pouvez faire, entamez des discussions sur, je ne sais pas, les horaires, les jours chômés ou les heures supplémentaires, et on partira de là. Quoi qu'il en soit, conclut-il, tu ne peux pas savoir comme je suis heureux de rencontrer une camarade comme toi ! Vous n'êtes pas beaucoup. Il faut se coordonner, on va faire de grands progrès dans le secteur alimentaire ! Ça manque, les femmes qui s'engagent. À ce moment-là, il porta la main à son portefeuille, dans sa poche revolver, et demanda :

« Tu veux un peu d'argent pour les frais ?

— Quels frais ?

192

— Les polycopies, le papier, le temps que tu y consacres, les choses comme ça.

— Non. »

Capone remit son portefeuille dans sa poche.

« Mais surtout ne te décourage pas et ne disparais pas, Lina, restons en contact ! Regarde, j'écris ici ton prénom et ton nom, et je parlerai de toi au syndicat : il faut qu'on t'utilise. »

Lila s'en alla mécontente. Elle lança à Pasquale : chez qui tu m'as traînée, là ? Mais il la tranquillisa, lui confirmant que Capone était quelqu'un de très bien et qu'il avait raison : il fallait le comprendre, il y avait une stratégie et une tactique à suivre. Mais ensuite, il fut submergé par l'enthousiasme, presque par l'émotion, et faillit prendre Lila dans ses bras. Il changea soudain d'avis et s'exclama : vas-y Lina, on s'en fout des bureaucrates ! pendant ce temps, moi, j'avertis le comité.

Lila ne procéda à aucune sélection des objectifs. Elle se contenta de résumer sa première version, extrêmement détaillée, en une page très dense, qu'elle remit à Edo : c'était une liste de revendications qui concernaient l'organisation du travail, les rythmes, l'état général de l'usine, la qualité de la production, le risque permanent de blessures et de maladies, les indemnités de misère et les augmentations salariales. À ce moment-là vint la question de savoir qui irait porter cette liste à Bruno :

« Vas-y ! dit Lila à Edo.

— Je me fous en rogne très facilement...

— Tant mieux !

— Je suis pas fait pour ça.

— Mais si, tu es parfait !

— Non, vas-y, toi qui es inscrite au syndicat.

Et puis tu sais bien parler, tu le remettras tout de suite à sa place. »

41

Lila savait dès le départ que ce serait à elle d'y aller. Elle prit son temps, confia Gennaro à la voisine et se rendit avec Pasquale à une réunion du comité de la Via dei Tribunali, convoquée pour discuter *aussi* de la situation chez Soccavo. Cette fois ils étaient douze, y compris Nadia, Armando, Isabella et Pasquale. Lila fit circuler le document qu'elle avait préparé pour Capone car, dans cette première version, chaque revendication était mieux argumentée. Nadia lut avec attention. À la fin, elle s'exclama : Pasquale avait raison, tu n'es pas du genre à te défiler, et en très peu de temps tu as fait un excellent travail ! Et, d'un ton sincèrement admiratif, elle fit l'éloge non seulement du contenu politique et syndical de ses feuillets, mais aussi de son style : comme tu es douée, dit-elle, c'est incroyable qu'on puisse écrire aussi bien sur un tel sujet ! Toutefois, après ce préambule, elle lui déconseilla d'aller immédiatement à la confrontation directe avec Soccavo. Armando était du même avis.

« Il vaut mieux attendre de nous renforcer et de croître, expliqua-t-elle. La petite usine de Soccavo est une réalité qui a besoin de mûrir. Maintenant on y a mis un pied, c'est déjà un excellent résultat, mais on ne peut pas risquer d'être balayés juste parce que nous avons agi sans réfléchir. »

Dario demanda :

« Qu'est-ce que vous proposez, alors ? »

Nadia répondit, mais en s'adressant à Lila :

« On va organiser une réunion élargie. On va se revoir très vite, avec tes camarades. On consolidera votre structure et, si besoin, on préparera un autre polycopié à partir de ton matériel. »

Devant ces prudences imprévues, Lila éprouva une jouissance belliqueuse. Elle se paya leur tête :

« Et d'après vous, si j'ai fait tous ces efforts et si je risque mon poste, c'est pour que *vous* puissiez faire une réunion élargie et un autre polycopié ? »

Mais elle n'eut pas le temps de profiter de cette revanche. Tout à coup, la silhouette de Nadia, juste devant elle, commença à vibrer comme une vitre mal fixée, avant d'éclater en morceaux. Sans raison, la gorge de Lila se serra, tandis que les mouvements des autres, jusqu'à leur moindre battement de cils, se mirent à accélérer. Elle ferma les yeux, s'appuya contre le dossier de la chaise branlante sur laquelle elle était assise, et eut l'impression d'étouffer.

« Ça ne va pas ? » demanda Armando.

Pasquale s'inquiéta :

« Elle se fatigue trop ! dit-il. Lina, qu'est-ce qu'il y a ? Tu veux un verre d'eau ? »

Dario courut chercher de l'eau, pendant qu'Armando lui prenait le pouls et que Pasquale, nerveux, la pressait :

« Qu'est-ce qui t'arrive ? Allonge-toi, respire ! »

Lila murmura qu'elle allait bien, retira brusquement son poignet à Armando, et dit qu'elle avait juste besoin qu'on la laisse tranquille une minute. Mais Dario revint avec un verre d'eau, alors elle en but une petite gorgée et marmonna que ce n'était rien, qu'elle était seulement un peu grippée.

« Tu as de la fièvre ? demanda Armando d'un ton calme.

— Pas aujourd'hui.

— Tu tousses ? Tu as du mal à respirer ?

— Un peu. Des fois, je sens mon cœur battre dans ma gorge.

— Ça va mieux, maintenant ?

— Oui.

— Viens dans la pièce à côté. »

Lila ne voulait pas, toutefois elle se sentait très angoissée. Alors elle obéit, se leva avec difficulté et suivit Armando, qui avait pris une sacoche en cuir noir avec des fermoirs dorés. Ils entrèrent dans une pièce que Lila n'avait pas encore vue, grande et froide, où se trouvaient trois lits d'appoint avec des matelas à l'air crasseux, une armoire à la glace piquée et une commode. Épuisée, elle s'assit sur l'un des lits. Elle ne s'était pas soumise à une visite médicale depuis l'époque de sa grossesse. Quand il lui posa des questions sur ses symptômes, elle ne lui révéla rien, mentionnant simplement le poids sur la poitrine et ajoutant : c'est une bêtise.

Armando l'examina en silence et elle détesta immédiatement ce silence, qui lui parut une perfidie. Quand cet homme détaché et propre sur lui posait des questions, il ne semblait nullement se fier aux réponses. Et maintenant, il la soumettait à un examen comme si seul le corps de la patiente, par la grâce des instruments et des compétences médicales, était un mécanisme fiable. Il l'auscultait, la palpait, la scrutait et, en même temps, la mettait dans l'attente de paroles définitives sur ce qui se produisait dans sa poitrine, son ventre et sa gorge, des endroits qu'elle croyait auparavant bien connaître mais qui, à présent, lui semblaient inconnus. Pour finir, Armando demanda :

« Tu dors bien ?

— Très bien.

— Combien de temps ?

— Ça dépend.

— De quoi ?

— De mes pensées.

— Tu manges assez ?

— Quand j'en ai envie.

— Tu as parfois des difficultés respiratoires ?

— Non.

— Des douleurs à la poitrine ?

— Comme un poids, mais léger.

— Des sueurs froides ?

— Non.

— Il t'est déjà arrivé de t'évanouir, ou de sentir que tu allais t'évanouir ?

— Non.

— Tu es régulière ?

— Pour quoi ?

— Tes règles.

— Non.

— De quand datent tes dernières règles ?

— Je ne sais pas.

— Tu ne le marques pas ?

— Ah bon, il faut le marquer ?

— C'est mieux. Tu prends un contraceptif ?

— Qu'est-ce que c'est ?

— Le préservatif, le stérilet, la pilule.

— Quelle pilule ?

— C'est un nouveau médicament : si tu le prends, tu ne peux pas tomber enceinte.

— C'est vrai ?

— Tout à fait. Ton mari n'a jamais utilisé de préservatif ?

— Je n'ai plus de mari.

— Il t'a quittée ?

— Je l'ai quitté.

— Quand vous étiez ensemble, il en mettait ?

— Je ne sais même pas comment c'est fait, un préservatif.

— Tu as une activité sexuelle régulière ?

— On a vraiment besoin de parler de ça ?

— Si tu ne veux pas, on n'en parle pas.

— Je ne veux pas. »

Armando remit ses instruments dans son sac, s'assit sur l'une des chaises à moitié défoncées et poussa un soupir :

« Il faut que tu ralentisses, Lina, tu as trop poussé ton corps.

— Qu'est-ce que ça veut dire ?

— Tu es dénutrie et en état de choc, tu t'es beaucoup négligée.

— Et à part ça ?

— Tu as une toux grasse, je vais te donner un sirop.

— Et à part ça ?

— Il faudrait que tu fasses une série d'examens, ton foie a l'air un peu gros.

— Je n'ai pas le temps de faire des examens, donne-moi un médicament. »

Armando secoua la tête, contrarié :

« Écoute, dit-il, avec toi j'ai compris qu'il vaut mieux ne pas tourner autour du pot : tu as un souffle.

— Qu'est-ce que c'est ?

— Un problème au cœur, et pas forcément quelque chose de bénin. »

Lila eut une moue anxieuse :

« Qu'est-ce que tu veux dire, je vais mourir ? »

Il sourit et répondit :

« Non, il faut juste que tu ailles voir un cardiologue. Passe me voir demain à l'hôpital et je t'enverrai chez quelqu'un de très bien. »

Lila plissa le front, se leva et dit, glaciale :

« Demain j'ai à faire, je vais voir Soccavo. »

42

Le ton inquiet de Pasquale l'exaspéra. En la reconduisant chez elle, il lui demanda :

« Qu'est-ce qu'il a dit, Armando ? Comment tu vas ?

— Bien. Il faut juste que je mange plus.

— Tu as vu, tu te négliges ! »

Lila éclata :

« Pasquà, t'es pas mon père, t'es pas mon frère, t'es personne ! Il faut que tu me foutes la paix, t'as compris ?

— J'ai pas le droit d'être inquiet pour toi ?

— Non. Et fais gaffe à ce que tu fais et à ce que tu dis, surtout avec Enzo. Si tu lui racontes que j'ai eu un malaise – ce qui n'est pas vrai, j'ai juste eu un peu le tournis –, ça risque d'être la fin de notre amitié.

— Prends-toi deux jours de repos, et ne va pas voir Soccavo : Capone te l'a déconseillé, le comité aussi. C'est une question d'opportunité politique.

— Mais j'en ai rien à foutre, de l'opportunité politique ! C'est vous qui m'avez mise dans le pétrin, et maintenant je fais ce que j'veux. »

Elle ne l'invita pas à monter et il repartit en colère. Une fois chez elle, Lila câlina longuement Gennaro, prépara le dîner et attendit Enzo. À présent, elle avait l'impression d'avoir en permanence le souffle court. Comme Enzo tardait, elle fit manger Gennaro, craignant que ce ne fût une de ces soirées où son ami allait voir des femmes et rentrait tard dans la nuit. Quand l'enfant renversa un verre plein d'eau, la tendresse cessa d'un coup et elle lui cria dessus comme si c'était un adulte, en dialecte : mais t'arrêtes donc jamais ! tu veux que j't'en colle une ou quoi ? pourquoi tu m'pourris la vie comme ça ?

Enzo rentra à ce moment-là et elle essaya d'être douce. Ils dînèrent, mais pour Lila chaque bouchée avait du mal à passer, et la nourriture semblait lui griffer la poitrine. Dès que Gennaro s'endormit, ils se consacrèrent au cours de Zurich, mais Enzo fut bientôt fatigué et, à plusieurs reprises, essaya gentiment d'aller se coucher. Ses tentatives furent vaines : Lila voulait travailler jusqu'à tard car elle avait peur de s'enfermer dans sa chambre, elle redoutait que les symptômes qu'elle avait tus à Armando ne réapparaissent dès qu'elle se retrouverait dans l'obscurité et que, tous ensemble, ses fantômes ne viennent la tuer. Enzo lui dit doucement :

« Tu me dis ce qui se passe ?

— Rien.

— Tu n'arrêtes pas d'aller et venir avec Pasquale : pourquoi donc ? Vous avez un secret ?

200

— C'est pour le syndicat, il m'a poussée à m'inscrire, maintenant il faut que je m'en occupe. »

Enzo eut une expression peinée. Elle lui demanda :

« Qu'est-ce qu'il y a ?

— Pasquale m'a dit ce que tu fais à l'usine. Tu lui as tout raconté, et tu l'as raconté aussi à ceux du comité. Pourquoi est-ce que je suis le seul qui ne mérite pas d'être au courant ? »

Lila s'énerva, se leva et alla aux toilettes. Pasquale n'avait pas pu résister. Mais de quoi avait-il parlé, exactement ? Seulement du foutoir syndical qu'elle voulait mettre chez Soccavo, ou bien aussi de Gino, ainsi que de son malaise Via dei Tribunali ? Il n'avait pas réussi à se taire. L'amitié entre hommes obéit à des pactes non écrits mais inviolables, pas comme entre filles. Elle tira la chasse d'eau, retourna auprès d'Enzo et asséna :

« Pasquale est un mouchard.

— Pasquale est un ami. Toi, par contre, qu'est-ce que t'es ? »

Ce ton lui fit mal et elle craqua de manière inattendue, d'un seul coup. Ses yeux se remplirent de larmes, qu'elle s'efforça en vain de retenir, humiliée par sa propre faiblesse :

« Je ne veux pas te créer plus d'ennuis que tu n'en as déjà, sanglota-t-elle. J'ai peur que tu me chasses. »

Elle renifla et ajouta dans un murmure :

« Je peux dormir avec toi ? »

Enzo la dévisagea, incrédule :

« Comment ça, dormir ?

— Comme tu veux.

— Et toi, tu veux ? »

Lila fixa la carafe d'eau au milieu de la table,

avec son amusante tête de poule : Gennaro l'aimait beaucoup. Elle chuchota :

« Tout ce qui compte, c'est que tu me gardes près de toi. »

Enzo secoua tristement la tête :

« Tu ne veux pas de moi.

— Je te veux, mais je ne ressens rien.

— Tu ne ressens rien *pour moi*?

— Qu'est-ce que tu dis ? Je t'aime beaucoup, et tous les soirs j'espère que tu vas m'appeler et me prendre dans tes bras. *Mais je ne désire rien de plus.* »

Enzo pâlit, son beau visage se contracta comme sous une douleur insupportable et il constata :

« Je te dégoûte.

— Non, non, non ! Allez, on fait ce que tu veux, tout de suite, je suis prête. »

Il eut un sourire navré et se tut un instant. Puis il ne fut plus capable de supporter l'anxiété de Lila et bougonna :

« Allons nous coucher.

— Chacun dans sa chambre ?

— Non, dans la mienne. »

Soulagée, Lila alla se déshabiller. Elle passa sa chemise de nuit, puis le rejoignit en tremblant de froid. Il était déjà au lit.

« Je me mets de ce côté ?

— D'accord. »

Elle se glissa sous les couvertures, mit la tête sur l'épaule d'Enzo et posa un bras sur son torse. Enzo demeura immobile. Elle sentit immédiatement qu'une chaleur violente émanait de lui.

« J'ai les pieds glacés, murmura-t-elle, je peux les mettre contre les tiens ?

— Oui.

— Je te caresse un peu ?

— Laisse tomber. »

Peu à peu, le froid s'estompa. Sa douleur à la poitrine disparut, elle oublia cette sensation de s'étrangler et s'abandonna à la trêve que lui offrait la tiédeur.

« Je peux dormir ? lui demanda-t-elle, étourdie de fatigue.

— Dors. »

43

À l'aube, elle sursauta : son corps lui rappela qu'elle devait se réveiller. En un instant, toutes ses tristes pensées revinrent l'assaillir, avec une grande précision : son cœur malade, Gennaro qui régressait, les fascistes du quartier, la suffisance de Nadia, Pasquale à qui on ne pouvait pas se fier, et la liste des revendications. Ensuite seulement elle se rendit compte qu'elle avait dormi avec Enzo, mais qu'il n'était plus dans le lit. Elle se leva précipitamment, juste pour entendre la porte de l'appartement se refermer. S'était-il relevé dès qu'elle s'était endormie ? Était-il resté éveillé toute la nuit ? Avait-il dormi dans l'autre chambre, avec l'enfant ? Ou bien s'était-il endormi près d'elle en oubliant tout désir ? À l'évidence, il avait pris son petit déjeuner seul, et avait mis la table aussi pour elle et Gennaro. Il était parti travailler sans mot dire, gardant ses pensées pour lui.

Après avoir confié son fils à la voisine, Lila courut à son tour à l'usine.

« Alors, tu te décides ? lui demanda Edo un peu renfrogné.

— Je me décide quand ça m'chante ! répondit Lila, retrouvant son ton habituel.

— On est une commission, tu dois nous tenir au courant.

— Vous avez fait circuler la liste ?

— Oui.

— Et ils disent quoi, les autres ?

— Qui ne dit mot consent.

— Non, fit-elle : qui ne dit mot chie dans son froc. »

Capone avait raison, Nadia et Armando aussi. C'était une initiative forcée, qui ne tenait pas la route. Lila se concentra sur la viande qu'elle découpait avec acharnement, elle avait envie de faire mal et de se faire mal. Se planter le couteau dans la main, le faire soudain glisser de la viande morte vers la chair vivante, la sienne. Hurler et se déchaîner contre les autres, faire payer à tout le monde sa propre incapacité à trouver un équilibre. Ah, Lila Cerullo, tu es incorrigible ! pourquoi as-tu établi cette liste ? tu ne veux pas qu'on t'exploite ? tu veux améliorer ta condition et celle de ces gens ? tu es persuadée qu'eux et toi, vous allez commencer ici, maintenant, et qu'après vous vous unirez à la marche victorieuse des prolétaires du monde entier ? tu parles ! une marche pour devenir quoi ? encore et toujours des ouvriers ? des ouvriers qui triment du matin au soir, mais qui ont le pouvoir ? quelles conneries ! c'est du vent, censé faire passer la pilule de la fatigue. Tu sais bien que c'est une condition terrible, ce qu'il faut ce n'est pas l'améliorer mais l'éradiquer, et ça tu le sais depuis que tu es petite. Améliorer, s'améliorer ? toi, par exemple, tu t'es améliorée, tu es devenue comme Nadia ou Isabella ? ton frère, il s'est amélioré, il est devenu comme Armando ? et ton fils, il est comme Marco ? non, nous on reste nous, et eux c'est eux. Alors, pourquoi tu ne te résignes pas ? tout ça, c'est à cause de cette tête qui n'arrive pas à se calmer et qui cherche toujours de nouvelles manières de fonctionner. Dessiner des souliers. S'affairer pour monter une fabrique de chaussures. Réécrire les articles de Nino, en le harcelant jusqu'à ce qu'il fasse exactement ce que tu dis. Utiliser à ta façon les cours de Zurich, avec Enzo. Et maintenant, prouver à Nadia que si elle fait la révolution, toi, tu la fais plus qu'elle ! la tête, ah oui, le mal vient de là, c'est à cause de cette insatisfaction de la tête que le corps tombe malade. J'en ai marre de toi, de tout ! j'en ai aussi marre de Gennaro. Au mieux, son avenir, c'est de finir dans un endroit comme celui-ci et de ramper devant un patron pour cinq lires de plus. Alors quoi ? alors, Cerullo, prends tes responsabilités et fais ce que tu as toujours voulu faire : flanquer la trouille à Soccavo et lui faire passer l'envie de baiser les ouvrières dans le séchoir. Fais-lui voir ce que tu as été capable d'organiser, à l'ancien étudiant au visage de loup ! ah, cet été à Ischia… les boissons fraîches, la maison de Forio, le lit luxueux sur lequel tu t'es couchée avec Nino. L'argent venait d'ici, de cette puanteur, de ces journées passées dans la crasse, et de cette fatigue payée quelques lires. Qu'est-ce que tu viens de couper, là ? une substance jaunâtre en sort, quelle horreur… le monde tourne mais, heureusement, s'il tombe, il se brise.

Juste avant la pause déjeuner, elle se décida. Elle déclara à Edo : j'y vais. Mais elle n'avait pas

même eu le temps d'ôter son tablier que la secrétaire du patron se présenta au désossage pour lui
dire :

« M. Soccavo veut te voir dans son bureau, c'est
urgent. »

Lila crut que quelque espion avait déjà révélé
à Bruno ce qui se tramait. Elle abandonna son
travail, prit la liste des revendications dans son
armoire et monta. Elle frappa à la porte du bureau
et entra. Dans la pièce, il n'y avait pas que Bruno.
Assis sur un divan, cigarette aux lèvres, elle découvrit Michele Solara.

44

Elle savait depuis toujours que Michele, tôt
ou tard, réapparaîtrait dans sa vie. Mais le trouver dans le bureau de Bruno lui causa la même
frayeur que les fantômes tapis dans les coins
sombres du logement de son enfance. Qu'est-ce
qu'il fait ici ? se demanda-t-elle. Il faut que je m'en
aille ! Mais quand il la vit, Solara se leva, ouvrit
grand les bras et parut sincèrement ému. Il dit en
italien : Lina, quel plaisir, je suis tellement heureux
de te voir ! Il voulut la prendre dans ses bras, et il
l'aurait fait si elle ne l'avait arrêté d'un geste de
dégoût machinal. Michele resta quelques instants
bras ouverts puis, maladroit, d'une main se toucha
une pommette et la nuque, et de l'autre indiqua
Lila à Soccavo en s'exclamant – d'un ton qui, cette
fois, sonna faux – :

« Ça alors, je n'arrive pas à y croire ! C'était

206

donc vrai qu'au milieu de tes saucisses tu cachais Mme Carracci ! »

Lila s'adressa à Bruno, brusque :

« Je repasserai plus tard.

— Assieds-toi ! ordonna-t-il, sombre.

— Je préfère rester debout.

— Assieds-toi, tu vas te fatiguer. »

Elle secoua la tête et resta debout. Michele adressa un sourire complice à Soccavo :

« Elle est comme ça, il faut t'y faire, elle n'obéit jamais. »

Lila eut l'impression que la voix de Solara était devenue plus puissante que par le passé ; il prononçait clairement chaque mot comme si, au cours de ces dernières années, il avait pris des cours de diction. Que ce fût pour économiser ses forces ou uniquement pour le contredire, elle changea d'avis et prit un siège. Michele se rassit et, à partir de cet instant, demeura exclusivement tourné vers elle, considérant presque que Bruno n'était plus dans la pièce. Il l'examina soigneusement et d'un œil bienveillant, avant de regretter : tu as les mains abîmées, quel dommage, elles étaient si belles, quand tu étais petite ! Il se répandit alors en informations sur la boutique de la Piazza dei Martiri : on aurait dit que Lila était encore une de ses employées et qu'ils étaient en réunion de travail. Il mentionna de nouveaux rayonnages, de nouveaux éclairages, et expliqua qu'il avait fait condamner la porte des toilettes donnant sur la cour. Lila se souvint de cette porte et déclara lentement, en dialecte :

« J'en ai rien à foutre, de ton magasin.

— Tu veux dire *notre* magasin : nous l'avons créé ensemble.

— Avec toi, je n'ai jamais rien créé. »

Michele sourit à nouveau, secouant la tête en signe de désaccord pacifique. Ceux qui mettent l'argent, dit-il, font et défont autant que ceux qui travaillent avec leurs mains et leur tête. L'argent invente des horizons, des situations, il invente la vie des gens. Tu n'imagines pas combien de personnes je peux rendre heureuses ou bien détruire, rien qu'en signant un chèque! Puis il reprit son bavardage tranquille, il avait l'air content de lui donner les dernières nouvelles, comme on le fait entre amis. Il commença avec Alfonso, qui avait bien travaillé Piazza dei Martiri et qui, à présent, gagnait assez pour fonder une famille. Toutefois, il n'avait pas envie de se marier, préférant laisser la pauvre Marisa dans une condition d'éternelle fiancée et continuer à faire ce qui lui plaisait. Du coup Michele, son patron, lui avait donné un coup de pouce, car la vie de famille est bénéfique aux employés, et il avait offert de lui payer sa fête de mariage. Ainsi leurs noces allaient-elles enfin être célébrées en juin. Tu vois, lui dit-il, si tu avais continué à travailler pour moi, tu aurais eu bien plus qu'Alfonso, je t'aurais donné tout ce que tu aurais demandé, et tu serais devenue une reine! Puis, sans lui donner le temps de répondre, il fit tomber la cendre de sa cigarette dans un vieux cendrier en bronze et lui annonça que lui aussi se mariait, également en juin, et naturellement avec Gigliola, le grand amour de sa vie. Dommage que je ne puisse pas t'inviter, regretta-t-il, ça m'aurait fait plaisir, mais je ne veux pas mettre ton mari dans l'embarras. Alors il se mit à parler de Stefano, d'Ada et de leur petite fille, tantôt disant grand bien des trois, tantôt soulignant que les deux épiceries ne marchaient plus comme

208

autrefois. Tant que l'argent de son père a duré, expliqua-t-il, Carracci s'est maintenu à flot, mais maintenant le commerce est une mer agitée, et ça fait un moment que la barque de Stefano prend l'eau, il n'y arrive plus. La concurrence, poursuivit-il, a augmenté, de nouveaux magasins s'ouvrent sans cesse. Ainsi, même Marcello s'est mis en tête d'agrandir l'ancienne échoppe de feu Don Carlo et de la transformer en l'un de ces endroits où on vend de tout, des savonnettes aux ampoules en passant par les mortadelles et les gâteaux. Cette nouvelle entreprise rencontrait un grand succès, et Marcello avait appelé son magasin Tutto per tutti.

« Tu es en train de me dire que ton frère et toi, vous avez même réussi à ruiner Stefano ?

— La ruine, quelle ruine ? Lina, nous faisons notre travail, un point c'est tout, et quand nous pouvons donner un coup de main à des amis, nous le faisons volontiers. Devine qui Marcello a embauché dans son nouveau magasin ?

— Je ne sais pas.

— Ton frère.

— Vous avez réduit Rino à être vendeur pour vous ?

— Ben tu l'as laissé tomber, or ce jeune homme a ton père, ta mère et un gosse à charge, et Pinuccia est de nouveau enceinte. Qu'est-ce qu'il pouvait faire ? Il s'est adressé à Marcello pour avoir de l'aide, Marcello l'a aidé. Ça ne te fait pas plaisir ? »

Lila répondit, glaciale :

« Non, ça ne me fait pas plaisir, rien de ce que vous faites ne me fait plaisir. »

Michele eut l'air déçu et se souvint alors de Bruno :

« Tu vois, elle est exactement comme je te le

disais. Son problème, c'est qu'elle a mauvais caractère. »

Bruno fit un sourire gêné qui se voulait complice :

« C'est vrai.

— Elle t'a donné du fil à retordre, à toi aussi ?

— Un peu.

— Tu sais, quand elle n'était encore qu'une gosse, elle a collé un tranchet sous la gorge de mon frère, qui était deux fois plus gros qu'elle. Et pas pour plaisanter, hein, on voyait qu'elle était prête à l'utiliser !

— Vraiment ?

— Bien sûr. Elle a du cran, celle-là, elle est déterminée ! »

Lila serra les poings : elle haïssait la faiblesse qui était en train de s'emparer de son corps. La pièce tanguait, les formes des choses mortes et des personnes vivantes se dilataient. Elle regarda Michele éteindre sa cigarette dans le cendrier. Il y mettait trop d'énergie, laissant entrevoir, malgré son ton paisible, qu'il cachait lui aussi un malaise. Lila fixa ses doigts qui n'en finissaient pas d'écraser le mégot, ses ongles étaient blancs. Un jour, se souvint-elle, il m'a demandé de devenir sa maîtresse. Et pourtant ce n'est pas vraiment ça qu'il veut, mais quelque chose de plus, quelque chose qui n'a rien à voir avec le cul, et que lui-même ne sait peut-être pas s'expliquer. C'est pour lui une obsession, une espèce de superstition. Peut-être croit-il que j'ai un pouvoir, et que ce pouvoir lui est indispensable. Il le voudrait mais n'arrive pas à s'en emparer, alors il souffre, car c'est quelque chose qu'il ne peut pas me prendre de force. Oui, c'est peut-être ça. S'il en était autrement, il m'aurait déjà écrasée. Mais pourquoi moi ? qu'a-t-il reconnu en moi qui puisse lui être utile ? il ne faut pas que je reste là, sous ses yeux, il ne faut pas que je l'écoute, ce qu'il voit et ce qu'il veut me font trop peur. Lila dit à Soccavo :

« Je te laisse un truc et je m'en vais. »

Elle se leva, prête à lui remettre la liste des revendications, un geste qui lui parut plus insensé que jamais et pourtant nécessaire. Elle voulait poser la feuille sur la table, près du cendrier, et quitter la pièce. Mais la voix de Michele l'arrêta : maintenant elle était véritablement affectueuse, presque caressante, comme s'il avait deviné qu'elle essayait de lui échapper, et qu'il veuille tout faire pour l'ensorceler et la retenir. Il continua à parler à Soccavo :

« Tu vois, qu'elle a vraiment mauvais caractère ! Je suis en train de parler et elle, elle s'en fiche. Elle sort un bout de papier et dit qu'elle doit s'en aller. Mais il faut que tu lui pardonnes, parce qu'elle compense ce mauvais caractère par de nombreuses qualités. Tu crois avoir embauché une ouvrière ? Eh bien, pas du tout. Cette femme, c'est beaucoup, mais beaucoup plus que ça. Si tu la laisses faire, elle peut transformer la merde en or. Elle est capable de réorganiser toute ta baraque et de l'amener à des niveaux que tu n'imagines même pas. Et pourquoi ? Parce qu'une tête comme la sienne non seulement aucune femme ne l'a, mais même nous les hommes, nous ne l'avons pas ! Moi, je l'ai à l'œil pratiquement depuis qu'elle est gamine, et c'est exactement ça. Cette fille, elle m'a dessiné des chaussures que je vends encore aujourd'hui à Naples et en dehors, et qui me font gagner un tas de pognon.

211

Et elle a réaménagé ma boutique de la Piazza dei Martiri avec un tel talent qu'elle est devenue un salon pour tous les bourgeois de la Via Chiaia, de Posillipo ou du Vomero. Et elle pourrait faire tellement, mais tellement d'autres choses encore! Mais elle a ce truc fou : elle croit qu'elle peut toujours faire comme bon lui semble. Elle va, elle vient, elle arrange, elle casse... Tu crois que je l'ai virée? Eh bien, non! Un jour, comme si de rien n'était, elle n'est plus venue travailler. Comme ça, disparue. Et si tu la rattrapes, elle s'échappe à nouveau, c'est une véritable anguille. Voilà son problème : elle a beau être très intelligente, elle ne comprend pas ce qu'elle peut faire ou pas. Et tout ça parce qu'elle n'a pas encore trouvé l'homme qu'il lui faut. Un homme, un vrai, il sait remettre une femme à sa place. Elle ne sait pas cuisiner? Elle apprend. Sa maison est sale? Elle nettoie. Un homme, un vrai, il est capable de tout faire faire à sa femme. Pour te donner un exemple, il n'y a pas longtemps, j'ai rencontré une fille qui ne savait pas siffler. Eh bien, il nous a suffi de deux heures ensemble – des heures de feu –, et après je lui ai dit : vas-y, siffle! Eh bien, tu ne vas pas me croire, mais elle a sifflé. Si tu sais l'éduquer, la fille, tout va bien. Si tu ne sais pas l'éduquer, tu te fais que du mal, alors laisse tomber. »

Il prononça ces derniers mots d'un ton très sérieux, comme s'il s'agissait d'un commandement absolu. Mais alors qu'il parlait encore, il dut se rendre compte que lui-même n'avait pas été, et n'était toujours pas, capable de respecter sa propre loi. Alors, d'un coup d'un seul, il changea de visage et de voix, et éprouva le besoin urgent d'humilier Lila. Il se tourna vers elle, dans un soudain mouvement d'exaspération, et envoya un crescendo de vulgarités en dialecte : « Mais avec celle-là c'est dur, hein, tu t'en débarrasses pas facilement ! Et pourtant, regarde un peu comment elle est faite : des p'tits yeux, des p'tits nichons, un p'tit cul, on dirait une brosse à chiottes. Qu'est-ce que tu veux faire avec une nana comme ça ? Elle fait même pas bander. Et pourtant il suffit d'une seconde, rien qu'une seconde : tu la r'gardes et hop, t'as envie d'la sauter. »

À cet instant, Lila ressentit un coup extrêmement violent à la tête, avec l'impression que son cœur ne battait plus dans sa gorge, mais avait soudain explosé dans sa calotte crânienne. Elle lui cria une insulte pas moins vulgaire que les paroles qu'il lui avait adressées, saisit le cendrier en bronze sur le bureau, renversant autour mégots et cendre, et tenta de le frapper. Mais, malgré sa fureur, son geste se révéla lent, privé d'énergie. Et même la voix de Bruno – *Lina, s'il te plaît, qu'est-ce que tu fais ?* – lui parvint comme au ralenti. C'est peut-être pourquoi Solara la bloqua facilement et n'eut aucun mal à lui ôter le cendrier des mains. Il lui lança, rageur :

« Alors, tu crois qu'tu travailles pour M. Soccavo ? Tu crois que j'suis personne, ici ? Eh ben tu t'trompes ! Ça fait déjà un moment que M. Soccavo est dans le livre rouge de ma mère, qui est beaucoup plus important que le petit livre de Mao. Du coup, c'est pas pour lui que tu bosses mais pour moi, tu bosses toujours et uniquement pour moi ! Jusqu'à aujourd'hui, je t'ai laissée faire, je voulais voir ce que vous fabriquiez, toi et ce connard avec qui tu baises. Mais à partir de maintenant, rappelle-toi que je t'ai à l'œil, hein, et si j'ai besoin de toi, tu viens en courant, c'est pigé ? »

Ce n'est qu'à ce moment que Bruno bondit et s'exclama, très nerveux :

« Laisse-la, Michè, là tu exagères ! »

Solara lâcha lentement le poignet de Lila puis maugréa à l'intention de Soccavo, à nouveau en italien :

« Tu as raison, excuse-moi. Mais Mme Carracci a ce don : d'une manière ou d'une autre, elle t'oblige toujours à exagérer. »

Lila réprima sa fureur, frotta soigneusement son poignet et, du bout des doigts, chassa un peu de cendre tombée sur elle. Ensuite elle déplia la liste des revendications, qu'elle posa devant Bruno. Enfin, alors qu'elle se dirigeait vers la porte, elle se retourna vers Solara pour lui lancer :

« Moi, je sais siffler depuis que j'ai cinq ans. »

45

Quand elle redescendit, très pâle, Edo lui demanda comment cela s'était passé, mais Lila ne répondit rien, l'écarta de la main et alla s'enfermer dans les toilettes. Elle craignait d'être immédiatement convoquée à nouveau par Bruno, elle craignait une confrontation forcée en présence de Michele, et elle craignait l'étrange fragilité de son corps, à laquelle elle n'arrivait pas à s'habituer. Surveillant la cour par une petite fenêtre, elle poussa un soupir de soulagement lorsqu'elle vit Michele – grand, démarche nerveuse, front dégarni, beau visage rasé de près et blouson de cuir noir sur pantalon sombre – regagner sa voiture et partir. Elle rejoignit alors le désossage, où Edo l'interrogea à nouveau :

« Alors ?

— C'est fait. Mais maintenant, c'est à vous de vous débrouiller.

— Qu'est-ce que tu veux dire ? »

Elle n'eut pas le temps de répondre : la secrétaire de Bruno surgit, le souffle court. Le patron voulait voir Lila tout de suite. Elle s'y rendit comme cette martyre qui, la tête encore sur son cou, la tient également à la main comme si on la lui avait déjà tranchée. Dès qu'il l'eut devant lui, Bruno lui cria presque :

« Vous voulez aussi que j'vous apporte le café au lit, le matin ? C'est quoi ces nouveautés, Lina ? Mais tu t'rends compte ? Assieds-toi et explique-moi ! J'arrive pas à y croire. »

Lila lui expliqua revendication après revendication, du ton qu'elle prenait avec Gennaro quand celui-ci ne voulait pas comprendre quelque chose. Elle précisa qu'il avait intérêt à prendre ce document au sérieux et à considérer chaque question d'un point de vue constructif, parce que s'il se comportait de manière déraisonnable, l'inspection du travail n'allait pas tarder à lui tomber dessus. Enfin, elle lui demanda dans quels sales draps il s'était fourré pour se retrouver dans les mains de types dangereux comme les Solara. À ce moment-là, Bruno perdit totalement son calme. Son teint rougeaud se fit violacé, ses yeux s'injectèrent de sang, il brailla qu'il allait lui faire sa fête et qu'il lui suffirait de filer quelques lires, sous le manteau, aux quatre têtes de con qu'elle avait montées contre lui pour tout arranger. Il hurla que son père avait fait des cadeaux à l'inspection du travail pendant des années, alors tu parles si ça lui faisait peur, une inspection ! Il cria aussi que les Solara lui feraient passer l'envie de jouer à la syndicaliste, avant de conclure d'une voix brisée : maintenant va-t'en, va-t'en !

Lila se dirigea vers la porte. Ce n'est qu'au moment de sortir qu'elle dit :

« C'est la dernière fois que tu me vois. À partir de cet instant, je ne travaille plus là-dedans. »

À ces mots, Soccavo retrouva brusquement ses esprits. Il fit une grimace inquiète, il avait sûrement promis à Michele de ne pas la licencier. Il s'exclama :

« Oh, tu es vexée, maintenant ? Tu fais des caprices ? Mais qu'est-ce que tu racontes ? Reviens, discutons, c'est à moi de décider si je te vire ou non… Eh, j'tai dit de rev'nir, connasse ! »

Pendant une fraction de seconde, elle revit Ischia et ces matinées où nous attendions Nino et son riche ami qui avait une maison à Forio, ce garçon plein de courtoisie et toujours patient. Elle sortit en fermant la porte derrière elle. Aussitôt après, elle fut saisie de violents tremblements et se retrouva couverte de sueur. Elle n'alla pas au désossage et ne dit pas au revoir à Edo et Teresa, elle passa devant Filippo qui la regarda, éberlué, et cria : hep, Cerù, où tu vas ? reviens ! Mais elle parcourut le chemin de terre en courant, prit le premier autobus pour la Marina et rejoignit la mer. Elle erra longtemps. Un vent froid soufflait, elle monta au Vomero en funiculaire et se promena sur la Piazza Vanvitelli, dans la Via Scarlatti et la Via Cimarosa, puis elle reprit le funiculaire pour descendre. Elle rentra chez elle à 9 heures et demanda à Enzo et Pasquale, qui la harcelaient de questions anxieuses pour savoir ce qui lui était arrivé, de venir me chercher au quartier.

Et nous voilà maintenant, en pleine nuit, dans cette chambre dépouillée de San Giovanni a Teduccio. Gennaro dort, Lila parle à voix basse, encore et encore, tandis qu'Enzo et Pasquale attendent à la cuisine. Quant à moi, je me sens comme ce chevalier d'un livre ancien qui, dans son armure resplendissante, après avoir accompli moult exploits extraordinaires à travers le monde, croise un gardien de troupeau famélique et en haillons qui, sans jamais s'éloigner de sa pâture, soumet et commande d'horribles bêtes, à mains nues et avec un courage prodigieux.

46

Je fus une auditrice attentive et la laissai parler. Certains épisodes de son récit me troublèrent beaucoup, surtout lorsque son visage ainsi que le rythme de ses phrases subissaient une soudaine et douloureuse contraction. J'éprouvai un fort sentiment de culpabilité et pensai : cette vie pourrait être la mienne, et si ce n'est pas le cas, c'est aussi grâce à elle. J'eus parfois envie de la prendre dans mes bras, et très souvent je voulus lui poser des questions ou faire quelque commentaire. Mais en général je résistai, et ne l'interrompis qu'à deux ou trois reprises.

Par exemple, je ne pus m'empêcher d'intervenir lorsqu'elle parla de Mme Galiani et de ses enfants. J'aurais voulu qu'elle m'explique mieux ce qu'avait dit mon enseignante, quels mots exacts elle avait utilisés, et j'aurais aimé savoir si, avec Nadia et Armando, mon nom avait jamais été prononcé. Mais je réalisai à temps combien ces questions étaient mesquines et me retins, alors qu'une partie de moi trouvait cette curiosité légitime – après tout il s'agissait de personnes que je connaissais et auxquelles j'étais attachée. Je me contentai de dire :

« Avant de partir définitivement pour Florence, il faudra que je passe chez Galiani pour la saluer. Si tu veux, tu peux m'accompagner. Ça te dit ? » Puis j'ajoutai : « Après Ischia, nos relations se sont un peu refroidies. Elle croit que c'est à cause de moi que Nino a quitté Nadia. » Lila me regarda comme si elle ne me voyait pas, alors je poursuivis : « Les Galiani sont de braves gens, même s'ils sont un peu prétentieux. En tout cas, il faut vérifier cette histoire de souffle. »

Cette fois, elle réagit :

« Le souffle, il est bien là.

— D'accord, répondis-je, mais Armando lui-même a dit qu'il fallait que tu consultes un cardiologue. »

Elle rétorqua :

« Pourtant lui, il l'a entendu ! »

Cependant, ce fut surtout dans les questions de sexe que je me sentis impliquée. Quand elle raconta l'épisode du séchoir, je fus sur le point de dire : à Turin, un vieil intello m'a sauté dessus ! et à Milan, un peintre vénézuélien, que je connaissais depuis quelques heures à peine, est venu dans ma chambre pour se fourrer dans mon lit, comme si c'était une faveur que je lui devais ! Toutefois, là aussi je me retins. Quel sens cela avait-il, de parler de moi en ce moment ? Et puis, ce que je pouvais dire avait-il vraiment un rapport avec ce qu'elle me racontait ?

Je me formulai clairement cette dernière question lorsque, cessant d'énoncer simplement des faits, Lila commença à me parler de sa sexualité en général (alors que des années auparavant, quand elle m'avait raconté sa nuit de noces, elle s'était contentée de faits, dans toute leur brutalité). Pour nous, aborder ce sujet était quelque chose d'entièrement nouveau. Le langage ordurier de notre milieu d'origine était utile pour agresser ou se défendre mais, précisément parce que c'était la langue de la violence, loin de faciliter les confidences intimes, il les empêchait. Aussi, je me sentis gênée et fixai le sol lorsque, avec le vocabulaire cru de notre quartier, elle me raconta que baiser ne lui avait jamais donné la jouissance qu'elle avait imaginée quand elle était plus jeune, qu'elle n'avait pratiquement jamais rien ressenti, et qu'après Stefano et Nino faire l'amour était maintenant une corvée, au point qu'elle n'avait jamais réussi à accepter qu'entre en elle quelqu'un de gentil comme Enzo. Et elle ne s'arrêta pas là. Avec un vocabulaire encore plus brutal, elle ajouta qu'elle avait fait – que ce fût parce qu'elle y avait été forcée, par curiosité ou par passion – tout ce qu'un homme pouvait vouloir d'une femme. Or, même avec Nino, lorsqu'elle avait désiré concevoir un enfant puis était tombée enceinte, elle n'avait jamais connu ce plaisir qui, racontait-on, accompagne surtout le grand amour.

Devant tant de franchise, je compris que je ne pouvais rester silencieuse, je devais lui faire sentir que j'étais proche d'elle et répondre à ses confidences par mes propres confidences. Mais à l'idée de devoir parler de moi – le dialecte me dégoûtait et, malgré ma réputation d'auteure de pages osées, l'italien que j'avais acquis me semblait trop précieux pour le sujet poisseux des expériences sexuelles –, mon malaise augmenta, j'oubliai qu'elle me faisait un aveu difficile et que chacun de ses mots, même les plus grossiers, était serti dans l'épuisement qu'elle portait sur le visage et dans le tremblement de ses mains. Je coupai court :

« Pour moi, ce n'est pas comme ça », fis-je.

Je ne mentis pas, et pourtant ce n'était pas la vérité. La vérité était plus complexe et, pour lui donner forme, j'aurais eu besoin de mots déjà éprouvés. J'aurais dû lui expliquer qu'à l'époque d'Antonio me frotter contre lui et me laisser toucher m'avaient toujours donné beaucoup de plaisir, et qu'aujourd'hui encore c'était ce plaisir que je recherchais. J'aurais dû avouer qu'être pénétrée m'avait déçue moi aussi, c'était une expérience gâchée par le sentiment de culpabilité, par l'inconfort des conditions de l'étreinte, par la peur d'être surpris et la précipitation qui en découlait, et par la terreur de tomber enceinte. Cependant, j'aurais dû ajouter que Franco – puisque le peu de chose que je savais en matière de sexe, en gros, lui revenait –, avant d'entrer en moi et après, me laissait me frotter contre l'une de ses jambes et contre son ventre : et ça oui, ça me plaisait, et rendait même parfois la pénétration agréable. Du coup – aurais-je dû lui dire en conclusion –, j'attendais à présent le mariage. Pietro était un homme très attentionné et j'espérais que, dans la paix et la légitimité du lit conjugal, j'aurais le temps et le confort nécessaires pour découvrir le plaisir du coït. Si j'avais été honnête, voilà ce que j'aurais dit. Mais à presque vingt-cinq ans, nous n'avions pas l'habitude de nous faire des confidences aussi précises. Il n'y avait eu, entre nous, que quelques évocations vagues et discrètes à l'époque où elle fréquentait Stefano et moi Antonio, mais il ne s'agissait que de propos timides et allusifs. Quant à Donato Sarratore et Franco, je ne lui avais jamais parlé ni de l'un ni de l'autre. C'est pourquoi je me limitai à ces quelques mots – *pour moi, ce n'est pas comme ça* –, qui durent sonner à ses oreilles comme : *peut-être que tu n'es pas normale.* Et en effet, elle me regarda, perplexe, et dit comme pour se justifier :

« Ce n'est pas ce que tu as écrit dans ton livre. »

Ainsi donc, elle l'avait lu. Sur la défensive, je murmurai :

« Maintenant, je ne sais même plus ce que j'ai mis dedans.

— Ce que t'as mis dedans, c'est des trucs sales, fit-elle, des trucs que les hommes ne veulent pas entendre, et que les femmes connaissent mais ont peur de dire. Mais alors quoi ? Tu te caches, maintenant ? »

Voilà à peu près ce que furent ses paroles, en tout cas je suis certaine qu'elle a dit *sales*. Ainsi, elle aussi citait mes pages hardies, et elle le faisait comme Gigliola, qui avait parlé de *saleté*. J'attendis qu'elle me donne son opinion sur l'ensemble du livre mais elle n'en fit rien. Elle s'en servit uniquement comme d'une transition pour reparler de ce qu'elle appela plusieurs fois, avec insistance, *la corvée de baise*. C'est ça qu'il y a, dans ton roman ! s'exclama-t-elle. Et si tu l'as raconté, c'est que tu sais ce que c'est ! ça sert à rien de dire : pour moi, c'est pas comme ça. Alors je bredouillai : oui, tu as peut-être raison, je ne sais pas… Et tandis qu'elle reprenait le fil de son histoire, toujours aussi tourmentée et sans pudeur – beaucoup d'excitation, peu de satisfaction, et sensation de dégoût –, Nino me revint à l'esprit, et je me souvins des questions qui avaient souvent tourné dans ma tête. Cette longue nuit pleine de récits était-elle le bon moment pour lui dire que j'avais revu Nino ? Devais-je la prévenir que, pour Gennaro, elle ne pouvait pas compter sur Nino, lequel avait un autre fils et semait négligemment des gosses sur son passage ? Devais-je profiter de cet instant et de ces aveux pour lui raconter qu'à Milan il m'avait dit quelque chose de désagréable à son sujet : *rien ne va chez Lila, pas même le sexe* ? Devais-je en arriver à lui dire qu'en ce moment même ses confidences fiévreuses et aussi sa manière de lire les pages *sales* de mon livre me semblaient apporter la confirmation qu'au fond Nino avait raison ? Mais au fait, qu'avait voulu dire le fils Sarratore, si ce n'est ce qu'elle avouait elle-même ? Avait-il réalisé que, pour Lila, être pénétrée n'était qu'un devoir, et qu'elle n'arrivait pas à jouir de l'accouplement ? Lui, me dis-je, c'est un spécialiste. Il a connu un tas de femmes, il sait ce qu'est un bon comportement sexuel féminin et, par conséquent, il sait aussi en reconnaître un mauvais. Quand ça ne va pas bien en matière de sexe, ça veut dire, à l'évidence, qu'on ne réussit pas à éprouver du plaisir sous les poussées du mâle. Cela veut dire qu'on se tord de désir en se frottant pour assouvir son envie, cela veut dire qu'on saisit la main de l'homme et qu'on la porte à son sexe comme je l'ai parfois fait avec Franco, ignorant son

222

agacement voire son ennui – celui du garçon qui a déjà atteint l'orgasme et veut à présent s'assoupir. Mon malaise augmenta et je songeai : c'est *ça* que j'ai mis dans mon roman, c'est *ça* qu'ont reconnu Gigliola et Lila, et c'est sans doute *ça* qu'a reconnu Nino, voilà pourquoi il voulait en parler. Je refoulai toutes ces pensées et murmurai, un peu au hasard :

« Je suis désolée.

— De quoi ?

— Que tu sois tombée enceinte sans joie. »

Elle me répondit, soudain sarcastique :

« Et moi donc ! »

La dernière fois que je l'interrompis, l'aube pointait déjà. Elle venait de parler de son affrontement avec Michele. Je m'exclamai : ça suffit, calme-toi, prends ta température ! Il s'avéra qu'elle avait trente-huit et demi. Je la serrai fort dans mes bras et murmurai : maintenant, c'est moi qui vais m'occuper de toi, et nous resterons ensemble jusqu'à ce que tu sois rétablie, même quand je serai obligée de partir pour Florence – vous viendrez avec moi, le petit et toi. Elle refusa énergiquement et me fit son dernier aveu de la nuit : elle affirma qu'avoir suivi Enzo à San Giovanni a Teduccio avait été une erreur, et qu'elle voulait rentrer au quartier.

« Au quartier ?

— Oui.

— Tu es folle !

— Dès que j'irai mieux, c'est ce que je ferai. »

Je tentai de l'en dissuader, arguai que c'était la fièvre qui lui donnait des idées pareilles, que vivre dans notre quartier l'épuiserait, et qu'y remettre les pieds serait stupide.

« J'ai tellement hâte d'en partir ! m'écriai-je.

— Toi, tu es forte, répliqua-t-elle à ma plus grande surprise. Moi, je ne l'ai jamais été. Toi, plus tu t'éloignes, plus tu te sens toi-même et mieux tu te portes. Moi, il me suffit de passer le tunnel du boulevard pour paniquer. Tu te rappelles, quand on a essayé d'aller à la mer et qu'il s'est mis à pleuvoir ? Qui de nous deux voulait continuer et avancer et qui, au contraire, voulait faire demi-tour ? Toi ou moi ?

— Je ne me rappelle pas. De toute façon, il est hors de question que tu rentres au quartier. »

Je m'efforçai en vain de la faire changer d'avis, et nous discutâmes longuement.

« Vas-y ! finit-elle par dire. Va voir ces deux-là, qui attendent depuis des heures. Ils n'ont pas fermé l'œil de la nuit, et il faut qu'ils aillent travailler.

— Qu'est-ce que je leur dis ?

— Ce que tu veux. »

Je la bordai et couvris bien Gennaro aussi – il s'était agité dans son sommeil pendant toute la nuit. Je m'aperçus que Lila s'assoupissait déjà. Je chuchotai :

« Je reviens vite. »

Elle fit :

« N'oublie pas ta promesse !

— Quoi ?

— Tu as déjà oublié ? S'il m'arrive quelque chose, tu dois t'occuper de Gennaro.

— Il ne t'arrivera rien. »

Alors que je quittais la pièce, Lila sursauta dans un demi-sommeil et murmura :

« Regarde-moi jusqu'à ce que je m'endorme. Regarde-moi toujours, même quand tu t'en vas loin de Naples. Comme ça, je sais que tu me vois, et ça m'apaise. »

47

Pendant la période qui alla de cette nuit jusqu'au jour de mon mariage – je me mariai le 17 mai 1969 à Florence et, après un voyage de noces à Venise de trois petits jours, me lançai avec entrain dans ma vie d'épouse –, je m'efforçai de faire mon possible pour Lila. À dire vrai, au début, il s'agissait simplement de l'aider jusqu'à la fin de la grippe. J'étais occupée avec l'appartement de Florence, j'avais pas mal d'engagements liés au livre – chez moi le téléphone sonnait sans cesse et ma mère râlait : elle avait donné le numéro à la moitié du quartier et personne ne l'appelait jamais, elle disait qu'avoir ce machin à la maison était un sacré embêtement car les appels étaient toujours pour moi –, je prenais des notes pour d'hypothétiques nouveaux romans, et je cherchais à combler les lacunes de ma culture littéraire et politique. Mais l'état de faiblesse généralisée dans lequel mon amie avait sombré m'obligea vite à négliger mes affaires et à m'occuper de plus en plus d'elle. Ma mère avait immédiatement compris que nous avions renoué notre relation : elle trouva cela infamant, piqua une crise terrible et nous accabla d'insultes toutes les deux. Elle croyait toujours pouvoir me dire ce que je devais faire ou non, claudiquait derrière moi en me critiquant, et parfois elle semblait décidée à s'emparer de mon corps, pour m'empêcher d'être mon propre maître. Mais qu'est-ce que t'as de commun avec celle-là ? me harcelait-elle. Pense un peu à ce que t'es et à ce qu'elle est, elle ! ça t'a pas suffi, les cochonneries que t'as écrites dans ton bouquin, tu veux continuer à être l'amie d'une traînée ? Mais je fis comme si j'étais sourde. Je vis Lila tous les jours et, à partir de l'instant où je l'avais laissée endormie dans sa chambre et avais affronté les deux hommes qui avaient attendu toute la nuit à la cuisine, je m'occupai de réorganiser sa vie.

J'annonçai à Enzo et Pasquale que Lila allait mal et qu'elle ne pouvait plus travailler chez Soccavo, qu'elle avait démissionné. Avec Enzo, je n'eus pas besoin de perdre mon temps en paroles : il avait compris depuis longtemps qu'elle ne pouvait pas continuer avec l'usine, qu'elle s'était mise dans une situation difficile et que quelque chose était en train de se briser en elle. En revanche, tout en conduisant vers notre quartier, parcourant les rues encore désertes du petit matin, Pasquale résistait. Y faut pas exagérer ! dit-il. C'est vrai, Lila a une vie pourrie, mais c'est le lot de tous les exploités de la terre ! Alors, selon une façon de penser qui était la sienne depuis sa prime jeunesse, il se mit à me parler des paysans du Sud, des ouvriers du Nord, des peuples d'Amérique latine, du Nordeste brésilien, de l'Afrique, des Afro-Américains, des Vietnamiens et de l'impérialisme américain. Je l'interrompis vite et dis : Pasquale, si Lina continue comme ça, elle va mourir. Mais il ne capitula pas et poursuivit avec ses objections. Non qu'il ne tienne pas à Lila, mais la lutte chez Soccavo lui paraissait de première importance, et il considérait le rôle de notre amie fondamental. En outre, en son for intérieur, il était persuadé que tout ce foin pour une petite grippe ne venait pas tant d'elle que de moi, une intellectuelle petite-bourgeoise plus préoccupée par un peu de fièvre que par les graves conséquences politiques d'une défaite ouvrière. Comme il ne se décidait pas à me le dire explicitement mais ne le faisait qu'à demi-mot, c'est moi qui lui résumai sa pensée de façon claire et posée, pour lui montrer que j'avais compris. Mais cela l'énerva encore davantage, et il me laissa devant mon portail en disant : maintenant y faut que j'aille bosser, Lenù, mais on en reparlera ! Quand je retournai dans l'appartement de San Giovanni a Teduccio, je pris Enzo à part et lui recommandai : si tu aimes Lina, tiens Pasquale loin d'elle, il ne faut plus qu'elle entende parler de l'usine.

Pendant cette période, je mettais toujours dans mon sac un livre et mon carnet de notes : je lisais dans l'autobus ou quand Lila était assoupie. Je la découvrais parfois en train de me fixer, yeux plissés ; peut-être essayait-elle de voir ce que je lisais, mais elle ne me demanda jamais ne serait-ce que le titre du livre, et quand je tentai de lui lire quelques pages – je me souviens que c'étaient des scènes de l'auberge d'Upton –, elle ferma les yeux comme si je l'ennuyais. Sa fièvre passa en quelques jours mais pas sa toux, alors je l'obligeai à rester encore alitée. Je m'occupai de l'appartement, de la préparation des repas et de Gennaro. Peut-être parce qu'il était déjà assez grand, et plutôt coléreux et capricieux, je ne retrouvai rien, dans cet enfant, du charme sans défense de Mirko, l'autre fils de Nino. Mais il passait parfois de ses jeux violents à de brusques moments de mélancolie et s'endormait par terre, ce qui m'attendrissait. Je m'attachai à lui et, par conséquent, dès qu'il l'eut compris, il passa ses journées accroché à moi, m'empêchant de faire le ménage et de lire.

En même temps, je cherchai à mieux comprendre la situation de Lila. Avait-elle de l'argent ? Non. Je lui en prêtai et elle accepta, après avoir juré mille fois qu'elle me le rendrait. Combien Bruno lui devait-il ? Deux mois de salaire. Avait-elle droit à une indemnité de départ ? Elle ne savait pas. Quel était le travail d'Enzo, et combien gagnait-il ? Aucune idée. Et ce cours par correspondance de Zurich, quelles possibilités concrètes offrait-il ? Beuh ! Elle toussait à longueur de journée, était en nage, avait des douleurs à la poitrine et la gorge constamment serrée, et son cœur, par moments, se mettait à battre follement. Je notai méticuleusement tous ses symptômes et tentai de la convaincre qu'une nouvelle visite médicale était nécessaire, bien plus sérieuse que celle que lui avait fait passer Armando. Elle ne me dit pas oui mais ne s'y opposa pas non plus. Un soir, alors qu'Enzo n'était pas encore rentré, Pasquale fit une apparition et, y mettant les formes, expliqua que les compagnons du comité, certains ouvriers de chez Soccavo et lui-même voulaient savoir comment allait Lina. Je répétai qu'elle n'allait pas bien et avait besoin de repos, mais il demanda quand même à la voir, juste pour dire bonjour. Je lui dis d'attendre dans la cuisine et me rendis auprès de Lila, à qui je conseillai de ne pas lui parler. Elle fit une moue qui signifiait : fais comme tu veux ! Je fus émue qu'elle me laisse faire sans discuter – elle qui, depuis toujours, n'avait cessé de commander, de tout faire et défaire.

48

Ce même soir, depuis l'appartement de mes parents, je téléphonai longuement à Pietro et lui racontai dans les moindres détails tous les ennuis de Lila, lui disant combien je tenais à l'aider. Il m'écouta patiemment. À un moment donné, il fit même preuve d'esprit d'initiative : lui revint à l'esprit un jeune helléniste pisan, qui était obsédé par les ordinateurs et imaginait qu'ils allaient révolutionner la philologie. Bien qu'ayant constamment la tête dans son travail, en cette occasion, Pietro s'efforça de se rendre utile par amour pour moi, ce qui m'attendrit.

« Cherche-le, le priai-je, et parle-lui d'Enzo ! On ne sait jamais, ça pourrait déboucher sur quelque perspective d'emploi. »

Il promit de le faire et ajouta qu'il lui semblait vaguement se souvenir que Mariarosa avait eu une brève histoire d'amour avec un jeune avocat napolitain : peut-être pourrait-elle le retrouver et lui demander s'il pouvait m'aider.

« À faire quoi ?

— À récupérer l'argent de ton amie. »

L'idée m'enthousiasma :

« Téléphone à Mariarosa !

— D'accord. »

J'insistai :

« Ce n'est pas qu'une promesse, hein, téléphone pour de vrai, s'il te plaît ! »

Il se tut un instant, puis lâcha :

« Tu sais que tu viens de parler comme ma mère ?

— Comment ça ?

— On aurait dit ma mère quand quelque chose lui tient beaucoup à cœur.

— Malheureusement, je suis bien différente. »

Il se tut à nouveau. Puis :

« Heureusement, que tu es différente ! Quoi qu'il en soit, pour ce genre d'affaires, elle est imbattable. Parle-lui de cette fille, et tu verras qu'elle t'aidera. »

Je téléphonai à Adele. Je le fis avec une certaine gêne, que je surmontai néanmoins en me rappelant toutes les fois où je l'avais vue œuvrer, que ce soit pour mon livre ou pour l'appartement de Florence. C'était une femme qui aimait se mettre en quatre pour mener à bien un projet. Si elle avait besoin de quelque chose, elle saisissait son téléphone et, maillon après maillon, fabriquait la chaîne conduisant à son but. Elle savait demander quelque chose de telle manière qu'il était impossible de lui dire non. Elle franchissait avec désinvolture les barrières idéologiques, ne respectait pas les hiérarchies, et sollicitait femmes de ménage, petits employés, industriels, intellectuels ou ministres, s'adressant à tous avec un détachement aimable, comme si, au lieu de leur demander une faveur, en réalité c'était elle qui leur en accordait une. Ainsi, avec mille excuses embarrassées pour le dérangement occasionné, je racontai minutieusement à Adele ce qui arrivait à mon amie : mon récit l'intrigua, la passionna et l'indigna. Pour finir, elle me dit :

« Donne-moi le temps de réfléchir.

— Bien sûr.

— En attendant, je peux te donner un conseil ?

— Et comment !

— Ne sois pas timide. Tu es écrivain : tire profit de ta position, vois ce que tu peux en faire, donne-toi de l'importance ! Nous vivons une époque décisive, tout est en train d'exploser. Participe, impose ta présence ! Et commence par ces vauriens qui traînent dans ta région, en les mettant dos au mur.

— Comment ?

— En écrivant. File une peur bleue à Soccavo et aux types comme lui. Tu promets de le faire ?

— Je vais essayer. »

Elle me donna le numéro d'un journaliste à *L'Unità*.

49

Mon coup de téléphone à Pietro et, surtout, celui à ma future belle-mère libérèrent un sentiment que j'avais toujours contrôlé, pour ne pas dire réprimé, jusqu'à ce jour, mais qui était pourtant bien là, prêt à gagner du terrain. Il concernait mon changement de situation. Les Airota, surtout Guido mais peut-être même Adele, voyaient probablement en moi une fille qui, malgré toute sa bonne volonté, était bien loin de celle qu'ils auraient voulue pour leur fils. Mon origine, mon accent et mon manque d'élégance en toute chose mettaient sans doute à dure épreuve leur ouverture d'esprit. En exagérant un peu, j'en arrivais à soupçonner que même la publication de mon livre faisait partie d'un plan d'urgence visant à

231

me rendre présentable aux yeux de leur monde. Demeurait le fait, incontestable, qu'ils m'avaient acceptée, que je m'apprêtais à épouser Pietro avec leur consentement, et que j'allais entrer dans une famille protectrice, une sorte de château solidement fortifié hors duquel je pouvais sortir sans peur, et dans lequel j'avais la possibilité de me retirer en cas de danger. Je devais m'habituer très vite à cette nouvelle appartenance, et surtout en prendre pleinement conscience. Je n'étais plus une petite marchande d'allumettes sur le point d'épuiser sa réserve : au contraire, j'en avais maintenant plein à disposition, des allumettes ! Je compris soudain que je pouvais faire bien plus pour mon amie que je ne l'avais d'abord imaginé.

C'est dans cette optique que je demandai à Lila de me montrer la documentation qu'elle avait rassemblée contre Soccavo. Elle me la remit avec indifférence, sans même me demander ce que je comptais en faire. Je lus ses feuillets, de plus en plus impliquée. Que de choses terribles elle avait réussi à raconter avec précision et efficacité ! Et que d'expériences insupportables sentait-on derrière la description de l'usine ! Je tournai et retournai longuement ses pages entre mes mains, puis tout à coup, presque sans l'avoir décidé, je cherchai dans l'annuaire le numéro de l'établissement Soccavo et téléphonai. Je donnai un ton approprié à ma voix et lançai avec un bel aplomb : allô, ici Elena Greco, veuillez me passer Bruno ! Celui-ci fut affable – *qu'est-ce que je suis content de t'entendre !* – et je fus froide. Il s'exclama : tu as fait tellement de belles choses, Elena ! j'ai vu ta photo dans le *Roma*, tu as du talent ! comme c'était bien, le temps d'Ischia ! Je lui répondis que moi aussi j'étais contente de l'entendre, mais qu'Ischia était loin et que nous avions tous changé pour le meilleur ou pour le pire : par exemple, j'avais entendu courir sur lui de vilaines rumeurs, et j'espérais qu'elles n'étaient pas fondées. Il comprit aussitôt et se mit à protester. Il me dit beaucoup de mal de Lila, parla de son ingratitude et de tous les problèmes qu'elle lui avait créés. Je changeai de ton et rétorquai que je croyais Lila plus que lui. Prends un papier et un crayon, dis-je, et note mon numéro : c'est fait ? alors maintenant, arrange-toi pour que ce que tu lui dois lui soit payé jusqu'à la dernière lire, et préviens-moi quand je peux passer prendre l'argent : je ne voudrais pas que toi aussi, ta photo apparaisse dans les journaux.

Je raccrochai avant qu'il ne puisse objecter quoi que ce soit et me sentis fière de moi. Je n'avais pas manifesté la moindre émotion, j'avais été sèche, me contentant de quelques phrases expéditives en italien, d'abord courtoises puis distantes. Je me demandai si Pietro avait raison : étais-je vraiment en train d'adopter la façon de parler d'Adele ? est-ce que, sans le faire exprès, je copiais sa manière d'être au monde ? Je décidai d'enquêter pour voir si, besoin étant, j'étais capable de donner suite à la menace qui avait conclu notre conversation téléphonique. Bien plus tendue que lorsque j'avais appelé Bruno – après tout, il demeurait ce garçon ennuyeux qui avait essayé de m'embrasser sur la plage de Citara –, je composai le numéro de la rédaction de *L'Unità*. Pendant que le téléphone sonnait, j'espérais que l'on n'entendrait pas, en arrière-fond, la voix de ma mère qui criait quelque chose en dialecte à Elisa. Je m'appelle Elena Greco, annonçai-je à la standardiste, mais je n'eus pas le temps de dire ce que je voulais, car elle s'exclama : Elena Greco, l'écrivain ? Elle avait lu mon roman et m'adressa de nombreux compliments. Je la remerciai, me sentis joyeuse et forte puis, sans que ce fût indispensable, j'expliquai que j'avais en tête un article sur une petite usine de la périphérie et donnai le nom du journaliste qu'Adele m'avait recommandé. La standardiste me félicita à nouveau, avant de se montrer plus professionnelle : ne quittez pas, fit-elle. Une minute plus tard, une voix d'homme très rauque me demanda d'un ton railleur depuis quand les amoureux des belles-lettres étaient disposés à salir leur plume avec des histoires de salaire à la pièce, d'horaires de travail ou d'heures sup, sujets bien rasoir dont, en particulier, les jeunes romancières à succès se tenaient éloignées.

« De quoi s'agit-il ? me demanda-t-il. Le bâtiment, les dockers, les mineurs ?

— C'est une petite usine de salaisons, murmurai-je, pas grand-chose… »

L'homme continua à se moquer de moi :

« Ne vous excusez pas, c'est parfait ! Si Elena Greco, à qui ce journal a consacré rien de moins qu'une demi-page de louanges flatteuses, décide d'écrire sur les saucisses, nous autres, pauvres journalistes, pouvons-nous dire que ça ne nous intéresse pas ? Trente lignes, ça vous va ? Ce n'est pas assez ? Bon, soyons larges, disons soixante. Quand vous avez fini, qu'est-ce que vous faites, vous me l'apportez en personne ou vous me le dictez ? »

Je me mis aussitôt à écrire l'article. Je devais extraire des pages de Lila mes soixante lignes et, par amour pour elle, je voulais faire du bon travail.

Mais je n'avais aucune expérience des comptes-rendus journalistiques, à part cette fois où, à quinze ans et avec un résultat catastrophique, j'avais voulu écrire sur le conflit que j'avais eu avec le professeur de religion, pour la revue de Nino. Ou peut-être les sarcasmes du journaliste résonnaient-ils encore à mes oreilles, surtout lorsqu'il m'avait priée, à la fin de notre conversation, d'adresser ses salutations à ma belle-mère. Quoi qu'il en soit, je consacrai beaucoup de temps à ce papier, que j'écrivis et réécrivis avec acharnement. Mais quand il me parut achevé, je n'en fus pourtant pas satisfaite et ne le portai pas au journal. Il faut d'abord que j'en parle à Lila, me dis-je, c'est quelque chose que nous devons décider ensemble. Je le remettrai demain.

Le lendemain j'allai voir Lila, qui me sembla aller particulièrement mal. Elle bougonna que lorsque je n'étais pas là, des êtres en profitaient pour surgir des objets et les harceler, Gennaro et elle. Mais lorsqu'elle vit combien ses propos m'alarmaient, elle prit un air amusé et murmura que c'étaient là des sottises, elle me voulait simplement davantage à son côté. Nous discutâmes beaucoup et je la tranquillisai, mais je ne lui fis pas lire l'article. Je changeai d'avis en me disant que si *L'Unità* refusait mon papier, je serais obligée de lui dire qu'ils ne l'avaient pas trouvé bon, ce qui m'aurait humiliée. Il me fallut un coup de téléphone d'Adele, dans la soirée, pour m'inoculer une bonne dose d'optimisme et me décider. Elle avait consulté son mari ainsi que Mariarosa. En quelques heures, elle avait déjà contacté un monde fou : sommités de la médecine, professeurs socialistes ayant des liens avec les syndicats, un démocrate-chrétien qu'elle décrivit comme un peu nigaud mais bienveillant et spécialisé dans les droits des travailleurs. Résultat : j'avais rendez-vous le lendemain avec le meilleur cardiologue de Naples – un ami d'amis, il n'y avait rien à payer –, l'inspection du travail allait immédiatement faire une visite chez Soccavo et enfin, pour récupérer l'argent de Lila, je pouvais m'adresser à l'ami de Mariarosa que Pietro avait mentionné, un jeune avocat socialiste dont le cabinet se trouvait sur la Piazza Nicola Amore – il était déjà au courant.

« Tu es contente ?

— Oui.

— Tu as écrit ton article ?

— Oui.

— Ah bon ? J'étais convaincue que tu ne le ferais pas.

— Eh bien si, il est prêt, je l'apporte demain à *L'Unità*.

— Bravo ! Je cours le risque de te sous-estimer.

— C'est un risque ?

— Sous-estimer est toujours un risque. Comment ça va avec mon fils, cette pauvre petite chose ? »

50

À partir de là, tout devint fluide, on aurait dit que j'avais le don de faire couler les événements comme de l'eau de source. Pietro aussi avait travaillé pour Lila. Son collègue helléniste s'était révélé un lettré fort bavard, mais il n'en avait pas moins été utile : il connaissait quelqu'un à Bologne qui était vraiment spécialiste des ordinateurs – c'était la source fiable de ses rêves de philologue –, et celui-ci lui avait donné le numéro d'une connaissance qui habitait Naples, jugée tout aussi fiable. Il me dicta le nom, le prénom, l'adresse et le numéro de téléphone de ce monsieur napolitain. Je remerciai Pietro avec chaleur, ironisai affectueusement sur ses efforts pour être entreprenant et lui envoyai même un baiser par téléphone.

J'allai aussitôt chez Lila. Elle avait une toux caverneuse, le visage pâle et tendu, et le regard excessivement vigilant. Mais je lui apportais d'excellentes nouvelles et j'étais contente. Je la secouai, l'embrassai et serrai fort ses mains dans les miennes. Je lui racontai ma conversation téléphonique avec Bruno, lui lus l'article que j'avais préparé et présentai le résultat des démarches diligentes de Pietro, de ma belle-mère et de ma belle-sœur. Elle m'écouta comme si je lui parlais de très loin – d'un autre monde où je me serais aventurée – et comme si elle n'entendait clairement que la moitié de ce que je disais. En outre, Gennaro la tiraillait constamment pour qu'elle joue avec lui, alors pendant que je parlais, elle s'occupait de lui, mais sans chaleur. Je fus heureuse quand même. Dans le passé, Lila avait ouvert le tiroir miraculeux de l'épicerie et m'avait acheté de tout, en particulier des livres. Aujourd'hui, j'ouvrais mes tiroirs et lui rendais la pareille, espérant lui faire partager le sentiment de sécurité qui était désormais le mien.

« Alors, lui demandai-je enfin, demain matin tu vas chez le cardiologue ? »

Elle réagit à ma question de façon incongrue, avec un petit rire :

« Cette manière d'affronter la situation ne va pas plaire à Nadia ! À son frère non plus.

— Quelle manière ? Je ne comprends pas.

— Rien, rien…

— Lila, dis-je, Nadia n'a rien à voir là-dedans, ne lui donne pas plus d'importance qu'elle ne s'en donne déjà. Et laisse tomber Armando, ça a toujours été un garçon superficiel. »

Je me surpris moi-même à énoncer ces jugements : en fin de compte, je connaissais bien peu les enfants de Mme Galiani. Pendant quelques secondes, j'eus l'impression que Lila ne me reconnaissait pas et découvrait devant elle quelque fantôme venu profiter de sa faiblesse. En fait, plutôt que dire du mal de Nadia et d'Armando, je voulais surtout lui faire comprendre que les hiérarchies du pouvoir avaient changé : par rapport aux Airota, les Galiani comptaient pour du beurre, et les gens comme Bruno Soccavo ou ce voyou de Michele comptaient encore moins. Bref, elle devait faire ce que je disais et ne pas s'inquiéter. Mais alors que je parlais encore, je m'aperçus que je frôlais la vantardise et lui caressai la joue. J'ajoutai que je n'en étais pas moins très admirative de l'engagement politique du frère et de la sœur et lançai en riant : mais fais-moi confiance quand même ! Elle ronchonna :

« D'accord, allons voir le cardiologue. »

J'insistai alors :

« Et pour Enzo, qu'est-ce que je prends comme rendez-vous ? Quel jour, quelle heure ?

— Quand tu veux, mais après 5 heures. »

Dès que je rentrai chez moi, je me pendis à nouveau au téléphone. J'appelai l'avocat et lui expliquai en détail la situation de Lila. Je téléphonai au cardiologue et confirmai notre rendez-vous. J'appelai le spécialiste des ordinateurs qui travaillait au département pour le Développement économique : il me dit que le cours de Zurich ne servait à rien mais que je pouvais tout de même lui envoyer Enzo, tel jour, à telle heure, à telle adresse. Je téléphonai à *L'Unità* et le journaliste s'exclama : eh bien, vous prenez vos aises, vous ! vous me l'apportez, cet article, ou bien c'est pour Noël ? Je contactai la secrétaire de Soccavo et la priai de dire à son patron que, n'ayant pas eu de ses nouvelles, j'allais faire publier un article dans *L'Unità*.

Ce dernier coup de fil provoqua une réaction aussi immédiate que violente. Deux minutes plus tard, Soccavo me rappela et cette fois-ci, loin d'être amical, il me menaça. Je lui répondis qu'il allait bientôt avoir l'inspection du travail sur le dos et qu'un avocat s'occuperait des intérêts de Lila. Plus tard, dans la soirée, agréablement surexcitée – je me sentais fière de me battre contre l'injustice, par affection et par conviction, à la barbe de Pasquale et de Franco qui croyaient toujours pouvoir me donner des leçons –, je me rendis à *L'Unità* pour remettre mon article.

L'homme avec qui j'avais parlé au téléphone était courtaud et replet, d'âge mûr, et ses petits yeux vifs brillaient toujours d'une ironie bienveillante. Il me fit asseoir sur une chaise branlante et lut attentivement l'article. À la fin, il posa les feuillets sur le bureau et dit :

« Et ça ferait soixante lignes, ça ? On dirait plutôt cent cinquante ! »

Je me sentis rougir et murmurai :

« Je les ai comptées plusieurs fois, il y en a soixante.

— D'accord, mais écrites à la main et avec une écriture qu'on ne peut même pas lire avec une loupe! À part ça, l'article est vraiment excellent, camarade. Allez, dégotte-toi une machine à écrire et coupe tout ce que tu peux couper.

— Maintenant?

— Sinon, quand? Pour une fois que j'ai à imprimer des trucs que les gens vont remarquer, tu crois que je vais attendre la saint-glinglin? »

51

Je débordais tellement d'énergie, ces journées-là! Nous nous rendîmes chez le cardiologue, dont l'appartement et le cabinet se trouvaient dans la Via Crispi. Pour l'occasion, je m'habillai avec grand soin. Même s'il vivait à Naples, ce professeur était lié au monde d'Adele, et je ne voulais pas risquer de faire piètre figure aux yeux de ma future belle-mère. Je me coiffai longuement, passai une robe qu'Adele m'avait offerte, mis un parfum subtil qui ressemblait au sien et me maquillai légèrement. Je voulais que le médecin, s'il lui arrivait de parler avec ma belle-mère au téléphone ou s'ils se rencontraient par hasard, lui dise du bien de moi. En revanche, Lila se présenta telle que je la voyais tous les jours chez elle, sans le moindre souci de son apparence. Nous nous installâmes dans une vaste antichambre, où des tableaux du XIXᵉ siècle étaient accrochés aux murs : une aristocrate dans un fauteuil avec sa servante noire en arrière-plan, le portrait d'une vieille femme et une scène de chasse,

ample et lumineuse. Deux autres personnes attendaient, un homme et une femme. Tous deux étaient
âgés, avec l'air soigné et élégant des gens aisés.
Nous patientâmes en silence. Une fois seulement,
Lila, qui dans la rue m'avait déjà fait beaucoup de
compliments sur ma toilette, me dit à voix basse :
on dirait que tu es sortie d'un de ces tableaux ! tu
es la grande dame et moi la bonne.

L'attente dura quelques minutes. Une infirmière
nous appela et, sans raison apparente, nous passâmes devant les autres patients. Ce n'est qu'à cet
instant que Lila manifesta des signes de nervosité,
et elle me demanda d'assister à la consultation.
Elle jura que, seule, elle n'entrerait jamais, et finit
par me pousser devant elle comme si c'était moi
qui devais me soumettre à la visite médicale. Le
médecin était un homme maigre d'une soixantaine
d'années, à l'épaisse chevelure grise. Il m'accueillit
avec courtoisie, savait tout de moi, et il bavarda
pendant dix minutes, oubliant la présence de Lila.
Il me raconta que son fils aussi avait fait ses études
à l'École normale, mais avait fini six ans avant
moi. Il précisa que son frère était écrivain et jouis-
sait d'une certaine notoriété, mais uniquement à
Naples. Il fit grand éloge des Airota, il connaissait
bien un cousin d'Adele, un célèbre physicien. Il me
demanda :

« C'est pour quand, les noces ?
— Le 17 mai.
— Le 17 ? Ça porte malheur ! Changez de date,
je vous en prie !
— Ce n'est plus possible. »

Pendant ce temps, Lila demeura silencieuse.
Elle ne prêta aucune attention au docteur, mais
je sentis toute sa curiosité tournée vers moi, et le

moindre de mes gestes, la moindre de mes paroles semblaient la stupéfier. Quand le docteur s'intéressa enfin à elle, l'interrogeant longuement, elle lui répondit de mauvais gré, tantôt en dialecte, tantôt dans un mauvais italien qui copiait des formules dialectales. Je dus souvent intervenir pour lui rappeler certains symptômes qu'elle m'avait mentionnés ou pour mettre l'accent sur d'autres, qu'elle minimisait. Puis elle se soumit à une visite médicale minutieuse, à des examens approfondis, en prenant une expression renfrognée, considérant que le cardiologue et moi lui faisions du tort. Je regardai son corps fin dans une combinaison bleu pâle trop grande pour elle et très usée. Son long cou semblait avoir du mal à soutenir sa tête, sa peau était tendue sur ses os comme du papier de soie prêt à se déchirer. Je m'aperçus que le pouce de sa main gauche était parfois agité d'un petit tic. Une bonne demi-heure s'écoula avant que le professeur lui dise de se rhabiller. Elle s'exécuta en le surveillant du coin de l'œil, et maintenant elle m'avait l'air apeurée. Le cardiologue alla à son bureau, s'assit et annonça enfin que tout allait bien, il n'avait trouvé aucun souffle. Madame, lui dit-il, vous avez un cœur parfait ! Mais l'effet de ce diagnostic sur Lila fut plutôt inattendu puisque, loin d'en être contente, elle parut agacée. C'est moi qui me sentis soulagée, comme si ce cœur était le mien, puis c'est moi qui donnai des signes d'inquiétude, lorsque le docteur ajouta en fronçant les sourcils – recommençant à s'adresser à moi et non à Lila, donnant presque l'impression que la faible réactivité de celle-ci l'avait vexé – que l'état général de mon amie requérait néanmoins des mesures urgentes. Le problème, expliqua-t-il, ce n'est pas la toux : madame est enrhumée et a eu une petite grippe, je vais lui donner un sirop. Non, d'après lui, le problème, c'était l'épuisement lié à une grave anémie : Lila devait faire plus attention à elle, manger régulièrement, prendre des reconstituants et s'accorder au moins huit heures de sommeil par jour. Dès qu'elle aura repris des forces, me dit-il, la plupart des symptômes de votre amie passeront. Quoi qu'il en soit, conclut-il, je vous conseille d'aller aussi consulter un neurologue.

Ce dernier mot réveilla Lila. Elle plissa le front, se pencha en avant et se mit à parler en italien :

« Vous voulez dire que j'ai les nerfs malades ? »

Le médecin la regarda, surpris, comme si par magie la patiente qu'il avait fini d'examiner avait été remplacée par quelqu'un d'autre :

« Pas du tout, je vous conseille juste un bilan.

— J'ai dit ou fait quelque chose de travers ?

— Non, non, ne vous inquiétez pas, cette consultation ne servira qu'à dresser un tableau complet de votre état de santé.

— Une personne de ma famille, expliqua Lila, une cousine de ma mère, était malheureuse, et elle a été malheureuse toute sa vie. L'été, quand j'étais petite, je l'entendais crier et rire par la fenêtre ouverte. Ou bien je la voyais, dans la rue, en train de faire des choses un peu folles. Mais c'était à cause de son malheur, et elle n'est jamais allée voir un neurologue. À vrai dire, elle n'a jamais été voir aucun docteur.

— Elle aurait mieux fait d'y aller.

— Les maladies nerveuses, c'est pour les dames.

— La cousine de votre mère n'était pas une dame ?

— Non.

« — Et vous ?

— Encore moins.

— Vous êtes malheureuse ?

— Je vais très bien. »

Le médecin se tourna à nouveau vers moi, renfrogné :

« Repos absolu. Faites-lui suivre cette cure avec rigueur. Si vous avez moyen de l'emmener à la campagne, c'est encore mieux. »

Là, Lila éclata de rire et repassa au dialecte :

« La dernière fois que je suis allée chez le docteur, il m'a envoyée à la mer, et ça m'a valu de sacrés ennuis ! »

Le médecin fit mine de ne rien entendre, me sourit pour obtenir un sourire complice de ma part, et me proposa le nom d'un de ses amis neurologues, à qui il téléphona en personne pour qu'il nous reçoive au plus vite. Traîner Lila dans ce nouveau cabinet médical ne fut pas facile. Je lui assurai que la visite était gratuite et elle finit par céder, à contrecœur.

Le neurologue était un petit bonhomme vif et complètement chauve qui avait son cabinet dans un vieil immeuble de la Via Toledo. Sa salle d'attente n'était décorée que de livres de philosophie, bien rangés. Il aimait s'écouter parler et il bavarda tellement qu'il me sembla prêter davantage attention au son de sa voix qu'aux réponses de sa patiente. Il l'auscultait en s'adressant à moi, et lui posait des questions tout en me faisant profiter de quelques-unes de ses réflexions profondes, sans se soucier des réponses qu'elle lui donnait. Quoi qu'il en soit, il conclut nonchalamment que le système nerveux de Lila fonctionnait aussi bien que son muscle cardiaque. Toutefois, dit-il toujours en s'adressant à moi, mon collègue a raison, chère mademoiselle Greco : son organisme est affaibli, et par conséquent le désir et la colère prennent le dessus sur la partie raisonnable de son âme. Rendons le bien-être au corps, et nous rendrons la santé à l'esprit. Il remplit alors une ordonnance de caractères indéchiffrables, mais lut à haute voix le nom des médicaments et les doses. Puis il passa aux conseils. Pour se détendre, il préconisa de longues promenades, mais en évitant la mer : mieux vaut, précisa-t-il, le bois de Capodimonte ou les Camaldoli. Il conseilla de lire beaucoup, mais pendant la journée et jamais le soir. Il lui recommanda d'occuper ses mains, même si un coup d'œil sur celles de Lila lui aurait suffi pour comprendre qu'au contraire elle les avait déjà trop occupées. Lorsqu'il se mit à discourir sur les bienfaits neurologiques du crochet, Lila s'agita sur sa chaise et, sans attendre qu'il eût fini de parler, lui demanda, suivant le cours secret de ses propres pensées :

« Tant qu'on y est, vous pourriez pas aussi me donner les pilules qui empêchent de faire des enfants ? »

Le médecin fronça les sourcils, et je fis sans doute de même. Sa requête me semblait déplacée.

« Vous êtes mariée ?

— Avant, plus maintenant.

— Dans quel sens ?

— Je suis séparée.

— Alors vous êtes toujours mariée.

— Beuh.

— Vous avez des enfants ?

— Un.

— Un, ce n'est pas beaucoup.

— Moi ça me suffit.

— Vu votre état, une grossesse pourrait vous aider. Il n'y a pas de médicament meilleur, pour une femme.

— Je connais des femmes détruites par les grossesses. Mieux vaut les pilules.

— Pour cette question, vous devez consulter un gynécologue.

— Vous vous occupez seulement des nerfs, vous ne connaissez pas cette pilule ? »

Cela agaça le docteur. Il bavarda encore un peu puis, quand nous fûmes sur le point de quitter la pièce, il me donna l'adresse et le numéro de téléphone d'une femme médecin qui travaillait dans un laboratoire d'analyses médicales Via Ponte di Tappia. Adressez-vous à elle, me dit-il, comme si c'était moi qui lui avais demandé un contraceptif, et il nous salua. À la sortie, la secrétaire réclama un règlement. Je compris que le neurologue était étranger à la chaîne de faveurs qu'avait enclenchée Adele. Je payai.

Une fois dans la rue, Lila s'écria, avec un certain emportement : je prendrai aucun des médicaments qu'il m'a filés, ce connard ! de toute façon, ma tête se décollera quand même, je l'sais déjà ! Je répondis : je ne suis pas d'accord, mais fais comme tu veux. Alors elle perdit de son assurance et murmura : c'est pas à toi que j'en veux, c'est aux médecins. Nous nous dirigeâmes vers Ponte di Tappia mais sans en être convenues, comme si nous marchions un peu au hasard, question de nous dégourdir les jambes. Tantôt elle se taisait, tantôt elle imitait, agacée, la voix et les bavardages du neurologue. J'eus l'impression que son irritation témoignait d'un retour à une certaine vitalité. Je lui demandai :

« Ça va mieux, avec Enzo ?

— Toujours pareil.

— Alors à quoi ça va te servir, la pilule ?

— Tu en as déjà entendu parler ?

— Oui.

— Et tu la prends ?

— Non, mais je le ferai dès que je serai mariée.

— Tu ne veux pas d'enfants ?

— J'en veux, mais il faut d'abord que j'écrive un autre livre.

— Ton mari sait que tu ne veux pas d'enfants tout de suite ?

— Je lui dirai.

— On va voir cette bonne femme et on se fait donner ces pilules pour toutes les deux, d'accord ?

— Lila, c'est pas des bonbons que tu prends quand ça te chante. Si tu ne fais rien avec Enzo, laisse tomber. »

Elle me regarda, les yeux plissés comme deux fissures dans lesquelles on entrevoyait à peine ses pupilles.

« Pour le moment je ne fais rien, mais plus tard ça peut changer, qui sait ?

— Tu es sérieuse ?

— Je ne devrais pas, d'après toi ?

— Mais bien sûr que si ! »

À Ponte di Tappia, nous cherchâmes une cabine pour téléphoner à la doctoresse, qui répondit qu'elle pouvait nous recevoir sur-le-champ. En route vers le laboratoire, je me montrai de plus en plus enthousiaste à l'idée qu'elle se rapproche d'Enzo, et mon approbation sembla la rassurer. Nous redevînmes les petites filles d'autrefois et nous mîmes à plaisanter, mi-sincères mi-ironiques, n'arrêtant pas de nous lancer des choses comme :

c'est toi qui lui parles, t'as du culot ! non, non, c'est toi, t'es habillée en bourgeoise ! moi je suis pas pressée ! moi non plus ! alors pourquoi on y va ?

Le médecin nous attendait devant la porte de l'immeuble, en blouse blanche. C'était une femme très agréable, à la voix haut perchée. Elle nous invita au café et nous traita comme si nous étions des amies de longue date. Elle souligna à plusieurs reprises qu'elle n'était pas gynécologue, mais fut tellement prodigue en explications et conseils que, alors que je restais sur ma réserve en m'ennuyant un peu, Lila lui adressa des questions de plus en plus explicites, fit des objections, posa d'autres questions encore, et se permit quelques commentaires ironiques. Elles se prirent de sympathie l'une pour l'autre. Pour finir, nous reçûmes une ordonnance chacune, accompagnée de mille recommandations. La doctoresse refusa toute rémunération parce que, expliqua-t-elle, c'était là une mission qu'elle s'était donnée, avec quelques-uns de ses amis. Pour nous dire au revoir – elle devait retourner à son travail –, au lieu de nous serrer la main, elle nous embrassa. Dans la rue, Lila me dit, sérieuse : enfin une personne comme il faut ! À présent, elle était joyeuse : je ne l'avais pas vue ainsi depuis très longtemps.

52

Malgré l'accueil enthousiaste du journaliste, *L'Unità* tardait à publier mon article. J'étais anxieuse, craignant qu'il ne sorte plus. Mais le lendemain de la visite chez le neurologue, je me rendis au kiosque de bon matin, trouvai le journal et, parcourant rapidement page après page, je découvris enfin mon papier. Je m'attendais à le voir, plein de coupes, quelque part au milieu des faits divers locaux, or il était là, tout entier, dans les pages nationales : en voyant mon nom imprimé, j'eus l'impression d'être transpercée par une longue aiguille. Pietro m'appela, content, Adele aussi fut satisfaite et me dit que l'article avait beaucoup plu à son mari, et même à Mariarosa. Mais ce qui me surprit, c'est que téléphonèrent aussi pour me féliciter le directeur de ma maison d'édition, deux personnalités très célèbres qui collaboraient depuis des années avec cet éditeur, et Franco – Franco Mari – qui avait demandé mon numéro à Mariarosa : il me parla avec respect, affirma qu'il était fier de moi, que j'avais fourni un bel exemple d'enquête exhaustive sur la condition ouvrière, et qu'il espérait me voir bientôt pour discuter avec moi. À ce stade, je m'attendais que, par quelque canal imprévu, l'approbation de Nino me parvienne aussi. Mais l'espoir fut vain, je m'attristai. Pasquale ne donna pas signe de vie non plus ; toutefois, je savais qu'il avait arrêté depuis longtemps de lire le journal du parti, par dégoût politique. Un coup de fil du journaliste de *L'Unità* me consola : il me contacta pour me dire que le papier avait beaucoup plu à la rédaction et, de son ton moqueur habituel, il m'invita à acheter une machine à écrire et à coucher sur le papier d'autres bonnes choses.

Je dois dire que le coup de téléphone le plus troublant fut celui de Bruno Soccavo. Il me fit appeler par sa secrétaire avant de prendre le combiné. Il parla d'un ton mélancolique, comme si l'article – que pourtant, au début, il ne cita pas – l'avait tellement frappé qu'il en avait perdu toute vitalité. Il déclara qu'au cours des journées d'Ischia, pendant nos belles promenades sur la plage, il m'avait aimée comme il n'avait plus jamais aimé ensuite. Il me dit toute son admiration pour la direction que j'avais réussi à donner à ma vie, malgré ma jeunesse. Il me jura que son père lui avait remis une entreprise en graves difficultés, habituée aux pratiques déplorables, et qu'il n'était que l'héritier innocent d'une situation honteuse à ses propres yeux. Il affirma que mon article – il le cita enfin – l'avait éclairé et qu'il voulait corriger au plus vite les nombreuses erreurs héritées du passé. Il était désolé des malentendus avec Lila et m'annonça que son administration était en train de tout régler avec *mon* avocat. Il conclut lentement : tu connais les Solara, dans cette passe difficile, ils m'aident à donner un nouveau visage à l'usine. Et il ajouta : Michele te salue chaleureusement. Je retournai les salutations, dis que je prenais note de ses bonnes intentions et raccrochai. Mais j'appelai aussitôt l'avocat ami de Mariarosa pour lui parler de cette conversation. Il me confirma que la question de l'argent était résolue, et j'allai le voir quelques jours plus tard dans le cabinet où il travaillait. Guère plus âgé que moi, habillé avec soin, il avait l'air sympathique malgré de disgracieuses lèvres très fines. Il voulut m'emmener prendre un café. Plein d'admiration pour Guido Airota, il se rappelait bien Pietro. Il me remit la somme que Soccavo devait à Lila et me recommanda de ne pas me faire dévaliser. Il me décrivit le chaos d'étudiants, syndicalistes et policiers qu'il avait trouvé devant le portail de l'usine, et m'apprit qu'un inspecteur du travail avait fait son apparition dans l'établissement. Pourtant, il ne me semblait pas satisfait. Ce n'est que lorsque nous nous apprêtions à nous dire au revoir qu'il me demanda, sur le seuil de la porte :

« Tu les connais, les Solara ?

— Ils viennent du quartier où j'ai grandi.

— Tu sais qu'ils sont derrière Soccavo ?

— Oui.

— Et ça ne t'inquiète pas ?

— Je ne comprends pas.

— Ce que je veux dire, c'est que le fait que tu les connaisses depuis toujours et que tu aies étudié loin de Naples ne te permet peut-être pas d'appréhender clairement la situation.

— Je la trouve très claire.

— Ces dernières années, les Solara ont pris de l'importance. Ce sont des gens qui comptent, dans cette ville.

— Et alors ? »

Il serra les lèvres et me tendit la main.

« Alors rien : on a eu l'argent, tout va bien. Dis bonjour à Mariarosa et Pietro. C'est pour quand, le mariage ? Ça te plaît, Florence ? »

53

Je donnai l'argent à Lila, qui le compta à deux reprises avec satisfaction et voulut me rendre aussitôt la somme que je lui avais prêtée. Peu après Enzo arriva, il revenait de son rendez-vous avec le spécialiste des ordinateurs. Il avait l'air content, bien sûr dans les limites de son habituelle impassibilité, qui étranglait émotions et paroles et annihilait peut-être ses propres désirs. Lila et moi eûmes bien du mal à lui tirer les vers du nez, mais un tableau assez net finit par se dégager. L'expert avait été très gentil. Il avait commencé par confirmer que le cours de Zurich, c'était de l'argent jeté par la fenêtre, mais ensuite il avait réalisé qu'Enzo, malgré l'inutilité de la formation suivie, était doué. Il lui avait expliqué qu'IBM allait bientôt produire un ordinateur tout nouveau en Italie, dans son établissement de Vimercate, et que sa filiale de Naples avait de toute urgence besoin de perforateurs-vérificateurs, d'opérateurs de saisie et d'analystes-programmeurs. Il avait promis de le prévenir dès que l'entreprise commencerait ses formations et avait noté ses coordonnées.

« Il t'a paru sérieux ? » demanda Lila.

Enzo, pour prouver le sérieux de son interlocuteur, fit référence à moi :

« Il savait tout du fiancé de Lenuccia.

— C'est-à-dire ?

— Il m'a dit que c'était le fils de quelqu'un d'important. »

Lila eut l'air agacée. Évidemment, elle savait bien que c'était Pietro qui nous avait obtenu ce rendez-vous, et que le nom des Airota avait pesé sur la conclusion positive de l'entretien, mais elle sembla contrariée qu'Enzo doive en prendre acte. Cela la perturbait qu'il me soit redevable lui aussi, comme si une telle dette – qui entre elle et moi ne pouvait avoir nulle conséquence, pas même le sentiment d'infériorité découlant de la gratitude – pouvait en revanche nuire à Enzo. Je me hâtai d'affirmer que le prestige de mon futur beau-père comptait peu et que l'expert en ordinateurs avait clairement dit, à moi aussi, qu'il n'aiderait Enzo que si celui-ci était doué. Lila eut un geste d'approbation un peu trop appuyé et souligna :

« Il est très doué !

— Je n'ai jamais vu un ordinateur de ma vie, fit remarquer Enzo.

— Et alors ? Ce type a compris que tu saurais te débrouiller avec. »

Il réfléchit un instant, puis s'adressa à Lila sur un ton admiratif qui, un instant, me rendit envieuse :

« Il a été impressionné par les exercices que tu m'as fait faire.

— Ah bon ?

— Oui ! Surtout les modèles du genre repasser ou planter un clou. »

À partir de là, ils se mirent à plaisanter entre eux, utilisant tout un lexique que je ne comprenais pas et qui m'excluait. Et tout à coup, je les vis comme un couple d'amoureux très heureux, avec un secret tellement secret qu'eux-mêmes ne le connaissaient pas. Je repensai à la cour de notre enfance. Je revis Enzo et elle guerroyer pour être premier en mathématiques, sous les yeux du directeur de l'école et de Mme Oliviero. Je les revis le jour où, lui qui ne pleurait jamais, il s'était senti désespéré de l'avoir blessée avec une pierre. Je me dis : leur façon d'être ensemble, c'est ce qu'il y a de plus beau dans notre quartier. Peut-être Lila a-t-elle raison de vouloir y retourner.

54

Je commençai alors à faire attention aux « *si loca* », les écriteaux accrochés aux portes des immeubles qui signalaient les appartements à louer. Je reçus un jour, adressé non à ma famille mais bien à moi, un faire-part m'invitant aux noces de Gigliola Spagnuolo et Michele Solara. Et quelques heures plus tard, on vint me remettre en main propre un autre faire-part : Marisa Sarratore et Alfonso Carracci se mariaient. La famille Solara comme la famille Carracci s'adressaient à moi avec déférence : *Chère Madame*. Je pensai presque tout de suite que ces deux faire-part m'offraient l'occasion de juger si encourager le retour de Lila au quartier était une bonne idée ou non. Je décidai d'aller voir Michele, Alfonso, Gigliola et Marisa, en apparence pour leur adresser mes vœux et leur expliquer que leurs mariages tombaient lorsque je serais déjà loin de Naples, mais en réalité pour comprendre si les Solara et les Carracci avaient encore envie de tourmenter Lila. Seul Alfonso me semblait apte à me dire de manière dépassionnée si la rancœur de Stefano envers son épouse était encore vive. Quant à Michele, malgré ma détestation pour lui – ou bien peut-être, précisément, parce que je le détestais –, je comptais lui parler posément des problèmes de santé de Lila en lui faisant comprendre que, même s'il se prenait pour Dieu sait qui et se fichait de moi comme si j'étais toujours la fillette de naguère, j'avais désormais assez de force pour lui compliquer la vie et les affaires, si jamais il continuait à persécuter mon amie. Je glissai les deux faire-part dans mon sac à main, car je ne voulais pas que ma mère les voie et se vexe de l'importance qui m'était donnée, au lieu d'être accordée à mon père et à elle. Je consacrai une journée entière à ces rencontres.

Le temps ne promettait rien de bon et j'emportai mon parapluie. Mais j'étais de bonne humeur et avais envie de marcher, réfléchir et faire mes adieux, en quelque sorte, au quartier et à la ville. Suivant mon habitude de bonne élève, je commençai par la rencontre la plus difficile, celle avec Solara. Je me rendis à son bar mais n'y trouvai ni Gigliola ni lui, et Marcello n'était pas là non plus ; on me répondit qu'ils se trouvaient peut-être dans leur nouveau magasin, sur le boulevard. J'y allai d'un pas de promeneuse, levant le nez sans me hâter. Tout souvenir de l'antre sombre et profond de chez Don Carlo – là où, enfant, j'allais acheter du savon liquide et autres articles pour la maison – avait définitivement été effacé. Une énorme enseigne disposée à la verticale, « Tutto per tutti », partait des fenêtres du troisième étage et s'arrêtait au-dessus d'une large entrée. Toutes les lampes étaient allumées bien qu'il fît jour, et on y trouvait des produits en tout genre : c'était le triomphe de l'abondance. Je tombai sur le frère de Lila, Rino, qui avait beaucoup grossi. Il me traita avec froideur, me dit qu'ici c'était lui le patron et qu'il ne savait rien des Solara. Si tu cherches Michele, va donc chez lui ! me lança-t-il, hostile, avant de me tourner le dos, comme s'il avait quelque chose d'urgent à faire.

Je poursuivis mon chemin et rejoignis le nouveau quartier, où je savais que la famille Solara tout entière avait acheté un immense appartement, plusieurs années auparavant. C'est la mère qui m'accueillit, Manuela, l'usurière, que je n'avais pas vue depuis le mariage de Lila. Je sentis d'abord qu'elle m'observait à travers le judas. Cela dura longtemps, puis elle ouvrit l'entrebâilleur et apparut dans l'embrasure de la porte, en partie dissimulée dans l'obscurité de l'appartement, en partie frappée par la lumière qui entrait par la large fenêtre du palier. Elle semblait s'être desséchée. Sa peau était tendue sur ses longs os, elle avait une pupille très brillante et l'autre presque éteinte. À ses oreilles, à son cou et sur la robe noire flottant autour de son corps, de l'or scintillait comme si elle était habillée pour une fête. Elle me reçut avec courtoisie, voulut me faire entrer et m'offrir un café. Michele n'était pas là, et j'appris qu'il avait un autre appartement, à Posillipo, où il s'installerait définitivement après son mariage. Il s'occupait de le meubler, en compagnie de Gigliola.

« Ils vont quitter le quartier ? demandai-je.

— Bien sûr !

— Pour Posillipo ?

— Un six-pièces, Lenù, dont trois avec vue sur la mer ! Moi j'aurais préféré le Vomero, mais Michele a voulu n'en faire qu'à sa tête. Le matin, il y a un air pur et une lumière que tu ne peux même pas imaginer ! »

Cela me surprit. Je n'aurais jamais cru que les Solara s'éloigneraient du lieu de leurs trafics, et de la tanière où ils cachaient leur butin. Or, c'était justement Michele, le plus malin et le plus avide de la famille, qui allait habiter ailleurs, sur les hauteurs, à Posillipo, face à la mer et au Vésuve. La folie des grandeurs des deux frères avait changé d'échelle, l'avocat avait raison. Mais sur le coup, la nouvelle me réjouit, et je fus contente que Michele

quitte le quartier : je me dis que cela jouait en
faveur d'un éventuel retour de Lila.

55

Je demandai l'adresse à Mme Manuela, la saluai
et traversai la ville, d'abord en métro jusqu'à Mergellina, puis un peu à pied et un peu en autobus
pour monter à Posillipo. J'étais intriguée. Je me
sentais maintenant du côté d'un pouvoir légitime universellement admiré et auréolé de haute
culture, et je voulais voir quelle apparence ostentatoire se donnaient les détenteurs du pouvoir que
j'avais eus sous les yeux depuis l'enfance – avec
leur plaisir vulgaire de la violence, leur pratique
impunie du crime, leurs sourires de façade pour
feindre l'obéissance aux lois et leur prodigalité
affichée –, de quelle manière les frères Solara
les incarnaient. Mais Michele m'échappa à nouveau. Au dernier étage d'un immeuble très récent,
je ne trouvai que Gigliola, qui m'accueillit avec
une surprise évidente et une animosité tout aussi
évidente. Je réalisai que, tant que j'avais utilisé
l'appareil téléphonique de sa mère à toute heure,
j'avais été aimable avec elle, mais depuis que
j'avais le téléphone chez mes parents, la famille
Spagnuolo en son entier était sortie de ma vie,
et je ne m'en étais même pas aperçue. Et maintenant voilà qu'un midi, sans prévenir, lors d'une
journée sombre où il menaçait de pleuvoir, je me
présentais là, à Posillipo, je faisais irruption dans
l'appartement encore sens dessus dessous d'une

future mariée ? J'eus honte de moi et me montrai artificiellement chaleureuse afin de me faire pardonner. Gigliola demeura un moment taciturne, voire sur ses gardes, mais ensuite la vanité prit le dessus. Elle chercha à susciter mon envie : elle voulait sentir, de manière tangible, que je la considérais comme la plus chanceuse de nous toutes. Par conséquent, épiant mes réactions et se réjouissant de mon enthousiasme, elle me fit admirer une à une chaque pièce, les meubles très coûteux, les lustres de grand prix, les deux vastes salles de bain, l'énorme chauffe-eau, le réfrigérateur, la machine à laver, rien de moins que les trois téléphones, qui malheureusement ne marchaient pas encore, le téléviseur de je ne sais combien de centimètres, et enfin la terrasse, ou plutôt le jardin suspendu, plein de fleurs multicolores, que seul le mauvais temps nous empêchait d'apprécier dans toute sa splendeur.

« Regarde, tu as déjà vu une mer comme celle-ci ? Et Naples ? Et le Vésuve ? Et le ciel ? Au quartier, est-ce qu'il y avait un ciel grand comme ça ? »

Non, jamais. La mer était couleur de plomb et le golfe l'enserrait comme le bord d'un creuset. L'épaisse masse noire des nuages roulait confusément vers nous. Mais au fond, entre la mer et les nuages, une longue déchirure butait contre l'ombre violette du Vésuve, comme une blessure d'où ruisselait une blancheur éblouissante. Nous restâmes longtemps dehors à admirer ce spectacle, les vêtements plaqués par le vent. J'étais comme hypnotisée par la beauté de Naples : même depuis la terrasse de Mme Galiani, des années auparavant, je ne l'avais pas vue ainsi. Le bétonnage destructeur de la ville offrait – à quel prix ! – des points de vue sur un paysage extraordinaire, et Michele avait acheté l'un de ces panoramas, véritablement inoubliable.

« Ça te plaît ?

— C'est merveilleux.

— Rien à voir avec l'appartement de Lina au quartier, pas vrai ?

— C'est sans comparaison.

— J'ai dit Lina, mais maintenant c'est Ada qui habite là.

— Oui.

— Ici, c'est beaucoup plus bourgeois.

— C'est sûr.

— Pourtant, tu as fait une drôle de tête.

— Pas du tout, je suis heureuse pour toi !

— À chacun son bonheur. Toi tu as étudié et tu écris des livres, moi j'ai ça.

— C'est vrai.

— Tu n'as pas l'air convaincue.

— Mais si, je suis tout à fait convaincue.

— Si tu regardes les plaques, tu verras que dans cet immeuble il n'y a que des ingénieurs, des avocats et de grands professeurs. Le paysage et le confort, ça se paye. Si ton mari et toi, vous faites des économies, vous pourrez peut-être vous acheter aussi un appartement comme celui-ci.

— Ça m'étonnerait.

— Il ne veut pas s'installer à Naples ?

— C'est impossible.

— On ne sait jamais. Tu as de la chance : j'ai souvent entendu la voix de Pietro au téléphone et je l'ai aussi vu par la fenêtre, on comprend qu'il est gentil. Il n'est pas comme Michele, il fera ce que tu veux, lui. »

Sur ce, elle m'entraîna à l'intérieur et voulut

partager un encas avec moi. Elle déballa jambon et provolone, coupa des tranches de pain. Elle s'excusa : pour le moment on campe encore, mais quand tu passeras par Naples avec ton mari, viens me voir, je te montrerai comment j'ai tout arrangé. Elle ouvrit de grands yeux brillants, excitée par l'effort de ne laisser subsister aucun doute sur son aisance. Mais cette image d'un futur improbable – Pietro et moi venant à Naples et rendant visite à Michele et elle – dut s'avérer insidieuse. Pendant un instant, elle eut l'air distraite, de tristes pensées la traversèrent et, quand elle reprit ses vantardises, elle avait perdu la foi en ce qu'elle racontait et commença à changer. Moi aussi j'ai eu de la chance ! renchérit-elle mais sans joie, voire avec une espèce de sarcasme tourné contre elle-même. Elle énuméra : Carmen a fini avec le pompiste du boulevard, Pinuccia s'abîme auprès de ce gros bêta de Rino, et Ada est la putain de Stefano. Moi par contre j'ai de la veine, j'ai Michele. Il est beau et intelligent, il commande à tout le monde et il se décide enfin à m'épouser – et tu as vu où il m'a installée ! et encore, tu ne sais pas le festin qu'il prépare pour notre mariage : des noces comme ça, même le shah de Perse n'en a pas eu quand il a épousé Soraya ! oui, heureusement que je l'ai pris quand j'étais toute jeune, j'ai été la plus maligne. Elle poursuivit ses monologues, qui se teintèrent d'autodérision. Elle se glorifia de sa propre roublardise, avant de glisser progressivement du thème de l'aisance conquise en mettant le grappin sur Solara à celui de sa solitude dans son rôle de compagne. Michele n'est jamais à la maison, se plaignit-elle, on dirait que je me marie toute seule.

Et soudain elle me demanda, comme si elle voulait vraiment mon opinion : tu crois que j'existe ? Regarde-moi : d'après toi, j'existe ? Elle frappa sa poitrine généreuse de la main, mais comme si elle cherchait à me démontrer qu'elle pouvait passer au travers : car à cause de Michele, elle n'avait plus de corps. Il l'avait pris tout entier et tout de suite, alors qu'elle n'était encore pratiquement qu'une enfant. Il l'avait consommée, abîmée et, maintenant qu'elle avait vingt-cinq ans, il s'était habitué à elle et ne la remarquait même plus. Il baisait par-ci par-là, comme il en avait envie. Ce qui me dégoûte, c'est quand on nous demande combien d'enfants nous voulons : il fanfaronne et répond « demandez à Gigliola, moi des gosses j'en ai déjà, je sais même pas combien ! ». Toi, il te dit des trucs comme ça, ton mari ? Il dit : « avec Lenuccia j'en veux trois, avec les autres je sais pas » ? Il me traite comme une serpillière devant tout le monde. Et je sais bien pourquoi. Il ne m'a jamais aimée. Il m'épouse pour avoir une domestique fidèle – tous les hommes se marient pour ça. Il arrête pas de m'dire : « putain, mais à quoi tu sers ? tu sais rien, t'es pas intelligente, t'as pas de goût… t'as déjà foutu en l'air ce bel appart, avec toi tout devient moche ! » Elle se mit à pleurer. Elle dit entre les sanglots :

« Désolée, si je te parle comme ça, c'est parce que tu as écrit ce livre qui m'a plu : je sais que tu connais la douleur.

— Pourquoi tu le laisses dire des trucs comme ça ?

— Parce qu'autrement, il m'épousera pas.

— Mais après le mariage, t'as intérêt à lui faire payer !

« — Et comment ? Il en a rien à foutre, de moi !
Déjà que maintenant je le vois jamais, alors après,
t'imagines…

— Je te comprends pas.

— Tu me comprends pas parce que t'es pas moi.
Toi, tu prendrais un homme, si tu savais très bien
qu'il était amoureux d'une autre ? »

Je la regardai, perplexe :

« Michele a une maîtresse ?

— Un tas ! C'est un homme, il la fourre partout
où il peut. Mais c'est pas ça, le problème.

— Ah bon ?

— Lenù, si je te le dis, tu ne dois le répéter à
personne, autrement Michele me tue. »

Je promis, et j'ai tenu ma promesse : je l'écris
ici, maintenant, seulement parce qu'elle est morte.
Elle me dit :

« Il est amoureux de Lina. Il l'aime comme il
ne m'a jamais aimée, et comme il n'aimera jamais
personne d'autre.

— C'est des sottises !

— Ne me dis pas que c'est des sottises, Lenù,
autrement il vaut mieux que tu t'en ailles tout de
suite. C'est vrai. Il est amoureux de Lina depuis
ce jour maudit où elle a collé un tranchet sous la
gorge de Marcello. J'invente pas, c'est lui qui m'l'a
dit. »

Et elle me raconta des choses qui me troublèrent profondément. Elle me raconta que,
peu de temps auparavant, dans cet appartement
même, Michele s'était enivré un soir et lui avait
dit avec combien de femmes il avait été, le nombre
exact : cent vingt-deux, contre payement ou gra-
tis. Et toi t'es sur la liste, avait-il ajouté, et tu fais
sûrement pas partie de celles qui m'ont donné le

262

plus de plaisir, loin de là ! et tu sais pourquoi ? parce que t'es bête, et même pour niquer, y faut un minimum d'intelligence ! par exemple, tu sais pas tailler une pipe, t'es nulle : ça sert à rien de t'expliquer, t'y arrives pas, on sent trop que ça t'dégoûte. Et il avait continué ainsi pendant un moment, avec des discours de plus en plus répugnants – chez lui, la vulgarité était la norme. Ensuite, il avait voulu lui exposer clairement la situation. Il l'épousait en vertu du respect qu'il portait à son père, un bon pâtissier auquel il était attaché ; il l'épousait parce qu'on est bien obligé d'avoir une femme et des enfants, ainsi qu'une maison pour en imposer. Mais il ne voulait pas d'ambiguïtés : pour lui, elle n'était rien, il ne l'avait jamais mise sur un piédestal et elle n'était pas la femme qu'il aimait le plus – alors elle avait pas intérêt à lui casser les couilles en s'imaginant avoir je ne sais quels droits. Des paroles tellement horribles qu'à un moment donné Michele lui-même avait dû s'en rendre compte, car il avait été saisi d'une espèce de mélancolie. Il avait murmuré que, pour lui, les femmes étaient des joujoux dotés de quelques trous qui lui permettaient de s'amuser un peu. Toutes. Enfin, toutes sauf une. Lina était la seule femme au monde qu'il aimait d'amour – oui, il « aimait d'amour », comme dans les films – et respectait. Il m'a dit, sanglota Gigliola, qu'elle aurait su meubler cet appartement, elle ! il m'a dit que lui donner de l'argent à dépenser, ça oui, ç'aurait été un plaisir ! il m'a dit qu'avec elle il aurait pu devenir quelqu'un de vraiment important, à Naples. Il m'a dit : « tu te rappelles ce qu'elle a réussi à faire avec cette photo en robe de mariée, et tu te rappelles comment elle avait aménagé la boutique ?

putain, mais toi, Pinuccia et toutes les autres, vous êtes quoi, vous savez faire quoi ? » Il lui avait dit tout cela, et pas seulement. Il avait précisé qu'il pensait à Lila nuit et jour, mais pas avec son appétit ordinaire : le désir qu'il avait d'elle ne ressemblait pas à ce qu'il connaissait. *En réalité, il ne la voulait pas*. C'est-à-dire qu'il ne la voulait pas comme d'habitude il voulait les femmes, pour les sentir sous son corps, les tourner et les retourner, les ouvrir, les détruire, les écraser et les bousiller. Il ne la voulait pas pour la prendre et puis l'oublier. Il voulait sa tête délicate et débordante d'idées. Il voulait son imagination. Et il la voulait sans l'abîmer, pour la faire durer. Il ne la voulait pas pour se la taper – appliqué à Lila, ce vocabulaire le dérangeait. Il la voulait pour l'embrasser, la caresser. Il la voulait pour qu'elle le caresse, l'épaule, le guide et le commande. Il la voulait pour voir comment elle changerait, au fil du temps, et comment elle vieillirait. Il la voulait pour discuter avec elle et pour qu'elle l'aide à penser. Tu comprends ? il a parlé d'elle comme il m'a jamais parlé, alors qu'il va bientôt m'épouser ! j'te jure, c'est comme ça. Il murmurait : « mon frère Marcello, ce couillon de Stefano, Enzo avec sa tronche de gland… mais qu'est-ce qu'ils ont compris de Lina ? est-ce qu'ils ont réalisé ce qu'ils ont perdu ou ce qu'ils peuvent perdre ? non, ils sont pas assez intelligents. Je suis le seul qui sache vraiment ce qu'elle est, qui elle est. *Je l'ai reconnue*. Et je souffre en pensant à comment elle se gâche ! » Voilà, il a déliré comme ça, pour se défouler. Moi je l'ai écouté sans rien dire, et il a fini par s'endormir. Je le regardais et me disais : c'est pas lui qui parle, c'est un autre ! et cet autre, je l'ai détesté, et j'ai pensé : je vais le poignarder pendant son sommeil et reprendre mon Michele ! par contre, Lina, je n'ai rien contre elle. Il y a des années de ça, oui, je voulais la buter, quand Michele m'a enlevé le magasin de la Piazza dei Martiri pour me renvoyer derrière le comptoir de la pâtisserie. À ce moment-là, je me suis sentie comme une merde. Mais maintenant je la déteste plus, elle a rien à voir avec cette histoire. Au contraire, elle a toujours voulu se tirer de là. C'est pas une idiote comme moi, qui vais me marier avec Michele : elle, elle voudra jamais de lui. Il arrêtera jamais de s'emparer de tout ce qu'il peut, mais avec elle ça marchera pas. Du coup, depuis quelque temps, je commence même à beaucoup aimer Lina : au moins, y en a une capable de lui faire cracher le sang !

Je l'écoutai, tentant parfois de minimiser ses propos pour la consoler. Je lui dis : s'il t'épouse, c'est que malgré tout il tient à toi, il ne faut pas désespérer ! Gigliola secoua énergiquement la tête et s'essuya les joues avec les mains. Tu le connais pas, fit-elle, personne ne le connaît aussi bien que moi... Je demandai :

« D'après toi, il pourrait perdre la tête et faire du mal à Lina ? »

Elle émit une sorte d'exclamation, entre petit rire et cri :

« Lui ? À Lina ? T'as pas vu comment il s'est comporté, toutes ces années ? Il est capable de faire du mal à toi, à moi, à n'importe qui, même à son père, sa mère ou son frère. Il est capable de faire du mal à toutes les personnes auxquelles Lina tient, à son fils ou à Enzo. Et il le fera sans la moindre hésitation, à froid. Mais à elle, à elle en personne, il ne fera jamais rien. »

56

Je décidai d'achever ma tournée de prospection.
Je descendis à pied jusqu'à Mergellina et arrivai
sur la Piazza dei Martiri à un moment où le ciel
noir était tellement bas qu'il semblait posé sur les
bâtiments. Je me précipitai dans l'élégant magasin
de chaussures Solara, persuadée que l'orage allait
éclater. Je me dis qu'Alfonso était encore plus beau
que dans mon souvenir avec ses grands yeux, ses
longs cils, ses lèvres bien dessinées, son corps à la
fois fin et souple, et son italien que l'étude du latin
et du grec avait rendu un peu artificiel. Il sembla
sincèrement heureux de me voir. Avoir traversé
ensemble les difficiles années du secondaire avait
créé entre nous un rapport affectueux et, même
si nous ne nous étions pas vus depuis longtemps,
nous retrouvâmes immédiatement notre complicité. On se mit à plaisanter. Renchérissant l'un
après l'autre, on parla à bâtons rompus de notre
passé scolaire, de nos professeurs, du livre que
j'avais publié, de son mariage et du mien. Naturellement, c'est moi qui mentionnai Lila la première,
et là il devint hésitant : il ne voulait pas dire du
mal d'elle, mais il ne voulait pas en dire non plus
de son frère ou d'Ada. Il se contenta de répondre :
« Cela devait finir comme ça.
— Pourquoi ?
— Tu te rappelles, quand je te disais que Lina
me faisait peur ?
— Oui.

— En fait, ce n'était pas de la peur, je l'ai compris beaucoup plus tard.

— Et c'était quoi ?

— Un sentiment à la fois d'étrangeté et d'affinité, de distance et de proximité.

— C'est-à-dire ?

— C'est difficile à expliquer. Toi et moi, nous avons tout de suite été amis, et je t'aime beaucoup. Avec elle, ça m'a toujours semblé impossible. Elle avait quelque chose d'effrayant qui me donnait envie de m'agenouiller et de lui avouer mes pensées les plus secrètes. »

J'ironisai :

« Très bien ! Une expérience quasi mystique ! »

Il demeura sérieux :

« Non, seulement la reconnaissance de mon infériorité. Par contre, j'ai adoré quand elle m'a aidé à étudier, ça oui. Elle lisait le manuel, comprenait immédiatement et me résumait tout de façon simple. Il y a eu des moments, et il y en a encore, où je me dis que si j'étais né fille, j'aurais aimé être comme elle. En fait, dans la famille Carracci, nous étions deux corps étrangers, et ni elle ni moi ne pouvions y perdurer. C'est pourquoi j'en avais rien à faire, de ses erreurs : j'ai toujours été de son côté.

— Stefano lui en veut encore ?

— Je ne sais pas. Mais même s'il la déteste, il a trop d'ennuis pour s'occuper d'elle. En ce moment, Lina est le dernier de ses soucis. »

Cette affirmation me sembla sincère et surtout fondée, alors je laissai Lila de côté. En revanche, je lui posai de nouvelles questions sur Marisa, sur la famille Sarratore et enfin sur Nino. Il fut vague sur tout le monde, en particulier sur Nino, que personne – par la volonté de Donato, précisa-t-il – ne s'était aventuré à inviter à son insupportable mariage à venir.

« Tu n'es pas content de te marier ? » avançai-je.

Il regarda par la fenêtre : il y avait des éclairs et du tonnerre, mais il ne pleuvait pas encore. Il fit :

« J'étais bien comme j'étais.

— Et Marisa ?

— Elle non, elle n'était pas bien.

— Tu voulais qu'elle fasse la fiancée toute sa vie ?

— Je ne sais pas.

— Alors pour finir, tu as décidé de la contenter.

— Elle s'est adressée à Michele. »

Je le regardai, hésitante :

« Qu'est-ce que tu veux dire ? »

Il ricana, nerveux :

« Elle est allée le voir et elle l'a monté contre moi. »

J'étais assise sur un pouf et il se tenait debout, à contre-jour. Il avait la silhouette tendue et ramassée des toreros dans les films sur les corridas.

« Je ne comprends pas, là : tu épouses Marisa parce qu'elle a demandé à Solara de te dire que tu devais le faire ?

— J'épouse Marisa pour ne pas contrarier Michele. C'est lui qui m'a placé ici, il a cru en mes capacités, et j'ai de l'affection pour lui.

— Tu es fou !

— Tu dis ça parce que vous vous trompez tous sur Michele, vous ne savez pas vraiment qui il est. »

Son visage se contracta, il cherchait en vain à retenir ses larmes. Il ajouta :

« Marisa est enceinte.

— Je vois. »

Voilà donc la véritable raison. Je lui pris la main et, très gênée, tentai de le calmer. Il prit du temps pour s'apaiser et dit :

« La vie, c'est vraiment moche, Lenù…

— Ce n'est pas vrai : Marisa sera une bonne épouse et une excellente mère.

— Je m'en fous, de Marisa !

— N'exagère pas, maintenant ! »

Il planta son regard sur moi, et je sentis qu'il m'examinait comme pour saisir quelque chose de moi qui le laissait perplexe. Il finit par demander :

« Même à toi, Lina n'a rien dit ?

— Et qu'est-ce qu'elle devait me dire ? »

Il secoua la tête, soudain amusé :

« Tu vois que j'ai raison ! Elle est vraiment hors du commun. Un jour, je lui ai confié un secret. J'étais terrorisé et j'avais besoin d'expliquer à quelqu'un la raison de mon effroi. C'est à elle que je l'ai dit, et elle m'a écouté avec attention, ce qui a fini par m'apaiser. Pour moi, ça a été important de lui parler, j'avais l'impression qu'elle n'entendait pas avec ses oreilles mais avec un organe propre à elle seule, qui rendait mes paroles audibles. À la fin je ne lui ai pas demandé, comme on le fait d'habitude : s'il te plaît, jure de ne pas me trahir. Mais à l'évidence, si elle ne te l'a pas dit à toi, elle ne l'a dit à personne, même par vengeance, même pendant la période la plus dure pour elle, celle de la haine et des coups de mon frère. »

Je ne l'interrompis pas. Je fus seulement vexée qu'il eût confié Dieu sait quoi à Lila et pas à moi, qui étais pourtant son amie depuis toujours. Il dut s'en apercevoir et voulut se faire pardonner. Il me serra dans ses bras et me murmura à l'oreille :

« Lenù, je suis pédé, j'aime pas les femmes. »

Alors que je m'apprêtais à partir, il chuchota, gêné : je suis sûr que tu l'avais déjà compris. Cela accentua ma déception : à vrai dire, cela ne m'était jamais venu à l'esprit.

57

Ainsi s'écoula cette longue journée, sans pluie mais sombre. Et elle amorça une inversion de tendance qui transforma vite l'apparent rapprochement entre Lila et moi en un désir de couper les ponts et de m'occuper à nouveau de ma vie. Mais peut-être ce changement avait-il débuté plus tôt, causé par de minuscules détails que je remarquais à peine mais qui me heurtaient, et qui commençaient à présent à s'additionner. Ma tournée avait été utile, et pourtant je rentrai chez moi mécontente. Qu'était donc cette amitié entre Lila et moi, si elle m'avait tu pendant des années le secret d'Alfonso, alors qu'elle savait bien que c'était quelqu'un d'important pour moi ? Était-il possible qu'elle ne se fût pas rendu compte de la dépendance absolue de Michele à son égard ? Dans le cas contraire, pour quel motif aurait-elle décidé de me la cacher ? Mais par ailleurs, moi, eh oui moi, ne lui avais-je pas dissimulé bien des choses ?

Je passai le reste de la journée dans un chaos mental fait de lieux, d'époques et de personnes : la fantomatique Mme Manuela, Rino et sa vacuité, Gigliola à l'école primaire, Gigliola dans le secondaire, Gigliola séduite par la beauté et la puissance des Solara, Gigliola éblouie par la Fiat Millecento, Michele qui attirait les femmes autant que Nino mais qui, contrairement à lui, était capable d'une passion absolue, et Lila, Lila qui avait su susciter cette passion, ce transport qui n'était pas uniquement nourri du besoin maniaque de posséder, de fanfaronnades de quartier, de vengeance et de basses envies (comme elle disait), mais était une espèce de valorisation de la femme allant jusqu'à l'obsession. Ce n'était pas de la dévotion ni de l'infériorité, mais plutôt une forme d'amour masculin des plus sophistiquées, un sentiment compliqué qui, avec détermination voire une certaine férocité, savait faire d'une femme l'élue parmi toutes les femmes. Je me sentis proche de Gigliola, je compris son humiliation.

Le soir, je vis Lila et Enzo. Je ne dis rien de ma prospection, par affection pour elle et aussi pour protéger l'homme avec qui elle vivait. En revanche, je profitai d'un moment où Lila faisait manger son fils dans la cuisine pour annoncer à Enzo qu'elle souhaitait retourner au quartier. Je décidai de ne pas lui cacher mon opinion. J'expliquai que cela ne me semblait pas une bonne idée, mais qu'en même temps il valait mieux encourager ce qui pouvait l'aider à se stabiliser, ou du moins ce qu'elle estimait tel : elle n'était pas malade mais avait juste besoin de retrouver un équilibre. Qui plus est, le temps avait passé et, pour autant que je pouvais en juger, la vie ne serait pas pire au quartier qu'à San Giovanni a Teduccio. Enzo haussa les épaules :

« Je n'ai rien contre. Je me lèverai plus tôt le matin et rentrerai un peu plus tard le soir.

— J'ai vu que l'ancien appartement de Don

Carlo était à louer. Ses enfants sont partis à Caserta et sa veuve veut les y rejoindre.

— Elle demande combien de loyer ? »

Je le lui dis : dans notre quartier, les loyers étaient plus bas qu'à San Giovanni a Teduccio.

« D'accord.

— Tu sais que vous aurez quand même des problèmes.

— Ici aussi, il y a des problèmes.

— Les ennuis vont se multiplier, les sollicitations aussi.

— On verra.

— Tu resteras près d'elle ?

— Oui, tant qu'elle le voudra. »

Nous rejoignîmes Lila dans la cuisine. Elle venait de se disputer avec Gennaro. Maintenant que le gamin passait plus de temps avec sa mère et moins avec la voisine, il était désorienté ; il avait moins de liberté, était obligé de perdre une série d'habitudes, et il se rebellait en exigeant, à cinq ans, d'être nourri à la cuillère. Lila s'était mise à crier et son fils avait jeté son assiette par terre, la brisant en mille morceaux. Quand nous entrâmes dans la cuisine, elle venait de lui mettre une gifle. Elle me demanda, agressive :

« C'est toi qui l'as fait manger en faisant l'avion avec la cuillère ?

— Seulement une fois.

— Il ne fallait pas ! »

Je dis :

« Ça n'arrivera plus.

— Jamais plus ! Parce qu'après, toi tu t'en vas faire l'écrivain, et moi je dois perdre mon temps comme ça ! »

Peu à peu elle se calma, et je nettoyai le sol.

Enzo lui annonça qu'il était d'accord pour chercher un logement au quartier et je lui parlai de l'appartement de Don Carlo, étouffant mon ressentiment. Elle nous écouta sans enthousiasme tout en consolant le gosse, puis réagit comme si c'était Enzo qui voulait déménager et comme si, moi, je les poussais dans cette voie. Elle finit par dire : d'accord, c'est comme vous voulez.

Le lendemain, nous allâmes tous voir le logis. Il était dans un état déplorable, pourtant Lila s'enthousiasma : ce qui lui plaisait, c'était qu'il se trouvait à la lisière du quartier, presque au niveau du tunnel, et qu'il donnait sur la station-service du fiancé de Carmen. Enzo fit remarquer que, de nuit, ils seraient dérangés par les camions passant sur le boulevard et par les trains de la gare de triage. Mais comme elle appréciait aussi ces bruits qui avaient accompagné notre enfance, ils se mirent d'accord avec la veuve pour un prix correct. À partir de là, tous les soirs, au lieu de rentrer à San Giovanni a Teduccio, Enzo se rendit au quartier pour effectuer une série de travaux visant à transformer cet endroit en habitation acceptable.

C'était maintenant bientôt le mois de mai, mon mariage approchait et je faisais des allées et venues entre Naples et Florence. Mais Lila, semblant vouloir ignorer cette date butoir, m'impliqua dans des achats pour finir de meubler son appartement. Nous achetâmes un grand lit et un autre, petit, pour Gennaro, et allâmes ensemble déposer une demande pour l'installation du téléphone. Les gens nous observaient dans la rue, certains ne saluaient que moi, d'autres elle et moi, d'autres encore faisaient semblant de ne voir aucune des deux. Dans tous les cas, Lila paraissait à l'aise. Un jour, nous croisâmes Ada : elle était seule, nous dit bonjour avec cordialité puis continua son chemin, comme si elle était pressée. Une fois nous tombâmes sur Maria, la mère de Stefano : Lila et moi la saluâmes et elle détourna la tête. Un autre jour, Stefano en personne passa en auto et il prit l'initiative de s'arrêter. Il sortit de voiture, s'adressa joyeusement et exclusivement à moi, me posa des questions sur mon mariage et loua Florence, où il s'était rendu récemment avec Ada et leur petite fille ; enfin, il donna une chiquenaude à Gennaro, salua Lila d'un mouvement de tête et repartit. Nous vîmes aussi Fernando, le père de Lila. Il se tenait immobile devant l'école primaire, le dos voûté, il avait beaucoup vieilli. Lila devint fébrile et dit à Gennaro qu'elle voulait lui faire connaître son grand-père, je tentai de la retenir mais elle insista. Fernando fit comme si sa fille n'était pas là. Il regarda son petit-fils quelques secondes puis énonça lentement : si tu vois ta mère, dis-lui que c'est une traînée. Et il s'en alla.

Mais la rencontre la plus troublante, bien qu'elle semble sur le coup la moins significative, se produisit quelques jours avant que Lila n'emménage définitivement dans son nouveau logement. Au moment même où nous sortions de l'immeuble, nous tombâmes sur Melina qui tenait par la main sa petite-fille Maria, l'enfant de Stefano et Ada. Comme toujours, elle avait l'air distraite, toutefois elle était bien habillée, avait les cheveux peroxydés et le visage très maquillé. Elle me reconnut mais pas Lila, à moins qu'elle n'eût d'abord choisi de ne parler qu'à moi. Elle me traita comme si j'étais encore la petite amie de son fils Antonio : elle me dit qu'il allait bientôt rentrer d'Allemagne et que, dans ses lettres, il demandait toujours de mes nouvelles. Je la complimentai beaucoup sur sa robe et ses cheveux, ce qui lui fit plaisir. Mais elle fut encore plus contente quand je louai la gamine qui, intimidée, s'agrippa à la jupe de sa grand-mère. À ce moment-là, Melina se sentit certainement obligée de dire grand bien de Gennaro et elle lança à Lila : c'est ton fils ? C'est seulement alors qu'elle sembla se souvenir d'elle – mon amie n'avait fait que la fixer sans mot dire – et il dut lui revenir à l'esprit qu'il s'agissait de la femme à qui Ada avait enlevé son mari. Ses yeux s'enfoncèrent dans ses grands cernes et, solennelle, elle déclara : Lina, t'es devenue moche et sèche alors Stefano t'a quittée, c'était forcé ; les hommes aiment la chair, autrement ils ne savent pas où mettre les mains et ils finissent par s'en aller. Puis, avec un mouvement exagérément rapide de la tête, elle se tourna vers Gennaro et cria presque, en désignant la gosse : tu sais que c'est ta sœur, celle-là ? Allez, faites-vous un bisou ! *Mamma mia*, comme vous êtes beaux ! Gennaro alla immédiatement embrasser la môme, qui se laissa faire sans protester, et Melina, voyant leurs deux visages côte à côte, s'exclama : *ils ressemblent tous les deux à leur père ! ils sont pareils !* Après cette constatation, et comme si elle avait quelque chose d'urgent à faire, elle tira sa petite-fille par le bras et partit sans dire au revoir.

Lila était restée muette tout du long. Mais je compris qu'elle avait reçu un choc, comme le jour où, enfant, elle avait vu Melina sur le boulevard en train de manger du savon mou. Dès que la femme et la gamine s'éloignèrent, elle se secoua, se décoiffa frénétiquement d'une main, cligna des paupières et dit : je vais devenir comme ça ! Puis elle essaya de remettre de l'ordre dans ses cheveux et murmura :

« Tu as entendu ce qu'elle a dit ?

— Ce n'est pas vrai, que tu es moche et sèche !

— Qu'est-ce qu'on en a à foutre, si je suis moche et sèche ? Je parle de la ressemblance.

— Quelle ressemblance ?

— Entre les deux gosses. Melina a raison, ils ressemblent tous deux à Stefano.

— Qu'est-ce que tu racontes ? La petite, oui, mais pas Gennaro ! »

Elle éclata de rire. Après tout ce temps, son rire méchant de toujours lui était revenu. Elle renchérit :

« On dirait deux gouttes d'eau ! »

58

Il me fallait absolument partir. Ce que je pouvais faire pour elle je l'avais fait, et maintenant je risquais de m'enliser dans des réflexions inutiles sur qui était le véritable père de Gennaro, sur la clairvoyance de Melina, sur les secrètes pensées qui animaient l'esprit de Lila, sur ce qu'elle savait ou ne savait pas, sur ce qu'elle supposait et ne disait pas, sur ce qui l'arrangeait de croire et ainsi de suite, dans une spirale qui m'abîmait. Nous discutâmes de notre rencontre avec Melina, profitant de l'absence d'Enzo, au travail. J'eus recours à des lieux communs du genre : une femme sait toujours qui est le père de ses enfants. Je dis : ce fils, tu as toujours senti qu'il était de Nino, tu l'as

276

même voulu précisément pour cela, or maintenant tu es persuadée qu'il est de Stefano, rien que parce que Melina la folle te l'a dit ? Mais elle ricanait et s'exclamait : qu'est-ce que j'ai été bête, comment j'ai fait pour ne pas m'en rendre compte ! Et – ce qui pour moi était incompréhensible – elle avait l'air contente. Je finis donc par me taire. Si cette nouvelle idée l'aidait à guérir, très bien. Et si c'était encore un signe de son instabilité, que pouvais-je y faire ? Assez ! Mon livre avait été acheté en France, en Espagne et en Allemagne, on allait le traduire. J'avais publié deux autres articles sur le travail des femmes dans les usines de la Campanie et, à *L'Unità*, ils avaient été satisfaits. Ma maison d'édition me sollicitait dans la perspective d'un nouveau roman. Bref, je devais m'occuper de mille choses à moi. J'avais fait assez d'efforts pour Lila et ne pouvais continuer à me perdre dans le dédale de sa vie. Encouragée par Adele, j'achetai à Milan un tailleur crème pour mon mariage, il m'allait bien, la veste était très près du corps et la jupe courte. En l'essayant, je repensai à Lila, à sa luxueuse robe de mariée et à la photographie que la couturière avait exposée dans la vitrine du Rettifilo : me comparant à elle, je me sentis définitivement différente. Son mariage et le mien : deux mondes désormais éloignés. Quelque temps plus tôt, je lui avais expliqué que je ne me marierais pas à l'église et ne porterais pas de robe de mariée traditionnelle, et que Pietro avait même eu du mal à accepter la présence de la famille proche à la cérémonie.

« Pourquoi ? m'avait-elle demandé, sans montrer d'intérêt.

— Pourquoi quoi ?

« — Pourquoi vous ne vous mariez pas à l'église ?

— Nous ne sommes pas croyants.

— Et le doigt de Dieu, et le Saint-Esprit ? » avait-elle cité, me rappelant le petit article que nous avions écrit ensemble, lorsque nous étions plus jeunes.

« J'ai grandi.

— Mais au moins fais une fête, invite les amis !

— Pietro n'a pas envie.

— Et moi, tu ne m'invites même pas ?

— Tu viendrais ? »

Elle avait ri en secouant la tête :

« Non. »

Fin de la conversation. Mais début mai, lorsque je me résolus à une dernière initiative avant de quitter définitivement la ville, les choses prirent un tour désagréable, à ce sujet mais pas seulement. Ce qui se passa, c'est que je décidai d'aller voir Mme Galiani. Je cherchai son numéro et lui téléphonai. Je lui expliquai que j'étais sur le point de me marier et d'aller vivre à Florence, alors je souhaitais passer lui dire au revoir. Sans surprise, sans manifester de joie mais avec gentillesse, elle m'invita pour le lendemain à 5 heures. Avant de raccrocher, elle ajouta : emmène donc ton amie Lina, si ça lui dit.

Cette fois-ci, Lila ne se fit pas prier, et elle laissa Gennaro à Enzo. Je me maquillai, me coiffai et m'habillai dans le style appris d'Adele, et j'aidai Lila à apporter un minimum de soin à son aspect, puisqu'il était difficile de la convaincre de se faire belle. Elle voulait apporter des pâtisseries mais je lui dis que ce n'était pas la peine. En revanche, j'achetai un exemplaire de mon livre, bien qu'il me semble évident que Mme Galiani l'avait déjà lu :

je le fis seulement pour avoir la possibilité de lui faire une dédicace.

Arrivées bien à l'heure, nous sonnâmes. Silence. Nous sonnâmes à nouveau et Nadia nous ouvrit, essoufflée, débraillée et sans sa courtoisie habituelle, comme si on avait mis le désordre non seulement dans son apparence mais aussi dans sa bonne éducation. Je lui expliquai que j'avais rendez-vous avec sa mère. Elle n'est pas là, répondit-elle, et elle nous fit passer au salon. Puis elle disparut.

Nous restâmes muettes dans l'appartement silencieux, échangeant de petits sourires gênés. Cinq minutes peut-être s'écoulèrent, et on entendit enfin des pas dans le couloir. Ce fut alors que Pasquale surgit, un peu échevelé. Lila ne manifesta pas la moindre surprise. Moi, au contraire, je m'exclamai, sincèrement ébahie : mais qu'est-ce que tu fais là ? Il me répondit avec sérieux et sans cordialité aucune : mais qu'est-ce que *vous* faites là ? Cette phrase retourna la situation : je dus lui expliquer, comme si nous étions chez lui, que j'avais rendez-vous avec ma professeure.

« Ah bon, fit-il avant de demander à Lila, railleur : et toi, tu as récupéré ?

— Plus ou moins.

— Tant mieux. »

Je m'emportai et répondis à sa place. J'affirmai que Lila ne commençait à aller mieux que depuis quelques jours, et qu'en tout cas Soccavo avait reçu une bonne leçon : les inspecteurs avaient débarqué et l'usine avait été obligée de payer à Lila tout ce qui lui était dû.

« Ah oui ? dit-il au moment même où réapparaissait Nadia, maintenant parfaitement mise, comme sur le point de sortir. Tu as entendu, Nadia ? Mlle Greco dit qu'elle a donné une bonne leçon à Soccavo. »

Je m'exclamai :

« Pas moi !

— Ah non c'est pas elle, alors c'est le Père éternel qui a donné une leçon à Soccavo ! »

Nadia eut un petit sourire, traversa la pièce et, bien qu'un divan fût libre, alla s'asseoir gracieusement sur les genoux de Pasquale. Je me sentis mal à l'aise.

« J'ai seulement essayé d'aider Lina. »

Pasquale passa un bras autour de la taille de Nadia, se pencha en avant et s'exclama :

« Parfait ! Ça veut dire que dans toutes les usines, sur tous les chantiers, dans tous les coins d'Italie et du monde, dès que le patron fait des conneries et que les ouvriers sont en danger, on appelle Elena Greco : elle téléphone à ses copains, à l'inspection du travail et aux saints qu'elle connaît au paradis, et le problème est résolu ! »

Il ne m'avait jamais parlé ainsi, même lorsque j'étais gamine et qu'il me semblait déjà un grand, prenant des airs de politicien aguerri. Je fus vexée et m'apprêtai à lui répondre, mais Nadia intervint, m'excluant de la conversation. Elle s'adressa à Lila de sa petite voix lente, comme si moi, ce n'était même pas la peine de me parler :

« Les inspecteurs du travail, c'est du vent, Lina. Ils sont allés chez Soccavo, ils ont rempli leurs papiers, et après ? Dans l'usine, tout continue comme avant. La seule différence, c'est que ceux qui se sont exposés ont des ennuis et ceux qui sont restés silencieux ont reçu une poignée de lires sous le manteau. À part ça, les policiers nous ont chargés et les fascistes sont venus jusque devant chez nous, ils ont tabassé Armando. »

Elle n'avait pas fini de parler que Pasquale m'interpellait déjà, encore plus durement qu'avant, élevant même la voix :

« Explique donc un peu ce que tu as cru résoudre ! dit-il sur un ton de souffrance et de déception sincères. Tu te rends compte de la situation, en Italie ? Tu as une idée de ce que c'est, la lutte des classes ?

— S'il te plaît, ne crie pas, le pria Nadia avant de se tourner à nouveau vers Lila, presque dans un murmure : on n'abandonne pas ses camarades. »

Lila répondit :

« Ça se serait mal terminé de toute façon.

— C'est-à-dire ?

— Là-dedans, on ne gagne pas avec des tracts, ni même en faisant le coup de poing contre les fascistes.

— Et comment on gagne, alors ? »

Lila resta coite. Maintenant Pasquale s'adressait à elle, grinçant :

« On gagne en mobilisant les gentils copains des patrons ? On gagne en empochant un peu de fric et en se foutant des autres ? »

J'éclatai :

« Pasquale, arrête ! dis-je et, sans le vouloir, j'élevai la voix à mon tour. C'est quoi ce petit ton, là ? Ça ne s'est pas du tout passé comme ça ! »

Je voulais m'expliquer et le faire taire, malgré ma tête vide qui ne savait quels arguments avancer, puisque le seul concept qui me venait à la bouche était perfide et politiquement inutilisable : tu me traites comme ça parce que, maintenant que tu peux mettre les mains sur cette demoiselle de bonne famille, tu te prends pour Dieu sait qui! Mais voilà que Lila m'interrompit, avec un geste d'agacement tout à fait inattendu qui me déboussola. Elle lâcha:

«Ça suffit, Lenù, c'est eux qui ont raison.»

Je le pris très mal. Raison, eux? J'avais envie de répliquer et de m'en prendre à elle aussi: qu'est-ce qu'elle voulait dire par là? Mais à ce moment-là, Mme Galiani arriva: on entendit ses pas dans le couloir.

59

J'espérai que ma professeure ne m'avait pas entendue crier. Je m'attendis aussi que Nadia glisse des genoux de Pasquale et coure s'asseoir sur le divan: j'avais envie de les voir tous deux humiliés par l'obligation de feindre l'absence d'intimité. Je remarquai que Lila aussi les regardait, ironique. Mais tous deux restèrent comme ils étaient, et Nadia passa même un bras autour du cou de Pasquale, comme si elle craignait de tomber, tout en lançant à sa mère, qui venait d'apparaître sur le seuil: la prochaine fois préviens-moi, si t'attends de la visite! L'enseignante ne répondit rien et s'adressa à nous froidement: excusez-moi, j'ai été retardée, passons dans mon bureau. Nous la suivîmes, tandis que Pasquale écartait Nadia de lui, murmurant d'un ton qui me parut soudain déprimé: allez viens, on va à côté...

Mme Galiani nous ouvrit le chemin, et dans le couloir elle bougonna: ce que je ne supporte vraiment pas, c'est la grossièreté. Puis elle nous fit entrer dans une pièce bien aérée avec un vieux bureau, de nombreux livres et d'austères chaises rembourrées. Elle prit un ton gentil mais, clairement, elle luttait contre la mauvaise humeur. Elle dit qu'elle était contente de me voir et de revoir Lila ; néanmoins, à chacune de ses paroles et aussi entre ses mots, je la sentais de plus en plus irritée et souhaitais m'en aller au plus vite. Je m'excusai de ne plus avoir donné de nouvelles et évoquai de manière un peu précipitée la fatigue des études, mon livre, les mille activités qui m'avaient emportée, mes fiançailles et enfin le mariage, désormais imminent.

« Tu te maries à l'église ou civilement ?

— Juste civilement.

— Bravo. »

Voulant l'impliquer dans la conversation, elle s'adressa à Lila :

« Et vous, vous êtes-vous mariée à l'église ?

— Oui.

— Vous êtes croyante ?

— Non.

— Alors pourquoi vous êtes-vous mariée à l'église ?

— Ça se faisait.

— Il ne faudrait pas faire les choses juste parce qu'elles se font.

— C'est bien souvent comme ça.

— Irez-vous au mariage d'Elena ?

— Elle ne m'a pas invitée. »

Je sursautai et intervins aussitôt :

« Ce n'est pas vrai ! »

Lila ricana :

« Si, c'est vrai, elle a honte de moi. »

Son ton était ironique, mais je fus néanmoins blessée. Que lui arrivait-il? Pourquoi m'avait-elle d'abord donné tort devant Nadia et Pasquale, avant de tenir maintenant ces propos désagréables en présence de ma prof?

« Ce sont des bêtises! » m'exclamai-je. Et pour me calmer, je sortis de mon sac le roman, que je tendis à Mme Galiani en disant : je voulais vous donner cela. Elle le regarda un instant sans le voir – peut-être suivait-elle l'une de ses pensées –, puis elle me remercia, me répondit qu'elle l'avait déjà et me le rendit en demandant :

« Que fait ton mari?

— Il a une chaire de littérature latine à Florence.

— Il est beaucoup plus âgé que toi?

— Il a vingt-sept ans.

— Si jeune, il a déjà une chaire?

— Il est très doué.

— Comment s'appelle-t-il?

— Pietro Airota. »

Mme Galiani me regarda attentivement, comme lorsqu'elle m'interrogeait au lycée et considérait ma réponse incomplète :

« C'est un parent de Guido Airota?

— Son fils. »

Elle sourit avec une malice évidente :

« Beau mariage!

— Nous nous aimons.

— Tu as déjà commencé à écrire un autre livre?

— J'essaie.

— J'ai vu que tu collaborais à *L'Unità*.

— Oh, peu de chose.

— Moi je n'écris plus pour eux, c'est un journal de bureaucrates. »

Elle passa de nouveau à Lila. On aurait dit qu'elle cherchait à faire sentir sa sympathie, de toutes les manières possibles. Elle déclara :

« C'est admirable, ce que vous avez fait à l'usine. »

Lila eut une grimace agacée.

« Je n'ai rien fait.

— Ce n'est pas vrai. »

Mme Galiani se leva, fouilla parmi les papiers sur son bureau et brandit des feuillets comme s'il s'agissait d'une preuve irréfutable :

« Nadia a laissé traîner ce texte de vous dans la maison, et je me suis permis de le lire. C'est un travail courageux, novateur et très bien écrit. Je désirais vous revoir pour pouvoir vous le dire. »

Elle tenait en main les pages de Lila dont j'avais tiré mon premier article pour *L'Unità*.

60

Ah oui, il était vraiment temps de m'en aller ! Je sortis de chez les Galiani amère, la bouche sèche, sans avoir trouvé le courage de dire à ma prof qu'elle n'avait pas le droit de me traiter ainsi. Elle ne s'était pas prononcée sur mon livre, or elle le possédait depuis longtemps et l'avait certainement lu ou, du moins, survolé. Elle ne m'avait pas demandé de faire une dédicace sur l'exemplaire que je lui avais apporté exprès et quand, avant de prendre congé, j'avais tout de même proposé de lui en écrire une – par faiblesse et par désir de mettre fin à notre relation de manière affectueuse –, elle n'avait répondu ni oui ni non, elle avait souri et continué à parler avec Lila. Surtout, elle n'avait rien dit de mes articles ; pire, au début elle les avait cités uniquement pour avoir l'occasion d'exprimer son jugement négatif sur *L'Unità*, avant de sortir les feuillets de Lila et de se mettre à discuter avec elle, comme si mon opinion sur ce sujet comptait pour du beurre et comme si je n'étais plus présente dans la pièce. J'aurais voulu lui crier : oui, c'est vrai, Lila a une grande intelligence, une intelligence que je lui ai toujours reconnue, que j'adore et qui a influencé tout ce que j'ai fait ; mais moi, j'ai cultivé la mienne au prix de grands efforts et avec succès, et aujourd'hui on m'apprécie partout, je ne suis pas une nullité prétentieuse comme ta fille ! Or j'étais restée silencieuse, je les avais écoutées tandis qu'elles parlaient travail, usine et revendications. Elles avaient continué à discuter entre elles sur le palier puis, alors que Mme Galiani m'avait saluée distraitement, elle avait en revanche dit à Lila, qu'elle tutoyait désormais : donne-moi de tes nouvelles ! et elle l'avait serrée dans ses bras. Je m'étais sentie humiliée. En outre, Pasquale et Nadia n'étant pas réapparus, je n'avais pas eu la possibilité de réfuter leurs arguments, et toute ma colère envers eux était restée en moi : qu'y avait-il de mal à aider une amie ? Pour ce faire, je m'étais exposée. De quel droit se permettaient-ils de critiquer mon action ? À présent, dans l'escalier, dans le hall et sur le trottoir du Corso Vittorio Emanuele, nous étions seules, Lila et moi. Je me sentais prête à lui crier : mais tu crois vraiment que j'ai honte de toi ? qu'est-ce qui t'est passé par la tête ? pourquoi est-ce que tu as donné raison à ces deux-là ? tu es ingrate, j'ai tout fait pour rester près de toi, pour t'être utile, et c'est comme ça que tu me traites ! ton cerveau est vraiment malade ! Mais à peine arrivées dehors, et avant même que je puisse ouvrir la bouche (par ailleurs, qu'est-ce que cela aurait changé, si je l'avais fait ?), elle passa son bras sous le mien et se mit à prendre ma défense contre Mme Galiani.

Je ne trouvai pas le moindre interstice dans lequel m'engouffrer pour lui reprocher de s'être mise du côté de Pasquale et Nadia et de m'avoir absurdement accusée de ne pas vouloir d'elle à mon mariage. Elle se comporta comme si c'était une autre Lila qui avait dit ces trucs-là, une Lila dont elle-même ne savait rien et à laquelle il était inutile de demander des explications. Quels sales gens ! attaqua-t-elle, et elle ne s'arrêta plus jusqu'à la station de métro de la Piazza Amedeo. T'as vu comment elle t'a traitée, la vieille ? elle a voulu se venger, elle supporte pas que tu écrives des livres et des articles, elle supporte pas que tu sois sur le point de faire un bon mariage, et surtout elle supporte pas que Nadia, éduquée exprès pour être la meilleure de toutes, Nadia qui était censée lui donner tellement de satisfactions, ne fasse rien de bien, se soit mise avec un maçon et fasse la putain sous ses propres yeux ! non, elle peut pas supporter tout ça. Mais toi, t'as tort de t'en soucier, y faut t'en foutre. Y fallait pas lui laisser ton livre, y fallait pas lui demander si elle voulait une dédicace, et surtout y fallait pas lui en faire une. Ces gens, tout ce qu'ils méritent, c'est des coups de pied au cul. Ton problème, c'est que t'es trop gentille, tu mords à l'hameçon dès que t'entends des gens qui ont étudié, comme si eux seuls avaient un cerveau

– mais c'est pas comme ça. Allez, détends-toi, va te marier et profite de ton voyage de noces, tu t'es trop inquiétée pour moi ; écris plutôt un autre roman, tu sais que j'attends de toi des merveilles, je t'aime beaucoup !

Je ne pus que l'écouter, dépassée. Elle ne s'apaisait donc jamais. À chaque fois que quelque chose semblait établi dans notre relation, tôt ou tard on découvrait que ce n'était en fait qu'une situation provisoire, et bientôt un changement se produisait dans sa tête, nous déséquilibrant elle comme moi. Je n'arrivais pas à comprendre si ces paroles étaient un moyen de me demander pardon, ou si elles n'étaient que mensonge, dissimulant des sentiments qu'elle ne souhaitait pas me confier, ou encore si elles préparaient un adieu définitif. Pour sûr, Lila était fausse et ingrate, et quant à moi, malgré tout ce qui avait changé, je continuais à lui être inférieure. Je sentis que je n'arriverais jamais à me libérer de cette condition de subalterne, et cela me parut insupportable. Je me mis à désirer, sans parvenir à étouffer ce sentiment, que le cardiologue se soit trompé et qu'Armando ait raison : je souhaitais qu'elle soit véritablement malade et meure.

Après ce jour-là, nous ne nous revîmes plus pendant des années, ne nous parlant qu'au téléphone. Nous devînmes l'une pour l'autre des fragments de voix, sans jamais rien confirmer par le regard. Mais mon désir de la voir mourir resta tapi dans un coin : je le chassais mais il ne s'en allait pas.

61

La nuit avant mon départ pour Florence, je n'arrivai pas à dormir. Parmi toutes les pensées douloureuses qui me taraudaient, la plus persistante concernait Pasquale. Ses critiques me brûlaient. Dans un premier temps, je les avais repoussées en bloc; mais à présent, je balançais entre la conviction de ne pas les mériter et l'idée que, si Lila lui avait donné raison, c'était peut-être que j'avais vraiment commis une erreur. Pour finir, je fis quelque chose que je n'avais jamais fait auparavant : je me tirai du lit à 4 heures du matin et sortis seule de chez moi, avant l'aube. J'étais très malheureuse, je voulais qu'il se produise quelque chose d'horrible, un événement qui, me punissant de mes actions malheureuses et de mes mauvaises pensées, punisse aussi Lila, par ricochet. Or, il ne m'arriva rien. Je me promenai longuement dans les rues vides, bien plus sûres que lorsqu'elles étaient pleines de monde. Le ciel devint violet. J'arrivai au bord de la mer, une feuille grisâtre sous un ciel pâle aux rares nuages ourlés de rose. La masse du Castel dell'Ovo était nettement découpée en deux par la lumière : une silhouette d'un ocre resplendissant du côté du Vésuve, une tache marron du côté de Mergellina et de Posillipo. La rue longeant la falaise était déserte, de la mer on ne percevait aucun bruit mais elle exhalait une odeur intense. Qui sait ce que j'aurais pensé de Naples et de moi-même si je m'étais réveillée tous les matins non pas dans mon quartier mais là, dans un immeuble du littoral? Qu'est-ce que je cherchais? À changer ma naissance? À changer les autres aussi, en même temps que moi ? À repeupler cette ville, maintenant vide, avec des habitants qui ne soient pas harcelés par la misère ou l'avidité, des habitants sans haine et sans fureur, capables d'apprécier la splendeur du paysage, à l'instar des dieux qui vivaient ici autrefois ? À encourager mon démon intérieur, lui inventer une belle vie et me sentir heureuse ? Je m'étais servie du pouvoir des Airota, une famille qui se battait depuis des générations pour le socialisme, une famille qui était du côté de gens comme Pasquale ou Lila ; et je ne l'avais pas fait en pensant régler tous les problèmes du monde, mais parce que j'étais en mesure d'aider une personne que j'aimais, et parce que ne pas le faire m'aurait semblé être une faute. Avais-je mal agi ? Devais-je abandonner Lila à ses problèmes ? Ah ça, je ne bougerais plus jamais le petit doigt pour qui que ce soit ! Je partis, j'allai me marier.

Aucun souvenir de mon mariage. Le support de quelques rares photographies, au lieu de stimuler ma mémoire, l'a figée en une poignée d'images : Pietro et son regard distrait, moi qui semble énervée, ma mère qui, même floue, réussit à avoir l'air mécontente. Mais ce n'est peut-être pas cela. En fait, c'est de la cérémonie elle-même que je ne me souviens pas, mais j'ai encore à l'esprit la longue conversation que j'eus avec Pietro quelques jours avant de nous marier. Je l'informai que j'avais l'intention de prendre la pilule pour ne pas avoir de bébé : il me paraissait urgent, avant tout, d'essayer d'écrire un autre livre. J'étais certaine d'obtenir son approbation immédiate. Or, à ma grande surprise, il s'y opposa. Il en fit d'abord un problème de légalité, la pilule n'étant pas encore officiellement en vente ; puis il dit que le bruit courait qu'elle était mauvaise pour la santé ; ensuite il se lança dans un discours compliqué sur le sexe, l'amour et la fécondation ; pour finir, il bougonna que, quand on a vraiment quelque chose à écrire, on l'écrit de toute façon, même si on attend un enfant. Cela me déplut et je m'emportai. Sa réaction ne me parut pas celle d'un jeune homme cultivé ayant voulu un mariage uniquement civil, et je le lui dis. Nous nous disputâmes. Quand le jour des noces arriva, nous n'étions pas réconciliés, il était muet, j'étais glaciale.

Une autre surprise ne s'est nullement effacée de ma mémoire : la réception. Nous avions décidé, une fois la cérémonie finie, de dire au revoir aux familles et de rentrer chez nous, sans fête aucune. Ce choix découlait à la fois du penchant ascétique de Pietro et de ma tendance à vouloir prouver que je n'appartenais plus au monde de ma mère. Mais notre ligne de conduite fut bouleversée en secret par Adele. Elle nous entraîna chez l'une de ses amies pour un vin d'honneur, prétendit-elle. En fait, Pietro et moi nous retrouvâmes au cœur d'une très noble demeure florentine pour une grande réception, parmi de nombreux membres de la famille Airota et des tas de gens connus voire très connus, qui restèrent jusqu'au soir. Mon mari s'assombrit ; désorientée, je me demandais pourquoi, s'il s'agissait d'une fête pour *mon* mariage, j'avais dû me contenter de n'inviter que mes parents et mes frères et sœur. Je dis à Pietro :

« Tu étais au courant ?

— Non. »

Au début, nous affrontâmes la situation ensemble. Mais bientôt, Pietro ignora les tentatives de sa mère et de sa sœur pour le présenter à telle ou telle personne, et il se réfugia dans un coin auprès de mes parents, avec lesquels il bavarda pendant toute la réception. Un peu mal à l'aise, je me résignai au piège dans lequel nous étions tombés ; mais progressivement, l'intérêt que des hommes politiques célèbres, des intellectuels prestigieux, de jeunes révolutionnaires et même un poète et un romancier très connus manifestaient pour moi et pour mon livre, ainsi que leurs félicitations pour mes articles dans *L'Unità*, me galvanisa. Le temps passa à vive allure et je me sentis de plus en plus acceptée dans le monde des Airota. Mon beau-père lui-même me retint un moment à son côté, creusant avec gentillesse mes compétences sur la question du travail. Un petit attroupement se forma bientôt autour de nous : toutes ces personnes participaient à des débats, à travers journaux et revues, sur la marée de revendications qui montait dans tout le pays. Et me voilà avec eux ! Et c'était ma fête, et j'étais au centre de la conversation !

À un moment donné, mon beau-père loua chaleureusement un essai paru dans *Mondo operaio* qui, d'après lui, posait le problème de la démocratie en Italie avec une intelligence limpide. Grâce à une grande quantité d'informations, le texte démontrait, pour résumer, que tant que la Rai, les grands journaux, l'école, l'université et la magistrature travailleraient jour après jour à consolider l'idéologie dominante, la compétition électorale demeurerait truquée et les partis ouvriers n'obtiendraient jamais suffisamment de voix pour gouverner. S'ensuivirent des gestes d'approbation, des citations à l'appui de cette idée et des renvois à telle ou telle autre contribution. Pour finir, le professeur Airota, avec toute son autorité, donna le nom de l'auteur de cet article : je sus avant même qu'il ne le prononce – Giovanni Sarratore – qu'il s'agissait de Nino. Je fus tellement heureuse que je ne pus me retenir et m'exclamai que je le connaissais, puis appelai Adele pour qu'elle confirme à son mari et aux autres que mon ami napolitain était vraiment brillant.

Ainsi Nino participa-t-il à mon mariage sans être présent. Et parlant de lui, je me sentis autorisée à parler de moi aussi, des raisons pour lesquelles j'avais commencé à m'occuper des luttes ouvrières, et de la nécessité de fournir des éléments afin que tous les partis et représentants de la gauche puissent combler les retards qu'ils avaient accumulés dans la compréhension de la situation politique et économique dans laquelle nous vivions – et ainsi de suite, avec d'autres formules apprises récemment mais que j'employais déjà avec désinvolture. Je me sentis douée. Mon humeur ne cessa de s'améliorer, j'eus plaisir à être auprès de mes beaux-parents et à me sentir appréciée par leurs amis. À la fin, quand ma famille vint timidement me dire au revoir avant de courir pour aller je ne sais où attendre le premier train qui les ramènerait à Naples, je n'avais plus envie de faire la tête à Pietro. Il dut s'en rendre compte, car à son tour il s'adoucit et toutes les tensions se dissipèrent.

À peine rentrés dans notre appartement et à peine la porte refermée, nous nous mîmes à faire l'amour. Au début, cela me plut beaucoup, mais la journée me réservait encore une autre surprise. Lorsque Antonio, mon premier petit ami, se frottait contre moi, il était rapide et intense ; Franco, lui, faisait de gros efforts pour se retenir, mais à un moment donné il se retirait avec un râle ou bien, quand il avait un préservatif, s'arrêtait d'un coup, semblait devenir plus lourd et m'écrasait sous son poids en riant dans mon oreille. Pietro, en revanche, se prodigua pendant un temps qui me parut incroyablement long. Il me donnait des poussées calculées et violentes, à tel point que mon plaisir initial peu à peu s'atténua, vaincu par l'insistance monotone de mon mari et par la douleur que je ressentais au ventre. Que ce soient les efforts ou la peine, il fut bientôt couvert de sueur ; à voir ainsi son visage et sa nuque ruisselants, et à toucher son dos trempé, mon désir disparut totalement. Mais il ne s'en rendit pas compte, il continua à aller et venir en moi avec force, de manière régulière, sans jamais s'interrompre. Je ne savais pas comment me comporter. Je le caressais et lui murmurais des mots d'amour, tout en espérant qu'il s'arrêterait. Quand il explosa dans un rugissement et s'écroula, enfin épuisé, je fus contente, malgré ma douleur et mon insatisfaction.

Il resta très peu de temps allongé, bientôt il se leva pour aller dans la salle de bain. Je l'attendis quelques minutes mais j'étais fatiguée et sombrai dans le sommeil. Je me réveillai en sursaut une heure après et m'aperçus qu'il ne s'était pas recouché. Je le découvris dans son bureau, penché sur sa table.

« Qu'est-ce que tu fais ? »
Il sourit :
« Je travaille.
— Viens dormir !
— Vas-y, je te rejoins plus tard. »
Je suis sûre que je tombai enceinte cette nuit-là.

63

Dès que je découvris que j'attendais un enfant, je cédai à la panique et téléphonai à ma mère. Malgré notre rapport depuis toujours conflictuel, en cette occasion, le besoin de l'entendre fut le plus fort. Mal m'en prit, elle se mit aussitôt à me harceler. Elle voulait venir, s'installer chez moi, m'aider et me guider, ou bien au contraire elle voulait me ramener avec elle au quartier, me réinstaller chez nous et me confier à la vieille sage-femme qui avait fait naître tous ses enfants. J'eus beaucoup de mal à la tenir à distance, j'expliquai que j'étais suivie par un gynécologue ami de ma belle-mère, un grand professeur, et que j'accoucherais dans sa clinique. Elle fut vexée. Elle lâcha : tu préfères ta belle-mère à moi ! Elle n'appela plus.

Quelques jours plus tard, c'est Lila qui me contacta. Nous avions déjà eu quelques échanges téléphoniques après mon départ, mais seulement de quelques minutes, nous ne voulions pas trop dépenser ; elle était généralement joyeuse et moi détachée, elle me demandait, ironique, comment allait ma vie d'épouse et moi, sérieuse, je prenais des nouvelles de sa santé. Mais cette fois, je sentis que quelque chose n'allait pas.

« Tu m'en veux ? me demanda-t-elle.

— Non, pourquoi ?

— Tu ne m'as rien dit ! Je n'ai appris la nouvelle que par ta mère, qui se vante auprès de tout le monde de ta grossesse.

— Ça ne fait pas longtemps que j'en ai la certitude.

— Je croyais que tu prenais la pilule. »

Je fus gênée :

« Je sais, mais après j'ai changé d'avis.

— Pourquoi ?

— Les années passent.

— Et le livre que tu dois écrire ?

— Je verrai plus tard.

— T'as intérêt !

— Je ferai mon possible.

— Tu dois faire ton maximum.

— J'essaierai.

— Moi, je la prends, la pilule.

— Alors ça va, avec Enzo ?

— Pas mal. Mais je ne veux plus jamais tomber enceinte. »

Elle se tut et je ne dis rien non plus. Quand elle reprit la parole, ce fut pour me raconter la première fois où elle s'était aperçue qu'elle attendait un enfant, et puis la seconde. Elle appela ces deux épisodes de « mauvaises expériences » : la deuxième fois, dit-elle, j'étais sûre que l'enfant était de Nino, et même si je ne me sentais pas bien, j'étais contente. Mais, qu'on soit heureuse ou non, tu verras, le corps pâtit, il n'aime pas être déformé, c'est trop douloureux. À partir de là, elle se lança dans un crescendo toujours plus noir. C'étaient des choses qu'elle m'avait déjà dites, mais jamais avec un tel désir de m'entraîner dans sa souffrance, pour me la faire éprouver à moi aussi. On aurait dit qu'elle voulait me préparer à ce qui m'attendait, elle était très inquiète pour moi et mon avenir. La vie d'un autre, dit-elle, ça commence par s'agripper à ton ventre et puis, quand elle sort enfin, elle fait de toi une prisonnière, elle te tient en laisse, tu n'es plus ton propre maître. Elle esquissa ainsi avec vivacité toutes les phases de ma maternité en les calquant sur la sienne, s'exprimant avec son talent habituel. C'est comme si tu avais fabriqué ton propre instrument de torture ! s'exclama-t-elle. Je compris qu'elle n'arrivait pas à se dire qu'elle était elle, et que moi j'étais moi ; il lui semblait inconcevable que je puisse avoir une grossesse différente de la sienne, des sentiments envers les bébés différents des siens. Dans son esprit, il était évident que j'allais connaître les mêmes difficultés qu'elle, et elle me parut prête à considérer une éventuelle maternité heureuse comme une trahison de ma part.

Je ne voulus plus l'entendre et éloignai le combiné de mon oreille, effrayée. Nous nous séparâmes sans chaleur.

« Si tu as besoin de quelque chose, conclut-elle, dis-le-moi !

— D'accord.

— Tu m'as aidée, je veux t'aider à mon tour.

— D'accord. »

Mais ce coup de téléphone, au lieu de m'aider, me plongea dans l'inquiétude. J'habitais dans une ville dont je ne savais rien, bien que, grâce à Pietro, j'en connaisse à présent tous les recoins, ce que je ne pouvais pas dire de Naples. J'aimais beaucoup les quais de l'Arno, j'y faisais de belles promenades, mais la couleur des immeubles ne me plaisait pas, elle me mettait de mauvaise humeur. Le ton moqueur des habitants – le concierge de l'immeuble, le boucher, le boulanger, le facteur – me poussait à la raillerie moi aussi, faisant naître sans raison une ambiance pesante. Et puis, tous les amis de mes beaux-parents, si disponibles le jour de mon mariage, n'avaient plus jamais donné signe de vie, et Pietro n'avait nulle intention de les revoir. Je me sentais seule et fragile. J'achetai quelques livres sur comment devenir une mère parfaite et me préparai avec mon application habituelle.

Les jours et les semaines passèrent mais, à ma grande surprise, la grossesse ne me pesa pas le moins du monde, elle me rendit même légère. Les nausées furent négligeables et rien ne céda en moi, ni le corps, ni l'humeur, ni l'envie d'agir. J'en étais au quatrième mois lorsque mon livre reçut un prix prestigieux, qui accrut ma renommée et me rapporta un peu d'argent. J'allai le retirer malgré un climat politique hostile à ce genre de reconnaissance et me sentis dans un état de grâce, fière de moi, avec une sensation de plénitude physique et intellectuelle qui me rendit très expansive et balaya toute timidité. Dans mon discours de remerciements je parlai trop et m'exclamai que je me sentais heureuse comme les astronautes sur la surface blanche de la Lune. Deux jours plus tard, me sentant forte, j'appelai Lila pour lui parler de ce prix. Je voulais lui dire que les choses ne se passaient pas comme elle l'avait prévu, qu'au contraire tout allait bien et que j'étais satisfaite. J'étais tellement sûre de moi que je souhaitais ignorer les déplaisirs qu'elle m'avait causés. Mais Lila avait lu dans *Il Mattino* ma phrase sur les astronautes – seuls les journaux napolitains avaient consacré quelques lignes à ce prix – et, sans me laisser le temps de rien dire, elle la critiqua vertement. La surface blanche de la Lune, ironisa-t-elle, parfois y vaut mieux se taire que dire des conneries ! Elle ajouta que la Lune était un caillou parmi des milliards d'autres cailloux et que, caillasse pour caillasse, rester les pieds bien plantés sur notre Terre, avec ses ennuis, était préférable.

Je sentis comme une morsure à l'estomac. Pourquoi continuait-elle à chercher à me blesser ? Elle ne voulait donc pas mon bonheur ? Ou bien ne s'était-elle jamais rétablie, et son mal-être accentuait-il ses côtés méchants ? De vilaines paroles me vinrent à l'esprit, mais je parvins à ne pas les prononcer. Quant à elle, comme si elle ne s'était même pas rendu compte qu'elle m'avait fait du mal, ou comme si elle croyait en avoir le droit, elle était déjà passée au récit de ses histoires, d'un ton tout à fait amical. Elle avait fait la paix avec son frère, sa mère et même son père ; elle s'était disputée avec Michele Solara autour de la vieille question de la marque des chaussures et à cause de l'argent qu'il devait à Rino ; elle avait pris contact avec Stefano pour exiger qu'il remplisse son rôle de père avec Gennaro et pas seulement avec Maria, au moins financièrement. Elle utilisa des expressions hargneuses, parfois vulgaires, que ce fût contre son frère, les Solara ou Stefano. Pour finir elle me lança, faisant mine d'avoir vraiment un besoin urgent de mon avis : j'ai bien fait ? Je ne répondis rien. Je venais de gagner un prix important et elle n'avait remarqué que ma phrase sur les astronautes. Puis je lui demandai, peut-être dans l'intention de la vexer, si elle avait encore des symptômes, si sa tête se décollait encore. Elle me dit non, répéta deux ou trois fois qu'elle allait très bien, puis ajouta avec un petit rire d'autodérision : je ne vois que de temps à autre, du coin de l'œil, des gens qui surgissent des meubles. Puis elle fit : tout va bien, avec la grossesse ? Bien, très bien, répondis-je, je n'ai jamais été aussi bien.

Ces mois-là, je voyageai beaucoup. J'étais invitée à droite à gauche, pas seulement pour mon livre mais aussi pour les articles que j'écrivais qui, à leur tour, m'obligeaient à me déplacer pour observer de près les nouvelles formes de grève et les réactions du patronat. Je ne me démenais pas dans l'intention de devenir journaliste pigiste, je le faisais simplement parce que j'étais heureuse de le faire. Je me sentais désobéissante, révoltée, et je débordais d'une telle énergie que ma douceur semblait un déguisement. Et en effet, ma gentillesse me permettait de me glisser dans les piquets de grève devant les usines, de parler avec les ouvriers, les ouvrières et les syndicalistes, et de me faufiler entre les policiers. Rien ne m'effrayait. Quand la Banca dell'Agricoltura explosa, je me trouvais à Milan, chez mon éditeur, mais je ne m'inquiétai pas et n'eus aucun sombre présage. Rien ne pouvait faire mal à moi ou à mon enfant. Tous deux, nous étions la seule réalité durable, moi visible et lui (ou elle, mais Pietro voulait un garçon), pour le moment, invisible. Le reste n'était qu'un courant d'air, une vague abstraite d'images et de sons qui, désastreuse ou bénéfique, constituait un matériau pour mon travail : les événements passaient leur chemin ou bien s'imposaient à moi pour être transformés en paroles magiques à l'intérieur d'un récit, d'un article ou d'un discours public, à condition que rien ne sorte de mes schémas et que chaque idée plaise aux Airota, à la maison d'édition, à Nino qui me lisait certainement quelque part, et aussi pourquoi pas à Pasquale, à Nadia et à Lila, qui devaient enfin se dire : eh bien, nous avons été injustes avec Lena, regarde un peu ce qu'elle écrit, elle est avec nous !

Ma grossesse fut une période particulièrement intense. Je fus surprise de constater qu'être enceinte me rendait plus encline à faire l'amour. C'était moi qui sollicitais Pietro, l'enlaçais et l'embrassais, malgré son peu d'intérêt pour les baisers, et même s'il ne s'attardait guère avant de me prendre, à sa manière prolongée et pénible. Ensuite il se levait et travaillait jusqu'à tard. Moi je dormais une heure ou deux puis me réveillais et, ne le trouvant pas dans le lit, j'allumais et lisais jusqu'à me sentir fatiguée. Alors j'allais le voir et l'obligeais à venir dormir. Il m'obéissait mais se levait de bon matin, on aurait dit que le sommeil l'effrayait. En revanche, moi, je dormais jusqu'à midi.

Un seul événement m'angoissa. J'en étais au septième mois et mon ventre, à présent, se faisait lourd. Je me trouvais devant le portail du Nuovo Pignone, des échauffourées éclatèrent et je m'enfuis. Peut-être fis-je un faux mouvement, je ne sais, mais en tout cas je sentis un pincement extrêmement douloureux au milieu de la fesse droite, qui parcourut toute ma jambe comme un fil de fer brûlant. Je rentrai à la maison en boitant et m'allongeai, la douleur passa. Mais de temps en temps elle revenait, rayonnant de la cuisse vers le pelvis. Je m'habituai à réagir en adoptant des positions qui atténuaient cette douleur, mais je m'aperçus que j'avais tendance à boiter. Cela me terrorisa et j'allai voir le médecin qui suivait ma grossesse. Il me rassura et me dit que tout était en ordre : le poids que je portais dans mon ventre me fatiguait et me causait un peu de sciatique. Pourquoi vous êtes-vous inquiétée ainsi ? me demanda-t-il d'un ton affectueux. Vous êtes tellement sereine, d'habitude ! Je mentis et répondis que je ne savais pas. En réalité, je le savais très bien : j'avais craint que la démarche de ma mère ne me rattrape et ne gagne mon corps, j'avais eu peur de boiter comme elle, pour toujours.

Rassurée par le gynécologue, je m'apaisai, la douleur dura encore un moment puis disparut. Pietro m'interdit de faire d'autres folies : courir partout, ça suffit ! Je lui donnai raison et, lors de la dernière phase de ma grossesse, je passai mes journées à lire et n'écrivis pratiquement rien. Notre fille naquit le 12 février 1970, à 5 h 20 du matin. Nous l'appelâmes Adele, bien que ma belle-mère ne cesse de répéter : pauvre enfant, Adele c'est un nom horrible, appelez-la comme vous voulez, mais pas comme ça ! J'accouchai après des douleurs atroces qui, toutefois, ne durèrent pas longtemps. Quand la fillette vint au jour et que je la découvris, avec ses cheveux tout noirs et son petit corps violet plein d'énergie, qui se tordait et vagissait, j'éprouvai un plaisir physique tellement bouleversant qu'aujourd'hui encore je n'en trouve aucun autre avec lequel le comparer. Nous ne la baptisâmes pas, alors ma mère me hurla des horreurs au téléphone : elle jura qu'elle ne viendrait jamais la voir. Elle se calmera, pensai-je attristée, et de toute façon si elle ne vient pas, c'est tant pis pour elle.

Dès que je pus me lever, je téléphonai à Lila, je ne voulais pas qu'elle se fâche parce que je ne lui avais rien dit.

« Ça a été une expérience magnifique, déclarai-je.

— Quoi donc ?

— La grossesse, l'accouchement. Adele est très jolie et très gentille. »

Elle rétorqua :

« Chacun raconte sa vie comme ça l'arrange. »

64

Quel enchevêtrement de fils aux extrémités introuvables découvris-je en moi, pendant cette période-là ! Des fils vieux et fanés, d'autres tout neufs, parfois très colorés, parfois sans couleur, très fins et presque invisibles. Mon état de bien-être s'interrompit brusquement, au moment même où j'avais l'impression d'avoir échappé aux prédictions de Lila. Le bébé changea pour le pire, et des choses très anciennes émergèrent de mon fouillis intérieur, comme saisies distraitement à la volée. Au début, quand nous étions encore à la clinique, ma fille s'était facilement attachée au sein, mais une fois chez nous, quelque chose alla de travers et elle ne voulut plus de moi. Elle tétait quelques secondes et puis hurlait comme un petit animal furieux. Je me découvris faible et sensible aux vieilles superstitions. Mais qu'avait-elle ? Mes tétons étaient trop petits, elle n'arrivait pas à les attraper ? Elle n'aimait pas mon lait ? Ou bien lui avait-on inoculé à distance une aversion pour moi, sa mère, grâce à quelque maléfice ?

Un calvaire commença de médecin en médecin, pour elle et moi seulement, Pietro étant toujours occupé avec l'université. Ma poitrine inutilement gonflée me faisait mal, j'avais des pierres brûlantes dans les seins, j'imaginais des infections, des amputations. Pour me vider, pour faire sortir assez de lait afin de nourrir la petite au biberon et pour faire diminuer la douleur, je me torturais avec le tire-lait. Je lui murmurais, cajoleuse : vas-y, tète, allez, sois gentille, c'est bien, tu as une si jolie petite bouche, de si beaux petits yeux, qu'est-ce qui ne va pas ?... En vain. Je me résolus d'abord et douloureusement à l'allaitement mixte, puis renonçai à cela aussi. Je passai au lait en poudre, qui m'imposa de longs préparatifs jour et nuit, un fastidieux système de stérilisation des tétines et des biberons, un contrôle obsessionnel du poids avant et après la tétée, et un sentiment de culpabilité à chaque diarrhée. Parfois je repensais à Silvia lorsque, dans l'ambiance turbulente de l'assemblée étudiante à Milan, elle allaitait avec naturel le fils de Nino, Mirko. Pourquoi pas moi ? J'avais de longues crises de larmes, en secret.

Pendant quelques jours, le bébé fut plus tranquille et je me sentis soulagée, j'espérais que le moment était arrivé de réorganiser ma vie. Mais cette trêve dura moins d'une semaine. Au cours de sa première année de vie, cette enfant ne ferma jamais l'œil, son minuscule corps se tordait et braillait pendant des heures, avec une énergie et une endurance étonnantes. Elle ne se calmait que lorsque je la portais dans mes bras à travers la maison, en lui parlant : maintenant ce joli bébé à sa maman va être gentil, il va se taire, il va se reposer, il va dormir… Mais le joli bébé ne voulait jamais dormir, il semblait craindre le sommeil, comme son père. Qu'avait-elle ? Mal au ventre, faim, peur de l'abandon parce que je ne l'avais pas allaitée, le mauvais œil, un démon qui était entré dans son corps ? Et moi, qu'avais-je ? Quel poison était entré dans mon lait ? Et ma jambe ? Était-ce une impression, ou bien recommençait-elle à me faire mal ? Était-ce à cause de ma mère ? Voulait-elle me punir parce que j'avais cherché toute ma vie à ne pas lui ressembler ? Ou bien y avait-il autre chose ?

Une nuit, je crus réentendre la voix de Gigliola racontant partout dans le quartier que Lila avait une puissance terrible, qu'elle était capable de maléfices avec le feu et qu'elle étouffait les bébés dans son ventre. J'eus honte de moi et m'efforçai de réagir, j'avais besoin de me reposer. J'essayai alors de laisser la petite à Pietro qui, vu son habitude de travailler la nuit, était moins fatigué. Je lui disais : je suis épuisée, viens me chercher dans deux heures. Je me couchais et sombrais dans le sommeil au point de perdre tous mes sens. Mais une fois, je fus réveillée par les pleurs désespérés de l'enfant ; j'attendis, mais ils ne cessèrent pas. Je me levai. Je découvris que Pietro avait traîné le berceau dans son bureau et, sans se soucier des cris de sa fille, était penché sur ses livres et remplissait des fiches, comme s'il était sourd. J'oubliai toute bonne éducation, régressai encore davantage et l'insultai dans mon dialecte : mais tu te fous vraiment de tout! tes machins, c'est plus important que ta fille? Mon mari, froid et distant, m'invita à sortir de la pièce en emportant le berceau. Il avait un article important à finir pour une revue anglaise et la date butoir était très proche. À partir de ce jour, je ne lui demandai plus rien, et s'il me proposait son aide, je répondais : merci, ce n'est pas la peine, je sais que tu es occupé. Après le dîner, il me tournait parfois autour, hésitant et gauche, puis s'enfermait dans son bureau et travaillait jusqu'à tard dans la nuit.

65

Je me sentis abandonnée mais j'avais l'impression de le mériter, puisque je n'étais pas capable d'apporter la sérénité à ma fille. Néanmoins, je serrai les dents et continuai ma route, malgré mon effroi croissant. Mon organisme refusait ce rôle de mère. Et j'avais beau refouler ma douleur à la jambe et tout faire pour l'ignorer, elle était bel et bien revenue et elle augmentait. Mais je persistais et m'épuisais en m'occupant de tout. L'immeuble n'ayant pas d'ascenseur, je montais et descendais la poussette avec la petite dedans, allais faire les courses, revenais chargée de sacs, cuisinais et me disais : je suis en train de devenir moche et vieille avant l'âge, comme les femmes de mon quartier. Et bien sûr, c'est quand j'étais particulièrement désespérée que Lila me téléphonait.

Dès que j'entendais sa voix, j'avais envie de lui crier : mais qu'est-ce que tu m'as fait? tout allait bien et maintenant, de but en blanc, ce que tu me prédisais se réalise ! le bébé va mal, je boite, ce n'est pas possible, je n'en peux plus ! Mais j'arrivais à me retenir à temps et murmurais : tout va bien, la petite fait parfois des histoires et ne grossit pas beaucoup, mais elle est merveilleuse, je suis contente. Puis, feignant de l'intérêt, je lui posais des questions sur Enzo et Gennaro, sur ses relations avec Stefano, sur son frère, sur le quartier, et lui demandais si elle avait eu d'autres problèmes avec Bruno Soccavo ou Michele. Elle répondait dans un dialecte grossier et agressif, mais en général sans colère. Elle disait : Soccavo, il faut le saigner ! et Michele, la prochaine fois que je tombe sur lui, je lui crache à la figure ! Quant à Gennaro, elle en parlait désormais explicitement comme du fils de Stefano, et faisait remarquer : il est trapu comme son père. Si je disais « qu'est-ce qu'il est gentil, ton garçon », elle riait et lançait : t'es vraiment une bonne petite maman, t'as qu'à le prendre ! Dans ses propos, j'entendais le sarcasme de celle qui savait, grâce à je ne sais quel pouvoir secret, ce qui m'arrivait vraiment, et j'en éprouvais de la rancœur. Mais cela ne m'incitait qu'à accentuer encore mon petit numéro – Dede a une si jolie petite voix, on vit tellement bien à Florence, je lis un livre intéressant de Baran… –, et je continuais ainsi jusqu'à ce qu'elle me permette de baisser le rideau en me parlant de la formation qu'Enzo avait commencée chez IBM.

C'était le seul dont elle me parlait avec respect, longuement, et aussitôt après elle prenait des nouvelles de Pietro :

« Ça va, avec ton mari ?

— Très bien.

« — Moi aussi, avec Enzo. »

Lorsqu'elle raccrochait, sa voix laissait un sillage d'images et de sons venant du passé, qui persistait dans ma tête pendant des heures : la cour, les jeux dangereux, ma poupée qu'elle avait jetée dans la cave, l'escalier sombre pour aller la rechercher chez Don Achille, son mariage, sa générosité et sa méchanceté, et la manière dont elle avait pris Nino. Elle ne supporte pas ma chance, me disais-je apeurée, elle me veut à nouveau avec elle, soumise, et elle veut que je la soutienne dans ses histoires, dans ses misérables guerres de quartier. Puis je pensais : qu'est-ce que je suis bête, à quoi ça m'a servi, d'étudier ? Mais je faisais semblant de tout maîtriser. À ma sœur Elisa, qui m'appelait souvent, je disais que c'était fantastique, d'être mère. À Carmen Peluso, qui me parlait de son mariage avec le pompiste du boulevard, je répondais : ah, quelle bonne nouvelle, je te souhaite beaucoup de bonheur, dis bonjour à Pasquale, qu'est-ce qu'il fait de beau ? Avec ma mère, qui me téléphonait rarement, je faisais mine d'être radieuse. Je ne craquai qu'une fois, et lui demandai : qu'est-ce qui t'est arrivé à la jambe, pourquoi tu boites ? Mais elle me répondit : qu'est-ce que ça peut t'foutre, occupe-toi d'tes oignons !

Je luttai pendant des mois, tentant de maîtriser mes facettes les plus opaques. Parfois je me surprenais à prier la Madone, alors que je m'estimais athée, et j'avais honte. Souvent, lorsque j'étais seule à la maison avec la petite, je poussais des cris terribles – aucun mot, rien que de l'air, que j'expulsais avec désespoir. Mais cette sale période ne voulait pas finir et le temps passait lentement, dans la tourmente. La nuit, je faisais des allées et venues en boitant dans le couloir, le bébé dans les bras ; je ne lui murmurais plus de tendres paroles privées de sens, je l'ignorais, essayais de penser à moi et avais toujours en main un livre ou une revue, bien que lire me fût pratiquement impossible. La journée, quand Adele dormait tranquillement – au début j'avais commencé par l'appeler Ade, sans me rendre compte que ces deux syllabes évoquaient l'« enfer », Hadès, et quand Pietro me l'avait fait remarquer j'avais été gênée et étais passée à Dede –, j'essayais d'écrire pour le journal. Mais je n'avais plus le temps – et certainement pas l'envie non plus – d'aller vadrouiller pour le compte de *L'Unità*. Ainsi mes écrits perdirent de leur dynamisme et je ne cherchais qu'à faire montre de mon habileté formelle, dans des entrelacs de paroles sans contenu. Une fois, je rédigeai un article que je fis lire à Pietro avant de le dicter à la rédaction. Il me dit :

« C'est vide.

— Comment ça ?

— Ce sont des mots et rien d'autre. »

Je me vexai et le dictai tout de même au journal. Ils ne le publièrent pas. Et à partir de ce jour, les rédactions locales et nationales se mirent à refuser mes textes avec une certaine gêne, prétextant des problèmes de place. Cela me blessa et je me rendis compte que, par une série de secousses violentes provenant de profondeurs inaccessibles, tout ce que j'avais pris, récemment encore, pour des conditions de vie et de travail désormais acquises s'écroulait rapidement autour de moi. Je ne lisais que pour garder les yeux sur un livre ou une revue, mais on aurait dit que je m'arrêtais aux signifiants et n'avais plus accès aux signifiés.

À deux ou trois reprises, je tombai sur des articles de Nino, mais leur lecture ne me procura pas le plaisir habituel de l'imaginer, d'entendre sa voix et de profiter de ses pensées. Je fus contente pour lui, bien sûr : s'il écrivait, cela voulait dire qu'il allait bien, qu'il vivait sa vie je ne sais où et avec je ne sais qui. Mais je ne faisais que fixer son nom et lire quelques lignes avant de renoncer, comme si chacune de ses phrases, imprimées ainsi noir sur blanc, rendait ma situation encore plus insupportable. Je n'avais plus aucune curiosité et n'arrivais même pas à prendre soin de mon apparence. Et du reste, pour qui en prendre soin ? Je ne voyais personne à part Pietro, et s'il me traitait poliment je sentais que, pour lui, je n'étais qu'une ombre. Parfois, j'avais l'impression de penser avec sa tête à lui et d'éprouver son mécontentement. M'épouser n'avait fait que compliquer sa vie de professeur universitaire, et cela au moment même où sa notoriété croissait, en particulier en Angleterre et aux États-Unis. Je l'admirais, et pourtant il m'agaçait. Je lui parlais toujours avec un mélange de ressentiment et d'infériorité.

Ça suffit, décrétai-je un jour, je laisse tomber *L'Unità*. Trouver une bonne piste pour un nouveau livre sera suffisant : dès qu'il sera prêt, tout rentrera dans l'ordre. Mais quel livre ? Je soutenais auprès de ma belle-mère et de ma maison d'édition que j'avançais, mais je mentais, je mentais à toute occasion, avec grande amabilité. En réalité, je n'avais que des cahiers pleins de notes prises sans entrain, rien d'autre. Et quand je les ouvrais, la nuit ou le jour, selon le rythme que m'imposait Dede, je m'endormais dessus sans m'en rendre compte. Une fin d'après-midi, Pietro rentra de la fac et me découvrit dans une situation encore pire que celle dans laquelle je l'avais surpris, lui, quelque temps auparavant : j'étais à la cuisine, plongée dans le sommeil, tête sur la table ; le bébé avait raté une tétée et hurlait au loin, dans la chambre. Son père la trouva dans son berceau, à moitié nue, à l'abandon. Quand Dede se calma, voracement accrochée à son biberon, Pietro me demanda, navré :

« Tu n'as donc personne qui puisse t'aider ?

— Non, pas dans cette ville, tu le sais très bien.

— Fais venir ta mère, ta sœur !

— Je n'ai pas envie.

— Alors demande à ton amie de Naples : tu as beaucoup fait pour elle, elle fera de même pour toi. »

Je sursautai. Pendant une fraction de seconde, je sentis clairement qu'une part de moi-même était certaine que Lila était déjà chez nous : si, autrefois, elle était tapie en moi, à présent elle s'était infiltrée dans Dede, avec ses yeux en fente et son front plissé. Je secouai énergiquement la tête. Je repoussai aussitôt cette image et cette possibilité : à quoi me serais-je exposée ?

Pietro se résigna à téléphoner à sa mère. À contrecœur, il lui demanda si elle pouvait venir habiter un peu avec nous.

66

Je m'en remis à ma belle-mère avec un sentiment de soulagement immédiat et elle se révéla, à cette occasion encore, comme la femme à laquelle j'aurais voulu ressembler. Il ne lui fallut que quelques jours pour dénicher une grosse fille d'à peine plus de vingt ans, Clelia, originaire de la Maremme, à laquelle elle donna des consignes minutieuses afin qu'elle s'occupe au mieux de l'appartement, des courses et de la cuisine. Quand Pietro découvrit Clelia à la maison alors qu'il n'avait même pas été consulté, il réagit avec irritation :

« Je ne veux pas d'esclave chez moi ! » s'exclamat-il.

Calme, Adele lui répondit :

« Ce n'est pas une esclave, c'est une salariée. »

Quant à moi, encouragée par la présence de ma belle-mère, j'éclatai :

« D'après toi, c'est moi, l'esclave ?

— Toi tu es une mère, pas une esclave.

— Moi je lave et je repasse tes vêtements, je nettoie ton appartement, je prépare tes repas, je t'ai fait une fille et je l'élève avec mille difficultés : je suis exténuée !

— Et qui t'y oblige ? Je t'ai déjà demandé quelque chose ? »

Je ne pus en supporter davantage. Mais Adele fit face, et elle écrasa son fils sous des sarcasmes féroces. Clelia resta. Après quoi, elle me retira le bébé, mit le berceau dans la chambre que je lui avais préparée et s'occupa scrupuleusement de la succession des biberons, nuit et jour. Quand elle s'aperçut que je boitais, elle m'accompagna chez un médecin de ses amis, qui me prescrivit toutes sortes de piqûres. Adele en personne se présenta matin et soir avec seringue et fioles pour m'enfoncer allègrement l'aiguille dans les fesses. J'allai tout de suite mieux, ma douleur à la jambe disparut, mon humeur s'améliora et je gagnai en sérénité. Mais Adele ne s'arrêta pas là. Avec tact, elle m'obligea à m'occuper à nouveau de moi, m'envoya chez le coiffeur et me contraignit à retourner chez le dentiste. Et surtout, elle me parla régulièrement de théâtre, de cinéma, d'un livre qu'elle était en train de traduire, d'un ouvrage qu'elle dirigeait, ou de ce que son mari ou d'autres personnes célèbres qu'elle appelait avec familiarité par leurs prénoms avaient écrit dans telle ou telle revue. C'est par elle que j'entendis parler pour la première fois d'opuscules féministes très combatifs. Mariarosa connaissait les filles qui y travaillaient : elle s'était entichée d'elles et les estimait beaucoup. Pas Adele. Avec son ironie habituelle, elle ajouta qu'elles divaguaient sur la question de la femme, comme si celle-ci pouvait être traitée indépendamment de celle de la lutte des classes. Mais lis-les quand même, me conseilla-t-elle pour conclure, et elle me laissa deux de ces petits volumes avec une dernière phrase sibylline : ne rate rien, si tu veux être écrivain ! Je les mis de côté, je n'avais pas envie de perdre mon temps avec des textes pour lesquels Adele elle-même avait peu d'estime. Mais surtout, précisément en cette occasion, je compris qu'aucune des conversations cultivées de ma belle-mère ne naissait d'un réel désir d'échanger des idées avec moi. Adele mettait en œuvre un véritable programme visant à me sortir de ma condition désolante de mère incapable : elle frottait des mots ensemble, espérant en faire jaillir des étincelles et rallumer ma tête et mon regard éteints. Mais en réalité, ce qu'elle aimait, c'était me sauver, pas m'écouter.

Et puis, il y avait le reste. Il y avait Dede, qui

malgré tout cela continuait à pleurer la nuit : je l'entendais, je m'inquiétais, et elle me transmettait une tristesse qui neutralisait l'action bénéfique de ma belle-mère. En outre, j'avais beau avoir plus de temps, je n'arrivais toujours pas à écrire. Enfin, il y avait Pietro : lui d'ordinaire si mesuré perdait toute inhibition en présence de sa mère, allant jusqu'à la goujaterie. Pratiquement chacun de ses retours à la maison était suivi d'une dispute entre eux à grand renfort de sarcasmes, ce qui finit par aggraver encore mon impression de vivre en pleine débâcle. Je compris bientôt que, pour mon mari, il allait de soi qu'Adele était responsable, en dernier ressort, de tous ses problèmes. Il s'en prenait à elle pour n'importe quoi, y compris pour ce qui lui arrivait au travail. Je ne savais presque rien des pressions éprouvantes qu'il subissait à l'université ; en général, à mon *comment ça va ?*, il répondait *bien* – il cherchait à m'épargner. Mais avec sa mère, toutes les barrières tombaient et il prenait le ton récriminateur du gamin qui se sent négligé. Il déversait sur Adele tout ce qu'il me cachait, et si cela se produisait en ma présence, il faisait comme si je n'étais pas là, presque comme si moi, sa femme, je ne devais servir que de témoin muet.

C'est ainsi que je découvris beaucoup de choses. Ses collègues, tous plus âgés que lui, attribuaient sa carrière fulgurante, et même la célébrité naissante qu'il commençait à connaître à l'étranger, au nom de famille qu'il portait, et ils l'avaient mis à l'écart. Les étudiants le jugeaient inutilement rigoureux, un bourgeois pédant qui cultivait son jardin sans se laisser influencer en rien par le magma du présent, autrement dit un ennemi de classe. Et lui, comme d'habitude, ne faisait rien ni pour se défendre ni pour attaquer, il continuait son chemin en donnant – et là, j'en suis certaine – ses cours d'une intelligence limpide, en évaluant les compétences des étudiants d'une manière tout aussi limpide et en les recalant. Mais c'est dur ! s'écria-t-il presque, un soir, s'adressant à Adele d'un ton plaintif. Puis il baissa aussitôt la voix, murmura qu'il avait besoin de tranquillité, que son travail était fatigant, que bon nombre de ses collègues dressaient les étudiants contre lui, que des groupes de jeunes faisaient souvent irruption dans la salle où il enseignait et l'obligeaient à interrompre ses leçons, et que des inscriptions infâmes étaient apparues sur les murs. À ce moment-là, avant même qu'Adele ne se prononce, j'éclatai, sans plus aucun frein. Si tu étais un peu moins réactionnaire, m'exclamai-je, ça ne t'arriverait pas ! Et lui, pour la première fois depuis que je le connaissais, me répondit avec rudesse et lança : tais-toi, tu ne parles qu'à coups de cliché !

J'allai m'enfermer dans la salle de bain et, tout à coup, je m'aperçus que je le connaissais bien peu. Que savais-je de lui ? C'était un homme pacifique mais déterminé jusqu'à l'entêtement. Il était du côté de la classe ouvrière et des étudiants, pourtant il enseignait et faisait passer des examens de la manière la plus traditionnelle qui soit. Il était athée, n'avait pas voulu se marier à l'église et m'avait imposé de ne pas baptiser Dede, mais il admirait les communautés chrétiennes de l'Oltrarno et discutait de questions religieuses avec grande compétence. C'était un Airota, mais il ne supportait pas les privilèges et les facilités qui en découlaient. Je me calmai, tentai d'être plus proche de lui et de lui faire sentir mon affection.

C'est mon mari, me dis-je, il faut que nous nous parlions davantage. Mais la présence d'Adele s'avéra de plus en plus problématique. Entre eux, il y avait quelque chose d'inexprimé qui incitait Pietro à mettre ses bonnes manières de côté, et Adele à lui parler comme si c'était un être inepte sans nul espoir de rédemption.

Nous vivions désormais ainsi, au milieu de conflits permanents : il se disputait avec sa mère, finissait par dire quelque chose qui me mettait en colère, et je l'agressais. Et puis un jour, ma belle-mère, au dîner et en ma présence, lui demanda pourquoi il dormait sur le canapé. Il rétorqua : il vaut mieux que tu t'en ailles demain. Je n'intervins pas, pourtant je savais pourquoi il dormait sur le canapé : il le faisait pour moi, pour éviter de me déranger quand, vers 3 heures du matin, il arrêtait de travailler et s'autorisait un peu de sommeil. Le lendemain, Adele repartit pour Gênes. Je me sentis perdue.

67

Les mois passèrent et, la petite et moi, nous nous en sortîmes. Dede se mit à marcher le jour de son premier anniversaire. Accroupi face à elle, son père l'encourageait joyeusement : l'enfant sourit, s'écarta de moi et se dirigea vers lui, hésitante, bras tendus et bouche entrouverte, comme si c'était l'issue heureuse de son année de pleurs. À partir de là, ses nuits devinrent tranquilles et les miennes aussi. Elle passa de plus en plus de temps avec Clelia, mes angoisses s'atténuèrent et je parvins à dégager un peu d'espace pour moi. Mais je m'aperçus que je n'avais nulle envie d'activités trop prenantes. Comme après une longue maladie, j'étais impatiente de prendre l'air, profiter du soleil et des couleurs, me promener dans les rues bondées et faire du lèche-vitrines. Ayant gagné pas mal d'argent, pendant cette période j'achetai des vêtements pour moi, pour la petite et pour Pietro, et encombrai l'appartement de meubles et bibelots : je gaspillai l'argent comme je ne l'avais jamais fait. J'éprouvais le besoin d'être belle, de rencontrer des personnes intéressantes et de bavarder. Mais je n'avais pas réussi à me lier avec qui que ce soit et Pietro ramenait rarement des invités à la maison.

Peu à peu, je tentai de renouer avec la vie gratifiante que j'avais menée jusqu'à l'année précédente, et ce n'est qu'alors que je me rendis compte que le téléphone sonnait de moins en moins et que l'on me demandait rarement. Le souvenir de mon roman s'effaçait, et avec lui la curiosité qui avait accompagné mon nom. La période d'euphorie fut suivie d'une phase pendant laquelle, inquiète et parfois déprimée, je ne sus que faire. Je me remis à lire de la littérature contemporaine et eus souvent honte de mon roman qui, par contraste, semblait bien frivole et traditionnel ; je mis de côté mes notes pour un nouveau livre – elles avaient tendance à répéter le premier –, et je m'efforçai de réfléchir à des histoires plus engagées, reflétant le tumulte du présent.

Je recommençai aussi à passer quelques coups de fil timides à *L'Unità* et tentai à nouveau d'écrire des articles, mais je compris bien vite que mes textes ne plaisaient plus à la rédaction. J'avais perdu du terrain, étais peu informée et n'avais pas le temps d'aller observer des situations spécifiques pour pouvoir les raconter. J'écrivais avec élégance des formules à la rigueur abstraite, qui visaient à signaler à je ne sais trop qui – surtout dans ce journal – mon adhésion aux critiques les plus dures envers le parti communiste et les syndicats. Aujourd'hui, j'ai du mal à expliquer pourquoi je persistais à écrire ce genre de textes ou, plus exactement, pourquoi je me sentais de plus en plus attirée par des positions extrêmes, malgré ma maigre participation à la vie politique de la ville et malgré ma douceur naturelle. Peut-être était-ce un signe d'insécurité. Ou bien je me méfiais de toute intervention d'intermédiaires – un art que, depuis la prime enfance, j'associais aux combines de mon père et à ses ruses pour évoluer au sein de l'inefficacité de la mairie. Peut-être ma connaissance directe de la misère, que je me sentais obligée de ne pas oublier, me poussait-elle du côté de ceux qui étaient restés en bas et luttaient pour tout balancer par la fenêtre. Ou bien le quotidien de la politique et des revendications, sur quoi j'avais pourtant écrit avec zèle, au fond ne m'importait pas tant que ça : je voulais juste que *quelque chose de grand* – j'avais utilisé et j'utilisais souvent cette formule – surgisse, et je voulais pouvoir le vivre et le raconter. À moins que – mais cela, j'avais du mal à me l'avouer – mon modèle ne demeurât Lila et son entêtement déraisonnable, qui n'acceptait jamais de compromis : bien que désormais loin d'elle dans tous les sens du terme, je voulais dire et faire ce que j'imaginais qu'elle aurait dit et fait si elle avait disposé de mes outils et ne s'était pas retirée dans le périmètre de notre quartier.

Je cessai d'acheter *L'Unità* et me mis à lire *Lotta continua* et *Il Manifesto*. Je découvris que la signature de Nino apparaissait parfois dans ce dernier titre. Ses textes étaient tellement bien documentés, et construits avec une logique si imparable ! Comme lors de nos discussions dans le passé, j'éprouvais le besoin de m'enfermer moi aussi dans un système de propositions générales qui me permettrait de mettre fin à mes égarements. Je réalisai que je ne pensais définitivement plus à lui avec désir, ni même avec amour. Je me dis qu'il était devenu un symbole du regret, la synthèse de ce que je risquais de ne jamais devenir, malgré la possibilité que j'avais eue. Nous étions nés dans le même milieu, dont nous étions brillamment sortis tous les deux. Alors pourquoi glissais-je vers la grisaille ? À cause du mariage ? À cause de la maternité et de Dede ? Parce que j'étais femme et devais m'occuper de la maison et de la famille, nettoyer le caca et changer les couches ? À chaque fois que je tombais sur un article de Nino et qu'il me semblait bien écrit, cela me mettait de mauvaise humeur. C'était Pietro, de fait mon seul interlocuteur, qui en faisait les frais. Je m'en prenais à lui, l'accusant de m'avoir abandonnée pendant la période la plus terrible de ma vie et de ne s'intéresser qu'à sa carrière, en m'oubliant. Nos rapports ne cessaient de se détériorer – j'avais du mal à l'admettre, cela m'effrayait, mais c'était la réalité. Je savais qu'il n'allait pas bien, qu'il avait des problèmes au travail, et pourtant je n'arrivais pas à être compréhensive ; pire, je le critiquais, adoptant souvent des positions politiques proches de celles des étudiants qui lui donnaient du fil à retordre. Il m'écoutait, mal à l'aise, répliquant peu ou prou.

Dans ces moments-là, le doute me venait que les paroles qu'il m'avait criées dans le passé (*tais-toi, tu ne parles qu'à coups de cliché*) n'étaient pas l'expression d'une colère passagère mais indiquaient bien qu'en général il me considérait incapable de tenir une conversation sérieuse. Cela m'exaspérait, me déprimait, et ma rancœur augmentait, en particulier parce que je balançais moi-même entre deux sentiments contradictoires qui, en schématisant, pouvaient être résumés ainsi : d'une part, les inégalités rendaient les études extrêmement difficiles pour certains (moi, par exemple) alors qu'elles étaient presque un loisir pour d'autres (Pietro, par exemple), et d'autre part, inégalités ou non, j'étais convaincue qu'il fallait étudier, et même beaucoup. J'étais fière de mon parcours et des qualités dont j'avais fait preuve, et me refusais à croire que mes efforts avaient été inutiles, pour ne pas dire imbéciles. Toutefois, pour quelque raison obscure, avec Pietro je n'évoquais jamais rien d'autre que l'injustice des inégalités. Je lui disais : tu te comportes comme si tu avais devant toi des étudiants tous égaux, mais il n'en est rien ! c'est une forme de sadisme, que d'exiger les mêmes résultats de jeunes qui n'ont pas eu les mêmes opportunités ! Je le critiquai même le jour où il me raconta une altercation très violente qu'il avait eue avec un collègue d'au moins vingt ans de plus que lui, une connaissance de sa sœur qui avait cru trouver en lui un allié contre la partie la plus conservatrice du personnel académique. Ce qui s'était produit, c'était que le type en question lui avait amicalement conseillé d'être moins dur avec les étudiants. Pietro avait rétorqué à sa manière, poliment mais sans nuances, qu'il n'avait pas l'impression d'être dur, mais seulement exigeant. Eh bien alors, avait poursuivi l'autre, sois moins exigeant, surtout avec ceux qui consacrent généreusement une grande partie de leur temps à essayer de changer cette boutique ! À partir de là, les choses avaient dégénéré – je ne peux dire comment, ni quels arguments avaient été avancés. Pietro, qui minimisait toujours tout, soutint d'abord qu'il s'était défendu en disant simplement qu'il avait l'habitude de traiter les étudiants avec le respect qu'ils méritaient. Ensuite, il reconnut avoir accusé son collègue d'utiliser deux poids et deux mesures : accommodant avec les étudiants les plus agressifs, impitoyable avec les plus réservés, jusqu'à les humilier. L'autre l'avait mal pris et avait fini par hurler que c'était uniquement parce qu'il connaissait bien sa sœur qu'il ne lui disait pas – tout en le lui disant, donc – qu'il n'était qu'un crétin indigne de la chaire qu'il occupait.

« Tu ne pourrais pas faire un peu plus attention ? fis-je.

— Mais je fais attention !

— On ne dirait pas.

— Il faut quand même bien que je dise ce que je pense !

— Peut-être que tu devrais apprendre à distinguer tes amis de tes ennemis.

— Je n'ai pas d'ennemis.

— D'amis non plus. »

Un mot en entraînant un autre, je dépassai les bornes. Je finis par lui envoyer : le résultat de ton attitude, c'est que dans cette ville personne, et encore moins les amis de tes parents, ne nous invite à dîner, à un concert ou à une promenade à la campagne.

68

Désormais, je voyais clairement que Pietro, sur son lieu de travail, était perçu comme un homme ennuyeux, très éloigné de l'activisme enthousiaste de sa famille, bref un Airota raté. Et j'étais aussi de cet avis, ce qui ne facilitait pas notre vie commune ni nos rapports intimes. Quand Dede s'était finalement apaisée et avait commencé à dormir avec régularité, il était revenu dans notre lit, mais dès qu'il m'approchait cela m'irritait, j'avais peur de tomber à nouveau enceinte et voulais qu'il me laisse dormir. Je l'éloignais sans un mot, il me suffisait de lui tourner le dos et, s'il insistait ou pressait son sexe contre ma chemise de nuit, je frappais mon talon contre sa jambe, c'était un signal pour lui faire comprendre : je n'ai pas envie, j'ai sommeil. Mécontent, Pietro battait en retraite, se levait et allait travailler.

Un soir, nous nous disputâmes une énième fois au sujet de Clelia. Il se produisait toujours une certaine tension au moment de la payer mais, cette fois-ci, il fut évident que Clelia n'était qu'un prétexte. Il murmura sombrement : Elena, il faut qu'on discute de notre relation et qu'on fasse le bilan. J'acceptai aussitôt. Je lui dis que j'adorais son intelligence et sa bonne éducation, que Dede était merveilleuse, mais ajoutai que je ne voulais pas d'autre enfant, que je trouvais insupportable l'isolement dans lequel je m'étais retrouvée, que je désirais revenir à une vie active et que je n'avais pas trimé depuis l'enfance pour finir emprisonnée dans un rôle d'épouse et de mère. Nous discutâmes, moi avec dureté et lui avec gentillesse. Il cessa de se plaindre de Clelia et capitula sur cette question. Il se décida à acheter des préservatifs, commença à inviter à dîner des amis, ou plutôt des connaissances – des amis il n'en avait pas –, et se résigna à me voir participer à des assemblées ou à des manifestations avec Dede, malgré le sang versé de plus en plus fréquemment dans les rues.

Mais ces changements, loin d'améliorer ma vie, la compliquèrent. Dede s'attacha de plus en plus à Clelia et, quand je l'emmenais avec moi, elle s'ennuyait, s'énervait, me tirait les oreilles, les cheveux et le nez, et la réclamait en pleurant. J'en déduisis qu'elle aimait mieux être avec la jeune femme de la Maremme qu'avec moi, et cela raviva mon soupçon : comme je ne l'avais pas allaitée et que sa première année de vie avait été dure, j'étais désormais à ses yeux un personnage sombre, un individu infâme qui la grondait en toute occasion et qui, par jalousie, maltraitait sa nourrice rayonnante, sa camarade de jeux, sa conteuse d'histoires. Elle me repoussait même lorsque, d'un geste machinal, je passais un mouchoir sur la morve qui lui coulait du nez ou sur les restes de nourriture autour de sa bouche : elle pleurait et disait que je lui faisais mal.

Quant à Pietro, les préservatifs émoussaient encore plus sa sensibilité et, pour arriver à l'orgasme, il lui fallait encore plus de temps qu'à l'ordinaire, il souffrait et me faisait souffrir. Parfois, je me faisais prendre par-derrière car j'avais l'impression de moins ressentir la douleur ainsi, et pendant qu'il se démenait avec ses violentes poussées, je saisissais sa main et la portais sur mon sexe, espérant qu'il comprendrait que je voulais être caressée. Mais il semblait incapable de faire les deux choses à la fois, et comme il préférait la première, il oubliait presque aussitôt la seconde ; et une fois satisfait, il ne semblait pas comprendre que j'avais besoin d'une partie de son corps afin d'assouvir, moi aussi, mon désir. Après avoir joui, il me caressait les cheveux et murmurait : je vais travailler un peu. Quand il s'en allait, la solitude me paraissait un lot de consolation.

Parfois, dans les cortèges, j'observais avec curiosité ces jeunes hommes téméraires qui s'exposaient à tous les dangers, débordants d'une joyeuse énergie, même lorsqu'ils se sentaient menacés et devenaient menaçants. Ils me fascinaient, j'étais attirée par leur chaleur, par leur fièvre. Mais je me sentais très loin de toutes les filles bigarrées qui les entouraient : j'étais trop cultivée, je portais des lunettes, j'étais mariée et je n'avais jamais le temps. Alors je rentrais chez moi mécontente et traitais mon mari avec froideur – je me sentais déjà vieille. À deux ou trois reprises seulement, je rêvai les yeux ouverts qu'un de ces jeunes, bien connu à Florence et très apprécié, me remarquait et m'entraînait avec lui, comme lorsque, jeune fille, je me sentais gauche et ne voulais pas danser, mais qu'Antonio ou Pasquale me tiraient par le bras et m'obligeaient à les rejoindre. Naturellement, cela ne se produisit jamais. En revanche, les connaissances que Pietro commença à inviter à la maison me compliquèrent la vie. Je trimais pour préparer les repas et jouais à l'épouse qui sait entretenir la conversation, sans me plaindre, puisque c'était moi qui avais demandé à mon mari de lancer de

temps en temps des invitations. Mais je m'aperçus bientôt, avec un certain malaise, que ce rituel
n'était pas une fin en soi, et que j'étais attirée par
n'importe quel homme me manifestant un tant
soit peu d'intérêt. Grand, petit, maigre, gros, laid,
beau, vieux, marié ou célibataire, si l'hôte admirait l'une de mes observations, évoquait mon livre
avec d'agréables formules, ou bien s'enthousias-
mait pour mon intelligence, je le regardais avec
sympathie, et quelques propos, quelques coups
d'œil lui suffisaient pour percevoir ma bonne disposition. Dès lors, au lieu de s'ennuyer comme au
début du repas, l'homme devenait sémillant, finissait par totalement ignorer Pietro et multipliait les
attentions à mon égard. Au fil de la conversation,
chacune de ses paroles se chargeait d'allusions et
ses gestes, son comportement, bref tout prenait un
tour plus intime. Il m'effleurait l'épaule ou la main
du bout des doigts, plongeait ses yeux dans les
miens en m'adressant des propos sentimentaux,
me faisait du genou et pressait la pointe de ses
chaussures contre les miennes.

Dans ces moments-là, je me sentais bien,
j'oubliais l'existence de Pietro et de Dede et la
série d'obligations fastidieuses qui allait avec. Je
redoutais simplement le moment où l'hôte s'en
irait et où je retomberais dans la grisaille de mon
appartement : journées inutiles, paresse et colères
dissimulées sous la douceur. Par conséquent, j'exagérais : l'excitation me poussait à parler trop et
trop fort, je croisais les jambes en m'arrangeant
pour les découvrir le plus possible et défaisais
machinalement un bouton de mon chemisier. Je
réduisais les distances, comme si une partie de
moi était convaincue que, en m'accrochant de

quelque façon à cet étranger, le léger bien-être que j'éprouvais sur le moment resterait dans mon corps et, quand cet homme s'en irait, seul ou avec sa femme ou sa compagne, je souffrirais moins de la dépression, de l'angoisse de l'échec et du vide caché derrière les sentiments et idées que j'affichais.

En réalité, seule ensuite dans notre lit tandis que Pietro étudiait, je me sentais simplement idiote et me méprisais. Mais, malgré mes efforts, je n'arrivais pas à résister. D'autant plus que ces hommes étaient convaincus de m'avoir séduite et, en général, le lendemain ils rappelaient et inventaient des prétextes pour me revoir. J'acceptais. Mais dès que j'arrivais au rendez-vous, je paniquais. Le simple fait qu'ils aient mordu à l'hameçon alors qu'ils avaient trente ans de plus que moi ou étaient mariés balayait leur autorité, détruisait le rôle salvateur que je leur avais attribué, et le plaisir même que j'avais éprouvé pendant le jeu de séduction me paraissait un aveuglement infamant. Je me demandais, perdue : pourquoi me suis-je comportée ainsi, qu'est-ce qui m'arrive ? J'accordais plus d'attention à Dede et à Pietro.

Mais à la première occasion, tout recommençait. Je rêvassais, j'écoutais à plein volume la musique que j'avais ignorée dans ma jeunesse, je ne lisais pas, n'écrivais pas. Surtout, je regrettais de plus en plus que mes habitudes de discipline en toute chose m'aient fait rater les jouissances du dérèglement, alors que les femmes de mon âge et de mon milieu actuel se vantaient d'avoir connu, et de connaître, ces plaisirs. Par exemple, lorsque Mariarosa débarquait à Florence, que ce fût pour le travail ou pour des réunions politiques, elle venait toujours dormir chez nous avec des hommes différents, parfois avec des amies, et elle prenait de la drogue, qu'elle offrait à ses amis et à nous. Si Pietro se rembrunissait et allait s'enfermer dans son bureau, moi en revanche j'étais fascinée ; hésitante, je refusais de fumer ou de prendre des acides – je craignais de me sentir mal –, mais je restais bavarder avec elle et ses amis jusqu'à tard dans la nuit.

On parlait de tout, les échanges étaient souvent violents, et j'avais l'impression que la belle langue que j'avais tant peiné à acquérir était devenue inadaptée. Trop soignée, trop propre. Comme le langage de Mariarosa a changé ! remarquais-je. Elle a coupé les ponts avec son éducation, elle est devenue grossière. À présent, la sœur de Pietro s'exprimait encore plus mal que Lila et moi lorsque nous étions enfants. Elle ne prononçait pas un substantif sans le faire précéder d'un «putain» : *où j'ai mis ce putain de briquet, elles sont où, ces putains de cigarettes*. Lila a toujours parlé ainsi : mais moi que devais-je faire, parler comme elles, retourner à la case départ ? Pourquoi alors m'étais-je tellement fatiguée ?

J'observais ma belle-sœur. J'aimais sa façon de me manifester sa solidarité et d'embarrasser son frère, et j'aimais les hommes qu'elle amenait chez nous. Un soir, elle interrompit brusquement la conversation pour lancer au jeune qui l'accompagnait : ça suffit, on va baiser. *Baiser*. Pietro avait inventé un jargon de gamin de bonne famille pour les choses du sexe ; je l'avais appris et l'utilisais à la place du répugnant lexique dialectal que je connaissais depuis la prime enfance. Mais à présent, pour être vraiment partie prenante d'un

monde en mutation, fallait-il remettre en circulation les paroles obscènes et dire : je veux me
faire tringler, baise-moi comme ci ou comme ça ?
Avec mon mari, c'était inimaginable. En revanche,
les quelques autres types que je fréquentais, tous
très cultivés, jouaient volontiers aux hommes du
peuple, s'amusaient des filles qui se faisaient passer pour des pouilleuses grossières et semblaient
aimer se comporter avec les femmes honnêtes
comme avec des traînées. Au début ils étaient très
comme il faut, ils se retenaient. Mais ils étaient
impatients de se lancer dans un duel qui passait
du non-dit au dit, puis au toujours plus explicite,
dans un jeu de liberté où les réticences féminines
étaient perçues comme des signes d'hypocrisie
bien-pensante. À l'inverse, la franchise et la spon-
tanéité étaient les qualités de la femme libérée, et
je m'efforçais de m'adapter. Mais plus je m'adap-
tais, plus je me sentais captive de mon interlocuteur. À deux reprises, j'eus même l'impression de
tomber amoureuse.

69

La première fois, cela se produisit avec un chercheur en littérature grecque, un homme de mon
âge originaire d'Asti, qui avait dans sa ville natale
une fiancée, dont il se déclarait mécontent. Puis ce
fut avec le mari d'une chargée de cours en papyro-
logie, un couple avec deux enfants en bas âge, elle
de Catane, lui de Florence. Ingénieur enseignant
la mécanique, Mario avait sept ans de plus que

moi, des cheveux longs, une vaste culture politique et de l'autorité quand il parlait en public, et pendant son temps libre, il était batteur dans un groupe de rock. Le scénario fut le même avec tous les deux : Pietro les invita à dîner et je me mis à flirter. Coups de téléphone, joyeuse participation à des manifs, nombreuses promenades, seule ou avec Dede, et quelques séances de cinéma. Avec le chercheur, je me dérobai dès qu'il devint explicite. En revanche, Mario me piégea de plus en plus dans sa toile et un soir, dans sa voiture, il m'embrassa très longuement et me caressa les seins dans le soutien-gorge. J'eus du mal à le repousser et lui dis que je ne voulais plus le voir. Mais il me rappela encore et encore : je lui manquais. Je cédai. Étant donné qu'il m'avait déjà embrassée et tripotée, il était certain d'avoir des droits et se comporta aussitôt comme si nous reprenions les choses là où nous les avions laissées. Il insistait, proposait, exigeait. D'un côté, je le provoquais et, de l'autre, je me soustrayais en riant : cela le vexait et il m'offensait à son tour.

Un matin, je me promenais avec lui et Dede qui, si mes souvenirs sont bons, devait avoir un peu plus de deux ans, et qui était tout absorbée par une poupée qu'elle adorait, Tes, un nom qu'elle avait inventé. Dans ces circonstances, je lui accordais très peu d'attention, et parfois je l'oubliais complètement, emportée par les joutes verbales. Quant à Mario, qui ne tenait absolument pas compte de la présence de l'enfant, il ne s'occupait que de me poursuivre avec ses propos sans tabou ; s'il s'adressait parfois à Dede, c'était pour lui murmurer à l'oreille, d'un ton plaisant, des choses comme : s'il te plaît, tu peux demander à ta maman d'être gentille avec moi ? Le temps passa très vite et nous nous séparâmes. Dede et moi prîmes le chemin du retour. Mais au bout de quelques pas, la petite lâcha, en détachant les mots : Tes m'a dit qu'elle dirait un secret à papa. Mon cœur s'arrêta de battre. Tes ? Oui. Et qu'est-ce qu'elle dira à papa ? Y a que Tes qui le sait. C'est quelque chose de gentil ou de méchant ? Méchant. Je la menaçai : explique à Tes que si elle répète ce secret à papa, tu l'enfermeras à clef dans la réserve, dans le noir ! Elle éclata en sanglots et je dus la porter dans mes bras jusqu'à la maison, alors que d'habitude, pour me faire plaisir, elle marchait toujours en prétendant ne pas être fatiguée. Dede comprenait, ou du moins percevait, qu'entre cet homme et moi il y avait quelque chose que son père n'aurait pas toléré.

J'interrompis à nouveau mes rendez-vous avec Mario. En fin de compte, qu'était-il ? Un bourgeois obsédé par les conversations pornographiques. Mais mon agitation ne cessa pas et je sentais croître en moi une envie de transgression : je voulais briser les règles comme, semblait-il, se déréglait le monde. Je désirais sortir, ne serait-ce qu'une seule fois, du mariage, voire sortir de toutes les choses de ma vie, de ce que j'avais appris, de ce que j'avais écrit, de ce que je cherchais à écrire, de l'enfant que j'avais mise au monde. Ah oui, le mariage était bien une prison : Lila, qui avait du courage, l'avait fui au péril de sa vie. Quant à moi, par contre, quels risques courais-je avec Pietro, si distrait et si absent ? Aucun. Et alors ? Je téléphonai à Mario. Je laissai Dede à Clelia et le rejoignis à son bureau. Nous nous embrassâmes, il me suça les tétons et me toucha entre les jambes, comme le faisait Antonio aux étangs, il y avait des années de cela. Mais quand il baissa son pantalon et, le slip autour des genoux, m'attrapa par la nuque en essayant de me pousser contre son sexe, je me dégageai, lui dis non, remis de l'ordre dans mes vêtements et m'enfuis.

Je rentrai chez moi fébrile et pleine de sentiments de culpabilité. Je fis l'amour avec Pietro avec passion, je ne m'étais jamais sentie aussi impliquée, et ce fut moi qui lui dis de ne pas mettre de préservatif. Pourquoi m'inquiéter, me dis-je, mes règles sont pour bientôt, il ne se passera rien. Or, cela se passa. Quelques semaines plus tard, je découvris que j'étais à nouveau enceinte.

70

Je n'essayai même pas d'évoquer l'avortement avec Pietro – il était ravi d'avoir un autre enfant –, du reste, moi-même j'avais peur d'emprunter cette voie, et le mot seul me donnait mal au ventre. C'est Adele qui fit allusion à l'avortement, par téléphone, mais je m'esquivai aussitôt avec des banalités du genre : Dede a besoin de compagnie, grandir seule c'est triste, il vaut mieux qu'elle ait un petit frère ou une petite sœur.

« Et le livre ?

— Ça avance bien, mentis-je.

— Tu me le feras lire ?

— Bien sûr.

— On attend tous ! »

— Je sais. »

J'étais effondrée et, pratiquement sans réfléchir, je pris une initiative qui non seulement surprit Pietro, mais qui me surprit moi-même. Je téléphonai à ma mère, lui dis que j'attendais un autre enfant et lui demandai si elle voulait venir un peu à Florence. Elle bougonna qu'elle ne pouvait pas, qu'elle devait s'occuper de mon père et de mes frères et sœur. Je criai : ça veut dire qu'à cause de toi je n'écrirai plus ! Qu'est-ce que ça peut faire, répliqua-t-elle, ça te suffit pas de pouvoir faire la bourgeoise ? Et elle raccrocha. Mais cinq minutes plus tard, Elisa appela : je m'occuperai de la maison, dit-elle, maman part demain.

Pietro alla chercher ma mère à la gare en voiture : cela la remplit de fierté et elle se sentit aimée. Dès qu'elle mit les pieds chez moi, je lui énonçai une série de règles : ne touche à rien dans mon bureau ni dans celui de Pietro ; ne gâte pas Dede ; n'interviens jamais entre mon mari et moi ; charge-toi de Clelia sans entrer en conflit avec elle ; considère-moi comme une étrangère que tu ne dois déranger sous aucun prétexte ; reste à la cuisine ou dans ta chambre si j'ai des invités. J'étais résignée à l'idée qu'elle ne respecterait aucune de ces règles ; or, comme si la peur d'être éloignée avait changé sa nature, en quelques jours elle fut métamorphosée en servante fidèle qui pourvoyait à tous les besoins de la maisonnée et qui, déterminée et efficace, résolvait tous les problèmes sans jamais déranger Pietro ni moi.

De temps en temps, elle redescendait à Naples : en son absence, je me sentais immédiatement exposée aux imprévus, et j'avais peur qu'elle ne revienne plus. Mais elle revint toujours. Elle me donnait des nouvelles du quartier (Carmen était enceinte, Marisa avait eu un garçon et Gigliola attendait le deuxième enfant de Michele Solara ; elle ne disait rien sur Lila pour éviter les conflits) et puis se transformait en une sorte de bon génie de la maison : invisible, elle nous assurait à tous des vêtements propres et bien repassés, des repas aux saveurs de l'enfance, un appartement toujours impeccable et un ordre qui, dès qu'on y touchait, était rétabli avec une rapidité maniaque. Pietro eut à nouveau envie de se libérer de Clelia et ma mère fut d'accord avec lui. Je m'énervai, mais au lieu de m'en prendre à mon mari je piquai une colère contre ma mère : elle se retira dans sa chambre sans répliquer. Pietro me reprocha mon attitude et me poussa à une réconciliation avec elle, ce que je fis volontiers et vite. Il l'adorait, disait que c'était une femme très intelligente et restait souvent à la cuisine avec elle, après dîner, pour bavarder. Dede l'appelait *nonna* et lui fut bientôt tellement attachée qu'elle était contrariée quand Clelia arrivait. Voilà, me dis-je, tout va bien, maintenant je n'ai plus d'excuses : je m'obligeai à me concentrer sur le livre.

Je me replongeai dans mes notes. Je me convainquis que je devais définitivement changer de cap. Je voulais laisser derrière moi ce que Franco avait appelé mon *histoire d'amourettes* et écrire quelque chose qui corresponde à cette époque de manifestations de rue, de morts violentes, de répression policière et de crainte d'un coup d'État. Je n'arrivai à rien qui dépasse la dizaine de pages poussives. Que me manquait-il donc ? Difficile à dire. Naples, peut-être, le quartier. Ou une image comme celle de « La Fée bleue ». Ou une passion. Ou encore une voix à laquelle attribuer de l'autorité, et qui puisse me guider. Je restais inutilement assise à mon bureau pendant des heures, feuilletais vaguement des romans et ne sortais jamais de la pièce par crainte d'être capturée par Dede. J'étais si malheureuse ! J'entendais dans le couloir la voix de la gamine, celle de Clelia, ainsi que le pas claudicant de ma mère. Je soulevais ma jupe et regardais mon ventre qui commençait déjà à grossir, répandant dans tout mon organisme un bien-être dont je ne voulais pas. J'étais pleine pour la deuxième fois, et pourtant j'étais vide.

71

C'est alors que je pris l'habitude de téléphoner à Lila non plus de temps à autre, comme jusqu'à maintenant, mais presque quotidiennement. Je faisais de coûteuses communications interurbaines dans le seul but de me blottir dans son ombre, le temps de laisser filer la période de ma grossesse, et dans l'espoir que, selon une vieille coutume, elle finirait par mettre mon imagination en branle. Naturellement, j'étais attentive à ne rien dire de travers et espérais qu'elle ferait de même. Je savais maintenant que cultiver notre amitié n'était possible qu'à condition de bien surveiller nos langues. Par exemple, je ne pouvais lui avouer qu'une partie obscure de moi avait craint qu'elle ne m'ait lancé des maléfices à distance, ni que cette partie souhaitait encore qu'elle soit vraiment malade et meure. Par exemple, elle ne pouvait me dire les véritables motifs pour lesquels elle s'adressait à moi d'un ton brusque et souvent blessant. Aussi nous contentions-nous de parler de Gennaro, qui était l'un des meilleurs à l'école primaire, et de Dede qui savait déjà lire, ce que nous faisions comme deux mères, avec la vantardise traditionnelle des mères. Ou bien j'évoquais mes tentatives d'écriture mais sans dramatiser, en disant simplement : je travaille mais ce n'est pas facile, la grossesse me fatigue. Ou bien je cherchais à savoir si Michele continuait à lui tourner autour, pour l'emprisonner de quelque manière et la garder pour lui. Parfois, je tentais de lui demander si elle aimait certains acteurs de cinéma ou de télévision ; je l'incitais à me dire si elle était attirée par d'autres hommes qu'Enzo, en vue de lui confier éventuellement que moi aussi, il m'arrivait de désirer des hommes différents de Pietro. Mais, visiblement, ces sujets ne l'intéressaient guère. Des acteurs, elle disait presque toujours : qui c'est, je ne l'ai jamais vu, ni au cinéma ni à la télévision. Et il me suffisait de prononcer le nom d'Enzo pour qu'elle se lance dans les dernières innovations en matière d'ordinateurs, m'étourdissant avec un jargon auquel je ne comprenais rien.

Ses récits étaient toujours enthousiastes et parfois, dans l'idée que cela pourrait m'être utile dans le futur, je prenais des notes pendant qu'elle parlait. Enzo avait réussi : il travaillait maintenant dans une petite usine de sous-vêtements à cinquante kilomètres de Naples, cette entreprise avait pris en location un ordinateur IBM et il était ingénieur système. Tu sais ce que ça veut dire ? il modélise des processus manuels et les transforme en diagrammes de flux. L'unité centrale de la machine est grande comme une armoire à trois portes et elle a une mémoire de huit kilo-octets. Il fait une chaleur là-dedans, Lenù, tu ne peux pas t'imaginer ! l'ordinateur, c'est pire qu'une étuve. Abstraction maximale, sueur et forte puanteur. Elle me parlait de tores de ferrite, d'anneaux traversés par des fils électriques dont la tension déterminait la position, 0 ou 1 ; un anneau était un bit, et l'ensemble des huit anneaux pouvait représenter un byte, c'est-à-dire un caractère. Enzo était l'unique protagoniste des monologues de Lila. Il manipulait ce vocabulaire et ces contenus depuis une grande pièce munie de deux gros climatiseurs et il dominait toute cette matière comme un dieu ; c'était un héros qui réussissait à faire faire à la machine tout ce que faisaient les humains. Tu as compris ? me demandait-elle de temps en temps. Je répondais faiblement oui, mais n'avais aucune idée de quoi elle parlait. Bien entendu, elle se rendait compte que je ne comprenais rien, et cela me faisait honte.

Son enthousiasme crût de coup de fil en coup de fil. À présent, Enzo gagnait cent quarante-huit mille lires par mois, oui tu as bien entendu, *cent quarante-huit mille* ! Parce qu'il était très doué, que c'était l'homme le plus intelligent qu'elle avait jamais rencontré. Tellement talentueux et vif qu'il était rapidement devenu indispensable à l'entreprise, et il avait même réussi à faire embaucher Lila pour l'aider. Oui, voilà la nouveauté : Lila avait recommencé à travailler et, cette fois, ça lui plaisait. Tu sais Lenù, lui c'est le chef, et moi je suis le sous-chef. Je laisse Gennaro à ma mère – parfois même à Stefano – et je vais à l'usine tous les matins. Enzo et moi, nous étudions point par point toute l'entreprise. Nous faisons ce que font les employés pour bien comprendre ce qu'il faut entrer dans l'ordinateur. Par exemple, nous contrôlons les mouvements comptables, nous tamponnons les factures, nous vérifions les documents des apprentis ou les fiches de présence, et puis nous transformons le tout en diagrammes et en trous sur des cartes. Eh oui, je suis aussi perforatrice : je travaille avec trois autres filles, et au total je touche quatre-vingt mille lires. Cent quarante-huit plus quatre-vingts, ça fait deux cent vingt-huit, Lenù ! Enzo et moi nous sommes riches, et cela ira encore mieux dans quelques mois, car le patron s'est rendu compte que je savais me débrouiller et il veut me faire faire une formation. Tu vois la vie que je mène, tu es contente ?

72

Un soir, c'est elle qui me téléphona pour me dire qu'elle venait de recevoir une mauvaise nouvelle : à la sortie des cours, sur la Piazza del Gesù, Dario, le garçon dont elle m'avait parlé il y a longtemps, le jeune du comité qui distribuait des tracts devant chez Soccavo, avait été tabassé à mort.

Elle me parut inquiète. Elle évoqua la chape de plomb qui pesait sur le quartier et sur toute la ville, et les agressions qui se succédaient. Derrière un bon nombre de ces violences, affirmat-elle, il y avait les fascistes de Gino, et derrière Gino, il y avait Michele Solara : en prononçant ces noms, elle les chargea à la fois de sa détestation de toujours et d'une hargne nouvelle, comme si, derrière ce qu'elle disait, il y avait aussi beaucoup de choses qu'elle ne disait pas. Je me demandai : comment peut-elle être aussi certaine de leur responsabilité ? Peut-être a-t-elle maintenu des contacts avec les étudiants de la Via dei Tribunali ? Peut-être ne consacre-t-elle pas toute sa vie aux ordinateurs d'Enzo ? Je l'écoutai sans l'interrompre tandis que ses récits coulaient, avec son style captivant. Elle me raconta avec moult détails un certain nombre d'expéditions fascistes : ils partaient de la section du Movimento Sociale Italiano devant notre école primaire, se répandaient dans le Rettifilo et la Piazza Municipio, montaient au Vomero, et attaquaient des camarades à coups de barre de fer et de couteau. Pasquale aussi avait été tabassé à deux reprises et on lui avait cassé les dents de devant. Et Enzo, un soir, en était venu aux mains avec Gino en personne, juste devant chez eux.

Soudain elle s'interrompit et changea de ton. Tu te rappelles l'atmosphère du quartier, me demanda-t-elle, quand nous étions petites ? eh bien c'est pire, ou plutôt, c'est pareil. Et elle évoqua son beau-père, Don Achille Carracci, l'usurier fasciste, et Peluso, le menuisier communiste, et la guerre qui s'était déroulée sous nos yeux. À partir de là, nous nous laissâmes peu à peu entraîner vers cette époque – je me rappelais un détail, elle un autre. Puis elle accentua le côté visionnaire de ses propos et se mit à raconter l'assassinat de Don Achille, comme elle le faisait petite fille, mêlant des fragments de réalité à beaucoup de fantaisie. Le coup de couteau à la gorge, le sang qui giclait et éclaboussait une casserole en cuivre. Comme autrefois, elle exclut qu'il ait été tué par le menuisier. Avec une conviction d'adulte, elle déclara : la justice d'alors, comme fait du reste celle d'aujourd'hui, s'est tout de suite contentée de la piste la plus facile, celle qui menait au communiste. Là elle s'exclama : mais qui nous dit que c'était vraiment le père de Carmen et Pasquale ? et qui nous dit que c'était un homme et pas une femme ? Quant à moi, comme dans un jeu de notre enfance, quand nous avions l'impression d'être complémentaires en tout, je la suivis pas à pas, surexcitée, superposant ma voix à la sienne, et il me sembla qu'ensemble – les fillettes d'autrefois et les adultes du présent – nous aboutissions à une vérité restée indicible pendant deux décennies. *Réfléchis un peu*, fit-elle, *qui a vraiment tiré profit de cet homicide, qui a récupéré le marché de l'usure que contrôlait Don Achille ?* Eh oui, qui ? Nous donnâmes la réponse à l'unisson : celle qui y avait gagné, c'était la femme au livre rouge, Manuela Solara, la mère de Marcello et Michele. Nous nous écriâmes : c'est elle qui a tué Don Achille ! Puis, chuchotant avec mélancolie, d'abord moi puis elle : mais c'est n'importe quoi, nous ne sommes donc que des gamines, nous ne grandirons jamais !

73

Enfin un beau moment, me dis-je : cela faisait longtemps que nous n'avions pas retrouvé ainsi notre entente d'autrefois. À part que, cette fois, notre entente se limitait vraiment à un entrelacs de souffles vibrant le long des fils du téléphone. Nous ne nous voyions plus depuis une éternité. Elle ignorait à quoi deux grossesses m'avaient fait ressembler, et moi je ne savais pas si elle était restée pâle et très maigre ou si elle avait changé. Depuis quelques années, je dialoguais avec une image mentale que la voix ne faisait que résumer paresseusement. C'est peut-être pour cette raison que, tout à coup, l'assassinat de Don Achille me sembla surtout une fiction, le début d'un récit possible. Une fois le téléphone raccroché, je tentai de mettre de l'ordre dans notre conversation, reconstituant le parcours que Lila m'avait fait emprunter, qui fondait ensemble le passé et le présent, du meurtre du pauvre Dario à celui de l'usurier, et amenait à Manuela Solara. J'eus du mal à m'endormir, je fis tourner longuement notre conversation dans ma tête. Je sentis toujours plus nettement que ce matériau pourrait être une rive d'où tendre le bras pour saisir une histoire. Les jours suivants, je mêlai Florence et Naples, les tumultes du présent et les voix lointaines, l'aisance du moment et les efforts déployés pour m'extraire de mes origines, l'anxiété de tout perdre et la fascination de la régression. À force d'y penser, je me convainquis que je pouvais en faire un livre. Au prix de gros efforts et de douloureuses corrections, je remplis un cahier à petits carreaux, bâtissant une trame de violences qui soudait ensemble ces vingt dernières années. Parfois, Lila téléphonait et demandait :

« Comment ça se fait que tu n'appelles plus, ça ne va pas ?

— Ça va très bien, j'écris.

— Et quand tu écris, je n'existe plus ?

— Tu existes, mais ça me distrait.

— Et si je ne vais pas bien, si j'ai besoin de quelque chose ?

— Alors appelle-moi !

— Quand je ne téléphone pas, tu es occupée à ton roman ?

— Oui.

— Je t'envie, tu as de la chance ! »

Je travaillai avec l'anxiété croissante de ne pas parvenir à la fin de l'histoire avant la naissance : j'avais peur de mourir pendant l'accouchement et de laisser le livre inachevé. Ce fut dur, rien à voir avec la légèreté inconsciente dans laquelle j'avais écrit le premier roman. Une fois la trame esquissée, je m'attelai à donner au texte un rythme plus élaboré. Je voulais une écriture dynamique et novatrice, un chaos organisé, et n'économisai pas mes efforts. Je travaillai avec acharnement à une deuxième mouture. Puis j'écrivis et réécrivis encore chaque ligne avec l'Olivetti Lettera 32 achetée à l'époque où j'attendais Dede et, grâce au papier carbone, je transformai mes cahiers en un épais manuscrit tapé à la machine en trois exemplaires, presque deux cents pages, et pas une faute de frappe.

C'était l'été, il faisait très chaud et j'avais un ventre énorme. Depuis quelque temps, ma douleur à la fesse était revenue, elle allait et venait, et les pas de ma mère dans le couloir me tapaient sur les nerfs. Je fixais les feuillets et découvris qu'ils me faisaient peur. Pendant des jours, je ne pus me décider : les faire lire à Pietro me stressait. Peut-être devrais-je les envoyer directement à Adele, pensai-je, Pietro n'est pas la personne adéquate pour ce genre d'histoire. En outre, avec son entêtement caractéristique, il continuait à se compliquer la vie à l'université, il rentrait à la maison très tendu et me faisait des discours abstraits sur la valeur de la légalité, bref il n'était pas dans un bon état d'esprit pour lire un roman où il était question d'ouvriers, de patrons, de luttes, de sang, de camorristes et d'usuriers. Qui plus est, *mon* roman. Il me tient à l'écart de son désordre intérieur, il ne s'est jamais intéressé à ce que je suis ni à ce que je suis devenue, alors pourquoi lui montrer mon livre ? Il se contentera de discuter le choix de tel ou tel mot, voire la ponctuation, et quand j'insisterai pour avoir son avis, il ne me tiendra que des propos vagues. J'envoyai à Adele une copie du manuscrit puis lui téléphonai.

« J'ai fini !

— Je suis tellement contente ! Tu peux me le faire lire ?

— Je te l'ai envoyé ce matin.

— Bravo, je suis impatiente de le lire. »

74

Je me préparai à l'attente, une attente qui se révéla bientôt plus anxiogène que celle du bébé qui me donnait des coups de pied dans le ventre. Je comptai les jours, cinq, et Adele ne donnait toujours pas signe de vie. Le sixième jour, au dîner, alors que Dede s'efforçait de manger seule pour ne pas me déplaire et que sa grand-mère mourait d'envie de l'aider mais se retenait, Pietro me lança :

« Tu as fini ton livre ?

— Oui.

— Et pourquoi donc l'as-tu fait lire à ma mère et pas à moi ?

— Tu es très occupé, je ne voulais pas te déranger. Mais si tu veux le lire, il y a une copie sur mon bureau. »

Il ne répondit rien. J'attendis un peu, puis demandai :

« Adele t'a dit que je le lui ai envoyé ?

— Tu veux que ce soit qui ?

— Et elle a fini ?

— Oui.

— Qu'est-ce qu'elle en pense ?

— Elle te le dira elle-même, ce sont vos affaires. »

Il était vexé. Après dîner, je déplaçai mon manuscrit de mon bureau sur le sien, puis mis Dede au lit, regardai la télévision sans rien voir ni entendre, et enfin me couchai. Je n'arrivai pas à fermer l'œil : pourquoi Adele avait-elle parlé du livre avec Pietro et ne m'avait pas encore téléphoné ? Le lendemain – le 30 juillet 1973 – j'allai vérifier si mon mari avait commencé à lire : le manuscrit avait fini sous les ouvrages qu'il avait consultés pendant une grande partie de la nuit, et à l'évidence il ne l'avait pas même feuilleté. Je m'énervai et criai à Clelia de s'occuper de Dede au lieu de rester les mains dans les poches en laissant ma mère faire tout le travail. Je fus très dure et ma mère le prit visiblement comme un signe d'affection. Elle me toucha le ventre comme pour me calmer et me demanda :

« Si c'est une autre fille, comment tu vas l'appeler ? »

343

J'avais bien autre chose en tête et ma jambe me faisait mal. Je répondis sans réfléchir :

« Elsa. »

Elle s'assombrit et je me rendis compte trop tard qu'elle s'attendait à ce que je réponde : nous avons donné à Dede le prénom de la mère de Pietro, alors si nous avons encore une fille, cette fois nous lui donnerons ton prénom. Je tentai ensuite de me justifier, mais à contrecœur. Je dis : m'man, essaie de comprendre, tu t'appelles Immacolata, je ne peux pas donner à ma fille un nom pareil, ça ne me plaît pas ! Elle bougonna : pourquoi, Elsa c'est mieux ? Je répliquai : Elsa c'est comme Elisa, c'est comme si je lui donnais le prénom de ma sœur, tu devrais être contente. Elle ne m'adressa plus la parole. Ah, j'en avais tellement marre de tout ! Il faisait de plus en plus chaud, je dégoulinais de sueur, je ne supportais plus mon gros ventre, je ne supportais plus de boiter, je ne supportais plus rien de rien !

Enfin, peu avant l'heure du déjeuner, Adele appela. Sa voix était exempte de son habituelle inflexion ironique. Elle me parla, lente et grave, et je sentis que chaque mot lui coûtait : à grand renfort de circonlocutions et d'arguties, elle me dit que mon livre n'était pas bon. Mais quand je tentai de défendre mon texte, elle cessa de chercher des formules moins blessantes et devint explicite. La protagoniste était antipathique. Il n'y avait pas de personnages, rien que des stéréotypes. Situations et dialogues étaient trop téléphonés. L'écriture se voulait moderne mais n'était que désordonnée. Toute cette haine donnait une impression désagréable. Le final était grossier et digne d'un western spaghetti ; il faisait insulte à mon intelligence, à ma culture et à mon talent. Je me résignai au silence et écoutai ses critiques jusqu'au bout. Elle conclut en disant : ton roman précédent était vivant et novateur, celui-ci est vieux quant à son contenu, et écrit d'une manière tellement prétentieuse que les mots sonnent creux. Je dis doucement : peut-être seront-ils plus bienveillants à la maison d'édition ? Elle se raidit et répliqua : si tu veux, tu peux le leur envoyer, mais je suis certaine qu'ils le jugeront impubliable. Je ne sus que dire et murmurai : d'accord, je vais y réfléchir, ciao. Toutefois elle me retint, changea brusquement de registre et se mit à me parler de manière affectueuse de Dede, de ma mère, de ma grossesse et de Mariarosa qui la mettait toujours en colère. Puis elle me demanda :

« Pourquoi n'as-tu pas montré ton roman à Pietro ?

— Je ne sais pas.

— Il aurait pu te conseiller.

— J'en doute.

— Tu n'as aucune estime pour lui ?

— Non. »

Ensuite, enfermée dans ma chambre, je fus au désespoir. Cela avait été humiliant, je n'arrivais pas à le supporter. Je ne mangeai presque rien puis m'endormis fenêtre fermée, malgré la chaleur. À 4 heures de l'après-midi, j'eus les premières contractions. Je ne dis rien à ma mère, pris le sac que j'avais préparé depuis longtemps, me mis au volant de la voiture et me dirigeai vers la clinique, espérant mourir en route, moi et mon deuxième enfant. Or, tout se passa très bien. Je fus déchirée par les douleurs et, en quelques heures, donnai naissance à une autre fille. Le lendemain matin,

Pietro se battait déjà pour donner à notre seconde enfant le nom de ma mère : cela lui paraissait un hommage indispensable. D'humeur massacrante, je répliquai que j'en avais assez de suivre la tradition et répétai qu'elle devrait s'appeler Elsa. Quand je quittai la clinique et rentrai chez moi, la première chose que je fis, ce fut de téléphoner à Lila. Je ne lui dis pas que je venais d'accoucher mais lui demandai si je pouvais lui envoyer mon roman.

J'entendis sa respiration légère pendant quelques secondes, puis elle murmura :

« Je le lirai quand il sortira.

— J'ai besoin de ton avis tout de suite.

— Cela fait un bon bout de temps que je n'ouvre plus un livre, Lenù, je ne sais plus lire, je n'en suis plus capable.

— C'est une faveur que je te demande.

— L'autre livre, tu l'avais publié un point c'est tout, alors pourquoi pas celui-là ?

— Parce que j'avais l'impression que l'autre n'était même pas un livre.

— Je pourrai seulement te dire si ça me plaît.

— Très bien, ça me suffit. »

75

Alors que j'attendais que Lila ait fini de lire, on apprit qu'il y avait le choléra à Naples. Ma mère se fit très fébrile, puis distraite, et elle finit par casser une soupière à laquelle je tenais ; elle annonça alors qu'elle devait rentrer chez elle. Je compris immédiatement que si le choléra était en cause, mon refus de donner son prénom à ma deuxième fille n'était pas non plus étranger à cette décision. J'essayai de la retenir mais elle m'abandonna quand même, alors que je n'avais pas encore récupéré de l'accouchement et que ma jambe me faisait mal. Elle ne supportait plus de sacrifier des mois et des mois de sa vie à une fille qui n'avait ni respect ni gratitude : elle préférait se précipiter aux côtés de son mari et de ses gentils enfants, quitte à mourir avec eux. Néanmoins, jusque sur le seuil de la porte, elle ne se départit pas de l'impassibilité que je lui avais imposée : elle ne se plaignit pas, ne grommela pas, ne me reprocha rien. Elle accepta volontiers que Pietro l'accompagne en voiture à la gare. Elle sentait que son gendre l'aimait beaucoup, et je me dis que si elle s'était toujours maîtrisée, ce n'était sans doute pas tant pour me faire plaisir que pour ne pas faire piètre figure devant lui. Elle ne s'émut que lorsqu'il lui fallut se séparer de Dede. Sur le palier, elle demanda à la gamine, dans son italien poussif : tu es triste que *nonna* s'en aille ? Dede, qui vivait cette période comme une trahison, répondit, mauvaise : non.

La colère m'envahit, plus contre moi que contre ma mère. Je fus prise d'une folie autodestructrice et, quelques heures plus tard, licenciai Clelia. Pietro fut stupéfié et alarmé. Je lui répondis, pleine de rancœur, que j'en avais assez de lutter contre l'accent de la Maremme de Dede et contre celui, napolitain, de ma mère : je voulais redevenir patronne de ma maison et de mes enfants. En réalité, je me sentais coupable et avais grand besoin de me punir. Je m'abandonnai avec une jouissance désespérée à l'idée que j'allais être complètement dépassée par les deux filles, par mes obligations domestiques et par ma jambe douloureuse.

Je ne doutais pas qu'Elsa allait m'imposer une année non moins terrible que celle vécue avec Dede. Or, peut-être parce que j'avais davantage l'habitude des nouveau-nés, ou peut-être parce que je m'étais résignée à être une mauvaise mère et n'avais pas l'anxiété de la perfection, la petite s'attacha au sein sans problème et se lança dans de longues tétées suivies de longs sommeils. Par conséquent, à mon tour je ne dormis pas mal. En outre, lors des premiers jours à la maison, Pietro s'occupa, à ma grande surprise, du ménage et des courses, de préparer les repas, de donner le bain à Elsa et de câliner Dede, qui était comme sonnée par l'arrivée de sa petite sœur et par le départ de sa grand-mère. Ma douleur à la jambe cessa d'un coup. Et j'étais finalement plus ou moins apaisée quand, une fin d'après-midi, alors que je somnolais, mon mari vint me réveiller : c'est ton amie de Naples au téléphone, dit-il. Je courus répondre.

Lila avait discuté un bon moment avec Pietro et me dit qu'elle était impatiente de lui parler de vive voix. Je l'écoutai sans grand intérêt – Pietro était toujours affable avec qui n'appartenait pas au monde de ses parents – et, comme elle traînait en longueur avec un ton joyeux qui me semblait empreint de nervosité, je fus sur le point de crier : je t'ai donné la possibilité de me faire tout le mal possible alors dépêche-toi, parle, tu as eu le livre treize jours, dis-moi ce que tu en penses ! Mais je me contentai de l'interrompre brusquement :

« Tu l'as lu ou pas ? »

Elle devint sérieuse.

« Oui, je l'ai lu.

348

« — Et alors ?
— Il est bon.
— Bon comment ? Il t'a intéressée, amusée, ennuyée ?
— Il m'a intéressée.
— Comment ? Un peu, beaucoup ?
— Beaucoup.
— Et pourquoi ?
— L'intrigue : elle donne envie de lire.
— Et encore ?
— Encore quoi ? »
Je me figeai puis dis :
« Lila, il faut absolument que je sache comment c'est, ce truc que j'ai écrit, et personne ne peut me le dire, à part toi.
— C'est ce que je suis en train de faire.
— Non, ce n'est pas vrai, tu dis n'importe quoi : tu n'as jamais parlé de quoi que ce soit de façon aussi superficielle. »

Il y eut un long silence. Je l'imaginai assise, jambes croisées, près d'une vilaine petite table sur laquelle était posé le téléphone. Peut-être Enzo et elle étaient-ils tout juste rentrés du travail, peut-être Gennaro jouait-il près de là. Elle dit :

« Je t'avais prévenue que je ne savais plus lire.
— Ce n'est pas ça, l'important : ce qu'il y a, c'est que j'ai besoin de toi et que tu t'en fous ! »

Autre silence. Puis elle bougonna quelque chose que je ne compris pas, peut-être un juron. Elle dit alors, d'un ton dur et plein de ressentiment : moi j'ai un travail et toi tu en as un autre, qu'est-ce que tu veux de moi ? c'est toi celle qui a étudié, c'est toi qui sais comment c'est fait, un livre. Puis sa voix soudain se brisa et elle se mit presque à crier : il ne faut pas écrire des trucs comme ça, Lenù, ce n'est pas toi ! rien de ce que tu as écrit ne te ressemble ! ce livre est nul, nul, nul, et celui d'avant l'était aussi !

Et voilà. Des propos rapides et pourtant étranglés, comme si le souffle léger de sa respiration s'était solidifié brusquement et n'arrivait plus à entrer ni sortir de sa gorge. J'en eus mal à l'estomac, en haut du ventre, une douleur violente qui ne cessa de s'accentuer : ce n'était pas ce qu'elle avait dit, mais bien la *manière* dont elle l'avait dit. Est-ce qu'elle sanglotait ? Je m'exclamai, anxieuse : Lila, qu'est-ce qu'il y a ? calme-toi, allez, respire ! Elle ne se calma pas. C'étaient bien des sanglots, et mon oreille les perçut chargés d'une telle souffrance que je ne ressentis pas la blessure de ce *nul*, *Lenù*, *nul*, *nul* et ne fus pas vexée qu'elle ait considéré aussi mon premier livre – celui qui s'était tellement vendu, celui de mon succès, sur lequel pourtant elle ne s'était jamais vraiment prononcée – comme un échec. Ce qui me fit mal, ce furent ses pleurs. Je n'y étais pas préparée, je ne m'y attendais pas. J'aurais préféré la Lila méchante, j'aurais préféré son ton perfide. Mais non, elle sanglotait et n'arrivait plus à s'arrêter.

Je me sentis perdue. D'accord, j'ai écrit deux livres nuls, pensai-je, mais quelle importance ? ce chagrin est beaucoup plus grave. Je murmurai : Lila, pourquoi tu pleures ? c'est moi qui devrais pleurer, arrête ! Mais elle hurla : pourquoi tu me l'as fait lire et pourquoi tu m'as obligée à te dire ce que j'en pense, j'aurais dû le garder pour moi ! Je répliquai : non, je suis contente que tu me l'aies dit, je t'assure ! Je voulais qu'elle s'apaise mais elle n'y arrivait pas, et elle m'accablait de propos désordonnés : ne me fais plus jamais rien lire, je ne suis pas faite pour ça, j'attends de toi beaucoup plus, je suis sûre que tu sais faire mieux que ça, je *veux* que tu fasses mieux que ça, c'est ce que je désire le plus au monde, parce que je suis qui, moi, si tu n'es pas douée, je suis qui ? Je chuchotai : ne t'en fais pas, dis-moi toujours ce que tu penses, il n'y a que comme ça que tu m'aides, tu m'aides depuis notre enfance, sans toi je ne suis capable de rien. Enfin, elle étouffa ses sanglots et murmura en reniflant : pourquoi je me suis mise à pleurer ? je ne suis qu'une imbécile ! Et elle rit : je ne voulais pas te faire de peine, j'avais préparé tout un discours positif, imagine, je l'avais même écrit, je voulais faire bonne impression ! Je l'exhortai à me l'envoyer et dis : tu sais peut-être mieux que moi ce que je dois écrire. Après ça, nous laissâmes tomber le livre, je lui annonçai la naissance d'Elsa, nous parlâmes de Florence, de Naples et du choléra. Quel choléra ? ironisa-t-elle. Il n'y a pas de choléra, il n'y a que le bordel habituel et la peur de mourir dans la merde. Il y a plus de peur que de mal, dans les faits il ne se passe rien, on mange un tas de citrons et personne ne va plus chier.

À présent elle parlait à vive allure et sans interruption, presque joyeuse, elle s'était libérée d'un poids. Du coup, je songeai à nouveau à l'impasse dans laquelle je me trouvais – deux filles en bas âge, un mari généralement absent et le désastre de l'écriture –; toutefois, je n'éprouvai nulle anxiété, me sentis même légère et ramenai moi-même la conversation sur mon échec. J'avais en tête des phrases du genre : le fil s'est brisé, ton influence magnétique et positive ne m'atteint plus, maintenant je suis vraiment seule. Mais je ne les prononçai pas. En revanche, j'avouai avec autodérision que, derrière mes efforts pour écrire ce livre, il y avait mon désir de régler mes comptes avec le quartier ; j'avais essayé de représenter les grands changements que je voyais autour de moi ; et d'une certaine façon, ce qui m'avait donné l'idée d'écrire et ce qui m'avait encouragée, c'était l'histoire de Don Achille et de la mère Solara. Elle éclata de rire. Elle me dit que le visage répugnant du monde ne suffisait pas pour écrire un roman : sans imagination, cela ne ressemblait pas à un véritable visage, mais seulement à un masque.

76

Après, je ne sais plus trop ce qui se produisit. Aujourd'hui où je mets de l'ordre dans cette conversation téléphonique, il m'est difficile de décrire les effets sur moi des sanglots de Lila. Tout bien réfléchi, j'ai l'impression d'y voir surtout une espèce de gratification incongrue, comme si ces pleurs, en me confirmant son affection et la confiance qu'elle avait en mes capacités, avaient fini par effacer son jugement négatif sur mes deux livres. C'est seulement beaucoup plus tard qu'il me vint à l'esprit que ses sanglots lui avaient permis de détruire sans appel mon travail, d'échapper à mon ressentiment et de m'imposer un but tellement élevé – *ne pas la décevoir* – qu'il risquait de paralyser toute autre tentative d'écriture. Mais je le répète, malgré mes efforts pour analyser ce coup de fil, je ne peux pas dire : ce fut à l'origine de ceci ou de cela, ce fut un grand moment dans l'histoire de notre amitié ou non, ou bien ce fut un des épisodes les plus mesquins. Ce qui est sûr, c'est que Lila renforça ainsi son rôle de miroir de mes insuffisances, et aussi que je me sentis davantage disposée à accepter mon échec, comme si l'opinion de Lila avait largement plus d'autorité – mais était aussi plus convaincante et plus affectueuse – que celle de ma belle-mère.

De fait, quelques jours plus tard, j'appelai Adele pour lui dire : merci d'avoir été aussi franche, je me suis rendu compte que tu avais raison, d'ailleurs j'ai l'impression que mon premier livre avait bien des défauts également. Il faut que je réfléchisse, je ne suis peut-être pas douée pour l'écriture, à moins que j'aie simplement besoin de plus de temps. Ma belle-mère me noya immédiatement sous les compliments, me félicita pour ma capacité d'autocritique et me rappela que j'avais un public, et que celui-ci attendait. Je murmurai : oui, bien sûr. Aussitôt après, je fourrai la dernière copie de mon roman dans un tiroir, mis de côté mes cahiers pleins de notes et me laissai emporter par le quotidien. Mon irritation pour ces efforts inutiles s'étendit aussi à mon premier livre, et même à l'emploi de l'écriture à des fins littéraires. À la moindre image ou à la moindre expression évocatrice qui me venait à l'esprit, je ressentais une impression de malaise et je passais à autre chose.

Je me consacrai à la maison, aux filles, à Pietro. Je ne pensai pas une seule fois à rappeler Clelia ou à la remplacer par quelqu'un d'autre. Je recommençai à me charger de tout, certainement pour m'étourdir. Mais je le fis sans me forcer ni le regretter, comme si j'avais tout à coup découvert que c'était la bonne manière d'employer ma vie, et qu'une partie de moi me chuchotât : ça suffit, ces lubies! J'organisai rigoureusement les tâches domestiques et m'occupai d'Elsa et de Dede avec une joie inattendue qui laissait croire que, en plus de m'être libérée du poids de mon ventre et de celui du manuscrit, je m'étais débarrassée d'un autre poids plus secret, que j'étais moi-même incapable de nommer. Elsa continua à se montrer un petit être serein – elle prenait de longs bains paisibles, tétait, dormait et riait même dans son sommeil –, mais je dus faire très attention à Dede, qui détestait sa sœur. Elle se réveillait le matin l'air hagard et racontait qu'elle l'avait sauvée tantôt du feu, tantôt de l'eau, tantôt du loup, et surtout elle faisait semblant d'être un bébé elle aussi, me demandait le sein et imitait des vagissements. Elle ne se résignait pas à être ce qu'elle était, une petite fille de presque quatre ans avec un langage très développé et la maîtrise parfaite de toutes les premières autonomies. Je pris soin de lui manifester beaucoup d'affection, de louer son intelligence et ses compétences, et de la convaincre que j'avais besoin de son aide en toute chose, pour faire les courses, cuisiner ou empêcher sa sœur de faire des bêtises.

En même temps, terrorisée à l'idée de tomber à nouveau enceinte, je commençai à prendre la pilule. Je grossis, je me sentais gonflée, mais n'osais pas arrêter : rien ne m'effrayait davantage qu'une nouvelle grossesse. Et puis mon corps ne m'importait plus autant qu'autrefois. Je me disais que les deux gamines entérinaient le fait que je n'étais plus toute jeune, et qu'être marquée par les fatigues du quotidien – les laver, les habiller, les déshabiller, s'occuper des courses, de la cuisine, de la poussette, les tenir l'une dans les bras et l'autre par la main, toutes les deux dans les bras, moucher l'une et essuyer la bouche de l'autre, bref les corvées habituelles – témoignait de ma maturité de femme ; devenir comme les mères de mon quartier n'était pas une menace mais l'ordre des choses. C'est bien comme ça, pensais-je.

Pietro, qui après une longue résistance avait cédé sur la pilule, m'observait avec inquiétude. Tu as pris des rondeurs ; c'est quoi, ces taches sur ta peau ? Il craignait toujours les maladies pour les filles, pour lui ou pour moi, mais détestait les médecins. J'essayais de le rassurer. Ces derniers temps, il avait beaucoup maigri ; il avait constamment les yeux cernés et déjà quelques cheveux blancs ; il se plaignait de douleurs tantôt au genou, tantôt au flanc droit, tantôt à une épaule, et pourtant il ne voulait pas aller chez le docteur. Je finis par l'y obliger et l'accompagnai moi-même avec les enfants : à part la recommandation de prendre quelques tranquillisants, il était en parfaite santé. Cela le rendit euphorique pendant quelques heures et tous ses symptômes s'évaporèrent. Mais bientôt, et ce malgré les calmants, il recommença à ne pas se sentir bien. Un jour où Dede ne le laissait pas regarder le journal télévisé – c'était juste après le coup d'État au Chili –, il lui flanqua une fessée avec une brutalité excessive. Depuis que je m'étais mise à prendre la pilule, l'envie frénétique de faire l'amour le saisissait encore plus souvent que par le passé, mais ce n'était possible que le matin ou l'après-midi, parce que – disait-il – l'orgasme du soir lui ôtait le sommeil et le forçait à travailler une bonne partie de la nuit, et c'est ce qui causait sa fatigue chronique, dont ses autres problèmes découlaient.

Une idée absurde : pour lui, étudier la nuit avait toujours été une habitude et une nécessité. Je répondis néanmoins : d'accord, on ne le fait plus le soir – cela m'était bien égal. Évidemment, parfois il m'exaspérait. Il était difficile d'obtenir de lui ne serait-ce qu'un minimum d'aide pratique, comme faire les courses quand il avait un peu de temps ou faire la vaisselle après le dîner. Un soir, je perdis mon calme : je ne lui dis rien de terrible mais élevai simplement la voix. Or, je fis une découverte importante : il me suffisait de crier pour que son entêtement disparaisse d'un coup et qu'il m'obéisse. Le traiter avec un peu de dureté permettait même de faire passer ses douleurs nomades, voire de lui faire oublier son envie névrotique de me prendre en permanence. Mais cela ne me plaisait pas. Quand je me comportais ainsi, j'avais l'impression de lui causer des vibrations douloureuses dans le cerveau et j'éprouvais de la peine pour lui. De toute façon, ses bonnes résolutions ne duraient pas : Pietro cédait, s'adaptait, prenait des engagements avec une certaine solennité, mais bientôt il était épuisé pour de bon, oubliait la vaisselle et recommençait à ne s'occuper que de lui. Je finissais par laisser tomber, je tentais de le faire rire et l'embrassais. Qu'avais-je à gagner pour quelques assiettes mal lavées ? Seulement un air boudeur et distrait qui voulait dire : pourquoi est-ce que je perds mon temps à ça alors que j'ai du travail ? Autant le laisser tranquille. J'étais contente quand je parvenais à éviter des tensions.

Pour ne pas l'énerver, j'appris à ne pas toujours donner mon opinion. D'ailleurs, il n'avait pas l'air d'y tenir. S'il parlait, par exemple, des mesures gouvernementales suivant le choc pétrolier, ou s'il louait le rapprochement entre le parti communiste et la démocratie chrétienne, il me préférait simple auditrice consentante. Lorsqu'il m'arrivait d'exprimer mon désaccord, il prenait un air absent ou bien disait sur le ton qu'il utilisait certainement avec ses étudiants : tu as reçu une mauvaise éducation, tu ne connais pas les valeurs de la démocratie, de l'État, des lois, de la médiation entre des intérêts constitués ni de l'équilibre entre les nations ; ce que tu désires, c'est l'apocalypse ! J'étais son épouse, une épouse cultivée, et je devais lui prêter une oreille attentive quand il me parlait de politique, de ses recherches ou du nouveau livre sur lequel il travaillait en s'épuisant, anxieux ; mais il voulait une attention uniquement affectueuse, pas d'opinions, surtout si celles-ci faisaient naître des doutes. C'était comme s'il réfléchissait à haute voix, seulement pour faire le point avec lui-même. Pourtant, sa mère n'était pas du tout ce genre de femme. Sa sœur non plus. Mais à l'évidence, il ne souhaitait pas que je sois comme elles. Lors de cette période où il se trouva en position de faiblesse, je compris entre les lignes que ce n'était pas seulement le succès mais bien la publication même de mon livre qu'il n'avait pas appréciés. Quant au deuxième, il ne me demanda jamais ce qu'il était advenu de mon manuscrit, ni si j'avais des projets pour le futur. Je ne faisais plus allusion à l'écriture, ce qui parut le soulager.

Le fait que Pietro se révélât chaque jour pire que je ne l'avais imaginé ne me poussa pourtant pas à nouveau vers d'autres hommes. Je tombais parfois sur Mario, l'ingénieur, mais je réalisai vite que mon envie de séduire et d'être séduite s'en était allée, et ma fièvre d'autrefois m'apparut même comme une phase un peu ridicule de ma vie, heureusement dépassée. Mon désir permanent de sortir de chez moi pour participer à la vie publique de la ville s'atténua également. Si je me décidais à aller à un débat ou une manifestation, j'emmenais toujours les enfants avec moi et me sentais fière de mes sacs remplis du nécessaire pour prendre soin d'elles, ainsi que de la prudente désapprobation de ceux qui disaient : elles sont si petites, ça peut être dangereux !

En revanche, je sortais tous les jours, quel que soit le temps, pour permettre à mes filles de prendre l'air et le soleil. Je ne le faisais jamais sans emporter un livre. Suivant une habitude qui ne m'abandonnait pas, je continuai à lire en toutes circonstances, bien que mon ambition de construire un monde bien à moi se soit pour ainsi dire évanouie. En général, je me promenais un peu avant de m'asseoir sur un banc pas loin de la maison. Je feuilletais des essais compliqués, lisais le journal et criais : Dede, ne va pas trop loin, reste près de maman ! Voilà ce que j'étais, et je devais l'accepter. Lila, quel que soit le chemin qu'avait pris sa vie, c'était autre chose.

77

C'est à cette époque que Mariarosa vint à Florence pour présenter le livre d'une de ses collègues d'université consacré à la *Madonna del Parto*.

Pietro jura qu'il viendrait, mais à la dernière minute il allégua un prétexte quelconque pour rester caché Dieu sait où. Ma belle-sœur arriva en voiture, seule cette fois, un peu surmenée mais affectueuse, comme d'habitude, et chargée de cadeaux pour Dede et Elsa. Elle ne fit aucune allusion à mon roman avorté, bien qu'Adele lui ait certainement tout raconté. Elle me parla de livres et de voyages qu'elle avait faits, avec sa volubilité et son enthousiasme coutumiers. Pleine d'énergie, elle suivait toutes les nouveautés du globe. Elle affirmait quelque chose, puis se lassait et passait à une autre idée que juste avant, par distraction ou myopie, elle avait écartée. Lorsqu'elle présenta le livre de sa collègue, elle suscita aussitôt l'admiration de la partie du public composée d'historiens de l'art. Et la soirée aurait continué sur les rails académiques habituels si, à un moment donné, elle ne s'était mise à faire de brusques embardées et n'avait proféré des paroles, parfois grossières, comme : il ne faut donner d'enfants à aucun homme, et encore moins à Dieu le Père ! les enfants, c'est pour eux-mêmes qu'on les fait ; le moment est venu de tout examiner du point de vue des femmes et non des hommes ; derrière chaque discipline il y a la bite, et quand la bite se sent impuissante, elle a recours à la barre de fer, à la police, à la prison, à l'armée et aux camps de concentration ; si jamais tu ne te plies pas, et si tu continues à tout mettre sens dessus dessous, alors c'est un massacre ! Murmures irrités, approbations, et à la fin elle se retrouva cernée par quantité de femmes. Par des signes joyeux, elle m'invita à la rejoindre, puis montra fièrement Dede et Elisa à ses amies florentines et dit beaucoup de bien de moi. L'une d'elles se souvint de mon livre mais j'esquivai aussitôt le sujet, comme si ce n'était pas moi qui l'avais écrit. Ce fut une belle soirée, d'où naquit, de la part d'un petit groupe bigarré de jeunes filles et de femmes faites, l'idée de nous retrouver chez l'une d'entre elles une fois par semaine pour parler – me dirent-elles – de nous.

Les expressions provocatrices de Mariarosa et l'invitation de ses amies m'incitèrent à repêcher sous une pile de livres les deux opuscules qu'Adele m'avait offerts, longtemps auparavant. Je les mis dans mon sac et les lus dehors, sous le ciel gris de cette fin d'hiver. Intriguée par le titre, je commençai par l'essai « Crachons sur Hegel ». Je le lus tandis qu'Elsa dormait dans la poussette et que Dede, avec son petit manteau, son écharpe et son bonnet de laine, discutait à voix basse avec sa poupée. Je fus frappée par chaque phrase, chaque mot : quelle hardiesse, quelle liberté de pensée ! Je soulignai avec ardeur de nombreuses lignes, mis des points d'exclamation et des traits verticaux. Cracher sur Hegel. Cracher sur la culture des hommes, cracher sur Marx, Engels, Lénine. Et sur le matérialisme historique. Et sur Freud. Et sur la psychanalyse et l'envie du pénis. Et sur le mariage, la famille. Et sur le nazisme, le stalinisme, le terrorisme. Et sur la guerre. Et sur la lutte des classes. Et sur la dictature du prolétariat. Et sur le socialisme. Et sur le communisme. Et sur le piège de l'égalité. Et sur *tous* les produits de la culture patriarcale. Et sur *toutes* les formes d'organisation. S'opposer à la dispersion des intelligences féminines. Se « déculturer ». Se « désaculturer », et cela en partant de la maternité, pour ne pas *donner* d'enfants à qui que ce soit. Se débarrasser de la dialectique patron-serviteur. Arracher de son cerveau toute idée d'infériorité. Nous rendre à nous-mêmes. Ne pas avoir d'antithèse. Nous mouvoir sur un autre plan au nom de notre différence. L'université ne libère pas les femmes, mais ne fait que perfectionner leur répression. Contre la sagesse. Alors que les hommes se lancent dans des aventures spatiales, pour les femmes, la vie sur cette planète doit encore commencer. La femme est l'autre face de la terre. La femme est le Sujet imprévu. Se libérer de la soumission, ici, maintenant, dans notre présent. L'auteure de ces pages s'appelait Carla Lonzi. Comment est-ce possible, me demandai-je, qu'une femme soit capable de penser comme ça ? J'ai passé un temps fou à peiner sur les livres, mais je les ai subis, je ne les ai jamais vraiment utilisés, je ne les ai jamais confrontés à eux-mêmes. Voilà comment on fait, pour penser ! Voilà comment on pense contre. Moi, malgré tous mes efforts, je ne sais pas penser. D'ailleurs, Mariarosa ne sait pas non plus : elle a lu des pages et des pages et elle les cite avec brio, en assurant le spectacle. C'est tout. En revanche, Lila, elle, elle sait. C'est dans sa nature. Si elle avait étudié, elle aurait su penser de cette manière.

Cette idée devint insistante. Toutes mes lectures de cette période finirent, d'une façon ou d'une autre, par me ramener à Lila. J'étais tombée sur un modèle féminin de pensée qui, toutes différences faites, provoquait en moi la même admiration et la même impression d'infériorité que j'éprouvais vis-à-vis de mon amie. Et cela ne s'arrêta pas là : je lisais en pensant à elle, à des fragments de sa vie, aux idées qu'elle aurait partagées et à celles qu'elle aurait rejetées. Par la suite, influencée par cette lecture, je rejoignis souvent le groupe des amies de Mariarosa, ce qui ne fut pas aisé. Dede me demandait sans arrêt : quand est-ce qu'on s'en va ? Elsa poussait brusquement des cris de plaisir. Mais les difficultés ne vinrent pas seulement de mes filles. En réalité, je ne trouvai là que des femmes qui me ressemblaient et ne parvenaient pas à m'aider. Je m'ennuyais quand la discussion se réduisait à une espèce de résumé mal formulé de ce que je connaissais déjà par cœur. Il me semblait déjà savoir ce que cela signifiait, être née femme, alors les efforts pour prendre conscience de soi ne me passionnaient pas. Je n'avais nulle intention de parler en public de mes relations avec Pietro ou avec les hommes en général, pour témoigner de ce que sont les hommes de toutes catégories sociales, de tous âges. Et personne ne savait mieux que moi ce que signifiait l'acte de masculiniser son propre esprit afin d'être bien accueillie dans la culture des hommes : je l'avais fait, je le faisais. Par ailleurs, je demeurais entièrement extérieure aux tensions, aux explosions de jalousie, aux tons autoritaires, aux petites voix subalternes, aux hiérarchies intellectuelles et aux luttes pour la primauté dans le groupe, qui finissaient par des pleurs désespérés. Mais quelque chose de nouveau se produisit et, bien entendu, me ramena à Lila. Je fus fascinée par la manière dont les femmes parlaient et s'affrontaient, directe jusqu'à en être désagréable. Je n'aimais pas la complaisance qui cédait la place aux commérages, ça je l'avais vu à l'œuvre dès l'enfance. En revanche, je fus séduite par un besoin d'authenticité que je n'avais jamais connu auparavant, et qui n'était peut-être pas dans ma nature.

Dans ce milieu, je ne prononçai pas un mot qui ne réponde à ce besoin. Mais je sentis que j'aurais dû faire quelque chose de similaire avec Lila : nous aurions dû examiner notre relation avec la même inflexibilité, aller au fond de tout ce que nous nous taisions, peut-être en partant de ses pleurs inattendus pour mon livre raté.

Ce désir fut tellement intense que j'envisageai de descendre à Naples avec les filles pour quelque temps, ou de demander à Lila de venir chez moi avec Gennaro, ou encore de lui proposer de nous écrire. Une fois, j'évoquai le sujet au téléphone, mais ce fut un fiasco. Je lui parlai des livres de femmes que je lisais et du groupe que je fréquentais. Au début elle m'écouta, mais ensuite elle se mit à rire aux titres comme « La femme clitoridienne et la femme vaginale » et fit tout pour être vulgaire : putain, qu'est-ce tu racontes, Lenù, le plaisir, la chatte, y a déjà assez d'problèmes comme ça, t'es folle ! Elle voulait me prouver qu'elle n'avait pas les moyens intellectuels pour se mêler des choses qui m'intéressaient. Elle finit par devenir méprisante et lança : travaille, fais les belles choses que tu as à faire, arrête de perdre ton temps ! Elle s'était mise en colère. À l'évidence, ce n'était pas le bon moment, pensai-je, j'essaierai une autre fois. Mais je ne trouvai jamais le temps ni le courage de faire une nouvelle tentative. Je finis par conclure que je devais commencer par mieux comprendre ce que j'étais. Enquêter sur ma nature de femme. J'étais allée trop loin et m'étais seulement efforcée d'acquérir des capacités masculines. Je croyais devoir tout savoir et devoir m'occuper de tout. Mais en réalité, que m'importaient la politique et les luttes ? Je voulais me faire valoir auprès des hommes, être à la hauteur. Mais à la hauteur de quoi ? De leur raison – ce qu'il y a de plus déraisonnable. Tout cet acharnement pour mémoriser les expressions à la mode : que de fatigue pour rien ! J'avais été conditionnée par les études, qui avaient modelé mon cerveau et ma voix. Combien de pactes secrets avais-je passés avec moi-même pour pouvoir exceller ! Et maintenant, après ce dur labeur pour apprendre, je devais désapprendre. Qui plus est, ma grande proximité avec Lila m'avait obligée à m'imaginer telle que je n'étais pas. Je m'étais additionnée à elle et me sentais mutilée dès que je me soustrayais. Pas une idée sans Lila. Pas une pensée à laquelle me fier sans le soutien de ses pensées. Pas une image. Je devais m'accepter en dehors d'elle. C'était là le cœur du problème. Accepter d'être quelqu'un de banal. Que devais-je faire ? Essayer d'écrire encore ? Peut-être est-ce que je n'étais pas assez passionnée et que je me contentais d'accomplir un devoir. Ne plus écrire, alors ? Me trouver un emploi quelconque ? Ou faire la bourgeoise, comme disait ma mère. M'enfermer dans la famille. Ou bien tout fiche en l'air. La maison. Les filles. Mon mari.

78

Je me rapprochai de Mariarosa. Je lui téléphonai souvent, mais lorsque Pietro s'en aperçut, il se mit à parler de sa sœur avec un mépris croissant. Elle était frivole, superficielle et dangereuse pour elle-même et pour les autres ; elle l'avait tourmenté cruellement pendant son enfance et son adolescence ; elle inquiétait terriblement leurs parents. Un soir, alors que je discutais au téléphone avec ma belle-sœur, il surgit de son bureau, ébouriffé et les traits tirés. Il fit un tour à la cuisine, grignota quelque chose et plaisanta avec Dede, tout en écoutant ma conversation. Puis, de but en blanc, il s'exclama : mais elle sait que c'est l'heure du dîner, cette idiote ? Je m'excusai auprès de Mariarosa et raccrochai. C'est prêt, dis-je, on mange tout de suite, pas la peine de crier. Il ronchonna que dépenser de l'argent en communications interurbaines pour écouter les folies de sa sœur lui paraissait vraiment une stupidité. Je ne répondis rien et mis la table. Il comprit que j'étais en colère et ajouta, inquiet : ce n'est pas à toi que j'en veux, c'est à Mariarosa. Toutefois, à partir de ce soir-là, il se mit à feuilleter les livres que je lisais et à ironiser sur les phrases que j'avais soulignées. Il disait : ne te laisse pas berner, ce sont des âneries ! Et il cherchait à me démontrer la logique boiteuse des manifestes et opuscules féministes.

C'est précisément sur ce thème qu'un soir nous finîmes par nous disputer. Je dépassai peut-être les bornes, en tout cas, de fil en aiguille j'en vins à lui dire : tu te donnes de grands airs mais tout ce que tu es, tu le dois à ton père et ta mère, exactement comme Mariarosa ! Il réagit de façon totalement inattendue : il me flanqua une gifle, qui plus est en présence de Dede.

J'encaissai bien, du moins mieux que lui : j'avais pris pas mal de claques au cours de ma vie, alors que Pietro n'en avait jamais donné et certainement jamais reçu non plus. Je vis son expression horrifiée devant ce qu'il venait de faire ; il fixa un instant sa fille ; il quitta l'appartement. Je laissai retomber ma colère. Je n'allai pas me coucher, je l'attendis, et comme il ne rentrait pas je m'inquiétai, je ne savais que faire. Avait-il des problèmes avec ses nerfs, manquait-il de repos ? Ou bien était-ce là sa vraie nature, ensevelie sous des milliers de livres et une bonne éducation ? Je réalisai à nouveau que je ne savais pas grand-chose de lui et n'étais pas capable d'anticiper ses mouvements : il pouvait s'être jeté dans l'Arno, avoir roulé ivre dans un recoin, ou bien être parti pour Gênes chercher du réconfort dans les bras de sa mère et se plaindre auprès d'elle. Assez, assez, j'étais effrayée ! Je me rendis compte que je laissais sur le seuil de ma vie privée ce que je lisais, ce que je savais. J'avais deux filles et ne voulais pas tirer de conclusions trop hâtives.

Pietro rentra vers 5 heures du matin, et le revoir sain et sauf fut un tel soulagement que je le serrai dans mes bras et l'embrassai. Il marmonna : tu ne m'aimes pas, tu ne m'as jamais aimé. Puis il ajouta : quoi qu'il en soit, je ne te mérite pas.

79

En fait, Pietro n'arrivait pas à accepter le désordre désormais diffus dans tous les domaines de l'existence. Il aurait voulu une vie réglée par une routine intangible : faire de la recherche, enseigner, jouer avec ses filles, faire l'amour et contribuer au jour le jour, à son échelle et par des

moyens démocratiques, à démêler l'écheveau tellement intriqué de la situation italienne. Or, il était
exténué par les conflits à l'université, ses collègues
rabaissaient son travail, qui pourtant recevait un
accueil de plus en plus favorable à l'étranger, il se
sentait sans arrêt vilipendé et menacé, et il avait
l'impression qu'à cause de ma fébrilité (mais pourquoi m'agitais-je ainsi ? pour lui, j'étais une femme
opaque) notre famille elle-même était exposée à des
risques permanents. Un après-midi, Elsa jouait de
son côté, j'imposais à Dede des exercices de lecture
et Pietro était enfermé dans son bureau – tout était
immobile. Stressée, je me disais : il aimerait habiter une forteresse dans laquelle il travaillerait à son
livre, je m'occuperais de l'économie domestique et
les filles grandiraient dans la sérénité. Lorsque tout
à coup, la décharge électrique de la sonnette retentit : je courus ouvrir et, à ma grande surprise, me
retrouvai avec Pasquale et Nadia chez moi.

  Ils avaient de gros sacs à dos militaires, Pasquale portait un vilain chapeau sur une épaisse
masse de cheveux frisés qui, en descendant, se
transformaient en une barbe tout aussi épaisse et
frisée. Nadia semblait amaigrie, fatiguée, et elle
avait des yeux énormes, comme une gamine épou-
vantée qui ferait semblant de ne pas avoir peur. Ils
avaient eu mon adresse par Carmen, qui de son
côté l'avait eue par ma mère. Ils furent tous deux
affectueux et je le fus moi aussi, comme s'il n'y
avait jamais eu de tensions ni de divergences entre
nous. Ils prirent possession de l'appartement et
laissèrent leurs affaires un peu partout. Pasquale
parlait beaucoup, à voix haute et presque toujours en dialecte. Au début, les recevoir me parut
rompre agréablement la monotonie du quotidien.

Mais je compris vite qu'ils ne plaisaient pas à Pietro : ils n'avaient pas téléphoné pour s'annoncer et
se comportaient avec une totale désinvolture, ce
qui l'irrita. Nadia ôta ses chaussures et s'allongea
sur le divan. Pasquale garda son chapeau, tripota
des bibelots, feuilleta des livres et prit dans le frigo
une bière pour lui et une pour Nadia, sans demander la permission : il la but d'un trait et rota, ce
qui fit rire Dede. Ils déclarèrent qu'ils avaient
décidé de faire un tour – oui, ils parlèrent de *tour*,
rien de plus précis. Quand étaient-ils partis de
Naples ? Ils demeurèrent vagues. Quand rentre-
raient-ils ? Ils furent tout aussi vagues. Le travail ?
demandai-je à Pasquale. Il se mit à rire : ça suffit, j'ai assez travaillé, maintenant je me repose !
Alors il montra ses mains à Pietro et exigea qu'il
lui montre les siennes, avant de frotter sa paume
contre la sienne en disant : tu sens la différence ?
Puis il saisit *Lotta continua* et passa sa main droite
sur la première page, satisfait du bruit que produisait le papier frotté contre sa peau rêche, et joyeux
comme s'il avait inventé un nouveau jeu. Puis il
ajouta, presque menaçant : m'sieur le professeur,
sans ces mains rugueuses, pas la moindre chaise
n'existerait, pas un immeuble, pas une voiture,
rien, même pas toi ! si nous, les travailleurs, nous
arrêtions de trimer, tout s'arrêterait, le ciel tombe-
rait sur la terre et de la terre giclerait jusqu'au ciel !
la végétation partirait à la reconquête des villes,
l'Arno inonderait vos belles maisons, et seuls les
gens qui ont toujours bossé sauraient comment
survivre, alors que vous deux, avec tous vos beaux
livres, vous seriez dévorés par les chiens !

Ce fut un discours dans le style de Pasquale,
exalté et sincère, que Pietro écouta sans mot dire.

Comme Nadia, du reste : tant que son compagnon parla, elle demeura allongée sur le divan, fixant gravement le plafond. Elle intervint peu dans la conversation entre les deux hommes et ne me dit rien non plus. Toutefois, lorsque j'allai préparer le café, elle me suivit dans la cuisine. Elle remarqua qu'Elsa était toujours accrochée à moi et dit, sérieuse :

« Elle t'aime beaucoup.

— Elle est petite.

— Tu veux dire que quand elle sera grande, elle ne t'aimera plus ?

— Non, j'espère qu'elle m'aimera aussi quand elle sera grande.

— Ma mère parlait très souvent de toi. Tu n'étais qu'une de ses élèves, et pourtant on aurait dit que tu étais plus sa fille que moi.

— Ah bon ?

— C'est pour ça que je t'ai détestée, et aussi parce que tu m'avais pris Nino.

— Ce n'est pas pour moi qu'il t'a quittée.

— On s'en fout, maintenant je ne sais même plus quelle tête il avait.

— Quand j'étais plus jeune, j'aurais voulu être comme toi.

— Et pour quoi faire ? Tu trouves que c'est bien, de naître en ayant déjà tout ce qu'il faut ?

— Ben, c'est quand même moins fatigant.

— Tu te trompes. La vérité, c'est que tout semble à ta disposition et que tu n'as aucune bonne raison de te fatiguer. Tu te sens simplement coupable d'être ce que tu es et n'as pas mérité.

— C'est quand même mieux que se sentir coupable d'avoir échoué.

— C'est ce que te raconte ton amie Lina ?

369

— Mais non ! »

Nadia fit alors un mouvement agressif de la tête et prit une expression perfide dont je ne l'aurais jamais crue capable. Elle lança :

« J'préfère elle à toi. Vous êtes deux merdes irrécupérables, deux spécimens d'ordure sous-prolétaire. Mais en plus tu joues à la fille sympa, pas Lina. »

Elle me planta dans la cuisine, bouche bée. Je l'entendis crier à Pasquale : je vais prendre une douche, tu ferais bien de te rafraîchir toi aussi ! Ils s'enfermèrent dans la salle de bain. Nous les entendîmes rire, elle lançait de petits cris qui – je le remarquai – inquiétaient beaucoup Dede. Quand ils sortirent, ils étaient à moitié nus, avaient les cheveux mouillés et étaient très joyeux. Ils se mirent à plaisanter entre eux comme si nous n'étions pas là. Pietro tenta de s'insérer dans la conversation avec des questions du genre : depuis combien de temps est-ce que vous êtes ensemble ? Nadia répondit, glaciale : nous ne sommes pas ensemble, *vous deux* oui, peut-être que vous êtes ensemble. Pietro, avec l'obstination qu'il déployait lorsque des gens lui paraissaient d'une grande superficialité, répliqua : qu'est-ce que tu veux dire ? Tu peux pas comprendre, répondit Nadia. Mon mari objecta : quand une personne ne comprend pas, on essaie de lui expliquer. Alors Pasquale intervint en riant : y a rien à expliquer, m'sieur le professeur ! y faut juste que tu t'dises que t'es mort et que tu l'sais pas. D'ailleurs, ici tout est mort : votre manière de vivre et de parler, votre certitude d'être très intelligents, d'être des démocrates et de gauche, tout ça c'est mort. Et comment on peut expliquer un truc à quelqu'un qu'est mort ?

Il y eut des moments de tension. Moi, je ne dis mot, je n'arrivais pas à m'enlever de la tête les attaques de Nadia, lancées ainsi, comme si de rien n'était, sous mon toit. Ils s'en allèrent enfin, presque sans prévenir, comme ils étaient venus. Ils ramassèrent leurs affaires et disparurent. Sur le seuil, Pasquale me dit seulement, avec une soudaine tristesse :

« Ciao, madame Airota ! »

Madame Airota. Ainsi, même mon ami du quartier me jugeait négativement ? Voulait-il me dire que je n'étais plus Lenù, Elena, Elena Greco ? Pour lui et pour combien d'autres ? Aussi pour moi-même ? D'ailleurs, n'est-il pas vrai que j'utilisais presque toujours le nom de mon mari, maintenant que le mien avait perdu ce maigre halo qu'il avait eu autrefois ? Je rangeai l'appartement, en particulier la salle de bain, qu'ils avaient laissée dans un piteux état. Pietro déclara : je ne veux plus jamais revoir ces deux-là chez moi ! un type qui parle comme ça du travail intellectuel, c'est un fasciste, même s'il ne s'en rend pas compte ; quant à elle, je connais bien les filles de son espèce, elle n'a rien dans le crâne !

80

Comme pour donner raison à Pietro, le désordre se concrétisa bientôt, entraînant des personnes qui m'étaient proches. J'appris par Maria-rosa que Franco avait été agressé par des fascistes à Milan : il était dans un sale état et avait perdu un œil. Je partis sur-le-champ avec Dede et la petite Elsa. Je fis le voyage en train, jouant avec les filles et les faisant manger. Le retour d'un « moi » ancien – la petite amie pauvre et inculte de l'étudiant aisé et hyper-politisé Franco Mari –, qui ressurgissait soudain après s'être perdu quelque part, me remplissait de mélancolie (mais combien de « moi » y avait-il, maintenant ?).

Ma belle-sœur m'attendait à la gare, pâle et très inquiète. Elle nous emmena dans son appartement, à présent désert et encore plus désordonné que lorsqu'elle m'avait invitée après l'assemblée à l'université. Pendant que Dede jouait et qu'Elsa dormait, elle me raconta ce qui s'était passé avec plus de détails qu'au téléphone. L'attaque s'était produite cinq jours avant. Franco avait parlé à un rassemblement d'Avanguardia Operaia, dans un petit théâtre bourré à craquer. Après, il s'était éloigné à pied avec Silvia, qui vivait maintenant avec un journaliste du *Giorno*, dans un bel appartement à quelques pas du théâtre : il devait dormir chez eux et repartir le lendemain pour Plaisance. Ils étaient presque arrivés devant l'immeuble et Silvia venait de sortir les clefs de son sac lorsqu'une camionnette blanche avait stoppé, et les fascistes en étaient sortis. Ils avaient roué de coups Franco, Silvia avait été frappée et violée.

Nous bûmes beaucoup de vin et Mariarosa sortit la drogue – c'est ainsi qu'elle l'appelait, et elle utilisait parfois aussi le pluriel. Cette fois-ci, je décidai d'essayer, mais uniquement parce que, malgré le vin, j'avais l'impression de n'avoir plus rien de solide à quoi me raccrocher. Ma belle-sœur, après s'être de plus en plus énervée, soudain se tut et éclata en sanglots. Je ne trouvai pas un mot pour l'apaiser. J'*entendais* ses larmes, il me semblait qu'elles faisaient du bruit en glissant de ses yeux le long de ses joues. Tout à coup je ne la vis plus, je ne vis même plus la pièce, tout devint noir. Je m'évanouis.

Quand je revins à moi, je cherchai à me justifier, fort embarrassée, alléguant la fatigue. La nuit, je dormis peu : mon excès de discipline avait rendu mon corps très lourd, et le vocabulaire des livres et des revues me submergeait d'angoisse comme si, tout à coup, les lettres de l'alphabet n'arrivaient plus à se combiner entre elles. Je tins les deux fillettes près de moi, imaginant qu'elles pouvaient me réconforter et me protéger.

Le lendemain, je laissai Dede et Elsa à ma belle-sœur et me rendis à l'hôpital. Je découvris Franco dans une salle commune verdâtre empreinte d'une forte odeur d'haleine, d'urine et de médicament. On aurait dit que mon ami avait rapetissé et enflé : je le revois encore, avec le blanc des pansements et la couleur violacée d'une partie de son visage et de son cou. Il ne me fit pas bon accueil, j'eus l'impression qu'il avait honte de son état. C'est moi qui fis la conversation, je lui parlai de mes filles. Au bout de quelques minutes, il murmura : va-t'en, je ne veux pas de toi ici. Comme j'insistais pour rester, il chuchota, irrité : je ne suis pas moi-même, va-t'en. Il allait très mal, et j'appris par un petit groupe de ses camarades qu'on allait peut-être le réopérer. Quand je rentrai de l'hôpital, Mariarosa comprit que j'étais bouleversée. Elle m'aida avec les filles, et dès que Dede fut endormie, elle m'envoya au lit moi aussi. Pourtant, le lendemain, elle voulut que je vienne voir Silvia avec elle. Je tentai de me dérober : cela avait déjà été insupportable de voir Franco et de constater non seulement que je ne pouvais pas l'aider, mais qu'en me voyant il se sentait encore plus fragile. Je dis que je préférais me souvenir d'elle telle que je l'avais vue pendant l'assemblée générale à l'université. Non, insista Mariarosa, elle veut que nous la voyions comme elle est maintenant, elle y tient. Nous y allâmes.

Une femme très soignée, aux longs cheveux blonds tombant en vagues sur les épaules, vint nous ouvrir : c'était la mère de Silvia. Mirko était avec elle, un bambin de cinq ou six ans maintenant, blond lui aussi ; Dede, avec son air mi-boudeur mi-autoritaire, lui imposa aussitôt un jeu avec Tes, la vieille poupée qu'elle traînait partout. Silvia dormait, mais elle avait demandé à être réveillée à notre arrivée. Nous attendîmes un certain temps avant qu'elle n'apparaisse. Elle s'était lourdement maquillée et avait passé une belle robe longue de couleur verte. Je ne fus pas tant frappée par ses bleus, ses coupures et ses pas hésitants – Lila m'avait paru dans un état encore pire, au retour de son voyage de noces – que par son regard inexpressif. Elle avait les yeux vides, qui contrastaient avec les chuchotements frénétiques ponctués de petits rires dont elle se servit pour *me* raconter – oui, uniquement à moi, qui ne savais pas encore – ce que les fascistes lui avaient fait. Elle parla comme si elle récitait une comptine atroce : c'était ainsi que s'était sédimentée l'horreur, à force de la répéter à quiconque venait lui rendre visite. Sa mère chercha à l'interrompre à plusieurs reprises mais Silvia lui coupa à chaque fois la parole d'un geste agacé, élevant la voix, scandant des obscénités et annonçant des représailles féroces pour un avenir proche, très proche.

Quand j'éclatai en sanglots, elle s'arrêta brusquement. Mais d'autres visiteurs arrivèrent alors, surtout des amies de la famille et des camarades. Du coup, Silvia recommença et je me retirai vite dans un coin, serrant Elsa contre moi et la couvrant de petits baisers. En même temps, les détails de ce que Stefano avait fait à Lila me revinrent à l'esprit, comme ceux que j'avais imaginés pendant que Silvia s'exprimait, et je perçus les paroles de ces deux récits comme des cris d'animaux terrorisés.

Au bout d'un moment, j'allai chercher Dede. Je la trouvai dans le couloir avec Mirko et la poupée. Ils faisaient semblant d'être une mère et un père avec leur enfant, mais loin de jouer tranquillement, ils mettaient en scène une dispute. Je m'arrêtai. Dede expliquait à Mirko : *tu dois me donner une claque, tu as compris ?* Par jeu, la nouvelle chair vive copiait l'ancienne, nous formions une chaîne d'ombres qui, depuis toujours, montaient sur scène avec la même charge d'amour, de haine, de désir et de violence. J'observai longuement Dede et elle me parut ressembler à Pietro. Mirko, lui, était tout le portrait de Nino.

81

Peu après, la guerre souterraine qui émergeait dans les journaux et à la télévision avec des pics imprévisibles – projets de coups d'État, répression policière, groupes armés, coups de feu, blessés, morts, bombes, tueries dans les grandes et petites villes – vint me frapper à nouveau. Carmen m'appela, folle d'inquiétude : elle n'avait aucune nouvelle de Pasquale depuis des semaines.

« Il n'est pas venu chez toi, par hasard ?

— Si, mais c'était il y a deux mois au moins.

— Ah bon… Il m'avait demandé ton numéro de téléphone et ton adresse : il voulait te demander un conseil. Il l'a fait ?

— Un conseil sur quoi ?

— Je ne sais pas.

— Il ne m'a pas demandé de conseils.

— Et qu'est-ce qu'il t'a dit ?

— Rien, il allait bien, il était joyeux. »

Carmen avait interrogé tout le monde, y compris Lila, Enzo et des gens du collectif de la Via dei Tribunali. Pour finir, elle avait même téléphoné chez Nadia, mais sa mère avait été désagréable et Armando lui avait seulement dit que sa sœur avait déménagé sans laisser d'adresse.

« Ils sont sans doute partis vivre ensemble, dis-je.

— Pasquale, avec cette fille ? Sans laisser d'adresse ou de numéro de téléphone ? »

Nous discutâmes longuement. J'avançai que Nadia avait peut-être rompu avec sa famille à cause de sa relation avec Pasquale : si ça se trouve, ils sont partis vivre en Allemagne, en Angleterre ou en France ! Mais Carmen ne fut pas convaincue : Pasquale est un frère très affectueux, répliqua-t-elle, jamais il ne disparaîtrait comme ça. Elle avait un mauvais pressentiment. Au quartier, il y avait désormais des affrontements quotidiens, les camarades étaient en permanence sur le qui-vive et les fascistes les avaient aussi menacés, son mari et elle. Quant à Pasquale, on l'accusait d'avoir mis le feu à la section du Movimento Sociale Italiano au supermarché des Solara. Cela me stupéfia, je n'étais pas du tout au courant : il s'est passé tout ça au quartier ? et les fascistes tiennent Pasquale pour responsable ? Oui, il est en haut de la liste, pour eux c'est quelqu'un dont il faut se débarrasser. Et Carmen lâcha : peut-être que Gino l'a fait assassiner.

« Tu es allée voir la police ?

— Oui.

— Qu'est-ce qu'ils t'ont dit ?

— Un peu plus, ils m'arrêtaient ! Ils sont plus fascistes que les fascistes. »

Je téléphonai à Mme Galiani. Elle me dit, ironique : qu'est-ce qui se passe, je ne te vois plus en librairie, même pas dans les journaux, tu as déjà pris ta retraite ? Je répondis que j'avais deux petites filles et que, pour le moment, je devais m'occuper d'elles, ensuite je pris des nouvelles de Nadia. Elle se fit distante. Nadia est une grande fille, elle est partie vivre seule. Où ça ? dis-je. Ce sont ses affaires, rétorqua-t-elle. Puis, au moment même où je lui demandais si elle pouvait me donner le numéro de son fils, elle interrompit la communication sans me dire au revoir.

Il me fallut un certain temps pour trouver le numéro d'Armando, et le débusquer chez lui fut encore plus difficile. Quand il me répondit enfin, il eut l'air heureux de m'entendre et presque trop enclin aux confidences. Il avait beaucoup de travail à l'hôpital, son mariage était fini, sa femme était partie en emmenant leur enfant, il était seul et en pleine confusion. En parlant de sa sœur, il se mit à bégayer. Ensuite il dit doucement : je n'ai plus aucun contact avec elle. Des divergences politiques, des divergences sur tout : depuis qu'elle s'était mise avec Pasquale, on ne pouvait plus discuter avec elle. Je lui demandai : ils sont partis vivre ensemble ? Il coupa court : on va dire ça. Et comme si le sujet lui paraissait trop frivole, il l'esquiva et se mit à commenter avec dureté la situation politique, il parla de l'attentat de Brescia et des patrons qui soudoyaient les partis et aussi, quand les choses tournaient mal, les fascistes.

Je téléphonai à Carmen pour la rassurer. Je lui dis que Nadia avait rompu avec sa famille pour être avec Pasquale, et que Pasquale l'avait suivie comme un toutou.

« Tu crois ? fit Carmen.

— Aucun doute ! C'est ça, l'amour. »

Elle se montra sceptique. J'insistai et lui racontai plus en détail l'après-midi qu'ils avaient passé chez moi, exagérant un peu l'amour qu'ils manifestaient l'un pour l'autre. Nous nous dîmes au revoir. Mais mi-juin elle me rappela, à nouveau au désespoir. Gino avait été tué de jour, devant sa pharmacie : on lui avait tiré dessus en plein visage. Sur le coup, je crus qu'elle me donnait cette nouvelle parce que, fasciste ou pas, le fils du pharmacien faisait partie de notre prime adolescence, et elle avait dû penser que l'événement m'impressionnerait. Mais son motif n'était nullement de partager avec moi l'horreur de cette mort violente. En fait, les carabiniers avaient débarqué chez elle et perquisitionné de fond en comble son appartement, ainsi que la station-service : ils cherchaient des indices susceptibles de les conduire à Pasquale. Carmen s'était sentie bien plus mal encore que lorsqu'ils étaient venus arrêter son père pour le meurtre de Don Achille.

82

Dévorée par l'anxiété, Carmen ne cessait de pleurer devant ce qui lui paraissait une nouvelle persécution. Quant à moi, je n'arrivais pas à m'ôter de la tête l'image de la petite place nue sur laquelle donnait la pharmacie : je revoyais l'intérieur de l'officine, qui m'avait toujours plu, avec son odeur de bonbons et de sirops, ses meubles en bois sombre où étaient alignés des pots colorés, et surtout avec les parents de Gino, très gentils, un peu penchés sur leur comptoir, comme s'ils se montraient au balcon. Et c'était certainement là qu'ils se trouvaient lorsque les coups de feu les avaient fait sursauter, et c'était peut-être de là qu'ils avaient vu, yeux écarquillés, leur fils s'effondrer sur le seuil de la porte et le sang se répandre. Je voulus en parler avec Lila. Elle se montra totalement indifférente, liquida cette mort comme un épisode parmi tant d'autres et se contenta de dire : tu rigoles, les carabiniers ne s'en prendront pas à Pasquale ! Sa voix réussit immédiatement à me persuader et à m'emporter. Elle précisa que, même si Pasquale avait vraiment tué Gino – ce qu'elle excluait –, elle serait de toute façon de son côté, parce que les carabiniers auraient mieux fait de s'en prendre au mort pour toutes ses sales actions au lieu de chercher des ennuis à notre ami maçon et communiste. Après quoi, avec le ton de celle qui passe à des sujets plus importants, elle me demanda si elle pouvait me confier Gennaro jusqu'à la rentrée des classes. Gennaro ? Et comment j'allais faire ? J'avais déjà Dede et Elsa, qui m'épuisaient. Je murmurai :

« Et pourquoi ?

— Il faut que je travaille.

— Je vais bientôt partir au bord de la mer avec les filles.

— Emmène-le avec vous !

— Je vais à Viareggio et j'y reste jusqu'à la fin d'août. Le gosse ne me connaît pas beaucoup, il va te réclamer. Si tu viens toi aussi, d'accord ; mais toute seule, je ne sais pas.

— Tu m'avais juré de t'occuper de lui.

— Oui, mais si tu n'allais pas bien.

— Et qui te dit que ce n'est pas le cas ?

— Tu ne vas pas bien ?

— Si.

— Alors pourquoi tu ne le laisses pas à ta mère ou à Stefano ? »

Elle se tut quelques secondes, et puis perdit soudain ses bonnes manières :

« Tu me rends ce service ou non ? »

Je cédai immédiatement :

« D'accord, amène-le-moi !

— Enzo va le conduire. »

Enzo arriva un samedi soir dans une Fiat Millecento d'un blanc éclatant, qu'il venait d'acheter. L'apercevoir par la fenêtre – Enzo n'avait pas changé : mêmes gestes mesurés et même corps compact – et entendre le dialecte dont il se servit pour dire quelque chose à l'enfant, encore dans la voiture, suffirent à redonner toute leur matérialité à Naples et au quartier. J'ouvris la porte avec Dede accrochée à ma jupe, et un simple coup d'œil à Gennaro m'apprit que, déjà cinq années plus tôt, Melina avait vu juste : maintenant que le gosse avait dix ans, il était évident que non seulement il n'avait rien de Nino, mais de Lila non plus ; en revanche, c'était une copie parfaite de Stefano.

En le constatant, j'éprouvai un sentiment ambigu, mélange de déception et de satisfaction. D'un côté, devant garder cet enfant pendant tellement de temps, j'aurais bien aimé avoir à la maison, avec mes filles, un fils de Nino ; mais de l'autre, je pris acte avec plaisir du fait que Nino n'avait rien laissé à Lila.

83

Enzo voulait se remettre aussitôt en route, mais Pietro l'accueillit chaleureusement et le força à rester dormir. Je tentai d'inciter Gennaro à jouer avec Dede, malgré leurs presque six années de différence, mais alors qu'elle se montrait bien disposée, il refusa d'un mouvement de tête déterminé. Je fus frappée par l'attention qu'Enzo porta à cet enfant qui n'était pas le sien, montrant qu'il connaissait ses habitudes, ses goûts et ses besoins. Malgré les protestations du gamin fatigué, il l'obligea habilement à aller faire pipi et à se brosser les dents avant de se coucher puis, quand le petit tomba de sommeil, il le déshabilla et lui enfila son pyjama avec délicatesse.

Tandis que je faisais la vaisselle et rangeais, Pietro s'occupa de notre invité. Ils étaient assis à la table de la cuisine, ils n'avaient rien en commun. Ils essayèrent avec la politique, mais quand mon mari fit allusion de manière positive au rapprochement progressif des communistes avec les démocrates-chrétiens et qu'Enzo lâcha que si cette stratégie gagnait les pires ennemis de la classe ouvrière pourraient remercier Berlinguer pour son aide, ils renoncèrent à ce sujet pour éviter de se disputer. Alors Pietro passa à des questions gentilles sur le travail de mon ami, et cette curiosité dut sembler sincère à celui-ci, car il fut moins laconique que d'ordinaire et se lança dans un récit précis, voire un peu trop technique. IBM venait de décider d'envoyer Lila et lui dans une entreprise plus grande, une usine près de Nola qui comptait trois cents ouvriers et une quarantaine d'employés. La proposition financière était à couper le souffle : trois cent cinquante mille lires par mois pour lui, le directeur du centre, et cent mille pour elle, son assistante. Bien sûr ils avaient accepté, mais maintenant il fallait le gagner, tout cet argent, car le travail à faire était vraiment énorme. Nous sommes responsables d'un Système 3 modèle 10, nous expliqua-t-il – utilisant toujours, à partir de là, le *nous* –, et nous avons à disposition deux opérateurs et cinq opératrices-perforatrices qui sont aussi vérificatrices. Nous devons recueillir puis entrer dans le Système une grande quantité d'informations, afin que la machine puisse s'occuper, par exemple, de la comptabilité, des salaires, de la facturation, des stocks, de la gestion des commandes, des ordres aux fournisseurs, de la production et de l'expédition. Pour cela, nous nous servons de petites cartes, autrement dit de fiches à perforer. Tout est dans les trous : c'est là que tous nos efforts convergent. Pour vous donner un exemple, je vais vous dire ce qu'il faut faire pour programmer une opération simple comme émettre des factures. On commence avec le bon de commande papier, sur lequel le magasinier a indiqué les produits et le client à qui ils ont été livrés. Le client a un code, ses données personnelles ont un code et les produits ont un code aussi. Les opératrices-perforatrices se mettent aux machines, elles appuient sur le bouton qui libère les fiches, tapent sur les touches et traduisent le numéro du bon de commande, le code client, le code données personnelles et le code produit-quantité en autant de trous dans les cartes. Pour vous donner une idée : mille bons de commande pour dix produits, ça fait dix mille cartes perforées avec des trous gros comme ceux d'une aiguille ; c'est clair ? vous me suivez ?

La soirée s'écoula ainsi. De temps à autre, Pietro faisait signe qu'il suivait et posait même quelques questions (*les trous comptent, mais est-ce que les parties non trouées comptent aussi* ?). Quant à moi, je me contentais d'un demi-sourire, tout en lavant et frottant. Enzo avait l'air content de pouvoir expliquer des choses totalement inconnues à un prof de fac qui l'écoutait comme un étudiant attentif et à une vieille camarade diplômée de l'université qui avait écrit un livre et s'occupait maintenant de ranger sa cuisine. Mais, en réalité, je ne tardai pas à me déconcentrer. Un opérateur prenait dix mille cartes et les insérait dans une machine qui s'appelait une trieuse. La machine les ordonnait selon le code produit. Puis on passait aux lecteurs, pas des personnes, mais des machines programmées pour lire les trous et les non-trous des cartes. Et après ? Là, je me perdis. Je me perdis parmi les codes, parmi les énormes paquets de fiches et parmi les trous qui comparaient des trous, qui sélectionnaient des trous, qui lisaient des trous, qui faisaient les quatre opérations et qui imprimaient des noms, des adresses et des totaux. Je me perdis dans un mot jamais entendu auparavant, *file*, qu'Enzo utilisait souvent et prononçait comme *faille*, mais avec un mystérieux masculin, *le faille* : il disait sans arrêt le *file* de ceci, le *file* de cela. Je me perdis en suivant Lila qui savait tout de ces mots, de ces machines et de ce travail, et qui à présent avait un emploi dans une grande usine de Nola alors que, avec le salaire que touchait son compagnon, elle aurait pu faire davantage sa bourgeoise que moi. Je me perdis en suivant Enzo qui disait fièrement : sans elle, je ne pourrais pas faire tout ça ! Il exprimait ainsi son amour plein de dévotion ; à l'évidence, il aimait rappeler aux autres et aussi à lui-même combien sa compagne était extraordinaire. Mon mari, lui, ne me louait jamais, il me réduisait au rôle de mère de ses enfants, voulait me dénier toute capacité de pensée autonome en dépit de mes études, m'humiliait en rabaissant ce que je lisais, ce qui m'intéressait, ce que je disais, et ne semblait disposé à m'aimer que si et seulement si je manifestais en permanence ma nullité.

Je finis par m'asseoir à table moi aussi, maussade parce que aucun des deux n'avait eu l'idée de proposer : on t'aide à mettre le couvert, à débarrasser, à faire la vaisselle, à balayer. Une facture, expliquait Enzo, c'est un document très simple, et ça ne coûte rien de le faire à la main. Enfin rien, si je dois en faire dix par jour. Mais si je dois en faire mille ? les lecteurs, eux, lisent jusqu'à deux cents fiches perforées par minute, soit deux mille en dix

minutes et dix mille en cinquante minutes. La rapidité de la machine est un avantage énorme, surtout
si on la rend capable de faire des opérations complexes, qui demandent beaucoup de temps. Mon
travail et celui de Lila, c'est précisément cela : préparer le Système à faire des opérations complexes.
Les phases de développement des programmes
sont vraiment passionnantes. Les phases de fonctionnement, un peu moins. Souvent, les fiches se
coincent et se déchirent dans les trieuses. Encore
plus souvent, le bac avec les cartes qu'on vient
d'ordonner tombe par terre, et on se retrouve avec
des fiches perforées éparpillées partout. Mais c'est
formidable, c'est quand même formidable.

Je ne l'interrompis que pour me sentir présente,
en demandant :

« Et lui, il peut se tromper ?

— Qui ça, lui ?

— L'ordinateur.

— Il n'y a pas de "lui", Lenù, lui c'est moi. S'il se
trompe, s'il patauge, c'est moi qui me suis trompé,
c'est moi qui ai pataugé.

— Ah bon, dis-je avant de murmurer : je suis
fatiguée. »

Pietro fit oui de la tête et sembla prêt à conclure
la soirée. Mais il s'adressa encore à Enzo :

« Tu as raison, c'est remarquable, mais si c'est
comme tu le racontes, alors ces machines vont
bientôt prendre la place des hommes, et toutes
sortes de compétences vont disparaître. Chez Fiat,
ils ont déjà des robots pour faire les soudures. On
va perdre beaucoup d'emplois. »

Sur le coup, Enzo acquiesça, mais il sembla y
repenser et finit par recourir à la seule personne à
laquelle il attribuait une autorité :

« Lina dit que c'est un bien : les boulots humi-
liants et abrutissants doivent disparaître. »

Lina, Lina, Lina ! Je demandai, railleuse : si
Lina est si douée, alors pourquoi tu touches trois
cent cinquante mille lires, et elle cent mille ? pourquoi tu es directeur de centre, et elle assistante ?
Enzo hésita à nouveau et sembla sur le point de
dire quelque chose d'important, qu'il décida finalement de mettre de côté. Puis il ronchonna : qu'est-
ce que tu veux ? y faut abolir la propriété privée
des moyens de production ! Pendant quelques
secondes, on entendit ronfler le réfrigérateur de la
cuisine. Pietro se leva et dit : allons nous coucher.

84

Enzo voulait repartir avant 6 heures du matin,
mais à 4 heures je l'entendis qui bougeait déjà
dans sa chambre et je me levai pour lui préparer
le café. En tête à tête dans l'appartement silencieux, le vocabulaire des ordinateurs et la langue
italienne due à l'autorité de Pietro disparurent,
et nous passâmes au dialecte. Je lui demandai
comment cela se passait avec Lila. Il répondit que
ça allait bien mais qu'elle n'arrêtait jamais. Elle
s'occupait de leurs problèmes au travail, se battait
avec sa mère, son père ou son frère, aidait Gennaro avec ses devoirs et, une chose en entraînant
une autre, finissait par aider aussi les enfants de
Rino et tous les gamins qui passaient par chez elle.
Lila ne prenait pas soin d'elle-même, se surme-
nait et semblait toujours sur le point de craquer,

comme cela lui était déjà arrivé – elle était fatiguée. Je compris vite qu'il me fallait replacer cette image de couple harmonieux, travaillant côte à côte et bénéficiant de bons salaires, dans un contexte plus compliqué. Je hasardai :

« Peut-être que vous devriez vous réorganiser un peu, Lina ne peut plus s'épuiser comme ça.

— Je n'arrête pas de lui dire.

— Et puis il y a la séparation, le divorce : je ne vois pas à quoi ça rime, de rester mariée avec Stefano.

— Elle s'en fout.

— Et Stefano ?

— Il ne sait même pas que maintenant, on peut divorcer.

— Et Ada ?

— Ada essaie de survivre. La roue tourne, ceux qui étaient en haut se retrouvent en bas. Les Carracci n'ont plus un sou, ils sont criblés de dettes contractées auprès des Solara, et Ada cherche à prendre tout ce qu'elle peut avant qu'il ne soit trop tard.

— Mais toi ? Tu n'as pas envie de te marier ? »

Je compris qu'il se serait marié volontiers, mais Lila était contre. Non seulement elle ne voulait pas perdre de temps avec un divorce – mais on s'en fout si je suis mariée avec ce mec-là ! je vis avec toi, je dors avec toi, c'est ça qui compte ! –, mais l'idée même d'un autre mariage la faisait rire. Elle disait : toi et moi ? toi et moi, nous marier ? mais qu'est-ce que tu racontes, on est bien comme ça ! si ça nous barbe, on prend nos cliques et nos claques et c'est tout ! La perspective d'un nouveau mariage n'intéressait pas Lila, elle avait d'autres soucis en tête.

« Comme quoi ?

— Laisse tomber.

— Dis-le-moi !

— Elle ne t'en a jamais parlé ?

— De quoi ?

— De Michele Solara. »

En quelques phrases brèves et sèches, il me raconta qu'au cours de toutes ces années Michele n'avait jamais cessé de demander à Lila de travailler pour lui. Il lui avait proposé de gérer une nouvelle boutique au Vomero. De s'occuper de sa comptabilité et de ses impôts. De devenir la secrétaire d'un de ses amis, un homme politique important, démocrate-chrétien. Il en était même arrivé à lui offrir un salaire de deux cent mille lires par mois juste pour inventer des trucs, pour avoir des idées folles, tout ce qui lui passerait par la tête. Malgré son appartement à Posillipo, le cœur de tous ses trafics demeurait dans notre quartier, chez sa mère et son père. Ainsi Lila tombait-elle sans arrêt sur lui, dans la rue, au marché ou dans les magasins. Il l'arrêtait, toujours très amical, plaisantant avec Gennaro à qui il faisait de petits cadeaux. Puis il devenait très sérieux et, quand bien même elle refusait les emplois qu'il lui offrait, il réagissait patiemment et la saluait avec son ironie habituelle : je n'abandonnerai pas, je t'attendrai pour l'éternité, appelle-moi quand tu veux et j'accours ! Jusqu'au jour où il avait appris qu'elle travaillait chez IBM. Ça, ça l'avait énervé, et il en était arrivé à contacter certaines de ses connaissances pour faire virer Enzo du marché des consultants – et par là même, Lila. Mais il n'avait obtenu aucun résultat : IBM avait un besoin urgent de techniciens, et des bons techniciens comme Enzo et Lila, il n'y en avait guère. Cependant, l'atmosphère avait changé. Enzo avait trouvé les fascistes de Gino devant chez eux, et s'il leur avait échappé, c'était uniquement parce qu'il avait atteint la porte de l'immeuble à temps et l'avait vite refermée. Mais peu après, il était arrivé quelque chose d'inquiétant à Gennaro. Comme à l'accoutumée, la mère de Lila était allée le chercher après l'école. Tous les élèves étaient sortis, mais aucune trace du gamin. La maîtresse : mais il était là il y a une minute ! Ses camarades : il était là, et puis il a disparu. Nunzia, totalement effrayée, avait appelé sa fille au travail. Lila était aussitôt rentrée et s'était mise à la recherche de Gennaro. Elle l'avait retrouvé sur un banc, dans le jardin public. L'enfant était tranquillement assis avec son cartable, sa blouse et son ruban d'écolier. Aux questions « où tu étais ? qu'est-ce que tu faisais ? » il riait, le regard absent. Elle avait aussitôt voulu débarquer chez Michele et le tuer, aussi bien pour la tentative de passage à tabac que pour l'enlèvement de son fils, mais Enzo l'en avait empêchée. Les fascistes s'en prenaient à quiconque était de gauche, et rien ne prouvait que c'était Michele qui avait organisé le guet-apens. Quant à Gennaro, lui-même avait reconnu que sa brève absence avait été une simple désobéissance. Quoi qu'il en soit, une fois Lila calmée, Enzo avait décidé de son côté d'aller parler avec Michele. Il s'était présenté au bar Solara et Michele l'avait écouté sans sourciller. Après quoi, Solara lui avait dit, en gros : putain, Enzù, j'sais pas du tout d'quoi tu parles, moi j'ai d'l'affection pour Gennaro, et si quelqu'un touche à un de ses cheveux, il est mort ! Mais dans toutes les bêtises que tu m'as sorties, y a quand même un truc vrai, c'est que Lina a du talent : c'est vraiment dommage qu'elle gâche son intelligence, et ça fait des années que je lui demande de travailler avec moi. Ensuite il avait poursuivi : et c'est ça qui t'casse les couilles, pas vrai ? eh ben on s'en fout. Mais tu t'goures : si tu l'aimes, tu devrais l'encourager à utiliser ses immenses capacités. Allez, viens par là, assieds-toi, prends un café et un petit gâteau, et raconte-moi donc à quoi ils servent, ces ordinateurs. Et cela ne s'était pas arrêté là. Ils s'étaient croisés à deux ou trois reprises, par hasard, et Michele avait exprimé un intérêt toujours croissant pour le Système 3. Un jour, il en était arrivé à lui dire, amusé, qu'il avait demandé à un type de chez IBM qui était le plus doué entre Lila ou lui, et l'autre lui avait répondu qu'Enzo était très fort, oui, mais que la meilleure sur le marché, c'était Lila. Après quoi, un autre jour encore, Michele avait arrêté Lila dans la rue et lui avait fait une offre conséquente. Il avait l'intention de prendre en location le Système 3 et de l'utiliser dans toutes ses activités commerciales. Du coup, il la voulait comme directrice de centre, pour quatre cent mille lires par mois.

« Même ça, elle ne te l'a pas raconté ? me demanda prudemment Enzo.

— Non.

— C'est parce qu'elle ne veut pas te déranger, tu as ta vie. Mais tu comprends que, pour elle, ce serait vraiment franchir une étape importante, et à nous deux ensemble, ça nous ferait une véritable fortune : on arriverait à sept cent cinquante mille lires par mois à deux, je ne sais pas si tu imagines.

— Mais Lina ?

— Elle doit donner sa réponse en septembre.

— Et qu'est-ce qu'elle va faire?

— Je ne sais pas. Tu as déjà réussi à deviner à l'avance ce qu'elle avait dans la tête, toi?

— Non. Mais toi, tu penses qu'elle devrait faire quoi?

— Moi, je pense ce qu'elle pense.

— Même si tu n'es pas d'accord?

— Oui. »

Je l'accompagnai à la voiture. Dans l'escalier, il me vint à l'esprit que je devais peut-être lui dire ce qu'il ne savait sûrement pas, à savoir que Michele nourrissait pour Lila un amour semblable à une toile d'araignée, un amour dangereux qui n'avait rien à voir avec la possession physique ni avec un sentiment d'infériorité plein de dévotion. Je fus sur le point de le faire, j'aimais bien Enzo et je ne voulais pas qu'il croie avoir simplement en face de lui un petit camorriste qui cherchait depuis long-temps à acheter l'intelligence de sa compagne. Alors qu'il était déjà au volant, je lui demandai :

« Et si Michele veut te la prendre? »

Il demeura impassible :

« Je le tue. Mais de toute façon, il ne la veut pas, il a déjà une maîtresse, tout le monde est au cou-rant.

— Qui c'est?

— Marisa, il l'a mise une nouvelle fois enceinte. »

Sur le coup, je crus ne pas avoir compris :

« Marisa Sarratore?

— Marisa, la femme d'Alfonso. »

Je me souvins de ma conversation avec mon camarade de classe. Il avait tenté de me dire com-bien sa vie était devenue compliquée et je m'étais dérobée, frappée plus par la forme de sa révélation que par son contenu. Mais ce jour-là encore, je ne saisis que confusément son mal-être – pour l'éclaircir, j'aurais dû discuter à nouveau avec lui, mais peut-être que, même ainsi, je ne l'aurais pas compris –; j'eus néanmoins une sensation douloureuse et désagréable. Je demandai :

« Et Alfonso ?

— Il s'en fiche, on raconte qu'il est pédé.

— Qui raconte ça ?

— Tout le monde.

— Tout le monde, c'est vague, Enzo. Et qu'est-ce qu'il raconte d'autre, ce *tout le monde* ? »

Il me regarda avec un éclair de complicité ironique :

« Oh, un tas de choses... Le quartier, c'est un éternel commérage.

— Mais encore ?

— De vieilles histoires sont revenues à la surface. Par exemple, on raconte que Don Achille a été tué par la mère Solara. »

Il partit et j'eus l'espoir que ses mots partiraient aussi avec lui. Mais ce que j'avais appris s'incrusta dans mon cerveau, m'inquiéta et me mit en colère. Pour m'en libérer, je décrochai le téléphone et parlai à Lila, mêlant anxiété et remontrances : pourquoi tu ne m'as rien dit des propositions de travail de Michele, et surtout de la dernière ? pourquoi tu as révélé le secret d'Alfonso ? pourquoi tu as divulgué cette histoire de la mère Solara ? c'était notre jeu ! pourquoi tu m'as envoyé Gennaro ? si tu t'inquiètes pour lui, dis-le carrément, j'ai le droit de savoir ! pourquoi tu ne me dis pas ce que tu as réellement en tête, une fois pour changer ? Ce fut un défoulement. Mais, au fur et à mesure que je parlais, j'espérais aussi, en mon for intérieur, que

nous ne nous arrêterions pas là et que se réalise-
rait, même si ce n'était qu'au téléphone, mon vieux
désir de parler en profondeur de notre relation,
de l'analyser, de clarifier pleinement les choses
et d'en prendre pleinement conscience. J'avais
envie de la provoquer et de la forcer à répondre à
d'autres questions, de plus en plus personnelles.
Mais Lila fut vite agacée et me traita plutôt froidement – elle n'était pas de bonne humeur. Elle
rétorqua que j'étais partie depuis des années et que
j'avais à présent une vie dans laquelle les Solara,
Stefano, Marisa et Alfonso ne signifiaient plus rien
et comptaient pour moins que zéro. Pars donc en
vacances ! me lança-t-elle, coupant court. Écris et
fais l'intellectuelle, ici on est trop terre à terre pour
toi, maintenant, reste loin ! et n'oublie pas de faire
prendre un peu le soleil à Gennaro, autrement il
finira rachitique comme son père.

L'ironie de sa voix et sa façon presque déso-
bligeante de minimiser les choses ôtèrent toute
épaisseur au récit d'Enzo et annihilèrent toute
possibilité de l'entraîner vers les livres que je
lisais, vers les propos échangés avec Mariarosa
et le groupe florentin, vers les questions que j'essayais de me poser et qu'elle aurait certainement
su traiter beaucoup mieux que nous toutes, une
fois que je lui aurais fourni les idées de fond. D'accord, me dis-je, je m'occupe de mes affaires et toi
des tiennes : si c'est ce qui te plaît, ne grandis pas,
continue à jouer dans la cour alors que tu as bientôt trente ans ! ça suffit, je vais à la mer. Et c'est ce
que je fis.

85

Pietro nous accompagna en voiture les trois gosses et moi, dans une vilaine maison que nous avions louée à Viareggio, puis il rentra à Florence pour essayer de finir son livre. Voilà, me dis-je, maintenant je suis une vacancière, une femme aisée avec trois enfants, de nombreux jouets, un parasol au premier rang, des serviettes épaisses, toutes sortes de victuailles, cinq maillots de bain de couleurs différentes et des cigarettes au menthol ; le soleil me brunit la peau et me rend encore plus blonde. Je téléphonais tous les soirs à Pietro et à Lila. Pietro me donnait le nom des personnes qui avaient cherché à me contacter – résidu d'une saison lointaine – et, plus rarement, me parlait de quelque piste de travail qui lui était venue à l'esprit. Je passais Gennaro à Lila : il lui racontait de mauvais gré les événements d'après lui marquants de sa journée puis lui souhaitait une bonne nuit. Quant à moi, je ne disais pas grand-chose à l'un comme à l'autre. Lila, surtout, me semblait définitivement réduite à une simple voix.

Mais peu après, je me rendis compte que ce n'était pas exactement le cas, car une partie d'elle se trouvait en chair et en os dans Gennaro. L'enfant était effectivement très similaire à Stefano et ne ressemblait pas du tout à sa mère. Néanmoins ses gestes, sa façon de parler, quelques expressions, des tics de langage et une certaine agressivité étaient ceux de Lila enfant. Quand j'étais distraite, il m'arrivait parfois de sursauter en entendant sa voix ; par moments, je me perdais en rêveries en l'observant qui gesticulait pour expliquer un jeu à Dede.

Cependant, contrairement à sa mère, Gennaro était sournois. Petite, la méchanceté de Lila avait toujours été franche, et aucune punition ne l'avait jamais incitée à la dissimuler. En revanche, Gennaro jouait le rôle du petit garçon bien élevé, voire timide, mais dès que j'avais le dos tourné, il embêtait Dede, la tapait et cachait sa poupée. Quand je le menaçais en lui disant que, pour le punir, nous ne téléphonerions pas à sa maman pour lui souhaiter une bonne nuit, il prenait une expression contrite. Mais en réalité, cette éventuelle punition ne le préoccupait nullement : c'était moi qui avais imposé le rite du coup de fil du soir et il s'en serait passé sans problème. Ce qui l'inquiétait, c'était plutôt ma menace de ne pas lui acheter de glace. Là il se mettait à pleurer et, entre les sanglots, disait qu'il voulait rentrer à Naples : je cédais aussitôt. Toutefois, il ne s'apaisait pas et se vengeait en s'acharnant en cachette sur Dede.

J'étais persuadée que ma fille le craignait, le détestait. Mais non : au fil du temps, elle réagit de moins en moins aux vexations de Gennaro et tomba amoureuse de lui. Elle l'appelait Rino ou Rinuccio parce qu'il lui avait dit que ses copains l'appelaient comme ça, et elle le suivait sans se soucier de mes rappels ; c'était même elle qui l'incitait à s'éloigner de notre parasol. Je passais mes journées à crier. Dede, où tu vas ? Gennaro, reviens ! Elsa, qu'est-ce que tu fais, ne mange pas de sable ! Gennaro, arrête ! Dede, si tu n'arrêtes pas, j'arrive et tu vas voir ! Un affairement inutile. Systématiquement, Elsa mettait du sable dans sa bouche. Et systématiquement, pendant que je lui rinçais la bouche avec de l'eau de mer, Dede et Gennaro disparaissaient.

L'endroit où ils se réfugiaient, c'était une cannaie pas loin de là. Une fois, j'allai voir avec Elsa ce qu'ils fabriquaient : je découvris qu'ils avaient enlevé leurs maillots de bain et que Dede, intriguée, touchait le petit machin en érection que Gennaro lui montrait. Je m'arrêtai à quelques mètres d'eux, sans savoir que faire. Je savais que Dede se masturbait très souvent, couchée sur le ventre – je l'avais vue. Mais j'avais lu pas mal de choses sur la sexualité enfantine ; j'avais même acheté pour ma fille un petit livre rempli d'illustrations colorées qui expliquait avec des phrases très courtes ce qui se passait entre un homme et une femme, et je le lui avais lu sans susciter en elle le moindre intérêt. Malgré mon malaise, je m'étais toujours imposé de ne pas l'interrompre et de ne pas la gronder ; toutefois, supposant que son père l'aurait fait, je m'étais toujours arrangée pour qu'il ne la surprenne pas.

Mais maintenant ? Devais-je les laisser jouer entre eux ? Devais-je faire demi-tour et m'éclipser ? Ou bien m'approcher sans accorder aucune importance à leur activité et parler négligemment d'autre chose ? Et si ce gros mioche violent, beaucoup plus âgé que Dede, lui imposait Dieu sait quoi, lui faisait mal ? La différence d'âge n'était-elle pas un danger ? Deux événements vinrent précipiter la situation : Elisa aperçut sa sœur, cria de joie et l'appela ; en même temps, j'entendis les mots en dialecte que Gennaro adressait à Dede, des grossièretés, les mêmes paroles horriblement vulgaires que j'avais apprises, petite, dans la cour. Là, je ne parvins plus à me maîtriser, et tout ce que j'avais pu lire sur le plaisir, les périodes de latence, les névroses ou les perversions polymorphes chez l'enfant et chez la femme disparut d'un coup : je réprimandai les deux gosses avec dureté, surtout Gennaro, que je saisis par un bras et entraînai au loin. Il éclata en sanglots. Dede, froide et intrépide, m'asséna : tu es très méchante.

Je leur achetai à chacun une glace. Mais cela marqua le début d'une période pendant laquelle, outre une surveillance étroite pour éviter la répétition de cet épisode, je m'inquiétai du vocabulaire de Dede, qui commençait à intégrer des mots obscènes du dialecte napolitain. Le soir, quand les enfants dormaient, je pris l'habitude de fouiller dans mes souvenirs : avais-je fait moi aussi ces jeux avec mes camarades, dans la cour ? Lila avait-elle eu des expériences de ce genre ? Nous n'en avions jamais parlé. À l'époque, nous prononcions des mots dégoûtants, ça oui, mais c'étaient des insultes qui servaient surtout à repousser les mains d'adultes répugnants, des gros mots que nous hurlions en nous enfuyant. Quant au reste ? J'en arrivai péniblement à me demander : elle et moi, nous étions-nous jamais touchées ? Avais-je jamais désiré le faire, enfant, jeune fille, adolescente ou adulte ? Et elle ? Je restai longtemps sans oser creuser ces questions. Je finis par me répondre : je ne sais pas et ne veux pas le savoir. Ensuite, je reconnus chez moi une forme d'admiration pour son corps, ça oui, c'était peut-être quelque chose que j'avais éprouvé, mais j'exclus qu'il se soit jamais produit quoi que ce soit entre nous. Nous avions certainement trop peur : si on nous avait surprises, on nous aurait tabassées à mort.

Quoi qu'il en soit, les jours où je fus confrontée à ce problème, j'évitai d'aller au téléphone public avec Gennaro. Je craignais qu'il ne dise à Lila qu'il ne se plaisait plus avec moi, et qu'il aille jusqu'à lui raconter cet épisode. Cette crainte m'agaça : pourquoi est-ce que je m'inquiétais ? J'attendis que tout cela s'estompe. Même ma vigilance envers les enfants peu à peu se relâcha, je ne pouvais pas les surveiller en permanence. Je me consacrai à Elsa et laissai tomber les deux plus grands. C'est uniquement lorsqu'ils refusaient de sortir de l'eau, malgré leurs lèvres bleues et la peau de leurs doigts toute fripée, que je criais depuis la plage, très fébrile, les serviettes prêtes pour l'une comme pour l'autre.

Le mois d'août fila à vive allure. Maison, courses, préparation des énormes sacs, plage, retour, dîner, glace, téléphone. Je bavardais avec d'autres mères, toutes plus âgées que moi, et j'étais contente quand elles me félicitaient pour *mes* enfants et ma patience. Elles me parlaient de leurs maris et de ce qu'ils faisaient comme travail. Je parlais du mien et disais : il est professeur de latin à l'université. Le week-end, Pietro arrivait, exactement comme, des années auparavant à Ischia, Stefano et Rino arrivaient. Mes compagnes coulaient vers lui des regards pleins de respect et, grâce à son poste prestigieux, elles semblaient même apprécier sa grosse touffe de cheveux. Il se baignait avec les filles et Gennaro, les impliquant dans des entreprises prétendument téméraires qui les amusaient beaucoup tous les quatre, puis il travaillait sous le parasol, se plaignant de temps à autre du manque de sommeil, car il oubliait souvent ses tranquillisants. Quand les enfants dormaient, il me prenait debout dans la cuisine pour éviter les grincements du lit. Désormais, je considérais le mariage comme une institution qui, contrairement à ce que l'on pensait, ôtait toute humanité au coït.

86

Un samedi, c'est Pietro qui remarqua, au milieu des nombreux articles consacrés depuis des jours à la bombe fasciste dans l'Italicus Express, un entrefilet dans le *Corriere della Sera* concernant une petite usine de la région de Naples.

« Elle ne s'appelait pas Soccavo, l'entreprise où travaillait ton amie ? me demanda-t-il.

— Qu'est-ce qui s'est passé ? »

Il me tendit le journal. Un commando composé de deux hommes et d'une femme avait fait irruption dans une usine de salaisons de la région de Naples. Ils avaient tiré dans les jambes du gardien, Filippo Cara, qui était dans un état critique ; puis ils étaient montés dans le bureau du propriétaire, Bruno Soccavo, un jeune entrepreneur napolitain, et l'avaient tué de quatre balles de pistolet, trois tirées dans la poitrine et une à la tête. En lisant, j'eus la vision du visage de Bruno et de ses dents si blanches qui se brisaient, se détruisaient. Oh mon Dieu, mon Dieu ! J'eus le souffle coupé. Je laissai les enfants à Pietro et courus appeler Lila : le téléphone sonna longuement dans le vide. Le soir, j'essayai à nouveau : rien. Je la trouvai le lendemain et elle me demanda, alarmée : qu'est-ce qui se passe, Gennaro ne va pas bien ? Je la rassurai puis lui dis ce qui était arrivé à Bruno. Elle n'en savait rien et me laissa parler avant de murmurer, d'une voix éteinte : tu m'annonces vraiment une sale nouvelle. Rien d'autre. Je la sollicitai : téléphone à quelqu'un, demande ce qui s'est passé, cherche à qui je peux envoyer un télégramme de condoléances ! Elle rétorqua qu'à l'usine elle n'avait plus de contacts avec personne. Et puis c'est quoi, cette histoire de télégramme ? bougonna-t-elle. Laisse tomber !

Je laissai tomber. Mais le lendemain, je découvris dans *Il Manifesto* un article signé Giovanni Sarratore, c'est-à-dire Nino. Il fournissait de nombreuses informations sur les petites industries de Campanie, soulignait les tensions politiques présentes dans ces zones arriérées et évoquait la fin tragique de Bruno, dont il parlait avec affection. À partir de là, je guettai les développements de cette affaire pendant des jours, mais ce fut vain, elle disparut rapidement des journaux. Quant à Lila, elle n'accepta plus d'en parler. Le soir, j'allais lui téléphoner avec les enfants et elle coupait court, disant : passe-moi Gennaro. Elle eut un ton particulièrement hostile quand je nommai Nino. Fidèle à lui-même, maugréa-t-elle, y faut toujours qu'y s'mêle de tout ! quel rapport avec la politique ? il y a sûrement d'autres motifs. Ici, on a mille raisons de mourir assassiné : l'infidélité, les affaires douteuses, un simple regard de travers… Ainsi les jours passèrent, et de Bruno il ne me resta qu'une image, rien d'autre. Non pas celle du patron que j'avais menacé au téléphone en me servant de l'autorité des Airota, mais celle du garçon qui avait essayé de m'embrasser, et que j'avais méchamment repoussé.

87

Déjà là, au bord de la mer, je commençai à avoir des idées moches. Lila, me dis-je, repousse émotions et sentiments de façon calculée. Plus je cherchais des outils pour tenter de me comprendre moi-même, plus elle se cachait. Plus j'essayais de l'entraîner à découvert et de l'impliquer dans mon désir de clarté, plus elle se réfugiait dans la pénombre. On aurait dit la pleine lune quand elle se cache derrière la forêt et que des branches dissimulent sa face.

Début septembre, je rentrai à Florence, mais mes sombres pensées se renforcèrent au lieu de s'évanouir. Inutile d'essayer de me confier à Pietro. Il fut très mécontent de mon retour et de celui des enfants, il était en retard pour son livre et avait les nerfs à vif à la perspective de l'année universitaire qui allait bientôt reprendre. Un soir où Dede et Gennaro se disputaient à table pour je ne sais trop quoi, Pietro se leva d'un bond et sortit de la cuisine, faisant claquer la porte avec une telle violence que le verre dépoli se brisa en mille morceaux. Je téléphonai à Lila et, sans préambule, lui dis qu'elle devait venir rechercher son fils, avec moi depuis un mois et demi.

« Tu ne peux pas le garder jusqu'à la fin du mois ?
— Non.
— Ici, c'est dur.
— Ici aussi. »
Enzo partit en pleine nuit et arriva au matin,

alors que Pietro était au travail. J'avais déjà préparé les bagages de Gennaro. J'expliquai à Enzo
que les tensions entre les enfants étaient devenues
insupportables : j'étais désolée mais trois c'était
trop, je n'en pouvais plus. Il dit qu'il comprenait
et me remercia pour tout ce que j'avais fait. Il murmura seulement, en guise de justification : tu sais
comment elle est, Lina... Je ne répondis rien, à
la fois parce que Dede s'agitait, désespérée par le
départ de Gennaro, et aussi parce que, si je l'avais
fait, j'aurais pu dire des choses – en partant justement de «comment était Lila» – que j'aurais
regrettées plus tard.

J'avais la tête traversée par des idées que je refusais de me formuler à moi-même, et redoutais de
voir les faits se conformer magiquement aux mots.
Mais je n'arrivais pas à échapper à ces phrases, je
les entendais dans ma tête avec leur syntaxe déjà
parfaite et j'en étais à la fois effrayée et fascinée,
elles me faisaient horreur et me séduisaient. Je
m'étais laissé entraîner par ma vieille habitude de
toujours vouloir tout ordonner en établissant des
liens entre des éléments éloignés. J'avais associé
la mort violente de Gino à celle de Bruno Soccavo
(Filippo, le gardien de l'usine, était sauf). Et j'en
étais arrivée à l'idée que chacun de ces événements
menait à Pasquale, et peut-être aussi à Nadia.
Cette hypothèse m'avait déjà jetée dans un grand
état d'agitation. J'avais pensé téléphoner à Carmen
et lui demander des nouvelles de son frère ; puis
j'avais changé d'avis, effrayée à l'idée que son téléphone puisse être sur écoute. Quand Enzo était
venu chercher Gennaro, j'avais pensé : maintenant
je vais en parler avec lui, on verra comment il réagit. Mais là encore, j'étais restée muette, craignant

402

de trop en dire, craignant de prononcer le nom de la silhouette qui se profilait derrière Pasquale et Nadia : Lila, comme d'habitude, Lila ! Lila qui ne dit pas les choses, mais les fait ; Lila qui est imprégnée de la culture du quartier, qui fait comme si la police, les lois ou l'État n'existaient pas, et qui croit que certains problèmes ne peuvent se résoudre qu'avec un tranchet ; Lila qui connaît la cruauté de l'inégalité ; Lila qui, à l'époque du collectif de la Via dei Tribunali, a trouvé dans la théorie et la pratique révolutionnaires le moyen d'employer sa tête trop active ; Lila qui a transformé en objectifs politiques ses anciennes rages comme ses nouvelles ; Lila qui manipule les gens comme les personnages d'un récit ; Lila qui a fait la jonction et continue à la faire entre notre expérience personnelle de la misère et de la violence, et maintenant la lutte armée contre les fascistes, contre les patrons, contre le capital. Je l'avoue franchement pour la première fois : pendant ces journées de septembre, je soupçonnai que non seulement Pasquale – que son histoire personnelle avait poussé à prendre les armes –, non seulement Nadia, mais Lila aussi avaient fait couler le sang. Souvent, alors que je faisais la cuisine ou m'occupais de mes filles, je l'imaginais avec deux complices tirant sur Gino, tirant sur Filippo, tirant sur Bruno Soccavo. J'avais du mal à voir avec netteté Pasquale et Nadia : pour moi, il n'était qu'un brave garçon un peu fanfaron, capable certes de faire durement le coup de poing mais pas de tuer, quant à elle, je la prenais pour une petite fille de bonne famille susceptible tout au plus de blesser à coups de perfidies verbales. En revanche, je n'eus jamais le moindre doute sur Lila : elle oui, elle aurait su mettre au point le plan le plus efficace, réduire au maximum les risques et maîtriser la peur ; elle pouvait donner aux intentions homicides une pureté abstraite et savait comment ôter toute substance humaine aux corps et au sang ; elle n'aurait eu ni scrupules ni remords, elle aurait tué et se serait sentie du côté de la justice.

La voilà donc ! Je la voyais clairement derrière Pasquale, Nadia ou je ne sais qui. Ils arrivaient sur la placette en voiture, ralentissaient devant la pharmacie et tiraient sur Gino, sur son corps de sbire dissimulé sous une blouse blanche. Ou bien ils débarquaient chez Soccavo par la route poussiéreuse bordée de monceaux de déchets en tout genre. Pasquale franchissait le portail et tirait dans les jambes de Filippo, le sang coulait dans la loge – hurlements, regards terrorisés. Lila, qui connaissait bien le chemin, traversait la cour, entrait dans l'usine, montait l'escalier, faisait irruption dans le bureau de Bruno et, au moment même où celui-ci s'exclamait joyeusement « Bonjour, qu'est-ce que tu fais là ? », trois balles lui éclataient dans la poitrine et une autre au visage.

Ah oui, antifascisme militant, nouvelle résistance, justice prolétarienne et autres formules auxquelles elle savait certainement donner de l'épaisseur, elle qui, par instinct, savait se soustraire aux clichés consensuels. J'imaginai que de telles actions étaient obligatoires pour pouvoir faire partie, que sais-je, des Brigades rouges, de Prima Linea ou des Nuclei Armati Proletari. Lila allait disparaître du quartier, comme Pasquale l'avait déjà fait. C'était peut-être pour cela qu'elle avait voulu me laisser Gennaro : en apparence pour un mois, mais en réalité avec l'intention de me le confier pour toujours. Nous ne la reverrions plus. Ou bien elle serait arrêtée, comme cela était arrivé aux chefs des Brigades rouges, Curcio et Franceschini. Ou bien, vu sa témérité et son imagination, elle échapperait à la police et à la prison. Et quand les *grandes choses* seraient accomplies, elle réapparaîtrait, triomphante, chef révolutionnaire admirée pour ses exploits, et me lancerait : toi tu voulais écrire des romans, moi le roman je l'ai créé avec de vraies gens, avec du vrai sang, et dans le réel !

La nuit, je prenais toutes mes fantaisies pour des faits avérés ou en train de se réaliser, et alors j'avais peur pour elle, je la voyais traquée ou blessée, comme tant d'autres hommes et de femmes, jetée dans le désordre du monde, et si j'avais mal pour elle, en même temps je l'enviais. Cela ne faisait qu'amplifier ma conviction de petite fille qu'elle était destinée depuis toujours à des entreprises extraordinaires ; je regrettais d'avoir fui Naples et de m'être détachée d'elle, et le besoin d'être à son côté me saisissait à nouveau. Mais je me mettais aussi en colère parce qu'elle avait emprunté ce chemin sans me consulter, comme si elle avait estimé que je n'étais pas à la hauteur. Et pourtant, je savais un tas de choses sur le capital, l'exploitation, la lutte des classes et le caractère inévitable de la révolution prolétarienne ! J'aurais pu être utile, j'aurais pu participer ! J'étais malheureuse. Je languissais dans mon lit, frustrée par ma condition de mère de famille et de femme mariée ; tout avenir me semblait prisonnier de la répétition des rites domestiques, que ce soit dans la cuisine ou dans le lit conjugal, et ce jusqu'à la mort.

Pendant la journée, j'avais l'impression d'être

plus lucide, et c'était alors un sentiment d'horreur qui dominait. J'imaginais une Lila capricieuse qui attisait délibérément les haines et finissait par se retrouver de plus en plus impliquée dans des actions féroces. Elle avait eu le courage d'aller plus loin, j'en étais sûre ; elle était passée à l'action avec la détermination limpide et la cruauté généreuse de celle qui se sent animée par de justes raisons. Mais dans quelle perspective ? Déclencher une guerre civile ? Transformer le quartier, Naples et l'Italie en un champ de bataille, en un Vietnam au milieu de la Méditerranée ? Nous jeter tous dans un affrontement impitoyable et intermi- nable, coincé entre les deux blocs, l'Est et l'Ouest ? Et favoriser la propagation de cet incendie dans toute l'Europe, sur toute la planète ? Jusqu'à la victoire, pour toujours ? Et quelle victoire ? Les villes détruites par le feu, les morts dans les rues, la fureur et l'ignominie des conflits non seulement contre l'ennemi de classe, mais aussi au sein du même front, entre les groupes révolutionnaires de différentes régions et de différentes tendances, tous au nom du prolétariat et de sa dictature ! Peut-être même jusqu'à la guerre nucléaire.

Je fermais les yeux, terrorisée. Mes filles, leur futur. Et je m'agrippais à des formules : le sujet imprévu, la logique destructive du patriarcat, la valeur féminine de la survie. Il faut que je parle à Lila, me disais-je. Il faut qu'elle m'explique tout ce qu'elle fait, tous ses projets, et que je décide si je veux être sa complice ou pas.

Mais je ne lui téléphonai jamais, et elle ne me téléphona pas non plus. Je me dis que le long fil vocal qui avait été notre unique contact pen- dant des années ne nous avait rien apporté. Nous avions maintenu le lien entre nos deux histoires, mais par soustraction. Nous étions devenues l'une pour l'autre des entités abstraites, au point qu'aujourd'hui je pouvais l'inventer soit comme une experte en ordinateurs, soit comme une guérillera urbaine déterminée et implacable, tandis qu'elle devait me voir, selon toute probabilité, soit comme le stéréotype de l'intellectuelle à succès, soit comme une dame aisée et cultivée absorbée par ses enfants, ses livres et ses conversations savantes avec son mari professeur d'université. Nous avions toutes deux besoin d'une épaisseur nouvelle et de corps, mais nous nous étions trop éloignées l'une de l'autre et n'arrivions plus à combler ce manque.

88

Tout le mois de septembre s'écoula ainsi, puis celui d'octobre. Je ne parlais à personne, pas même à Adele qui avait beaucoup de travail, pas même à Mariarosa, chez qui Franco habitait à présent – un Franco invalide, profondément transformé par la dépression, et qui avait besoin d'aide – : elle m'accueillait joyeusement au téléphone, me promettait de dire bonjour à Franco de ma part, mais peu après mettait fin à la conversation car elle avait trop à faire. Sans compter le mutisme de Pietro. Le monde en dehors des livres lui pesait de plus en plus, et c'est en traînant les pieds qu'il se rendait dans le chaos réglementé de l'université. Il se mettait souvent en arrêt maladie : il disait que c'était pour pouvoir travailler, mais il n'arrivait pas à achever son livre. En fait, il s'enfermait rarement dans son bureau et, comme pour se pardonner et se faire pardonner, il s'occupait d'Elsa, faisait la cuisine, balayait, lavait ou repassait. Je devais le rudoyer pour l'obliger à retourner à la fac, mais je le regrettais aussitôt. Depuis que la violence avait touché des personnes que je connaissais, j'avais peur pour lui. Malgré les situations dangereuses dans lesquelles il s'était retrouvé, il n'avait jamais renoncé à dénoncer publiquement ce qu'il définissait, avec son vocabulaire privilégié, comme le bêtisier de ses étudiants et de nombre de ses collègues. Tout en étant inquiète pour lui, ou peut-être justement parce que je l'étais, je ne lui donnais jamais raison. J'espérais que mes critiques le forceraient à reconnaître ses erreurs, qu'il cesserait son réformisme réactionnaire (c'était la formule que j'employais) et deviendrait plus malléable. Mais à ses yeux, cela me rapprochait, une fois de plus, des étudiants qui l'agressaient et des professeurs qui complotaient contre lui.

Or ce n'était pas le cas, dans mon esprit les choses étaient plus embrouillées. Je voulais confusément le protéger, mais j'avais également l'impression de prendre ainsi le parti de Lila, défendant les choix que je lui attribuais en secret. À tel point que j'avais parfois envie de téléphoner à mon amie en commençant, précisément, par lui parler de Pietro et de nos conflits, pour qu'elle me dise ce qu'elle en pensait et, de fil en aiguille, pour la débusquer. Naturellement, je ne le faisais pas : il était ridicule de prétendre à la sincérité sur ces sujets par téléphone. Mais un soir, c'est elle qui m'appela, et elle était aux anges :

« J'ai une bonne nouvelle à t'annoncer !

— Qu'est-ce qui se passe ?

— Je suis directrice de centre.

— C'est-à-dire ?

— Directrice du centre mécanographique IBM que Michele a pris en location. »

Cela me parut incroyable. Je lui demandai de répéter et de bien m'expliquer la chose. Elle avait accepté la proposition de Solara ? Après toutes ces résistances, elle était redevenue son employée, comme à l'époque de la Piazza dei Martiri ? Enthousiaste, elle me répondit que oui, et elle devint de plus en plus joyeuse et explicite : Michele lui avait confié le Système 3, qu'il avait loué et installé dans un entrepôt de chaussures à Acerra ; elle aurait des opérateurs et des perforatrices-vérificatrices sous sa responsabilité ; son salaire serait de quatre cent vingt-cinq mille lires par mois.

Quelle déception ! Non seulement l'image de la guérillera s'évanouit en un clin d'œil, mais tout ce que je croyais savoir de Lila vacilla. Je dis :

« C'est la dernière chose à laquelle je m'attendais de ta part.

— Qu'est-ce que j'aurais dû faire ?

— Refuser.

— Pourquoi ?

— On sait qui c'est, les Solara !

— Et alors ? J'ai déjà commencé à travailler pour Michele, et je suis beaucoup mieux avec lui que quand je bossais pour ce connard de Soccavo.

— Tu fais ce que tu veux. »

J'entendis sa respiration. Elle lança :

« J'aime pas ce petit ton, Lenù. Je suis payée plus qu'Enzo, qui est un homme : qu'est-ce qui va pas ?

— Rien.

— C'est à cause de la révolution, des ouvriers, du monde nouveau et de ces conneries-là ?

— Arrête ! Si un jour tu veux vraiment me parler, je t'écouterai, mais autrement il vaut mieux laisser tomber.

— Je peux te faire remarquer un truc ? Quand tu parles et quand tu écris, tu utilises toujours les mots *vrai* et *vraiment*. Et puis tu dis souvent : *tout à coup*. Mais quand est-ce que les gens parlent *vraiment* ? Et quand est-ce que les choses se font *tout à coup* ? Tu sais mieux que moi que c'est tout un imbroglio et qu'une chose en entraîne une autre, et une autre encore. Moi je fais plus rien *vraiment*, Lenù. Et j'ai appris à faire attention aux choses : il n'y a que les crétins qui croient qu'elles se produisent *tout à coup*.

— Bravo ! Qu'est-ce que tu veux me faire croire ? Que tu maîtrises la situation, que c'est toi qui utilises Michele et pas Michele qui t'utilise ? Allez, on laisse tomber, ciao.

— Non, non, parle, dis ce que tu as à dire !

— J'ai rien à dire.

— Parle, sinon c'est moi qui vais le faire.

— Eh bien parle, alors, qu'est-ce que tu as à dire ?

— Tu me critiques, mais à ta sœur tu dis rien ? »
Je tombai des nues :
« Qu'est-ce qu'elle a à voir là-dedans, ma sœur ?

— T'es pas au courant, pour Elisa ?

— Qu'est-ce que je devrais savoir ? »
Elle ricana méchamment :
« T'as qu'à d'mander à ta mère, à ton père ou à tes frères. »

89

Elle ne voulut pas m'en dire plus et interrompit la communication, très en colère. Anxieuse, je téléphonai à mes parents, c'est ma mère qui décrocha.

« Tiens, tu t'rappelles des fois qu'on existe, fit-elle.

— M'man, qu'est-ce qui arrive à Elisa ?

— Ce qui arrive aux filles d'aujourd'hui.

— C'est-à-dire ?

— Elle est avec quelqu'un.

— Elle a un petit ami ?

— On va dire ça.

— M'man, elle s'est mise avec qui ? »

Sa réponse me transperça le cœur :

« Avec Marcello Solara. »

Voilà ce que Lila voulait me faire savoir. Marcello, le beau Marcello de notre prime adolescence, son fiancé têtu et désespéré, le jeune homme qu'elle avait humilié en épousant Stefano Carracci, avait pris Elisa, la plus jeune de la famille, ma petite sœur toute mignonne, la femme que je voyais encore comme une fillette aux pouvoirs magiques. Et Elisa s'était laissé prendre. Et mes parents et mes frères n'avaient pas levé le petit doigt pour empêcher que cela se fasse. Et toute ma famille, d'une certaine manière moi comprise, allait finir apparentée aux Solara.

« Depuis combien de temps ? demandai-je.

— Oh, j'sais pas, un an…

— Et vous avez donné votre consentement ?

— Parce que toi, tu l'as demandé, notre

consentement ? T'as toujours fait c'que tu voulais.
Elle a fait pareil.

— Pietro n'est pas Marcello Solara.

— T'as raison : Marcello se laisserait jamais
traiter par Elisa comme Pietro se laisse traiter par
toi. »

Silence.

« Vous auriez pu me le dire, vous auriez pu me
consulter !

— Et pourquoi ? T'es partie en disant : je pense
à vous, ne vous inquiétez pas. Tu parles ! Tu penses
qu'à tes affaires, de nous t'en as rien à foutre. »

Je décidai de partir aussitôt pour Naples avec
mes filles. Je voulais prendre le train, mais Pietro proposa de nous emmener en voiture, faisant
passer son manque d'envie de travailler pour de
la sollicitude. Sortant de la Doganella, nous nous
retrouvâmes dans la circulation chaotique de
Naples, et je me sentis aussitôt happée par la ville
et soumise à ses lois non écrites. Je n'y avais plus
mis les pieds depuis le jour où j'étais partie me
marier. Le vacarme me parut insupportable, je
m'énervai à cause des coups de klaxon incessants
et des insultes que les automobilistes adressaient
à Pietro qui, ne connaissant pas le chemin, hésitait et ralentissait. Peu avant la Piazza Carlo III, je
l'obligeai à s'arrêter, me mis au volant et conduisis
avec agressivité jusqu'à la Via Firenze, jusqu'à cet
hôtel où il était descendu, des années auparavant.
Nous y laissâmes les bagages. Je nous préparai, les
filles et moi, avec un soin méticuleux, puis nous
nous rendîmes tous au quartier, chez mes parents.
Qu'avais-je l'intention de faire ? Imposer à Elisa
mon autorité de grande sœur, diplômée de l'université et bien mariée ? La forcer à rompre ? Lui

dire « je connais Marcello depuis ce jour où il m'a attrapé le poignet et a essayé de m'entraîner dans sa Millecento en cassant le bracelet d'argent de maman, alors méfie-toi, c'est un homme vulgaire et violent » ? Oui. Je me sentais déterminée : mon devoir était de tirer Elisa de ce piège.

Ma mère accueillit Pietro très affectueusement et offrit aux filles un tas de petits cadeaux que, pour des motifs variés, elles apprécièrent – elle les leur donna à tour de rôle, *ça c'est pour Dede de la part de* nonna, *ça c'est pour Elsa…* Mon père fut tellement ému qu'il en eut la voix rauque. Je le trouvai amaigri et encore plus effacé qu'autrefois. Je m'attendais à voir apparaître mes frères mais découvris qu'ils n'étaient pas à la maison.

« Ils travaillent tout le temps, fit mon père sans enthousiasme.

— Qu'est-ce qu'ils font ?

— Ils bossent dur, intervint ma mère.

— Où ça ?

— Marcello les a placés quelque part. »

Je me rappelai comment les Solara avaient *placé* Antonio et en quoi ils l'avaient transformé.

« Pour faire quoi ? » demandai-je.

Ma mère répondit, irritée :

« Ils ramènent de l'argent à la maison, c'est ça qui compte. Elisa n'est pas comme toi, Lenù, elle pense à nous tous. »

Je fis mine de ne pas avoir entendu :

« Tu lui as dit que j'arrivais aujourd'hui ? Où est-elle ? »

Mon père baissa les yeux et ma mère répondit sèchement :

« Chez elle. »

Je m'emportai :

« Elle n'habite plus ici ?

— Non.

— Et depuis quand ?

— Presque deux mois. Marcello et elle ont un bel appartement dans le nouveau quartier », expliqua ma mère, glaciale.

90

On était donc bien au-delà du petit ami. Je voulus aller aussitôt chez Elisa, malgré ma mère qui me répétait : mais qu'est-ce que tu fais, ta sœur te prépare une surprise, reste là, on ira tous ensemble plus tard ! Je ne l'écoutai pas. Je téléphonai à Elisa, qui me répondit d'une voix à la fois réjouie et mal à l'aise. Je lui dis : ne bouge pas, j'arrive. Je laissai Pietro et les filles avec mes parents et partis à pied.

Le quartier me parut encore plus dégradé qu'autrefois : bâtiments décrépis, rues pleines de trous, crasse partout. J'appris par les avis de décès placardés aux murs – je n'en avais jamais vu autant – que le vieil Ugo Solara, le grand-père de Marcello et Michele, était mort. Comme l'attestait la date, ce n'était pas tout récent, il était décédé plus de deux mois avant ; les expressions grandiloquentes, les visages de madones éplorées et le nom même du mort, tout était délavé et bavait. Toutefois, ces avis résistaient dans les rues, comme si les autres morts avaient décidé, par respect, de quitter cette terre sans en informer personne. J'en vis pas mal aussi autour de la porte de l'épicerie de Stefano.

Le magasin était ouvert, mais il ne ressemblait plus qu'à un trou dans le mur, sombre et vide; Carracci apparut dans le fond, en blouse blanche, avant de disparaître comme un fantôme.

Je montai vers la voie ferrée, passant devant ce que nous appelions autrefois la nouvelle épicerie. Le rideau de fer était baissé, rouillé, légèrement sorti de ses rails et défiguré par des inscriptions et des dessins obscènes. Toute cette partie du quartier avait l'air abandonnée, la blancheur resplendissante d'autrefois avait tourné au gris, par endroits le crépi était parti et laissait voir les briques. Je longeai l'immeuble où Lila avait habité. Des arbrisseaux chétifs d'autrefois, peu avaient survécu. Un ruban adhésif retenait la vitre fissurée de la porte d'entrée. Elisa vivait encore plus haut, dans une zone mieux conservée et plus prétentieuse. Son concierge surgit, un petit bonhomme chauve à la fine moustache, et m'arrêta pour me demander, hostile, qui je cherchais. Je ne sus que dire et marmonnai : Solara. Il prit un air déférent et me laissa passer.

Dans l'ascenseur, je réalisai soudain que c'était mon moi tout entier qui avait pour ainsi dire reculé. Ce qui m'aurait paru acceptable à Milan ou à Florence – une femme qui dispose librement de son corps et de ses désirs, une vie commune en dehors du mariage –, ici, dans mon quartier, me semblait inconcevable : ce qui était en jeu, c'était l'avenir de ma sœur, et je n'arrivais pas à me calmer. Elisa s'était installée avec un personnage dangereux comme Marcello ? Et ma mère était contente ? Elle qui avait piqué une crise parce que je m'étais mariée civilement et non avec le rite religieux, elle qui traitait Lila de salope parce qu'elle vivait avec Enzo, et Ada de sale putain parce qu'elle était devenue la maîtresse de Stefano, oui, *elle* acceptait que sa plus jeune fille dorme avec Marcello Solara – un homme mauvais – en dehors du mariage ? C'était ce genre de pensées qui m'animait pendant que je montais chez Elisa, et j'estimais que ma colère était juste. Mais mon cerveau – si discipliné d'ordinaire – était confus, et j'ignorais à quels arguments j'allais avoir recours. À ceux que ma mère aurait peut-être avancés, il y a encore quelques années, si j'avais fait un choix de ce type ? Avais-je donc régressé à un niveau qu'elle-même avait abandonné ? Ou bien lui aurais-je dit : va vivre avec qui tu veux, mais pas avec Marcello Solara ? C'est ça que j'allais dire ? Mais à quelle fille aujourd'hui, à Florence ou à Milan, aurais-je jamais imposé de quitter l'homme dont elle était amoureuse, quel qu'il fût ?

Quand Elisa m'ouvrit, je la serrai si fort dans mes bras qu'elle murmura en riant : tu me fais mal ! Pendant qu'elle me faisait passer au salon – une pièce tape-à-l'œil pleine de canapés et de fauteuils à fleurs avec des dossiers dorés –, je la sentis inquiète, et elle se mit à parler à bâtons rompus, mais d'autre chose : qu'est-ce que j'avais l'air en forme, comme j'avais de belles boucles d'oreilles, quel beau collier, comme j'étais élégante, elle avait tellement envie de connaître Dede et Elsa… Je lui décrivis ses nièces avec entrain, enlevai mes boucles d'oreilles, les lui fis essayer devant une glace et les lui offris. Je vis qu'elle s'admirait. Elle rit et murmura :

« J'avais peur que tu sois venue pour me faire des reproches, pour me dire que tu étais contre ma relation avec Marcello. »

Je la fixai un long moment, puis dis :

« Elisa, *je suis* contre. Et j'ai fait ce voyage exprès pour le dire à toi, à maman, à papa et à nos frères. »

Elle changea aussitôt d'expression et ses yeux se remplirent de larmes :

« Oh, tu me fais de la peine ! Pourquoi tu es contre ?

— Les Solara sont de sales gens.

— Pas Marcello. »

Et alors elle se mit à parler de lui. Elle me raconta que tout avait débuté lorsque j'étais enceinte d'Elsa. Notre mère était venue habiter avec moi et Elsa s'était retrouvée avec le poids de toute la famille sur le dos. Un jour où elle était allée faire les courses dans le supermarché des Solara, Rino, le frère de Lila, lui avait dit que si elle lui laissait la liste des commissions, il la ferait livrer chez elle. Et pendant que Rino parlait, elle s'était aperçue que Marcello lui faisait un signe de la main, de loin, comme pour lui faire comprendre que c'était lui qui avait donné ces consignes. À partir de là, il avait commencé à lui tourner autour en la comblant d'attentions. Elisa s'était dit : il est vieux, il me plaît pas. Mais il avait pris de plus en plus de place dans sa vie – toujours bien élevé, sans un geste ou une parole qui renvoie au monde odieux des Solara. Marcello était vraiment un homme bien, avec lui elle se sentait en sécurité, il avait une force et une présence telles qu'il semblait faire dix mètres de haut ! Et ce n'était pas tout. Quand il était devenu évident qu'il s'intéressait à elle, la vie d'Elisa avait changé. Tout le monde, dans le quartier et même en dehors, avait commencé à la traiter comme une reine, et à lui accorder de l'importance. C'était une sensation merveilleuse, à laquelle elle ne s'était pas encore accoutumée. Un jour tu n'es personne, s'exclama-t-elle, et le lendemain, même les souris des bouches d'égout te reconnaissent ! évidemment, toi qui as écrit un livre, tu es célèbre et tu as l'habitude, mais pas moi, moi je n'en revenais pas ! Découvrir qu'elle ne devait plus se soucier de rien l'avait émue. Marcello pensait à tout, pour lui les désirs de ma sœur étaient des ordres. Plus le temps passait, plus elle était amoureuse. Pour finir, elle avait dit oui. Et à présent, il lui suffisait d'un jour sans le voir ni l'entendre pour qu'elle n'en dorme pas de la nuit et ne fasse que pleurer.

Je réalisai qu'Elisa était persuadée d'avoir une chance extraordinaire, et je compris que je n'aurais pas la force de lui gâcher tout ce bonheur. D'autant plus qu'elle ne me laissait rien à quoi m'accrocher : Marcello est intelligent, Marcello est responsable, Marcello est beau, Marcello est parfait. À chacune de ses paroles, elle faisait bien attention soit à le distinguer de la famille Solara, soit à parler avec une bienveillance prudente de sa mère, de son père atteint d'une grave maladie à l'estomac qui ne sortait presque plus, de feu son grand-père, voire de Michele, puisque quand on le fréquentait, celui-ci également semblait différent de ce qu'on racontait, il était très chaleureux. Du coup, crois-moi, me dit-elle : je ne me suis jamais sentie aussi bien de toute ma vie. Même maman – et tu sais comment elle est – est de mon côté, même papa. Et alors qu'il n'y a pas longtemps Gianni et Peppe passaient leurs journées à ne rien faire, maintenant Marcello les fait travailler et les paye très bien.

« Si c'est comme ça, mariez-vous ! dis-je.

— Nous le ferons. Mais là, ce n'est pas une bonne période, Marcello dit qu'il doit régler pas mal d'affaires compliquées. Et puis il y a le deuil pour son grand-père – le pauvre, il avait perdu la tête, il ne savait même plus marcher ni parler : en le reprenant, Dieu l'a libéré. Mais dès que la situation s'arrange, on se marie, t'en fais pas. Et puis, avant d'arriver au mariage, il vaut mieux voir si on est bien ensemble, non ? »

Elle passa à des expressions qui n'étaient pas les siennes, des expressions de fille moderne apprises dans les magazines qu'elle lisait. Je les comparai avec celles que j'aurais prononcées sur les mêmes sujets, et me rendis compte qu'elles n'étaient guère différentes : les mots d'Elisa étaient simplement un peu plus frustes. Que rétorquer ? Je ne le savais pas au début de cette rencontre et ne le savais toujours pas maintenant. J'aurais pu dire : c'est tout vu, Elisa, c'est évident, Marcello te consumera, il s'habituera à ton corps et te quittera. Mais c'étaient de vieilles paroles, que même ma mère ne s'était pas hasardée à lui adresser. Alors je me résignai. J'étais partie, Elisa était restée. Que serais-je devenue si j'étais restée moi aussi, quels choix aurais-je faits ? Les frères Solara ne me plaisaient-ils pas aussi, quand j'étais jeune fille ? D'ailleurs, en m'en allant, qu'avais-je gagné ? Pas même la capacité de trouver des paroles sages pour convaincre ma sœur de ne pas se détruire. Elisa avait un beau visage, très délicat, une voix caressante et un corps sans aspérité. Je me souvenais d'un Marcello grand et beau, avec un visage carré d'une couleur saine, tout musclé, et capable de sentiments d'amour intenses et durables : il l'avait prouvé lorsqu'il était amoureux de Lila, et depuis on ne lui connaissait pas d'autres passions. Alors, que dire ? Pour finir, elle alla prendre une boîte et me montra tous les bijoux que Marcello lui avait offerts, et par comparaison les boucles que je lui avais données paraissaient bien telles qu'elles étaient, des babioles.

« Fais attention, lui dis-je, ne te perds pas toi-même ! Et si tu as besoin de quelque chose, appelle-moi. »

Je m'apprêtais à me lever, mais elle m'arrêta en riant :

« Où tu vas ? Maman ne t'a rien dit ? Tout le monde vient dîner à la maison ! J'ai préparé un tas de trucs. »

Je ne pus cacher ma contrariété :

« Qui ça, tout le monde ?

— Tout le monde ! C'est une surprise. »

91

Arrivèrent d'abord mon père, ma mère, mes filles et Pietro. Dede et Elsa reçurent de nouveaux cadeaux de la part d'Elisa, qui leur fit grande fête (*Dede, mon chou, viens me faire un gros bisou ; Elsa, qu'est-ce que tu es jolie et bien en chair, viens voir tata, tu sais qu'on s'appelle pareil ?*). Ma mère disparut aussitôt à la cuisine, tête baissée, sans me lancer un regard. Pietro tenta de m'attirer sur le côté pour me dire quelque chose de grave, avec l'air de celui qui proteste de son innocence. Il n'y parvint pas car mon père l'entraîna vers un canapé, devant le téléviseur qu'il alluma à plein volume.

Peu après apparut Gigliola avec ses enfants, deux garçons infernaux qui s'acoquinèrent aussitôt avec Dede tandis qu'Elsa, perplexe, se réfugiait près de moi. Gigliola sortait de chez le coiffeur, faisait « tic tic » sur des talons très hauts, et l'or étincelait à ses oreilles, à son cou et sur ses poignets. Sa robe verte scintillante, très décolletée, contenait à grand-peine son corps, et son maquillage lourd se craquelait déjà. Elle s'adressa à moi sans préambule et d'un ton sarcastique :

« Nous voilà ! Nous sommes venus exprès pour rendre hommage à vous autres professeurs. Tout va bien, Lenù ? Alors c'est lui, le génie de l'université ? Pétard, il en a de beaux cheveux, ton mari ! »

Pietro se libéra de mon père qui lui avait passé un bras autour des épaules, se leva avec un sourire timide et ses yeux se posèrent instinctivement sur l'ondulation généreuse des seins de Gigliola. Elle le remarqua avec satisfaction :

« Doucement, doucement ! fit-elle. Vous me gênez ! Ici, personne ne s'est jamais levé pour saluer une dame ! »

Mon père fit rasseoir mon mari, craignant que les autres ne l'éloignent, et se remit à lui parler de Dieu sait quoi, malgré le volume élevé du téléviseur. Je demandai à Gigliola comment elle allait, et tentai de lui dire par le regard et le ton de la voix que je n'avais pas oublié ses confidences, et que j'étais à ses côtés. Cela ne dut guère lui plaire car elle lança :

« Écoute, ma jolie : je vais bien, tu vas bien, tout le monde va bien. Mais si mon mari ne m'avait pas obligée à venir me faire chier ici, je serais bien mieux chez moi. Juste pour que ça soit clair. »

Je n'eus pas le temps de répondre car on sonna à la porte. Ma sœur, rapide et légère, courut aussitôt ouvrir, comme portée par un courant d'air. Je l'entendis s'exclamer : qu'est-ce que je suis contente ! venez, maman, venez ! Et elle réapparut tenant par la main sa future belle-mère, Manuela Solara, en habit de fête, une fleur artificielle dans ses cheveux teints d'une espèce de rouge, les yeux pleins de souffrance enfoncés dans des cernes profonds, encore plus maigre que la dernière fois que je l'avais vue – elle n'avait pratiquement plus que la peau sur les os. Derrière elle se présenta Michele, bien habillé, rasé de près, sa force froide lisible dans son regard et dans ses gestes calmes. Et un instant plus tard apparut un gros bonhomme que j'eus du mal à reconnaître, tant tout était énorme en lui : sa taille, ses pieds, ses grandes jambes épaisses et puissantes, son ventre, sa poitrine et ses épaules gonflés d'une matière lourde et très compacte, sa grosse tête au large front, ses longs cheveux bruns coiffés en arrière et sa barbe d'une couleur anthracite luisante. C'était Marcello, et Elisa me le confirma en lui offrant ses lèvres, comme à un dieu auquel on doit respect et gratitude. Il se pencha pour effleurer les siennes tandis que mon père se levait et Pietro aussi, l'air gêné ; ma mère accourait en boitant de la cuisine. Je me rendis compte que la présence de Mme Solara était considérée comme un événement exceptionnel, quelque chose dont il fallait se sentir honoré. Elisa me murmura, émue : ma belle-mère a soixante ans aujourd'hui. Ah bon, dis-je. Je fus surprise de voir que Marcello, à peine entré, s'adressait directement à mon mari, comme s'ils s'étaient déjà rencontrés. Il lui sourit de toutes ses dents blanches et s'écria : alors, tout est en ordre, professeur ? Comment ça, *tout est en ordre* ? Pietro lui répondit avec un sourire incertain puis me regarda en secouant la tête, navré, comme pour dire : j'ai fait tout ce que j'ai pu. J'aurais voulu qu'il m'explique la situation, mais Marcello lui présentait déjà Manuela : viens, maman, ça c'est le professeur, le mari de Lenuccia, installe-toi près de lui. Pietro s'inclina légèrement, et moi aussi je me sentis obligée de saluer Mme Solara, qui dit : comme tu es belle, Lenù, tu es aussi belle que ta sœur ! Ensuite elle me demanda, un peu anxieuse : il fait un peu chaud, ici, tu ne trouves pas ? Je ne répondis rien, Dede pleurnichait en m'appelant et Gigliola – la seule qui montrait qu'elle n'accordait aucune importance à la présence de Manuela – criait quelque chose de grossier à ses enfants qui avaient fait mal à ma fille. Je m'aperçus que Michele m'examinait en silence, sans même me saluer. C'est moi qui lui dis bonjour, d'une voix forte, et puis tentai de calmer Dede et Elsa qui, voyant que sa sœur avait mal, était à deux doigts de pleurer à son tour. Marcello me fit : je suis ravi de vous accueillir chez moi, c'est un grand honneur, crois-moi. Ensuite il se tourna vers Elisa comme si me parler directement était au-dessus de ses forces : vas-y, dis-lui combien je suis heureux, ta sœur m'impressionne ! Je murmurai quelque chose pour le rassurer, mais à ce moment-là on sonna à nouveau à la porte.

Michele alla ouvrir, et il revint peu après, l'air amusé. Il était suivi d'un homme âgé qui traînait des valises, *mes valises*, celles que nous avions laissées à l'hôtel. Michele fit un signe dans ma direction et l'homme les posa devant moi comme s'il avait exécuté un tour de magie pour me divertir. Non, eh non, m'exclamai-je, là vous me fâchez! Mais Elisa me prit dans ses bras, m'embrassa et dit : nous avons de la place, vous ne pouvez pas rester à l'hôtel, il y a un tas de pièces ici, et même deux salles de bain! Cela dit, souligna Marcello, j'ai d'abord demandé l'autorisation à ton mari, je ne me serais jamais permis de prendre une telle décision : professeur, je vous en prie, parlez à votre femme, défendez-moi! J'étais soufflée et furieuse, mais souriante : ça alors, quel foutoir, merci Marcè, tu es très gentil, mais nous ne pouvons vraiment pas accepter! Et je tentai de renvoyer les valises à l'hôtel. Mais je dus aussi m'occuper de Dede, à qui je lançai : fais voir ce que les garçons t'ont fait, c'est rien, un bisou et ça va passer, allez, va jouer, et emmène Elsa avec toi! J'appelai ensuite Pietro, déjà pris dans les filets de Manuela Solara : Pietro, s'il te plaît, viens, qu'est-ce que tu as raconté à Marcello, nous ne pouvons pas dormir ici! Je remarquai que la nervosité augmentait mon accent napolitain, que certains mots me venaient en dialecte, que le quartier – à travers la cour, le boulevard, le tunnel – m'imposait sa langue, sa manière d'agir et de réagir, et ses images, qui à Florence me semblaient défraîchies, mais qui ici étaient bien vivantes.

On sonna encore à la porte, Elisa courut ouvrir. Qui devait encore arriver? Quelques secondes s'écoulèrent et Gennaro s'élança dans la pièce. Il vit Dede, Dede le vit, incrédule, et elle cessa immédiatement de chouiner : ils se dévisagèrent, tous deux émus de ces retrouvailles inattendues. Peu après surgit Enzo, le seul blond au milieu de tous ces bruns, teint clair, mais l'air sombre. Enfin, Lila entra.

92

D'un coup se brisa une longue période de paroles désincarnées, de voix arrivant uniquement par vagues sur une mer électrique. Lila portait une robe bleue au-dessus du genou. Elle était très mince et ne semblait faite que de nerfs, ce qui la faisait paraître plus grande encore que d'habitude, malgré ses talons plats. Elle avait des rides marquées près de la bouche et des yeux, mais la peau de son visage, très pâle, était tendue sur le front et les pommettes. Ses cheveux coiffés en queue-de-cheval révélaient des fils blancs au-dessus de ses oreilles aux lobes minuscules. Dès qu'elle me vit, elle sourit et plissa les yeux. J'étais tellement surprise que je ne souris pas et ne dis rien, pas même salut. Bien que nous ayons trente ans toutes les deux, elle me parut plus âgée et plus défraîchie que moi, en tout cas telle que je me voyais. Gigliola s'écria : ah, l'autre petite reine est enfin arrivée ! mes gosses ont faim, je les tiens plus !

On dîna. Je me sentis coincée dans un mécanisme déplaisant et ne pus rien avaler. Je fulminais en pensant aux bagages que j'avais défaits à peine arrivée à l'hôtel et qui avaient été refaits d'autorité par un ou plusieurs étrangers – des gens qui avaient tripoté mes affaires, celles de Pietro et des filles, et tout mis en désordre. Je n'arrivais pas à accepter l'évidence, à savoir que j'allais dormir chez Marcello Solara, pour faire plaisir à ma sœur qui partageait son lit. Avec une hostilité qui me rendait triste, j'observais Elisa et ma mère : la première, portée par un bonheur anxieux, parlait sans jamais s'arrêter et jouait à la maîtresse de maison, la seconde avait l'air tellement contente qu'elle servait même Lila avec politesse. J'épiais Enzo qui mangeait tête baissée, agacé par Gigliola qui pressait sa poitrine énorme contre son bras et lui parlait très fort, avec des inflexions de séductrice. Énervée, je voyais Pietro qui, malgré le harcèlement de mon père, de Marcello et de Mme Solara, accordait beaucoup d'attention à Lila ; assise en face de lui, elle était indifférente à tous, moi comprise – peut-être surtout à moi –, mais pas à mon mari. Les gamins me tapaient sur les nerfs. Les cinq nouvelles vies s'étaient organisées en deux groupes : Gennaro et Dede, sages et dissimulateurs, contre les fils de Gigliola, qui buvaient du vin dans le verre de leur mère distraite et devenaient de plus en plus insupportables. Ces derniers plaisaient beaucoup à Elsa, qui s'était alliée à eux malgré leur absence totale de considération.

Mais qui avait donc organisé ce spectacle ? Qui avait mêlé plusieurs raisons de faire la fête ? Elisa, sûrement, mais poussée par qui ? Peut-être par Marcello. Mais Marcello avait certainement été guidé par Michele qui, assis près de moi, mangeait et buvait, à l'aise, ignorant le comportement de sa femme et de ses enfants, mais fixant avec ironie mon mari qui avait l'air fasciné par Lila. Que voulait-il démontrer ? Que nous étions en territoire Solara ? Que moi aussi, qui m'étais enfuie, j'appartenais à ces lieux, et donc à eux ? Qu'ils pouvaient m'imposer tout ce qu'ils voulaient en mobilisant sentiments, vocabulaire et rites, mais aussi en brouillant tout et en transformant comme bon leur semblait la beauté en laideur, et vice versa ? Il s'adressa à moi pour la première fois depuis son arrivée. Tu te rends compte, maman a soixante ans ! me lança-t-il. Qui pourrait le deviner ? elle les porte bien, non ? tu as vu comme elle est belle ? Il éleva la voix exprès pour que tout le monde entende non pas tant sa question que la réponse que j'étais maintenant obligée de fournir. Je devais donc faire l'éloge de sa mère. Elle se tenait là, assise près de Pietro, une femme âgée à l'air un peu perdu, gentille et apparemment inoffensive, avec un visage long et maigre, un nez énorme et une fleur folle dans ses cheveux raréfiés. Et pourtant c'était elle, l'usurière qui avait bâti la fortune de la famille ; c'était elle qui remplissait et conservait le livre rouge à l'intérieur duquel se trouvaient les noms de tant d'habitants du quartier, de la ville et de la région ; c'était la femme du crime impuni, la femme dangereuse et sans pitié, d'après les bavardages téléphoniques auxquels je m'étais laissée aller avec Lila, et aussi d'après bon nombre de pages de mon roman avorté ; c'était la *mamma* qui avait tué Don Achille pour avoir le monopole de l'usure à sa place, et qui avait appris à ses deux fils comment faire main basse sur tout, en écrasant les autres. Et maintenant, j'étais obligée de dire à Michele : oui, c'est vrai, comme ta mère est belle, elle ne fait pas son âge, félicitations ! Du coin de l'œil, je voyais que Lila avait cessé de parler à Pietro et qu'elle n'attendait que ça : elle se tournait déjà pour me regarder, les lèvres gonflées à peine entrouvertes, les yeux comme des fissures et le front plissé. Je perçus une expression sarcastique sur son visage, et je me dis que c'était peut-être elle qui avait suggéré à Michele de m'enfermer dans cette cage : *maman fête ses soixante ans, Lenù, la maman de ton beau-frère, la belle-mère de ta sœur, voyons un peu ce que tu vas dire maintenant, voyons si tu continues à jouer à la maîtresse d'école !* Je répondis en m'adressant à Manuela : *mes meilleurs vœux.* Rien d'autre. Aussitôt Marcello intervint, comme pour me venir en aide. Il s'exclama, ému : merci, Lenù, merci ! Ensuite il s'adressa à sa mère – elle était en nage, avec des taches rouges sur son cou décharné, et son visage exprimait la souffrance – : Lenuccia vous a adressé ses vœux, maman ! Aussitôt, Pietro se tourna vers la femme assise près de lui : mes meilleurs vœux aussi, madame ! Ainsi tout le monde – tout le monde sauf Gigliola et Lila – rendit hommage à Mme Solara, même les enfants, qui s'exclamèrent à l'unisson : vous irez jusqu'à cent ans, Manuela, jusqu'à cent ans, grand-mère ! Elle se déroba et bougonna : je suis déjà assez vieille ! Elle sortit de son sac à main un éventail bleu décoré du golfe et du Vésuve fumant, et elle commença à s'éventer, d'abord doucement et puis avec une énergie croissante.

Michele, bien qu'il se fût adressé à moi, sembla accorder plus d'importance aux vœux de mon mari. Il lui parla avec courtoisie : vous êtes trop aimable, professeur, vous n'êtes pas d'ici et ne pouvez connaître tous les mérites de notre mère ! Il prit alors un ton confidentiel : nous sommes des honnêtes gens, feu mon grand-père, parti de rien – Dieu ait son âme –, a commencé avec le bar ici au coin, puis mon père l'a agrandi, en en faisant un bar-pâtisserie célèbre dans toute Naples, grâce également au talent de Spagnuolo, le père de ma femme, un excellent artisan – pas vrai, Gigliò ? toutefois, ajouta-t-il, c'est à ma mère, à *notre* mère, que nous devons tout. Récemment, des envieux, des gens qui nous veulent du mal, ont fait circuler sur elle d'odieuses rumeurs. Mais nous sommes tolérants, et sommes habitués depuis longtemps à poursuivre nos affaires quoi qu'il arrive et à être patients. De toute façon, la vérité triomphe toujours. Et la vérité, c'est que dans la vie de cette femme extraordinairement intelligente et qui a beaucoup de caractère, il n'y a jamais eu un moment où on ait pu penser : elle a envie de ne rien faire. Non, elle a toujours travaillé, toujours, et elle ne l'a fait que pour sa famille, sans jamais profiter de rien elle-même. Ce que nous avons aujourd'hui, c'est ce qu'elle a construit pour nous, ses enfants, et ce que nous faisons aujourd'hui, ce n'est que la continuation de ce qu'elle a fait.

Manuela s'éventa d'un geste maintenant plus contrôlé et dit à Pietro, en parlant fort : Michele est un fils en or ! quand il était petit, à Noël, il montait sur la table et récitait de beaux poèmes. Mais son défaut, c'est qu'il aime parler, et quand il parle, il finit toujours par exagérer. Marcello intervint : non, maman, il n'exagère pas, il a raison ! Et Michele recommença à tresser des lauriers à Manuela : comme elle est belle, comme elle est généreuse… ça n'en finissait pas. Et puis soudain, il se tourna vers moi. Il me dit d'un ton sérieux, presque solennel : il n'existe qu'une autre femme qui est *presque* comme notre mère. *Une autre femme ? Une femme* presque *comparable à Manuela Solara ?* Je le regardai, perplexe. Malgré ce *presque*, il avait tenu des propos déplacés, et soudain la bruyante assemblée se fit silencieuse. Gigliola fixa nerveusement son mari, les pupilles dilatées par le vin et le mécontentement. Ma mère aussi prit un air vigilant qui n'était pas de circonstance : peut-être espérait-elle que cette femme serait Elisa et que Michele s'apprêtait à assigner à sa fille une espèce de droit de succession à la place la plus élevée parmi les Solara. Manuela cessa un moment de se faire du vent, passa l'index au-dessus de ses lèvres pour en essuyer la sueur et attendit que son fils corrige le sens de ses paroles avec un retournement cinglant.

Or, avec l'effronterie qui l'avait toujours distingué, se fichant de son épouse, d'Enzo et même de sa mère, Michele se mit à fixer Lila. Une couleur verdâtre lui montait au visage, ses gestes paraissaient moins maîtrisés et il utilisait ses mots comme un lasso pour arracher mon amie à l'attention qu'elle continuait à accorder à Pietro : ce soir, poursuivit-il, nous sommes tous réunis chez mon frère, primo, pour accueillir comme il se doit ces deux illustres universitaires et leurs jolies petites filles, deuzio, pour fêter ma mère, cette sainte, tertio, pour souhaiter à Elisa beaucoup de bonheur et bientôt un beau mariage, et quarto, si vous me le permettez, pour porter un toast en l'honneur de l'accord auquel je craignais de ne jamais arriver. Lina, viens ici, s'il te plaît !

Lina. Lila.

Je cherchai son regard, que je croisai pendant une fraction de seconde. Ses yeux disaient : alors, tu as compris le jeu ? tu te rappelles comment ça marche ? Puis, à ma plus grande surprise, tandis qu'Enzo examinait un point indéterminé de la nappe, elle se leva docilement pour aller rejoindre Michele.

430

Il ne l'effleura pas. Il ne lui toucha ni la main ni le bras, rien, comme s'il y avait entre eux une lame qui pouvait le blesser. En revanche, il posa quelques secondes les doigts sur mon épaule et s'adressa à nouveau à moi : ne te vexe pas, Lenù ! tu es douée, tu as fait beaucoup de chemin, tu es apparue dans les journaux et tu fais notre fierté à tous, nous qui te connaissons depuis que tu es petite. Toutefois – et je suis sûr que tu seras d'accord avec moi et que tu seras heureuse que je le dise, car je sais combien tu tiens à elle – Lina a quelque chose de vivant dans la tête que nul autre ne possède. Quelque chose de puissant, qui bondit en tous sens et que rien ne peut arrêter. Un truc que les médecins ne savent pas voir non plus et dont elle-même, je crois, n'a pas conscience, bien qu'elle l'ait de naissance – elle n'en sait rien, et elle ne veut même pas le savoir. Mais regardez un peu l'air méchant qu'elle prend, maintenant ! si vous ne lui revenez pas, cette chose peut vous causer beaucoup de problèmes ; mais autrement, elle laisse tout le monde ébahi ! eh bien moi, cette particularité, ça fait un bon bout de temps que je veux l'acheter. Oui, l'acheter ! il n'y a rien de mal à ça, c'est comme acheter des perles ou des diamants. Malheureusement, jusqu'à aujourd'hui, cela n'avait pas été possible. Mais nous avons fait un petit pas en avant, et c'est ce petit pas que je veux fêter ce soir ! j'ai pris Mme Cerullo pour travailler dans le centre mécanographique que j'ai installé à Acerra, un machin hyper-moderne. Et si ça t'intéresse, Lenù, et si cela intéresse monsieur le professeur, je peux vous le faire visiter demain même, ou en tout cas avant votre départ. Qu'est-ce que tu en dis, Lina ?

Lila prit une expression dégoûtée. Elle secoua la tête, contrariée, et dit en fixant Mme Solara : Michele ne comprend rien aux ordinateurs, et il a l'impression que je fais Dieu sait quoi ; mais c'est des conneries, il suffit d'un cours par correspondance pour comprendre, même moi j'y arrive, alors que j'ai pas dépassé l'école primaire. Et ce fut tout. Contrairement à mes attentes, elle n'ironisa pas sur Michele et sur l'image assez terrible qu'il avait inventée, avec son histoire de chose vivante bondissant dans la tête de mon amie. Elle n'ironisa pas sur les perles et les diamants. Surtout, elle n'esquiva pas les compliments. Elle nous laissa porter un toast à son embauche comme si, en effet, elle avait trouvé un emploi au paradis et elle permit à Michele de poursuivre ses louanges, justifiant par leur emphase le salaire qu'il lui donnait. Et le tout pendant que Pietro, avec la capacité qu'il avait de se sentir à l'aise avec les gens qu'il estimait inférieurs, lui répondait – sans me consulter – qu'il tenait beaucoup à visiter le centre d'Acerra. Ensuite il se fit raconter tous les détails par Lila, qui était allée se rasseoir. Un instant, je me dis que si je lui en avais laissé le temps, elle m'aurait pris mon mari comme elle m'avait pris Nino. Mais je n'en éprouvai pas de jalousie : si elle l'avait fait, cela aurait uniquement été pour creuser un fossé encore plus profond entre nous, il me paraissait évident que Pietro ne pouvait lui plaire ; quant à Pietro, il ne serait jamais capable de me tromper par désir d'une autre.

En revanche, je fus envahie par un autre sentiment, plus trouble. Je me trouvais sur les lieux de ma naissance, là où j'étais considérée depuis toujours comme la fille ayant le mieux réussi, et j'étais certaine qu'il s'agissait, au moins dans ce milieu, d'un fait indiscutable. Or, Michele s'était arrangé pour que Lila me fasse ombrage, comme s'il avait organisé exprès mon déclassement dans le quartier, et surtout au sein de la famille d'où je venais ; il avait même voulu que je consente à cet obscurcissement, en reconnaissant publiquement la puissance inégalable de mon amie. Et Lila n'y avait rien trouvé à redire. Pire, peut-être avait-elle participé à cette mise en scène, peut-être l'avait-elle projetée et organisée elle-même. Quelques années plus tôt, lorsque j'avais connu mon petit succès d'écrivain, cela ne m'aurait pas blessée et m'aurait même fait plaisir ; mais maintenant que tout était fini, je me rendis compte que j'en souffrais. J'échangeai un coup d'œil avec ma mère. Renfrognée, elle avait son air de quand elle faisait des efforts pour ne pas me flanquer une gifle. Elle en avait assez de mon habituelle expression placide ; elle voulait me voir réagir et montrer tout ce que je savais – que des trucs de première qualité, pas comme cette connerie d'Acerra ! Elle me le disait avec les yeux, c'était comme un ordre muet. Mais je me tus. Soudain, Manuela Solara s'exclama, en jetant des regards irrités autour d'elle : mais qu'est-ce que j'ai chaud ! pas vous ?

93

Comme ma mère, Elisa dut trouver insupportable la perte de mon prestige. Mais alors que ma mère ne dit mot, ma sœur se tourna vers moi, radieuse et affectueuse, pour me faire comprendre que je demeurais son extraordinaire grande sœur, dont elle serait toujours fière. J'ai quelque chose à te donner ! s'écria-t-elle. Et elle ajouta, avec son habitude de sauter joyeusement d'un sujet à l'autre : tu as déjà pris l'avion ? Je dis que non. C'est pas vrai ? Si. Parmi les convives, il s'avéra que seul Pietro avait volé à plusieurs reprises, mais il minimisa la chose. Au contraire, pour Elisa cela avait été une expérience merveilleuse, et pour Marcello aussi. Ils étaient allés loin, en Allemagne, à la fois pour le travail et le plaisir. Au début, Elisa avait eu un peu peur : il y avait eu des secousses, des chocs, et un jet d'air glacial lui était arrivé juste au niveau de la tête, comme pour la transpercer. Puis elle avait vu par le hublot des nuages très blancs au-dessous et le ciel très bleu au-dessus. Ainsi avait-elle découvert qu'au-delà des nuages il faisait toujours beau temps, et que d'en haut la terre était toute verte, bleue, violette, et couverte de neige resplendissante quand on franchissait les montagnes. Elle me demanda :

« Devine qui on a rencontré, à Düsseldorf ? »

Je murmurai, mécontente de tout :

« Je ne sais pas, Elisa, dis-le-moi !

— Antonio.

— Ah bon.

— Il m'a bien recommandé de te dire bonjour.

— Il va bien ?

— Très bien. Il m'a donné un cadeau pour toi. »

C'était donc ça qu'elle devait me donner, un cadeau de la part d'Antonio. Elle se leva et courut le chercher. Marcello me regarda, amusé, et Pietro demanda :

« Qui c'est, Antonio ?

— Il travaille pour nous, intervint Marcello.

— C'est un petit ami de votre femme, dit Michele en riant. Les temps ont changé, professeur, aujourd'hui les femmes ont un tas de petits copains, et elles s'en vantent encore plus que les hommes. Et vous, vous avez eu combien de petites amies ? »

Pietro répondit, sérieux :

« Moi ? Aucune. Je n'ai aimé que mon épouse.

— Menteur ! s'exclama Michele, fort amusé. Je peux vous dire à l'oreille combien de petites amies j'ai eues, moi ? »

Il se leva et, suivi du regard par une Gigliola dégoûtée, il passa derrière mon mari à qui il chuchota quelque chose.

« Incroyable ! » s'exclama Pietro, prudemment ironique. Ils rirent tous les deux.

Sur ce, Elisa revint et me tendit un petit paquet confectionné avec du papier cadeau.

« Ouvre !

— Tu sais déjà ce que c'est ? demandai-je, perplexe.

— On le sait tous les deux, fit Marcello, mais on espère que toi, tu ne le sais pas. »

J'ouvris le paquet. Ce faisant, j'étais consciente que tous les regards étaient rivés sur moi. Lila, en particulier, me surveillait du coin de l'œil, concentrée, comme si elle s'attendait à voir surgir un serpent. Quand ils réalisèrent qu'Antonio, le fils de Melina la folle, le larbin semi-analphabète et violent des Solara, le fiancé de mon adolescence, ne m'avait rien envoyé de beau ou d'émouvant, rien qui fasse allusion aux temps anciens, mais seulement un livre, ils eurent l'air déçus. Puis ils virent que je changeais de couleur et regardais la couverture avec une joie que je ne parvenais pas à maîtriser. Ce n'était pas n'importe quel livre. C'était *mon* livre. C'était la traduction allemande de mon roman, six ans après sa publication en Italie. J'assistais pour la première fois au spectacle – oui, au spectacle – de mes mots dansant sous mes yeux dans une langue étrangère.

« Tu n'étais pas au courant ? demanda Elisa, heureuse.

— Non.

— Ça te fait plaisir ?

— Très. »

Ma sœur annonça à tous, avec orgueil :

« C'est le roman que Lenuccia a écrit, mais avec des mots allemands ! »

Quel retournement ! Le visage de ma mère s'empourpra et elle s'écria :

« Vous avez vu ce qu'elle est célèbre ! »

Gigliola saisit le livre, le feuilleta et murmura, admirative : la seule chose qu'on comprend, c'est *Elena Greco* ! Alors Lila tendit la main d'un geste impérieux et lui fit signe de lui passer l'ouvrage. Je vis dans ses yeux de la curiosité et le désir de toucher, regarder et lire la langue inconnue qui me contenait et m'avait emportée au loin. Je vis son impatience de s'emparer de cet objet et une envie que je reconnus : c'était celle de son enfance, ce qui m'attendrit. Mais Gigliola eut un réflexe brusque, elle écarta le livre pour qu'elle ne puisse l'attraper et dit : « Attends ! Pour le moment, c'est moi qui regarde ! Ben quoi, tu comprends même l'allemand ? » Lila retira la main en faisant non de la tête, et Gigliola s'exclama : « Alors fais pas chier, et laisse-moi regarder ! Je veux voir de près ce que Lenuccia est capable de faire. » Puis, dans le silence général, elle tourna avec satisfaction le livre entre ses mains. Elle examina les pages l'une après l'autre, lentement, comme si elle lisait cinq lignes par-ci, quatre lignes par-là. Enfin elle déclara, la voix empâtée par le vin, en me le tendant : « Bravo, Lenù, et félicitations pour tout : ton livre, ton mari et tes filles. On croit qu'on est les seuls à te connaître mais, en fait, même les Allemands, ils te connaissent ! Ce que tu as, tu l'as mérité, tu l'as obtenu par ton travail, sans jamais nuire à personne et sans faire de conneries avec les maris des autres. Merci, mais maintenant il faut vraiment que j'y aille, bonsoir. »

Elle se leva péniblement, poussant de gros soupirs, alourdie par le vin. Elle cria à ses gosses : dépêchez-vous ! Ils se lamentèrent et le plus grand lâcha une grossièreté en dialecte. Elle lui flanqua une gifle et le tira vers la porte d'entrée. Michele secoua la tête, sourire aux lèvres, et maugréa : qu'est-ce qu'elle m'en fait voir, cette connasse, y faut toujours qu'elle foute en l'air mes journées. Ensuite il dit calmement : attends, Gigliò, où tu cours comme ça ? y a encore le gâteau de ton père, après on y va. En un éclair, forts des paroles de leur père, les garçons échappèrent à leur mère et allèrent se rasseoir. En revanche, Gigliola continua vers la sortie de son pas lourd, en disant, irritée : alors j'y vais seule, je me sens pas bien ! Mais à ce moment-là, Michele hurla d'une voix puissante et chargée de violence : va t'asseoir tout d'suite ! Elle s'arrêta net, comme si cette phrase lui avait coupé les jambes. Elisa bondit et murmura : viens avec moi, viens m'aider avec le gâteau. Elle la prit par le bras et l'entraîna vers la cuisine. Je rassurai Dede du regard : le cri de Michele l'avait effrayée. Puis je tendis mon livre à Lila et demandai : tu veux le voir ? Elle fit non de la tête, avec une moue d'indifférence.

94

« Mais où est-ce qu'on a atterri ? » me demanda Pietro, mi-scandalisé mi-amusé, quand, une fois les filles couchées, nous nous enfermâmes dans la chambre qu'Elisa nous avait attribuée. Il voulait plaisanter sur les moments les plus incroyables de la soirée mais je l'agressai, et nous nous disputâmes à voix basse. J'étais très en colère contre lui, contre tout le monde, contre moi-même. Et parmi les sentiments chaotiques qui me traversaient, voilà qu'émergeait à nouveau mon désir que Lila tombe malade et meure. Ce n'était pas de la haine : je l'aimais de plus en plus et n'aurais jamais été capable de la haïr. Mais je ne supportais pas le vide de sa dérobade. Je lançai à Pietro : comment tu as pu accepter qu'ils prennent nos bagages et les amènent ici, qu'ils nous fassent déménager de force dans cet appartement ? Il répondit : je ne savais pas quel genre de personnes c'était. Eh non, fis-je, parce que tu m'écoutes jamais ! je t'ai toujours dit d'où je viens !

Nous discutâmes longuement, il tenta de me calmer et je l'accablai de reproches. Je lui dis qu'il avait été trop timoré, qu'il s'était fait marcher dessus, qu'il ne se dressait que contre les gens bien élevés de son milieu, que je n'avais plus

438

confiance en lui et que je n'avais pas confiance en
sa mère non plus : comment se faisait-il que mon
livre était sorti deux ans plus tôt en Allemagne et
que ma maison d'édition ne m'en avait pas parlé ?
dans quels autres pays avait-il été publié sans que
j'en sache rien ? il fallait que j'aille au bout de
cette affaire, et cetera. Pour m'apaiser, Pietro me
dit qu'il était d'accord avec moi et m'invita même
à téléphoner dès le lendemain matin à sa mère
et à la maison d'édition. Ensuite il professa une
grande sympathie pour ce qu'il appela le milieu
populaire où j'étais née et où j'avais grandi. Il
chuchota que ma mère était une femme généreuse et très intelligente, et il eut des paroles
chaleureuses pour mon père, pour Elisa, Gigliola
et Enzo. Mais il changea brusquement de ton
lorsqu'il passa aux frères Solara : il les traita de
canailles, de fieffés vauriens, de voyous retors. Et
il se consacra enfin à Lila. Il dit doucement : c'est
celle qui m'a le plus troublé. Je m'en suis rendu
compte ! éclatai-je. Tu as parlé avec elle pendant
toute la soirée. Mais il secoua la tête avec détermination et affirma, à ma plus grande surprise,
que Lila lui avait semblé la pire du lot. Il précisa
qu'elle n'était pas du tout mon amie et me détestait. Certes, elle avait une intelligence stupéfiante
et, certes, elle était vraiment fascinante : mais il
s'agissait d'une intelligence mal utilisée – l'intelligence maléfique qui sème la discorde et qui hait
la vie – et la fascination qu'elle exerçait était plus
insupportable encore, elle ne pouvait qu'asservir
et conduire à la ruine. Telles furent ses paroles.

   Au début, je l'écoutai en feignant le désaccord,
mais en réalité j'étais contente. Je m'étais donc
trompée, Lila n'avait pas réussi à faire mouche,

Pietro était un homme exercé à repérer le sous-texte de tout texte, et il n'avait eu aucun mal à reconnaître ses côtés mauvais. Mais bientôt, je me dis qu'il en faisait trop. Il lança : je ne comprends pas comment votre relation a pu durer aussi longtemps, à l'évidence vous vous dissimulez soigneusement ce qui pourrait la rompre. Il ajouta : ou je n'ai rien compris d'elle – et c'est sans doute le cas, je ne la connais pas –, ou bien je n'ai rien compris de toi, et ça c'est plus inquiétant. Enfin, il tint des propos vraiment désagréables : elle et ce Michele, ils sont faits l'un pour l'autre, et s'ils ne sont pas déjà amants, ils le deviendront. Là je m'insurgeai. Je lâchai que je ne supportais pas son ton de monsieur je-sais-tout bourgeois hyper-cultivé, qu'il ferait mieux de ne plus jamais parler ainsi de mon amie et qu'il n'avait rien compris. Et tout en parlant, il me sembla comprendre quelque chose qu'à ce moment-là lui-même ne savait pas : bien sûr que si, Lila avait fait mouche, et comment ! Pietro avait saisi à quel point elle était exceptionnelle, cela l'avait effrayé et, à présent, il se sentait obligé de la démolir. Je ne crois pas qu'il avait peur pour lui, mais plutôt pour moi et pour notre relation. Il avait peur que, même à distance, elle ne m'arrache à lui et ne nous détruise. Et pour me protéger, il exagérait, il la couvrait de boue. Il voulait confusément me dégoûter d'elle, espérant que je la chasserais de ma vie. Je murmurai « bonne nuit » et me tournai de l'autre côté.

95

Le lendemain, je me levai très tôt et préparai nos bagages : je voulais rentrer immédiatement à Florence. Mais je n'y parvins pas. Marcello nous annonça qu'il avait promis à son frère de nous amener à Acerra. Comme Pietro, malgré tous mes efforts pour lui faire comprendre que je voulais partir, se montra disponible, nous confiâmes les filles à Elisa et laissâmes ce gros bonhomme nous conduire jusqu'à une bâtisse longue et basse de couleur jaune, un vaste entrepôt de chaussures. Pendant tout le trajet, je me tus, tandis que Pietro posait des questions sur les affaires des Solara en Allemagne et que Marcello les esquivait en tenant des propos décousus du genre : l'Italie, l'Allemagne, le monde, professeur, moi je suis plus communiste que les communistes, plus révolutionnaire que les révolutionnaires, et si on pouvait tout raser et tout reconstruire, je serais le premier partant. Quoi qu'il en soit, ajoutait-il en me regardant dans le rétroviseur à la recherche d'un soutien, pour moi l'amour passe avant toute chose.

Une fois que nous fûmes arrivés, il nous emmena dans une salle basse de plafond éclairée par des néons. Je fus frappée par une forte odeur d'encre, de poussière et d'isolants surchauffés, mêlée à celles du cirage et des tiges de chaussures. Voilà, dit Marcello, ça c'est le truc que Michele a pris en location. Je regardai la pièce, il n'y avait personne auprès de la machine. Le Système 3 était un objet tout à fait ordinaire, un meuble sans intérêt appuyé contre un mur : des panneaux métalliques, des boutons, un interrupteur rouge, des étagères en bois et des claviers. Moi j'y connais rien, dit Marcello, ces trucs-là c'est Lina qui les comprend, mais elle a pas d'horaires, elle est toujours en vadrouille. Pietro examina avec soin les panneaux, les boutons, tout, mais à l'évidence la modernité le décevait, d'autant plus qu'à chacune de ses questions Marcello répondait : ça c'est des trucs de mon frère, moi j'ai d'autres problèmes en tête.

Lila apparut alors que nous étions sur le point de repartir. Elle était avec deux jeunes femmes qui portaient des bacs à fiches métalliques. Elle semblait irritée et menait les autres à la baguette. Dès qu'elle nous aperçut, elle changea de ton et prit des manières aimables, mais à l'évidence elle se forçait, comme si une partie de son cerveau se débattait hargneusement pour retourner à d'urgentes questions de travail. Elle ignora Marcello et se tourna vers Pietro, mais en ayant l'air de me parler également. Qu'est-ce que ça peut vous faire, ce machin ? lança-t-elle, moqueuse. Si vraiment vous y tenez, on peut faire un échange : vous, vous travaillez ici et moi, je m'occupe de vos trucs – les romans, les tableaux et l'Antiquité. À nouveau, elle me donna l'impression d'avoir vieilli plus vite que moi, non seulement par son aspect mais aussi par ses mouvements, sa voix et le ton peu brillant et vaguement las avec lequel elle nous expliqua non seulement le fonctionnement du Système et des différentes machines, mais aussi les cartes et bandes magnétiques, les disques de cinq pouces et autres nouveautés en arrivage, comme ces petits ordinateurs que l'on pouvait mettre chez soi pour un usage personnel. Ce n'était plus la Lila qui parlait de son nouveau travail au téléphone avec des expressions enfantines, et elle semblait loin de l'enthousiasme d'Enzo. Elle se comportait comme une employée ultra-compétente sur laquelle le patron se serait délesté d'une corvée de plus, en la chargeant de notre petite visite touristique. Elle ne prit jamais un ton amical avec moi et ne plaisanta pas une fois avec Pietro. Pour conclure, elle obligea les filles à montrer à mon mari comment fonctionnait la perforatrice, et en profita pour m'entraîner dans le couloir. Là, elle me dit :

«Alors? Tu as félicité Elisa? On dort bien, chez Marcello? Tu es contente que la vieille sorcière ait fêté ses soixante ans?»

Je répliquai, crispée :

«Si c'est ce que veut ma sœur, qu'est-ce que j'peux y faire? lui arracher la tête?

— Tu vois? Dans les contes on fait comme on veut, dans la réalité on fait comme on peut.

— Ce n'est pas vrai. Qui t'oblige à te faire utiliser par Michele?

— C'est moi qui l'utilise, pas le contraire.

— Tu te fais des illusions.

— Attends un peu, et tu verras.

— Qu'est-ce que tu veux voir, Lila? Laisse tomber.

— Je te l'répète, ça me plaît pas quand t'es comme ça. Tu sais plus rien de nous, alors tu ferais mieux de te taire.

— Tu veux dire que je peux te critiquer seulement si je vis à Naples?

— Naples, Florence, tu n'arrives à rien nulle part, Lenù.

— Qui te le dit?

— Les faits.

— Tu ne sais rien de mes affaires, moi si.»

J'étais tendue et elle s'en rendit compte. Elle fit une moue conciliante :

« Tu me fous en boule et je dis des choses que je ne pense pas. T'as bien fait de quitter Naples, t'as très bien fait. Par contre, tu sais qui est revenu ?

— Qui ça ?

— Nino. »

La nouvelle me brûla la poitrine :

« Comment tu le sais ?

— C'est Marisa qui me l'a dit. Il a obtenu une chaire à l'université.

— Il n'était pas bien, à Milan ? »

Lila plissa les yeux :

« Il s'est marié avec une fille de la Via Tasso, qui est apparentée à la moitié de la Banco di Napoli. Ils ont un gosse d'un an. »

Je ne sais pas si j'en souffris, mais en tout cas j'eus du mal à y croire :

« C'est vrai ? Il s'est marié ?

— Oui. »

Je la regardai pour comprendre ce qu'elle avait derrière la tête :

« Tu as l'intention de le revoir ?

— Non. Mais si ça m'arrive, je lui dirai que Gennaro n'est pas son fils. »

96

Après ça, elle me tint encore quelques propos désordonnés. *Toutes mes félicitations, tu as un mari beau et intelligent, il parle en religieux alors qu'il n'est pas croyant, il connaît tous les* événements du passé et du présent, et surtout il sait un tas de trucs sur Naples, il m'a fait honte : moi qui suis napolitaine, je ne sais rien. Gennaro grandit, ma mère s'en occupe plus que moi, il est bon à l'école. Avec Enzo ça se passe bien, on bosse énormément, on se voit pas beaucoup. Par contre, Stefano est en train de creuser sa propre tombe : les carabiniers ont trouvé dans son arrière-boutique de la marchandise volée, je sais pas quoi, et il a été arrêté ; là il est libre mais il doit faire gaffe, il n'a plus rien, maintenant c'est moi qui lui donne de l'argent et pas l'inverse. Tu vois comme tout change : si j'étais restée Mme Carracci, à l'heure qu'il est je serais ruinée et le cul par terre, comme tous les Carracci. Or je suis Raffaella Cerullo, je suis directrice de centre pour Michele Solara et je gagne quatre cent vingt-cinq mille lires par mois. Du coup, ma mère me traite comme une reine, mon père m'a tout pardonné, mon frère me pompe du fric, Pinuccia dit qu'elle m'aime beaucoup et leurs enfants m'appellent leur petite tata. Mais c'est un travail barbant, pas du tout comme je le croyais au début. C'est encore trop lent, on perd beaucoup de temps ; on espère que les nouvelles machines vont bientôt arriver, elles sont beaucoup plus rapides. Mais peut-être qu'on a tort. La vitesse dévore tout, c'est comme prendre des photos floues. C'est Alfonso qui a utilisé cette expression un jour, pour rire : il a dit qu'il était né flou, sans lignes de contour claires. Ces derniers temps, il me parle sans arrêt d'amitié. Il souhaite être très proche de moi, il voudrait me copier avec du papier carbone et jure qu'il aimerait être une femme comme moi. Mais qu'est-ce que tu racontes ! j'ai crié. T'es un mec, Alfò, et tu sais rien de ce que je suis. Et même si nous sommes amis,

même si tu m'étudies, m'espionnes et me copies,
tu ne sauras jamais rien. Il s'est exclamé en riant :
« alors comment je fais, moi ? être comme je suis, ça
me fait souffrir. » Et alors il m'a avoué qu'il aimait
Michele depuis toujours – oui, Michele Solara –, et
qu'il voudrait lui plaire comme, d'après lui, je lui
plais. Toi, Lenù, tu comprends ce qui arrive aux
gens : on a trop de trucs à l'intérieur de nous, ça
nous fait gonfler et ça nous brise. D'accord, lui
ai-je répondu, on peut être amis, mais enlève-toi
de la tête que tu peux devenir une femme comme
moi : tout ce que tu arriverais à faire, c'est devenir
une femme d'après ce que vous imaginez, vous, les
hommes. Tu peux me copier, faire de moi un portrait
exact comme le font les artistes, mais ma merde
restera toujours la mienne, et pareil pour toi. Ah,
Lenù, qu'est-ce qui nous arrive, à nous tous ? On
est comme des tuyaux quand l'eau gèle à l'intérieur.
Qu'est-ce que c'est moche, d'avoir le cerveau insa-
tisfait ! Tu te rappelles ce qu'on avait fait, avec ma
photo de mariée ? C'est sur ce chemin que je veux
continuer. Un jour viendra où je me réduirai uni-
quement à des diagrammes ; je deviendrai une bande
magnétique perforée et tu ne me trouveras plus.

De petits rires, et puis c'est tout. Ces bavardages de couloir me confirmèrent que notre relation n'avait plus d'intimité. Elle se résumait à des
nouvelles succinctes, de maigres détails, quelques
répliques méchantes – des paroles au petit bonheur la chance, aucune révélation de fait ni de
pensée rien que pour moi. Désormais, la vie de
Lila était la sienne, un point c'est tout, elle semblait ne vouloir la partager avec personne. Inutile
d'insister avec des questions comme : que sais-tu
de Pasquale, où se trouve-t-il, qu'as-tu à voir avec

la mort de Soccavo et avec l'agression de Filippo, qu'est-ce qui t'a fait accepter la proposition de Michele, comment penses-tu utiliser la dépendance qu'il a envers toi… Lila s'était retirée dans l'inavouable et aucune de mes curiosités ne pouvait devenir objet de discours. Elle m'aurait rétorqué : qu'est-ce qui te passe par la tête, tu es folle ! Michele, la dépendance, Soccavo, mais qu'est-ce que tu racontes ? Aujourd'hui encore, au moment où j'écris, je me rends compte que je n'ai pas assez d'éléments pour dire *Lila se rendit*, *Lila fit*, *Lila rencontra* ou *Lila planifia*. Et pourtant, tandis que je rentrais en voiture à Florence, j'eus l'impression que là dans le quartier, entre arriération et modernité, elle était plus dans l'histoire que moi. J'avais perdu beaucoup de choses en m'en allant, croyant être destinée à Dieu sait quelle vie. Lila, qui était restée, avait un travail novateur, gagnait beaucoup, et elle agissait dans une liberté absolue et avec des desseins qui demeuraient indéchiffrables. Elle tenait beaucoup à son fils, elle s'en était énormément occupée pendant les premières années de sa vie et elle le suivait encore ; néanmoins elle semblait capable de s'en délivrer comme et quand elle le voulait, et il ne lui causait pas toute l'anxiété que me donnaient mes filles. Elle avait rompu avec sa famille d'origine, or elle en assumait le poids et la responsabilité chaque fois qu'elle le pouvait. Elle venait en aide à Stefano qui avait des soucis, mais ne se rapprochait pas de lui. Elle détestait les Solara et pourtant se soumettait à eux. Elle ironisait sur Alfonso mais était son amie. Elle disait qu'elle ne voulait pas rencontrer Nino, mais je savais que ce n'était pas vrai et qu'elle allait le revoir. Sa vie était en mouvement, la mienne était immobile. Tandis que Pietro conduisait en silence et que les filles se disputaient, je pensai longuement à Nino et elle, et à ce qui pourrait se passer. Lila va le reprendre, me dis-je : elle s'arrangera pour le croiser, l'influencera comme elle sait le faire, l'éloignera de sa femme et de son fils, l'utilisera dans sa guerre contre je ne sais qui et le poussera à divorcer ; en même temps, elle échappera à Michele après lui avoir pris un tas d'argent, quittera Enzo et enfin se décidera à divorcer de Stefano ; alors peut-être épousera-t-elle Nino, ou peut-être pas, quoi qu'il en soit ils combineront leurs intelligences, et qui sait ce qu'ils pourront devenir.

Devenir. Ce verbe m'avait toujours obsédée, mais c'est en cette circonstance que je m'en rendis compte pour la première fois. *Je voulais devenir*, même sans savoir quoi. Et j'étais *devenue*, ça c'était certain, mais sans objet déterminé, sans vraie passion, sans ambition précise. J'avais voulu devenir quelque chose – voilà le fond de l'affaire – seulement parce que je craignais que Lila devienne Dieu sait quoi en me laissant sur le carreau. *Pour moi, devenir, c'était devenir dans son sillage*. Or, je devais recommencer à devenir mais pour moi, en tant qu'adulte, en dehors d'elle.

97

À peine rentrée chez moi, je téléphonai à Adele pour l'interroger sur la traduction allemande qu'Antonio m'avait fait parvenir. Elle tomba des nues car elle n'en savait rien non plus, et contacta la maison d'édition. Elle me rappela un peu plus tard pour me dire que le livre était sorti non seulement en Allemagne, mais aussi en France et en Espagne. Je demandai : et alors, qu'est-ce que je dois faire ? Adele répondit, perplexe : rien, à part être contente. Bien sûr, murmurai-je, je suis *très* contente, mais du point de vue pratique, est-ce que je ne devrais pas, je ne sais pas, me déplacer, promouvoir le livre à l'étranger ? Elle me répondit d'un ton affectueux : tu n'as rien à faire, Elena, malheureusement il ne s'est vendu nulle part.

Mon humeur empira. Je harcelai la maison d'édition, demandai des informations précises sur les traductions, me mis en colère parce que personne ne s'était soucié de me tenir au courant, et je finis par lancer à une employée indolente : j'ai appris l'existence de l'édition allemande non pas par vous, mais par l'un de mes amis, pratiquement analphabète ! vous êtes capables de faire votre travail ou pas ? Ensuite je me sentis stupide et m'excusai. L'une après l'autre m'arrivèrent les versions française, espagnole et allemande – cette dernière n'était pas froissée comme celle offerte par Antonio. Ce n'étaient pas de beaux ouvrages : on voyait en couverture des femmes vêtues de noir, des hommes à la moustache tombante avec le béret sicilien, et du linge étendu à sécher. Je les feuilletai, les montrai à Pietro et les plaçai sur une étagère, au milieu d'autres romans. Du papier muet, inutile.

Une période de lassitude et de profond mécontentement débuta. Je téléphonais tous les jours à Elisa pour savoir si Marcello était toujours gentil et s'ils avaient décidé de se marier. À mes psalmodies inquiètes, elle opposait des éclats de rire joyeux et des récits d'une vie de gaieté, de voyages en voiture ou en avion, de prospérité croissante pour nos frères, et de bien-être pour notre père et notre mère. Maintenant, il m'arrivait de l'envier. J'étais fatiguée et irascible. Elsa était sans arrêt malade, Dede exigeait beaucoup d'attention et Pietro traînait sans pouvoir achever son livre. Je piquais des colères pour un rien. Je grondais mes filles et me disputais avec mon mari. Résultat : tous trois me craignaient. Si je passais devant la chambre des gamines, elles interrompaient leurs jeux et me regardaient, inquiètes ; de plus en plus, Pietro préféra la bibliothèque universitaire à notre foyer. Il sortait de bon matin et rentrait le soir. Quand il revenait, il semblait porter sur lui les traces des conflits dont je n'entendais parler que par les journaux, puisque j'étais désormais coupée de toute activité publique : les fascistes attaquaient au couteau et assassinaient, les camarades n'étaient pas en reste et la loi donnait largement le permis de tuer aux policiers, ce qu'ils faisaient, y compris ici à Florence. Et puis se produisit ce à quoi je m'attendais depuis longtemps : Pietro se retrouva au cœur d'un vilain fait divers dont on parla même abondamment dans les journaux. Il recala un étudiant très impliqué dans les luttes et qui appartenait à une famille influente. Alors le jeune homme l'insulta devant tout le monde et pointa un pistolet sur lui. D'après le récit que m'en fit non pas mon mari, mais l'une de nos connaissances – il ne s'agit pas d'un témoignage direct, elle n'était pas présente –, Pietro finit calmement de noter le résultat de l'examen, puis il tendit son livret au garçon en lui disant, en gros : ou bien vous me tirez vraiment dessus, ou bien vous avez intérêt à vous débarrasser vite fait de cette arme, parce que dans une minute je vais sortir de cette salle et porter plainte. Pendant de longues secondes, l'étudiant continua à pointer le pistolet vers son visage ; enfin il le fourra dans sa poche, saisit le livret et s'enfuit. Quelques minutes plus tard, Pietro alla voir les carabiniers, et le jeune fut arrêté. Mais ce ne fut pas tout. La famille de l'étudiant s'adressa non pas à Pietro mais à son père, afin que celui-ci convainque mon mari de retirer sa plainte. Le professeur Guido Airota tenta de persuader son fils, ce qui donna lieu à de longues conversations téléphoniques au cours desquelles j'entendis, avec une certaine stupeur, que le vieil homme perdait son calme et haussait le ton. Mais Pietro ne céda pas. Très fébrile, je finis par lui lancer :

« Mais tu te rends compte de ce que tu fais ?

— Qu'est-ce que tu me conseillerais, alors ?

— La stratégie de la détente.

— Je ne te comprends pas.

— Tu ne *veux* pas me comprendre. Tu es exactement comme nos profs de Pise, comme les plus insupportables d'entre eux !

— Je ne crois pas.

— Bien sûr que si ! Tu as donc oublié qu'on trimait inutilement pour suivre des cours ineptes et réussir des examens encore plus ineptes ?

— Mon cours n'est pas inepte.

— Tu ferais mieux de demander à tes étudiants !

— On demande leur avis aux personnes qui ont la compétence pour le donner.

— Et moi, tu m'aurais demandé mon avis, si j'avais été une de tes étudiantes ?

« — J'ai d'excellents rapports avec les étudiants qui travaillent.

— Tu veux dire que tu aimes les bons petits tou-tous ?

— Et toi, tu préfères les frimeurs, comme ton amie de Naples ?

— Oui.

— Alors pourquoi tu étais toujours aussi consciencieuse ? »

Je perdis mon aplomb :

« Parce que j'étais pauvre, et être arrivée là me semblait déjà un miracle.

— Eh bien, ce garçon n'a rien de commun avec toi.

— Toi non plus, tu n'as rien de commun avec moi !

— Qu'est-ce que tu veux dire ? »

Je ne répondis rien et, par prudence, éludai la question. Mais ensuite la colère me submergea à nouveau, je me remis à critiquer son intransi-geance et lui dis : étant donné que tu l'avais recalé, à quoi ça te servait, d'aller porter plainte ? Il mau-gréa : il a commis un délit. Moi : il jouait à te faire peur, c'est un jeune ! Il rétorqua froidement : ce pistolet est une arme, pas un jouet, et il a été volé avec d'autres armes il y a sept ans, dans une caserne de carabiniers à Rovezzano. Je fis remar-quer : le type n'a pas tiré. Il s'exclama : mais son arme était chargée ! et s'il avait tiré ? Je criai : il ne l'a pas fait ! Pietro éleva la voix lui aussi : alors il fallait attendre qu'il me tire dessus pour aller porter plainte ? Je hurlai : ne crie pas, tu perds tes nerfs ! Il répliqua : pense donc plutôt à tes nerfs à toi ! Ensuite, fiévreuse, je lui expliquai en vain que malgré mes paroles et mon ton polémique, en réalité cette situation me paraissait très dangereuse et m'inquiétait. J'ai peur pour toi, dis-je, pour les filles et pour moi ! Mais il ne me rassura pas. Il alla s'enfermer dans son bureau et essaya de travailler à son livre. C'est seulement quelques semaines plus tard qu'il me raconta que des policiers en civil étaient venus le voir à deux reprises et lui avaient demandé des informations sur certains étudiants, en lui montrant des photos. La première fois, il les avait accueillis aimablement, et c'est tout aussi aimablement qu'il les avait congédiés sans leur fournir aucune information. La deuxième fois, il avait demandé :

« Ces jeunes ont commis des délits ?

— Non, pas pour le moment.

— Alors que voulez-vous de moi ? »

Il les avait raccompagnés à la porte avec toute la courtoisie méprisante dont il était capable.

98

Les mois s'écoulèrent et Lila ne téléphona jamais, elle devait être très occupée. Moi non plus je ne cherchai pas à la contacter, malgré le besoin que j'en éprouvais. Pour atténuer mon impression de vide, j'essayai d'approfondir ma relation avec Mariarosa, mais il y avait de nombreux obstacles. Désormais, Franco vivait de façon permanente chez ma belle-sœur, or Pietro n'aimait pas me savoir trop proche de sa sœur, ni de mon ancien petit ami. Si je restais plus d'une journée à Milan, son humeur empirait, ses maux imaginaires se

multipliaient et les tensions entre nous augmen-
taient. De surcroît, Franco lui-même, qui en général ne sortait jamais sauf pour les soins médicaux
dont il avait toujours besoin, n'appréciait guère
ma présence et avait du mal à supporter mes filles
qui parlaient trop fort ; il disparaissait parfois de
l'appartement, nous alarmant, Mariarosa et moi.
Et puis ma belle-sœur avait mille occupations,
et surtout elle était constamment entourée de
femmes : chez elle, c'était une espèce de lieu de
rencontre où elle accueillait tout le monde, intellectuelles, femmes bien comme il faut, travail-
leuses échappant à des compagnons violents ou
jeunes filles fugueuses, de sorte qu'elle avait peu
de temps à me consacrer ; de toute façon, elle était
tellement amicale avec toutes ces femmes que je
ne pouvais me sentir sûre de notre relation. Et
pourtant, aller chez elle ravivait pendant quelques
jours mon envie d'étudier, et parfois d'écrire. Ou,
pour être plus précise, cela me donnait l'impression d'en être capable.

Nous parlions beaucoup de nous. Nous avions
beau être toutes des femmes – Franco, s'il ne
fuyait pas l'appartement, restait enfermé dans
sa chambre –, nous avions beaucoup de mal à
comprendre ce que c'était, une femme. Tous
nos gestes, pensées, discours ou rêves, une fois
analysés en profondeur, semblaient ne pas nous
appartenir. Ces discussions exaspéraient les plus
fragiles, qui supportaient mal l'excès d'autoré-
flexion et jugeaient que, pour emprunter le chemin
de la liberté, il suffisait simplement de se débarrasser des hommes. C'était une époque instable,
où tout arrivait par vagues. Nombre d'entre nous
craignaient le retour au calme plat et préféraient

rester sur la crête de la vague en s'en tenant à des formules extrêmes, considérant le creux avec peur et colère. Quand on apprit que le service d'ordre de Lotta Continua avait chargé un cortège dissident de femmes, les esprits s'échauffèrent à tel point que, si une des filles les plus intransigeantes découvrait que Mariarosa avait un homme chez elle – ce qu'elle ne claironnait pas mais ne cachait pas non plus –, les débats devenaient féroces et les ruptures dramatiques.

Je détestais ces moments-là. Moi je cherchais des stimuli, pas des conflits, des hypothèses de recherche, pas des dogmes. Du moins, c'est ce que je me disais et ce que je racontais parfois à Mariarosa, qui m'écoutait en silence. Lors d'une de ces conversations, je parvins à lui parler de ma relation avec Franco au temps de l'École normale et de ce qu'elle avait signifié pour moi. Je lui suis reconnaissante, dis-je, grâce à lui j'ai beaucoup appris, et je suis navrée qu'il nous traite avec froideur, les gamines et moi. Je réfléchis un instant avant d'ajouter : peut-être qu'il y a quelque chose qui ne va pas, dans cette volonté qu'ont les hommes de faire notre éducation. À cette époque, je n'étais qu'une petite fille et je ne réalisais pas que, dans son désir de me transformer, il y avait la preuve que je ne lui plaisais pas telle que j'étais. Il voulait que je sois une autre ou, plus exactement, il ne désirait pas une femme, point, mais la femme qu'il imaginait pouvoir être s'il avait été femme. Pour Franco, expliquai-je, j'étais une possibilité de se répandre dans le féminin et d'en prendre possession : je constituais la preuve de son omnipotence, je lui permettais de démontrer que non seulement il savait être un homme comme il se doit, mais aussi une femme. Et aujourd'hui qu'il ne me perçoit plus comme une partie de lui-même, il se sent trahi.

Voilà exactement les mots que j'employai. Mariarosa m'écouta avec un intérêt sincère, pas avec celui un peu feint qu'elle affichait avec toutes les autres femmes. Écris quelque chose là-dessus ! m'encouragea-t-elle. L'émotion la gagna, et elle murmura que ce Franco dont j'avais parlé, elle n'avait pas eu le temps de le connaître. Puis elle ajouta : peut-être que c'est mieux ainsi, car je ne serais jamais tombée amoureuse de lui, je déteste les mecs trop intelligents qui me disent comment je dois être ; je préfère cet homme souffrant et pensif que j'ai accueilli chez moi et dont je prends soin. Mais elle insista : mets ce que tu as dit par écrit !

Je hochai la tête, le souffle un peu court, heureuse de ses louanges mais aussi gênée. Je dis alors quelques mots de ma relation avec Pietro et de sa façon de m'imposer sa manière de voir les choses. Cette fois-ci, Mariarosa éclata de rire, et le ton presque solennel de notre conversation changea soudain. Franco associé à Pietro ? tu plaisantes ! s'exclama-t-elle. Pietro a déjà bien du mal à assumer sa propre virilité, alors t'imposer sa vision de la femme, tu penses qu'il en a la force ! tu veux que je te dise un truc ? j'aurais parié que tu ne l'épouserais jamais. Et j'aurais parié que, si tu le faisais, tu le quitterais au bout d'un an. J'aurais aussi parié que tu te garderais bien d'avoir des enfants avec lui. Le fait que vous soyez encore ensemble me semble un miracle. T'es vraiment une brave fille – pauvre de toi !

99

Nous en étions donc là : la sœur de mon mari estimait que mon mariage était une erreur et me le disait franchement. Je ne savais pas si je devais en rire ou en pleurer. En tout cas, cela me parut entériner, de manière définitive et dépassionnée, mon état de malaise conjugal. Mais en même temps, que pouvais-je y faire ? Je me disais que la maturité consistait à accepter le pli qu'avait pris l'existence sans trop faire de vagues, à chercher des liens entre pratiques quotidiennes et acquis théoriques, et à apprendre à se voir et à se connaître, dans l'attente de grands changements. Jour après jour, je m'apaisai. Ma fille Dede commença l'école primaire avec un peu d'avance, alors qu'elle savait déjà lire et écrire ; ma fille Elsa était contente de rester seule avec moi toute la matinée dans l'appartement figé ; mon mari, le plus gris des universitaires, semblait pourtant sur le point de terminer enfin son deuxième livre, qui promettait d'être encore plus important que le premier ; et moi j'étais Mme Airota, Elena Airota, une femme déprimée par la résignation et qui néanmoins, poussée par sa belle-sœur mais aussi pour combattre l'humiliation, s'était mise à étudier, presque en secret, l'invention de la femme par les hommes, mêlant les mondes antique et moderne. Je le faisais sans objectif particulier, simplement pour dire à Mariarosa, ma belle-sœur, ainsi qu'à quelques connaissances : je travaille.

Ce fut ainsi que mes élucubrations me portèrent

des premier et deuxième récits de la Création biblique jusqu'aux couples Defoe-Flanders, Flaubert-Bovary et Tolstoï-Karénine, avant de m'entraîner vers *La dernière mode*, Rrose Sélavy, et puis encore et toujours plus loin, dans une frénésie de dévoilement. Lentement, je commençai à en tirer de la satisfaction. Je découvrais partout des automates de femmes fabriqués par des hommes. Il n'y avait rien de nous, et le peu qui réussissait à s'insurger devenait aussitôt un matériau que les hommes travaillaient. Quand Pietro était à l'université, Dede à l'école, et qu'Elsa jouait à quelques pas de mon bureau, je me sentais enfin un peu vivante, fouillant dans les mots et entre les mots, et je finissais parfois par imaginer ce qu'auraient été ma vie et celle de Lila si nous avions passé toutes les deux l'examen d'admission dans le secondaire, et si nous avions fait ensemble le lycée et l'université jusqu'à notre diplôme, coude à coude et totalement complémentaires, un couple parfait associant énergie intellectuelle et plaisirs de la connaissance et de l'imagination. Nous aurions écrit et signé nos textes ensemble, nous aurions tiré nos forces l'une de l'autre et nous nous serions battues côte à côte, nous assurant que ce qui était à nous le fût de façon irréductible. Quelle tristesse, la solitude des cerveaux féminins ! me disais-je. Quel gâchis d'être ainsi séparées l'une de l'autre, sans protocole, sans tradition. Ces jours-là, j'avais l'impression que mes idées étaient tronquées, attirantes et pourtant défectueuses ; je souhaitais les vérifier et les développer mais sans conviction, sans avoir confiance en elles. Alors j'avais envie de téléphoner à nouveau à Lila, je voulais lui dire : écoute ce à quoi je réfléchis en ce moment, discutons-en un peu, s'il te plaît, donne-moi ton opinion, tu te rappelles ce que tu m'as dit sur Alfonso ? Mais l'occasion était perdue pour toujours, depuis des décennies désormais. Je devais apprendre à me contenter de moi-même.

Puis un jour, alors que je réfléchissais justement à cette nécessité, j'entendis la clef tourner dans la serrure. C'était Pietro qui rentrait déjeuner après être passé chercher Dede à l'école, comme d'habitude. Je refermai livres et cahiers alors que ma fille faisait déjà irruption dans mon bureau, accueillie avec joie par Elsa. Je savais que Dede avait faim et elle allait s'écrier : maman, qu'est-ce qu'on mange ? Or, avant même de jeter son cartable, elle s'exclama : un ami de papa vient manger avec nous ! Je me souviens exactement de la date : c'était le 9 mars 1976. Je me levai, de mauvaise humeur. Dede me prit par la main et m'entraîna dans le couloir. Quant à Elsa, à l'annonce de la présence d'un étranger, elle s'accrochait déjà prudemment à ma jupe. Pietro lança gaiement : regarde qui je t'ai amené !

100

Nino ne portait plus la barbe épaisse que je lui avais connue des années auparavant, mais il avait de longs cheveux en bataille. Autrement il était toujours le même qu'autrefois : grand, très maigre, les yeux brillants et l'aspect négligé. Il m'embrassa, s'agenouilla pour dire gentiment bonjour aux filles, puis se releva en s'excusant de l'intrusion. Je murmurai quelques mots distants : entre donc, installe-toi, mais qu'est-ce que tu fais à Florence ? J'avais l'impression d'avoir du vin chaud dans le cerveau et n'arrivais pas à réaliser ce qui était en train de se produire : c'était pourtant bien lui, chez moi ! Il me semblait que quelque chose ne fonctionnait plus dans l'organisation de l'intérieur et de l'extérieur. Qu'est-ce que j'imaginais ? Qu'est-ce qui se passait ? Qui était l'ombre, qui était le corps vivant ? Pendant ce temps, Pietro m'expliquait : on s'est vus à l'université et je l'ai invité à déjeuner. Je souriais et disais bien sûr, tout est prêt, quand il y en a pour quatre il y en a pour cinq, venez bavarder avec moi pendant que je mets la table. Malgré une apparente tranquillité, j'étais dans un grand état d'agitation, et mon visage me faisait mal tant je me forçais à sourire. Mais pourquoi donc Nino est-il ici ? – d'ailleurs qu'est-ce que ça veut dire *est*, et qu'est-ce que ça veut dire *ici* ? – Je t'ai fait une surprise, me dit Pietro avec une certaine appréhension, comme s'il craignait d'avoir commis un impair. Nino ajouta en riant : je lui ai dit et répété de te téléphoner d'abord, je te jure, mais il n'a pas voulu. Ensuite Nino raconta que c'était mon beau-père qui lui avait conseillé de nous contacter. Il avait croisé le professeur Airota à Rome, au congrès du parti socialiste, et là, une chose en entraînant une autre, il lui avait raconté qu'il devait aller à Florence pour son travail. Alors le professeur lui avait parlé de Pietro, du nouveau livre qu'il était en train d'écrire, et d'un volume qu'il venait de se procurer pour lui et qu'il devait lui faire parvenir de toute urgence. Nino avait proposé de le lui remettre en main propre, et nous voilà donc à l'heure du déjeuner :

460

les filles se disputaient son attention, il s'amusait avec les deux, se montrait obligeant avec Pietro, et m'adressait quelques propos sérieux.

« Figure-toi que je suis venu souvent dans cette ville pour le travail, me dit-il. Mais je ne savais pas que tu vivais ici, ni que vous aviez deux belles demoiselles. Heureusement que cette occasion s'est présentée !

— Tu enseignes toujours à Milan ? lui demandai-je, tout en sachant très bien qu'il n'y habitait plus.

— Non, maintenant je travaille à Naples.

— Qu'est-ce que tu enseignes ? »

Il eut une moue déçue :

« La géographie.

— Plus précisément ?

— La géographie urbaine.

— Et pourquoi tu as décidé de rentrer ?

— Ma mère est malade.

— Je suis désolée. Qu'est-ce qu'elle a ?

— C'est le cœur.

— Et tes frères et sœurs ?

— Ça va.

— Et ton père ?

— Comme d'habitude. Mais le temps passe, on mûrit, et ces derniers temps nous nous sommes rapprochés. Il a ses défauts et ses qualités, comme tout le monde. »

Il se tourna vers Pietro :

« Tout ce qu'on a pu raconter sur les pères et sur la famille ! Mais maintenant que c'est notre tour, comment on va s'en sortir ?

— Moi, très bien, répondit mon mari avec un soupçon d'ironie.

— Je n'en doute pas ! Tu as épousé une femme

461

extraordinaire, et ces deux princesses sont parfaites : comme elles sont bien élevées et élégantes ! Tu as une jolie robe, Dede, elle te va très bien. Qui t'a offert cette barrette avec des étoiles, Elsa ?

— Maman », répondit-elle.

Petit à petit, je me calmai. Les secondes reprirent leur rythme régulier, et j'acceptai ce qui était en train de m'arriver. Nino était assis près de moi, mangeait les pâtes que j'avais préparées et coupait soigneusement en petits morceaux la côtelette d'Elsa, puis il passait à la sienne avec appétit, mentionnait avec dégoût les pots-de-vin que Lockheed avait versés à Tanassi et à Gui, me complimentait pour le repas, discutait avec Pietro d'une alternative socialiste, puis épluchait une pomme en faisant un serpentin qui éblouissait Dede. Pendant ce temps, une atmosphère bienveillante envahissait l'appartement, ce que je n'avais pas connu depuis longtemps. Comme il était agréable de voir ces deux hommes se donner réciproquement raison, et éprouver de la sympathie l'un pour l'autre ! Je me mis à débarrasser en silence. Nino bondit et proposa de faire la vaisselle, mais à condition d'avoir l'aide de mes filles. Assieds-toi ! me dit-il. Je m'exécutai, tandis qu'il mobilisait Dede et Elsa, enthousiastes, me demandant de temps en temps où il devait mettre ceci ou cela, et continuant à bavarder avec Pietro.

C'était bien lui, après tout ce temps, et il était ici. Sans le vouloir, je fixais l'alliance qu'il portait à l'annulaire. Il n'a jamais parlé de son mariage, me dis-je. Il a parlé de sa mère, de son père, mais pas de sa femme ni de son fils. Peut-être n'est-ce pas un mariage d'amour, peut-être s'est-il marié par intérêt, peut-être a-t-il été *obligé* de se marier ?

Mais la valse des hypothèses cessa : de but en blanc, Nino se mit à parler aux gamines de son fils Albertino, et il le fit comme si le bambin était le personnage d'un conte, sur un ton tantôt cocasse, tantôt tendre. Enfin il s'essuya les mains et sortit de son portefeuille une photo, qu'il montra d'abord à Elsa, puis à Dede, et enfin à Pietro, qui me la passa. Albertino était très beau. Il avait deux ans et se trouvait dans les bras de sa mère, l'air boudeur. Je regardai quelques secondes le petit mais me mis aussitôt à l'examiner, elle. Je la trouvai splendide : de grands yeux, de longs cheveux noirs, et elle ne devait guère avoir plus de vingt ans. Elle souriait, ses dents étaient étincelantes, parfaites, et son regard me sembla rempli d'amour. Je rendis la photo en disant : je fais le café. Je restai seule dans la cuisine, tandis qu'ils passaient tous quatre dans le séjour.

Nino avait un rendez-vous de travail, il se confondit en excuses et partit immédiatement après le café et une cigarette. Je rentre demain, précisa-t-il, mais je reviendrai bientôt, la semaine prochaine. Pietro lui recommanda à plusieurs reprises de nous contacter, et Nino promit de le faire. Il dit chaleureusement au revoir aux filles, serra la main de Pietro, me fit un signe et disparut. Dès que la porte se referma derrière lui, je fus accablée par la grisaille de l'appartement. J'attendis que Pietro, bien qu'il se fût montré à l'aise avec Nino, m'annonce avoir repéré quelque chose d'odieux chez notre hôte : il le faisait pratiquement à chaque fois. Or il s'exclama, content : enfin quelqu'un avec qui ça vaut la peine de passer le temps ! Je ne sais pourquoi, mais cette phrase me fit mal. J'allumai la télévision et la regardai tout le reste de l'après-midi avec les filles.

101

J'espérais que Nino allait rappeler tout de suite, dès le lendemain. Je sursautais à chaque sonnerie de téléphone. Or, une semaine entière s'écoula sans qu'on reçoive de ses nouvelles. J'eus l'impression d'avoir attrapé un gros rhume. Je devins indolente, cessai de lire et de prendre des notes, et j'étais en colère contre moi-même pour cette attente insensée. Puis, un après-midi, Pietro rentra à la maison particulièrement de bonne humeur. Il m'apprit que Nino était venu à l'université et qu'ils avaient passé un moment ensemble, mais il n'y avait pas eu moyen de le convaincre de venir dîner. Il nous a invités au restaurant demain soir, annonça-t-il, les filles aussi : il ne veut pas que tu te fatigues à préparer quelque chose.

Mon sang se mit à circuler plus rapidement et j'éprouvai une tendresse inquiète pour Pietro. Dès que les filles furent dans leur chambre, je le serrai dans mes bras, l'embrassai et lui murmurai des paroles d'amour. La nuit je dormis peu, ou plus exactement je dormis avec l'impression d'être éveillée. Le lendemain, dès que Dede rentra de l'école, je la plongeai dans la baignoire avec Elsa et les frottai énergiquement toutes les deux. Puis je m'occupai de moi. Je m'offris un long bain, m'épilai, me lavai les cheveux et les séchai avec soin. J'essayai tous les vêtements que j'avais, devins de plus en plus nerveuse parce que je ne m'aimais pas, et fus bientôt mécontente de ce que j'avais fait de mes cheveux. Dede et Elsa étaient près de moi et jouaient à m'imiter. Elles prenaient des poses devant le miroir, se montraient insatisfaites de leurs vêtements et de leurs coiffures, et essayaient de marcher avec mes chaussures. Je me résignai à être ce que j'étais. Après avoir grondé exagérément Elsa, qui avait taché sa robe juste avant de sortir, je pris le volant, et nous passâmes prendre Pietro et Nino qui devaient se retrouver à l'université. J'effectuai le trajet dans une grande anxiété, réprimandant sans arrêt les filles qui s'amusaient à chantonner des comptines de leur cru à base de pipi-caca. Plus je m'approchais du lieu de rendez-vous, plus j'espérais que quelque contrainte de dernière minute empêcherait Nino de venir. Or je remarquai tout de suite les deux hommes en train de bavarder. Nino avait des gestes chaleureux, comme s'il invitait son interlocuteur à entrer dans un espace créé spécialement à son intention. Pietro, comme toujours, me parut gauche, la peau de son visage était rougie et il riait tout seul, avec l'air d'être le subalterne. Aucun des deux ne sembla s'intéresser particulièrement à mon arrivée.

Mon mari s'assit sur la banquette arrière avec les filles, et Nino s'installa près de moi pour m'indiquer le chemin vers un bon restaurant où l'on faisait – ajouta-t-il en s'adressant à Dede et Elsa – des *frittelle* délicieuses. Il décrivit ces beignets avec moult détails, suscitant l'enthousiasme des gamines. Il y a longtemps, pensai-je en l'observant du coin de l'œil, nous nous sommes promenés main dans la main, et il m'a embrassée à deux reprises. Qu'est-ce qu'il a de beaux doigts! Il me dit simplement *là tu prends à droite, puis encore à droite, au carrefour c'est à gauche*. Pas un regard admiratif, pas un compliment.

Au restaurant, nous fûmes accueillis de manière joviale mais respectueuse. Nino connaissait le patron et les serveurs. J'atterris en bout de table, entre les filles, les deux hommes s'assirent en face l'un de l'autre, et mon mari se mit à parler des difficultés de la vie universitaire. Je n'intervins pratiquement pas, je m'occupais de Dede et d'Elsa. En général, elles étaient très sages à table, mais en cette occasion elles ne firent que s'amuser à des bêtises, afin d'attirer l'attention de Nino. Mal à l'aise, je me disais : Pietro parle trop, il va l'ennuyer, il ne le laisse pas en placer une. Je songeais : nous habitons dans cette ville depuis sept ans et nous n'avons nulle part où l'inviter en retour, aucun restaurant où l'on mangerait aussi bien qu'ici et où nous serions reconnus dès notre entrée. J'appréciai l'amabilité du patron, il vint souvent à notre table et en arriva même à dire à Nino : non, ça je préfère ne pas vous le servir ce soir, ça ne convient pas à vos amis et vous, laissez-moi vous conseiller autre chose. Quand les fameuses *frittelle* arrivèrent, les filles exultèrent et Pietro aussi, ils se les disputèrent. C'est alors seulement que Nino s'adressa à moi :

« Comment se fait-il que tu n'aies plus rien publié ? » demanda-t-il sans la frivolité d'une conversation de table, montrant un intérêt qui me parut sincère.

Je piquai un fard et dis, faisant allusion aux enfants :

« J'étais occupée à autre chose.

— Ce livre était excellent.

— Merci.

— Ce n'est pas pour te faire un compliment, tu as toujours su écrire. Tu te rappelles ton petit article sur le prof de religion ?

— Tes amis ne l'avaient pas publié.

— C'était une erreur.

— J'ai perdu confiance.

— C'est dommage. Tu écris encore ?

— Quand j'ai un peu de temps.

— Un roman ?

— Je ne sais pas exactement ce que ce sera.

— Sur quel thème ?

— Les hommes qui fabriquent les femmes.

— Intéressant !

— On verra.

— Travaille bien, j'ai hâte de te lire. »

À ma grande surprise, il s'avéra qu'il connaissait bien les textes de femmes sur lesquels je travaillais, alors que j'étais persuadée que les hommes ne les lisaient pas. Et ce ne fut pas tout : il mentionna un livre de Starobinski qu'il avait lu récemment, disant qu'il y avait dedans des passages qui pouvaient m'intéresser. Il savait tellement de choses ! Il était ainsi depuis sa jeunesse, il était curieux de tout. À présent il citait Rousseau et Bernard Shaw, je l'interrompis et il m'écouta avec attention. Et quand les filles commencèrent à m'énerver en me tiraillant pour avoir d'autres *frittelle*, il fit signe au patron d'en préparer encore. Puis il s'adressa à Pietro pour lui dire :

« Il faut que tu laisses plus de temps à ta femme.

— Elle a toute la journée à sa disposition.

— Je parle sérieusement. Si tu ne le fais pas, tu

te rends coupable non seulement d'un point de vue humain, mais aussi politique.

— Coupable de quel délit ?

— Le gâchis d'intelligence. Une société qui trouve naturel d'étouffer toute l'énergie intellectuelle des femmes sous le poids de la maison et des enfants est sa propre ennemie et ne s'en aperçoit pas. »

J'attendis en silence la réplique de Pietro. Mon mari réagit avec ironie :

« Elena peut cultiver son intelligence quand et comme elle le veut, le tout c'est qu'elle ne m'ôte pas mon temps à moi.

— Et si elle ne te l'ôte pas à toi, à qui elle l'ôte, alors ? »

Pietro s'assombrit :

« Quand la mission que nous nous donnons a l'urgence de la passion, il n'y a rien qui puisse nous empêcher de la mener à son terme. »

Cela me blessa et je murmurai, feignant de sourire :

« Ce que mon mari veut dire, c'est que rien ne m'intéresse vraiment. »

Silence. Nino demanda :

« Et c'est vrai ? »

Je répondis d'un trait que je ne savais pas, que je ne savais rien. Et tandis que je parlais, je me rendis compte avec gêne et colère que mes yeux se remplissaient de larmes. Je baissai la tête. Ça suffit avec les *frittelle*, lançai-je aux filles d'une voix mal contrôlée. Nino me vint en aide en s'exclamant : moi, c'est ma dernière ! allez, une pour maman, une pour papa, deux pour vous autres, et puis c'est fini. Ensuite il appela le patron, à qui il déclara solennellement : je reviendrai chez vous avec ces deux demoiselles dans trente jours exactement, et vous nous préparerez une montagne de ces exquises *frittelle*, d'accord ? Elsa demanda :

« C'est quand, dans un mois ? C'est quand, dans trente jours ?

Nous plaisantâmes – Dede plus que nous autres adultes – sur la notion très vague qu'Elsa avait du temps. Puis Pietro voulut payer mais il découvrit que Nino l'avait déjà fait, et il protesta. Ensuite il prit le volant et je m'assis à l'arrière avec les filles à moitié endormies. Pendant tout le trajet pour raccompagner Nino à son hôtel, j'écoutai sans mot dire leurs discours un peu éméchés. Une fois que nous fûmes arrivés, Pietro, tout à fait euphorique, lui dit :

« C'est idiot de jeter ton argent par la fenêtre. Nous avons une chambre d'amis, la prochaine fois tu n'as qu'à venir chez nous, ce n'est pas un problème. »

Nino se mit à rire :

« Il y a moins d'une heure, nous disions qu'Elena avait besoin de temps pour elle, et maintenant tu veux lui donner encore plus de travail en m'invitant ? »

J'intervins mollement :

« Ça me fait plaisir, à Dede et Elsa aussi. »

Mais dès qu'il fut parti, je dis à mon mari :

« Avant de lancer tes invitations, tu pourrais au moins me consulter ! »

Il redémarra, me chercha dans le rétroviseur et bougonna :

« Je pensais que ça te ferait plaisir. »

102

Oh c'est sûr, ça me faisait plaisir, ça me faisait même *grand* plaisir ! Mais j'avais l'impression que mon corps avait la consistance d'une coquille d'œuf, et que la moindre pression sur mon bras, mon front ou mon ventre aurait suffi à le casser et à en faire sortir tous mes secrets, surtout ceux qui étaient aussi des secrets pour moi-même. J'évitai de compter les jours. Je me concentrai sur les textes que j'étudiais, mais je le fis comme si Nino m'avait chargée de ce travail, et comme si à son retour il allait exiger un résultat de qualité. Je voulais lui dire : j'ai suivi ton conseil, j'ai continué, voici un brouillon, dis-moi ce que tu en penses.

Ce fut un excellent subterfuge. Les trente jours d'attente filèrent presque trop vite. J'oubliai Elisa, ne pensai jamais à Lila et ne téléphonai pas à Mariarosa. Je ne lus pas les journaux, ne regardai pas la télévision, négligeai les filles et l'appartement. Il ne me parvenait plus que les échos des arrestations, affrontements, meurtres et guerres qui se produisaient sur le champ de bataille permanent qu'étaient l'Italie et le monde, et je remarquai à peine la campagne électorale, extrêmement tendue. Je ne fis qu'écrire, avec beaucoup d'ardeur. Je me triturai les méninges sur un tas de questions anciennes, jusqu'à ce que tout me semble à sa place, ne serait-ce que dans l'écriture. Parfois, je fus tentée de m'adresser à Pietro. Il était beaucoup plus intelligent que moi et m'aurait certainement empêchée d'écrire des choses irréfléchies, simplistes ou idiotes. Mais je ne le fis pas : je détestais les moments où il m'impressionnait par son savoir encyclopédique. Je me souviens que je travaillai beaucoup, en particulier, sur les première et deuxième Créations bibliques. Je les mis dans l'ordre et considérai la première comme une espèce de synthèse de l'acte créateur divin, la deuxième comme un genre de récit, plus développé. Cela m'inspira une histoire plutôt mouvementée, et jamais je ne me sentis imprudente. En gros, j'écrivis : Dieu crée l'homme, *Ish*, à son image. Il en fabrique une version masculine et une version féminine. Comment ? D'abord, avec la poussière du sol, il forme Ish, à qui il insuffle le souffle vital dans les narines. Puis il tire *Isha'h*, la femme, de la matière masculine déjà formée, matière qui n'est plus brute mais vivante, et qu'il prend du flanc d'Ish, en refermant sa chair aussitôt. Le résultat, c'est qu'Ish peut dire : à l'instar de tout ce qui a été créé, cette chose n'est pas *autre* que moi, c'est la chair de *ma* chair, les os de *mes* os. Dieu l'a engendrée à partir de moi. Il m'a fécondé avec le souffle vital et il l'a extraite de *mon* corps. Moi je suis Ish et elle, c'est Isha'h. Dans ce mot surtout, dans ce mot qui la nomme, elle dérive de moi, qui suis à l'image de l'esprit divin, et qui porte à l'intérieur de moi son Verbe. Elle est donc un pur suffixe appliqué à *ma* racine verbale, elle peut *uniquement* s'exprimer dans *mon* mot à moi.

Et je continuai ainsi, vivant des jours et des jours dans un état d'agréable surexcitation intellectuelle. Ma seule hantise, c'était de ne pas aboutir à un texte lisible à temps. Parfois je m'étonnais moi-même : j'avais l'impression qu'aspirer à l'approbation de Nino facilitait mon écriture, me libérait.

Mais le mois s'écoula et il ne donna aucun signe

de vie. Au début, cela me vint en aide, j'eus ainsi plus de temps et parvins à achever mon travail. Puis je m'inquiétai et interrogeai Pietro. Je découvris alors qu'ils s'étaient souvent parlé au téléphone, du bureau, mais que depuis quelques jours Pietro n'avait plus de nouvelles.

« Ah bon, vous vous êtes parlé souvent ? m'irritai-je.

— Oui.

— Pourquoi tu ne me l'as pas dit ?

— Quoi ?

— Que vous vous êtes parlé souvent !

— C'était pour le travail.

— Eh bien, puisque vous êtes devenus tellement amis, appelle-le, et vois s'il daigne nous dire quand il vient.

— Qu'est-ce que ça change ?

— Pour toi rien, c'est moi qui fais tout ! Il faut que je m'organise, alors j'aimerais bien être prévenue à temps. »

Il ne l'appela pas. Je réagis en me disant : d'accord, attendons, Nino a promis aux filles de revenir, je ne crois pas qu'il les décevra. Et en effet. Il téléphona un soir, avec une semaine de retard. C'est moi qui répondis et il me parut gêné. Il me dit quelques banalités puis me demanda : Pietro n'est pas là ? Je fus gênée à mon tour et le lui passai. Ils se parlèrent longuement et, avec une mauvaise humeur croissante, j'entendis que mon mari avait un ton insolite : une voix trop aiguë, des exclamations, des rires. Je ne compris qu'à ce moment-là que sa relation avec Nino le rassurait et le faisait se sentir moins isolé ; il oubliait ses ennuis et travaillait plus volontiers. Je m'enfermai dans mon bureau, où Dede lisait et Elsa jouait, toutes deux dans l'attente du dîner. Mais même de là, cette voix inhabituelle me parvint, on aurait dit qu'il était ivre. Puis il se tut et j'entendis ses pas dans l'appartement. Il apparut et lança joyeusement aux gamines :

« Les filles, demain soir on va manger des *frittelle* avec tonton Nino ! »

Dede et Elsa poussèrent des cris de joie, et je demandai :

« Qu'est-ce qu'il fait, il vient dormir à la maison ?

— Non, me répondit-il, il est descendu à l'hôtel, il est avec sa femme et son fils. »

103

Il me fallut beaucoup de temps pour assimiler le sens de ces paroles. Puis j'éclatai :

« Il aurait pu prévenir !

— Ils se sont décidés au dernier moment.

— Quel malpoli !

— Elena, quel est le problème ? »

Ainsi, Nino était venu avec sa femme : je fus saisie par la terreur d'être comparée. Je savais bien comment j'étais faite, et j'étais consciente de la matérialité brute de mon corps, mais pendant une grande partie de ma vie, je ne lui avais guère accordé d'importance. J'avais grandi avec les vilains vêtements cousus par ma mère, en n'ayant qu'une paire de chaussures à la fois et ne me maquillant qu'en de rares occasions. Ces dernières années, j'avais commencé à m'intéresser aux modes et à former mon goût sous la houlette d'Adele, et à présent je trouvais amusant de me faire une beauté. Mais il m'arrivait parfois – surtout lorsque j'avais soigné mon apparence non seulement pour faire bonne impression en général, mais pour un homme en particulier – de trouver cette cuisine (c'était le mot) quelque peu ridicule. Tous ces efforts et ce temps passé à me camoufler, alors que j'aurais pu faire autre chose ! Les couleurs qui me vont bien et celles qui ne me vont pas, les modèles qui m'amincissent et ceux qui me grossissent, la coupe qui me met en valeur et celle qui me dévalorise. Des préparatifs longs et coûteux me réduisant à être comme une table dressée pour l'appétit sexuel du mâle, comme un plat bien cuisiné pour que l'eau lui vienne à la bouche. Et puis l'angoisse de ne pas y arriver, de ne pas *paraître* belle, de ne pas être parvenue à cacher avec habileté la vulgarité de la chair avec ses humeurs, ses odeurs et ses difformités. Pourtant je l'avais fait. Récemment, je l'avais fait aussi pour Nino. J'avais voulu lui montrer que j'étais devenue une autre, que j'avais acquis un certain raffinement, que je n'étais plus la toute jeune fille du mariage de Lila, la lycéenne de la fête chez les Galiani, ni même l'auteure désarmée d'un unique livre, comme il avait dû le penser à Milan. Mais maintenant, ça suffisait. Il avait amené sa femme et j'étais en colère, cela me paraissait une bassesse. Je détestais être en compétition avec une autre femme pour un prix de beauté, qui plus est sous le regard d'un homme, et je souffrais à l'idée de me retrouver dans le même espace que la jolie fille que j'avais vue sur la photo, j'en avais mal à l'estomac. Elle allait me soupeser et m'étudier sous toutes les coutures, avec sa superbe de demoiselle de la Via Tasso, formée à entretenir son corps depuis la naissance ; et puis, à la fin de la soirée, une fois seule avec son mari, elle me critiquerait avec une lucidité cruelle.

J'hésitai pendant des heures et décidai finalement d'inventer une excuse, mon mari irait dîner seul avec les filles. Mais le lendemain, je ne pus résister. Je m'habillai et me déshabillai, me coiffai et me recoiffai, et je harcelai Pietro. Je surgissais sans arrêt dans son bureau, tantôt avec une robe tantôt avec une autre, parfois avec une coiffure puis une autre, et je lui demandais, très tendue : comment tu me trouves ? Il me jetait un coup d'œil distrait et disait : très bien. Je répondais : et si je mettais la robe bleue ? Bonne idée. Mais je mettais la robe bleue et elle ne me plaisait plus, elle était trop serrée à la taille. Je retournais le voir et disais : elle me serre. Pietro rétorquait, patient : oui, la robe verte avec des fleurs te va mieux. Mais moi, je ne voulais pas que la robe verte avec des fleurs m'aille simplement mieux ! Elle devait m'aller à ravir, et les boucles d'oreilles devaient m'aller à ravir, et la coiffure devait m'aller à ravir, et les chaussures devaient m'aller à ravir ! Bref, Pietro n'était pas capable de me donner confiance en moi, il me regardait sans me voir. Et moi je me sentais toujours plus mal faite : trop de poitrine, trop de fesses, des hanches larges, ces cheveux vaguement blonds et ce gros nez. J'avais le corps de ma mère, un organisme désagréable – il ne manquait plus que la sciatique, et que la claudication me reprenne d'un coup ! En revanche, la femme de Nino était très jeune, belle et riche, et elle savait certainement être au monde comme moi je ne pourrais jamais le faire. Ainsi retournai-je mille fois à ma décision initiale : je n'irai pas, j'enverrai Pietro avec les filles, je dirai que je ne me sens pas bien. Mais j'y allai. Je passai une chemisette blanche et une jupe fleurie de couleurs vives, et le seul bijou que je mis fut le vieux bracelet de ma mère ; je glissai le texte que j'avais écrit dans mon sac. Je me dis : mais qu'est-ce que j'en ai à foutre d'elle, de lui et de tout le monde !

104

À cause de mes hésitations, nous arrivâmes au restaurant en retard. La famille Sarratore était déjà attablée. Nino nous présenta sa femme Eleonora, et mon humeur changea. Oh certes, elle avait un beau visage et de magnifiques cheveux noirs, exactement comme sur la photo. Mais elle était plus petite que moi, qui n'étais déjà pas grande. Et elle n'avait pas de poitrine, alors qu'elle était rondelette. Et elle avait une robe d'un rouge flamboyant qui lui allait très mal. Et elle croulait sous les bijoux. Et dès ses premières paroles, elle révéla une voix stridente, avec l'accent de la Napolitaine élevée par des joueuses de canasta dans un appartement avec baie vitrée donnant sur le golfe. Mais surtout, au cours de la soirée, elle se montra inculte malgré ses études de droit, et encline à dire du mal de tout et de tout le monde avec l'air de celle qui se sent à contre-courant, et fière de l'être. Bref riche, capricieuse et vulgaire. Même les agréables traits de son visage étaient en permanence gâtés par une moue d'agacement, qu'elle faisait suivre d'un petit gloussement nerveux, hi hi hi, qui ponctuait son discours, hachant la moindre de ses phrases. Elle s'en prit à Florence – *qu'est-ce que cette ville a de plus que Naples ?* –, au restaurant – *horrible* –, au patron – *malpoli* –, à tout ce que pouvait dire Pietro – *quelle idiotie !* –, aux filles – *mamma mia, qu'est-ce que vous êtes bavardes, taisez-vous donc un peu, s'il vous plaît* –, et naturellement à moi – *mais pourquoi tu as étudié à Pise ? la fac de Lettres est beaucoup mieux à Naples ! je n'ai jamais entendu parler de ce roman, quand a-t-il été publié ? ah oui, il y a huit ans, j'avais quatorze ans*... Il n'y eut qu'avec son fils et Nino qu'elle fut toujours pleine de tendresse. Albertino était très beau et bien en chair, il avait l'air heureux, et Eleonora ne faisait que chanter ses louanges. Même chose pour son mari : personne n'était plus doué que lui, elle approuvait chacune de ses paroles et ne faisait que le toucher, l'enlacer, l'embrasser. Qu'est-ce que cette gamine avait de commun avec Lila, ou même Silvia ? Rien. Alors pourquoi l'avait-il épousée ?

J'épiai Nino toute la soirée. Il était doux avec elle, se laissait étreindre et bécoter, souriait affectueusement lorsqu'elle lâchait des âneries de gosse mal élevée, et jouait distraitement avec son fils. Mais il ne changea pas d'attitude envers mes filles, auxquelles il accorda beaucoup d'attention, continua à discuter allègrement avec Pietro, et m'adressa même quelques mots. Il n'est pas entièrement absorbé par sa femme, voulus-je croire. Eleonora n'était qu'un des nombreux fragments de sa vie si mouvementée, mais elle n'avait aucune influence sur lui, Nino poursuivait son chemin sans lui attribuer d'importance. Du coup, je me sentis de plus en plus à l'aise, surtout lorsque Nino me tint le poignet pendant quelques secondes, le caressant presque, montrant qu'il reconnaissait mon bracelet, surtout lorsqu'il se moqua de mon mari en lui demandant s'il m'avait laissé un peu plus de temps pour moi, et surtout lorsque, aussitôt après, il me demanda si j'avais poursuivi mon travail.

« J'ai fini une première mouture », annonçai-je. Nino se tourna vers Pietro, sérieux :

« Tu l'as lue ?

— Elena ne me fait jamais rien lire.

— C'est toi qui ne veux pas ! » répliquai-je mais sans animosité, comme si c'était un jeu entre nous.

À ce moment-là, Eleonora intervint pour ne pas être en reste :

« C'est quel genre de truc ? » fit-elle. Mais alors même que je m'apprêtais à lui répondre, son esprit distrait l'emporta autre part, et elle me demanda gaiement : « Demain, tu m'accompagnes faire les magasins, pendant que Nino travaille ? »

Je souris, faussement cordiale. Je répondis que j'étais disponible et elle se lança dans une énumération très détaillée de tout ce qu'elle avait l'intention d'acheter. Ce n'est que lorsque nous sortîmes du restaurant que je parvins à m'approcher de Nino, et je lui murmurai :

« Tu aurais envie de jeter un œil à mon texte ? »

Il me regarda, sincèrement ébahi :

« C'est vrai, tu me le ferais lire ?

— Oui, si ça ne t'ennuie pas. »

Le cœur battant, je lui passai furtivement mes pages, comme si je voulais le faire à l'insu de Pietro, d'Eleonora et des enfants.

105

Je ne pus fermer l'œil de la nuit. Au matin, je me résignai à aller à mon rendez-vous avec Eleonora, nous devions nous retrouver à 10 heures devant son hôtel. Je me sermonnai : ne fais pas la bêtise de lui demander si son mari a commencé à te lire. Nino est très occupé, il lui faudra un peu de temps ; n'y pense plus et donne-lui au moins une semaine.

Or, à 9 heures précises, alors que je m'apprêtais à sortir, le téléphone sonna : c'était lui.

« Excuse-moi, dit-il, mais je suis à côté de la bibliothèque, et après je ne pourrai plus t'appeler avant ce soir. Je ne te dérange pas ?

— Pas du tout.

— J'ai lu.

— Déjà ?

— Oui, et c'est un excellent travail. Tu as une grande capacité d'analyse, une rigueur admirable et une imagination à couper le souffle. Mais ce que je t'envie le plus, c'est ton talent de narratrice. Tu as écrit un texte difficile à définir, je ne sais pas si c'est un essai ou un récit. Mais c'est extraordinaire.

— C'est un défaut ?

— Quoi ?

— Qu'on ne puisse pas le cataloguer.

— Au contraire, c'est un de ses mérites.

— D'après toi, je devrais le publier tel quel ?

— Absolument !

— Merci.

— Merci à toi. Maintenant, il faut que j'y aille. Sois patiente avec Eleonora, elle a l'air agressive, mais ce n'est que de la timidité. Demain matin nous rentrons à Naples, mais je reviendrai après les élections et, si tu veux, on pourra bavarder.

— Ça me ferait très plaisir. Tu logeras chez nous ?

— Tu es sûre que je ne dérange pas ?

— Pas du tout.

— Alors d'accord. »

Il ne raccrocha pas et je l'entendis respirer.

« Elena !

— Oui ?

— Quand on était plus jeunes, Lina nous a aveuglés tous les deux. »

Je me sentis très mal à l'aise :

« Dans quel sens ?

— Tu as fini par lui attribuer des capacités qui ne sont qu'à toi.

— Et toi ?

— Moi, j'ai fait pire. Ce que j'avais vu en toi, ensuite j'ai stupidement cru le trouver en elle. »

Je demeurai quelques secondes silencieuse. Pourquoi avait-il soudain eu besoin d'évoquer Lila, comme ça, au téléphone ? Et surtout, que me disait-il ? Étaient-ce de simples compliments ? Ou essayait-il de me faire savoir que, lorsqu'il était plus jeune, il m'aurait voulue, mais qu'à Ischia il avait fini par attribuer à l'une ce qui était à l'autre ?

« Reviens vite », dis-je.

106

J'allai me promener avec Eleonora et les trois enfants dans un tel état d'euphorie que je n'aurais rien senti si elle m'avait donné un coup de couteau. D'ailleurs, devant mon allant plein de gentillesses, la femme de Nino cessa toute hostilité, loua Dede et Elsa en disant combien elles étaient sages, et avoua qu'elle m'admirait beaucoup. Son mari lui avait beaucoup parlé de moi, il lui avait raconté les études que j'avais faites, mon succès d'écrivain. Mais je suis un peu jalouse, admit-elle, pas parce que tu es douée, mais parce que tu connais Nino depuis toujours et pas moi. Elle aurait aimé, elle aussi, l'avoir connu enfant, savoir comment il était à dix ans, à quatorze, entendre la voix qu'il avait avant la mue, son rire quand il était petit. Heureusement que j'ai Albertino, dit-elle, c'est tout son père !

J'observai le bambin, mais je n'aperçus en lui aucun trait de Nino – peut-être apparaîtraient-ils plus tard. Moi je ressemble à papa ! s'exclama aussitôt Dede avec fierté. Elsa ajouta : et moi plutôt à maman ! Je repensai au fils de Silvia, Mirko, qui avait toujours été le portrait de Nino. Quel plaisir avais-je éprouvé à le serrer dans mes bras et à calmer ses pleurs, chez Mariarosa ! Qu'avais-je cherché dans ce bébé à l'époque, alors que j'étais encore loin de l'expérience de la maternité ? Qu'avais-je cherché en Gennaro, quand je ne savais pas encore que Stefano était son père ? Que cherchais-je en Albertino, maintenant que j'étais mère de Dede et d'Elsa, et pourquoi l'examinais-je avec tellement d'attention ? J'exclus que Nino se souvienne jamais de l'existence de Mirko. À ma connaissance, il n'avait pas davantage manifesté de curiosité envers Gennaro. Ainsi les hommes, étourdis de plaisir, sèment-ils distraitement leurs graines. Ils nous fécondent, emportés par leur orgasme. Ils entrent en nous puis se retirent, laissant leur fantôme caché dans notre chair, comme un objet perdu. Albertino était-il l'enfant de la volonté, de l'attention ? Ou bien se retrouvait-il lui aussi dans les bras de cette femme-mère sans que Nino se sente nullement concerné ? Je sortis de ma rêverie et dis à Eleonora que son fils était la copie conforme de son père, et je fus contente de ce mensonge. Ensuite je lui parlai en détail, avec affection et tendresse, de Nino à l'école primaire, à l'époque des compétitions scolaires organisées par Mme Oliviero et le directeur, de Nino au temps du lycée, de Mme Galiani et des vacances que nous avions passées à Ischia avec d'autres amis. Je m'arrêtai là même si, comme une enfant, elle me demandait sans cesse : et après ?

Au fil de nos bavardages, je lui devins de plus en plus sympathique et elle s'attacha à moi. Quand nous entrions dans un magasin et qu'un article me plaisait, que je l'essayais mais finissais par renoncer, je découvrais en sortant qu'Eleonora l'avait acheté pour m'en faire cadeau. Elle voulut aussi acheter des vêtements pour Dede et Elsa. Au restaurant, c'est elle qui régla. Et elle paya le taxi qui nous ramena chez nous, les filles et moi, avant de se faire reconduire à l'hôtel, chargée de sacs. On se dit au revoir, les gamines et moi agitant la main jusqu'à ce que la voiture disparaisse au coin de la rue. Cette femme, c'est un autre fragment de ma ville, pensai-je, très loin de ma propre expérience. Elle dépensait l'argent comme s'il n'avait aucune valeur. J'exclus qu'il puisse s'agir des sous de Nino. Le père d'Eleonora était avocat, son grand-père aussi, et sa mère descendait d'une lignée de banquiers. Je me demandai quelle était la différence entre leur richesse de bourgeois et celle des Solara. Je songeai à tous les circuits secrets que suit l'argent avant de devenir de hauts salaires, de somptueux honoraires. Je me souvins des jeunes de mon quartier qui gagnaient leur croûte en déchargeant des marchandises de contrebande, en coupant des arbres dans les parcs ou en travaillant sur les chantiers. Je me souvins d'Antonio, de Pasquale et d'Enzo qui, tout jeunes déjà, devaient grappiller quelques lires pour survivre. Les ingénieurs, les architectes, les avocats, les banquiers, tout ça c'était autre chose : pourtant ces fortunes provenaient, à travers mille filtres, des mêmes affaires criminelles et des mêmes horreurs – quelques miettes s'étaient même transformées en pourboires pour mon père et avaient contribué à mes études. Quel était donc le seuil à partir duquel l'argent mauvais devenait bon, et vice versa ? Pouvait-on dire qu'il était propre, l'argent qu'Eleonora avait dépensé dans la chaleur de cette insouciante journée florentine ? Les chèques qui avaient permis d'acquérir les cadeaux que je rapportais chez moi étaient-ils vraiment d'une nature différente de ceux avec lesquels Michele rémunérait le travail de Lila ? Les filles et moi passâmes l'après-midi à nous pavaner devant le miroir avec les vêtements offerts. C'étaient des articles de qualité, colorés et joyeux. Il y avait une robe rouge sombre, style années quarante, qui m'allait particulièrement bien, et j'aurais voulu que Nino me voie avec.

Malheureusement, toute la famille Sarratore rentra à Naples sans que nous ayons pu les revoir. Mais contre toute attente, le temps ne s'effondra pas, il se mit même à filer avec légèreté. Nino reviendrait, c'était certain. Et il discuterait avec moi de mon texte. Pour éviter d'inutiles conflits, j'en mis un exemplaire sur le bureau de Pietro. Puis je téléphonai à Mariarosa avec la certitude agréable d'avoir bien travaillé, et lui annonçai être arrivée à mettre en forme le brouillon dont je lui avais parlé. Elle me demanda de le lui envoyer aussitôt. Quelques jours plus tard, elle me téléphona, enthousiaste : elle souhaitait le traduire en français elle-même et le faire parvenir à l'une de ses amies de Nanterre, qui avait une petite maison d'édition. J'acceptai avec entrain. Mais cela ne s'arrêta pas là. Quelques heures s'écoulèrent et ma belle-mère m'appela, faisant mine d'être vexée :

« Comment se fait-il que maintenant tu fasses lire tes écrits à Mariarosa et pas à moi ?

— Je ne pensais pas que cela pouvait t'intéresser. Ça ne fait que soixante-dix pages et ce n'est pas un roman, je ne sais même pas ce que c'est exactement.

— Quand tu ne sais pas ce que tu as écrit, ça veut dire que tu as bien travaillé. De toute façon, laisse-moi décider si ça m'intéresse ou pas. »

Je lui en envoyai un exemplaire aussi, presque avec nonchalance. Je le fis le matin même où Nino, vers midi, me téléphona par surprise de la gare : il venait d'arriver à Florence.

« Je suis chez toi dans une demi-heure, je pose ma valise et puis je cours à la bibliothèque.

— Tu ne veux pas manger quelque chose ? » demandai-je avec naturel.

À partir de là, tout me sembla normal, comme l'aboutissement d'un long parcours : il vint s'installer chez moi, je lui préparai à manger pendant qu'il prenait sa douche dans ma salle de bain, et puis nous déjeunâmes ensemble, les filles, lui et moi, pendant que Pietro faisait passer des examens à l'université.

107

Nino resta dix bons jours. Rien de ce qui se produisit pendant cette période ne ressembla à cette frénésie de séduction qui m'avait saisie, quelques années auparavant. Je ne plaisantai pas avec lui ; je ne pris pas de petits tons mièvres ; je ne le couvris pas d'attentions en tout genre ; je ne jouai pas le rôle de la femme libérée en me modelant sur ma belle-sœur ; je n'empruntai pas le chemin des allusions malicieuses ; je ne cherchai pas son regard avec tendresse ; je ne m'arrangeai pas pour m'asseoir près de lui à table, ou sur le canapé devant la télévision ; je ne me montrai pas en petite tenue dans l'appartement ; je ne tentai pas de me retrouver seule avec lui ; je n'effleurai pas son coude avec mon coude, son bras avec mon bras ou ma poitrine, ni sa jambe avec ma jambe. Je fus de peu de paroles, timide et pleine de retenue. Je m'assurai simplement qu'il mange bien, qu'il ne soit pas dérangé par les filles et qu'il se sente à l'aise. Ce ne fut pas un choix, je n'aurais pu me comporter autrement. Il plaisantait beaucoup avec Pietro, Dede et Elsa, mais dès qu'il s'adressait à moi, il devenait sérieux et semblait soupeser ses paroles, comme s'il n'y avait pas de vieille amitié entre nous. Et j'avais tendance à faire de même. J'étais très heureuse de l'avoir chez moi, toutefois je n'éprouvais nul besoin de tons et de gestes familiers, j'aimais même rester en marge et éviter qu'il y eût des contacts entre nous. Je me sentais comme une goutte de pluie sur une toile d'araignée, et faisais attention à ne pas glisser.

Nous n'eûmes qu'une seule longue conversation, entièrement consacrée à mon texte. Il m'en parla tout de suite, à son arrivée, avec précision et finesse. Il avait été frappé par le récit d'Ish et Isha'h, il me posa des questions et, en particulier, me demanda : selon toi, dans le récit biblique, la femme n'est donc pas autre par rapport à l'homme, elle est l'homme lui-même ? Oui, dis-je, Ève ne peut pas, ne sait pas et n'a pas la matière pour être Ève en dehors d'Adam. *Son* mal et *son* bien sont le mal et le bien d'après Adam. Ève, c'est Adam femme. Et l'opération divine a tellement bien réussi qu'elle-même, en son for intérieur, ne sait pas ce qu'elle est ; elle a des traits fragiles, ne possède pas de langue à elle, n'a pas d'esprit ni de logique propres, et elle se déforme comme un rien. Quelle condition terrible ! commenta Nino. Tendue, je l'épiai du coin de l'œil pour comprendre s'il se moquait de moi. Non, ce n'était pas le cas. Au contraire, il me félicita chaleureusement, sans la moindre ironie, mentionna quelques livres que je ne connaissais pas sur des sujets voisins, et confirma que ce travail lui paraissait prêt pour la publication. J'écoutai sans manifester de satisfaction et dis simplement à la fin : le texte a plu aussi à Mariarosa. Il prit alors des nouvelles de ma belle-sœur et en dit beaucoup de bien, à la fois pour son travail de chercheuse et pour le dévouement dont elle faisait preuve avec Franco, puis il fila à la bibliothèque.

En dehors de ça, il partit tous les matins avec Pietro et rentra tous les soirs après lui. Nous ne sortîmes tous ensemble qu'en de très rares occasions. Un jour, par exemple, il voulut nous emmener au cinéma voir une comédie choisie exprès pour les filles. Nino s'assit près de Pietro, moi entre les enfants. Quand je me rendis compte que je m'esclaffais dès qu'il s'esclaffait, je cessai totalement de rire. À l'entracte, je le réprimandai un peu parce qu'il voulut acheter une glace à Dede, à Elsa et bien sûr aussi à nous autres adultes. Pas pour moi, dis-je, merci. Il se mit à plaisanter, me dit que les glaces étaient bonnes et que je ne savais pas ce que je ratais, alors il me proposa de goûter la sienne et j'acceptai. Bref, peu de chose. Un après-midi, nous fîmes une promenade, Dede, Elsa, lui et moi. Nous ne parlâmes pas tellement tous les deux, il s'occupa surtout des filles. Néanmoins, notre trajet resta gravé dans ma mémoire, et je pourrais encore en indiquer chaque ruelle, chaque coin de rue, et tous les endroits où nous nous arrêtâmes. Il faisait chaud et il y avait beaucoup de monde. Nino saluait sans cesse des gens, certains l'appelaient par son nom de famille, et il me présenta à tel ou tel autre avec des éloges démesurés. Sa notoriété me frappa. Un monsieur, un historien très célèbre, fit des compliments aux filles comme si elles étaient à nous deux. Il ne se passa rien d'autre, à l'exception d'un brusque et inexplicable changement dans les rapports entre Pietro et lui.

108

Tout commença un soir au dîner. Pietro lui parla avec admiration d'un professeur de Naples, assez estimé à l'époque, ce à quoi Nino rétorqua : j'aurais parié que tu aimais ce couillon ! Mon mari se montra désorienté et fit un sourire hésitant, mais Nino renchérit en se moquant de lui : comme il se laissait facilement tromper par les apparences ! Puis, dès le lendemain au petit déjeuner, il y eut un autre petit incident. Je ne me rappelle pas à quel sujet, mais Nino mentionna à nouveau ma vieille altercation avec le professeur de religion à propos du Saint-Esprit. Pietro, qui ignorait cet épisode, voulut le connaître, et Nino, ne s'adressant pas à lui mais aux filles, se mit aussitôt à en faire le récit comme s'il s'agissait de je ne sais quel exploit de leur maman, quand elle était petite.

Mon mari me félicita en disant : tu as été très courageuse. Mais ensuite, comme lorsqu'on disait des idioties à la télévision et qu'il se sentait en devoir d'expliquer à sa fille la réalité des choses, il se mit à raconter à Dede ce qui était arrivé aux douze apôtres le matin de la Pentecôte : un bruit semblable à celui du vent, des flammes qui paraissaient du feu et le don d'être compris par tous, dans toutes les langues. Ensuite il s'adressa à Nino et moi pour nous parler avec transport de la *virtus* qui avait gagné les disciples, avant de citer le prophète Joël : *après cela, je répandrai mon esprit sur toute chair* ; il ajouta que l'Esprit saint était un symbole indispensable pour réfléchir à la manière dont les multitudes pouvaient vivre ensemble et s'organiser en communautés. Nino le laissa parler, mais avec une expression de plus en plus ironique. À la fin, il s'exclama : j'aurais parié qu'il y avait un prêtre caché en toi ! Et il se tourna vers moi, amusé : et toi, tu es son épouse ou la bonne du curé ? Pietro rougit et perdit ses moyens. Il aimait ces questions-là depuis toujours et je sentis qu'il était blessé. Il bougonna : excusez-moi, je vous fais perdre votre temps, allons travailler.

Sans raison évidente, les moments de ce genre se multiplièrent. Alors que les rapports entre Nino et moi demeurèrent les mêmes, attentifs aux formes, courtois et distants, entre Pietro et lui les barrières tombèrent. Au petit déjeuner et au dîner, l'hôte adressa au maître de maison un crescendo de propos moqueurs, à la limite de l'impolitesse : le genre de phrases qui humilient mais sous une apparence amicale, sourire aux lèvres, de sorte que l'autre ne peut se rebeller sans passer pour quelqu'un de susceptible. C'était un ton que je connaissais bien : au quartier, les plus intelligents l'utilisaient souvent pour soumettre les plus lents, en les poussant au centre de toutes les railleries, incapables de rien dire. Pietro parut surtout désorienté : il se sentait bien avec Nino, il l'appréciait, et du coup il ne réagissait pas. Il secouait la tête en feignant un air amusé, semblait parfois se demander ce qu'il avait fait de travers et attendait qu'on en revienne au bon vieux ton affectueux. Mais Nino continuait, implacable. Il se tournait vers moi, vers les filles, et il en remettait une couche afin d'obtenir notre assentiment. Les filles l'appuyaient, réjouies, et moi aussi un peu.

Toutefois, en même temps je me disais : pourquoi fait-il cela ? si Pietro se fâche, toute notre relation s'écroule. Mais Pietro ne se fâchait pas, simplement il ne comprenait pas et, jour après jour, ses névroses reprenaient le dessus. Il retrouvait son visage las, l'épuisement de ces dernières années réapparaissait dans ses yeux inquiets et sur son front creusé. Il faut que je fasse quelque chose, me disais-je, et au plus vite ! Mais je ne faisais rien, et j'avais même du mal à refouler non pas l'admiration mais l'excitation – oui, peut-être était-ce bien de l'excitation – qui me saisissait lorsque je voyais et entendais un Airota, un très docte Airota, s'embrouiller, perdre pied et ne trouver que quelques répliques faiblardes aux agressions verbales agiles, brillantes et parfois cruelles de Nino Sarratore, mon camarade d'école, mon ami, né dans le même quartier que moi.

109

Quelques jours avant son départ pour Naples, deux épisodes particulièrement désagréables se produisirent. Un après-midi, Adele me téléphona, elle aussi très contente de mon travail. Elle me demanda d'envoyer tout de suite le texte à la maison d'édition : on pouvait en faire un petit volume qui sortirait en même temps qu'en France ou, si les délais étaient trop serrés, juste après. Le soir, j'en parlai d'un ton détaché. Nino me fit de nombreux compliments et dit aux filles :

« Vous avez une maman exceptionnelle ! »

Puis il se tourna vers Pietro :

« Et toi, tu l'as lu ?

— Je n'ai pas eu le temps.

— Il vaut mieux que tu ne le lises pas.

— Et pourquoi ?

— Ce n'est pas un truc pour toi.

— Comment ça ?

— C'est trop intelligent.

— Qu'est-ce que tu veux dire ?

— Que tu es moins intelligent qu'Elena. »

Et il se mit à rire. Pietro ne dit rien, alors Nino poursuivit :

« Tu es vexé ? »

Il voulait le faire réagir, afin de pouvoir l'humilier davantage. Mais Pietro se leva de table en lâchant :

« Excusez-moi, j'ai du travail. »

Je murmurai :

« Finis de manger ! »

Il ne répondit rien. Nous dînions dans le séjour, très spacieux. Un instant, je crus en effet qu'il allait traverser la pièce et s'enfermer dans son bureau. Mais il fit demi-tour, s'assit dans le canapé et alluma la télévision, augmentant considérablement le son. L'atmosphère était irrespirable. En quelques jours, tout était devenu compliqué. Je me sentis très malheureuse.

« Tu ne veux pas baisser un peu ? »

Il répondit simplement :

« Non. »

Nino ricana, finit de dîner et m'aida à débarrasser. Dans la cuisine, je lui dis :

« Excuse-le, Pietro travaille beaucoup et ne dort pas assez. »

Dans un accès de colère, il rétorqua :

« Mais comment tu fais pour le supporter ? »

Inquiète, je me tournai vers la porte. Heureusement, le téléviseur marchait toujours à plein volume.

« Je l'aime », répondis-je.

Et comme il insistait pour m'aider à faire la vaisselle, j'ajoutai :

« Ce n'est pas la peine, tu es dans mes pattes. »

L'autre épisode fut encore plus moche, et décisif. À ce moment-là, je ne savais plus ce que je voulais vraiment. Je souhaitais que cette période se termine au plus vite, j'avais envie de revenir à mes habitudes familières et de m'occuper de mon petit livre. Mais en même temps, j'aimais entrer dans la chambre de Nino le matin, ranger le désordre qu'il y avait laissé, refaire son lit, et cuisiner en pensant qu'il dînerait chez nous le soir. Et je m'angoissais à l'idée que tout cela allait finir. Parfois, dans l'après-midi, j'avais l'impression de devenir folle. Malgré la présence des filles, l'appartement me semblait vide, et moi-même je me sentais vide : je n'éprouvais aucun intérêt pour ce que j'avais écrit, je trouvais ça superficiel, et je perdais confiance en l'enthousiasme de Mariarosa et d'Adele, de la maison d'édition française et de mon éditeur italien. Je pensais : dès qu'il s'en ira, plus rien n'aura de sens.

Voilà dans quel état d'esprit j'étais – la vie m'échappait et me laissait une insupportable sensation de perte – lorsque Pietro revint un soir de l'université d'humeur particulièrement massacrante. Nous l'attendions pour dîner, Nino était rentré depuis une demi-heure mais avait immédiatement été kidnappé par les enfants. Je demandai doucement à mon mari :

« Il t'est arrivé quelque chose ? »

Il éclata :

« Ne ramène plus jamais à la maison de gens de chez toi ! »

Je restai pétrifiée, croyant qu'il faisait allusion à Nino. Et celui-ci, qui s'était approché, talonné par Dede et Elsa, dut penser la même chose, car il le regarda avec un petit sourire provocateur, comme s'il n'attendait que cela : une scène. Mais Pietro avait autre chose en tête. Il poursuivit avec le ton méprisant qu'il savait utiliser quand il était convaincu que des principes fondamentaux étaient en jeu, et qu'il se sentait appelé à les défendre :

« Aujourd'hui les policiers sont revenus, ils m'ont donné des noms et montré des photos ! »

Je poussai un soupir de soulagement. Depuis qu'il avait refusé de retirer sa plainte contre l'étudiant ayant pointé une arme sur lui, ce qui lui pesait le plus, ce n'était pas tant le mépris de nombreux jeunes militants et d'un bon nombre d'enseignants que les visites de la police, qui le traitait comme un informateur. Persuadée d'avoir trouvé la raison de son air lugubre, je l'interrompis avec hostilité :

« C'est ta faute ! Tu n'aurais pas dû agir comme ça, je te l'avais dit. Maintenant, tu n'arriveras plus à te débarrasser d'eux. »

Railleur, Nino s'immisça et demanda à Pietro :

« Qui tu as dénoncé ? »

Pietro ne se retourna même pas. Il était en colère contre moi, c'était avec moi qu'il voulait se disputer. Il poursuivit :

« J'ai fait le nécessaire alors et j'aurais dû le faire aujourd'hui. Mais je n'ai rien dit pour que tu n'y sois pas mêlée. »

À ce moment-là, je compris que le problème n'était pas les policiers, mais ce qu'il avait appris d'eux. Je murmurai :

« Quel rapport avec moi ? »

Sa voix s'altéra :

« Pasquale et Nadia, ce ne sont pas tes amis ? »

Je répétai bêtement :

« Pasquale et Nadia ?

— Les policiers m'ont montré des photos de terroristes, et il y avait les leurs. »

Je ne pus réagir, je restai sans voix. Ce que j'avais imaginé était donc vrai, Pietro m'en apportait la confirmation. Pendant quelques secondes, je revis les images de Pasquale déchargeant son pistolet sur Gino et tirant dans les jambes de Filippo, tandis que Nadia – Nadia, pas Lila – montait l'escalier, frappait à la porte de Bruno, entrait et lui tirait en plein visage. Terrible. Et pourtant, sur le moment, le ton de Pietro me parut déplacé, comme s'il utilisait cette nouvelle pour me mettre en difficulté devant Nino et provoquer une discussion dans laquelle je ne voulais pas m'engager. D'ailleurs, Nino intervint aussitôt en poursuivant ses railleries :

« Alors comme ça t'es un indic ? C'est ça que tu fais ? Tu dénonces les camarades ? Ton père est au courant ? Ta mère aussi ? Ta sœur aussi ? »

Je marmonnai du bout des lèvres : allez, on dîne. Mais j'ajoutai immédiatement à l'adresse de Nino « arrête, un indic, tu plaisantes ! » pour désamorcer la situation en douceur, afin qu'il évite de titiller davantage Pietro en faisant référence à sa famille d'origine. Ensuite, j'expliquai vaguement que, longtemps avant, Pasquale Peluso était passé me voir, je ne sais pas s'il s'en souvenait, c'était un garçon de notre quartier, un brave type qui, par les hasards de la vie, s'était mis avec Nadia – oui, bien sûr il se souvenait d'elle, la fille de Mme Galiani, exactement. Et là je m'interrompis, parce que Nino riait déjà. Il s'exclama : Nadia, grand Dieu, Nadia ! Et il se tourna à nouveau vers Pietro, se fichant de lui encore plus ouvertement : il n'y a que toi et deux crétins de policiers pour imaginer Nadia Galiani dans la lutte armée, c'est une histoire de fous ! Nadia, la fille la plus gentille et sage que j'aie jamais connue ! on en est donc arrivé là, en Italie… Allez, on peut manger, la défense de l'ordre établi se passera de toi pour le moment ! Il se dirigea vers la table, appelant Dede et Elsa, et je commençai à servir, persuadée que Pietro allait nous rejoindre.

Mais il ne se montra pas. J'imaginai qu'il était allé se laver les mains et s'attardait un peu pour se calmer, et je m'assis à ma place. J'étais stressée, j'aurais voulu une soirée tranquille et agréable, une fin de cohabitation paisible. Mais Pietro n'arrivait pas, et les filles avaient déjà commencé à manger. À présent, Nino aussi semblait perplexe.

« Commence, lui dis-je, ça va refroidir.

— Seulement si tu manges toi aussi. »

J'hésitai. Peut-être devais-je aller voir comment allait mon mari, ce qu'il faisait, s'il s'était calmé. Mais je n'en avais pas envie, son comportement m'agaçait. Pourquoi n'avait-il pas gardé pour lui cette visite de la police ? D'habitude, c'était toujours ce qu'il faisait, il ne me racontait jamais rien. Pourquoi m'avait-il parlé de cette façon en présence de Nino ? *Ne ramène plus jamais à la maison de gens de chez toi.* Pourquoi une telle urgence de rendre la question publique ? Il aurait pu attendre et se défouler après, une fois enfermés dans la chambre à coucher. Il était en colère contre moi, voilà le cœur du problème. Il voulait me gâcher la soirée, il se foutait complètement de ce que je faisais, de ce que je voulais.

Je commençai à dîner. Nous mangeâmes tous les quatre : entrée, plat principal, et même le dessert que j'avais préparé. Pietro demeura invisible. Alors l'exaspération me gagna. Pietro ne voulait pas manger ? Très bien, qu'il ne mange pas, à l'évidence il n'avait pas faim. Il voulait rester de son côté ? Très bien, l'appartement était grand, sans lui il y aurait moins de tension. De toute façon, à présent il était clair que le problème, ce n'était pas ces deux personnes qui étaient venues chez nous une fois seulement et qui se retrouvaient suspectées d'association de malfaiteurs. Le problème, c'était que Pietro n'était pas d'une intelligence assez vive et qu'il ne savait pas résister aux duels entre mâles : alors il en souffrait et s'en prenait à moi. Mais qu'est-ce que j'en ai à faire, de toi et de ta mesquinerie ! Je débarrasserai après, annonçai-je à haute voix, comme si j'imposais un ordre à moi-même, à mon trouble. J'allumai la télévision et m'installai sur le canapé avec Nino et les filles.

Un long moment de malaise s'écoula. Je sentais Nino à la fois gêné et amusé. Je vais appeler papa, finit par dire Dede qui, maintenant que son ventre était rempli, s'inquiétait pour Pietro. Vas-y, dis-je. Elle revint presque sur la pointe des pieds et me chuchota à l'oreille : il est couché, il dort. Nino entendit aussi et fit :

« Demain je m'en vais.

— Tu as fini ton travail ?

— Non.

— Reste encore.

— Je ne peux pas.

— Pietro est un brave homme.

— Tu le défends ? »

Le défendre de quoi, de qui ? Je ne compris pas et fus sur le point de me mettre en colère contre lui aussi.

110

Les filles s'endormirent devant la télévision et je les portai dans leur lit. Quand je revins, Nino n'était plus là, il s'était enfermé dans sa chambre. Déprimée, je débarrassai et fis la vaisselle. Quelle sottise de lui avoir demandé de rester encore ! Il valait mieux qu'il parte. Mais d'un autre côté, la vie sans lui était tellement sordide, comment la supporter ? Au moins, j'aurais souhaité qu'il s'en aille en promettant que, tôt ou tard, il reviendrait. Je voulais qu'il dorme à nouveau chez moi, je désirais prendre le petit déjeuner avec lui le matin, manger à la même table que lui le soir, et l'entendre parler de tout et de rien sur ce ton amusé ; je voulais son attention lorsque je donnais forme à une idée, et son respect pour chacune de mes paroles, sans nul recours à l'ironie, au sarcasme. Toutefois, je dus admettre que si la situation s'était dégradée aussi vite, rendant la cohabitation impossible, la responsabilité lui en revenait. Pietro s'était attaché à lui. Il avait plaisir à se tenir à son côté, il appréciait cette amitié qui venait de naître. Pourquoi

Nino avait-il éprouvé le besoin de lui faire mal, de l'humilier, de lui ôter toute autorité ? Je me démaquillai, me lavai et enfilai ma chemise de nuit. Je coupai le gaz, mis le cadenas et la chaîne à la porte de l'appartement, fermai toutes les persiennes et éteignis les lumières. J'allai donner un coup d'œil aux filles. J'espérai que Pietro ne faisait pas semblant de dormir et ne m'attendait pas pour une dispute. Je regardai sur sa table de chevet : il avait pris un tranquillisant et s'était écroulé. Il m'attendrit, je lui posai un baiser sur la joue. Comme il était imprévisible ! Intelligent et stupide, sensible et obtus, courageux et lâche, très cultivé et ignorant, bien élevé et grossier. Un Airota raté, sa chaîne de fabrication avait déraillé : est-ce que Nino, tellement sûr de lui et tellement déterminé, pourrait le remettre en marche et l'aider à s'améliorer ? Je me demandai à nouveau pourquoi cette amitié naissante s'était transformée en hostilité à sens unique. Et cette fois, je crus comprendre. Nino avait voulu m'aider à voir mon mari pour ce qu'il était vraiment. Il était persuadé que j'avais de lui une image idéalisée, à laquelle j'étais assujettie aussi bien du point de vue sentimental qu'intellectuel. Il avait souhaité me révéler l'inconsistance qu'il y avait derrière ce jeune professeur universitaire, cet auteur d'un mémoire qui était devenu un livre très apprécié, ce chercheur travaillant depuis longtemps à une nouvelle publication qui consoliderait sa réputation. C'était comme si, ces derniers jours, il n'avait fait que me crier : tu vis avec un homme banal, tu as fait deux filles avec une nullité ! Son projet était de me libérer en le dévalorisant, de me rendre à moi-même en le démolissant. Mais ce faisant, s'était-il rendu compte qu'il s'était présenté, volontairement ou non, comme le modèle masculin alternatif ?

Cette question me remplit de colère. Nino avait été inconscient. Il avait mis la pagaille dans une situation qui, pour moi, constituait le seul équilibre possible. Pourquoi provoquer ce désordre sans même me consulter ? Qui lui avait demandé de m'ouvrir les yeux, de me sauver ? Comment avait-il déduit que j'en avais besoin ? Pensait-il pouvoir faire ce qu'il voulait de ma vie de couple et de ma responsabilité de mère ? Et dans quel but ? Que croyait-il obtenir ? C'est lui, me dis-je, qui doit s'éclaircir les idées ! Notre amitié ne l'intéresse pas ? Ce sont bientôt les vacances, je vais partir pour Viareggio, il a dit qu'il irait à Capri dans la maison de ses beaux-parents. Faudra-t-il attendre la fin des vacances pour nous revoir ? Et pourquoi donc ? Déjà maintenant, pendant l'été, nous pourrions approfondir les relations entre nos familles. Je pourrais téléphoner à Eleonora et les inviter, elle, son mari et son fils, à venir passer quelques jours avec nous à Viareggio. Et j'aimerais être invitée à mon tour à Capri, où je ne suis jamais allée, avec Dede, Elsa et Pietro. Et si ça ne se faisait pas, on pourrait aussi s'écrire et échanger des idées, des titres de livres, parler de nos projets de travail !

Je n'arrivai pas à me calmer. Nino avait eu tort. S'il tenait vraiment à moi, il fallait recommencer à la case départ. Il devait reconquérir la sympathie et l'amitié de Pietro – mon mari ne demandait que ça. Croyait-il vraiment me faire du bien en provoquant toutes ces tensions ? Non, non, il fallait lui parler et lui dire que traiter Pietro de cette manière avait été une sottise. Je quittai doucement le lit et sortis de la chambre. Je traversai le couloir pieds nus et frappai à la porte de Nino. J'attendis un instant et entrai. La pièce était plongée dans l'obscurité.

« Ah, tu t'es décidée », l'entendis-je dire.

Je sursautai, sans me demander *décidée à quoi*. Je compris simplement qu'il avait raison, je m'étais décidée. J'ôtai vite ma chemise de nuit et m'allongeai près de lui, malgré la chaleur.

111

Je regagnai mon lit vers 4 heures du matin. Mon mari tressaillit et murmura dans son sommeil : qu'est-ce qui se passe ? Je lui lançai « dors » d'un ton péremptoire et il se calma. Je me sentais étourdie. J'étais heureuse de ce qui venait de se passer mais, malgré tous mes efforts, je n'arrivais pas à intégrer cet événement *dans* ma condition sociale, *dans* ce que j'étais à l'intérieur de cet appartement, à Florence. J'avais l'impression qu'entre Nino et moi, tout s'était joué dans le quartier, quand ses parents déménageaient et que Melina, ravagée par la souffrance, lançait des objets par la fenêtre en hurlant, ou à Ischia, lorsque nous nous étions promenés main dans la main, ou pendant cette soirée à Milan, après la rencontre en bibliothèque où il m'avait défendue contre ce féroce critique. Un moment, cela me donna un sentiment d'irresponsabilité, peut-être même d'innocence, comme si l'amie de Lila, l'épouse de Pietro et la mère de Dede et d'Elsa n'avaient rien à voir avec la gamine-adolescente-femme qui aimait Nino et qui, enfin, l'avait pris. Je sentais la trace de ses mains et de ses baisers partout sur mon corps. L'envie de jouir ne s'apaisait pas et je me disais : le matin est encore loin, qu'est-ce que je fais ici, il faut que je retourne auprès de lui !

Puis je m'assoupis. Je rouvris les yeux dans un sursaut, le jour entrait dans la chambre. Qu'est-ce que j'avais fait ? Ici même, chez moi, quelle sottise ! Bientôt Pietro allait se réveiller. Les filles aussi. Je devais préparer le petit déjeuner. Nino nous dirait au revoir, il rentrerait à Naples chez sa femme et son fils. Et moi, je redeviendrais moi-même.

Je me levai, pris une longue douche, séchai mes cheveux, me maquillai avec application et passai une jolie robe, comme si je devais sortir. Oh, bien sûr, au cœur de la nuit, Nino et moi nous étions juré de ne plus nous perdre et de trouver le moyen de continuer à nous aimer. Mais quand, comment ? Et pourquoi devrait-il me chercher à nouveau ? Tout ce qui pouvait se passer entre nous s'était passé, le reste n'était que complications. Assez ! Je préparai avec soin le petit déjeuner. Je voulais qu'il garde une belle image de son séjour, de l'appartement, des objets de son quotidien, de moi.

Pietro apparut, ébouriffé et en pyjama :

« Tu vas où ?

— Nulle part. »

Il me regarda perplexe : cela ne m'arrivait jamais d'être, dès le réveil, sur mon trente et un.

« Tu es très belle.

— Ce n'est pas grâce à toi ! »

Il s'approcha de la fenêtre, regarda dans la rue puis bougonna :

« Hier soir, j'étais très fatigué.

— Très mal élevé, aussi !

— Je lui présenterai mes excuses.

— C'est surtout à moi que tu devrais présenter des excuses !

— Je suis désolé.

— Il s'en va aujourd'hui. »

Dede arriva pieds nus. J'allai chercher ses pantoufles et réveillai Elsa qui, selon son habitude, me couvrit de baisers, les yeux encore fermés. Elle sentait si bon, et elle était si tendre ! Oui, me dis-je, ça s'est donc produit. Tant mieux, cela aurait aussi bien pu ne jamais se produire. Mais maintenant, il faut que je m'impose une discipline : téléphoner à Mariarosa pour savoir où en est le projet avec la France, parler avec Adele, me rendre en personne à la maison d'édition pour comprendre ce qu'ils ont l'intention de faire avec mon livre, s'ils y croient vraiment ou veulent seulement faire plaisir à ma belle-mère. Puis j'entendis des bruits dans le couloir. C'était Nino. Les signes de sa présence me bouleversèrent, il était là et cela n'allait pas durer. Je me libérai des bras de ma fille en lui disant « désolée, Elsa, maman revient tout de suite » et m'enfuis.

Nino sortait de sa chambre, ensommeillé : je le poussai dans la salle de bain et fermai la porte derrière nous. Nous nous enlaçâmes, et je perdis à nouveau toute conscience du lieu et de l'heure. Je fus étonnée moi-même de l'intensité avec laquelle je le voulais : j'étais donc très douée pour me dissimuler la réalité à moi-même ! Nous nous jetâmes dans les bras l'un de l'autre avec une fureur que je n'avais jamais connue, comme si nos corps se heurtaient l'un contre l'autre dans l'intention de

502

se briser. C'était donc ça, le plaisir : se fracasser, se mêler, ne plus savoir ce qui était à lui ou à moi. Si Pietro ou les filles étaient apparus, ils ne nous auraient pas reconnus. Je murmurai dans sa bouche :

« Reste encore !

— Je ne peux pas.

— Alors reviens, jure-moi que tu vas revenir !

— Oui.

— Appelle-moi !

— Oui.

— Dis-moi que tu ne m'oublieras pas, que tu ne me quitteras pas, que tu m'aimes !

— Je t'aime.

— Répète !

— Je t'aime.

— Jure que ce n'est pas un mensonge !

— Je le jure. »

112

Il partit une heure plus tard, malgré l'insistance un peu bougonne de Pietro pour qu'il reste et malgré les sanglots de Dede. Mon mari alla faire sa toilette et réapparut peu après, prêt à sortir. Il me dit, yeux rivés au sol : j'ai tu à la police que Pasquale et Nadia étaient venus chez nous, et si je l'ai fait, ce n'est pas pour te protéger mais parce que je pense que, de nos jours, on prend le désaccord politique pour un délit. Je ne compris pas tout de suite de quoi il parlait. Pasquale et Nadia m'étaient complètement sortis de la tête et ils eurent du mal à y revenir. Pietro attendit quelques secondes en silence. Peut-être voulait-il m'entendre dire que j'approuvais sa remarque, peut-être espérait-il affronter cette journée de chaleur et d'examens en sachant que nous nous étions rapprochés et que, au moins pour une fois, nous étions du même avis sur quelque chose. Mais je me contentai d'acquiescer distraitement. Qu'est-ce que ça pouvait me faire, maintenant, ses opinions politiques, Pasquale et Nadia, la mort d'Ulrike Meinhof, la naissance de la république socialiste du Vietnam, l'avancée électorale du parti communiste ? Le monde s'était retiré. Je me sentais plongée en moi-même, à l'intérieur de ma chair, qui me semblait non seulement l'unique habitat possible, mais aussi l'unique matière qui méritait qu'on se creuse la cervelle. Je fus soulagée lorsqu'il referma la porte derrière lui – lui, le témoin de l'ordre et du désordre. Je ne supportais pas de rester sous son regard, je craignais que ne deviennent soudain visibles mes lèvres douloureuses à force de baisers, la fatigue de la nuit et mon corps hyper-sensible, comme brûlé.

À peine me retrouvai-je seule, je fus à nouveau certaine que je ne reverrais ni n'entendrais jamais plus Nino. Et une autre certitude vint s'ajouter à celle-ci : je ne pouvais plus vivre avec Pietro, continuer à dormir dans le même lit que lui me semblait insupportable. Que faire ? Le quitter, me dis-je. M'en aller avec les filles. Mais quelle procédure fallait-il adopter ? Je pouvais partir et c'était tout ? Je ne savais rien sur la séparation ni le divorce, sur la marche à suivre, le temps qu'il fallait pour retrouver sa liberté. Et je ne connaissais aucun couple ayant suivi cette voie. Comment cela se passait pour les enfants ? Comment s'accordait-on pour leur entretien ? Pouvais-je emmener les filles dans une autre ville, par exemple à Naples ? D'ailleurs, pourquoi Naples, pourquoi pas Milan ? Si je quitte Pietro, me dis-je, j'aurai tôt ou tard besoin de travailler. On vit une sale époque, l'économie va mal, Milan est l'endroit qu'il me faut, il y a la maison d'édition. Mais Dede et Elsa ? Et leur relation avec leur père ? Il fallait que je reste à Florence, alors ? Ah non, ça jamais ! Mieux vaut Milan, Pietro viendrait voir les filles chaque fois qu'il le pourrait et le voudrait. C'est ça. Et pourtant, ma tête allait vers Naples. Pas vers le quartier, non, là je n'y retournerais jamais. Je m'imaginai aller habiter dans le Naples éblouissant où je n'avais jamais vécu, à quelques pas de chez Nino, sur la Via Tasso. Le voir par la fenêtre lorsqu'il allait à l'université ou en revenait, le croiser dans la rue, lui parler chaque jour. Sans l'importuner. Sans lui causer de problèmes avec sa famille, et même en approfondissant mon amitié avec Eleonora. Cette proximité me suffirait. Naples, donc, pas Milan. D'ailleurs, une fois que je serais séparée de Pietro, Milan ne serait plus aussi accueillant pour moi. Les rapports avec Mariarosa se refroidiraient, ceux avec Adele également. Ils ne s'interrompraient pas, non, c'étaient des personnes civilisées, mais qui n'en demeuraient pas moins sœur et mère de Pietro, malgré leur faible estime à son égard. Sans oublier Guido, le père. Non, je ne pourrais certainement plus compter de la même manière sur les Airota, et peut-être même pas sur la maison d'édition. Seul Nino pourrait m'apporter de l'aide. Il avait de bons amis partout, et trouverait certainement le moyen de me soutenir. À moins que mon omniprésence ne finisse par agacer sa femme, ou par l'agacer lui-même. Pour lui, j'étais une femme mariée vivant à Florence avec sa famille : loin de Naples, donc, et pas libre. Briser mon mariage dans la précipitation, courir après lui et m'installer à quelques pas de son appartement – mais quelle idée ! Il dirait que je suis folle et je passerais pour la fille qui a perdu la tête, le genre de femme entièrement dépendante des hommes – ce que les amies de Mariarosa avaient en horreur. Et surtout, ce n'était pas fait pour Nino. Il avait aimé de nombreuses femmes, passant d'un lit à l'autre et semant des enfants sans jamais se sentir responsable, et il considérait le mariage comme une convention nécessaire mais qui ne devait pas mettre les désirs en cage. Je me serais couverte de ridicule. Je m'étais passée de tellement de choses, au cours de ma vie, je pourrais aussi me passer de Nino. Je poursuivrais mon chemin avec les filles.

Mais le téléphone sonna et je courus répondre. C'était lui, avec en fond sonore un haut-parleur, des clameurs, du vacarme, qui couvraient pratiquement sa voix. Il venait d'arriver à Naples et téléphonait de la gare. C'est juste pour dire bonjour, dit-il, je voulais savoir comment tu allais. Bien, répondis-je. Qu'est-ce que tu fais ? Je vais bientôt manger avec les filles. Pietro est là ? Non. Tu as aimé faire l'amour avec moi ? Oui. Beaucoup ? Énormément. Je n'ai plus de jetons ! Alors vas-y, ciao, et merci pour le coup de fil. On se rappelle ! Quand tu veux. Je fus contente de moi, de la maîtrise dont j'avais fait preuve. Je l'ai tenu à bonne distance, pensai-je, j'ai répondu avec politesse à un coup de fil de politesse. Mais il me rappela trois heures plus tard, à nouveau d'un téléphone public. Il était tendu. Pourquoi tu es aussi froide ? Je ne suis pas froide. Ce matin, tu m'as obligé à te dire que je t'aimais et je te l'ai dit, même si par principe je ne le dis à personne, même pas à ma femme. Je suis contente. Et toi, tu m'aimes ? Oui. Ce soir, tu dors avec lui ? Tu veux que je dorme avec qui ? Ça, je ne le supporte pas. Parce que toi, tu ne dors pas avec ta femme ? Ce n'est pas la même chose. Pourquoi ? Moi j'en ai rien à faire, d'Eleonora ! Dans ce cas, reviens ici. Comment je fais ? Tu la quittes. Et après ? Il se mit à m'appeler de manière obsessionnelle. J'adorais ces sonneries, surtout lorsque nous nous disions au revoir comme si nous ne devions plus nous parler pendant je ne sais combien de temps et qu'il me rappelait une demi-heure, parfois même dix minutes plus tard. Il reprenait ses tirades frénétiques, me demandait si j'avais fait l'amour avec Pietro depuis la nuit que nous avions passée ensemble, je disais non, il me faisait jurer, je jurais, je lui demandais si lui avait fait l'amour avec sa femme, il s'écriait que non, je l'obligeais à jurer à mon tour, les serments étaient suivis d'autres serments et puis de toutes sortes de promesses, en particulier je promettais de ne jamais quitter la maison pour qu'il puisse toujours me contacter. J'étais censée attendre ses coups de téléphone, au point que si je sortais – il fallait tout de même faire les courses – il laissait sonner le téléphone dans le vide, encore et encore, et le laissait sonner jusqu'à mon retour : alors j'abandonnais les filles, lâchais mes sacs de provisions, ne fermais même pas la porte d'entrée et courais répondre. Je le découvrais désespéré au bout du fil : je croyais que tu ne répondrais plus ! Puis il

ajoutait, soulagé : mais j'aurais téléphoné éternellement et, en ton absence, j'aurais aimé le son de
ton téléphone ! cette sonnerie dans le vide me semblait la dernière chose qui me restait de toi. Et il
racontait en détail notre nuit – tu te souviens de
ceci, de cela –, il l'évoquait sans cesse. Il faisait la
liste de tout ce qu'il voulait faire avec moi, et pas
seulement en matière de sexe : une promenade, un
voyage, aller au cinéma, au restaurant, me parler
de ses recherches, s'informer du sort de mon petit
volume. Alors, je perdais tout contrôle. Je murmurais oui oui oui, tout ce que tu voudras, tout,
et je m'écriais : je vais bientôt partir en vacances,
dans une semaine je serai à la mer avec les filles
et Pietro !, comme s'il s'agissait d'une déportation.
Et lui : Eleonora va à Capri dans trois jours, dès
qu'elle s'en va je monte à Florence, ne serait-ce que
pour une heure. Pendant ce temps, Elsa me regardait et demandait : maman, avec qui tu parles tout
le temps ? viens jouer ! Un jour, Dede lança : laisse-
la, elle parle avec son petit copain.

113

Nino voyagea de nuit et arriva à Florence vers 9
heures du matin. Il téléphona, Pietro répondit, il
raccrocha. Il rappela et je courus répondre. Il était
garé devant chez moi. Descends ! Je ne peux pas.
Descends tout de suite, autrement c'est moi qui
monte ! Je devais partir pour Viareggio quelques
jours plus tard et Pietro était déjà en congé. Je lui
laissai les filles en lui disant que j'avais des achats

urgents à faire pour notre séjour à la mer. Je courus retrouver Nino.

Nous revoir fut une très mauvaise idée. Nous découvrîmes que, loin de s'atténuer, notre désir avait décuplé et, impatient, impudent, il exigeait mille choses. À distance, par téléphone, les paroles nous permettaient de fantasmer en imaginant des perspectives exaltantes, mais elles nous imposaient aussi un ordre, nous retenant et nous effrayant. Mais nous retrouver ensemble, enfermés dans l'espace exigu de la voiture et insoucieux de la chaleur atroce, rendit notre délire tout à fait concret et lui donna l'apparence de l'inévitable : il devint partie prenante de la grande époque subversive en cours, vibrant à l'unisson des formes contemporaines de réalisme, celles qui demandaient l'impossible.

« Ne rentre pas chez toi.

— Et les filles, et Pietro ?

— Et nous ? »

Avant de repartir pour Naples, il s'exclama qu'il ne savait pas s'il arriverait à passer tout le mois d'août sans me voir. Nous nous dîmes au revoir, désespérés. Je n'avais pas le téléphone dans la maison que nous avions louée à Viareggio, il me donna le numéro de leur habitation à Capri. Il me fit promettre de lui téléphoner tous les jours.

« Et si c'est ta femme qui répond ?

— Raccroche.

— Et si tu es à la plage ?

— J'ai du travail, je n'irai presque jamais à la mer. »

Dans nos rêveries, nous téléphoner devait aussi nous servir à fixer une date, juste avant l'Assomption ou après, et à trouver le moyen de nous voir au moins une fois. Il m'incitait à trouver un prétexte quelconque pour rentrer à Florence. Il ferait de même avec Eleonora et me rejoindrait. Nous nous verrions chez moi, dînerions ensemble, dormirions ensemble. Encore une folie ! Je l'embrassai, le caressai, le mordillai, et m'arrachai à lui dans un état de bonheur malheureux. Je courus acheter au hasard des serviettes, deux maillots de bain pour Pietro, un seau et des pelles pour Elsa, et un petit maillot de bain bleu pour Dede. À cette époque-là, elle aimait le bleu.

114

Nous partîmes pour notre villégiature. Je m'occupai peu des filles et les laissai presque tout le temps à leur père. Je courais sans cesse à la recherche d'un téléphone, ne serait-ce que pour dire à Nino que je l'aimais. Eleonora ne me répondit qu'à deux reprises, je raccrochai. Mais sa voix suffit à m'agacer, je trouvai injuste qu'elle fût près de lui jour et nuit : qu'avait-elle donc à voir avec lui, avec nous ? Mon exaspération m'aida à vaincre la peur : le projet de nous revoir à Florence me sembla de plus en plus réaliste. Je dis à Pietro – ce qui était la vérité – que, alors que la maison d'édition italienne, malgré toute sa bonne volonté, n'arriverait pas à publier mon texte avant janvier, il allait sortir fin octobre en France. J'étais donc très pressée de dissiper quelques doutes, et pour cela j'avais besoin de deux ou trois livres, je devais repasser à la maison.

« Je peux aller te les chercher, proposa-t-il.

— Reste un peu avec les filles, tu ne les vois jamais !

— J'aime conduire, contrairement à toi.

— Tu ne veux pas me laisser un peu tranquille ? Je peux avoir une journée de libre ? Les domestiques en ont, pourquoi pas moi ? »

Je partis en voiture de bon matin, le ciel était strié de blanc et un vent frais entrait par la vitre ouverte, apportant les odeurs de l'été. Le cœur battant, je pénétrai dans l'appartement vide. Je me déshabillai, me lavai, me regardai dans la glace, perturbée par les marques blanches au niveau du ventre et de la poitrine, puis m'habillai, me déshabillai à nouveau et me rhabillai jusqu'à me sentir belle.

Vers 3 heures de l'après-midi, Nino arriva, j'ignore quel bobard il avait raconté à sa femme. Nous fîmes l'amour jusqu'au soir. Pour la première fois, il eut le loisir de s'occuper de mon corps avec une dévotion, une idolâtrie auxquelles je n'étais pas préparée. Je m'efforçai de faire de même avec lui, je voulais à tout prix lui paraître douée. Mais quand je le vis fourbu et heureux, tout à coup quelque chose dérailla dans ma tête. *Pour moi, cela était une expérience unique, pour lui, c'était une répétition.* Il aimait les femmes, il adorait leurs corps comme des fétiches. Je ne songeai pas spécialement à ses conquêtes que j'avais rencontrées – Nadia, Silvia, Mariarosa ou son épouse Eleonora –, je pensai surtout à ce que je connaissais bien : les folies qu'il avait commises pour Lila, et la fièvre qui avait failli le mener à l'autodestruction. Je me souvins que Lila avait cru à cette passion et qu'elle s'était accrochée à lui, aux livres ardus qu'il lisait, à ses idées et à ses ambitions, pour être plus solide elle-même et pour se donner la possibilité de changer. Je me souvins de son effondrement lorsque Nino l'avait abandonnée. Il ne pouvait donc aimer et se faire aimer que dans l'excès ? Il ne savait pas faire autrement ? Notre amour fou était-il la reproduction d'autres amours fous ? Cette façon de me vouloir sans se soucier de rien suivait-elle un modèle, et était-ce ainsi qu'il avait voulu Lila ? Et ces retrouvailles dans mon appartement, où je vivais avec Pietro, était-ce comme lorsque Lila l'entraînait dans leur logement, à Stefano et elle ? Étions-nous en train de refaire, et non de faire ?

Je m'écartai et il me demanda : qu'est-ce qu'il y a ? Rien, je ne savais que dire, mes pensées étaient inavouables. Je me serrai contre lui et l'embrassai, tout en cherchant à arracher de mon cœur le souvenir de son amour pour Lila. Mais Nino insista, et je finis par ne plus pouvoir lui échapper. Alors, partant d'un écho relativement récent – oui, ça, je peux sans doute lui dire –, je lui lançai d'un ton faussement amusé :

« Il y a quelque chose qui ne va pas chez moi en matière de sexe, comme Lina ? »

Il changea d'expression. Quelqu'un d'autre apparut dans son regard et sur son visage, un étranger qui me fit peur. Avant même qu'il ne puisse ouvrir la bouche, je me hâtai de murmurer :

« Je plaisante, si tu ne veux pas répondre, oublie !

— Je n'ai pas compris ce que tu as dit.

— Je n'ai fait que répéter tes paroles.

— Je n'ai jamais dit un truc comme ça ! »

— Menteur ! Tu l'as dit à Milan, quand nous allions au restaurant.

— Ce n'est pas vrai, mais de toute façon, je ne veux pas parler de Lina.

— Pourquoi ? »

Il ne répondit pas. Cela me remplit d'amertume et je lui tournai le dos. Quand il m'effleura la peau du bout des doigts, je lâchai : laisse-moi tranquille. Nous restâmes un moment immobiles, sans mot dire. Puis il recommença à me caresser, baisa tendrement mon épaule, et je cédai. Oui, me dis-je, il a raison, il ne faut plus que je lui pose de questions sur Lila.

Le soir, le téléphone sonna, c'était certainement Pietro et les filles. Je fis signe à Nino de ne faire aucun bruit, quittai le lit et courus répondre. Je me préparai à prendre un ton affectueux et rassurant, mais sans le vouloir je parlai trop bas et me mis, bizarrement, à murmurer – je voulais éviter que Nino m'entende et ensuite se moque de moi, ou peut-être se mette en colère.

« Pourquoi tu chuchotes comme ça ? interrogea Pietro. Tout va bien ? »

J'élevai aussitôt la voix, mais cette fois parlai trop fort. Je cherchai des mots tendres, fis grande fête à Elsa, recommandai à Dede de ne pas compliquer la vie de son père et de se laver les dents avant d'aller se coucher. Quand je regagnai le lit, Nino s'exclama :

« Quelle épouse parfaite, quelle maman parfaite ! »

Je rétorquai :

« Toi tu n'es pas en reste ! »

J'attendis que la tension s'atténue et que l'écho des voix de mon mari et des gamines s'affaiblisse.

Nous prîmes une douche ensemble, ce qui fut pour moi une expérience nouvelle et très divertissante, et j'eus grand plaisir à le laver et à me faire laver. Ensuite je me préparai à sortir. Je me fis à nouveau belle pour lui, mais cette fois-ci sous ses yeux, et du coup sans anxiété. Fasciné, il me regarda essayer des robes pour trouver celle qui convenait le mieux, et me maquiller. De temps en temps il se faufilait derrière moi, m'embrassait dans le cou et glissait les mains dans mon décolleté et sous mes vêtements, malgré mes protestations amusées : t'as pas intérêt, tu me chatouilles, si tu abîmes mon maquillage j'aurai plus qu'à recommencer, attention tu vas déchirer ma robe, laisse-moi tranquille !

Je l'obligeai à sortir seul de chez moi et à m'attendre dans la voiture. Bien que l'immeuble fût à moitié désert, tout le monde étant en vacances, je craignais tout de même qu'on ne nous aperçoive ensemble. Nous allâmes dîner, mangeant beaucoup, parlant beaucoup, buvant encore plus. Au retour, nous nous couchâmes à nouveau et ne dormîmes jamais. Il m'annonça :

« En octobre, je vais aller cinq jours à Montpellier, pour une conférence.

— Amuse-toi bien ! Tu y vas avec ta femme ?

— Je veux y aller avec toi.

— C'est impossible.

— Pourquoi ?

— Dede a six ans, Elsa trois. Il faut que je pense à elles. »

Nous nous mîmes à discuter de notre situation, prononçant pour la première fois des mots comme *mariés* et *enfants*. Nous passâmes du désespoir au

sexe et du sexe au désespoir. Pour finir, je murmurai :

« On ne doit plus se revoir.

— Si pour toi c'est possible, tant mieux ! Mais
pour moi, ça ne l'est pas.

— Tu parles ! Tu me connais depuis des décennies, ça ne t'a pas empêché d'avoir une vie bien
remplie sans moi. Tu m'oublieras vite.

— Promets que tu continueras à me téléphoner
tous les jours !

— Non, je ne t'appellerai plus.

— Si tu ne m'appelles plus, je vais devenir fou.

— C'est *moi* qui vais devenir folle, si je continue
à penser à toi. »

Nous explorâmes avec une espèce de jouissance
masochiste l'impasse dans laquelle nous nous sen-
tions et, exaspérés par notre propre tendance à
cumuler les obstacles, nous finîmes par nous disputer. Il repartit à 6 heures du matin, très tendu.
Je rangeai l'appartement, pleurai un bon coup, et
puis fis tout le trajet jusqu'à Viareggio en espérant
n'y arriver jamais. À mi-chemin, je réalisai que je
n'avais pas pris le moindre livre me permettant de
justifier ce voyage. Je me dis : tant mieux.

115

À mon retour, Elsa me fit la fête. Puis elle
ajouta, boudeuse : papa ne sait pas bien jouer.
Dede défendit Pietro et s'écria que sa sœur était
stupide et un vrai bébé, elle gâchait tous les jeux.
Pietro m'observa, de mauvaise humeur :

« Tu n'as pas dormi.

— J'ai mal dormi.

— Tu as trouvé tes livres ?

— Oui.

— Et où sont-ils ?

— Où tu veux qu'ils soient ? À la maison. J'ai vérifié ce que je devais vérifier, ça suffisait.

— Pourquoi tu t'énerves ?

— C'est toi qui m'énerves !

— On t'a téléphoné une deuxième fois, hier soir. Elsa voulait te souhaiter une bonne nuit mais tu n'étais pas là.

— Il faisait chaud, j'ai fait une promenade.

— Seule ?

— Avec qui, sinon ?

— Dede dit que tu as un petit ami.

— Dede est très proche de toi et elle meurt d'envie de me remplacer.

— Ou bien elle voit et sent des choses que moi, je ne vois et ne sens pas.

— Qu'est-ce que tu veux dire ?

— Exactement ce que j'ai dit.

— Pietro, mieux vaut être clair : dans la liste de toutes tes maladies, maintenant il y a aussi la jalousie ?

— Je ne suis pas jaloux.

— J'espère ! Parce que autrement, je te préviens tout de suite : la jalousie, là c'est vraiment trop, je ne supporte pas. »

Les jours suivants, les conflits de ce type se multiplièrent. Je le tenais à distance, l'abreuvais de reproches, et en même temps je me méprisais. Mais j'éprouvais aussi de la colère : qu'exigeait-il de moi, qu'étais-je censée faire ? J'aimais Nino, je l'avais toujours aimé : comment pouvais-je me l'ôter de la tête, du ventre, de la poitrine, maintenant que lui aussi me voulait? Depuis que j'étais petite, je m'étais construit un parfait mécanisme d'autocensure. Pas un de mes désirs n'avait jamais prévalu, j'avais toujours trouvé le moyen de canaliser toutes mes pulsions. Mais maintenant, c'est fini! me disais-je. Tout peut exploser, et moi avec!

J'hésitais pourtant. Pendant quelques jours, je ne téléphonai plus à Nino, conformément à ce que je lui avais annoncé avec sagesse à Florence. Mais tout à coup, je me mis à l'appeler trois ou quatre fois par jour, sans aucune prudence. Je me fichais même de Dede, immobile à quelques pas de la cabine téléphonique. Je discutais avec lui dans la chaleur insupportable de cette cage au soleil et parfois, couverte de sueur, exaspérée par le regard de mon espionne de fille, j'ouvrais grand la porte en verre et criais : mais qu'est-ce que tu fais plantée là? je t'ai dit de t'occuper d'ta sœur! Au centre de mes pensées, il y avait désormais la conférence de Montpellier. Nino me harcelait, il en faisait de plus en plus une sorte d'épreuve ultime permettant de tester l'authenticité de mes sentiments. Nous passions ainsi de disputes violentes à de grandes déclarations où nous nous disions indispensables l'un à l'autre, et de longues et coûteuses bouderies interurbaines à l'urgence d'exprimer notre désir dans un déluge de paroles incandescentes. Un après-midi, exténuée, alors que Dede et Elsa, à l'extérieur de la cabine, psalmodiaient « maman, dépêche-toi, on s'ennuie », je lui lançai :

« Il n'y a qu'un moyen pour que je puisse t'accompagner à Montpellier.

— Lequel?

— Tout dire à Pietro. »

Il y eut un long silence.

«Tu es vraiment prête à le faire?

— Oui, mais à une condition : que tu dises tout à Eleonora.»

Autre long silence. Nino murmura :

«Tu veux que je fasse du mal à Eleonora et au petit?

— Oui. Je ne vais pas en faire à Pietro et aux filles, peut-être? Décider, ça veut dire faire du mal.

— Albertino est très jeune.

— Elsa aussi. Et Dede ne le supportera pas.

— Faisons-le après Montpellier!

— Nino, ne joue pas avec moi.

— Je ne joue pas.

— Alors, si tu ne joues pas, sois conséquent : tu parles à ta femme, je parle à mon mari. Maintenant. Ce soir.

— Donne-moi un peu de temps, ce n'est pas facile.

— Parce que ça l'est, pour moi?»

Il tergiversa et tenta de me fournir des explications. Il dit qu'Eleonora était une femme très fragile. Elle avait organisé sa vie autour de lui et de l'enfant. Plus jeune, elle avait tenté à deux reprises de se tuer. Mais il ne s'arrêta pas là, et je sentis qu'il s'obligeait à l'honnêteté la plus absolue. De fil en aiguille, avec la clairvoyance qui lui était coutumière, il en arriva à avouer que briser son mariage signifiait non seulement faire du mal à sa femme et son fils, mais aussi flanquer en l'air de nombreux conforts – *une certaine aisance, c'est ce qui rend acceptable la vie à Naples* – et un réseau de connaissances qui lui permettait de faire ce qu'il voulait à l'université. Puis, emporté par son propre choix de ne rien taire, il conclut : tu sais bien que ton beau-père m'estime beaucoup, alors rendre publique notre liaison nous conduirait tous les deux à une rupture irrémédiable avec les Airota. C'est cette dernière remarque, je ne sais pourquoi, qui me fit mal.

« Ça va, dis-je, on arrête.

— Attends !

— J'ai déjà trop attendu, j'aurais dû me décider avant.

— Qu'est-ce que tu vas faire ?

— Reconnaître que mon mariage n'a plus de sens et suivre mon propre chemin.

— Tu es sûre ?

— Oui.

— Et tu viendras à Montpellier ?

— J'ai dit suivre mon chemin, pas le tien. Entre toi et moi, c'est fini. »

116

Je raccrochai en larmes et sortis de la cabine. Elsa me demanda : maman, tu t'es fait mal ? Je répondis : ça va, ça va, c'est *nonna* qui est malade. Je continuai à sangloter sous les regards inquiets de mes filles.

Pendant la dernière partie de notre villégiature, je ne fis que pleurer. Je disais que j'étais fatiguée, qu'il faisait trop chaud, que j'avais mal à la tête, et j'envoyais Pietro et les gamines à la plage. Je restais sur mon lit, trempant mon oreiller de larmes. Je détestais cette fragilité exacerbée : même dans mon enfance, je n'avais jamais été ainsi. Lila et moi nous étions entraînées à ne jamais pleurer, et si cela nous arrivait quand même, c'était exceptionnel, et ça ne durait pas : la honte était trop grande, nous étouffions nos sanglots. Or, à présent, une fontaine semblait s'être ouverte dans ma tête, comme c'était arrivé au Roland de l'Arioste, et l'eau coulait sans fin de mes yeux. Même lorsque j'attendais le retour de Pietro, Dede et Elsa, que je m'efforçais de refouler mes pleurs et courais me rincer le visage sous le robinet, j'avais l'impression que la fontaine continuait à goutter, attendant le bon moment pour retrouver le chemin des yeux. Nino ne me voulait pas vraiment, Nino feignait beaucoup et aimait peu. Il avait voulu me tringler – oui, me tringler, comme il en avait tringlé je ne sais combien – mais m'avoir, m'avoir pour toujours en rompant le lien avec sa femme, eh bien ça non, ça ne faisait pas partie de son programme. Il était sans doute encore amoureux de Lila. Tout au long de sa vie, il n'aimerait probablement qu'elle, comme tant d'autres hommes qui l'avaient connue. Et c'est pour cela qu'il resterait toujours avec Eleonora. L'amour pour Lila était la garantie qu'aucune femme – même s'il la voulait à sa manière irrésistible – ne remettrait jamais en cause cette union fragile, et moi moins que toute autre. Voilà où on en était. Il m'arrivait de quitter la table en plein milieu du déjeuner ou du dîner pour courir sangloter dans la salle de bain.

Pietro me traitait avec prudence, pressentant que j'étais susceptible d'exploser à n'importe quel moment. Au début, quelques heures à peine après ma rupture avec Nino, j'avais pensé tout lui raconter, comme s'il était non seulement un mari avec lequel je devais m'expliquer, mais aussi un peu un confesseur. Je le ressentais comme un besoin, et je fus souvent sur le point de lui déballer tous les détails de mon histoire, surtout au lit, lorsqu'il s'approchait de moi et que je le repoussais en murmurant : non, on va réveiller les filles ! Mais je parvins toujours à m'arrêter à temps : lui parler de Nino n'était pas indispensable. Maintenant que je ne téléphonais plus à celui que j'aimais et que je considérais comme définitivement perdu, il me semblait inutile de m'acharner sur Pietro. Mieux valait conclure avec quelques mots nets : je ne peux plus vivre avec toi. Pourtant, cela non plus, je n'arrivais pas à le faire. Lorsque, dans la pénombre de la chambre, je me sentais prête à franchir le pas, j'éprouvais de la peine pour lui, je craignais pour l'avenir des filles, alors je lui caressais l'épaule ou la joue, et murmurais : dors.

Un changement se produisit le dernier jour de nos vacances. Il était presque minuit, Dede et Elsa dormaient. Depuis une dizaine de jours au moins, je ne téléphonais plus à Nino. J'avais préparé les bagages, j'étais laminée par la mélancolie, la fatigue et la chaleur, et je me trouvais avec Pietro sur notre balcon, chacun sur sa chaise longue, en silence. Une humidité exténuante régnait, nos cheveux et vêtements étaient trempés, un parfum de mer et de résine nous parvenait. Tout à coup, Pietro demanda :

« Comment va ta mère ?

— Ma mère ?

— Oui.

— Bien.

— Dede m'a dit qu'elle était malade.

— Elle s'est remise.

— Je lui ai téléphoné cet après-midi. Ta mère a toujours été en excellente santé. »

Je ne soufflai mot. Comme cet homme pouvait être inopportun ! Voilà, j'avais de nouveau les larmes aux yeux. Mon Dieu, j'en avais marre, marre ! Je l'entendis dire calmement :

« Tu imagines que je suis aveugle et sourd. Tu crois que je ne me suis rendu compte de rien, quand tu flirtais avec ces imbéciles qui passaient chez nous, avant la naissance d'Elsa ?

— Je ne sais pas de quoi tu parles.

— Tu le sais très bien.

— Non, je ne sais pas. De qui tu parles ? De gens qui sont venus quelquefois dîner à la maison, il y a des années de ça ? Et je flirtais avec eux ? Mais tu es fou ? »

Pietro secoua la tête, se souriant à lui-même. Il attendit quelques secondes avant de me demander, en fixant les barreaux du balcon :

« Tu ne flirtais même pas avec celui qui jouait de la batterie ? »

Je commençai à m'inquiéter : il ne reculait pas, il ne cédait pas. Je poussai un gros soupir :

« Mario ?

— Tu vois que tu t'en souviens !

— Bien sûr que je m'en souviens, pourquoi aurais-je dû l'oublier ? C'est une des seules personnes intéressantes que tu aies invitées à la maison en sept ans de mariage.

— Tu le trouvais intéressant ?

— Oui, et alors ? Qu'est-ce qui te prend, ce soir ?

— Je veux savoir. Je n'en ai pas le droit ?

— Mais tu veux savoir quoi ? Ce que je sais, tu le sais aussi ! La dernière fois qu'on a vu ce type, c'était il y a au moins quatre ans. Et c'est maintenant que tu me sors ces âneries ? »

Il cessa de fixer les barreaux et se tourna pour me regarder, sérieux :

« Alors parlons de choses plus récentes. Qu'y a-t-il entre Nino et toi ? »

117

Ce fut un coup aussi violent qu'inattendu. *Il voulait savoir ce qu'il y avait entre Nino et moi.* Cette question et ce nom suffirent pour que la fontaine dans ma tête se remette à couler à flots. Aveuglée par les larmes, hors de moi, je me mis à hurler, oubliant que nous étions dehors et que les gens dormaient, fourbus après leur journée de soleil et de mer : pourquoi tu m'poses cette question ? il fallait la garder pour toi ! maintenant t'as tout fichu en l'air, y a plus rien à faire ! t'avais qu'à te taire mais t'as pas pu, alors maintenant y faut que j'm'en aille, maintenant y faut *forcément* que j'm'en aille !

Je ne sais pas ce qu'il lui prit. Peut-être crut-il vraiment avoir commis une faute et qu'à présent, pour quelque raison obscure, il risquait de détruire notre relation pour toujours. Ou bien me vit-il soudain comme un organisme grossier qui rompait la fragile surface du discours et se manifestait dans son mode prélogique, une femelle dans la plus inquiétante de ses expressions. Ce qui est sûr, c'est que ma vue dut lui paraître un spectacle insupportable : il se leva d'un bond et rentra. Mais je courus derrière lui et continuai à tout lui déverser : l'amour éprouvé pour Nino depuis mon enfance, les nouvelles possibilités de vie qu'il m'avait révélées, toute l'énergie inutilisée que je sentais en moi, la grisaille dans laquelle il m'avait plongée, lui, depuis des années, et sa responsabilité car il m'avait empêchée de vivre avec plénitude.

Quand, vidée de mes forces, je m'affalai dans un coin, je le retrouvai devant moi, joues creusées, yeux enfoncés au milieu de deux taches violettes, lèvres blanches et un bronzage qui était devenu comme une croûte de boue. Je compris seulement alors que je l'avais bouleversé. Les questions qu'il m'avait posées n'appelaient même pas d'hypothétiques réponses affirmatives telles que : oui, j'ai flirté avec le joueur de batterie et même plus, oui, Nino et moi avons été amants. Pietro ne les avait formulées que pour être démenti, pour apaiser les doutes qui lui étaient venus, et pour aller se coucher plus serein. Or, je l'avais emprisonné dans un cauchemar dont, à présent, il ne savait plus sortir. Presque dans un murmure, il me demanda, en quête de salut :

« Vous avez fait l'amour ? »

De nouveau, j'eus de la peine pour lui. Si j'avais répondu par l'affirmative, si j'avais recommencé à crier, j'aurais dit : oui ! la première fois pendant que tu dormais, la deuxième fois en voiture, et la troisième dans notre lit, à Florence ! Et j'aurais prononcé ces mots avec la volupté que cette énumération m'aurait apportée. Mais je fis non de la tête.

118

Retour à Florence. Nous réduisîmes la communication entre nous au strict nécessaire, et à quelques amabilités en présence des filles. Pietro alla dormir dans son bureau, comme à l'époque où Dede ne fermait pas l'œil de la nuit, et je restai dans notre lit. Je fis la liste de ce que j'avais à faire. La manière dont le mariage de Lila et Stefano s'était conclu ne pouvait me servir de modèle : il s'était agi d'une affaire d'un autre temps, réglée en dehors des lois. Moi, je comptais sur des démarches civilisées, légales, en adéquation avec notre époque et notre condition. Mais en fait, je ne savais toujours pas comment m'y prendre, et donc je ne faisais rien. En outre, à peine étais-je revenue que Mariarosa me téléphonait déjà pour me dire que le petit volume français était bien avancé et qu'elle me ferait parvenir les épreuves, et le pointilleux relecteur de ma maison d'édition m'annonçait qu'il avait des questions sur différents passages du texte. Sur le coup, je fus contente et cherchai à me passionner à nouveau pour mon travail. Mais je n'y arrivais pas, j'avais l'impression d'avoir des problèmes bien plus graves que quelques passages maladroits ou qu'un vers mal interprété.

Puis, un matin, la sonnerie du téléphone retentit, Pietro répondit. Il dit allô, répéta allô et raccrocha. Mon cœur se mit à battre à tout rompre et je me préparai à courir à l'appareil pour précéder mon mari. Il ne sonna plus. Les heures passèrent et je tentai de m'occuper en relisant mon texte.

Très mauvaise idée : il ne me parut qu'une accu-mulation d'âneries, et cette lecture m'épuisa telle-ment que je finis par m'endormir, la tête sur mon bureau. Mais voilà que le téléphone retentit une fois de plus. Mon mari répondit encore, il hurla allô, en effrayant Dede, puis raccrocha comme s'il voulait briser l'appareil.

C'était Nino, je le savais, Pietro le savait. La date de la conférence approchait et il voulait certaine-ment recommencer à me presser pour que j'aille avec lui. Il chercherait à m'attirer à nouveau vers le désir, dans ce qu'il a de plus concret. Il me prou-verait que notre seule possibilité était une liaison clandestine, à vivre jusqu'au bout, entre mauvaises actions et plaisirs. La vie, c'était tromper, inventer des mensonges et partir ensemble. Je prendrais l'avion pour la première fois, me serrant contre lui quand l'appareil décollerait, comme dans les films. Et après Montpellier, peut-être irions-nous jusqu'à Nanterre, chez l'amie de Mariarosa : je parlerais de mon livre avec elle, nous monterions des pro-jets ensemble, et je lui présenterais Nino. Ah, être accompagnée d'un homme que j'aimais et qui dégageait une puissance, une force qui n'échap-pait à personne ! Mon hostilité s'estompait. J'étais tentée.

Le lendemain, Pietro se rendit à l'université, et j'attendis que Nino rappelle. Rien. Alors, obéissant à une impulsion soudaine, c'est moi qui appelai. J'attendis quelques secondes, très anxieuse, avec rien d'autre en tête que le besoin d'entendre sa voix. Après, je ne savais pas. Peut-être allais-je l'agresser et recommencer à pleurer. Ou peut-être allais-je crier : d'accord, je viens avec toi, je serai ta maîtresse et je le serai jusqu'à ce que tu en aies assez ! Mais à ce moment, tout ce que je voulais, c'était l'entendre.

Eleonora répondit. Je retins ma voix juste à temps, avant qu'elle ne s'adresse au fantôme de Nino en se précipitant à perdre haleine le long du fil, avec je ne sais quelles paroles compromettantes. Je forçai ma voix à prendre un ton festif : bonjour, c'est Elena Greco, comment tu vas, comment se sont passées les vacances, et Albertino ? Elle me laissa parler sans mot dire. Puis elle brailla : ah, c'est Elena Greco, la putain, la putain hypocrite ! t'as intérêt à oublier mon mari, et à plus jamais rappeler ! car moi je sais où t'habites, et aussi vrai que Dieu existe, je débarque et j'te casse la gueule ! Ce sur quoi elle interrompit la communication.

119

Je demeurai pendant je ne sais combien de temps à côté du téléphone. Je débordais de haine et n'avais en tête que des expressions du genre : ouais, c'est ça, viens tout d'suite, connasse, j'attends qu'ça ! t'es d'où, toi ? de la Via Tasso, de la Via Filangieri, de la Via Crispi, de La Santarella, et tu veux t'en prendre à moi ? t'es qu'une merde, une pétasse, tu sais pas à qui t'as affaire, tocarde ! Un autre moi, profondément enfoui sous une croûte de douceur, voulait se dresser, et ce moi se débattait dans mon cœur, mêlant l'italien aux voix de mon enfance, je n'étais que tumulte. Si Eleonora a le culot de se présenter devant chez moi, je lui crache au visage, je la pousse dans l'escalier, je la traîne par les cheveux jusque dans la rue et j'éclate sa tête pleine de merde sur le trottoir ! Ma poitrine me faisait mal, mes tempes battaient. Des travaux venaient de commencer devant l'immeuble et par la fenêtre entraient la chaleur, le fracas du marteau-piqueur, la poussière et le bruit exaspérant de je ne sais quel engin. Dede se disputait avec Elsa dans la pièce d'à côté : arrête de faire tout ce que je fais, t'es qu'un singe, c'est les singes qui copient comme ça ! Et puis, lentement, je compris. Nino s'était décidé à parler à sa femme, voilà pourquoi elle m'avait agressée ainsi. Je passai de la colère à une joie irrépressible. *Nino me voulait* au point d'avoir parlé de nous à sa femme. Il avait détruit son mariage, il avait renoncé en toute connaissance de cause au confort qui en découlait, il avait déséquilibré toute sa vie en choisissant de faire souffrir Eleonora et Albertino, et non moi. C'était donc vrai, il m'aimait. Je soupirai de contentement. Le téléphone sonna encore, je répondis aussitôt.

Maintenant c'était Nino, c'était sa voix. Il avait l'air calme. Il m'annonça que son mariage était fini, qu'il était libre. Puis il demanda :

« Tu as parlé avec Pietro ?

— J'ai commencé.

— Tu ne lui as pas encore dit ?

— Oui et non.

— Tu te défiles ?

— Non.

— Alors dépêche-toi, on part bientôt. »

Il tenait déjà pour acquis que j'allais partir avec lui. Nous nous retrouverions à Rome, tout était prêt : hôtel, billets, avion.

« Il y a le problème des filles, dis-je doucement, sans conviction.

— Envoie-les chez ta mère !

— Ça, c'est hors de question.

— Alors prends-les avec toi.

— Tu es sérieux ?

— Oui.

— Tu m'emmènerais avec toi, même si les filles nous accompagnent ?

— Bien sûr.

— Tu m'aimes vraiment, murmurai-je.

— Oui. »

120

Je me découvris soudain invulnérable, invincible, comme lors de cette période passée où il me semblait que tout, dans la vie, m'était permis. J'étais née sous une bonne étoile. Même lorsque le sort me paraissait contraire, il travaillait en fait pour moi. Bien sûr, j'avais des qualités : j'étais organisée, j'avais de la mémoire, je bossais avec acharnement, j'avais appris à utiliser les instruments mis au point par les hommes, je savais donner une cohérence logique à n'importe quels fragments accumulés, et je savais plaire. Mais la chance comptait plus que tout, et j'étais fière de la sentir de mon côté, en amie fidèle. L'avoir à nouveau près de moi me rassurait. J'avais épousé quelqu'un de bien, pas un type comme Stefano Carracci ou, pire, Michele Solara. Je le combattrais, il souffrirait, mais nous finirions par trouver un accord. Certes, envoyer balader notre mariage et notre famille serait traumatisant. Et comme, pour des motifs différents, nous n'avions aucune envie de communiquer la nouvelle à nos proches, et voudrions même certainement la garder secrète le plus longtemps possible, nous ne pouvions même pas compter, dans l'immédiat, sur la famille de Pietro, qui en toutes circonstances savait quoi faire et à qui s'adresser pour régler des situations complexes. Mais je me sentais enfin apaisée. Nous étions deux adultes raisonnables, nous allions nous affronter, discuter et nous expliquer. Dans le chaos de ces heures-là, une seule chose, à présent, me paraissait inéluctable : je partirais à Montpellier.

Je parlai à mon mari le soir même et lui avouai que Nino était mon amant. Il fit tout pour ne pas y croire. Quand je finis par le convaincre que c'était vrai, il pleura, me supplia, puis piqua une colère et souleva le plateau en verre de la table basse, qu'il projeta contre le mur sous les yeux terrorisés des fillettes, que les cris avaient réveillées et qui se tenaient sur le seuil du séjour, incrédules. Cela me bouleversa, mais je ne reculai pas. Je remis Dede et Elsa au lit, les tranquillisai et attendis qu'elles se rendorment. Puis je fis à nouveau face à mon mari, et chaque minute devint une blessure. En outre, pendant les jours et les nuits qui suivirent, Eleonora se mit à nous mitrailler de coups de téléphone, m'insultant, insultant Pietro qui ne savait pas se comporter en homme, et m'annonçant que ses proches trouveraient le moyen de tout nous prendre, à nous et à nos filles : nous n'aurions même plus nos yeux pour pleurer.

Mais je ne me décourageai pas. J'étais dans un

tel état d'exaltation que je n'arrivais pas à me sentir en tort. J'avais l'impression que même les douleurs que je provoquais, même les humiliations et les agressions que je subissais travaillaient pour moi. Cette expérience insupportable contribuerait non seulement à me faire *devenir* quelque chose dont je serais heureuse mais, en dernier ressort, elle serait aussi utile – par quelque voie impénétrable – à ceux qui souffraient aujourd'hui. Eleonora comprendrait qu'avec l'amour il n'y a rien à faire, et qu'il est insensé de dire à une personne qui veut s'en aller : non, il faut que tu restes. Et Pietro, qui connaissait déjà certainement ce précepte en théorie, aurait juste besoin de temps pour l'assimiler et pour le transformer en sagesse et en tolérance au quotidien.

C'est uniquement avec les filles que je sentis combien tout était difficile. Mon mari répétait qu'il fallait leur dire pourquoi nous nous disputions. Moi, j'y étais opposée : elles sont petites, rétorquais-je, qu'est-ce qu'elles peuvent comprendre ? Mais un jour, il s'écria : si tu as décidé de t'en aller, tu dois des explications à tes filles ! si tu n'en as pas le courage, alors reste, car ça signifie que toi-même tu ne crois pas vraiment à ce que tu veux faire ! Je murmurai : parlons-en à un avocat. Il répliqua : on a le temps, pour les avocats. Et alors, en traître et à haute voix, il convoqua Dede et Elsa qui, dès qu'elles entendaient des cris, couraient s'enfermer dans leur chambre, totalement solidaires.

« Votre mère a quelque chose à vous dire, commença Pietro. Asseyez-vous et écoutez. »

Les deux filles s'assirent sagement sur le canapé et attendirent. Je débutai :

« Votre père et moi, nous nous aimons, mais nous ne sommes plus d'accord et nous avons décidé de nous séparer.

— Ce n'est pas vrai, interrompit Pietro calmement. C'est votre mère qui a décidé de partir. Et ce n'est pas vrai non plus que nous nous aimons : elle ne veut plus de moi. »

Je devins nerveuse :

« Les filles, ce n'est pas aussi simple. On peut continuer à s'aimer même si on ne vit plus ensemble. »

Il m'interrompit encore :

« Ça aussi, c'est faux : soit on s'aime, et alors on vit ensemble et on est une famille, soit on ne s'aime pas, et alors on se quitte et on n'est plus une famille. Si tu racontes des mensonges, qu'est-ce qu'elles peuvent comprendre ? S'il te plaît, explique avec sincérité et clarté pourquoi nous nous quittons. »

Je repris :

« Je ne vous quitte pas, vous êtes la chose la plus précieuse que j'aie, et je ne pourrais pas vivre sans vous. J'ai seulement des problèmes avec votre père.

— Lesquels ? me pressa-t-il. Précise quel genre de problèmes. »

Je soupirai et murmurai :

« J'aime quelqu'un d'autre et je veux vivre avec lui. »

Elsa épia Dede pour savoir comment elle devait réagir à cette nouvelle. Comme Dede resta impassible, elle resta impassible également. Mais mon mari perdit son calme et s'écria :

« Le nom ! Dis comment il s'appelle, ce quelqu'un ! Tu ne veux pas ? Tu as honte ? Eh bien, c'est moi qui vais le dire : ce quelqu'un, vous le connaissez, c'est Nino, vous vous rappelez ? Votre mère veut aller vivre avec lui ! »

Puis il se mit à pleurer désespérément tandis qu'Elsa, quelque peu alarmée, murmurait : tu m'emmènes avec toi, maman ? Mais elle n'attendit pas ma réponse. Quand sa sœur se leva et quitta la pièce presque en courant, elle la suivit aussitôt.

Cette nuit-là, Dede poussa des cris dans son sommeil, je me réveillai en sursaut et courus auprès d'elle. Elle dormait, mais elle avait mouillé son lit. Je dus la réveiller, la changer, changer les draps. Quand je la recouchai, elle murmura qu'elle voulait venir dans mon lit. J'acquiesçai et la tins près de moi. De temps en temps, elle tressaillait dans son sommeil et vérifiait que j'étais bien là.

121

Désormais la date du départ approchait mais, avec Pietro, la situation ne s'améliorait pas. Tout accord, ne serait-ce que pour ce voyage à Montpellier, paraissait impossible. Si tu t'en vas, disait-il, je ne te laisserai plus voir les filles. Ou bien : si tu emmènes les filles, je me tue. Ou encore : je te dénoncerai pour abandon du domicile conjugal. Ou : faisons un voyage tous les quatre, allons à Vienne. Ou : les filles, votre mère préfère M. Nino Sarratore à vous.

Je n'en pouvais plus. Je me souvins des résistances d'Antonio lorsque je l'avais quitté. Mais Antonio était très jeune, il avait hérité de la tête fragile de Melina, et surtout il n'avait pas reçu l'éducation de Pietro, il n'avait pas été formé depuis l'enfance à repérer des règles dans le chaos. Peut-être ai-je attribué trop d'importance à l'alliance entre raison et culture, aux bonnes lectures, à la langue bien maîtrisée et à l'appartenance politique ; peut-être sommes-nous tous égaux devant l'abandon ; peut-être que même une tête bien ordonnée ne peut supporter de découvrir qu'elle n'est pas aimée. J'avais beau faire, mon mari était convaincu qu'il devait me protéger à tout prix de la morsure venimeuse de mes désirs et, pour rester mon époux, il était prêt à recourir à tous les moyens, y compris les plus ignobles. Lui qui avait voulu un mariage civil, lui qui avait toujours été en faveur du divorce, il prétendait maintenant, mû par quelque modification interne incontrôlée, que notre lien devait durer pour l'éternité, comme si nous nous étions mariés devant Dieu. Et puisque j'insistais pour mettre fin à notre histoire, d'abord il tentait tous les arguments pour m'en dissuader, ensuite il se mettait à casser des objets, à se gifler, et soudain il commençait à chanter.

Quand il dépassait ainsi les bornes, il m'exaspérait et je le couvrais d'insultes. Alors, comme d'habitude, il changeait d'un coup et redevenait une petite chose terrifiée : il s'approchait de moi, me demandait pardon et disait qu'il ne m'en voulait pas, mais c'était sa tête qui ne marchait pas. Adele, me révéla-t-il une nuit entre les larmes, avait passé sa vie à tromper son mari : il l'avait découvert quand il était petit. À six ans, il l'avait vue embrasser un type énorme en costume bleu, dans le grand salon de Gênes donnant sur la mer. Il se rappelait tous les détails : l'homme avait une énorme moustache qui ressemblait à une lame noire; une tache brillait sur son pantalon, grosse comme une pièce de cent lires; sa mère, appuyée contre cet individu, évoquait un arc tendu sur le point de se briser. Je l'écoutai en silence et tentai de le conso-ler : calme-toi, ce sont de faux souvenirs, tu le sais bien, ce n'est pas à moi de te le dire... Mais il poursuivit : Adele portait une robe d'été rose, une bretelle avait glissé le long de son épaule bronzée, ses ongles longs semblaient de verre, elle s'était fait une natte noire qui tombait dans son dos comme un serpent... Il s'exclama enfin, passant de la souffrance à la colère : tu comprends ce que tu m'as fait? tu comprends dans quelle horreur tu m'as jeté? Et je pensai : Dede aussi se souviendra, Dede aussi criera des choses comme ça, quand elle sera grande. Mais ensuite je pris du recul et me convainquis que si Pietro me parlait de sa mère seulement aujourd'hui, après toutes ces années, c'était précisément pour m'amener à cette pensée, pour me blesser et pour me retenir.

Et cela continua ainsi, jour et nuit, j'étais épui-sée, on ne dormait plus. Si mon mari me tour-mentait, Nino, à sa manière, n'était pas en reste. Quand il me sentait éprouvée par les tensions et les inquiétudes, au lieu de me consoler, il s'impa-tientait et lançait : tu penses que c'est facile, pour moi? mais ici c'est un enfer, comme chez toi! j'ai peur pour Eleonora, j'ai peur de ce qu'elle pour-rait faire, alors crois-moi, je suis autant dans la panade que toi, sinon plus! Et il s'exclamait : mais toi et moi ensemble, nous sommes plus forts que tous les autres! notre union est une nécessité abso-lue, tu le sais, ça, hein? dis-le, j'ai besoin que tu le dises : tu le sais? Je le savais. Mais ses paroles ne m'aidaient guère. Ce qui me donnait de la force, c'était plutôt d'imaginer le moment où, enfin, j'allais le revoir, et où nous nous envolerions vers la France. Il faut que je résiste jusque-là, me disais-je, ensuite on verra. Pour l'instant, j'aspirais simplement à la suspension de cette torture, je n'en pouvais plus. Au point culminant d'une dispute très violente sous les yeux de Dede et Elsa, je déclarai à Pietro :

« Ça suffit. Je pars pour cinq jours, juste cinq jours, et à mon retour on verra ce qu'on fait. D'accord ? »

Il se tourna vers les filles :

« Votre mère dit qu'elle s'absentera cinq jours, mais vous la croyez, vous ? »

Dede fit non de la tête, Elsa de même.

« Même les filles ne te croient pas ! fit alors Pietro. Nous savons tous que tu vas nous abandonner et que tu ne reviendras plus. »

À cet instant, comme par un signal convenu, Dede et Elsa se jetèrent sur moi, passant leurs bras autour de mes jambes et me suppliant de ne pas partir, de rester avec elles. Je ne pus résister. Je me mis à genoux, les pris par la taille et dis : d'accord, je ne pars pas, vous êtes mes filles chéries, je reste avec vous. Ces mots les calmèrent, et peu à peu Pietro se calma à son tour. J'allai dans mon bureau.

Oh, mon Dieu, comme tout était déréglé : eux, moi, le monde autour de nous ! une trêve n'était possible qu'en mentant. Dans deux jours, c'était le départ. J'écrivis une longue lettre à Pietro, puis une autre plus brève à Dede, avec la recommandation de la lire aussi à Elsa. Je fis ma valise et la mis dans la chambre d'amis, sous le lit. J'achetai un peu de tout et bourrai le frigo. Au déjeuner et au dîner, je préparai des plats que Pietro adorait, et il les dégusta avec gratitude. Soulagées, les filles recommencèrent à se disputer pour un rien.

122

Pendant ce temps-là, alors même que le jour du départ approchait, Nino ne téléphonait plus. Alors c'est moi qui appelai, espérant qu'Eleonora ne décrocherait pas. C'est la domestique qui répondit, sur le coup je me sentis soulagée et demandai à parler au professeur Sarratore. Sa réponse fut nette et hostile : je vous passe Madame. Je raccrochai et attendis. J'espérais que mon coup de fil serait l'occasion d'un affrontement entre les époux, et que Nino apprendrait ainsi que je cherchais à le joindre. Dix minutes plus tard, le téléphone sonna. Je me jetai dessus, persuadée que c'était lui. Mais c'était Lila.

Cela faisait longtemps que nous ne nous étions pas parlé, et je n'avais nulle envie de l'entendre. Sa voix m'agaça aussitôt. À cette époque, son seul nom, dès qu'il me traversait l'esprit, telle une couleuvre, me troublait et m'ôtait toute énergie. Et puis, ce n'était pas le bon moment pour bavarder : si Nino m'appelait, il trouverait la ligne occupée, et nos communications étaient déjà assez difficiles comme ça !

« Je peux te rappeler ? lui demandai-je.

— Tu es prise ?

— Un peu. »

Elle ignora ma requête. Comme d'habitude, elle croyait pouvoir entrer et sortir de ma vie sans se soucier de rien, comme si nous n'étions qu'une seule et même chose et qu'il ne fût pas nécessaire de demander « comment ça va, qu'est-ce qu'il y a de neuf, je te dérange ? ». D'un ton las, elle m'annonça qu'elle venait d'avoir une mauvaise nouvelle : la mère des Solara avait été assassinée. Elle parla lentement, comme soupesant chaque mot, et je l'écoutai sans jamais l'interrompre. Ses paroles firent apparaître, comme dans un cortège, l'usurière en vêtements de fête assise à la table des mariés pendant les noces de Lila et Stefano, la femme fantomatique qui m'avait ouvert quand j'étais à la recherche de Michele, l'ombre qui, dans notre enfance, poignardait Don Achille, la vieille dame avec une fleur artificielle dans les cheveux qui s'aérait avec un éventail bleu tout en disant, un peu perdue : il fait chaud, vous ne trouvez pas ? Mais je ne ressentis aucune émotion, même lorsque Lila fit allusion aux rumeurs qui lui étaient parvenues et m'en dressa la liste, avec son efficacité habituelle. On avait tué Manuela en l'égorgeant avec un couteau ; on lui avait tiré cinq coups de pistolet, quatre dans la poitrine et un dans le cou ; on l'avait massacrée à coups de poing et de pied en la traînant dans tout l'appartement ; les tueurs – elle les appela ainsi – n'étaient même pas rentrés chez elle, ils lui avaient tiré dessus dès qu'elle avait ouvert la porte, alors Manuela était tombée face contre terre sur le palier et son mari, qui regardait la télévision, ne s'en était même pas rendu compte. Ce qui est certain – ajouta Lila –, c'est que les Solara sont devenus fous : ils font concurrence aux flics pour chercher les coupables, ils ont appelé des gars de Naples et de l'extérieur, et toutes leurs activités sont suspendues – d'ailleurs moi non plus, aujourd'hui, je ne travaille pas. Ici c'est effrayant, on ne respire plus.

Comme elle était douée pour donner du poids, de l'épaisseur à ce qui lui arrivait et à ce qui se passait autour d'elle ! L'usurière assassinée, ses fils bouleversés, leurs sbires prêts à faire couler le sang encore, et puis elle-même, vigie au milieu de ce flot d'événements. Enfin, elle en vint au véritable motif de son coup de fil :

« Demain, je t'envoie Gennaro. Je sais que j'abuse, tu as tes filles et tes occupations, mais en ce moment, je ne peux pas et je ne veux pas qu'il reste ici. Il ratera un peu l'école, tant pis. Il t'est attaché, il se trouve bien chez toi, tu es la seule à qui je peux me fier. »

Je méditai quelques secondes sur cette dernière phrase : *tu es la seule à qui je peux me fier*. Cela me fit sourire : elle ne savait pas encore que je n'étais plus fiable. Devant cette requête qui tenait pour acquise l'immobilité de mon existence, gouvernée par la raison et la sérénité, et qui semblait m'attribuer la vie d'une baie rouge sur le rameau-feuille du fragon, je n'eus aucune hésitation, et j'annonçai à mon amie :

« Je m'en vais, je quitte mon mari.

— Je n'ai pas compris.

— Mon mariage est fini, Lila. J'ai revu Nino et nous avons réalisé que, depuis notre enfance, nous nous sommes toujours aimés, sans en avoir conscience. Alors je pars, je commence une nouvelle vie. »

Il y eut un long silence, puis elle lâcha :

« Tu plaisantes ?

— Non. »

Il devait lui sembler impossible que je mette le désordre dans ma maison, dans ma tête bien organisée, et elle me pressa tout à coup, se raccrochant machinalement à mon mari : Pietro est un homme extraordinaire, bon et très intelligent ! s'exclama-t-elle. Tu es folle de le quitter ! Pense au mal que tu fais à tes filles ! Elle parlait sans jamais mentionner Nino, comme si ce nom s'était arrêté dans le pavillon de son oreille, sans atteindre son cerveau. C'est moi qui dus le prononcer à nouveau et dire « non, Lila, je ne peux plus vivre avec Pietro, parce que je ne peux plus me passer de Nino et, quoi qu'il arrive, je partirai avec lui » – et autres propos de ce genre, dont je me glorifiai comme de médailles. Alors elle commença à hurler :

« Tu fous tout ça en l'air pour Nino ? Tu détruis ta famille pour ce mec-là ? Mais tu sais ce qui va t'arriver ? Il va t'user, te sucer le sang, t'enlever toute envie de vivre, et puis il va t'abandonner ! Alors pourquoi t'as fait toutes ces études ? Merde, et à quoi ça m'a servi d'imaginer que tu vivrais une belle vie pour moi aussi ? Je me suis plantée, t'es qu'une crétine ! »

123

Je reposai le combiné comme s'il était brûlant. Elle est jalouse, me dis-je, elle est envieuse, elle me déteste ! Oui, voilà la vérité ! Une longue procession de secondes se déroula, la mère Solara ne revint jamais dans mon esprit et l'image de son corps marqué à mort s'effaça. En revanche, je me demandai, anxieuse : pourquoi Nino n'appelle pas ? est-il possible qu'au moment même où je raconte tout à Lila il se défile, me couvrant de ridicule ? Un instant, je m'imaginai exposée devant elle dans toute ma médiocrité, s'il s'avérait que je m'étais détruite pour rien. Puis le téléphone sonna. Assise, je fixai l'appareil pendant deux, trois longues sonneries. Quand je saisis le combiné, j'avais déjà en bouche des paroles prêtes pour Lila : ne t'occupe plus jamais de moi ! tu n'as aucun droit sur Nino ! laisse-moi me tromper comme j'en ai envie ! Mais ce n'était pas elle. C'était Nino, que je noyai sous des phrases inachevées, tellement j'étais heureuse de l'entendre. Je lui expliquai où on en était avec Pietro et les filles, lui dis qu'aboutir à un accord de façon calme et raisonnable était impossible, enfin m'exclamai que j'avais préparé ma valise et mourais d'impatience de le serrer dans mes bras. Il me raconta les disputes terribles avec sa femme, les dernières heures avaient été insupportables. Il murmura : j'ai très peur, mais je n'arrive pas à imaginer la vie sans toi.

Le lendemain, alors que Pietro était à l'université, je demandai à la voisine de garder Dede et Elsa pendant quelques heures. Je laissai sur la table de la cuisine les lettres que j'avais préparées et m'en allai. Je pensai : quelque chose de grand est en marche, qui va dissoudre tout notre ancien mode de vie, et moi j'appartiens à cette force de dissolution. Je rejoignis Nino à Rome, nous nous retrouvâmes dans un hôtel à quelques pas de la gare. En l'étreignant, je me disais : je ne m'habituerai jamais à ce corps nerveux, tout en longueur, c'est une perpétuelle surprise, avec sa peau à l'odeur excitante, et cette masse, cette force et cette mobilité qui sont si éloignées de Pietro et des habitudes qu'il y avait entre nous!

Le lendemain matin, pour la première fois de ma vie, je montai dans un avion. Je ne savais pas attacher la ceinture, Nino m'aida. Quelle émotion, de lui serrer fort la main pendant que le vrombissement des moteurs montait encore et encore, et que l'avion entamait sa course! Quelle émotion, de quitter le sol dans un soubresaut et de voir les maisons devenir parallélépipèdes, les routes se transformer en rubans, la campagne se réduire à une tache verte, la mer s'incliner comme une plaque compacte, et les nuages se précipiter vers le bas comme dans un éboulement de rochers mous! Et puis l'angoisse, la douleur et le bonheur même, qui devenaient partie prenante d'un mouvement unique et plein de lumière! J'eus l'impression que voler soumettait toute chose à un processus de simplification, je soupirai et tentai de m'abandonner. De temps à autre, je demandais à Nino : tu es heureux? Il hochait la tête et m'embrassait. Parfois, j'avais la sensation que le sol sous mes pieds – l'unique surface sur laquelle compter – tremblait.

DU MÊME AUTEUR

Aux Éditions Gallimard

L'AMOUR HARCELANT, 1995.

LES JOURS DE MON ABANDON, 2004 (Folio n° 6165).

POUPÉE VOLÉE, 2009 (Folio n° 6351).

L'AMIE PRODIGIEUSE, 2014 (Folio n° 6052).

LE NOUVEAU NOM, 2016 (Folio n° 6232).

CELLE QUI FUIT ET CELLE QUI RESTE, 2017 (Folio n° 6402).

L'ENFANT PERDUE, 2018 (Folio n° 6572).

FRANTUMAGLIA, 2019.

Aux Éditions Gallimard Jeunesse

LA PLAGE DANS LA NUIT, illustrations de Mara Cerri, 2017.

Composition Dominique Guillaumin
Impression Maury Imprimeur
45330 Malesherbes
le 7 janvier 2020
Dépôt légal : janvier 2020
1ᵉʳ dépôt légal dans la collection : novembre 2017
Numéro d'imprimeur : 242360

ISBN 978-2-07-269309-0. / Imprimé en France.

367006